星海社
FICTIONS

新訳クトゥルー神話コレクション1

クトゥルーの呼び声

H・P・ラヴクラフト
訳／森瀬繚
Illustration／中央東口

星海社

はじめに

　ハワード・フィリップス・ラヴクラフトが最初のクトゥルー神話小説「ダゴン」を執筆してから、今年で百年目を迎えました。クトゥルー神話とは、〈ウィアード・テールズ〉などの安価な読み物雑誌（パルプ・マガジン）を主な作品発表の場としていた二〇世紀前半の怪奇小説家、H・P・ラヴクラフト（以下、HPL）を中心とする一群の作家達が、自分達が創造した太古の神々や魔導書（まどうしょ）などの固有名詞を互いの作品で共有していくという楽屋落ち的なお遊びを通し、意図せずして作りあげていった架空の神話体系です。

《窮極（きゅうきょく）の混沌と呼ばれる大宇宙の中心に、アザトースと呼ばれる黒々とした不定形の怪物めいた存在が君臨している。アザトースこそは、〈大いなる古きもの〉とも呼ばれる異形の神々の総帥（そうすい）である。その副王たる〈門の鍵にして守護者〉ヨグ＝ソトース、その妻と言われる〈千匹の仔（こ）を孕（はら）みし森の黒山羊〉シュブ＝ニグラスなどの神々が並び立つ中、太古の地球へと眷属（けんぞく）を引き連れて飛来し、人類の先祖から崇拝されたのが、神々の大祭司（グレート・プリースト）とも呼ばれる大いなるクトゥルーなのである》

――クトゥルー神話の最大公約数的な概要は、このような感じになるでしょう。HPLはこの神話を「クトゥルーその他の神話――戯（たわむ）れに地球上の生物を創造した『ネクロノミコン』中の宇宙的存在にまつわる神話」と呼び、その名称はやがて、書簡（しょかん）などを通して仲間の作家達にも広まりました。

　なお、複数の作家が同じ歴史、登場人物が息づく世界観を共有し、その世界を舞台に様々な作品を創作するというスタイルは、「シェアード・ワールド」と呼ばれています。ただし、クトゥルー神話を題材とする物語の多くは必ずしも「共通の世界」を持たず、同じ固有名詞を用いる場合でも、その背後にある設定や世界観は個々の作家の裁量にゆだねられていました。たとえば、ＨＰＬ自身の作品と、彼の友人であったクラーク・アシュトン・スミス、死後に熱心なフォロワーとなったブライアン・ラムレイの作品は、作風が違うばかりか設定や世界観さえ大きく異なっています。にも関わらず、それらが「クトゥルー神話作品」として認識されるのは、『ネクロノミコン』や「クトゥルー」などの共通の言葉――ワードがシェアされているからでした。そのため、筆者は「シェアード・ワード」と呼んでいます。

ギリシャ神話が数多の演劇や叙事詩、地誌などを原典とするように、クトゥルー神話もまた数多の物語の相互引用で形作られています。作中では『ネクロノミコン』に代表される禁断の書物が、現実世界では無数の作家による無数の物語がクトゥルー神話の原典ということになりますが、中でも「原神話」とも言うべき最重要のものが、ＨＰＬ自身の文章群（小説、詩や書簡）なのは言うまでもありません。

二〇一〇年代に入ったあたりから、クトゥルー神話は幾度目かのブームを迎えています。

この作品集は、今改めてクトゥルー神話の門を潜ろうという読者のために、Ｈ・Ｐ・ラヴクラフト自身が手がけた「原神話」作品の中から、この架空神話の精髄とも言うべきクトゥルーと海にまつわる恐怖をテーマとする作品を選び出し、可能な限り原文のニュアンスを汲み取りながら新に翻訳したものを、執筆順に掲載したものです。加えて、ＨＰＬがプロットを提供したことで知られるＨ・Ｓ・ホワイトヘッドの「挫傷」（本邦初訳）もこのテーマに連なる作品なので、付録として掲載しました。

本書がより一層のクトゥルー神話の発展に寄与できることを、全宇宙の調和の御霊たる大いなるトゥルに祈念しつつ、筆を置かせていただきます。いあ！　くとぅるぅ　なふるふたぐん！

二〇一七年一〇月三一日　万聖節前夜に

❖目次 CONTENTS

訳者解説 Translator Commentary

『クトゥルーの呼び声』関連地図

アーカム、インスマス、ダンウィッチなどの架空の土地の位置については、H・P・ラヴクラフトが明確に設定していたわけではなく、作中の描写や既存の研究などをもとに、訳者が推測的に示したものです。あらかじめご了承願います。

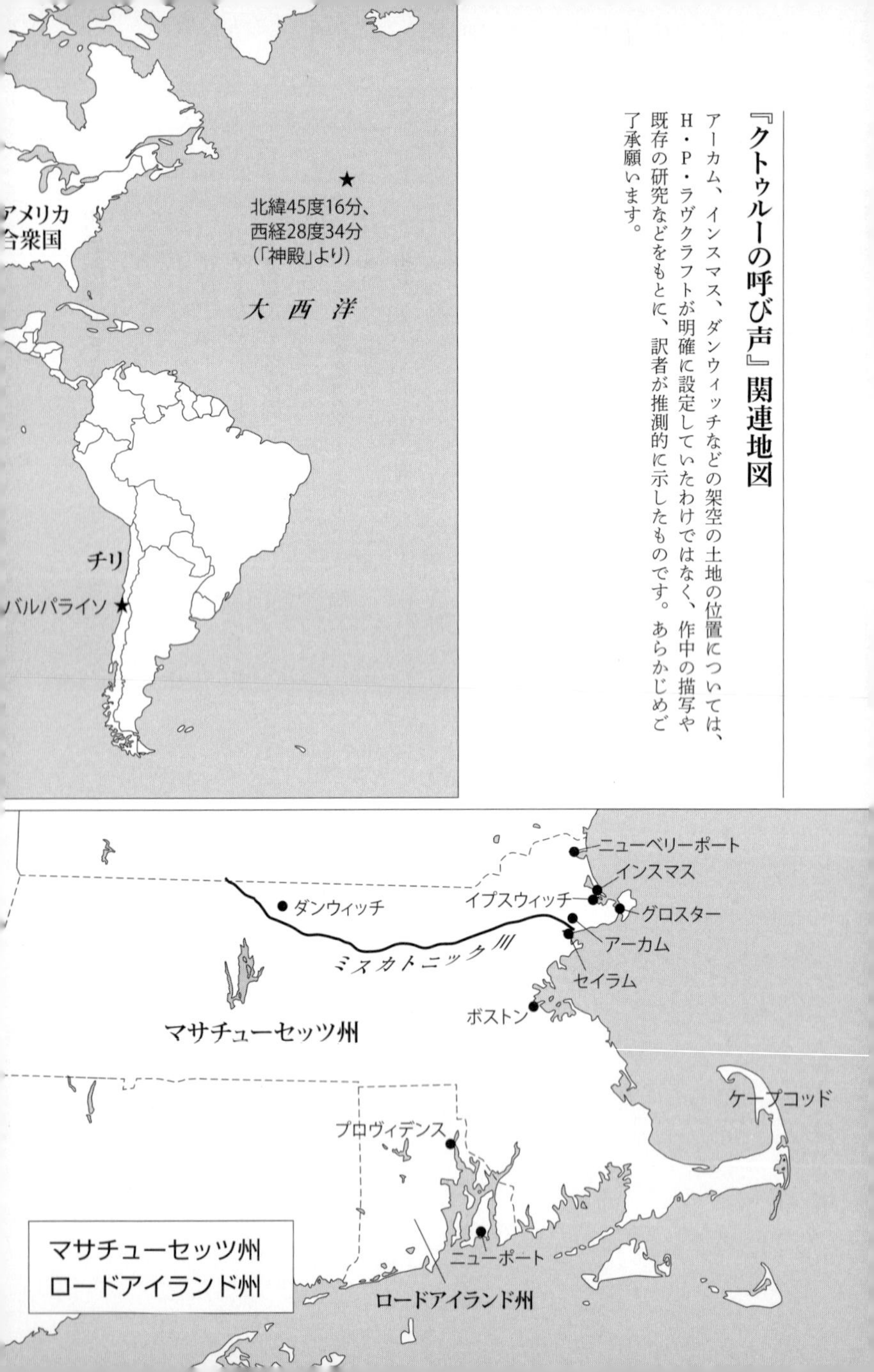

ジェームズ・チャーチワードが想定したムー大陸
太平洋
メキシコ
ハワイ
カロリン諸島
ポナペ島
（ポンペイ島）
オーストラリア
タヒチ島
イースター島
オークランド
ウェリントン
ダニーディン
ニュージーランド
南緯47度9分、
西経126度43分
（「クトゥルーの呼び声」より）
アメリカ合衆国
ニューヨーク州
マサチューセッツ州
トリード
パターソン
ロードアイランド州
マウミー
クリーブランド
ニューヨーク
ニュージャージー州
セントルイス
オハイオ州
ビンガー（カドー郡）
ミズーリ州
オクラホマ州
ルイジアナ州
ニューオーリンズ

凡例

▼原文の雰囲気を可能な限り再現するため、英語の慣用句も含めそのまま日本語訳を行っております。ただし、情報を補わないと意味を汲み取りにくいと判断した場合に限り、割注を入れています。

例）Ｐ６８　レヴァント人〔シリアやレバノンなど、地中海沿岸地方の人々〕

▼文中にしばしば現れる番号つきの記号は、各収録作末尾の訳注パートの記載事項に対応しております。本書に収録されていない他作品の内容に触れている場合がありますので、あらかじめご留意願います。

▼神名、クリーチャー名などの表記については、英語圏での一般的な発音を優先的に採用しております。

▼訳文中に示される著作物などの媒体は、以下のカッコ記号で示されます。

『』…単行本、映画などの名称。
〈〉…新聞、雑誌などの名称。
「」…小説作品、詩などの個別作品の名称。
《》…書物などからの引用文。

▼本書から引用をされる場合、著作権法に基づき出典の明記をお願い致します（事前の許諾申請などは必要ありません）。

＊

編集部より

本書の収録作品には、今日的な観点からは差別的とされる表現が含まれています。これは、執筆当時の時代背景に基づくものであり、著者が故人であること、および20世紀初頭に書かれた作品のもつ資料性に鑑みて、原文を改変することなく訳出しています。

（星海社ＦＩＣＴＩＯＮＳ編集部）

ダゴン

Dagon

1917

激しい精神的緊張のもとで、私はこの文章を書いている。

今日の夜には、私はこの世にいない者となっているだろうから。

金は尽きた。人生の苦しみを和らげてくれた薬もなくなった。もうこれ以上、この苦悩に耐えられない。私はこの屋根裏部屋の窓から、眼下の不潔な道路に身を投げるつもりだ。

私はたしかにモルヒネの虜になっているのだが、それで弱気になっているとか、堕落したとか考えては欲しくない。きみがこの走り書きを読んでくれさえすれば、完全に理解してもらうことはできないにせよ、私が薬物による忘却か死を望んだ理由を察してもらえると思う。


私が船荷監督をつとめていた定期船が、ドイツの商船襲撃艇*1の手に落ちたのは、太平洋の最も開けた、同時に最も閑散として船のいない海域を航行中のことだった。

フン族どもの海軍の零落*2はまだ先のことだった。それで、私たちの船は合法的な捕獲物ではあったが、乗組員については海軍の捕虜に相応しい公正さと配慮にもとづく扱いを受けることができた。

実際、捕虜の拘束は実に緩いものだったので、拿捕の五日後、私は小さなボートに長期間やっていけるだけの水と食料を積んで、単独で脱走することができた。


ようやく、自由の身となって漂流していることに気づいた時、私は自分がどこにいるものやら、さっぱり見当がつかなかった。私は決して有能な航海士というわけではなく、太陽と星の位置から、赤道の少し南にいるのだろうと、漠然と想像することしかできなかった。

経度はまったく不明。島や海岸線も見えなかった。

好天が続いた。私はぎらぎらと照りつける太陽にあぶられながら、日数すら数えられないままに、他の船が通りすがったり、人が住める土地の岸辺に錨をおろす機会を待ちながら、あてどない漂流を続けていた。しかし、船も土地も現れることはなく、広漠たる青い海の波打つ上で、私はあまりの孤独に打ちのめされつつあった。

変化は、私が眠っている間に起きた。悩ましくも悪夢にうなされる眠りではあったが、途中で目が覚めたりはしなかったので、仔細はわからなかった。

目を覚ました時、私の体は粘り気のある忌まわしくも黒々とした泥に半分沈んでいた。

この泥沼は、見渡せる限りの広い範囲を単調に波打ちながら広がっていて、少し離れたところにボートが座礁していた。

最初に私を捉えた感情について、驚異的かつ予期しない景色の変化への驚きだったと想像されたかもしれない。だが、実際に心に浮かんだのは、驚きというよりも恐怖だった。

大気と腐った土の中に、私の心胆を寒からしめる悪意がこもっていたからである。

どこまでも続く、胸をむかつかせる泥の平原から突き出している腐敗した魚や、それ以外のなんとも表現しにくいものの死骸によって、あたりには腐臭が満ちていた。

おそらく、絶対的な沈黙と広漠たる不毛に宿りうる、名状しがたい悍ましさについて、単なる言葉で伝えようとするだけ無駄なことなのだろう。

耳に聴こえるものはなく、目に見えるものもない。

黒くぬめぬめした泥が広がっているばかりで、その静寂の完全性と風景の均質性そのものが、吐き気を催させるような恐怖で私を押し潰した。

雲ひとつなく、あたかも私の足下に広がる黒々とした沼地を映し出しているかのように、無慈悲さすら感じさせる黒い空の中で、太陽が燃えていた。

座礁したボートに向かって這い進みながら、私はこの状況を説明できる仮説がたった一つしかないことに気づいた。かつてない規模の激しい火山性の隆起によって、海底の一部が海面に押し上げられ、数百万年もの膨大な年月の間、測り知れない深海に隠されてきた領域が露わになったに違いないのだ。

私の足下に隆起した新たな土地は途方もなく広く、いくら耳を凝らそうと、波打つ海の音は少しも聞こえなかった。それればかりか、魚の死骸をあさる海鳥すらもいなかった。

数時間ほどボートの中に座りこんで、私は考え込んだり思い悩んだりしていた。ボートは横倒しになっていて、太陽が天を横切るにつれて、少しばかり日陰をつくってくれた。

時間が経つと、地面の粘り気はいくらか失われ、間もなくその上を問題なく歩き回れる程度に乾燥したようだった。

その夜、私は眠ろうとしたものの、ほとんど眠ることができなかった。

翌日になって、私は消え失せてしまった海と、可能であれば救助を探し求める陸路の旅路に備えて、食糧と水を荷物に詰めた。

三日目の朝、地面はすっかり乾燥して、容易に歩くことができるようになっていた。魚の腐臭はひどいものだったが、より憂慮すべき事態に比べると些細な不快さではあった。

そして私は、いずことも知れないゴールを目指して大胆にも旅立ったのである。

終日、なだらかに起伏する砂漠の中でもひときわ高い丘を目印に、休むことなく西へと歩き続けた。

その日の夜は野宿し、翌日にはまた丘に向かって歩き続けたものの、最初に見つけた時から少しも近づけていないように思えた。

四日目の夕方までには、ようやく麓（ふもと）に辿（たど）りつけた。遠くから見えていたよりも、ずっと高い丘だった。途中にある谷が、他の地面に比べて険しい起伏を作っていたのである。

このまま登り始めるには疲労困憊（ひろうこんばい）に過ぎたので、私は丘の陰で眠りについた。

その夜、あれほどまでに野放図（のほうず）な夢を見た理由はわからない。

ともあれ私は、半円よりも少し膨（ふく）らんだ形の、欠けゆく幻想的な月が東の平原のはるかな高みにのぼる前に、冷たい汗に濡れて目を覚まし、もうこれ以上は眠らないことにした。夢に見た光景に、二度とふたたび耐えられそうになかったのである。

月の光を浴びながら、私は日中に旅を続けたことがいかに愚かだったかを思い知った。

ぎらつく太陽の光に焙（あぶ）られなければ、これほど体力を消耗することはなかっただろうに。

実際、日没の時には躊躇（ためら）ったことだが、今なら登攀（とはん）できるような気がした。そこで私は荷物を拾い上げ、丘の頂を目指して出発した。

なだらかに起伏する平原の、途切れることなく続く単調さが、私の漠然とした恐怖の源だったことについてはすでに話した通りである。

しかし、丘の頂に辿りついて、測り知れないほどの深さの、穴とも峡谷（きょうこく）ともつかない向こう側を見降ろした時、私の恐怖はさらに大きなものとなった。その黒々とした窪みは、月がまだ十分に高い位置に達しておらず、照らし出すことができずにいたのだ。

丘の縁から、永遠の夜の底知れない混沌に目を凝らしていると、自分がいる場所があたかも世界の涯であるかのように感じられた。

恐怖を感じているうちに、私は『失楽園』*3の奇怪なシーンのことを思い出した。形成の途上にある暗闇の諸領域での、魔王のおぞましい登攀の場面である。

月が高みにのぼるにつれ、谷の斜面は想像していたほどの絶壁ではないことがわかった。数百フィート［百フィートは約三〇メートル］も降りていくと、岩棚や露出した岩が降下を容易にする足場となり、下り勾配はとてもなだらかになっていった。

自分でもよくわからない衝動に駆られて、私は苦労して岩場を這い降り、下方のゆるやかな斜面に立った。そして、光が未だ差し込まぬ地獄*4の如き深みを覗きこんだ。

突如、反対側の斜面にある巨大で特異な物体に、私の注意は惹きつけられた。それは一〇〇ヤードほど前方で峻厳にそそり立ち、昇りゆく月の新たな光に照らし出されて、白っぽく輝いていた。

単なる巨石に過ぎないと、私はすぐ自分に言い聞かせた。だが、その輪郭といい位置といい、自然の作用によるものではないという印象をはっきり抱いたのも確かだった。

さらにじっくりと吟味するうちに、私の心は言い知れない感動に満たされた。

桁外れの大きさで、世界がまだ若かった太古の時代から海底に大きく口を開いた深淵に存在してきたにもかかわらず、この奇妙な物体は疑いようもなく加工された独立石であり、その巨大な質量が思考能力を持つ生物の技術と、おそらくは礼拝に接したことがあるのは間違いなかったからである。

呆然として、怯えを感じてはいたが、科学者ないしは考古学者の感じるようなぞくぞくとした喜びがなかったわけではなく、私はさらに詳しく周囲を調べ回った。

今や天頂高くに昇った月は、深い谷間を囲む切り立った絶壁の上に、不気味なまでに鮮やかな輝きを放ち、谷底を流れる川が遠くまで広がっていることを露わにした。斜面に立つ私のすぐ足もとを、流れの両端が曲がりくねりながら視界の外に消えていった。

峡谷の向こう側では、さざ波が巨大な独立石(キュクロ―ピアン・モノリス)の基部を洗っていた。今や、その表面には碑文と粗雑な彫刻が共に見えていた。

この文字は私が知らない系統の象形文字で、これまでに本で見たことのあるいかなる文字とも異なり、大部分が魚やうなぎ、蛸(タコ)、甲殻類、軟体動物、鯨など水棲(すいせい)生物のシンボルに占められていた。いくつかの文字は明らかに、私が海面に隆起した平原で腐敗する死骸を目にした、現代の世界では知られていない海洋生物を表すものだった。

だが、私を特に魅了したのは、絵画のように生き生きとした彫刻だった。

ドレ[*5]の羨望をかきたてたことであろう題材の浅浮彫の列はあまりにも巨大で、水の流れを間に挟んでいるにもかかわらず、はっきりと目視(もくし)できた。

これらの彫刻群は人類――少なくとも、ある種の人類を描いたもののようだった。

ただし、その生物は海中の洞窟の中で魚のように泳ぎ戯(たわむ)れ、波の下にあるらしい独立石の祠堂(しどう)か何かを礼拝しているようではあったが。

彼らの顔と姿については、敢(あ)えて詳(つまび)らかにはしないことにする。思い出そうとするだけでも、目まいがするからだ。水かきのある手や足、ぞっとするような大きさで、たるんだ唇、どんよりと虚ろで、ぎょろりと突き出した目、思い出すのも不快なその他の特徴にもかかわらず、彼らの全身の輪郭は忌まわしいほどに人間そのものなのだった。

それは、ポオやブルワー[*6]の作品の想像力を凌駕する、異形(グロテスク)の姿である。

奇妙なことに、彼らは背景と不釣り合い極まる大きさに彫られているらしかった。生物の一匹が、自身よりもわずかに大きく表現されている鯨を殺す場面があったのだ。

すでに言ったように、私は彼らの異形と奇妙なサイズに気づいたのだが、原始的な漁労・海洋民族——ピルトダウン人[*7]ないしはネアンデルタール人の最初の先祖が生まれる遠い昔に、最後の子孫が死に絶えた種族の、想像上の神に過ぎないと拙速にも決めつけた。

静まり返る水路に月が異様な鏡像を映し出す中、最も大胆な人類学者の着想を超えた過去を不意に垣(かい)間(ま)見た私は、感慨にふけりながらしばらくの間、立ちつくしていた。

私がそれを目にしたのは、まさにその時だった。何者かが上昇してくるわずかな攪拌(かくはん)を水面に生じたのみで、そいつは黒々とした水の中から滑り出すように姿を現した。

ポリュペーモス[*8]の如き忌まわしい巨体が、悪夢に現れる恐ろしくも巨大な怪物のように独立石に突進したかと思うと、鱗におおわれた巨大な腕をその祠堂に投げかけて、おぞましい頭部を垂れて規則的な音を発したのである。

私はその時、正気を失ってしまったようだ。

気が狂ったように斜面と絶壁を昇り、狂乱しながら座礁したボートのところに戻ったことについては、ほとんど何も覚えていない。私は大声で歌い続け、歌えなくなってからは奇怪な笑い声をあげ続けていたように思う。

ボートに辿りついた後、大きな嵐に遭遇したことはおぼろげに記憶している。自然が最も荒れ狂う時にのみ発する、雷鳴などの音を耳にしたことを、とりあえず覚えてはいる。

意識を取り戻した時、私はサンフランシスコの病院にいた。

海洋のただ中で、アメリカ船の船長がボートを救助し、そこに運んでくれたのである。

ずっとうわごとを口にしていたようだが、私の言葉は聞き流されていたようだった。

私の救助者たちは、太平洋における陸地の大変動について何も知らなかったが、主張したところで信じてもらえるはずもなかった。

ある時、私は著名な民俗学者を探し出して、古代ペリシテ人の魚神、ダゴン[*9]の伝説にまつわる特殊な質問をして興味を引いたことがある。だが、すぐにその学者がどうしようもなく型にはまった人物だとわかり、私は重ねて質問するのをやめておいた。

私がそいつを目にするのは、夜——それも、月が半円よりも膨らんでいる夜だった。

モルヒネを試してもみたが、この薬が与えてくれたのはつかの間の安息のみだった。私は薬物にがっちりと摑(つか)まれ、絶望的な奴隷に成り果ててしまった。

それで私は今、十分な説明になるか、友人たちの侮蔑（ぶべつ）的な慰みになるかはわからないが、ともかくも事の次第を書き記して、全てを終わらせようとしている。

全ては、純然たる幻覚だったのではないかと、私は幾度も自分に問いかけてきた。ドイツの軍艦から脱出した後、日差しをさえぎるものがないボート上で日射病にやられ、ひどく錯乱したのではないか――と。

そう自問してはみるものの、おぞましくも鮮やかな幻視が、その度（たび）に眼前に現れるのだ。深海のことを考えると、今この瞬間にもぬるぬるした寝床をのたうちながら這いまわり、太古の石の偶像を崇拝し、水を吸った海底の花崗岩（かこうがん）のオベリスクに彼ら自身の忌まわしい似姿を彫りつけているのかもしれない、名前のないものどものことを、身震いと共に思い出さずにはいられないのである。

私は夢に見るのだ。脆弱で、戦争に疲弊した取るに足りない人類の生き残りを、悪臭を放つ鉤爪（かぎづめ）で引きずりおろすべく、奴らが波濤（はとう）の上にあがってくるだろう日のことを。

陸地が沈み、世界規模の大混乱（パンデモニウム）のただ中に、黒々とした海洋の底が隆起する日のことを。

終わりの刻（とき）は近い。

つるつるした体の巨大な何かがドアにぶつかって、やかましい音を立てている。

私を見つけられはしない。

神よ、手が！　窓に！　窓に！

訳注

1　商船襲撃艇（しょうせんしゅうげきてい）　sea-raider

第一次世界大戦中、中立国の商船に偽装して連合国側の商船を襲撃した艦船。インド洋・太平洋の通商破壊戦では軽巡洋艦や旅客船、貨物船などを改造した仮装巡洋艦、帆船が運用され、大西洋ではUボートが猛威を振るった。

2　海軍の零落（れいらく）　degradation

ドイツ海軍が一九一五年二月に対英の無制限潜水艦作戦を開始し、五月にU‐20が英国の豪華客船ルシタニア号を無警告撃沈した事を指す。この船に一二八名のアメリカ人が乗船していたことが、米国の参戦を促した。

3　『失楽園』　Paradise Lost

英国の詩人ジョン・ミルトンが一六六七年に発表した叙事詩で、サタンの失墜と人間の楽園追放の経緯を描く。ここで言及される情景は第二巻八七一行以降のものだが、「頭、手、足、翼または足を使って道を辿り、そして泳ぎ、あるいは沈み、踏み渡り、腹ばい、あるいは飛行した（九四〇〜九五〇）」とのキャプションがあるギュスターヴ・ドレの挿画をイメージしたものかもしれない。

4　地獄（スティギア）　Stygia

ステュクス Styxと同義。古代ギリシャ語の冥府の川のことで、転じて地獄のこと。後年、HPLの作品世界と緩やかに接続されるR・E・ハワードのコナン・シリーズでは、遥かな太古、エジプトに相当する地域を中心に栄え、蛇神セトを崇（あが）める魔道の国の名前とされる。

5　ドレ　Doré

一九世紀フランスの版画家、彫刻家ポール・ギュスターヴ・ドレ。前述の『失楽園』の挿画が知られる。

6　ポオやブルワー　a Poe or a Bulwer

一九世紀アメリカのエドガー・アラン・ポオと英国のリットン男爵エドワード・ブルワー＝リットン。共にＨＰＬが愛読した怪奇・幻想作家である。

7　ピルトダウン人 Piltdown

一九〇九年から一一年にかけて、アマチュア考古学者のチャールズ・ドーソンによって英国のイースト・サセックス州にあるピルトダウンから化石人骨が発掘された古代人。ネアンデルタール人共々、ＨＰＬの生前には人類の直接の祖先と見なされていたが、一九四九年に複数の化石を組み合わせた捏造と確定した。なお、ＨＰＬが創作上の助言をしていたリチャード・フランクリン・シーライトの「暗根」が初出の粘土板『エルトダウン・シャーズ』が発掘された英国南部のエルトダウン（架空）は、ピルトダウンがモチーフと思（おぼ）しい。

8　ポリュペーモス Polyphemus

紀元前八世紀末、古代ギリシャの吟遊詩人ホメーロスの作と言われている叙事詩『オデュッセイア』に登場する人喰いの単眼の巨人（キュクロープス）の一体で、海神ポセイドーンの子。トロイア戦争の終結後、帰途についたイタケー王オデュッセウスが立ち寄った島に同族たちと棲（す）んでいた。オデュッセウスたちを捕らえて彼の臣下を何人も喰らい、殺すのだが、智慧（ちえ）者オデュッセウスの策略によって、眼を潰された上にまんまと脱出され、島から離れていく船に巨岩を幾つも投げつけ、父神に復讐の呪いを祈願した。

9　ダゴン Dagon

旧約聖書で幾度も言及されるペリシテ人の神。上半身が人間、下半身が魚で、ヘブライ語で魚を意味する「dag」と偶像を意味する「aon」を組み合わせた海神だとも、ウガリット語で穀物を意味する「dgn」の名をもつ穀物神だとも言われている。前出の叙事詩『失楽園』でも、海の怪物として名前が見える。ＨＰＬは後に「インスマスを覆う影」で、父なるダゴンと母なるヒュドラを〈深きものども（ディープ・ワンズ）〉、ひいては人類の祖先とした。なお、同作では〈深きものども（ディープ・ワンズ）〉がクトゥルーを崇拝しているので、後続作家はダゴンをクトゥルーの異名もしくはクトゥルーの配下と解釈した。リン・カーターは「陳列室の恐怖」でダゴンを〈小さき古きものども（レッサー・オールド・ワンズ）〉に数えてクトゥルーの従属神とし、環太平洋地域でもダゴンの名で崇拝されていたと設定、現在はこれが定着している。

神殿

The Temple

1920

（ユカタン半島沿岸で発見された手記）

一九一七年八月二〇日。私、アルトベルク＝エーレンシュタイン伯爵にして、潜水艦U－29[*1]を指揮するドイツ帝国海軍少佐カール・ハインリヒは、正確な位置は不明だが、大西洋上の北緯約二〇度、西経三五度の地点、航行不能の我が艦が着底した海底より、この手記を収めた罎を投棄する。

ある種の尋常ならざる事実を、公のものにしようと願う故の行動である。

私を取り巻く状況は著しく脅威的であり、私自身が生還してそれを実行することは望めまい。U－29が絶望的なまでに航行不能であるのみならず、ドイツ人特有の我が鋼鉄の意志すらも、無惨なまでに損なわれてしまっているからには。

六月一八日の午後、キールに向かっていたU－61[*2]に無線で報告した通り、我々はニューヨークからリヴァプールへ向かう英国船籍の貨物船《ヴィクトリー》号を、北緯四五度一六分、西経二八度三四分の海域で撃沈し、海軍本部の記録部[*3]への提出用途として恰好の記録映像を撮影するべく、乗組員のボートによる脱出を許した。その船はまさしく一幅の絵のように、船首から先に、船尾を水面上に高く上げ、海底に対して船体を垂直にして沈んでいった。

我々のカメラはこの様子を余すところなく撮影していたので、かくも素晴らしいフィルムがベルリンに届けられないことが惜しまれてならない。

その後、我々は救命ボートを砲撃してこれを沈め、潜航したのだった。

日没の頃合いに浮上した際、妙な姿勢で手摺りを握りしめた、船員の死体がデッキに見つかった。哀れな男は若く、浅黒い肌[*4]をしていて、顔立ちも非常に整っていた。おそらく、イタリア人かギリシャ人なのだろうが、《ヴィクトリー》号の乗組員であることは間違いなかった。自分が乗り組んでいる船を容赦なく撃沈した当の敵船に、避難所を求めたのは明白で——英国の畜生どもが我が祖国に仕掛けてきた不当な侵略戦争の犠牲者が、また一人追加されたわけである。

我が艦の乗組員たちが記念品を求めて死体を改めたところ、上着のポケットから月桂冠を戴いた若者の頭部を象る、きわめて風変わりな象牙細工が見つかった。私の同僚たるクレンツェ中尉は、それがたいそうな年代物であり、芸術的価値があると見込んで、水兵から取り上げて自分のものとした。いかなる経緯で平凡な一船員の所有物となったかについては、彼も私も見当がつかなかった。

死体を船外に投棄した際、二つの出来事が起きて、水兵どもをひどく動揺させた。閉じていたはずの男の眼が、死体を手摺りまで引きずる間にゆっくりと開き、死体の上にかがみ込んでいたシュミットとツィマーを嘲るようにじっと見つめたという奇妙な妄想に、多くの者たちがとらわれたようだった。

運用長のミュラーはいい年をして、海に投棄された死体を眺めているうちに幻覚を目にし、興奮状態に陥っていた。迷信深いアルザス産の豚でなければ、もう少し分別があったろうに。死体が少し沈んだ後に泳ぐ姿勢で四肢を動かし、速やかに南の方角の波間へと消えていったなどと断言するとは。

クレンツェと私は斯様な小作農の無知の露呈を好まず、水兵ども、特にミュラーを厳しく叱責した。

翌日、一部の乗組員たちの気分が優れず、きわめて厄介な状況に陥った。彼らは明らかに長期の航海によって神経を病み、悪夢に悩まされていた。幾人かは、まったくもって茫然自失の有様だった。

仮病（けびょう）でないという確信を得た上で、私は彼らの任務を解除した。

海がやや荒れていたので、我々は波の影響を受けにくい深度へと潜航した。海図では特定できなかった奇妙な南向きの海流があったとはいえ、そこは比較的穏やかだった。

病人たちの呻（うめ）き声が煩（わずら）わしくてならなかったが、他の乗組員たちの士気を低下させるほどのものとは思われず、極端な処置をとる必要はなかった。

航海計画に従うなら、我々は今いるこの海域にとどまって、ニューヨークの諜報員からの情報にあった大型定期船《デイシア》号*5の航行を妨害することになっていた。

夕方の早い時間に我々が浮上すると、海は最前ほどには荒れていなかった。北の水平線上に戦艦の煙が見えはしたが、彼我の距離と潜航能力によって我々は安全だった。我々を悩ませたのはむしろ、夜が深まるにつれて一層狂乱の度合いを増していったミュラー運用長のおしゃべりだった。彼は唾棄（だき）すべき幼児退行を起こし、舷窓（げんそう）*6から見える海の底をいくつもの死体が漂（ただよ）っていて、死体どもが彼のことをじっと見つめたとか、膨張しているにもかかわらず勝利者たる我らドイツ海軍の戦果のうちに命を落とした者たちだとわかったという具合の幻覚を、早口でまくしたてた。のみならず、我々が発見し、海に投げ入れたあの若者が彼らを先導していたとまで口にしたのだった。

身の毛もよだつ異常な話だったので、我々はミュラーに手錠をかけて、したたかに鞭打（むち）ってやった。

水兵たちはこの処罰を喜ばなかったが、規律が必要だったのである。我々はまた、水兵のツィマーを代表とするグループの、風変わりな象牙細工の人頭像を海に投げこむべきとの陳情も退けた。

六月二〇日、前日から体調を崩していた水兵のボームとシュミットが、激しい狂乱状態に陥った。

ドイツ人の命は貴重なので、我が艦に配属された士官の中に医師がいなかったことを悔やんだが、二人が恐ろしい呪いについてひっきりなしに喚き散らし、規律を乱すこと甚だしかったので、断固たる措置をとらざるをえなかった。乗組員たちは不満げにこの出来事を受け入れたものの、ミュラーを黙らせることはできたようで、以後は彼が我々に面倒をかけることはなくなった。

その夜のうちに我々は彼を解放し、彼は黙りこくって任務に復帰した。

次の週になって、我々は皆きわめて神経を張り詰めながら、《デイシア》号を待ち構えていた。この緊張状態は、ミュラーとツィマーの失踪によって悪化した。彼らは恐怖に悩まされた挙句に自殺したことは間違いないのだが、彼らが海に飛び込む様子を誰一人として目撃していなかったのである。

黙りこくっているだけでも乗組員たちに悪影響を与えていたので、私としてはミュラーがいなくなったことをむしろ喜んでいた。今や、誰しもが密やかな恐怖を抱いているかのように、口数が少なくなっていた。少なからぬ者たちが体調を崩していたが、騒ぎを起こす者はいなかった。

クレンツェ中尉はストレスで苛立つあまり、ごく些細なことに神経を尖らせていた――U-29に群がっているイルカの群れが徐々に数を増しているとか、海図にない南向きの流れが勢いを強めているとか、そういった具合にである。

やがて、《デイシア》号を完全に見失ったことが判明した。

このような失敗は珍しいことではないし、我々は失望よりもむしろ喜びを覚えていた。今や、ヴィルヘルムスハーフェンへの帰港が正当化されたのだから。

六月二八日の正午、我々は北東へと針路を変更し、異様なイルカの大群とのやや滑稽な衝突事故が起きたりはしたものの、ほどなくして航行を開始した。

午前二時に機関室で起きた爆発は、まったくの不意打ちだった。機械の不具合や水兵たちの不注意があったわけでもなく、艦全体が何の警告もなしに、とてつもない衝撃で揺さぶられたのである。

クレンツェ中尉が機関室へ駆けつけてみると、燃料タンクと機関の大半が粉微塵になっていて、機関士のラーベとシュナイダーは即死していた。

我々の置かれた状況は、唐突に深刻きわまりないものとなった。複数ある空気清浄装置には異常がなく、圧搾空気と蓄電池が持ちこたえる限り、艦の潜航浮上装置とハッチの開閉機構は問題なく動作するとはいえ、我々は艦を推進することも操舵することもできなくなっていたのである。

救命ボートで救助を求めたりすれば、我らが偉大なるドイツ帝国に不当な恨みを募らせている敵国の手にわざわざ我が身を差し出すも同然だった。加えて、《ヴィクトリー》号の撃沈以来、我が艦の無線装置は故障していて、同胞たる帝国海軍のUボートへの連絡も取れなくなっていた。


この事故から七月二日までの間、我々は何の方策もとれないまま他の船と遭遇することもなく、絶えず南へと流されていった。イルカの群れは相変わらずU－29を取り巻いていたが、我々の移動距離を考えると、それはいささか驚くべき出来事だった。

七月二日の朝、我々はアメリカ国旗を翻す軍艦を視認し、水兵たちは降伏を望んで落ち着きをなくした。最終的には、このような非ドイツ的な行動を、暴力行使によって強行しようとしたトラウベという名の水兵を、クレンツェ中尉が射殺しなければならなくなった。

この出来事が乗組員たちを一時的に鎮(しず)め、我々は発見されないまま潜航した。

翌日の午後、南方から密集した海鳥の群れが現れ、大洋が不気味にうねりはじめた。我々はハッチを閉めてしばし状況の変化を待ったが、潜水しない限りは高まる波に呑まれてしまうことがやがて判明した。空気圧と電力は減少の一途をたどっていて、我々は乏(とぼ)しい動力源の濫用(らんよう)をどうにか避けたいと考えていたのだが、この時ばかりは選択の余地がなかった。

我々は深く潜航はせず、数時間後、海が穏やかになった時に浮上することにした。しかしこの時、新たな問題が発生した。機械はすべて作動するにもかかわらず、艦が我々の操作にまったく反応しなかったのである。海底での幽閉状態に、水兵たちはいよいよ怖じ気づき、一部の者たちは再びクレンツェ中尉の象牙細工について小声で話し始めたのだが、自動式拳銃(オートマチック)をちらつかせると口をつぐんだ。我々は、もはや使い物にならないことは重々承知している機械類を修理させて、この哀れなろくでなしどもをできるかぎり忙しくさせておいた。

クレンツェと私は、交代で睡眠をとることにしていた。そして七月四日の午前五時頃、私の睡眠中に大がかりな反乱が発生した。我々の命運が尽きたことを薄々感じ取った残り六名の水兵の豚どもが、我々が二日前、ヤンキーの戦艦に降伏するのを拒絶したことに対して突如、激しい怒りを爆発させ、恐慌状態になって呪いの言葉を吐き散らし、破壊の限りを尽くしたのである。

連中はけだもののような唸(うな)り声をあげ、装置や備品を手当たり次第に壊していった。象牙細工の呪いであるとか、浅黒い肌の死んだ若者が彼らを見つめながら泳ぎ去っていったとかいった、実に莫迦莫迦(ばかばか)しいことを喚き散らしてもいた。クレンツェ中尉はといえば、おろおろとするばかりで役に立たなかった。いかにも柔弱(にゅうじゃく)で女々しいラインラント人[*7]らしい話ではあった。

　私は、その必要があると判断して六名全員を射殺し、生存者が残っていないことを確認した。二重ハッチから死体を排出すると、U-29に残っているのは我々二人だけとなった。クレンツェはすっかり神経過敏になっていて、浴びるように酒を飲んでいた。豊富な食糧と化学的に供給される酸素を用いて、我々がある程度長く生き延びることができるのは確かだった。それらは、畜生の如き水兵どもの気の触れた乱痴気(らんちき)騒ぎの被害を受けていなかったのである。

　とはいえ、羅針盤も水深計、その他の精密機器が破壊されてしまったので、今後は自分たちの時計やカレンダー、そして舷窓や司令塔から垣間見える様々な物体から判断される、見かけ上の移動率に基(もと)づいて、現在位置を推測するしかなくなっていた。

　幸い、蓄電池はまだ長時間の使用が可能で、艦内照明と探照灯(サーチライト)の双方が使用可能だった。しばしば艦の周囲に光条(ビーム)を投射してみたものの、見えるのは我々の漂流コースと並行して泳いでいるイルカたちばかりだった。私は、そのイルカたちに科学的な興味を覚えていた。というのも、普通のデルフィナス・デルフィス(マイルカ)はクジラ目の哺乳動物であり、空気なしでは生きていけないのだが、泳いでいる一頭を二時間ほど観察してみたところ、ずっと潜ったままだったのである。

　時間が経つにつれて、クレンツェと私は我々が今なお南へと流されている一方で、深みへと沈降し続けていると判断した。我々は海洋の動物相と植物相に注目し、私が時間を潰す目的で持ち込んでいた書物の該当する部分を読み込んだ。

しかしながら、同輩の科学的知識が甚だ劣っていることについて、気づかざるをえなかった。彼の心はプロイセン的なものではなく、空想だの憶測だのといったおよそ価値のないものに費やされているのである。我々に死が迫りつつあるという事実が彼に妙な影響を及ぼしたようで、彼はひっきりなしに我々が深海へと送り込んだ老若男女へと、自責の念に駆られて祈りを捧げていた。すべてはドイツ帝国への奉仕という気高き行いであったことを、忘れ果ててしまったのである。

しばらくすると、彼は目に見えて精神の平衡を失った。例の象牙細工を何時間もじっと見つめていたかと思うと、海に沈んで忘れ去られたものについてのあられもない物語をこしらえたりもした。

時折、私は心理実験として彼のうわごとを引き出して、彼がとめどなく続ける詩の引用や沈没船の物語に耳を傾けた。ドイツ人たる者がかくも病んでいる状況を見るのはいたたまれないが故に、私は彼に対して強い憐（あわ）れみの念を抱いたものだが、共に死ぬに相応（ふさわ）しい相手とは思えなかった。

私について言えば、祖国が私の名誉を尊重し、父親のごとき人物となるべく息子たちを教育してくれるだろうことを確信していたので、強い自負心を保持していた。

八月九日、我々は海床を目にしたので、探照灯の強力な光条（ビーム）を照射した。そこは広大で起伏のある平原で、大部分が海草に覆われ、小さな軟体動物の殻が散らばっていた。そこかしこに当惑させる形状をしたぬめぬめする物体があり、海草にとりまかれたりフジツボに覆われたりしていて、クレンツェは墓場に眠る古（いにしえ）の船に違いないと断言した。

その彼にして、ある物体については困惑を覚えたようだった。それは先の尖った硬質の物体で、海床から先端までおよそ四フィート［およそ一・二メートル］ほど突き出ていて、厚さは二フィートばかり。側面は平坦で、なめらかな上面とかなりの鈍角で接しているのだった。私はこの尖ったものを露出した岩だと言ったが、クレンツェは表面に何かが彫り込まれているのを見たと考えた。ややあって彼の体は震え始め、恐れをなしたようにこの場から目を背けた。そして、大洋の深淵の広漠さや暗さ、辺鄙さ、古ぶるしさ、そして神秘に圧倒されたといった内容のことばかりを口にするのだった。

　クレンツェの心はすっかり消耗しきっていたが、私は常にドイツ人らしくあり続け、すぐさま二つのことに気づいた。U-29が深海の水圧に見事に耐え抜いていること。それと、およそ高等生物が存在するなどありえないと殆どの博物学者が考えている深海にあっても、例の奇妙なイルカたちが今なお我々にまとわりついているということである。

　ここに至るまでに、深度を過大に見積もったかもしれないのだが、仮にそうであったとしても、このような現象を驚くべきものと見なせるだけの深度に達していることは間違いない。なお、我々が南方へ流されていく速度は、海床を基準に測定した結果、より浅い深度にあった時に通過していった海洋生物から推定した速度とほぼ一致していた。

　八月一二日の午後三時十五分、哀れなクレンツェは、完全に正気を失った。司令塔で探照灯を操作していた彼が、図書室で本を読んでいる私のところに飛び込んできた時、彼の顔にはひと目でわかる狂気が表れていた。

　私は彼が口にしたそのままをここに書きとめ、彼が強調した言葉に傍線を引くものとする。

「彼が呼んでいる！　彼が呼んでいる！　彼の声が聞こえたんだ！　俺たちは行かなければならない！」

　そう言いながら、彼はテーブル上の象牙細工を手にしてポケットに突っ込み、私の腕を摑んで甲板に通じる昇降用梯子（はしご）へと引きずっていこうとした。ハッチを開けて私共々水中へ飛び出そうとしているのだと私はただちに理解したのだが、自殺志願の殺人狂に面と向かう覚悟はできていなかった。

私は尻込みして何とかなだめすかそうとしたが、彼はいよいよ暴力的になり、こう言った。

「すぐに来るんだ――そんなには待てないぞ。逆らって死の宣告をされるくらいなら、悔い改めて許しを受ける方がいい」

私は彼をなだめるのをやめて、狂人――哀れな精神障害者だと彼に言ってやった。

しかし、彼はいささかも動じることなく、大声を張り上げた。

「俺が狂っているというなら、そいつは慈悲ってものだ！　鈍感なあまり悍（おぞ）ましい最期の時にあっても正気のままでいる者に、神々が憐れみを賜（たまわ）らんことを！　彼がまだ慈悲をもって呼びかけてくださっているうちに、お前も一緒に来て、狂ってしまえばいいんだ！」

感情を激発させたことで脳の緊張がやわらいだようで、この言葉を言い終えると、彼はかなり穏やかになって、同行しないのであれば彼一人だけでも行かせて欲しいと懇願した。

私のとるべき道は、今となっては明白だった。彼はドイツ人ではあるが、ラインラント出身の平民に過ぎず、今や潜在的に危険な狂人でしかなかった。自殺の要求に応じれば、もはや同輩とは言えぬただの脅威でしかないこの男からすぐにも解放されるのである。

彼が出ていく前に、象牙細工の彫像を寄越（よこ）すよう頼んでみたのだが、この要求に彼は気味悪い笑い声を返したので、同じ要求を繰り返しはしなかった。続いて、救助された時に備えてドイツの家族のために遺品なり髪の毛なりを残すつもりがないかとも尋ねてみたが、奇妙な笑いが再び返された。

彼が梯子を登ったので、私はレバーのところへ行き、適当な間隔を開けてから彼を死へと送り出す機構を作動させた。彼が船内にいなくなったことを確認した後、私は探照灯を周囲に投げかけた。理論的な考えの帰結として彼の死体が水圧で潰されているのか、それともあの異様きわまるイルカどもと同じく死体もそのままでいるのか、この目で確認したかったのである。しかし、司令塔の周囲にイルカの群れが密集して視界を遮(さえぎ)ったので、死んだ同僚を見つけることはできなかった。

その晩、私は哀れなクレンツェが出て行く時に、彼のポケットからあの象牙細工を抜き取らなかったことを後悔した。あの象牙細工の記憶が、私をとらえて離さなかったのである。私は芸術家気質ではないはずなのだが、あの月桂冠を戴く、若々しく整った顔立ちが脳裡(のうり)にこびりついていた。言葉を交わす相手がいなくなったことも残念に思えた。クレンツェは、私の精神と並び立てる相手ではなかったが、それでも他の誰よりも優秀な人間だったのである。その夜、私は一睡もすることができず、いつ最期が訪れるのかと思って途方に暮れた。

確かに、私が救助される見込みはまったく絶望的だったのである。

翌日、私は司令塔にあがって、いつものように探照灯による探索を始めた。北側の眺めは、海床を最初に目にして以来四日間ほとんど変わりがなかったが、U-29の流される速度はいくらか落ちているように思われた。光条(ビーム)を南側に向けると、私は前方の海床(かいしょう)が急勾配で下の方に傾斜し、奇妙にも形の整った石塊(ブロック)がいくつかの場所に、何かしら明確な規則性に従っているかのように配置されているのが目に入った。このさらなる深みへと、艦がすぐにも沈み込んでいく様子はなかったので、私は光を急角度で下方へと向けるべく、探照灯を調整せざるを得なかった。急激な変更のせいで断線が起きてしまい、修理にかなりの時間を食ってしまったものの、再び光条が迸って眼下に広がる海の谷に光が溢れた。

私はいかなる種類の感情にも動かされることはない人間なのだが、電気の輝きによって露わになったものを目にしたとき、尋常ならぬ驚嘆を覚えた。プロイセンの最上の文化によって立つ一人として、私は驚くべきではなかったのだろう。何故なら、地質学と伝承の双方が、太陽と大陸の大移動を我らに教えてくれていたのだから。

私が目にしたのは、廃墟と化した建物が広大な空間に入念に配置されている様子だった。すべての建物が壮麗だったが、その建築様式は定かならず、保存状態もまちまちだった。大部分は大理石で造られているようで、探照灯の光を浴びて白く輝いていた。全体としては狭い谷の底にある大都市で、切り立った斜面の上には無数の孤立した神殿や別荘が建っている。屋根は崩れ、柱は折れている。しかし、今もなお衰えることのない永劫の太古の輝きの名残が、あたりに漂っていたのである。

以前は神話であるとしか考えたことのなかったアトランティスについに直面して、私はここを探検したいという情熱を大いに掻き立てられた。谷の底にはかつて、川が流れていたのだろう。その光景をより仔細に眺めてみると、かつては新緑に覆われ美しかったと思しきテラスや堤防、石造りや大理石造りの橋、海壁の痕跡が見られたからである。

熱中のあまり、私は哀れなクレンツェと同様の、愚かしくも感傷的な心地になっていた上、南向きの海流がついにおさまって、飛行機が地上の都市に着陸するように、U-29が沈んだ都市へとゆっくりと下降しているのにもなかなか気づかなかった。また、あの異様なイルカの群れが姿を消していることにも、しばらく気がつかなかったのである。

　およそ二時間ほどで、潜水艦は谷間の岩壁に近い舗装された広場に停止した。片側では、広場から古い川堤にかけての斜面に存在する街全体を眺めることができた。その反対側には、正面の門戸(ファサード)が豪奢(ごうしゃ)に飾り立てられ完璧(かんぺき)に保存されている巨大な建造物がごく間近にあって、明らかに硬い岩を穿(うが)って建てられた神殿に違いなかった。この巨大な建築物がそもそもいかなる技巧によって造られたものか、私には推測することしかできなかった。とてつもない大きさの門戸は、数多くの窓が広範囲に取り付けられているので、明らかに繋(つな)がっている空洞状の窪(くぼ)みを覆っているようだ。中心部では巨大な扉が開け放たれ、見事な階段がそこに続き、浮かれ騒ぐバッカス神の信徒たちのような姿が精巧に彫り込まれていた。

　それら全てにも増して素晴らしいのが巨大な円柱と小壁で、いずれも筆舌に尽くしがたい美麗な彫刻で飾られていた。理想化された田園風景や、光り輝く神を崇敬(すうけい)する風変わりな儀礼用具を手にした神官と女神官の行列が、明瞭に描かれていた。その芸術性ときたら驚かんばかりの完璧さを備えていて、その発想は主にヘレニズム的でありながら、奇妙な独自性を有していた。とてつもない古代の印象を与えるもので、ギリシャ芸術の直接の先祖というよりも、はるか遠い祖というべきものだった。

　この壮大な作品のあらゆる細部が、この星にある手つかずだった丘腹の天然の岩壁から造り上げられたことについては、疑問の余地がない。明らかに谷間の岩壁の一部なのだろうが、どれだけ広大な内部が掘削されたかについては、想像を絶していた。おそらく、単独もしくは連なっている洞窟群が中核になっているのだろう。歳月も水没したことも、この荘厳(そうごん)なる大神殿——まさに大神殿以外の何物でもない——の、原初の威厳を腐食させるには至らなかった。数千年もの年月が過ぎ去った今日においても、それは終わりなき夜と海の峡谷の静けさに包まれて、汚れひとつない神聖さを維持したままに、鎮座し続けていたのである。

　水没した都市の建物やアーチ、彫像、橋、そして美と神秘に満ちた巨大な寺院を、私は時が経つのも忘れてただ眺め続けていた。死が間近いことを知ってはいたが、好奇心はなおも消えておらず、私は熱烈な探究心に駆られながら探照灯の光条(ビーム)を投射した。

　光条で多くの細部を目にすることはできたものの、岩を穿って造られた神殿の扉の中を窺(うかが)い知ることだけはできなかった。やがて、私は電力を節約する必要性に思い至り、探照灯の電源を落とした。数週間にわたり漂流する間に、今や光の強さはひと目でわかるほど暗くなっていたのである。

　そして、やがて照明が喪われるという事実に掻き立てられ、水中の秘密を探求したいという私の欲望はむしろ高まっていった。一人のドイツ人であるこの私こそが、この永劫の時の果てに忘れ去られた通りを歩む、最初の人間でなければならないのである！

　私は金属を接(つ)ぎ合わせた深海用の潜水服を引っ張り出して点検し、携帯用のライトと空気清浄装置の動作を試験した。自分一人で二重式のハッチを操作するのに手間取ったものの、私の科学技術をもってすればあらゆる障害を乗り越え、死に絶えた都市をこの身で実際に歩き回れると確信していた。

　八月一六日、私はU‐29の外に出て、荒廃して泥に覆われた街路を苦労して進み、古代の川へと歩いていった。人骨やその他の人間の痕跡は見つからなかったが、彫刻や貨幣から豊富な考古学的知識を得ることができた。このことについて私は今、何を話すこともできない。ただ、穴居人がヨーロッパを歩き回り、ナイル川が人間の目に触れることなく海に流れ込んでいた時代に最盛期を迎えていた文化に、畏怖の念を抱いたとだけ言っておこう。

もしもこの文書が発見されるようなことがあれば、この記録に導かれた誰かが、私がほのめかすことしかできない神秘を解き明かさなければならないのだ。

バッテリーが弱まってきたので、岩の神殿の探索は翌日に行うことにして、私は艦に引き返した。

一七日、神殿の謎を探究せんとする衝動がなおも募りゆく中、私はひどく落胆することになった。携帯用ライトの充電に必要な機材が、七月に起きた畜生どもの反乱によって破壊されていたのである。怒髪天を衝く思いではあったが、全き暗闇に鎖された神殿の内部へと、十分に準備のできないまま侵入することについては、ドイツ人としての良識が私を押しとどめた。名状しがたい海の魔物の棲みかになっているかもしれないし、抜け出すことができないほど曲がりくねった迷宮じみた通路があるかもしれないのだから。

私にできることといえば、U－29の衰えつつある探照灯をつけ、その助けで神殿の階段を上り、外部の彫刻を調べることくらいしかなかった。光の束が上向きの角度で扉の中に差し込んだので、何か見えるものがあるのではないかと中を覗きこんではみたものの、結果は虚しいものだった。天井を見ることもできず、床の強度を杖で確認した上で一、二歩足を踏み入れてはみたが、それ以上進みはしなかった。私は生まれて初めて、恐怖の感情というものを経験したのである。神殿にますます惹かれていくにつれて、この海底の深淵に何とも正体の知れない恐怖を抱くようになったので、哀れなクレンツェがどのような精神状態に陥っていたのか、私にもいくらかわかり始めていた。

潜水艦に戻ると、私はライトを消して、暗闇の中に座り込んだままで物思いにふけっていた。非常時に備えて、電力を節約する必要があったのである。

一八日の土曜日、私は暗闇の中で過ごし、我がドイツ人の意志を打ち砕かんとするあれこれの思考や記憶に苛(さいな)まれていた。この忌まわしいまでに遠い過去の、不吉な名残に到達する前にクレンツェは発狂して死んだのだが、彼は自分と共に行くよう私に勧めていたのである。

あるいは運命の女神[*8]は、いかなる者の悪夢よりも恐ろしい、想像を絶する最期へと引き寄せるためだけに、私の理性を保たせているのではないだろうか？　私の神経は、とてつもない重圧を受け続けているに違いない。このような弱者の迷妄(めいもう)は、打ち捨ててしまわねばならないのだ。

土曜日の夜、私は眠ることができなかったので、先のことには構わず照明を点灯させた。電力が、空気や食糧よりも先に尽きるというのは、何とも悩ましいことである。私は安楽死についての考えを思い出し、自動式拳銃(オートマチック)を確認した。

私は朝が来る前に、照明をつけたまま寝入ったに違いない。昨日の午後、目を覚ましてみるとあたりは暗闇に包まれていて、私はバッテリーが切れたことを知った。私は何本かのマッチを続け様に擦(す)り、持ち込んでいたわずかなロウソクをかなり以前に使い果たしていた不用意さを悔やんだ。

敢(あ)えて浪費した最期のマッチの灯りが徐々に消えていった後、私は光なき暗闇の中で静かに座っていた。避けようのない最期について考えた時、私の心はこれまでに起きた出来事を次々と思い返し、自分よりも弱くて迷信深い男を震え上がらせるだろう、それまで潜伏していた印象に思い至った。岩の神殿に彫り込まれていた光り輝く神の頭部は、船員の死体が海からもたらして哀れなクレンツェが海に戻した、象牙片に彫り込まれていたものとそっくりだったのである。

この偶然の一致に、少々目の眩む思いがしたが、恐れをなすほどのことではなかった。奇異で錯綜した物事を性急に解き明かそうとして、短絡的に原始的な超自然主義を持ち出すのは、劣等なる頭脳の持ち主にのみ赦されたことであれば。偶然の出来事は不可思議なものではあるが、私は健全な理論家であるが故に、なんら論理的な繋がりのない事象を結びつけたり、《ヴィクトリー》号の一件から私が現在置かれた惨憺たる出来事を、尋常ならぬやり方で関連づけたりはしないのである。

さらなる休息の必要を感じたので、私は鎮静剤を服用し、睡眠にいくらか時間を割いた。

私のささくれだった精神状態が夢に影響を与えたのだろう。私は溺れ死んでいく者たちの叫び声を耳にし、艦の舷窓に押しつけられた死者の顔を見たように感じた。そして、それら死者の顔の中には、あの象牙細工を手にした若者の生き生きとした、嘲笑う顔があった。

今日、目覚めている間のことを記録するにあたっては、細心の注意を払わなければなるまい。目下、私は取り乱しており、相当量の幻覚を必然的に事実と混同してしまっているからだ。

私の症例は心理学的に大変興味深いものであり、有能なるドイツの権威によって科学的に観察される機会がないことを、大変残念に思う。

目を開けて最初に覚えた感覚は、例の岩の神殿を訪れたいという抑えがたい欲望だった。その欲望は刻一刻と膨(ふく)れ上がっていくのだが、逆方向に作用する恐怖めいた感情によって反射的に抗ってしまうものではあった。続いて、蓄電池の切れた暗闇の中にこそ光明があるという印象を感じたので、神殿の側に開いた舷窓を覗き込むと、何か燐光(りんこう)のような輝きが見えたようだった。

このことが、私の好奇心を呼び起こした。このような輝きを発することのできる深海生物を、私は知らなかったのである。しかし、調査にとりかかる前に第三の印象を受け、それがあまりにも不合理だったので、私は自分の感覚が受け取ったあらゆる事物の客観性を疑うに至った。

それは、幻聴であった。荒々しくも美しい、詠唱(えいしょう)もしくは賛美歌(さんびか)のような、リズミカルで妙なる旋律の音が、完全防音構造のU-29の船体を透過して、外部から聴こえてきたように感じたのだ。

自身の精神と神経の異常を確信し、私はマッチを数本ばかり擦って、臭化ナトリウム溶液[*9]を大量に服用し、幻聴を払いのけられる程度に心を落ち着かせることができたように思った。

しかし、燐光の方は今なお見えていた。私は舷窓に張り付いてその光源を探したいという子供じみた衝動を抑えるのに大変苦労した。光には恐ろしいほどの現実味があって、ほどなくして私はその恩恵に浴して周囲にある馴染み深いもののみならず、今いる場所では以前に目にした覚えのない、臭化ナトリウムの空になったガラス容器をも識別できるまでになった。

この最後の状況について私はじっくりと考え込み、部屋を横切ってガラス容器に触れてみたのだが、それはまさしく、私が目にしたその場所に存在していた。

今や、この光は現実のものか、さもなくば払いのけることができないほど強固で首尾一貫した幻覚のいずれかだと理解したので、私はあらゆる抵抗を断念して司令塔にあがり、発光源を探すことにした。

あるいは、救助の可能性をもたらしてくれる別のUボートということもあるのではないか？

読者が、以下に続くものを客観的事実として受け入れられなかったとしても、仕方のないことである。起きた出来事が自然の法則を超越していて、必然的に私の強い負担を受けた精神による主観的かつ非現実的な創造物だということになるからには。

司令塔にあがってみると、海は私がだいたい想像していたほどには明るくないことがわかった。周囲に動植物に由来する燐光はなく、川へと傾斜している都市は暗くて何も見えなかった。

私が目にしたものは、壮観であったわけでもなければ、グロテスクであるとか、恐怖を覚えるものでもなかったが、自分の意識への信頼の最後の一片をも取り除いてしまった。

岩がちな丘を穿って造営された海底の神殿の戸口や窓が、その奥深くにある巨大な祭壇で大きな焔の如きものに由来するかのような、ゆらめく光で鮮やかに輝いていたのである。

その後に起きた出来事は、混沌としている。不気味な光に照らされた戸口と窓を見つめているうちに、突飛きわまる幻覚に捕らわれたのだ――あまりにも突飛だったので、私はそれを言葉にのぼせることすらできない。神殿の中に目に見える物体――動かないものと動くものの双方――を目にしたように思い、目を覚ましてすぐに聴こえてきた、あの非現実的な詠唱を再び耳にしたように思った。

想起された思考と恐怖の全ては、眼前にある神殿の小壁や円柱に彫刻されている象牙細工の頭像とそっくり同じ意匠と、海から現れたあの若者へと集約されていた。

私は哀れなクレンツェのことを思い、その亡骸が、彼が海の中に戻した象牙細工と共に眠る場所はどこなのだろうと考えた。彼は何事かを警告したのだが、私は意にも介さなかった――所詮、彼はプロイセン人ならば容易に耐えられる苦難に直面して発狂した、柔弱なラインラント人に過ぎない。

後のことは、きわめて単純である。神殿へと赴(おもむ)いて中に入るという私の衝動は、いまや最終的に拒絶不可能な、不可解かつ差し迫った命令となっていた。我がドイツ人の意志力をもってしても、もはや自分の行動を制することはできず、わずかな些事に限り意志を届かせることができるのだろう。

このような狂気は、頭を何かで覆うこともなく、無防備なまま深海へと赴かせ、クレンツェを死に追いやったのだ。とはいえ、私はプロイセン人にして良識の持ち主であるからには、わずかに残った己の意志を最後まで行使するつもりである。行かなければわからないとわかると、私はただちに潜水服とヘルメット、空気清浄装置を、いつでも身に着けられるよう準備した。

それから、いつかは世界に届くことを願って、この手記を手早く書き始めたのである。私はこの文書を壜の中に封印し、U‐29から永遠に離れる際に、海に委(ゆだ)ねるつもりである。

狂人クレンツェの予言すらも、私に恐怖を感じさせることはない。

私の目にしたことは真実であるはずがないし、私自身のこの狂気も、せいぜい空気が切れて窒息死に至るが故のことに過ぎないと承知している。神殿の光は純然たる妄想であり、この暗澹(あんたん)たる忘却の彼方の深みにて、私はドイツ人らしく穏やかな死を迎えるのだろう。

これを記している間に聴こえた、あの悪魔めいた笑い声は、私自身の衰えゆく脳から発したものに他ならない。故に私は、慎重に潜水服を着用して、堂々と階段を上り、底知れぬ深海と測り知れぬ歳月の知られざる秘密そのものである、原初の神殿へと足を踏み入れるつもりである。

訳注

1、2 U-29、U-61 U-29,U-61
U-29は一九一五年二月に就役したドイツ帝国海軍のU-27級Uボートだが、オットー・ヴェディゲン大尉の指揮下にあった一九一五年三月一八日に英海軍の戦艦《ドレッドノート》に撃沈されている。HPLの意図はさておき、U-29の艦番号を継承した二番艦と解釈するのが妥当だろう。なお、史実のU-61は一九一七年六月一八日には北大西洋で作戦行動中だった。

3 海軍本部の記録部 admiralty records
当時の帝国海軍本部に「記録部」なる部署があったかどうかは未確認。英国海軍の記録部にUボートの資料が多数保管されており、部署名の参考にしたのかもしれない。

4 浅黒い肌 dark
「黒髪」と訳されることもあるが、ラテン系の人間らしいということで、「浅黒い肌」とした。

5 《デイシア》号 Dacia
ルーマニアの旧称ダキアの英語読み。同名の英国籍ケーブル敷設船が一六年一二月三日、U-38に撃沈された。

6 舷窓 portholes
Uボートの船体部には通常の船舶のような舷窓が存在しない。HPLはジュール・ヴェルヌの『海底二万リュー』のイメージで、潜水艦の描写をしていると思しい。

7 ラインラント人 Rhinelander
ドイツ西部のラインラントRheineland出身者の意味合いで使っているようだが、綴りはラインラントからの移民を指す米英語「ラインランダーRhinelander」のもの。

8 運命の女神 Fate
大文字で始まるので、運命ではなく運命の女神とした。

9 臭化ナトリウム溶液 sodium bromide solution
脳神経に作用して不安や緊張を和らげる効果があるため、催眠鎮静剤、抗不安剤として使用される。

マーティンズ・ビーチの恐怖

The Horror at Martin's Beach

（ソニア・H・グリーンのための代作）

1922

マーティンズ・ビーチの恐ろしい出来事については、多少なりとも適切と思える説明をこれまでに聞いたことがない。目撃者が大勢いたにもかかわらず、どの報告も食い違っていて、地元の当局が集めた証言にしても、きわめて驚くべき矛盾が含まれているのである。

とはいうものの、その恐ろしい出来事自体の前代未聞の性質や、目撃した全員のほとんど身動ぎもできないような恐怖、そして『催眠の力は人間に限定されるのか？』と題するアルトン教授の論文によって話が広まった後、大流行りのウェーブクレスト・インの関係者がそれをもみ消そうと努めたことを考慮すると、こうした不明瞭さは当然なのかもしれない。

このような障害がありはしたが、私は何とか首尾一貫したヴァージョンの説明を提示しようと努力している。私が目撃したあの悍ましい出来事が、ぞっとするような可能性を示唆しているからには、広く世間に知らしめなければならないのだ。

マーティンズ・ビーチは、海水浴場として改めて人気を集めているようだが、想像するだにぞっとする話である。実際、今や私は、身震いすることなしに海を見ることもできないのだから。

運命というやつには、時として劇的な効果や山場を演出する感覚が伴っていて、一九二二年八月八日の恐ろしい出来事にしても、目立たぬながらもお約束通りの、マーティンズ・ビーチにおける驚異に満ちた興奮の一幕が先行していた。五月一七日、グロスター[*1]の漁船アルマ号の船員が、ジェームズ・P・オーン[*2]船長の指揮のもと、およそ四〇時間にわたる戦いの末に海の怪物を殺害したのである。怪物の大きさと外見は、科学界にかなりの大騒ぎを巻き起こし、ボストンの名だたる博物学者たちが細心の注意を払って、剝製保存を行ったのだった。

その対象物の長さはおよそ五〇フィート［約一五メートル］ほど。ほぼ円筒形をしていて、直径はおよそ十フィート［約三メートル］あった。大きな分類で言えば、間違いなく鰓のある魚類なのだが、胸鰭の代わりに原始的な前肢や、六本指を備えた脚があるなど、ある種の奇妙な変異があって、あられもない憶測が飛び交っていた。

異様な口、鱗に覆われた分厚い皮、深く落ち窪んだひとつきりの目は、決してその巨大さに見劣りすることのない、驚くべきものだった。博物学者が、その生物を孵化して数日も経っていない幼生だと断言した時には、公衆の興味はこれ以上ないほどに高まった。

オーン船長は、ヤンキーに特有の抜け目ない人物で、その物体を船体に収容できるほどの大きな船を手に入れて、獲物を展示する手筈を整えた。慎重に工事を進め、一流の海洋博物館に匹敵する設備を整えると、彼は南にあるマーティンズ・ビーチの高級リゾート地区へと船を出し、ホテルの埠頭に碇を降ろし、入場料を取り始めたのである。

展示物そのものの驚異と、遠近を問わず各地からやってきた科学者たちの心に重要性がはっきりと伝わったことで、その催しはこの夏一番の大盛況となったのだ。

その生物が全くもって唯一無二——科学の世界では革命と呼べるほどの段階で——の存在だということを、皆がよく理解していた。博物学者がはっきりと示したように、フロリダの沿岸で捕獲される同じように巨大な魚とは根本的に違っているだけでなく、おそらく数千フィートの途方もない深海に棲息していることが明らかなのに、脳や主要な器官が驚くほどの大きさに発達していて、これまで魚類に分類されていた全ての生物を超えていたのである。

七月二〇日の朝、船とその奇妙な宝物が消失したことで、大変な騒ぎになった。前夜の嵐で係留器具が破損し、脅(おびや)かすような天候であったにもかかわらず、船で眠っていた警備員一人を乗せて、人間の世界から永遠に消え去ってしまったのである。

オーン船長は数多くの人々の科学的関心に後押しされて、グロスターの数多くの漁船の助けを借り、周到かつ徹底的な探索航海を行ったものの、得られた成果はといえば、興味本位の議論を掻き立てるくらいのものだった。

八月七日ともなると発見は望み薄と思われたので、オーン船長は事業を畳もうとウェーブクレスト・インに引き上げて、残っていた科学者たちと協議した。

恐ろしい出来事が起きたのは、八月八日。灰色の海鳥が海岸近くの低いところを飛び、昇りゆく月が海面に輝く道を伸ばし始めた、黄昏時(たそがれどき)のことである。

あらゆる印象が重要なので、この情景をよく覚えておいて欲しい。

ビーチには散策している数名の者たちや、わずかではあるが、遅い時間まで泳いでいる者たち、北の緑に包まれた遠方の丘の上に慎ましく建ち並ぶ別荘(コテージ)や、堂々たる塔が富や壮麗さへの献身をひけらかす崖の上の宿泊施設(イン)からばらばらに歩いてきた者たちがいた。

よく見える範囲内には、別の見物人たちもいた。宿泊施設の高層階にあるランタンに照らされたベランダをぶらぶらしていた者たちで、贅沢な舞踏室(ボールルーム)から聴こえてくるダンスミュージックを楽しんでいたのである。

オーン船長と科学者グループを含むこれらの見物人が浜辺の者たちに加わったのは、恐怖がかなり進行する前のことで、宿泊施設にいたさらに多くの者たちも同様だった。

十分な数の目撃者がいたことは確かなのだが、目にしたものが恐ろしく信じがたいことだったので、彼らの証言は混乱しているのだった。

事が始まった時刻についての、正確な記録はない。大半の者たちは、真円に近い月が水平線に低く垂れ込めた霧の、「およそ一フィート」ほど上にかかっていたと証言している。

彼らが月に言及しているのは、目撃したものがどことなく、月に関わっているように思えたからだった――はるか遠い水平線から、海に反射した月明かりのゆらめく径に沿って、小波のようなものが人目をはばかるように、ゆっくりと、威嚇するような様子で寄せてきたのだが、岸に届く前に水底へと沈んだようだった。

その後の出来事によって思い出されるまで、この小波を気にする者はごくわずかだったが、周囲の正常な波とは高さも動きも違う、きわめて印象的なものだったらしい。

ある者たちはそれについて、狡猾で計算高いと表現した。

やがて、その小波がかなり遠くにある黒々とした珊瑚礁のあたりで、後ろ暗い意図があるかのように見えなくなったかと思うと、突然、光条が伸びている海の中から、瀕死の叫び声があがったのである。それは欺瞞に他ならなかったのだが、その叫びに込められた苦悶と絶望は、哀れみの心を掻き立てられずにはいられなかった。

叫び声に真っ先に反応したのは、大きな赤い文字で胸に職名が書かれている白い水着を着用した、勤務中の二人の監視員(ライフガード)だった。救助の仕事や溺(おぼ)れる者の悲鳴に慣れていたとはいっても、聴こえてきた不気味な吼(ほ)え声は、馴染み深いものと全く異なっていた。しかし、訓練を積んだ者に特有の義務感によって、彼らはその違和感を無視し、普段通りの対応を開始した。

監視員の一人が、手近なところに置かれているロープ付きの浮き輪(エアクッション)を素早く摑(つか)んで、群衆が集まっている場所へと海岸を大急ぎで走っていった。彼は中空の円盤をぐるぐると回して勢いをつけると、声が聴こえてきた方に向かってそこから放り投げた。

浮き輪が波間に消えると、群衆は好奇心も露(あら)わに、ひどい災難に見舞われた哀れな犠牲者が、丈夫なロープで救助されるところを何とか見届けてやろうと待ち受けた。

しかし、その救助は迅速かつ簡単には済まないようだった。二人の筋骨たくましい監視員がいくらロープを引っ張ろうと、ロープの反対側にあるものは頑(がん)として動かなかったのである。

そればかりか、彼らは同等あるいはより大きな力で反対側に引っ張られ、数秒後には、救命具を捕まえた異様な力によって、足の方からずるずると海中に引きずられ始めたのである。

彼らのうち一人が我に返り、ただちに海岸の群衆へと助けを求め、ロープの残りの部分を投げた。たちまちの内に、屈強(くっきょう)な男たちが監視員の助太刀(すけだち)に駆けつけたのだが、その中にはオーン船長の姿もあって、先頭に立っていた。

一二人以上の男たちのたくましい手が、今や死に物狂いになって頑丈なロープを引っ張っていたのだが、それでもなお力が足りなかった。

彼らが力強くロープを引っ張ると、反対側の奇妙な力はより強い力で引っ張り返し、どちらの側も一瞬たりとも力を緩めなかったので、ロープは途方もなく張り詰めて鋼(はがね)のように堅くなった。力を振り絞っている参加者たちだけでなく、見物している者たちも、この頃になると海の中にいるものの正体を知りたくてたまらなくなっていた。

誰かが溺れているという考えは、とうの昔に放り捨てられていた。鯨、潜水艦、怪物、そして魔物(デーモン)といった憶測が、今やそこらじゅうで野放図に取り沙汰されていた。

当初、救助者たちは人道に導かれていたのだが、今では驚異の念によって作業に取り組んでいた。謎を解明するという断固たる決意で、彼らはロープを引っ張っていたのである。

最終的に、鯨が浮き輪を飲み込んだに違いないと判断されると、生来の指導者であるオーン船長が浜辺にいる人々に向けて、海の中にいるリヴァイアサン*3に接近し、銛(もり)を打ち込んで陸に引き上げるためにはボートが必要だと、大声で呼びかけた。

何人かの者たちがただちに適当な舟を探しに行こうとばらばらに駆け出した一方で、他の者たちは張り切ったロープにとりついている船長に代わろうとした。論理的に考えて、彼はボート隊が結成された時に、そちらで必要となる人物だったからである。

彼自身の想定はきわめて広い範囲に及んでいて、必ずしも鯨だと限定してはいなかった。とてつもなく奇怪な怪物を相手に、やり合わねばならないこともあったのだ。

体長五〇フィートの生物が幼生であるような種の成体とは果たして、どれほどのことができ、どのような存在なのかについて、彼は思いを巡らせていた。

そして今この時、ぞっとするような唐突さで重大な事実が判明して、この局面全体を驚異の場面から恐怖の場面へと変えてしまい、作業者であろうが見物人であろうが関係なく、集まっていた者たちを恐れで打ちのめしたのだった。

ロープの持ち場から離れようとしたオーン船長は、ロープを握る手が説明のつかない強い力で抑え込まれていることに気づき、ロープを放せないことがすぐにわかった。彼の窮状は即座に広まり、他の仲間たちも各々試してみて、同じ状態になっていることがわかった。

事実は否定できなかった——ロープを必死に引っ張っていた者たちは皆、何らかの謎めいた束縛を受けて麻のロープにくくりつけられ、ゆっくりではあるが悍ましくも容赦ない力で、海の中に引きずり込まれていたのである。

言語を絶する恐怖が後に続いた。見物人たちは恐怖のあまり、完全な無気力と精神的な混乱に囚われて、茫然自失となった。彼らがすっかりうろたえていたことは、彼らの相矛盾する証言や、一見冷淡にも見える彼らの行動の欠如についてのおどおどした弁解に反映されている。

私もその中の一人であり、だからこそよく知っているのだ。

ロープを引っ張っていた者たちですら、狂乱の叫びや虚しい嘆きをわずかに漏らした後は麻痺の作用に屈し、未知の力を前に口を閉ざし、その宿命を受け入れたのだった。

彼らは青ざめた月光の中に立ち、おぼろげな破滅の運命に逆らってやみくもにロープを引っ張り、最初は膝の高さだった水が尻にまであがってくる間、体を前後に単調に揺らしていた。

月は一部を雲に覆われていた。半分の月光のもと、揺れ動いている男たちの列は、忍び寄る死の恐怖にのたうっている、巨大で不吉なムカデか何かのようだった。

両方向からの引っ張る力が強まるにつれて、ロープはますます堅く張り詰めた。上昇していく海水が妨げられることなく染み込んで、縄目を膨らませた。

ゆっくりと潮が満ち始めた。つい数刻前まで、笑いさざめく子供たちや囁(ささや)き合う恋人たちのいた砂浜は、今や無情な水の流れに呑み込まれていた。

水が足のあたりに押し寄せてくると、パニックに陥った見物人たちの群れはやみくもに後退した。その一方、半ば水没した状態で悍ましく揺れ動いている、ロープを引っ張っていた者たちの恐ろしい列は、今や見物人たちから遠く離れていた。

あたりには、完全なる静寂が広がっていた。

群衆は、波の届く範囲の外側に身を寄せ合って、無言のまま魅せられたように眺めていた。助言や励ましの言葉をかけるでもなく、何かしらの支援を試みることもなかった。

世界が未だかつて経験していない、迫りくる災禍の悪夢めいた恐怖が、大気を満たしていた。

数時間が過ぎたとも思えた数分間が経過し、裸の上半身を揺らしている蛇のような人間たちの列が、急激に上昇していく波の上になおも見えていた。ゆっくりと、恐ろしく、リズミカルにうねる彼らは、破滅の運命の徴(しるし)を帯びていた。

分厚い雲が昇りゆく月の上を通り過ぎ、水面の輝く径(みち)はほとんど消えかけていた。

頭を上下に動かす男たちの蛇のような列がごくわずかにのたうって、時折、背後を振り返る犠牲者の土気色の顔が、暗闇の中で淡く輝いた。

雲がいよいよ速く集まり始め、やがてその怒れる裂け目から、熱い炎の鋭い舌が下界へと放たれた。

最初は小さかった雷鳴の轟きは、すぐに耳を弄する大きさへと狂おしく高まった。

その後、怒髪天を衝くような落雷が起き——その衝撃の残響が、陸と海とを揺るがせた——、まるで懲罰の奔流を注ぎこむべく天そのものが開かれたような豪雨がすぐ後に続いて、暗闇に鎖された世界を水の暴力でねじ伏せた。

見物人たちは茫然自失の状態で、物事を順序だてて考えられなくなっていたにもかかわらず本能的に行動し、今やホテルのベランダに通じる崖の階段まで退いていた。噂は既にホテル内の客たちにも伝わっていて、避難してきた者たちは、自分たちと同様に恐れおののいた人々を見出した。恐ろしげな声もいくらかあがったような気がするのだが、確信は持てなかった。

宿泊施設に滞在していた者たちの一部は、恐ろしさのあまり部屋に引っ込んでいた。一方で、他の者たちは稲妻が断続的に閃く中、高まっていく波の上に揺れる頭の列を見せながら、速やかに海中に沈みつつある犠牲者たちを見守っていた。

私は、彼らの頭と、その中で膨れ上がっていたに違いない彼らの目について考えていたように思う。恐怖とパニック、悪意に満ちた宇宙の狂乱といったものの全て——悲しみ、罪や悲嘆、潰えた希望、満たされなかった欲望、恐怖、嫌悪、時間というものが始まってから幾星霜の歳月を越えて重ねられてきた苦悩の全てを、反映していたかもしれない目のことを。永遠に燃え盛る地獄の魂を責め苛む、ありったけの痛みに灼かれているはずの目のことを、である。

それで、彼らの頭を越えた先に目を向けた時、私の空想はさらに別の目を捉えたように思った。同じように燃え盛っている一つの目だったのだが、私の脳にはあまりにも不快だったようで、その幻視は速やかに消え去った。

　未知なる万力（まんりき）に固く掴まれて、呪われた者たちの列が引きずられていった。彼らの沈黙の叫びと、声にならない祈りを知るのは、黒々とした波と夜の風に棲（す）む魔物たちのみである。

　荒れ狂う空から今、最前の落雷すらも小さなものだったと思えるほどの、狂おしくも凄まじい悪魔の如き音が炸裂した。落下する焔（ほのお）の目眩（めくるめ）く輝きの中、地獄の冒瀆（ぼうとく）を帯びた天の声が幾重にも響き渡り、すべての亡者たちの苦痛が集まって黙示録的な一つの反響となり、星をも引き裂くような巨大（キュクロービアン）な轟音となった。

　それが、嵐の終わりだった。気味が悪いほど唐突に雨がやみ、月は改めて青白く穏やかな光を、妙に静まり返った海に投げかけた。

　もはや、揺れ動く頭の列はどこにも見られなかった。

　海は穏やかに凪（な）いで、人間の姿はなく、奇妙な叫び声が最初に聴こえてきた月光の径の彼方（かなた）で、渦のように見える何かが消えゆく波紋（はもん）が見えただけだった。

　しかし、熱に浮かされたような空想と、神経が高ぶって研ぎ澄まされた感覚を通して、危険が潜む銀色に輝く径を眺めていると、底知れぬ海底に沈む廃墟（はいきょ）のどこかから、悪意ある笑い声のかすかな残響が、私の耳に滲（し）み込んでくるのだった。

訳注

1 グロスター Gloucester

マサチューセッツ州北東部、エセックス郡の港町。「インスマスを覆う影」のインスマスのモチーフの一つで、この町が位置するケープ・アン（アン岬）は同じくHPL創造の港町キングスポートに反映されている。HPLは一九二二年にソニア・H・グリーンとここに滞在した。大海蛇（シー・サーペント）が幾度か目撃された町でもある。（解説参照）

2 オーン Orne

オーン家はニューイングランド地方の名家で、ボストンに並んでマサチューセッツ湾植民地の中心地だったセイラムに移り住んだ一六三〇年以来、半世紀にわたり第一教会の助祭（じょさい）を務めたジョン・オーンを始祖とする。HPLが一九二二年末に訪れたマサチューセッツ州のマーブルヘッド（キングスポートのモチーフ）のオーン・ストリートには、この一族に連なる一八世紀の大商人エイザー・オーンの邸宅が残っている。HPL作品にはしばしばオーン姓の者が登場し、例えば一九二七年執筆の「チャールズ・デクスター・ウォード事件」にはセイラムの邪悪な魔術師サイモン・オーンが、「インスマスを覆う影」にはアーカムのオーン家が登場している。

3 リヴァイアサン leviathan

旧約聖書の「ヨブ記」「詩篇」に、神に引き裂かれた海の怪物として言及されるレビヤタンの英語形。ヘブライ語解釈では「自らを折りたたむもの」の意味とされるが、英語圏では「海に住む巨大な生物（怪物）」のニュアンスで用いられるため、訳文では英語形とした。同じく旧約聖書に言及されるベヒモスと対をなし、旧約偽典「第一エノク書」では、海に住む雌（めす）のレビヤタンと、砂漠に住む雄（おす）のベヒモスが創造の第五日目に分断されたとされる。英国の詩人ウィリアム・ブレイクは、一八〇四年の『エルサレム』でレビヤタンとベヒモスとを地獄から天蓋に達する二本の柱として描いて人間の中で抗争する悪の象徴とし、ミルトンも『失楽園』で、チャールズ二世治下の英国をレビヤタンと揶揄（やゆ）した。しかし、英国の哲学者トマス・ホッブズは一六五一年の『リヴァイアサン』において、むしろ究極の秩序の象徴とした。

クトゥルーの呼び声

The Call of Cthulhu

1926

ボストンの故フランシス・ウェイランド・サーストンの書類中に発見されたもの

「こうした強力な力や存在の中には、あるいは生き永らえたものもいるかもしれないよ……はるかに時を隔てた時代からの生き残りがね……おそらく、人類が進化する以前にその身を隠したものの、長きにわたって姿かたちを顕していた意識体なんだ……詩や伝説のみがその姿を過去の記憶として捉え、神々や怪物、あらゆる種類の神話上の存在と呼びならわしてきたのだよ……」

――アルジャーノン・ブラックウッド[*1]

I　粘土板上の恐怖

人間の精神が、頭の中にあるすべてを関連づけることができないことこそが、この世界でいちばん慈悲深いことなのだと、僕は思っている。

僕たちは、無限に広がる真っ暗な海のただなかにある、無知という名の平穏な島で暮らしている。はるか遠くに旅立たなければいけないだなんてことは、決してなかった。さまざまな分野で発展を続けてきた科学が、僕たちに害を及ぼすようなことも、これまでのところはまだなかった。

だけど、いつの日にか――バラバラだった知識が結びつけられるようなことがあれば、この現実世界と、そこで僕たちが置かれているぞっとする立場について、恐ろしい展望がぶちまけられる。そうなれば僕たちは、その暴露によって発狂したり、致命的な事実に背を向けて、新しい暗黒時代の慰めと救いの中に逃避することになるんだろう。

神智学者たち[*2]は、恐ろしくも壮大な宇宙的な周期を想定して、僕たちの世界であれ人類であれ、その中ではほんの一時的な現象に過ぎないのだと言っている。彼らはまた、奇怪な生存者についてほのめかしてもいる。物腰柔らかい楽観主義に包み隠されていなければ、血を凍らせるような言い方でだ。だけど、僕はそのことを考えるたびに震えあがり、夢に見るたびに気が狂いそうになる、禁断の永劫についてのおぼろげな知識を垣間見るはめになったのは、神智学者のせいというわけではない。

そのおぼろげな知識は、あらゆる恐るべき真実を垣間見る時と同じように、別々のものを偶然、結びつけることで得られたものだ――今回の場合は古い新聞記事と、亡くなった教授が遺したメモである。他の誰かが、これらを結びつけるようなことがなければ良いのだが。生き延びることができたなら、僕は二度とふたたびこのおぞましい連鎖を繋ぎ合わせるようなことを、決してしないつもりだ。教授にしても、自分が知っていたことについて沈黙を守るつもりだったはずだ。突然の死に見舞われさえしなければ、これらのメモを破棄していたことだろう。

僕がこういうことを知るようになったのは、一九二六年から二七年にかけての冬に、大おじのジョージ・ギャメル・エンジェル[*3]が亡くなった時のことだ。

彼はロードアイランド州のプロヴィデンス[*4]にあるブラウン大学[*5]で、セム系言語[*6]の名誉教授を務めていた。エンジェル教授は、古代の碑文の権威として広く知られていて、著名な博物館の館長たちからもよく、いざという時に頼られていた。だから、彼が九二歳で亡くなった時のことを覚えていてくれる人も多いと思う。地元では、死因がはっきりしないことが話題になった。教授はニューポート［同州南部の港町］で船から降り、自宅に帰る途中で急死したのである。

目撃者たちの証言によれば、海岸沿いの通りからウィリアムズ・ストリートにある家への近道になる急勾配の丘の斜面を歩いていた時に、奇妙に暗い路地のひとつから出てきた船員らしい黒人にぶつかられた後、急に転げ落ちたのだという。

医者たちは、はっきりした死因を見つけることができなかった。にもかかわらず、困惑気味の議論を経て、老人が険しい丘を急いで登ったことによって心臓に障害が発生し、それが原因で亡くなったのだろうと結論づけた。あの時は、僕も専門家の公式見解に反論するような理由が特になかったのだけれど、後になって疑い——いや、疑い以上のものを感じるようになった。

大おじは子供のいない独身のままで亡くなったので、僕が相続人兼遺言執行者として、彼が書き遺したものを隅々まで確認しなければならなくなった。その目的のために、僕は彼のファイルや書類箱を全部、ボストンにある僕の家に運び込んだ。僕が整頓した研究資料の大部分は後日、アメリカ考古学協会[*7]から出版される予定になっている。だけど、その中にたったひとつだけ、僕が非常に困惑させられて、他の人間に見せない方が良いと考えた書類箱があった。

その箱には鍵がかかっていた。最初、鍵は見当たらなかったが、教授がいつもポケットに携帯していたプライベートな鍵束を調べてみたところ、その中に見つかった。そうやって箱を開けることができたものの、僕にしてみればより厳重に、がっちりと施錠された障壁にぶつかったようなものだった。奇妙な粘土板の浅浮彫と、支離滅裂なメモや走り書き、切り抜きが中にあったのだが、これは果たして何を意味するのだろうか？

老境にさしかかったおじは、つまらない詐欺にでもひっかかっていたのだろうか？　僕は、老人の心の平穏をかき乱した原因であるに違いない、このエキセントリックな彫刻家について調査することを決意した。

浅浮彫は、厚さが一インチ未満、縦横が五インチと六インチほどの大雑把な長方形をしていた。明らかに、現代に作られたものである。だが、その図案はといえば——雰囲気にせよ暗示しようとしているものにせよ、現代的なものとは言い難かった。立体派や未来派の奇想は、多様かつ野生的なものではあるが、先史時代の文字に隠れている神秘的な規則性を再現することは滅多にないからである。そして、これらの図案の大部分は、確かに何らかの文字であるように見えたのだ。

僕は、おじの論文やコレクションに精通していたにもかかわらず、この特徴的な形状の文字を鑑定することはおろか、わずかに似たものを思い出すこともできなかった。

象形文字に違いないこれらの文字の上には、明らかに絵画的な意図をもつ図があるのだが、印象主義的な技法で描かれているため、何を描いたものなのか理解できなかった。

それはどうやら、病的な空想の持ち主以外にはとうてい想像できないような、ある種の怪物、あるいは怪物を表すシンボルのようだった。

いささか突飛な想像かもしれないが、僕にはその図像が蛸(タコ)とドラゴン、戯画化された人間を混ぜ合わせたものに見えたのだけど、案外、その本質を捉えているように思う。ぐにゃぐにゃで触手の生えた頭部が、貧弱な翼をもつ、グロテスクで鱗に覆われた胴体の上に乗っていた。だが、その姿をぞっとするような恐ろしいものとしているのは、体全体の輪郭そのものだった。図像の背景には、巨石を積み上げた(キュクロピアン)[8]建造物の存在がぼんやりとほのめかされていた。

大量の新聞の切り抜きは別として、この奇妙な作品には文学的な体裁の整えられていない文書がつけられていた。ごく最近に、エンジェル教授が書きとめたものである。

中心的な文書は、『クトゥルー教団(カルト)』という表題がつけられたもののようだった。聞き慣れない単語を誤読するのを避けるべく、わざわざ活字体で書かれている。

草稿は、二つの部分に分かれていた。第一の部分には「一九二五年――H・A・ウィルコックスの夢と、夢に基づく作品、トーマス・ストリート七番地、プロヴィデンス、ロードアイランド州」、そして第二の部分には「ジョン・R・ルグラース警視正(インスペクター)[9]の物語、ビアンヴィル・ストリート一二一番地、ニューオーリンズ、ルイジアナ州、一九〇八年、アメリカ考古学協会総会(A・A・S)――上記についてのメモとウェッブ教授の説明」という見出しがつけられていた。

他の草稿は簡潔なメモばかりで、他の人々の奇妙な夢についての記録もあれば、神智学に関する本や雑誌(主にW・スコット＝エリオットの『アトランティスと失われたレムリア』[10])からの引用もあった。残りは、フレイザーの『金枝篇』[11]やマレー女史の『西欧の魔女宗』[12]などの、神話学や人類学の基礎資料を参照しながら、古い時代から生き永らえてきた秘密結社や秘教集団について解説したものだった。新聞の切り抜きの大部分は、一九二五年の春に大量に発生した異常な精神疾患や集団的愚行あるいは狂気に関するものだった。

中心的な草稿の前半で語られているのは、きわめて特異な物語だった。一九二五年三月一日、やせっぽちで黒い髪の青年が、神経をはりつめさせ、興奮もあらわにエンジェル教授の家を訪ねてきたのである。彼は浅浮彫を持参していたのだが、それはできあがったばかりで、まだ生乾きの状態だった。

彼の差し出した名刺には、ヘンリー・アンソニー・ウィルコックスとあった。名家の末っ子で、ちょうどその頃にロードアイランド美術大学(ロードアイランド・スクール・オブ・デザイン)[13]で彫刻を学び、学校の近くにあるフルール＝ド＝リス・ビルディング[14]で一人暮らしをしていることを、おじも少しばかり聞き知っていた。ウィルコックスは、その天才ぶりとかなりの奇矯(ききょう)さで知られた早熟の青年で、奇妙なことや夢の話をする癖(くせ)があることで、幼いころから注目を集めていた。

彼自身は「霊的感応者」を自称していたが、古くからの商業都市に住む堅苦しい住人たちからは、ただの「奇人」ということで相手にされなかった。

同世代の人間たちと付き合うでもなく、社交の場に姿を現すことも徐々になくなり、今となっては他の町の出身の美術愛好家たちの小さなグループに顔を出すくらいだった。

プロヴィデンス・アート・クラブ[15]すらも、その保守的な立場を維持するためにも、彼のことをすっかり見放していたのである。

教授の草稿によれば、訪問してきた彫刻家は唐突に、彼の考古学の知識によって、浅浮彫上の象形文字の解読を手伝ってほしいと頼み込んできたということだ。

彼の夢見がちで気取った話し方には、大げさな身振りとよそよそしい態度があった。持参した粘土板は明らかに作られたばかりのもので、考古学と縁がありそうなものには見えなかった。それで、おじの返答はいささかつっけんどんなものになった。

ウィルコックス青年の返答はしかし、彼の会話全体を特徴づけるものに違いない、素晴らしくも詩的な色合いを帯びていて（僕自身、後になってその話しぶりが彼の顕著な特徴なのだと知った）、後になってその内容を思い出しながら一言一言を逐語的に記録するほどの強い印象を、おじに与えたのだった。

「確かに、できたての新しいものです。何しろボクは昨晩、不思議な都市を夢に見て、それを作ったんですからね。だけど、夢の中の都市は、陰鬱なテュロスないしは瞑想にふけるスフィンクス、庭園に取り囲まれたバビロンよりも古いんです」と、彼は言った。

彼はそれからとりとめのない話を始めたのだが、それはにわかにおじの中で眠っていた記憶を呼び覚まし、熱っぽい関心を引き起こすことになったのである。

その前夜、小さな揺れではあったが、ニューイングランド地方ではここ数年で最も大きな地震があった。ウィルコックスの想像力は、その地震に強く影響されたのだった。

眠りの最中、彼は壮大な巨石造りの都市にまつわる、これまでに見たことのない夢を見た。巨大な石塊や天を衝（つ）く独立石（モノリス）から成る都市で、あらゆるものから緑色の泥が滲（し）みだし、恐怖を暗示する邪悪な感じを漂（ただよ）わせていた。

壁と柱を象形文字が覆い、いずことも知れない下方からは、声ならぬ声が聞こえてきた。

その声は、妄想のみが音に変えることができるかもしれない混沌とした感じのものだったが、彼は発音の困難な言葉の寄せ集めを、どうにかこうにか「くとぅるぅ ふたぐん（cthulhu fhtagn）」[*16]と吟唱（ぎんしょう）してみせた。

この言葉の寄せ集めが記憶を蘇（よみがえ）らせる鍵となり、エンジェル教授を興奮させただけでなく、動揺させることになったのである。

彼は科学者らしい綿密さで彫刻家に質問し、頭がおかしくなったようにも見える夢中さで、その浅浮彫を調査した。戸惑いながら目を覚ました時、青年は寝間着のみを身につけた状態で体を震わせながら、その彫刻を作っていたのだという。

後になってウィルコックスから聞いた話だが、象形文字と図像の解読に手間取っていることについて、おじは自分の老化を責めていたということだ。

彼の質問の大部分——とりわけ、怪しい教団（カルト）や集団との関わりを探ろうとする質問は、訪問者にとってはいささか筋違いなものに思えた。世界各地に存在するある種の神秘的ないしは異教的な教派への参入を認める代償に、沈黙を約束させられたのだろうと繰り返されたところで、彼には何のことやらさっぱりわからなかった。彫刻家が秘儀教団や組織について確かに何も知らないのだと納得したエンジェル教授は、将来、また夢を見た時に報告するよう訪問者に強く要請した。

この約束は確かに実を結んだ。草稿によれば、最初の面談の後も若者は毎日のように訪れて、夜の夢の中で目の当たりにした映像の驚くべき断片を話してくれたようだ。

その主題は常に、黒々として滲みだすものがしたたり落ちる恐るべき巨岩造りの都市の風景で、まったくもってわけがわからず、文字に書き表すこともできない謎めいた響きの、地底からの声ないしは知性ある単調な叫び声が聞こえてくるのだった。もっとも頻繁に繰り返された二つの音声は、「くとぅるぅ」と「るるいぇ」という文字で書き表せるものだった。

三月二三日になっても、草稿は続いていた。

ウィルコックスは現れなかった。アパートに問い合わせると、彼は原因不明の高熱に倒れ、ウォーターマン・ストリートにある実家に引き取られたということだった。

彼は夜中に悲鳴をあげて、アパートに住んでいる他の何人かの芸術家たちを叩き起こし、その後は意識の消失と譫妄（せんもう）を交互に繰り返すだけの状態に陥っていたのだという。

おじはすぐに彼の実家に電話をかけ、その後の推移を注意深く見守った。トビー医師が担当医だと知ると、セイヤー・ストリートの彼の病院にもしばしば電話をかけた。

熱に浮かされた青年の精神は、明らかに奇怪な考えに取りつかれているようだった。

医師は身震いをしながら、彼が口にしたことを話してくれた。

その内容は、以前に見た夢の繰り返しだけではなく、「高さが何マイル［一マイルは約一・六キロメートル］もある」巨大なものが重々しく動いたり歩いたりといったような、途方もないことにも及ぶのだった。

彼は、その存在について詳しく説明したわけではなく、時折、半狂乱な言葉を口にするだけだった。

しかし、トビー医師からその言葉を聞かされた教授は、その存在こそは青年が夢の彫刻で表現しようと試みた、名状しがたい怪物と同じものだと確信した。

この存在について口にした後、青年は必ず昏睡(こんすい)状態に陥るのだと、医師は付け加えた。

おかしな話だが、彼の体温は平熱よりも高いものではなかった。彼の症状全体は、精神疾患というよりも正真正銘の熱病を思わせるものだったのだが。

四月二日の午前三時頃。ウィルコックスの病気の痕跡が、唐突に消え失せた。

ベッドで体を起こした彼は、自分が実家にいることを知って驚いた。のみならず、三月二二日の夜以来、夢の中で見たことであれ、現実に起こったことであれ、自分の身に起きたことを全く覚えていなかったのである。担当医から回復を告げられ、彼は三日後にアパートの自室に戻った。しかし、エンジェル教授にとって、彼はもう役に立たない人間になっていた。

奇妙な夢についての記憶のすべてが、回復と共に消えてしまったのである。

おじは、一週間にわたって無意味かつ無関係な、ごくありふれた内容の報告を受けた後、夜の夢について記録をとるのをやめてしまった。

草稿の前半部分は、ここで終わっている。だけど、ばらばらのメモについての言及がいくつもあって、僕が考えるための材料はいくらでもあった。

――実際、それはおびただしい数だった。それを見てもなお芸術家への不信感をぬぐい去ることができなかったのは、僕の人生観に深く染みついた懐疑主義が原因だと思う。

問題のメモは、ウィルコックス青年の奇妙な訪問が続いていたのと同時期の、さまざまな人々が見た夢を書きとめた記録だった。どうやら、おじは遠慮なく問い詰められるようなほぼすべての友人たちを相手に、夜間の夢の内容や、ここ最近で注目に値する夢を見た日付を報せてくれるよう、桁外れに広範囲の問い合わせをすぐにも開始したようだった。

この要請に対してはさまざまな反応があったらしいが、少なくとも普通の人間であれば秘書なしではとても処理できないような、大量の返事があったに違いない。この返事の原本は保存されていなかったが、おじのメモはその点抜かりなく、実に要点を摑んだダイジェストになっていた。

平均的な社会人やビジネスマン——ニューイングランドの伝統的な言い方で「地の塩」[*17]と呼ばれる人々は、大部分が否定的な返事をよこしてきたのだが、ぼんやりとした、どこか不安げな夜の夢の話がそこかしこに散見された。そのいずれも、三月二三日から四月二日にかけて——ウィルコックス青年が譫妄状態に陥っていた期間のものだった。

科学者はほとんど影響を受けていなかったが、奇怪な風景を垣間見たというぼんやりした回答が四つあって、そのうち一つには何か恐ろしいものに対する恐怖が書かれていた。

関連性の強い回答をよこしたのは芸術家や詩人で、彼らがその返事を見比べることができたなら、パニックが巻き起こっていたことだろう。とはいうものの、原本の手紙がなくなっていたこともあり、僕は編集者——つまりおじが誘導的な質問をしたか、あるいは無意識な予想を裏付けるべく回答を編集したのではないかと、実のところ半ば疑っていた。

ウィルコックスがどうやっておじの所有する古い資料のことを知り、ベテランの科学者を騙したのではないかと僕が疑い続けたことには、そうした理由があったのである。

美術愛好家たちからのこれらの返事には、心騒がされるものがあった。彼らの大半が、二月二八日から四月二日にかけて、とても奇妙な夢を見ていたのだ。そして、彫刻家が譫妄状態に陥っていた間、夢は果てしなく強烈なものとなっていたのである。

具体的な報告をした者たちの実に四分の一以上が、ウィルコックスが書いたものと寸分違わない光景と、音のようなものについて報告していた。夢を見た者たちの中には、終盤に現れた、名状しがたい巨大な何かに対する激しい恐怖を告白する者もいた。

特に強い調子でメモに書かれているあるケースは、実に悲劇的なものだった。哲学と神秘主義への傾倒がよく知られていた建築家についての記述である。ウィルコックス青年が発作を起こしたのと同じ日に、彼は激しい狂気に見舞われ、地獄から抜け出した者たちからの救いを求めて絶え間なく叫び続け、数ヶ月後に息を引き取ったのだ。

これらのメモについて、おじが単なる数字ではなく名前を書いておいてくれれば、僕も追確認や個人調査をすることができたのだが。実際にトレースすることができたのは、数人のみだった。とはいえ、その全員が教授のメモの内容を完全に裏付けてくれた。

僕は時おり、教授の質問を受けた相手が、こうした一部の人たちと同じように困惑を感じたのではないかと疑っている。彼らに辿りつく手がかりがなくて幸いだった。

新聞の切り抜きについては、僕が少し触れたように、特定の期間におけるパニックや狂気、異常な行動についてのものだった。切り抜きは膨大な数におよび、世界各地に広がっていたので、エンジェル教授は新聞切り抜き専門の業者を雇っていたに違いない。

　こちらはロンドンにおける夜間の自殺の記事で、一人で眠っていた人間が凄まじい叫び声をあげた後、窓から飛び出したという。こちらは南アメリカの新聞の編集者に宛てたとりとめのない手紙で、気ちがいじみた人物が夢から推測したという不吉な未来について書かれていた。

　カリフォルニアからの至急報は、成就するはずもない何らかの「栄光の実現」のために、神智学徒たちのグループがみな一斉に白衣を身につけていることを報せていた。いっぽうインドからの外電は、三月末にかけて現地人の間に広まっている深刻な不安について、慎重な筆致で伝えていた。ハイチではブードゥー教徒[*18]のお祭り騒ぎが数を増し、アフリカ辺境の植民地は不吉な噂話について伝えてきた。

　フィリピン駐在のアメリカ人将校たちは、この時期に特定の部族が厄介事を起こしていることを把握し、ニューヨークの警察官たちは三月二二日から二三日にかけての夜、興奮したレヴァント人［シリアやレバノンなど、地中海沿岸地方の人々］に襲撃された。

　アイルランドの西でも気ちがいじみた噂や流言が飛び交い、幻想的な作風で知られるアルドワ＝ボノという名の画家が一九二六年の春、パリのサロンに『夢の風景』と題する冒瀆的な作品を出品した。

　各地の精神病院で記録されたトラブルは夥しい数になった。医師会が奇妙な並列性を見過ごし、困惑気味の結論にも達しなかったのは、奇跡としか言いようがない。

　結局のところ、この奇妙な切り抜きの束こそが、全てだったのだ。それらが傍らにあった当時、冷淡な合理主義者だった僕には想像も及ばなかった。そして、教授が記録した昔の出来事をウィルコックス青年が知っていたのだと、僕は確信していたのである。

Ⅱ　ルグラース警視正の物語

おじの長大な草稿の後半部分は、彫刻家の夢と浅浮彫を重要視するきっかけとなった、過去の出来事がテーマの記録である。エンジェル教授は以前にも一度、名状しがたい怪物の地獄めいた外形を目にし、未知の象形文字に戸惑い、「クトゥルー」としか表現しようのない不気味な音節を耳にしたことがあったのだ。このように刺激的かつ恐るべき繋がりを目の当たりにしたのだから、彼がウィルコックス青年を問い詰め、情報を引き出そうとしたのも当然のことだった。

おじが以前に経験した出来事というのは、今から一七年前の一九〇八年、セントルイス〔ミズーリ州の都市〕においてアメリカ考古学協会の年次総会が開催された時に遡る。エンジェル教授は自らの権威と学識のいずれにもふさわしく、すべての評議で卓越した役割を果たしてみせた。彼は、この総会を利用して、質問に対する正確な回答や専門家による問題の解決を得ようとする外来者たちが、最初に接触する人間の一人でもあった。

こうした外来者たちの代表格で、瞬く間に総会全体の関心を集めたのは、地元の情報源から得られなかった特殊な知見を求めて、ニューオーリンズからはるばるやってきたという中年の男性だった。彼の名はジョン・レイモンド・ルグラース。職業は、警察の警視正である。

訪問にあたって、彼はグロテスクで吐き気を催させる、明らかに太古の時代のものに見える小さな石像を持参していた。彼には、その小像の出所がわからなかったのだ。

ルグラース警視正が、多少なりとも考古学に興味があったわけでは決してない。純粋な仕事上の必要にもとづいて、答えを知りたいと切望していたのである。

小像、偶像、呪物――まあ、どれでも構わない。その小像は数ヶ月前、ニューオーリンズの南にある森林地帯の沼地で、ブードゥー教と思われる集会への手入れの際に、押収されたものだった。

その小像が用いられていた儀式は、あまりにも特異で、おぞましいものだった。

それで警察は、アフリカ人のブードゥー教信者の最も悪魔的なグループよりも、はるかに危険な未知の凶悪な教団に遭遇したことを、ようやく認識したのだった。

逮捕されたメンバーから強制的に引き出された、常軌を逸した信じがたい話を除けば、教団の出自については何もわからなかった。そのため、警察は不愉快なシンボルの正体を見定めるのに役立つかもしれない古い伝承を必死に調べ、この教団を源流に遡って追い詰めようとしていたのだった。

ルグラース警視正は、自分の持参した小像がセンセーションをまき起こすことになるとは、思ってもみなかった。小像をひと目見るや、集まった学者たちは興奮のるつぼに投げ込まれた。彼らは時間がたつのも忘れて、知られざる古代の記憶を強くほのめかす、完全な異質さと、真に底知れない古代の雰囲気を漂わせた、小さな彫像を凝視したのである。

このような恐ろしい作品を生み出した彫刻の流派はこれまでに確認されていない。種類を特定できない、暗い緑色をした石の表面には、何百年、何千年もの歳月が記録されているかのようだった。その後、小像は人から人へとゆっくり手渡され、注意深く吟味された。

高さは七インチから八インチの間で、このうえなく精妙な技巧で造られたものだった。

どこか人間に似た輪郭の怪物を表現したもののようだったが、顔から大量の触手を生やした蛸（タコ）のような頭部があって、ゴム状の胴体は鱗で覆われ、後ろ足と前足には巨大な鉤爪（かぎづめ）があり、背中に細長い翼をもっていた。恐ろしくも異様な悪意にみなぎっているように見えるこの怪物は、いくらか肥大した姿で、判読不能な文字で埋め尽くされた長方形の石塊（ブロック）ないしは台座の上に、邪悪な様子でうずくまっていた。翼の先端を石塊の後端に触れ、自身はその中心に座り込んでいた。膝を折ってしゃがみこんでいる後ろ足の、長く湾曲した鉤爪が石塊の前端を摑（つか）んでいるのだが、鉤爪の四分の一ほどが台座の底へと伸びていた。頭足類の頭部は前かがみになっていて、顔から伸びる触鬚（しょくしゅ）の先端が、しゃがみこんだ膝をつかんでいる巨大な前足の甲に触れていた。

全体的な外観は、異様なまでに生き生きとしていて、由来が全（まった）くわからないことが、その奇妙な恐ろしさを増していた。膨大で畏怖すべき、測り知れない年数を経ていることは間違いなかった。とはいえ、黎明（れいめい）期の文明の――あるいは、他のいずれの時期のものであれ――、これまでに知られていたいかなる芸術様式とも結びつけることができなかった。全く分断された、かけ離れた文明に由来するものらしく、材質にしてからが謎に包まれていた。表面がなめらかで、暗緑色の石には金色ないしは虹色の斑紋（はんもん）と筋模様が入っていて、地質学者や鉱物学者にも馴染みがない物質だった。

台座をとりまく文字も、同じく困惑させられるものだった。この分野を代表する世界中の専門家の半数がこの場に居合わせていたにもかかわらず、誰もかれもが、ごくわずかに類似した言語すらも思いつくことができなかったのだ。

題材や材質と同じく、その文字が人類から恐ろしくも遠く隔たった何かに属していて、僕たちの世界や概念とは一切関わりのない、古くて不浄な生命周期をほのめかしていることはわかっていた。

会員たちが頭を振り、警視正の提示した問題が解けないことを告白した時のことだ。集まっていた中の一人が、不思議なことではあるがその怪物の姿や文字に似たものに遭遇したことがあるかもしれないと、つまらない話だと謙遜(けんそん)しつつ、彼の知る奇妙な出来事について話してくれたのだった。

彼は、今は亡きウィリアム・チャニング・ウェッブ。プリンストン大学の人類学の教授で、探検家としてよく知られた人物である。

ウェッブ教授は四八年前、その時は結局発見することのできなかったルーン文字の碑文を探し求めて、グリーンランドとアイスランドへの遠征に参加していた。この折に、グリーンランド西部沿岸の奥地で、彼は特異な悪魔崇拝を行う退廃したエスキモーの、奇妙な部族もしくは堕落した教団(カルト)に遭遇し、その残忍さと厭(いと)わしさに、心の底からぞっとしたのだという。他のエスキモーたちはこの信仰についてほとんど何も知らず、世界が創造される以前の、恐るべき太古の永劫の時代から伝わってきたという説明を、身震いしつつも話してくれたのみだった。

名状しがたい儀式と人間の生贄(いけにえ)に加えて、最長老の悪魔もしくはトルンガースク[*19]に捧げる、代々引き継がれる奇妙な儀式が行われてきたのだという。この儀式について、ウェッブ教授は年老いたアンガクックあるいは魔術司祭から聞いた音声を慎重に写し取り、できうる限り正確なローマ字の綴(つづ)りで発音を表現した。しかし、今もっとも重要な意味を持つのは、氷壁の上にオーロラがひらめく時、それを取り巻いて彼らが踊るという、この教団(カルト)が大切にしていた呪物のことである。

教授によれば、それはおぞましい絵と謎めいた文字を含む、粗雑な石の浅浮彫だった。

そして、彼の記憶が正しければ、今ここに集まっている人々の前に置かれた獣じみた彫像と、その本質的な特徴が非常によく似通っていたというのである。

この情報は、集まっていた面々に不安と驚きをもって受け入れられた。

ルグラース警視正はそれに倍する興奮を覚えたようで、彼はただちにこの新たな情報提供者に対して熱心に質問を浴びせた。彼は、エスキモーの悪魔主義者から採取した儀式の音節を、できるだけ正確に思いだして欲しいと教授に頼み込んだ。彼の部下が沼地で逮捕した教団(カルト)の崇拝者たちから、儀式の祭文を聞きだし、書き写してあったのである。

それから、徹底的な細部の比較が行われた。とんでもなく距離が隔たっている二種類の地獄めいた儀式に、事実上全く同一の文句が共通して使用されていることについて、捜査官と学者の二人が揃って同意した時、周囲の者たちは一瞬、恐ろしいほどの沈黙に包まれた。

エスキモーの魔術師たちとルイジアナの沼地の司祭たちが、同じ種類の偶像に向かって唱えたのは――声に出して詠唱された文句を、伝統的な文節による推測にもとづいて区切っていくと、おおよそこのようなものになる。

「ふんぐるぃ むぐるぅなふ くとぅるぅ るるいぇ うがふなぐる ふたぐん」
(Ph'nglui mglw'nafh Cthulhu R'lyeh wgah'nagl fhtagn)

ルグラースは、ウェッブ教授よりも一歩先んじていた。混血の囚人たちの何人かから、高齢の司祭たちから教わったというその言葉の意味を伝えられていたのである。

そうして得られた文章は、次のようなものだった。

「ルルイェの彼(か)のものの館にて、死せるクトゥルー夢見しままに待ちいたる」

今度はルグラース警視正が、その場にいた全員からのしつこい要求にこたえて、沼地の崇拝者たちにまつわる経験談を、可能な限り完全な形で話して聞かせる番だった。それこそが、僕のおじが重大な意味を見出したに違いない物語なのである。

その話には、神話作者や神智学者あたりが見るのだろう最も放埒(ほうらつ)な夢の味わいがあって、そうしたものとは無縁と思われがちな混血の人間や最下層民のあいだに、宇宙的な規模の驚くべき想像力が備わっていることを明らかにしたのである。

一九〇七年一一月一日。ニューオーリンズ警察は、南部の沼沢(しょうたく)地域から、半狂乱の出動要請を受けた。その地域の住民の大部分は、ラフィット*20の手下を先祖とする、原始的ではあるが善良な不法居住者なのだが、彼らは夜ごとに忍び寄ってくる未知のものに対する激しい恐怖に苦しめられていた。

　明らかにブードゥー教徒なのだが、これまで知られていたよりも恐ろしいブードゥー教徒だった。住民があえて足を踏み込まない黒々として呪われた森の中で、敵意のこもった太鼓（トムトム）の音が絶え間なく鳴り響くようになって以来、女子供が何人も失踪（しっそう）していた。狂ったような叫び声やぞっとするような悲鳴、魂を凍りつかせるような詠唱や鬼火の揺らめきがあった。この報（しら）せを伝えにやってきた者はすっかり怯（おび）えきっていて、住人たちはもうこれ以上耐えられないとつけ加えた。

　かくして、二台の馬車と一台の自動車に満載された二〇人の警官たちが、午後も遅くなって、ぶるぶると震える住人を道案内に出発した。通行可能な道が終わるところで、彼らは乗り物から降りた。そして、一日中日差しの届かない不快なイトスギの森の中を何マイル［一マイルは約一・六キロメートル］もの間、泥をはねあげながら黙りこくって歩き続けた。不格好な木の根や、悪意をもって垂れさがるスペイン苔（サルオガセモドキ）が彼らにつきまとった。そして今、じめじめした湿っぽい石積みや崩れかけた壁の残骸が、奇形の樹木や密集する菌類と相まって、病的な住民たちの存在をことさらに予感させていた。

　ようやく、みすぼらしい小屋が密集する不法居住者たちの集落が見えてくると、興奮した住民たちが、ランタンをあげたりさげたりしている警官隊の周囲に群がってきた。太鼓（トムトム）のくぐもった打音が遠く離れた前方でかすかに響き、風向きが変化すると、人を苛立たせる金切り声が途切れ途切れに聞こえてきた。夜の森の中をどこまでも続く道の向こうに、薄暗い下生えを通して、赤い焔（ほのお）の輝きがうっすらと見えるようだった。

　再び取り残されることを嫌がりはしたものの、怯えきった不法居住者たちは一人のこらず、不浄な儀式が行われている現場に、一インチ［約二・五センチメートル］たりとも近づこうとはしなかった。

それで、ルグラース警視正と一九名の同僚たちは、住民たちがこれまでに足を踏み入れたことのない暗黒の恐怖の森（アーケード）の中へと、案内もなしで突入したのだった。

今回、警察が踏み込んだ地域は、昔から悪い噂の絶えなかった場所である。完全に未知の領域で、白人が入り込んだのは初めてだった。そこには、定命の者の目から隠された湖があって、ぎらぎらと輝く目を持つ、巨大で不定形の白いポリプ状の生物が棲（す）んでいると言い伝えられていた。不法居住者たちが囁（ささや）きかわす噂によれば、真夜中になると蝙蝠（こうもり）の翼を持つ悪魔どもが、そいつを礼拝するべく地中の洞窟の中から飛び立つのだとか。彼らはまた、そいつがディーバービルやラ・サール*21、インディアンたち、それどころか森に棲むまともな獣や鳥たちよりも以前から、そこに巣食っているのだとも言っていた。そいつは悪夢そのものであり、そいつを見ることは死を意味するのだ。しかし、そいつが人間に送りこんだ夢によって、彼らは近づくべきでないことをよく知っていた。

さて、現在懸案になっているブードゥー教徒どもの魔宴（オージー）が行われているのは、忌み嫌われる地域のほんの端っこなのだが、十分すぎるくらい危険な場所だった。不法居住者たちにしてみればたぶん、ぞっとするような音や出来事よりも、礼拝が行われている場所こそが恐ろしかったのだろう。

赤い焔の輝きと太鼓（トムトム）のくぐもった響きに向けて、黒々とした沼地を抜けていくルグラース警視正の一団が耳にした喧噪（けんそう）は、詩や狂気だけが正しく扱えるたぐいのものだった。

聞こえてきた声には人間と野獣の特徴が同時に備わっていて、そのどちらであるにせよ、恐ろしいことに同じ源から発せられているに違いなかった。

獣の憤怒（ふんぬ）と魔宴の放埒が、魔的な高まりへと己を鼓舞した。地獄の深淵から吹きつける病的な暴風のような、怒号や叫喚（きょうかん）の恍惚（こうこつ）が夜の森を通して押し寄せ、響きあった。

時折、まとまりのない吠え声がやんだかと思うと、よく訓練をされているらしい、しゃがれ声の者たちが声を合わせ、経文（きょうもん）を唱えるような抑揚のない調子に高まって、あのおぞましい文句だか祭文だかを詠唱するのだった。

「ふんぐるぃ むぐるぅなふ くとぅるぅ るるいぇ うがふなぐる ふたぐん」（Ph'nglui mglw'nafh Cthulhu R'lyeh wgah'nagl fhtagn）

木々がまばらになっているあたりに着いた時、突如、恐ろしい光景が警官たちの目に飛び込んできた。四人がよろめき、一人が気を失い、二人が取り乱して叫び声をあげたが、運良く魔宴の熱狂的な騒音にかき消された。ルグラースは失神した男の顔に水をかけた。しかし、全員が体を震わせて立ちつくし、恐怖のあまりほとんど朦朧（もうろう）とした状態に陥っていた。

沼地の中の自然と開けた場所に、およそ一エーカー［約四千平方メートル］ほどの、草に覆われた島があった。樹木は一本もなく、地面はからからに乾燥していた。

今まさにこの場所で跳びはね、体をくねらせているのは、サイムやアンガロラ*22以外の画家には描くことができそうもない、人間の異常性が極まったとも言える、筆舌に尽くしがたい集団だった。この混血の落とし子たちは一糸まとわぬ姿で、リング状に並べられた巨大な篝火（かがりび）の周囲でわめき、吠え散らかし、体をくねらせていた。時折、焰のカーテンに裂け目ができて、その中心に立っている高さ約八フィート［約二・四メートル］ほどの大きな花崗岩(かこうがん)の独立石(モノリス)が姿を覗かせた。その独立石の上には、不釣り合いなほどに小さな、禍々(まがまが)しい彫像が置かれていた。

焰に囲まれた独立石を中心に、一定の間隔をあけて設置された十本の処刑柱が大きな円を描くように並べられ、失踪した無力な不法居住者たちの異様に傷つけられた死体が、逆さ吊りにされていた。

その大きな円の内側、死体の輪と火の輪に挟まれた間で全体的に左から右へと移動しながら、崇拝者たちが輪をつくって飛び跳ね、うなり声をあげ、果てしないバッコス［ローマ神話におけるワインの神。転じて乱痴気騒ぎの象徴］の狂騒を繰り広げているのだった。

単なる妄想なのかもしれないし、ただの反響に過ぎなかったのかもしれないが、警官たちの一人である興奮したスペイン系の男が、古い伝説と恐怖に満ちた森の奥深くの未知の場所から、儀式に呼応する交唱のような声を聞いたように感じた。

僕は後に、このジョゼフ・D・ガルベスという人物に会って、直接質問をしてみたのだが、彼はいささか頭のおかしい想像力過多な人物だった。何しろ彼は、巨大な翼が羽ばたく音をかすかに聞いたとほのめかし、ぎらぎらと輝く目と、山のように大きな白い体を遠く離れた木々の向こうに垣間見たとすら主張した——思うに、彼は現地人の迷信に耳を傾け過ぎたのではないだろうか。

実のところ、恐ろしさで立ち竦(すく)んだのはわずかな間だった。義務感が勝(まさ)ったのである。

その場には、百人近くの混血の信徒たちがいたに違いないが、警官たちは銃器を手に、吐き気を催させる群衆に断固として突入していった。五分間続いた騒音と混乱は、筆舌に尽くしがたいものだった。拳が荒々しく打ち込まれ、拳銃が発砲され、信徒たちは蜘蛛(くも)の子を散らすように逃げ出した。最終的に、ルグラースが捕らえた寡黙な囚人たちは、四七人に及んだ。彼らは慌ただしく服を着せられ、二列に並んだ警官たちに挟まれて連行された。五人の崇拝者が命を落とし、二人の重傷者が即席の担架に乗せられて、仲間の囚人たちによって運ばれていった。そしてもちろん、独立石(モノリス)の上にあった彫像は注意深く回収されて、ルグラースがそれを持ちかえったのである。

激しい緊張と疲労の続いた旅を終えて、本署で取り調べを行ったところ、逮捕者たちは全員、最下層民で混血の、精神異常者ばかりであることが判明した。彼らの殆どが船員で、黒人や、黒人と白人の混血もちらほら混ざっていた。大部分が西インド諸島の住人や、カーボベルデ諸島のブラヴァ島に住むポルトガル人［この諸島は一九七五年まではポルトガル領だった］で、ごちゃ混ぜの教団(カルト)にブードゥー教の色合いを与えていた。

しかし、取り調べが始まって早々に、黒人の呪物崇拝よりもはるかに深く、古い何かが関わっていることが明らかになった。堕落している上に無知蒙昧(もうまい)なのだが、忌まわしい信仰の核心にある思想について、この生き物どもは驚くほど一貫した理解を持っていた。

その言い分によれば、彼らが崇拝しているのは、人類の出現よりもはるか以前、世界がまだ若かった頃に空からやってきた大いなる古きもの(グレート・オールド・ワンズ)どもなのである。大いなる古きもの(グレート・オールド・ワンズ)どもは今、地の底や海の底に姿を消している。だが、彼らの死せる肉体は夢を通して原初の人間たちに秘密の智慧(ちえ)を伝え、永遠に滅びることのない教団(カルト)をその人間たちが創設したというのである。

彼らこそが、その教団（カルト）なのだ。囚人によれば、彼らは世界各地の辺鄙（へんぴ）な廃墟（はいきょ）や暗澹（あんたん）たる場所に隠れ潜んで、これまで常に存在し、これからも常に存在する。やがて時が至れば、海底の壮大なる都市ルルイエの暗黒の館から、大祭司（グレート・プリースト）たるクトゥルーが起き上がり、地球を再び彼の支配下におくのである。

いつの日か、星々の用意が整った時、彼の呼び声（コール）が発せられるのだ。そして、秘密の教団（カルト）は、彼の解放をいつまでも待ち続けているのである。

さしあたって、それ以上の証言を引き出すことはできなかった。どのように拷問を加えたところで、引きずりだすことのできない秘密というものは、確かに存在するのである。

人類は、地球上の意識ある生物の中で、決して孤立してはいない。様々な形をした存在が、忠実な少数の信徒たちのもとを訪れるべく、暗闇の中から訪れているのだから。

だが、それは大いなる古きもの（グレート・オールド・ワンズ）どものことではない。大いなる古きもの（グレート・オールド・ワンズ）どもに会ったことがある人間は、これまでに一人も存在しないのである。

彫像は大いなるクトゥルーの姿を模したものだが、他の存在が彼（か）のものとよく似ているのかどうか、告げられるような者はどこにもいなかった。

古（いにしえ）の文字を読めるものはいなかったが、情報は口伝えで伝承された。そして、儀式の詠唱は秘密でもなんでもなく――大きな声では決して話されず、声を潜めて囁かれてきた。

詠唱の意味は、これだけのものである。

「ルルイェの彼(か)のものの館にて、死せるクトゥルー夢見しままに待ちいたる」

逮捕者のうち、二名だけが十分に正気を保っていたので絞首刑に処せられ、残りの者たちはさまざまな施設に送られた。全員が儀式殺人への関与を否定して、呪われた森の中にある太古の集合地からやってきた、黒翼のものどもに殺されたのだと言い張った。

だが、その謎めいた同盟者について、筋の通った証言は最後まで得られなかった。

警察が証言の大部分を引き出したのは、カストロと名乗る非常に年老いたメスティーソ［主にスペイン人と先住民族の混血者］からだった。彼は奇怪な異国の港をいくつも訪れ、中国の山地で教団(カルト)の指導者たちと語り合ったことがあると主張した。

カストロ老人は、神智学者の推測を脅かし、人間とこの世界がごく最近の、束の間の現象でしかないことを示す、恐ろしい伝説を断片的に覚えていた。永劫の太古、人類以外の存在が地球を支配していて、彼らは壮大な都市をいくつも築き上げていた。不死の中国人たちの言うには、それらの都市の名残は、太平洋の島々にある巨大(キュクローピアン)な岩として今なお目にすることができる。

彼らはみな、人類が誕生するはるか以前に死に絶えたのだが、永遠の周期のうちに、星々が再び正しい位置に巡りきた時、彼らを復活させる術(すべ)がある。実際、彼らは星々の世界からやってきて、自分の似姿である彫像をもたらしたのだ。これら大いなる古きものども(グレート・オールド・ワンズ)は、肉と血からできた存在ではなかった——カストロは言葉を続けた。確かに、彼らにも形がある。星々の世界で造られた彫像こそが、その証明だ。しかし、その形を成しているのは物質ではないのである。

星々が正しい位置にある時、彼らは宇宙（そら）を超えて世界から世界へと飛翔することができた。だが、星々の位置が誤ったものになると、生きていくことができなくなった。とはいえ、彼らはもはや生きていないのだが、死ぬことも決してないのである。彼らはみな、壮大なルルイェの都市にある石造りの館に横たわっている。そして、星々と地球とが今ひとたび正しい位置に戻り、輝かしい復活を遂げるその日まで、強壮なるクトゥルーの魔術によって守られているのである。

ただし、その日がやってきたとしても、彼らの肉体が解放されるためには、外部からの働きかけが必要になる。彼らを守り続けているクトゥルーの魔術が、彼らが動き出すことをも同様に防いでしまい、数百万年におよぶ数えきれない年月が過ぎていく中、彼らは暗闇の中で覚醒（かくせい）したまま横たわり、思考をめぐらすことしかできないのだ。

思念を送ることで話すことができるので、彼らはこの宇宙で起きているあらゆることを知っていた。今この瞬間にも、彼らは自らの墓所の中で、会話を交わしているのである。

無窮の混沌の歳月が流れ去った後、最初の人類が誕生すると、大いなる古きものども（グレート・オールド・ワンズ）は彼らの夢をこしらえることで、人間たちの中でも特に敏感な者たちに話しかけた。哺乳類の肉体に包まれた精神に接触する方法は、これしかなかったのだ。

カストロは、さらに声を潜めて話し続けた。原初の人間たちは、大いなるものども（グレート・ワンズ）に示された小さな彫像——記憶すらもおぼろげな時代に、暗黒の星々からもたらされた彫像を中心に据えて、教団（カルト）を結成した。その教団は星々が再び正しい位置に戻り、秘密の司祭たちが大いなるクトゥルーを墓所から解放してその臣下どもを復活させ、地球を再び統治する日がやってくるまで、滅び去るようなことは決してないのである。

その時の到来は、容易に知ることができるだろう。人類は大いなる古きもの(グレート・オールド・ワンズ)のような自由にして放埒、善悪を超越した存在となり、規範や道徳はかなぐり捨てられ、あらゆる者たちが叫び、殺し、歓喜に酔い痴(し)れる。解放された大いなる古きもの(グレート・オールド・ワンズ)どもが、叫び、殺し、歓喜に酔い痴れるための新しいやり方を教えてくれるだろう。そして地球上の全てが、恍惚たる自由の燔祭(ホロコースト)の焔に灼(や)かれるのだ。

それまでの間、教団(カルト)はしかるべく儀式を行って、古代のならわしの記憶を維持するとともに、彼らの帰還にまつわる予言の先触れとならなければならない。

旧(ふる)き時代においては、選ばれた人間が墓所にいる古きもの(オールド・ワンズ)と夢の中で語り合ったものだが、その後、何かしらの出来事が起きた。

壮大な石造りの都市ルルイェは、独立石(モノリス)や墓所と共に海の底に沈み、思考すらも通り抜けられない原初の謎に満ちた深い大洋が、霊的な交信を断ったのである。だが、記憶が失われることは決してなく、高位の祭司たちは、星々が正しい位置につきさえすれば、都市は再び浮上するだろうと説いた。そして、黴臭(かびくさ)く、影のようにおぼろげな大地の暗黒の精霊たちが、忘れ去られた海底の洞窟でかき集めた暗澹たる噂話をたくさん携えて、地の底からやってくるのだと。

ただし、カストロ老人は、そのことについてさほど多くを語らなかった。彼は慌てたように口をつぐみ、どれほどの説得や心遣いを示されても、これ以上の話を聞くことはできなかったのである。

大いなる古きもの(グレート・オールド・ワンズ)の大きさについても、彼は妙に言葉を濁(にご)した。教団(カルト)については、円柱都市とも呼ばれるイレム[*23]が、誰にも見つかることなく、手のつけられていないままに夢を見続けるという、アラビアの道なき砂漠に本拠地があるように思うと話してくれた。教団はヨーロッパの魔女宗とは同盟関係になく、信徒以外の者たちからは全く知られていなかった。

その存在をほのめかした書物すらないということだが、不死の中国人が言うには、狂えるアラブ人、アブドゥル・アルハズレッド[*24]の『ネクロノミコン』には二重の意味が秘められている。そして、彼らに秘儀を授けられた（イニシエイテッド）者であれば、大いに議論されてきた次の二行連句を読み解けるのだという。

「久遠（くおん）に横たわりしものは死せずして
　奇異なる永劫のもとには死すら死滅せん」

ルグラースは、少なからず困惑しながらも深く感銘を受け、教団（カルト）の歴史的な起源について質問を重ねたが、それは骨折り損に終わった。その教派が完全な秘密に包まれているというカストロの言葉は、確かに真実だったのである。

トゥレイン大学の権威ある専門家たちですらも、教派と彫像について何も明らかにすることができなかった。それで、刑事はこの国の最高の権威の集まりにやってきて、なんとも運が良いことに、ウェッブ教授からグリーンランドの話を聞けたのだった。

彫像の存在によって裏付けられたルグラースの物語が、この総会において呼び起こした熱狂的な関心は、考古学協会の公式な出版物ではほとんど触れられなかった。しかし、出席者たちがその後、取り交わした手紙に、はっきりと反映されていた。詐欺やペテンによく出くわすことに慣れている人々は、ともすれば用心深くなるものなのだ。

ルグラースは、ウェッブ教授に彫像を貸し出していた。教授の死後にそれは返却されて、今も彼の手元にある。僕も、つい最近見せてもらったばかりだ。実に恐ろしいシロモノで、確かにウィルコックス青年の夢の彫刻にそっくりだった。

僕のおじは、彫刻家の話を聞いてさぞかし興奮したことだろう。ルグラースがその教団（カルト）について知り得たことを聞き知っていた彼が、何を考えたのかは容易に想像できる。

つまり、その感受性の強い青年は、沼地で見つかった彫像と象形文字、グリーンランドの悪魔的な石板と同じものを夢で見ただけではない。エスキモーの悪魔崇拝者とルイジアナの混血が揃って口にした、少なくとも三つの全く同じ言葉を夢で聞いたというのである。

エンジェル教授が徹底的な調査をただちに始めたのは、ごく当然のことだった。

僕自身について言えば、ウィルコックス青年が教団（カルト）について別ルートで聞いたことがあって、一連の夢を創作し、おじをうまいこと利用して謎の価値を高め続けようと目論（もくろ）んだのだろうと考えていた。教授が集めた夢の物語や新聞の切り抜きはもちろん、強い確証ではあった。だけど、僕の心に根づいた合理主義と、テーマ全体の途方もなさが、僕をより賢明に思える結論に飛びつかせたのである。

だから、徹底的に草稿を再検証し、神智学的、人類学的なメモをルグラースの物語と照らし合わせた上で、僕は彫刻家に会うべくプロヴィデンスに旅立った。学識豊かな老人を、かくもずうずうしく騙してのけたことを、きつく非難してやろうと考えたのである。

ウィルコックスは、トーマス・ストリートのフルール＝ド＝リス・ビルディングに、今も一人で住んでいた。古びた丘に美しいコロニアル様式の家が建ち並ぶ住宅地の中、アメリカで最も精巧なジョージアン様式の尖塔の影の下にあって、前面の化粧漆喰（けしょうしっくい）をひけらかす一七世紀ブルトン様式の建築を模倣した、なんとも醜悪なヴィクトリア時代の建物だった。

僕が訪ねた時、彼は自宅で作業中だった。散乱している作品を見ると、彼の天才性は間違いなく、深遠かつ真正なものと認めざるをえなかった。いつか、デカダン派の巨匠として名声をあらわすだろうとも。アーサー・マッケン[*25]が散文に喚起し、クラーク・アシュトン・スミス[*26]が詩と絵画に視覚化してみせた悪夢と幻想を、今は粘土に結晶化し、やがては大理石に映し出してみせることだろう。

彼は暗く、弱々しい人物で、少しばかりだらしない格好をしていた。僕がノックすると物憂（ものう）げに振り返り、立ち上がりもせずに用件を訪ねてきた。

僕が自分の素姓（すじょう）を話すと、彼は興味をひかれたようだった。というのも、おじは彼の奇妙な夢を好奇心も露わに探究した理由を説明していなかったのである。僕も詳しくは説明しなかったが、彼から何とか話を聞き出すべくある程度の事情を話した。夢について、誤解が生じないよう気をつけながら話をしてくれる態度から、僕はすぐに、彼が間違いなく誠実な人間なのだと確信するようになった。

ウィルコックスの見た夢と、潜在意識に残った余韻は、彼の芸術活動に強い影響を与えていた。彼が見せてくれた気味の悪い彫像の輪郭には、不吉な暗示が潜んでいるように思えて、僕は身の毛がよだつ思いがした。夢の浅浮彫を別として、彼にはその彫像の原型（オリジナル）を見た覚えがまったくなかった。にもかかわらず、無意識のうちに手が動いて、おのずと輪郭を形づくったというのである。それは紛れもなく、彼が譫妄状態に陥っていた時に口走った、巨大な何かの姿だった。

執拗(しつよう)な問答の最中に、おじがうっかり漏らした話を除いて、秘め隠された教団(カルト)についてウィルコックスが何も知らなかったことは、すぐに判明した。彼がいかにして、この世のものならぬイメージを受け取ることができたのか、改めて考え直してみなければならないようだった。

ウィルコックスは妙に詩的な語り口で夢について話してくれた。ぬるぬるした緑色の石が積み上げられた巨石造り(キュクロピアン)の都市――彼の奇妙な言い回しによれば、何もかもが幾何学的におかしかった――が、恐ろしいほど鮮やかに見えたような気がしたし、地底から絶え間なく、心に直接呼びかけてくるかのような「くとぅるぅ ふたぐん」「くとぅるぅ ふたぐん」という言葉に、怯え混じりの期待を抱きながら聞き入った。

これらの言葉は、ルルイエの石造りの墓所において、死せるクトゥルーが夢を見ながらにして監視を続けていることを伝えるという、恐ろしい儀式の一部だということで、さしもの合理的な信念の持ち主である僕も、深い感銘を覚えたものだった。

ウィルコックスは偶然、その教団(カルト)について聞き知ることになったのだが、怪しげな書物を読んだり想像したりするうちに忘れてしまったのに違いない。後になって、その驚異的な印象のおかげで、無意識のうちに夢や浅浮彫、つい今しがた僕が見たばかりの不快な彫像という形に結実したのである。ということはつまり、仮におじに対する詐欺行為があったにせよ、限りなく無実に近いということになる。

この青年はいささか気取り屋で礼儀知らずの、僕が決して好きになれないタイプの人間だった。とはいえ、彼の天才と誠実さは認めないわけにはいかなかった。
才能にふさわしい成功を祈ると告げて、僕は彼のもとから友好的に立ち去った。

教団（カルト）の件は、なおも僕を魅了し続けた。時として、その起源と教派についての研究から、個人的な名声を得られるのではないかと考えてしまうほどだった。

僕はニューオーリンズに赴（おもむ）き、ルグラースや件（くだん）の手入れに加わった他の者たちからも話を聞いた。不快極まる彫像を見せてもらい、まだ生存していた混血の囚人に質問を試みさえしたのだった。残念ながら、カストロ老人は数年前に亡くなっていた。

生々しいあれこれを直接この耳で聞くことができたのは、おじが書き遺したものを詳しく確認する以上のものではなかったとはいえ、僕の興奮を改めて掻き立てた。僕が追いかけているのが正真正銘、極秘にされてきた、恐ろしく古い時代に遡る宗派なのだと確信したのである。この発見は、僕をひとかどの人類学者にしてくれることだろう。

僕の態度はこの期（ご）に及んでまだ——今でもそうあって欲しいと願ってやまないのだが、唯物主義に属するものだった。エンジェル教授が集めた夢のノートと奇妙な切り抜きに見られる符合について、僕は自分でも不可解なのだが、頑（かたく）なに軽視し続けたのである。

僕は、あることを疑い始めている。今となっては、真実を知ることを恐れている。
それは、おじの死が、きわめて不自然なものだったという事実についてだ。

彼は、混血の外国人たちがうろうろしている古びた海岸沿いの通りに繋がっている、狭い丘の道を歩いていて、混血の外国人にうっかりぶつかられた後に倒れたのだった。ルイジアナの信徒たちが混血の海上労働者だったことを、僕は覚えていた。秘教的な儀礼や信仰と同じくらい残忍で、古い時代に遡る、毒針などの秘技のことを知ったとしても、別段驚くことではない。ルグラースと彼の部下たちが、手出しをされなかったのは事実である。しかし、ノルウェーでは何かを目撃した船員が一人、命を落としているのだ。彫刻家のケースに出くわしてから、より突っ込んだ調査をおじが行っていたことが、邪悪な者の耳に入ったということはないだろうか。

僕が思うに、エンジェル教授が命を落としたのは、あまりに多くのことを知ったか、さもなくばあまりに多くのことを学ぶ可能性があったからなのである。僕もまた、彼と同じ運命に見舞われることになるのかもしれない。今となっては、あまりに多くのことを知ってしまったのだ。

Ⅲ　海よりの狂気

もしも、天国が僕に恩恵を与えてくれるというのなら、ばらされた状態で棚敷きに使われていた新聞を見つけてしまった偶然を、なかったことにして欲しいものだった。

一九二五年四月一八日付けの、《シドニー・ブレティン》というオーストラリアの新聞の古い号など、日常生活の中で自然に出くわすものではないからだ。
それは、僕のおじの調査資料を貪欲(どんよく)に収集していた業者すらも見逃したものだった。

僕は、エンジェル教授が「クトゥルー教団(カルト)」と呼んだものの調査に大部分の時間を割(さ)いていて、ニュージャージー州のパターソンに住む、博学な友人[*27]のもとをよく訪問していた。彼は地元の博物館の学芸員で、著名な鉱物学者でもあった。

博物館の裏手の部屋で、収納棚に乱雑に置かれていた保存用の標本を、丸一日かけて調べていた時のこと。僕の目は、鉱物標本の下に敷かれていた古新聞に載っている、奇妙な写真に吸い寄せられた。それが、前述の《シドニー・ブレティン》である。僕の友人は、およそ考えられる限りのあらゆる海外の国々と付き合いがあったのだ。そして、その写真こそは、ルグラースが沼地で見つけたものとそっくり同じ、おぞましい石像の網点(ハーフトーン)写真だったのである。

僕は、貴重な記事の載っている新聞紙を大急ぎで取り除くと、細部まで目を通したのだが、ごく短い記事だったのでがっかりした。とはいえ、その記事がほのめかす内容は、行き詰まりつつあった僕の探索にとっては、信じがたいほど重要なものだったので、僕はその記事の部分だけをとっさに、だけど慎重に破り取ったのである。その内容を、以下に記そう。

海上にて謎の漂流船発見さる

《ヴィジラント(見張り)》号、航行能力のないニュージーランド船籍の武装快速船(ヨット)を曳航(えいこう)して帰港す。生存者一名と死者一名が船上で発見。海での死闘と死者にまつわる証言。救出された船員、奇怪な体験について多くを語らず。所持品中に奇妙な偶像。事情聴取は後日。

チリのバルパライソを出港したモリソン社の貨物船《ヴィジラント》号は、重装備の蒸気快速船《アラート(警報)》号を曳航して今朝方、ダーリングハーバー〔オーストラリアのシドニー西部〕の埠頭(ふとう)に到着した。ニュージーランドのダニーデン〔南島の南部にある町〕に登録されている船で、四月一二日に南緯三四度二一分、西経一五二度一七分の位置で発見され、生存者一名と死者一名が乗っていた。

《ヴィジラント》号は三月二五日にバルパライソを出港し、四月二日にはいつになく激しい嵐と異常な大波に襲われ、進路を大幅に南にそらされた。

四月一二日に漂流船を発見。無人船のように見えたが、半ば気の狂った一人の生存者と、明らかに死後一週間以上は経過した一人の死者が船上に見つかった。

生存者は、およそ一フィート〔約三〇センチメートル〕ほどの高さの、出所不明の奇怪きわまる石像を握りしめていた。シドニー大学や王立協会、カレッジ・ストリートの博物館〔シドニーにあるオーストラリア博物館のこと〕における自然科学の権威たちは皆、一様に当惑を表明している。生存者によれば、快速船のキャビン内にあった、ありふれたタイプの、彫刻のある小さな神殿の中に見つかったのだという。

この人物は意識を取り戻した後、海賊行為と虐殺にまつわるきわめて異常な話をした。

彼の名前はグスタフ・ヨハンセン。知的とは言い難いノルウェー人で、二月二〇日に定員ぎりぎりの一一人の乗組員を乗せてカヤオ〔ペルーの港町〕に向けて出港した、オークランド〔ニュージーランドの都市〕船籍の二本マストのスクーナー船《エマ》号の二等航海士だった。

証言によれば、《エマ》号は三月一日の大嵐によって、航海に遅延が生じた上に南に大きく進路をそらし、三月二二日には南緯四九度五一分、西経一二八度三四分の位置で、カナカ人とハーフ・カースト〔主にヨーロッパ人とインド人の混血〕から成る、風変わりで凶悪な格好の乗組員たちを乗せた《アラート》号に遭遇した。引き返せという有無を言わせぬ調子の命令を、コリンズ船長が拒否すると、怪しげな船員たちはスクーナー船に警告することなく発砲を開始した。快速船には、真鍮(しんちゅう)製の大砲がとりつけられていたのである。

《エマ》号の乗組員たちはただちに応戦したのだが——と、生存者は話した——、スクーナー船は砲撃で海中に沈み始めたので、彼らはなんとか敵船に接舷(せつげん)して相手の船に乗り移り、快速船のデッキで残忍な乗組員たちと闘った。

数においては相手の方がやや優勢で、戦い方こそ不器用だったものの、憎悪を剝(む)き出しにして死に物狂いで襲ってくるので、彼らを皆殺しにせざるをえなかった。

コリンズ船長とグリーン一等航海士を含む三人の《エマ》号乗組員が殺害された。

ヨハンセン二等航海士の指揮のもと、生き残った八人は拿捕(だほ)した快速船で航海を続けたが、引き返せという要求の理由を確かめるべく、そのままの進路をとった。

翌日、どうやら彼らは、何も存在しないと思われていた海域で小さな島を発見し、上陸したらしい。そして、何らかの理由で六人がその島で死亡したようなのだが、ヨハンセンはこの件については妙に口を閉ざし、岩の割れ目に落ちたと話すだけにとどまった。

その後、彼ともう一人の仲間は快速船に乗りこんで、うまく操縦しようと努力したものの、四月二日の嵐でひどい目に遭（あ）った模様である。

以後、一二日に救出されるまでのことはほとんど記憶にないようで、仲間のウィリアム・ブライデンが死んだことすら覚えていなかった。ブライデンのはっきりした死因は不明で、おそらく極度の興奮ないしは風雨にさらされたことが原因なのだろう。

ダニーデン発の電報によれば、《アラート》号は島の交易商として当地ではよく知られていて、海岸沿いの地域で悪名を馳せていた。ハーフ・カーストの奇妙なグループの所有船で、頻繁な集会と夜の森への出入りが少なからず好奇の目を集めていて、三月一日の嵐と地震の直後に、慌ただしく出港したということだ。我が社のオークランド特派員によれば、《エマ》号とその乗組員たちは高い評価を受けていて、中でもヨハンセンは真面目で立派な人物という話である。

事件全体を調査する海事裁判所が明日から開廷されるのだが、ヨハンセンがこれまで以上に率直に証言するよう、説得に全力が尽くされることだろう。


これが、悪魔的な彫像の写真といっしょに掲載されていた記事の全文である。

とはいえ、僕の頭の中には夥しい数の考えが次から次へと思い浮かんだ！

何しろこれは、クトゥルー教団（カルト）についての新たな情報であり、彼らが陸地だけでなく海とも関わりが深いという証拠だったのだ。

おぞましい偶像を携えて航海していた混血の乗組員たちが、《エマ》号に引き返すよう命令した理由はいったい何なのだろうか？ 《エマ》号の乗組員のうち六人が死亡し、そしてヨハンセン航海士があれほどまでに固く口をつぐんだ未知の島とは何なのか？ 副海事裁判所の探索から何が判明し、ダニーデンの有害な教団（カルト）についてどんなことがわかっているのか？

何よりも驚くべきことに、おじが慎重に記録した様々な出来事に、悪意とはっきりした意図の介在を示した、深刻かつ不自然な日付の一致はいったい何を意味するのか？

三月一日――日付変更線により、僕たち（アメリカ人）にとっては二月二八日――、地震と嵐が発生した。《アラート》号とその邪悪な乗組員たちが、緊急の呼び出しを受けでもしたかのように慌ただしい様子でダニーデンから飛び出した。その一方で、地球の反対側では詩人や芸術家たちが、異様な濡れそぼった巨岩造り（キュクロ―ピアン）の都市を夢に見はじめて、若き彫刻家が恐るべきクトゥルーの姿を眠りながら形作った。

三月二三日、《エマ》号の乗組員が未知の島に上陸し、六人が死ぬこととなった。

その同じ日に、感受性の高い人々の夢はいよいよ生々しく暗澹としたものになり、巨大な怪物の悪意ある追跡に脅かされて建築家は発狂し、彫刻家は突然の譫妄状態に陥ったのである！

四月二日の嵐はどうだったのだろう――その日は、じめじめした都市にまつわる全ての夢がぱったり止まり、ウィルコックスが狂熱の苦しみから解放された日ではなかったか？

この——否、それらの全ては、カストロ老人がほのめかした、今は水底(みなそこ)にいる、地球外の星で生まれた古きもの(オールド・ワンズ)のどもと、その治世の到来を意味するものではないのか？　彼ら忠実な信徒たちと、夢の支配者のしわざなのではないのか？

僕は人間の力ではとうてい抵抗できようはずがない、宇宙的な恐怖の崖っぷちに、足元もおぼつかない状態で立っているのではないだろうか？

もしそれが事実で、いかなる途方もない脅威が人類の魂を包囲し始めたにせよ、何らかの理由で四月二日に食い止められ、精神(こころ)の恐怖のみにとどまったに違いない。

僕はその日のうちに慌ただしく電報を打って手配を済ませ、夜には友人に別れを告げて、サンフランシスコ行きの電車に乗った。

一ヶ月も経たない内に、僕はダニーデンにやってきた。だけど、海辺の古びた酒場にたむろしていた怪しげな教団員たちについて、何も知られていないことがわかった。海辺をうろつく人間の屑(くず)のような連中は、別に珍しくもなかったのである。

ただし、この種の混血の連中が内陸部に入り込んでいった時、遠くの丘の上に太鼓を叩くようなかすかな音が聞こえ、赤い焔が見えたという、ぼんやりした噂を耳にした。

オークランドでは、シドニーでのおざなりで要領を得ない尋問を終えたヨハンセンが帰ってきた時、彼の黄色がかった髪がすっかり白くなっていたという話を聞いた。その後、彼はウェスト・ストリートにあった小さな家(コテージ)を売り払い、妻を連れてオスロの実家へと船で戻っていったのだという。

彼の身に起きた出来事については噂の的になったものだが、彼は海事裁判所の職員たちに話した以上のことを友人たちにも話さなかったようだ。それで、僕が彼らから聞き出せたのは、オスロの住所くらいのものだった。

次いで僕はシドニーに赴き、船員たちや副海事裁判所の職員とも話したのだが、役に立つようなことは何も聞けなかった。シドニー湾のサーキュラー・キー埠頭では、売却された後、今では商船として使われている《アラート》号も実見したのだが、これといって特徴のない船体を目にしたところで、得るところは何もなかったのである。

イカの頭部、ドラゴンの胴体、鱗の生えた両翼のあるしゃがみこんだ彫像と、象形文字に覆われた台座は、ハイド・パーク［シドニー最古の公共公園］の博物館に保管されていた。

僕は長い時間をかけて彫像を調査した。気味が悪いほど精妙な出来栄えで、ルグラースの手元にある小ぶりの彫像を見た時と同じく、全くもって秘密めいた、恐ろしいほどの古めかしさ、そしてこの世ならぬ物質的な異様さを、僕は感じたものだった。

学芸員によれば、地質学者たちはこの途方もない難題（パズル）に頭を悩まし、このような岩は地球上には存在しないとまで言い切ったのだという。その話を聞いた時、僕はカストロ老人が原初の大いなるもの（グレート・ワンズ）どもについてルグラースに話したことを、身震いと共に思い出した。

「彼らは星々の世界からやってきて、自分の似姿である彫像をもたらしたのだ」

これまでにない大きな動揺に心を乱されながら、僕はオスロに住んでいるヨハンセン航海士を、すぐにも訪問しようと決意した。

ロンドンに渡ってすぐに、ノルウェーの首都に行く船に乗り換えた。そうしてある秋の日に、エーケベルグ山の影が落ちる小ぎれいな埠頭に到着したのである。

ヨハンセンの住居は、この偉大な都市が数世紀に渡り「クリスチャニア」という偽りの名で呼ばれていた間もオスロという名を守り続けた、《苛烈王》ハーラル［一一世紀のノルウェー王ハーラル三世］が創建した旧市街に位置していることがわかった。

タクシーに乗ると、わずかな時間で家に着いた。正面が漆喰塗りの小ぎれいで古風な建物で、僕は心臓の鼓動を感じながら扉をノックした。

悲しげな顔をした黒衣の女性が、僕のノックに応(こた)えて姿を現した。そして、拙(つたな)い英語でグスタフ・ヨハンセンが亡くなったことを告げ、僕を失望で刺し貫いたのだった。

ヨハンセンの妻の話では、彼は一九二五年に海で遭遇した出来事で壊れてしまい、帰国して間もなく命を落としたのだという。彼女に対しても、公に口にした以上のことを話していなかったが、間違っても彼女がうっかり熟読してしまうことのないよう、英語でしたためられた長文の草稿――彼は「技術資料」と呼んでいた――を遺していた。

彼はヨーテボリ［スウェーデンの港湾都市］の船着場の近く、狭い道を歩いていた時に、屋根裏部屋の窓から落ちてきた紙束が直撃して、その場に倒れた。

インド人の船員が二人、すぐに駆けつけて彼を助け起こしたのだが、救急車が到着した時には既に死んでいた。医師たちは、最後まではっきりした死因を見つけることができず、心臓の障害と肉体的な衰弱によるものだと診断したということである。

他の者たちと同じく、死という最期の安息を迎えるその時まで、暗澹たる恐怖の中に取り残されることになるのではないかと、僕は背筋が凍る思いがした。

「偶然」であろうとなかろうと、もはや関係なかったのだ。

僕は、彼女の夫が書き遺した「技術資料」との関わりを説明し、未亡人からその書類を譲り受けることができた。そして、ロンドンに向かう船の中で、書類を読み始めた。

飾り気がなく、まとまりに欠けた草稿——純朴(ナイーブ)な船員が事後に記録をまとめようとしたものだということを、念頭に置いて欲しい——で、最終日の恐ろしい航海時の出来事をどうにか再現したものだった。意味がわかりにくかったり、冗長であったりする部分が多いので、全文を一言一句書き写すわけにはいかないが、要点だけでも伝えられると思う。僕が舷側(げんそく)を叩く水の音に耐えられず、綿で耳栓をした理由も、きっとおわかりいただけることだろう。

ヨハンセンは——神に感謝を——その都市と存在(シング)を目撃したにもかかわらず、何ひとつとして理解していなかった。だけど、時間と宇宙の背後に絶えず潜んでいる恐怖や、旧(ふる)き星々からやってきて、海の底で夢を見続けている忌まわしくも冒瀆的な輩のことを考えると、僕は二度と再び穏やかに眠ることはできないだろう。

奴らの存在を知り、熱烈に崇拝する悪夢のような教団が、新たな地震によって途方もなく巨大な石造都市が持ちあがり、陽光と大気のもとに曝されるような事があれば、奴らを世界に解き放ってしまおうと常に準備しているのだから。

ヨハンセンの航海は、副海事裁判所での証言通りに始まった。二月二〇日、《エマ》号は荷物を載せずにオークランドを出港し、人間の夢を満たす恐るべき存在が海底から引き起こしたに違いない、地震の余波で発生した嵐に直撃した。船のコントロールを取り戻してから、三月二二日に《アラート》号に捕捉されるまでの間は、順調な航海が続いていた。《エマ》号の被弾と沈没についての文章からは、航海士の後悔の念がまざまざと伝わって来た。《アラート》号に乗っていた浅黒く残虐な狂信者たちについて、彼は深刻な恐怖をこめて報告していた。ヨハンセンは裁判所での審理中、彼と仲間たちの無慈悲な行為を非難されたことに対して、率直な驚きを感じたのだった。何故なら、彼らの異様なまでの忌まわしさによって、むしろ皆殺しにすることこそが義務だと思っていたからである。

その後、捕獲された快速船はヨハンセンの指揮のもと、好奇心に導かれるままに前進を続けた。やがて、乗組員たちの視界には、海から突き出た巨大な石柱が入り、そして南緯四七度九分、西経一二六度四三分の位置において、泥や浸出物、海藻の混成物に覆われた、巨岩の石積みが立ち並ぶ海岸線にやって来た。

これこそは、地球における至高の恐怖が具現化されたものに他ならない――暗黒の星々から滲み落ちた巨大で醜悪な姿のものどもによって、歴史の背後、測りしれぬ永劫の太古に建造された、悪夢の死都ルルイェだったのである。その場所には大いなるクトゥルーとその軍勢が、ぬるぬるした緑色の墓所に身を潜めて横たわっている。そして、測り知れない宇宙の周期の後に、ついには感受性の強い人間が見ている夢に恐怖を広める思念を送りこみ、忠実なる信徒たちを解放と復権の巡礼の旅に出るよう、傲然（ごうぜん）と要求（コール）したのだった。

こうしたことの全てをヨハンセンは想像だにしなかった。だが、彼が間もなく決定的なものを目にしてしまうことなど、いったい誰に予想（ゴッド・ノウズ）できただろうか！

大いなるクトゥルーが葬られている、独立石（モノリス）に覆われたおぞましい砦に他ならない孤峰（こほう）の頂（いただき）だけが、実際に海中から現れたのだと僕は考えている。海中に潜んでいるかもしれない全ての領域が、いったいどれほどの広さに及ぶものか考えただけで、僕はあやうく自殺してしまいそうになる。

ヨハンセンと彼の部下たちは、老いた魔神（デーモン）どもが君臨する濡れそぼった魔都（バビロン）の、宇宙的な威厳に畏（おそ）れをなした。この星はもちろん、他のいかなるまともな惑星にもあってはならないはずのものだと、誰に教えられることもなく悟ったに違いなかった。

緑がかった石塊の信じられない大きさや、彫刻の施された巨大な独立石（モノリス）の目もくらむような高さ、そして巨大な彫像や浅浮彫の数々が、《アラート》号の神殿で見つけた奇妙な彫像と不気味なまでに似ていることに慄然（りつぜん）とした様子が、航海士が恐怖に怯えながら書きとめた一行一行から、はっきりと見て取れた。

　未来派について何の知識も持っていなかったにせよ、その都市についてのヨハンセンの記述は、期せずして非常に近しいものとなっていた。構造や建造物についてはっきりと説明する代わりに、彼は広大な角度と石の表面に彫り込まれたもの——あまりにも巨大で、正当と正統のどちらの意味でも、この地球に属しているとは思えない、神をも恐れぬ恐ろしい像や象形文字だった——のざっくりとした印象を解説するのにとどめていたのである。

　角度についてのヨハンセンの記述に言及したのは、ウィルコックスから聞かされた悪夢についての話を思わせる部分があったからだ。彼は、自分が夢に見た場所の幾何図形的配列は異常かつ非ユークリッド的であり、この世界のものとはかけ離れた球面や曲面を、忌まわしくも暗示していると話していた。その一方で、恐るべき現実を目撃した無学な船員が、同じことを感じたというのである。


　ヨハンセンと部下たちは、この途方もなく大きい城砦都市（アクロポリス）の、傾斜した泥の隆起に上陸した。そして、定命の人間が階段として利用するのに適していない、巨大で滲出（しんしゅつ）物にまみれた石塊（ブロック）の山を、足を滑らせながらよじのぼっていった。

　海中に沈んでいた倒錯そのものの都市から湧き出す瘴気（しょうき）が偏光させるのか、それを通して眺める空の太陽は歪んでいるように見えた。彫刻の施された岩面の、狂おしくとらえどころのない角度も、最初に目を向けた時に凸面だったのが、二度目には凹面になっているという具合で、より合わされた悪意と疑念が、底意地の悪い目でじっと睨（にら）みつけてくるかのようだった。

岩や滲出物、海藻よりもさらにはっきりした何かを目にする前から、恐怖によく似た何かの感情が、探検する者たちの心にのしかかっていた。

彼らが逃げ出さなかったのは、仲間から軽蔑されたくなかったからである。

半ば心ここにあらずという状態で探し回っていたので――当然の結果ではあったが――、簡単に持ち帰ることができそうな手土産は、何ひとつとして見つからなかった。

ポルトガル人のロドリゲスが、独立石（モノリス）の基部に登って、何かを見つけたと叫んだ。残りの者たちも彼に続き、今となっては見慣れてしまったイカドラゴン（squid-dragon）の浅浮彫が刻まれている、巨大な扉を物珍しげに眺めていた。

ヨハンセンによれば、それは巨大な納屋の扉のようだった。豪華に飾り立てられた楣石（まぐさいし）と敷居、二本の脇柱が周囲にあったので、全員が扉に違いないと考えた。だが、落とし戸のように水平になっているのか、屋外にある地下室への扉のように斜めになっているのかは、判断がつかなかった。

ウィルコックスが言った通り、この場所の幾何学は何もかもがおかしかった。海面と地面が水平であるかどうかすらも定かではなく、あらゆるものの相対的な位置が、幻か何かのように刻一刻と変化するように見えた。

ブライデンが石扉のいくつかの場所を押したものの、反応はなかった。続いてドノヴァンが、繊細な手つきで触りながら扉の縁を触り、移動しながらいくつかの場所を慎重に押してみた。彼はグロテスクな石の繰形（くりかた）に沿って果てしなく登り続け――扉全体が水平だったわけでもないので、登ったと言っても良いだろう――、彼らはこの宇宙にこれほど巨大な扉が存在することに驚愕したものだった。

その時のことだった。きわめて静かで、ゆっくりとした動きだったが、一エーカーはあろうかという巨大なパネルの上方の部分が内側に開き始め、平衡を保つのが見えた。

ドノヴァンは、滑ったりなんだりでどうにか移動して脇柱のところに戻り、仲間たちに合流した。そして誰もが、彫刻の施された途方もない大きさの門戸（ポータル）が、怪しくも後退していくのを見守った。プリズムのように歪み果てた幻想の中で、それは斜めの方向に異常きわまる動きをしたので、まるで物質と遠近のあらゆる法則が引っくり返ったようだった。

開口部は、ほとんど物質的ですらある暗闇に満たされて黒々としていた。その暗闇には、間違いなく実体感があった。はっきりと見えて然るべき内壁の一部を隠し、悠久の長きにわたって閉じ込められていた場所から事実、煙のように爆発的に噴き出してきたのだ。そして、膜質の翼を羽ばたかせて、凸状に萎縮（いしゅく）する空へと逃げ出そうとした時には、太陽が目に見えて暗くなった。

口を開けたばかりの深淵から立ちのぼる臭気は耐えがたく、ややあって、早耳のホーキンスが、液体のはねるような険呑（けんのん）な音を耳にしたと感じた。

皆が耳を澄ましている間に、そいつがよだれをまき散らしながら視界いっぱいに広がり、黒々とした戸口にジェリー状の緑色の巨体を手探りで押し込んで通り抜け、狂気に毒された都市の腐敗した外気の中に現れたのだった。

哀れなヨハンセンは、このくだりを書いているうちに、力を使い果たしつつあったようだ。

船に辿りつくことができなかった六人のうち、二人はその呪わしい一瞬のうちに、純然たる恐怖で命を落としたのだろうと、彼は考えていた。

そのもの（シング）については、筆舌に尽くしがたく——かくのごとき叫喚と永劫よりの狂気の深淵、かくのごとき物質や力、宇宙の秩序とのこの世ならぬ矛盾を正しく表現できる言語などありはしないのだ。

山が歩き、よろめきながら動いたのである。何てことだろう（ゴッド）！　驚くべきことだが、世界の反対側で著名な建築家が発狂し、哀れなウィルコックスが熱病に冒（おか）されたのは、そいつの思念を瞬時に受け取ったことが原因なのではないだろうか？

偶像の本体たる、緑色でねばついた星々の落とし子（スポーン）は、自らの支配権を要求するべく甦（よみがえ）ったのだった。

星々は再び正しい位置につき、太古からの教団（カルト）が目論んで失敗したことを、何も知らない船員たちが偶然、なしとげてしまったのである。

十の百二十乗に数倍する年数を経て、大いなるクトゥルーは再び解放され、歓喜のうちに餌食（えじき）を求めて荒れ狂った。逃げ出す間もなく、三人がぐにゃぐにゃした爪に浚（さら）われた。

この宇宙に安息というものがあるなら神よ、どうか彼らに安らぎを与えたまえ。彼らはドノヴァンとゲレーラ、アングストロームだった。

他の三人は、果てしなく続くかに思われた、緑色の汚れがこびりついた岩の上を、ボートに向かって必死に走り続けていたのだが、パーカーが足を滑らせてしまった。

ヨハンセンが誓って言うには、彼はありえるはずのない石積みの角度——鋭角でありながら、鈍角であるかのように振る舞う角度に、飲み込まれてしまったというのである。

それで、ボートに辿りついたのはブライデンとヨハンセンだけだった。

山のように巨大な怪物が、重々しい足取りで粘つく石の上を降りてきて、水際でもたついている間、彼らは《アラート》号に向かって必死でボートを漕いだ。

総員が上陸したにもかかわらず、蒸気機関の火は落とし切られていなかった。操舵室と機関室を慌ただしく往復し、数分も経つ頃には《アラート》号を動かせるようになった。

筆舌に尽くしがたい光景の歪んだ恐怖のただ中で、船のスクリューがゆっくりと死の海をかきまわし始めた。その時、冥府の岸辺の石積みの上では、星々からやってきた、地球外の巨大な怪物（タイタン・シング）が、逃げ出していくオデュッセウスの船に罵詈雑言（ばりぞうごん）を投げかけるポリュペーモス*28のようによだれを垂れ流し、意味のわからない声をあげていた。

その時、物語のキュクロープスよりも大胆なことに、大いなるクトゥルーは海中にずるりと滑り込んで、宇宙的な潜在力で高波を起こしながら、追跡を開始したのである。

後ろを振り返ったブライデンは発狂して激しく笑いだした。彼はその後も、ある晩にキャビンで命を落とすまで、一定の間隔をおいてひたすら笑い続けていた。

ヨハンセンもまたうわ言をぶつぶつつぶやきながら、船上をさまよい歩いていた。

しかし、ヨハンセンはまだ諦めたわけではなかった。

《アラート》号の蒸気機関が最高速度に達する前に、確実に追いつかれることを悟った彼は、チャンスを摑（つか）むべく一か八かの賭けに出た。彼は動力をフルスピードに設定すると、稲妻のような速さでデッキに走り、舵輪（だりん）を逆回転させた。悪臭を放つ海面が力強く渦巻いて泡立った。そして、蒸気圧が高まりゆく中、悪魔のガリオン船の船尾楼の如く、不浄な泡の上に聳え立つようにして追いかけてくる不定形の怪物に向けて、勇敢なるノルウェー人は船首をまっすぐに向けたのである。

触鬚をのたくらせた見るも恐ろしいイカ頭が、頑丈な快速船の船首斜檣に迫る中、ヨハンセンは容赦なく船を前進させた。

嚢がはじけるような爆発が起き、切り裂かれたマンボウのようにどろどろとした汚物が溢れだし、千もの墓が暴かれたような悪臭が放たれ、年代記作家が敢えて記録にとどめたことがなかったような音が鳴り響いた。

刺激臭があり、目をくらませる緑色の雲に船が穢されたかと思うと、次の瞬間には悪臭を放つ何かが後方でのたうつばかりになった。

そこでは――天の神よ！――名状しがたい空の落とし子が、ばらばらにされながらも可塑性を発揮し、憎むべき元の姿に再結合しつつあるようだった。しかし、《アラート》号搭載の蒸気機関が動力を供給し、一秒毎に距離が広がっていった。

これで、全部である。

後になってヨハンセンがしたことといえば、キャビンで偶像について考えこんだり、自分と傍らで笑い続けている狂人のために、幾度か食事を用意したことくらいだった。彼は魂を抜きとられたかのような鬱状態に陥って、最初の大胆な逃亡の後は、舵をとろうともしなかった。その後、四月二日の嵐に見舞われ、雲が集まって来たかのように彼の意識は混濁してしまったのである。

果てしない液状の内海を虚（うつ）ろに周回したような感覚があったかと思えば、彗星（すいせい）の尾に乗って宇宙をふらふらと飛び回るという目眩（めくる）めく感覚があり、半狂乱で月から穴へ、穴から再び月へと飛びこむ感覚もあった。

体をよじって浮かれ騒ぐ旧（ふる）き神々と、奈落（タルタロス）の淵で嘲り笑う蝙蝠の翼がついた緑色の小鬼（インプ）どもが声を合わせて、これら全てを酒の肴（さかな）にしていた。

その夢の外から救助者がやってきて――《ヴィジラント》号、副海事裁判所の法廷、ダニーデンの通りと、長い旅路の果てにエーケベルグ山麓の実家へと帰りついたのだった。

証言などできなかったのだ――人々は、彼の気がふれたと思うだろうから。

死を前に、知っていたことを書き遺すことにしたが、妻に気取られてはならなかった。

記憶を消してくれさえするなら、死こそが恩寵（おんちょう）になるはずだ。

以上が、僕が読んだ文書の内容で、つい今しがた錫（ブリキ）の箱の中、浅浮彫やエンジェル教授の書類の近くに収めたところである。僕自身がしたためた、この記録も一緒に収めるつもりだ――僕の正気をテストするために書きあげたもので、その中で互いに関連づけられている事が、二度と再び互いに関連づけられることがないよう願っている。

僕は、この宇宙の全てが恐怖を孕（はら）んでいるに違いないことを知ってしまったのだ。春の空や夏の花でさえも、これからの僕にとっては有毒のものとしか思えない。

とはいうものの、それほど長く生き延びられるとは思っていない。僕のおじや、哀れなヨハンセンが逝(い)ってしまったように、僕も逝くことになるはずだ。

僕は多くのことを知り過ぎたし、教団(カルト)は今なお生き延びているのだから。

クトゥルーもまた、太陽が若かった頃から彼を守ってきた深い石の裂け目の底に戻り、今なお生きているのだろう。僕は、そんな風に考えている。

彼の呪われた都市は、再び沈んでしまったようだ。《ヴィジラント》号が、四月の嵐の後に、そのあたりを航海していたからには。だが、地上では彼の手先どもが今なお、どこか人里離れた場所で偶像を頂(いただ)く独立石(モノリス)を取り囲み、大声で吠え、踊るように跳ねまわり、殺戮(さつりく)を続けている。

彼自身(クトゥルー)は、海の底にある暗黒の深淵に、閉じ込められているはずだった。そうでなければ、この世界は恐怖と狂乱の叫びに満たされていることだろう。

果たして、全てが終わる時はくるのだろうか？

浮上したものが沈むこともあれば、沈んだものが浮上することもある。忌まわしいものどもが深海で夢を見ながら待ち続け、人類の不安定な都市には堕落が広がり続けている。いつの日にか、その時がやってくる――だけど、僕はそんなことを考えちゃいけないし、考えることもできやしない！

もし僕が命を落としたなら、僕の遺言執行人が大胆な行為に及ぶことなく細心の注意を払い、この草稿を他の誰かの目に触れさせることがないよう取り計らってくれることを、心から祈っている。

訳注

1　アルジャーノン・ブラックウッド　Algernon Blackwood

英国人作家。HPLは彼の「柳」を宇宙的な要素を感じる怪奇小説として絶賛し、「ウェンディゴ」は「ダンウィッチの怪異」に、「古の妖術」は「インスマスを覆う影」に影響を与えた。オーガスト・W・ダーレスは彼の「ウェンディゴ」を邪神イタカにまつわる連作へ発展させた。冒頭の引用は長編『ケンタウロス』から。同作では「野生の呼び声 Call of Wild」など、「Call of ～」が繰り返し使用される。二二章には「地球の永久に若々しい生命の、太古からの呼び声 ancient call of the Earth's eternally young life」というフレーズも。

2　神智学者　Theosophist

ここでは、心霊主義者のヘンリー・スティール・オルコットやロシア帝国出身の霊媒ヘレナ・ペトロヴナ・ブラヴァツキーらが、一八七五年にニューヨークで設立した神智学協会に連なる神秘主義者。HPL自身は、関連書を数冊読んでいる程度でそれほど詳しくはなかったが、友人のE・ホフマン・プライスが精通し、彼の「幻影の王」を大幅に改訂した「銀の鍵の門を抜けて」（一九三三年執筆）には神智学のエッセンスが盛り込まれている。

3　エンジェル　Angell

HPLが誕生し、三歳から三〇年以上に渡り居住していた通りである、プロヴィデンスのエンジェル・ストリートから採った姓。語り手の姓である「ウェイランド」も、エンジェル・ストリート沿いの東側の地域名である。共にプロヴィデンスの古い家名でもある。既訳では「天使 Angel」と区別するためか主に「エインジェル」とされたが、現地発音は全く同じということだ。

4　プロヴィデンス　Providence

HPLが生涯の大部分を過ごしたロードアイランド州の州都所在地。併せて解説も参照。

5　ブラウン大学　Brown University

プロヴィデンスのカレッジ・ヒルに長方形のキャンパス

を構える私立大学。校名の由来は同大学設立のための寄付金を出したジョン・ニコラス・ブラウンで、東海岸の名門私立大学八校から成るアイビー・リーグに名前を連ねる。ミスカトニック大学のモチーフであり、キャンパスの西にあるジョン・ヘイ図書館にはHPLコレクションが収蔵され、顕彰碑（けんしょうひ）も建てられている。

（撮影：森瀬繚）

6　セム系言語　Semitic Languages

言語学上の言語グループの分類で、西アジア（中東）、北アフリカで用いられている言語。アラビア語、ヘブライ語、アラム語（シリア語はその一つ）などの他、既に使用者はいないがウガリット語、アッカド語、フェニキア語など、考古学上重要な言語が多数含まれる。

7　アメリカ考古学協会　American Archaeological Society

架空の団体。実在のアメリカ考古学協会 Society for American Archaeology は、一九三四年設立である。

8　キュクロ―ピアン　Cyclopean

HPL作品で多用される語。ギリシャ神話の単眼巨人キュクロープスに由来する言葉で（サイクロプスは英語読み）、「巨大な」「巨石造りの」「巨石を積み上げた」「キュクロープス様式（建築様式）」などの意味がある。HPLはこの語を用いる際、ほぼ必ず頭文字を大文字にしているので、ニュアンスを汲むべくルビを入れた。

9　警視正　Inspector

警察の階級として使用される場合、英国では「警部」に相当するが、米国ではもっぱら「警視正」に相当する。

10　W・スコット＝エリオットの『アトランティスと失われたレムリア』　W. Scott-Elliot's Atlantis and the Lost Lemuria

ウィリアム・スコット＝エリオットは一九世紀末〜二〇世紀初頭の神智学者である。『アトランティスと失われたレムリアの物語 The Story of Atlantis and the Lost Lemuria』（未訳）は、本作の執筆時期の少し前の一九二五年に刊行された、大西洋のアトランティス大陸と、太平洋のレムリア大陸にまつわる彼の著書二冊の合巻で、ＨＰＬはこの本を熱心に読んでいた。なお、レムリア大陸は、レムールという猿の分布を根拠に、一九世紀英国の動物学者フィリップ・スクレーターが提唱したインド洋の仮想大陸だが、神智学の文脈では太平洋の大陸とされ、後発のムー大陸と同一視される。

11 フレイザーの『金枝篇』 Frazer's Golden Bough
英国の社会人類学者ジェームズ・ジョージ・フレイザーが、ケンブリッジ大学の特別研究員だった一八九〇年に上下巻で刊行した未開社会の神話、信仰、呪術の研究書。ヨーロッパの神話や地域信仰を扱うためクトゥルー神話の関連書とされることが多く、ケイオシアムの『クトゥルフ神話ＴＲＰＧ』の旧版では魔導書に分類されていた。

12 マレー女史の『西欧の魔女宗』 Miss Murray's Witch-Cult in Western Europe
マーガレット・アリス・マレーは、ＨＰＬと同時代の英国の考古学者、民族学者。魔女研究の第一人者で、一九二九年以降はＨＰＬのオカルト知識の出所である『ブリタニカ百科事典』の「魔女術」の項目を担当した。魔女を異教の巫女（みこ）、司祭の最後の生き残りと主張し、一九二一年にオックスフォード大学出版局から刊行した『西欧の魔女宗：人類学の研究』（未訳）では、セイラム魔女裁判の背後に事実、悪魔を崇拝する魔女宗が存在したと説いた。彼女の説の大半は今日、否定されている。

13 ロードアイランド美術大学（ロードアイランド・スクール・オブ・デザイン） Rhode Island School of Design
プロヴィデンスに実在する、アメリカ最高の美術大学。一八七七年の設立で、ブラウン大学に隣接している。

14 フルール＝ド＝リス・ビルディング Fleur-de-Lys Building
ブラウン大学のキャンパスなどがあるカレッジヒルの西、トーマス・ストリート七番地に実在するアート・スタジオ。前面のパネルには絵画的な彫刻が幾つも施されていて、これが作中の浅浮彫のヒントになったと思しい。一九九二年に、国定歴史建造物に指定された。

（撮影：森瀬繚）

15　プロヴィデンス・アート・クラブ　Providence Art Club

一八八〇年に設立された、実在の芸術クラブ。フルール＝ド＝リス・ビルディングを本拠地としていた。

16　ふたぐん　fhtagn

「くとぅるぅ」とセットで使用される。HPLはこの言語を、クトゥルーとその眷属（けんぞく）が地球にもたらしたルルイェ語R'lyehianだと、「銀の鍵の門を抜けて」で設定した。その後、A・W・ダーレスが「ハスターの帰還」で「くとぅるぅ　なふるふたぐん」を否定構文として示し、「眠る／待つ」という意味だと解釈されている。

17　地の塩　salt of the earth

新約聖書「マタイによる福音書」の「汝らは地の塩なり」という言葉に由来。宗派により様々な解釈がある。

18　ブードゥー教徒　Voodoo orgies

ブードゥー教は、ハイチや北米ルイジアナのニューオーリンズなど、フランスの植民地に連れて来られた黒人奴隷が密かに信奉した教派である。アフリカ西岸や中央地域などの雑多な信仰やカトリック、中国の道教のハイブリッドで、ロアと呼ばれる神々を信仰する。一九一五年に合衆国がハイチを占領し、「生ける死人」ゾンビの伝統などが通俗的な注目を集めたが、HPLを含む当時の人々の認識は「悍ましい儀式を行う悪魔崇拝」くらいのものだった。なお、一六九二年のセイラム魔女裁判に連座した黒人女性ティチューバは、カリブ海のバルバドスでブードゥーの魔術師から呪術を学んでいたという。

19　トルンガースク　Torngarsuk

原文では「tornasuk」。グリーンランドのイヌイットが崇める天空神。イヌイットのシャーマンであるアンガクックにしか見えないが、片腕だけ人間の熊の姿を取ることもある。HPLは探検家ロバート・E・ピアリーの著書『北極点』からこの神のことを知ったと思（おぼ）しいが、同書では「トルナルスク tornarsuk」となっている。

20　ラフィット　Lafitte
一九世紀の前期に、メキシコ湾を拠点として暴れ回ったフランス生まれの海賊、ジャン・ラフィットのこと。

21　ディーバービルやラ・サール　D'Iberville,La Salle
共にフランス人探検家。一六九八年秋から現在のルイジアナ州のあたりを探検したピエール・ル・モワン・ディーバービルと、一六六〇年代から八〇年代にかけて北米を探検したロベール＝カブリエ・ド・ラ・サール。

22　サイムやアンガロラ　Sime,Angarola
英国人画家シドニー・サイムと米国人画家アンソニー・アンガロラ。共にどこか陰鬱で幻想的な画風で知られ、サイムはＨＰＬが信奉したロード・ダンセイニの著作の挿絵を描いていた。ＨＰＬはアンガロラの絵も愛好したようで、「ピックマンのモデル」でも言及している。

23　イレム　Irem
イスラム教の聖典『クルアーン』に「アッラーの怒りによって滅ぼされた」とある伝説上の都市。ＨＰＬの「無名都市」（一九二一年執筆）では、ルブアルハリ砂漠のどこか、かつて爬虫類種族の都市であった無名都市の近くに石柱都市イレムの廃墟があるとされている。オーガスト・Ｗ・ダーレスはイレムと無名都市を混同していたらしく、「永劫の探求」の第三部「クレイボーン・ボイドの遺書」において都市の位置をクウェートの近くとしたが、後になって第四部「ネイランド・コラムの記録」ではオマーンとした。なお、オマーン南西のシスル付近で一九九〇年代に古代都市ウバルの遺跡が発見されたが、オマーン政府はこの遺跡こそイレムだと主張している。

24　アブドゥル・アルハズレッド　Abdul Alhazred
ＨＰＬの「『ネクロノミコン』の歴史」（一九二七年末までに執筆）によれば、紀元七〇〇年頃にイエメンのサナアに住んでいた人物で、バビロンの廃墟やメンフィスの地下洞窟を訪れた後、ルブアルハリ砂漠で一〇年過ごし、イスラム教の神を捨ててヨグ＝ソトース、クトゥルーなどの神々を崇拝するようになった。その後、晩年を過ごしたダマスカスで七三〇年頃に『アル・アジフ』（そのギリシャ語版が『ネクロノミコン』）を執筆した後、七三八年に死亡あるいは失踪したとされる。初出は「無名都市」だが、元々は『千夜一夜物語』に夢中だった五歳のラヴクラフトのために、家族もしくは弁護士のアルバート・A・ベイカーがこしらえてくれた名前。彼は書簡中でアルハズレッドが自分の遠い先祖であることを示唆しているが、母方のフィリップス家の家系に、実際にハザード姓の者がいることは知らなかったらしい。

「アブドゥル・アルハズレッド」という名前が、アラビア語の命名方式に則していないことは、早くから指摘されていた。「アブドゥル」は「下僕（Abd）＋定冠詞（Al）」という組み合わせで、「アブドゥル＝マジード」のように連結する語が欠けた状態では意味をなさない。このため、アブドッラー（アラーの下僕）の短縮形とする説や、アブド・アル＝ハズラッド（ハズラッドの下僕）の誤りとする説がある。

25 アーサー・マッケン Arthur Machen
ウェールズ出身の怪奇作家。ＨＰＬはフランク・Ｂ・ロングの勧めで一九二三年に彼の作品を読み、「パンの大神」「白い粉薬のはなし」『白魔』『夢の丘』などから多大なる影響を受け、ダンウィッチという地名も彼の「恐怖」（作中ではウェールズのどこか）から採ったと思しい。本邦の神話作家・朝松健（あさまつけん）の筆名の由来でもある。

26 クラーク・アシュトン・スミス Clark Ashton Smith
サンフランシスコで活動していた詩人、作家、芸術家。ＨＰＬは彼の詩や絵画に感銘を受け、一九二二年にファンレターを送って以来、二人は友人になった。ツァトーグァ、『エイボンの書』などの設定を創造して、クトゥルー神話の世界を大きく押し広げた人物でもあり、三六年には「クトゥルーの子」と題する彫刻も造っている。

27 博学な友人 learned friend
一九二五年二月にパターソンの博物館の館長に就任した、ＨＰＬのアマチュア文芸仲間である鉱物学者のジェイムズ・Ｆ・モートン。ＨＰＬは八月末に彼を訪ねている。

28 ポリュペーモス Polyphemus
「ダゴン」の訳注8を参照。

墳丘

The Mound

（ズィーリア・ビショップのための代作）
1930

I

大多数の者たちが西部を新しい土地だと考えるのをやめたのは、ここ数年のことだ。我々自身の特殊な文明がかの地では新奇なものだったので、そうした考えが広まったのだろう。

しかし、このところ探検家たちが地面を掘り起こし、歴史が記録され始める以前にこのあたりの平野と山々の間に生まれてはまた埋（うず）もれていった生命潮流の全てを引き上げようとしている。

我々は、二千五百年前にプエブロ族[*1]の村が存在したことを変に意識したことはないし、考古学者たちがメキシコのペドレガル以南の文化を紀元前一万七千年ないしは一万八千年に位置づけた時にも、特に驚いたりはしなかった。さらに古いもの――絶滅した動物と同時代に属し、今日ではいくつかの断片的な骨や工芸品によってのみ知られている原始的な人間――についての噂も聞いている。

そうやって、新しいものだという考えは急速に薄れていたのである。

ヨーロッパの人間は大抵、記録されざる太古という観念や、継続的な生命潮流の深い沈殿物というものを、我々よりもうまく認識する。英国人の作家が、アリゾナを「月の朧（おぼろ）な土地だがそれなりに美しく、荒涼として古ぶるしい――往古に属する、孤独な土地」と呼んだのは、つい二年前のことだ。

しかし私は、西部の茫洋（ぼうよう）たる――恐ろしさすら感じる――古ぶるしさについて、ヨーロッパのどんな人間よりも深く感じ取っていると自認している。一九二八年に起きた、とある事件が原因で。

この事件の実に四分の三までを、幻覚だと切り捨ててしまいたいのはやまやまなのだが、かくも恐ろしく堅固な印象が記憶に焼き付いてしまっているので、取り除くのは難しかった。

それは、アメリカ・インディアンを研究する民族学者である私がしばしば仕事で訪れ、以前にも奇妙で厄介な出来事に見舞われたことのある、オクラホマでのことだった。

くれぐれも、誤解なきよう――オクラホマは、開拓者や興行主（プロモーター）たちの集まる辺境というだけの土地では決してないのである。そこには、古い古い記憶をとどめる、古い古い部族が住み着いている。そして、太鼓（トムトム）の音が鬱然（うつぜん）たる平原に絶え間なく響き渡る秋になると、人々の霊は、声を潜（ひそ）めて囁（ささや）かれる原初のものどものもとへと、危険なまでに引き寄せられてしまうのだ。

私自身は白人で、根っからの東部人なのだが、蛇の父たるイグ[*2]の儀式が日々、私をどれほど震え上がらせているかについて、お望みとあらばいくらでも話して聞かせよう。

このような話題について「教養のある」人間ぶるには、私はあまりにも多くのことを耳にしたし、目にもしてしまった。そこへもってきて、一九二八年のこの事件である。

一笑に付してしまうことができれば、どんなに良かったことだろう。


私がオクラホマへと赴（おもむ）いたのは、最近、白人の入植者たちの間で広まっている、インディアンと関係性の深い数多くの怪談（ゴースト・テール）話の中のひとつを追跡し、相互関係を確認するためだった。私自身は、インディアン起源のものに違いないと確信していた。

屋外が舞台となっているこれらの怪談話は、いずれも非常に興味深いものばかりだった。白人たちに口にされると、平坦かつ単調な物語に聞こえてしまうのだが、先住民の神話における特に純度が高く、多くのことをほのめかす側面と、密接な結びつきのしるしが見られたのだ。

そうした物語はいずれも、州の西部の人里離れた地域に広がる、人工物と思しい墳丘群のあたりで作られたものだった。またその全てに、実に奇妙な姿と装いをした幽霊が関わっていたのである。

もっともよく知られていて、もっとも古い物語は、一八九二年に広く知れ渡ったものだった。馬泥棒を追って墳丘地帯に入り込んだジョン・ウィリスという政府の保安官が、空中を走る騎兵隊と目に見えない亡霊の大軍の、夜間の戦いにまつわる途方もない法螺話(ほら)を吹聴(ふいちょう)したのである——蹄(ひづめ)や足が突進する音、格闘するような鈍い音、金属と金属が打ち合わされる音、押し殺したような戦士たちの叫び声、そして人馬が倒れ込むような音が、戦いのさなかに聞こえてきたとも。

月光の下(もと)でのその出来事に、彼とその馬は仰天した。一時間もの間、音は止まなかった。鮮明ではあるが、風に乗って遠くから聞こえてくるような弱々しい音で、軍隊そのものはついに目視できなかった。

後になって、音を聴いたのが幽霊が出没することで名高い場所であり、入植者やインディアンから忌避(きひ)されていることを、ウィリスは知ることになった。少なからぬ者たちが、空で戦っている騎兵を見たことがあるか、そうでなくとも見たと思って、おぼろげで曖昧な説明をしていたということも。

入植者たちの証言によれば、幽霊戦士は見慣れない部族のインディアンで、ひどく風変わりな衣装と武器を身に着けていた。彼らの見た馬が、本当に馬だったのかわからないという極端な話もあった。

一方、インディアンたちの方は、幽霊の正体を同族と見なしてはいなかったようだ。彼らはそれを「あの者たち(ゾウズ・ピープル)」「古き者たち(オールド・ピープル)」ないしは「地下に棲(す)む連中」と呼び習わし、強い畏怖(いふ)の念を抱いているので、多くのことを口にしようとはしなかった。

民族学者たちのいかなる者も、話し手からその存在(ゆうれい)の具体的な説明を引き出すことはできず、彼らをはっきりと目にした者もいないようだった。この現象に関連して、インディアンの間では古い諺(ことわざ)がいくつか知られていた。たとえば、《とても老いた人々は、とても大きな霊を宿すようになる。年を取らなければ、大きくはならない。全部の時間よりも年を取れば、霊はとっても大きくなって、肉に近づいていく。老いた人々と霊は混ざり合って——全てが同じものを得る》というものだ。むろん、この手の諺は、今となっては皆、民族学者の「昔馴染み」だ——何しろ、プエブロ族や平原のインディアンたちの間で噂され、何世紀にもわたって伝説的なキヴィラ＊3の探索にコロナド＊4を駆り立てた、巨万の富が眠る秘密の都市や忘れ去られた種族にまつわる、しつこく語り継がれてきた伝説群の一部なのだから。

私をオクラホマ州の西部へと誘(いざな)ったのは、遥かに明確かつ具体的な動機だった。

実際には古いものなのだが、学術界の外においては全く耳新しい、幽霊たちにまつわる最初の明確な言及を含む固有の伝承が、この地方に伝わっていたのである。

カドー郡の人里離れた町であるビンガー＊5から広まったという事実も、私をぞくぞくさせた。蛇神にまつわる神話に関わる、きわめて恐ろしくも不可解な部分を含む出来事が起きた場所として、私はその町についてかなり以前から聞き知っていたのだった。

件の物語は、表面上は実に単純素朴なもので、村から三分の一マイルほど西に離れた平原にぽつんと孤立する巨大な墳丘ないしは小さな丘に集中していた——その墳丘を自然の産物だと考える者たちもいれば、先史時代の部族によって造られた埋葬地ないしは儀式用の祭壇だと信じる者たちもいた。

村の者たちが言うには、その墳丘には二人のインディアンの姿がひっきりなしに出没しているということだった。ごく短時間見えなくなることもあったが、天候に関係なく夜明けから夕暮れまで頂上を歩き回る老人と、彼と入れ替わるように現れ、ちらちらと明滅する青い焔の松明（トーチ）を朝までずっと携えているインディアン女（スクワー）である。

月が明るい夜には、インディアン女の奇異な姿をはっきりと見ることができた。そして、半分以上の村人たちが、幽霊に頭がなかったことについて意見を一致させていた。

二人の幽霊が出現する原因とその関係性については、地元の意見の人間は真っ二つに割れていた。ある者たちは、男の方は幽霊でも何でもなく、金銭目的でインディアン女を殺害して首を斬り落とし、墳丘のどこかに埋めた生き身のインディアンなのだと主張した。こちらの説によれば、彼は暗くなってから現れる犠牲者の霊に拘束され、深く後悔しながら高台を歩き回っているというのである。

しかし、他の説を主張する者たちの迷信は概ね同一で、男女両方が幽霊だとしていた。遠い昔に、男がインディアン女を殺害した後、自殺したというのである。

これらのヴァージョンとそのマイナーヴァージョンは、一八八九年にウィチタ族[*6]の土地への植民が始まった頃から知られているようだ。聞いた話では、今なお続いているこの現象を誰であれ自分の目で確かめることができ、これらの話の信憑（しんぴょう）性を高めているのだった。

そういう風に、物惜しみなくあけっぴろげな証拠がある怪談話は滅多にあるものではない。群衆に踏み固められた道や科学知識の冷徹な探照灯（サーチライト）から遠く隔たった、小さく人目につかない村に潜んでいるかもしれない奇怪極まる驚異を、何としても目にしたくてたまらなくなった。

それで私は、一九二八年の夏の終わり頃に、ビンガー行きの汽車に乗った。車両が単線に沿ってしずしずと走り続け、風景がわびしさをいや増す中、私は奇妙な謎の数々に思いを馳せるのだった。

ビンガーは、赤い砂塵がそこかしこで雲を作っている風の強い平原のただ中にある、枠組構造の家々と商店からなるささやかな集落だった。近くにある居留地のインディアンたちを加えると、人口はおよそ五〇〇人ほど。住民たちの主な仕事は、農作業のようだった。土壌は割りと肥沃で、石油採掘ブームは州のこのあたりにはまだ到達していなかった。

私を乗せた列車は、夕暮れ時に到着した。私を降ろした列車が煙を吐き出しながら南へ走り去ると——健全かつ日常的なものから切り離されたように感じられ、いささか途方に暮れて心細くなった。

駅のプラットフォームには詮索好きな暇人たちがたくさんいて、私が紹介状を持っている人々の家に道案内してくれそうな人間には事欠かなかった。私が案内されたのはごくありふれたメインストリートで、轍のある路面はこの地方の砂岩性の土で赤っぽくなっていた。

やがて私は、滞在先となる予定の家の扉の前に辿り着いた。もろもろの手配を任せた人間は、実に良い仕事をしてくれた。コンプトン氏は高い知性の持ち主である地元の自治体の責任者で、彼の母親ときたら——彼と同居していて、「コンプトンお婆ちゃん」として知られていた——、最初期の開拓者の世代に連なる、風説や民間伝承の正真正銘の鉱山とも言うべき人物だったのである。

その日の夕方、コンプトン親子は村人の間に伝わっている一通りの伝承をざっくりと説明し、私が調査しようとしている現象がまさしく不可解かつ重要なものであることをはっきり立証してくれた。

見たところ、ビンガーの住民たちは皆、幽霊の存在を受け入れているらしい。奇妙で孤立した古墳と、その頂（いただき）に絶えず現れ続けている人影が見える範囲で、既に二世代が生まれ育っているのである。
墳丘のそばはごく自然に恐れられる場所となり、村も農場も入植後四十年の間、そちらの方に広がってはいなかった。とはいえ、冒険好きが足を運んだことが数回あった。何人かは戻ってきて、恐ろしい丘に近づいてはみたものの、幽霊の姿は全く見えなかったと報告した。どういうわけか、彼らが現地に到着する前に孤独な歩哨（インディアン）は姿を消していて、彼らは険しい斜面を登っていき、平坦な頂上を自由に探索することができたのである。彼らの言うには、頂上には何もなく――せいぜい、下生え（したば）がそこかしこに生えているくらいだった。

インディアンの見張りが消えてしまった場所は、彼らにもわからなかった。斜面を下り、姿が見えなくなるあたりまで平原を逃げるか何かしたに違いないと、彼らは口々に罵（ののし）った。見渡せる範囲内に、体を隠せそうなところはどこにもないのだが。ともあれ、墳丘には開口部などが全く存在していないようだった。これは、墳丘の灌木（かんぼく）や背の高い草を全面的かつ徹底的に調べあげた末に、到達した結論である。

感受性の強い探索者たちが、目に見えない拘束のようなものを感じたと主張するケースも幾度かあった。もっとも彼らは、それ以上はっきりした話をすることができなかった。要は、彼らが移動しようとしている方向の空気が、押しとどめようとでもするかのように厚さを増したということらしい。

こうした大胆な調査の全てが、昼間の内に行われたことは言うまでもない。

あの不吉な小高い丘に暗くなってから近づきたがるような者は、肌が白かろうが赤かろうが、この宇宙には誰一人存在しなかった。実際の話、たとえ明るい日光の下であっても、インディアンたちは近くに行こうなどと思いつきもしなかったのである。

しかし、幽霊の墳丘にまつわる主だった恐怖の源は、彼らのような正気の、注意深い探索者（シーカー）たちの物語に由来するものではない。実際、彼らの体験談は定番的なもので、各地に伝わる地方伝承群の中にあっては、それほど逸脱しているというわけでもなかったのだ。

この話のとりわけ凶々（まがまが）しい部分は、少なからぬ探索者たちが心身を損なった状態で帰還したか、さもなくばそのまま帰還しなかったという事実なのである。

最初の事例は、一八九一年に発生した。ヒートンという若者が、隠された秘密を掘り起こしてみせようと、シャベルを手に出かけていったのである。彼はインディアンたちから奇妙な話を聞いていて、墳丘に出かけていったにもかかわらず何も見つけることができなかった、ある若者の虚しい報告をかねて嘲笑（あざわら）っていたのである。その若者が墳丘へと歩いていくところを、ヒートンは村から小型の望遠鏡（スパイ・グラス）で眺めていた。そして、探索者（エクスプローラー）が丘の頂に近づいた時、あたかも落とし戸と階段が頂上に存在でもしているかのように、歩哨（ほしょう）めいたインディアンが古墳の中にゆっくりと降りていくのを、彼は目撃したのだった。登っていった若者の方は、インディアンがどのように姿を消したのか気づくこともなく、山頂に辿り着いた時、彼がいなくなったことを知ったのみだった。

ヒートンが自ら出かけることにしたのは、謎の解明を決意したからだった。村の見物人たちは、彼が山頂にある灌木をせっせと刈っているのを眺めていた。やがて、彼の姿はゆっくりと見えなくなっていき、夕暮れが近づいてくるまで長時間にわたり再び現れなかった。そして、頭のないインディアン女が掲げる松明が、遠く離れた高台で鬼火のようにちらちらと明滅した。

日没の二時間後、持参していったスコップやその他の荷物を持たずに、彼はふらつく足取りで村へと戻ってきて、誰に向けたわけでもない支離滅裂のわめき声を途切れ途切れに口にした。ぞっとするような深淵や怪物どものこと、恐ろしい彫刻や彫像のこと、人にあらざる捕獲者と、グロテスクな拷問のこと、他にも複雑怪奇なあまり思い出すことすらできない、現実離れした奇怪な出来事を。

「古い！ 古い！ 古い！」彼は幾度も繰り返した。「大いなる神よ、あいつらは地球よりも古く、ここでないどこかからやってきたんだ――あいつらはおまえらが考えていることを知っていて、あいつらが考えていることもおまえらに知らせてくる――あいつらは半分人間で、半分幽霊なんだ――境界線を越えると――溶けて、また形をとって――ますますそうなっていくんだが、俺たちはみんなそもそもの最初から、あいつらの子孫――トゥル[*7]の子供たちなんだ――何もかもが黄金で出来ていて――怪物じみた獣ども、人間もどきの――死んだ奴隷――狂気――いぁ！ しゅぶ＝にぐらす！――あの白人――ああ、神よ、あいつらは彼に何をしたんだ……！」

ヒートンはなおも八年間、村の厄介な愚か者として生きていたが、癲癇(てんかん)性の発作で亡くなった。この苦々しい出来事の後、墳丘の頂上で発狂した事例が二回あり、八人が全く行方知れずとなっている。

発狂したヒートンが戻ってきた直後、命知らずの決然とした男たちが三人、揃って孤立した丘に向かっていった。彼らは重武装に身を固め、シャベルやツルハシを携えていた。村の見物人たちは、探索者たちが近づいてきた時、インディアンの幽霊が溶けるように消え去るのを目にした。その後、男たちが墳丘を登り、下生え(したば)のあたりを探り始めるのを眺めていた。

突然、彼らの姿がかき消されたかのようにいなくなり、二度と再び見られることはなかった。特に強力な望遠鏡を使っていた村人は、不運な男たちの近くに他の者たちの姿がぼんやりと出現し、彼らを墳丘の中に引きずり込んだと思ったが、この報告の確証は取れていなかった。

言うまでもなく、この失踪者が出た後に捜索隊が赴くことはなく、長い歳月を通して、墳丘を訪れた者はいなかった。改めて探索しようと考える者が現れたのは、一八九一年の事件の記憶がすっかり忘れ去られた頃になってからだ。その後、一九一〇年頃に、古い恐怖の記憶を思い起こせるはずもない若者が忌避される場所へと赴いたのだが、何も見つからなかったということだ。

一九一五年までには、九一年の深刻な恐怖やあられもない風聞はすっかり色あせて、ごくありふれた面白みのない怪談話に成り果てていた——要するに、白人たちの記憶はおぼろげになっていたということである。一方、近くの居留地では、年老いたインディアンたちがあれこれと思いを巡らせ、彼ら自身の考えを胸中にとどめていた。

この時期、活発な好奇心と冒険心の第二波が始まり、何人かの大胆な探索者たちが墳丘と往復した。その後、東部からも二人の来訪者がシャベルなどの道具を携えてやってきた。小さな大学と付き合いのあるアマチュア考古学者の二人組で、インディアンたちの間で研究調査を行っていたのである。彼らが出かけるのを見ていた村人はいなかったが、彼らは二度と戻ってこなかった。彼らを探しに出かけた調査隊には、私の滞在先の主人（ホスト）であるクライド・コンプトンも加わっていたということだが、墳丘では何も見つけることができなかった。

次なる探索は、灰色頭の開拓者、老ロートン大尉の単独行だった。一八八九年にこの地域の開拓に助力したが、以後は離れていた人物である。ここ数年ほど、墳丘とその魅力について思い起こしていた彼は、現在は快適な隠居生活を送っているので、古代の謎を解明しようと決意したのだった。

彼はインディアンの神話に長年精通していたので、素朴な村人よりも奇抜な考えに取り憑かれ、広い範囲の発掘調査を行う準備を整えていた。一九一六年五月一一日の木曜日の朝、彼は墳丘に登っていった。その姿は、村と隣接する平原にいた二〇人以上の村人たちから、小型の望遠鏡（スパイ・グラス）で眺められていた。

彼の失踪はまったく突然に、刈払機で灌木を刈り取っている最中に起こった。さっきまではそこにいたのに、次の瞬間、姿を消していたという以上のことを口にできる者はいなかった。

彼の消息は、一週間以上にわたってビンガーに届かなかったのだが――ある日の夜中に、足を引きずって村に現れた者がいて、この件については今でもなお、激しく論争されている。

自分がロートン大尉だと――あるいは、かつてそうだったと言うその人物は、墳丘に登っていった老人よりも、間違いなく四〇歳は若かった。髪の色は漆黒で、顔にはしわひとつなかったが――今や名状しがたい恐怖に歪（ゆが）んでいた。しかし、コンプトンお婆ちゃんは彼の顔を見て、何とも不思議なことに、八九年に会った時の大尉の顔を思い出したというのである。

その人物は、両足の踝（くるぶし）のあたりを綺麗に切断されていたのだが、傷痕がすっかり癒（い）えていたので、一週間前に登っていった人間だとはとても信じられなかった。意味の分からないことを早口でしゃべり、「ジョージ・ロートン、ジョージ・E・ロートン」と名前を幾度も繰り返していた。あたかも、自分のアイデンティティを再確認しようとしているかのように。

コンプトンお婆ちゃんによれば、彼が口走っていることは、哀れなヒートン青年の九一年の妄想と、不思議なほど似通っているということだった。とはいえ、わずかに違っていることもあった。

「青い光！――青い光だ……！」件の人物は、声を潜めて口にした。「ずっとあの下にいたんだ、生物が出現する前から――恐竜よりも古く――常に同じで、弱っているに過ぎないんだ――決して死せることなく――考えて考えて考えて――同じ種族、半分人間で、半分気体（ガス）の――死者が歩き、働いている――おお、あの獣ども、人間もどきの一角獣（ユニコーン）どもが――黄金で出来た家々と街があるぞ――時間よりも古く、古く、古く、より古い――星々の世界からやってきたんだ――大いなるトゥル――アザトース――ナイアルラトホテプ――待っている、待っているのだ……」

それは、夜明け前に亡くなった。もちろん、調査が行われ、居留地のインディアンたちも情け容赦なく尋問された。しかし、彼らは何も知らず、何も話さなかった。少なくとも、齢（よわい）百を越えてありきたりな恐怖を克服して久しいウィチタ族の酋長（しゅうちょう）、老グレイ・イーグルを別にすれば、誰もが口を閉ざしたのである。彼だけが、うなるような声でいくつかの助言を与えてくれたのだった。

「構わずにおくがいい、白人よ。悪しきものであるのだから――かのものどもは。みながこと、あそこの下におるのよ、あれなる古ぶるしきもの（オールド・ワンズ）どもは。イグ、蛇どもの大いなる父なりし彼が、そこにおる。イグはイグよ。ティラワ、ヒトの大いなる父もそこにおる。ティラワはティラワよ。死ぬことはなく。老いることもなく。変わらざることは空気の如くじゃ。ただ、生きて待つのみのこと。いずれ、かのものどもはここに来て、暮らし、そして戦う。汚泥で小屋（ティピ）を造る。黄金をもたらす――たんまりとな。それから別のところへ向かい、新しい小屋（ロッジ）を造る。わしはあやつらじゃ。お前さんたちもあやつらじゃ。やがて、大きな水がやってくる。何もかもが変わる。誰も出てこず、誰も入り込めぬ。入り込んだとて、出ることはかなわぬ。構わずにおけ、おまえたちは悪しき魔術にかかっておらぬのだから。捕らわれたりはせぬことを、赤い肌の人間は知っている。おせっかいな白人は、戻ってはくるまいぞ。小さな丘には近づくでない。悪しきものであるのだから。これこそが、グレイ・イーグルの語りしことよ」

ジョー・ノートンとランス・ウィーロックが老酋長の助言に従っていたなら、彼らは今でも生きていたことだろう。だが、彼らはそうしなかった。彼らは熱心な読書家にして唯物論者であり、天地（あめつち）に存在するあらゆるものを恐れなかった。そして、数人の残忍なインディアンたちが、墳丘の中に秘密の拠点を構えているのだと考えたのである。

以前にも墳丘に行ったことがあったが、今回、彼らは老ロートン大尉の復讐をしに出かけていった――墳丘を取り壊さなければならないのであれば、そうしてやろうなどと放言しながら。

クライド・コンプトンは双眼鏡を取り出し、二人が不吉な丘の麓（ふもと）を回り込んでいくのを眺めた。明らかに彼らは、自分たちのいるあたりを着実かつ丹念に調査するつもりだったようだ。しかし、数分が経過しても、彼らが再び姿を現すことはなかった。その後、彼らの姿を見た者はいない。

墳丘は今一度、恐怖の沸き立つ場所となった。第一次世界大戦の興奮がなければ、ビンガーの民間伝承のおぼろげな背景というあたりに落ち着くこともなかったことだろう。一九一六年から一九一九年にかけては、そこを訪れる者もなく、フランスでの軍務から戻ってきた若者たちが向こう見ずなことをしでかさなければ、そうした状況が続いていたはずだった。しかし、一九一九年から一九二〇年にかけて、年齢不相応に鍛え上げられた若い退役軍人たちの間で墳丘行きが流行し――若者が一人、また一人と出かけていっては、無傷で小馬鹿にした様子で戻ってくるようになっていたのである。

一九二〇年までには、人間の記憶は長続きしないもので、墳丘とはほとんど冗談に成り果て、殺されたインディアン女にまつわる退屈な話は、より陰鬱な噂話に取って代わられていた。

無鉄砲な若い兄弟二人――想像力とは無縁な、酷薄無情のクレイ家の息子たち――が、埋められているインディアン女と、インディアンの老人が彼女を殺害する原因になったという黄金を掘り出しに行こうと決めたのは、しばらく経ってからのことだった。彼らが出発したのは九月のある午後で――赤い砂塵に覆われた平原に、インディアンの太鼓が絶え間なく響き始める時期である。

出かける姿を見た者はなく、彼らが帰ってこないことを両親が心配し始めた頃には、何時間も経っていた。騒ぎに発展して捜索隊が出されたものの、沈黙と解決し難い謎を前に諦めるほかはなかった。ただし、後に一人だけが帰還した。兄のエドの方で、麦藁色だった髪の毛と顎髭は、根本から二インチばかりが真っ白になっていた。額には、象形文字の烙印のような奇妙な傷痕があった。

彼と弟のウォーカーの失踪から三ヶ月後、彼は人目を避けるようにして夜の家に帰宅した。身につけていたのは奇妙な模様の毛布だけで、彼は自分の服を着るとすぐさま毛布を暖炉に放り込んだ。

彼が両親に話したところによれば、彼とウォーカーは異様なインディアンたち――ウィチタ族やカドー族[*8]ではなかった――に捕縛され、囚人として西の方のどこかに拘束されていた。ウォーカーは拷問で死んでしまったが、彼自身は大きな犠牲を払って何とか逃亡したのだという。その時の経験は特にひどいものだったらしく、彼はうまく話すことができなかった。

とにかく――休ませて欲しい、むやみに危険を知らせて、インディアンたちを見つけて罰しようとしてはいけない。彼らは捕まえたり罰したりすることのできる存在ではなく、ビンガーの平和のためにも――ひいては世界の平和のためにも、彼らを秘密の隠れ家へと追跡してはならない。実際の話、彼らは本当のところインディアンとも呼べない何かなのだ。そのことについては、後で説明したい。

それはそれとして、もう休まなければ。帰還したニュースで村を騒がせないで欲しい――自分は二階で寝ることにするよ。そんなことを口にした後、彼はリビングのテーブルからノートと鉛筆を取り、父の机の引き出しから自動拳銃を取り出して、がたがたする階段をあがっていった。

三時間後、銃声が鳴り響いた。エド・クレイは、左手に握りしめた拳銃で、こめかみを至近距離から撃ち抜いたのである。ベッドの近くにあるぐらつくテーブルの上に、わずかばかりの書き込みがある一枚の紙が残されていた。削りに削られて短くなった鉛筆と、焼け焦げた紙が大量に突っ込まれたストーブによって、後から判明したことなのだが――エドはもともと、ずっと多くのことを書き残していたものらしい。しかし、彼は最後の最後で、自分の知ってしまったことについて、曖昧にほのめかす以上のことをしないと決めたのである。残されていたのは、奇妙に左に傾いた筆跡で書き殴られた狂おしい警告――苦難のあまりに錯乱した精神のうわ言に違いないもの――で、以下のように読めた。常に無感動で想像力に欠けた人間が書き残した言葉としては、驚くような内容だった。

たのむよあの墳丘には絶対に行かないでくれあそこは悪魔的で古ぶるしい世界の一部で口にすることもまずいんだ俺とウォーカーはあれの中に連れ込まれて一度体が溶けてからまた元通りにされた奴らができることにくらべると外の世界がみんなでかかっても無力だ――奴らは好きなだけ永遠に生きて本当に人間なのかただの幽霊なのかもわからない――奴らのしてることについては何も言えないここだって入り口のひとつにすぎない――ここの全体がどれほど大きいのか伝えることはできない――あんなものを目にしたからにはもう生きていたくはないフランスにだってこれ以上のものはなかったんだ――ああ

神よみんなが近づかないように見守ってください誰だってあの哀れに歩き回ってるやつみたいに成り果てたくはないはずだ。

敬具。

エド・クレイ

検視の際、クレイ青年の全ての臓器が、まるで彼が裏返しにでもされたかのように、体内で左右に反転していることが判明した。彼が元々そうだったのかどうか、その時にはわからなかった。後になって、一九一九年五月に招集された時は、エドが完全に正常だったことが軍の記録で確認できた。

どこかに間違いがあったのか、それとも全く前例のない変成が実際に起こったのかどうかは、額の象形文字のような傷痕の由来と同じく、今なお未解決の謎となっている。

それが、最後に行われた墳丘探索となった。その後八年にわたってその場所に近づく者はおらず、望遠鏡(スパイ・グラス)を向けようとする者すらほとんどいなかった。西の空を背景に、平原にただひとつ存在感も顕(あらわ)に聳(そび)えたつ丘へ、村人たちは時折不安げな視線を向けた。そして、昼には動き回る黒く小さな点に、夜には明滅しながら踊っているかのような鬼火(ウィル・オ・ザ・ウィスプ)に震え上がったのである。

あの場所のことは、探索されるべきではない謎として受け入れられ、話題にすることも避けるというのが村人たちの総意となった。結局のところ、墳丘を避けて暮らすのは簡単だった。平原は全方位に果てしなく広がっているし、共同体の者たちはいつも、踏みならされた道を使って生活していたからだ。村の墳丘に面している側は、あたかもそこに湖や沼地、砂漠でも広がっているかの如く、単純に道ひとつない状態で放置されていた。

子供たちや、村の外からやってきた人間を墳丘に近づかせないよう警告してきた噂話は、そう長い時間が経たないうちに、人殺しのインディアンの幽霊とその犠牲者である女にまつわる陳腐な物語へと退化してしまっていた。それは、ヒトという動物の鈍感さと想像力の欠如を如実に示す、興味深い事例と言えるだろう。変成し、錯乱した状態で帰還を果たした人々の狂乱したうわ言にまつわる、不浄なる展望や深宇宙的な脅威のほのめかしを覚えている者は、居留地の部族の者たちと、コンプトンお婆ちゃんのような思慮深い老人たちくらいのものになっていたのである。


クライドがこういう話をしてくれたのは、夜がとっぷりと更けて、コンプトンお婆ちゃんが二階での寝室で眠りについてから、かなりの時間が経った頃だった。この恐ろしい謎をどう考えるべきかわからないとはいえ、健全な唯物論に真っ向から対立する考えにはまだ反発を覚えていた。

墳丘を訪れた多くの者に、いかなるものが影響を及ぼして狂気を、あるいは逃亡や放浪の衝動をもたらしたのか？　大いに感銘を受けはしたが、そうした疑問は私を押しとどめることはなく、むしろ奮起させたのだった。私こそが、この謎の真相を解明するべきなのだ。冷静な頭脳と、揺るぎない決意をもってすれば、私にはきっとできるだろう。

コンプトンは私の気持ちを読み取って、心配そうな様子で頭を振った。それから彼は、私に家の外へついてくるよう、身振りで合図した。

私たちは枠組構造の家を出て、静まり返った横道もしくは側道に足を踏み入れ、気の滅入るような八月の青白い月の光に照らされる中を、家々がまばらになってくるところまで歩いていった。

半月はまだ低いところにあって、空に輝く数多(あまた)の星々の光をかき消してはいなかった。それで私は、コンプトンが指差した方向にある大地と空の茫洋たる広がりを眺め渡して、西へと動いていくアルタイルとベガの光だけでなく、天の川の神秘的な輝きをも見ることができた。

その時、不意に星ではない輝きが目に入った——地平線のあたり、天の川を背景にしてぎこちなく動き、ちらちらと明滅している青白い火花を。それは、頭上の空漠にある光よりも、どこかしら邪悪で有害なものに見えた。次の瞬間、かすかに明るく照らし出された平原の遠くに聳え立つものの頂(いただき)から、その火花が見えていることをはっきりと確信できた。私は問いかけるように、コンプトンに向き直った。

「そうだ」と、彼は答えた。「あれこそが幽霊の青い光——そして、あそこが墳丘だよ。歴史上、あれを目にしない夜は一日たりともなかったんだ——ビンガーに住んでいる生ける魂は誰であれ、あそこに向かって平原を歩いていこうとは思わない。悪いことは言わないよ、お若いの。きみに分別というものがあるなら、構わずにおくことだ。調査は中止してだね、きみ、このあたりのインディアンの伝説のいくつかに取り組めばいい。神賭(か)けて言うが、決して退屈はさせないとも！」

Ⅱ

しかし、私は助言に従おうという気にはなれなかった。コンプトンは私に快適な部屋を提供してくれたのだが、朝になれば日中に現れるという幽霊を目にすることができ、居留地でインディアンたちに質問できるかと思うと、膨れ上がる熱意に浮かされて一睡もできなかったのである。

　私は、実際の考古学的調査を開始する前に、白人と赤人（インディアン）双方の役立ちそうな情報を全て手に入れるべく、時間をかけて徹底的な聞き込みを行うつもりだった。私は明け方に起き出して服を着替え、他の人たちが立てる音が聞こえて来る頃に階下へと降りていった。

　母親が食料貯蔵室（パントリー）で忙しげにしている間、コンプトンは台所で火を起こしていた。

　彼は私を見て頷き、すぐに私を華やかでみずみずしい日差しのもとに案内した。どこに行くつもりなのかはわかっていたので、私は細い道を歩きながら平原の西に視線を注いだ。

　墳丘が、そこにあった——かなり遠くはあったが。そして、実に奇妙なことではあるが、その外観には人工的な規則性があった。見たところ、高さは三〇フィートから四〇フィートほど［約九〜一二メートル］、南北は百ヤードほど［約九一メートル］はあるはずだ。コンプトンの言うには、東西はそれほど広くはなく、全体的な輪郭はやや薄い楕円形だということである。

　コンプトンが何度もそこに出かけては、無事に戻っているということを、私も聞き知っていた。

　深い青色をした西の空を背景に縁（ふち）取られているシルエットを眺め、わずかな不規則性を目で追っているうちに、その頂で何かが動いていることに気がついた。熱病に浮かされたように脈拍が早くなり、私はコンプトンが無言で差し出した高倍率の双眼鏡を奪い取るように手にした。

　大急ぎで焦点を合わせると、最初は遠くの墳丘の縁（へり）でもつれあう下生えだけが見えたのだが——その時、何かが野原に大股で踏み込んできた。

　それは、間違いなく人間の形をしていて、私が昼間の「インディアンの幽霊」を目にしていることはすぐにわかった。私は、その姿を見ても驚かなかった。背が高く痩せぎすで、黒っぽい外套を着込み、黒髪を紐でくくり、皺（しわ）だらけで赤銅色、鷲鼻（わしばな）の無表情な顔は、確かに私がこれまでに見てきたインディアンたちの顔のように見えたからだ。しかし、民族学者として経験を積んだ私の目は、この人物が歴史上知られていたいかなる部族のレッド・スキン（インディアン）でもないことをすぐに見抜いていた。人種的に全く異なる、かけ離れた文化の流れに属する種族（クリーチャー）なのである。

現代のインディアンは短頭で――円形の頭をしていて――、二千五百年以上前の古代プエブロ族以外に、長頭の頭蓋骨を見出すことができないのである。しかるに、この男の長頭は、長い距離を間に挟んだ不鮮明な双眼鏡の視野においてさえ、はっきりと認識できるほどに顕著なものだった。

彼の衣装の模様にしても、南西部の先住民族の芸術に認められている装飾的な伝統から、全くかけ離れたものだとわかった。同様に、彼が身に着けている輝く金属の飾りや、短剣ないしは同種の武器についても、私が今までに見たことも聞いたこともない異質な様式の拵（こしら）えなのだった。

墳丘の頂を歩く彼の姿を、私は数分間にわたって双眼鏡で追いかけ、彼の長い足と頭の動かし方を注視した。この男が何ものであろうとなかろうと、間違いなく野蛮人ではないだろうという、強く堅固な確信が私の中で湧き上がった。私の本能は、彼が文明人だと感じてはいるものの、いかなる文明に連なる者であるかについては推測できなかった。

ややあって、こちらからは見えない反対側の斜面を下っていくかのように、彼の姿が墳丘の向こう側に消えていったので、私は奇妙に混ざりあった困惑の感情を抱きながら双眼鏡をおろした。

コンプトンが問いかけるような表情を向けていたので、私は何とも言えずに頷いた。

「どうかね?」と、彼は切り出した。「これこそ、我々がビンガーで日常的に見ているものなのだよ」

その日の正午、私はインディアンの居留地で、老グレイ・イーグルと話していた——百五十歳近くになっているに違いないのだが、いくつかの奇跡が重なって、今なお生きている人物である。

彼は一風変わった、印象的な人物だった——この厳格で、恐れを知らない同胞たちの指導者は、房飾りつきの鹿革服(バックスキン)を身に着けた無法者や行商人、膝下までの長さのズボンや三角帽子を身につけたフランスの役人とも話したことがあったのである。

彼に敬意を抱いていることが伝わったのか、ありがたいことに、彼の方も私を好ましく思ってくれたようだった。彼の好意はしかし、残念なことに私の学究心を妨げる方向に働いた。私が目論んでいる調査について、彼はひたすら警鐘を鳴らし続けたのである。

「お前さんはええ若者なんじゃから——あの丘には構わずにおくがいい。悪しき呪いがかかっておるでな。あの下には悪魔もたんまりとおるぞ——あんたがあそこを掘れば、捕まえられてしまうぞ。掘らずば、何事もなし。掘れば、戻って来れぬ。儂(わし)が小僧っ子だった頃や、儂の親父殿や、親父殿の親父殿が小僧っ子だった頃から、もうずっとそうなのじゃ。もうずっと昔から、昼にはあの男がうろつき回り、夜にはあの頭のない女がうろつき回っておる。日の沈む方にある大きな川の下流から——長い道のりを経て——錫ボタンつきのコートを着た白い人間たちがやって来て以来、グレイ・イーグルよりも三倍、四倍は古く——フランス人たちがやってくるよりも二倍は古い昔から——、ずっとそうなのじゃよ。それよりも古い時代には、洞窟のある小さな丘陵地帯や、深い渓谷地帯に近づくような者はおらんかった。

それ以前には、あの古ぶるしきものども（オールド・ワンズ）は隠れることもせず、外に出てきて村を作っておった。黄金をたっぷりと持ってな。わしはあやつらじゃ。お前さんたちもあやつらじゃ。やがて、大きな水がやってくる。何もかもが変わる。誰も出てこず、誰も入り込めぬ。入り込んだとて、出ることはかなわぬ。あやつらは死なぬ――顔に谷ができ、頭に雪が降り積もったグレイ・イーグルのように、年を取るということがないのでな。空気のようなものじゃ――いくらかは人間のようでもあり、いくらかは霊のようでもある。悪しき呪いがかかっておるのじゃ。夜になると時々、角のある半人半馬に騎乗した霊がやってきては、かつて戦った場所で戦いを繰り広げることもある。あやつらの領域を騒がせてはならぬ。悪しきものであるのだから。お前さんはええ若者なんじゃから――あの場所には近づかず、あやつら古ぶるしきものども（オールド・ワンズ）には構わずにおくがいい」

　年老いた酋長から聞き出せたのは、それが全てだった。他のインディアンたちは何も話してくれなかった。しかし、私が困り果てていた一方で、グレイ・イーグルの方はさらに頭を痛めていた。彼がひどく恐れている地域に私が入り込もうと考えていることを、彼は心の底から嘆いていたのである。

　居留地を立ち去る時、最後に儀式ばった別れをするべく彼は私を引き留め、改めて調査を断念させようと試みた。それが無理だと悟った時、彼は気の進まない様子で、身につけている鹿革のポーチから何かを取り出して、非常にうやうやしい態度で私に差し出した。

　それは直径約二インチほどの、摩耗してはいるが精巧な造りの金属製の円盤で、奇妙な紋様で装飾されていた。また、小さな穴が空いていて、革の紐で吊り下げられていた。

「お前さんは約束をしてくれぬし、グレイ・イーグルはお前さんの身に何が起こるか話すことはできぬ。

だが、何か役立つものがあるとすれば、これが良き呪(まじな)いとなるじゃろう。儂の親父殿から受け継いだものじゃが――彼もまた親父殿から――彼もそのまた親父殿から――そういう具合に、全ての人間の父なるティラワに近しい者から伝わってきたものじゃ。儂の親父殿はこう言っておった。

〝あやつら古ぶるしきものども(オールド・ワンズ)に近づいてはならぬ。石の洞窟がある小さな丘陵地帯や渓谷地帯にもな。しかし、古ぶるしきものどもがお前を捕まえるために出てきたなら、この呪いを見せてやるがよい。あやつらは知っておる。あやつらは彼のものを遠ざけておる。あやつらが見れば、悪しき呪いをかけてこないやもしれぬ。しかし、何が起きるのかは誰にもわからぬ。だから、とにかく近づいてはならぬのだ。悪しきものであるのだから。あやつらが何をしているのかは、誰にもわからぬのだ〟」

　このように話しながら、グレイ・イーグルは私の首にそれをかけてくれた。それは、実に奇妙なものだった。見れば見るほど、私の驚きは深まるばかりだった。それは重く、黒っぽくて光沢があり、おびただしい数の斑紋のついた、私が全く知らない異質な金属で出来ていたのみならず、この世ならぬ美的感覚と全く未知の技術によって造られた意匠であることが、見て取れたからである。

　見た感じ、円盤の一方の側には絶妙に拵(こしら)えられた蛇の意匠があり、反対側には蛸(タコ)ないしはその他の触手を備えた怪物が描かれていた。考古学者たちが同定することはもちろん、どこの地域のものであるかを推測することすらできない、半ば摩耗した象形文字も見られた。

　後になって、私はグレイ・イーグルの許可を得て、老練の歴史学者、人類学者、地質学者、化学者といった人々にこの円盤を詳しく調べてもらったのだが、皆一様に当惑の声をあげるばかりだった。

　その物質は、分類も分析もできなかった。

化学者たちは、重い原子量を持つ未知の金属元素の合金(アマルガム)だと話し、ある地質学者は星間宇宙の未知の深淵から飛来した隕石起源のものであることをほのめかした。

それが真実、私の生命と正気、人間としての存在を救ってくれるものなのかどうか、私には何とも言い難いのだが、グレイ・イーグルはそう確信しているのだった。

現在、グレイ・イーグルはそれを再び所持している。あるいは、あの円盤は、彼の尋常でない高齢と何かしら関係があるのかもしれない。それを所持していた彼の父祖たちは皆揃って、一世紀以上の年月を生き長らえ、戦いによってのみ命を落としたというのである。事故に遭いさえしなければ、グレイ・イーグルは決して死ぬことがないのかもしれない。ともあれ、私の話を進めるとしよう。

村に戻った私は、墳丘にまつわるより多くの民間伝承を確保しようとしたのだが、興奮気味のゴシップや諫止(かんし)しか得られなかった。人々が私の身を案じてくれることについては、本当にありがたい限りなのだったが、私は彼らの必死なまでの忠告を聞き流さなければならなかった。

グレイ・イーグルの護符を見せてもみたのだが、それについてこれまでに聞いたことのある者はなく、少しでも似たものを見たことのある者すらいなかった。それが、インディアンの遺物でないことについては村人たちも同意し、老酋長の祖先の誰かが、行商人から入手したに違いないと推測した。

私の調査行を思いとどまらせることができないことがわかると、ビンガーの村人たちは悲しげな面持ちではあったが、それでも私が装備一式を整えるのを可能な限り手伝ってくれた。

どんな仕事をしなければならないかは到着前からわかっていたので、私は必要となる物資のほとんどをこの村に持参していた——灌木を刈り、土を掘ったりするための鉈(マチェット)とトレンチナイフ、地下に降りる場合に備えての懐中電灯、ロープ、双眼鏡、巻き尺、顕微鏡、緊急事態のための備品である。そうした物資を、運びやすい手提鞄にたっぷりと収納していたのである。

これらの装備品に私が追加したのは、保安官に押し付けられたずっしりと重い回転式拳銃（リボルバー）と、作業に役立つかもしれないツルハシとシャベルのみだった。

ツルハシとシャベルについては、頑丈な紐で肩からぶら下げて運ぶことにした——手伝ってくれる者や、探索の仲間に加わってくれる者は望めそうにないとわかったからである。村の者たちは、ありたっけの望遠鏡と双眼鏡をかき集め、私を眺めるに違いない。だが、あの丘がぽつんと聳える平坦な平原に向かって、ただの一ヤードだろうと足を進める者など、現れるはずもないのだった。

私は、出発する時間を翌朝の早い時間と決めた。そして、この日の残りの時間中ずっと、確かな破滅へと足を踏み出そうとしている男に向けた、畏敬の念をもって村人から遇されたのである。

朝がやってくると——曇ってはいたが、朝のうちは天候が崩れる恐れはなかった——村の者たち全員が家から出てきて、砂塵の舞い上がる平原を私が歩き始めるのを見送ってくれた。双眼鏡を覗くと、あの孤独な男がいつものように、墳丘の頂をゆっくりと歩いているのが見えた。私は、墳丘に近づいていく間、可能な限り確実に、彼を視界に収めておこうと決意した。
この期に及んで、私は漠然とした恐怖感に押しつぶされそうになった。心が萎（な）え、気持ちがくじけ、生き物や幽霊が姿を現した時にそいつの注意を引きつけることができるかもしれない、胸で揺れているグレイ・イーグルの護符を掲げたくてたまらなくなった。

コンプトンと彼の母親にさよなら（オー・ルボアール）と告げられたので、私は何とか左手で鞄を持ち上げ、背中に縛り付けたツルハシとシャベルを鳴らしながら、きびきびと歩き出した。右手で双眼鏡を構え、時折、物言わぬペースメーカー（ゆうれい）にちらりと目を向けながら。

墳丘に近づくにつれて、男の姿が非常にはっきりと見えてきて、彼の皺の多い、髭のない顔立ちに、この上ない邪悪と堕落の表情が浮かんでいるように何となく思えてきた。驚くべきことに、彼が帯びている金色に輝く武器ケースには、私が身につけている未知の魔法の護符のものと非常によく似た象形文字が彫り込まれていた。それが身につけている衣装や装飾品の全てが、この上なく見事に洗練された技巧によって、特別にあつらえられたものだったのである。

突然、男が墳丘の向こう側を降り始め、視界から外れていった。出発からおよそ一〇分後、私がその場所に辿り着いた時には、そこには誰もいなかった。私が調査の初期段階を、長さを計りながら墳丘をぐるりと周回し、測量を行い、後ろに下がって他の様々な角度から墳丘を眺めるといった行動に費やしたことについては、詳しく説明する必要もないだろう。

墳丘に近づくにつれ、私はそこからとてつもなく大きな印象を受けたものだった。あまりにも規則正しいその輪郭に、潜在的な脅威を読み取りもした。それは、広漠たる平坦な原野（げんや）に唯一存在する小高い隆起物であり、人工の古墳であることについては疑う余地がなかった。険しい斜面は全く乱されておらず、人間が耕したり通り道にしたりしている痕跡は見つからなかった。頂上に通じる道も見当たらず、大荷物を担いでいたこともあり、登頂にはかなりの労苦が伴った。

頂上に辿り着くと、そこには三百×五十フィート［約九一×一五メートル］の、楕円形の台地が広がっていた。全体的に、草むらと下生えの茂みに覆われている様子は、規則正しい歩哨もどきが常にあるきまわっているという事実と相容れないものだった。この有様に、私は甚だ衝撃を受けた。あれほどはっきりと見えているにもかかわらず、「老インディアン」が集団幻覚以外の何物でもないことを示していたからである。

私は少なからぬ困惑と恐怖に見舞われ、物思いに耽りながら村の方に目を向け、見物人の群れである黒い点の集まりを眺めた。双眼鏡を彼らに向けると、彼らの方も望遠鏡や双眼鏡でこちらを食い入るように見ているのがわかった。実のところそういう気分ではなかったのだが、彼らを安心させようと、せいぜい元気いっぱいに見えるように空中で帽子を振ってみせた。

それから私は作業に取り掛かろうと、ツルハシとシャベル、鞄を地面に降ろした。鞄の中から鉈(マチェット)を引っ張り出し、下生えを刈り取り始めた。実に疲れる作業だった。時折、計画的な意図をもって私の動作を妨げるような一陣の風が強く吹き付け、妙な悪寒を覚えさせた。時には、半ば触知できそうな力が、作業中の私を押し戻そうとしているように感じられることもあって――あたかも、前方の空気の密度が濃さを増したか、さもなくば形のない手に手首を引っ張られたかのようだった。

十分な成果をあげられないままに、体力が尽きようとしていたが、それでもある程度作業を進めることができた。午後にさしかかる頃には、墳丘の北の端のあたりにある根の絡み合った地面に、すり鉢のような小さな窪(くぼ)みがあることが判明していた。何の意味もないかもしれないとはいえ、掘削(くっさく)を始める段階に達した時は、ここから手をつけるのが良さそうだった。私はそのことを心に留めおいた。

一方、それとは別のきわめて奇妙なことにも気がついた――私の首から下がっているインディアンの護符が、前述の窪みの南東約一七フィートあたりの位置で、奇妙な動きを見せたのである。私がそこに立っている時はいつも、護符の回転に変化が生じ、地中の磁気によって引き寄せられているかのように、下方へと引っ張られたのだ。いったん気づいてしまえば、気になって仕方がなくなってきたので、私はこれ以上ぐずぐずと時間をかけず、試みに少しばかり掘ってみることにした。

トレンチナイフで土を掘り返した際、赤みがかった土の層が比較的薄いことを、私は不思議に思った。この地方全体が赤い砂岩の土で覆われているのだが、ここでは一フィートも掘り進めないうちに、奇妙な黒いローム［砂と粘土が混ざりあった柔らかい土］を見出したのである。遠く離れた西や南の、辺鄙な深い谷で見つかるような土なので、墳丘が隆起した先史時代に、かなり離れた場所から運ばれてきたのに違いなかった。跪いて掘っているうちに、私は首に回した革紐がいよいよ強く引っ張られるのを感じていた。土の中にある何かが、重い金属製の護符を引き寄せているようだったのである。

やがて、私の道具が堅い表面にあたったので、直下に岩石の層があるのだろうかと考えた。トレンチナイフでつつきまわしてみると、そんなことはないとわかった。その代わり、驚いたのみならず何とも興味深いことに、私はカビに覆われた重い円筒形の物体――長さは約一フィート［約三十センチ］で、直径は四インチ［約十センチ］――を引っ張り上げたのだった。そして、私がぶらさげている護符は、接着剤のような頑強さで、それにぴったりとくっついて離れなかった。

黒いロームを取り除く過程が進むにつれて、浅浮彫が見えてきたので、私の驚きと緊張は高まった。円筒の全体、両端も含む全てが、紋様や象形文字で覆われていた。のみならず、グレイ・イーグルの護符や、双眼鏡越しに目にした幽霊の黄金色の金属の飾りと同様、未知の伝統に属するものだとわかったので、私は興奮に胸を躍らせたのだった。

私は腰をおろし、短ズボン（ニッカーボッカー）の粗いコール天〔織物の一種〕にこすりつけて磁力を持つ円筒を掃除しながら、それが護符と同じく重く、光沢のある未知の金属で造られていることを見て取った――この特異な引き寄せ合う力は、そのことが原因に違いなかった。

その彫刻と打ち出し模様は、非常に奇怪かつ非常に恐ろしいもので――名状しがたい怪物や意匠には、潜在的な邪悪がこめられているのだが――、その全てが最高の出来栄えであり、職人の高い技倆（ぎりょう）を示していた。当初、私は円筒のどちらが頭でどちらが末尾なのかもわからず、一方の先端の近くに裂け目を見つけるまでの間、無意識にそれを弄（もてあそ）んでいた。その後、私は熱心にいくつかの開け方を試し、最終的に、単にねじれば良いということがわかったのである。

フタを外すのはなかなか難しかったのだが、ついに取り外すことができて、妙に馥郁（ふくいく）たる香りが中から漂いでた。中に入っていたのは、緑がかった文字が書き込まれた、黄変した紙のような物質を丸めた大きな巻物のみだったが、未知なる旧（ふる）き世界と時の彼方の深淵へと通ずる、文字で書き著された鍵を手にしたのだと思うと、つかの間、この上ないスリルを感じたのだった。

しかし、一方の端から巻物を開いてみると、スペイン語で書かれた文書であることがすぐに判明した――といっても、遠い昔に使われていた、堅苦しくも仰々しいスペイン語ではあったのだが。

夕日の黄金色の光の中で、私は見出し（キャプション）と冒頭のパラグラフに目を向け、今は亡き書き手の、悪文というだけでなく、言葉の区切りもいい加減な文章をどうにか解読しようと試みた。

これはいかなる遺物なのか。私はどんな発見に出くわしたのか。

最初の数語を読むだけで、私は興奮と好奇心の激流に叩き込まれてしまった。というのも、その文書の存在は、私が当初進めるつもりだった探索を中断させはしたものの、驚くまいことか、私の努力が正しいものだったことを追認してくれたのである。
　緑がかった文字の記された黄変した巻物は、肉太でくっきりした筆跡の文字で書かれた見出しと、後に続く途方もない暴露を読者が信じてくれるよう、堅苦しい文体で訴えかける文章で始まっていた。

RELACIÕN DE PÃNFILO DE ZAMACONA Y NUÑEZ, HIDALGO DELUARCA EN ASTURIAS, TOCANTE AL MUNDO SOTERRÃNEO DE XINAIÃN, A.D. MDXLV
（アストゥリアスのルアルカの郷士（イダルゴ）[*9]、パンフィロ・デ・サマコナ・イ・ヌーニェス[*10]による、XINAIÃN（クシナイアン）の地下世界についての物語　西暦一五四五年）

En el nombre de la santísima Trinidad, Padre, Hijo, y Espíritu-Santo, tres personas distintas y un solo. Dios verdadero, y de la santísima Virgen nuestra Señora, YO, PÃNFILO DE ZAMACONA, HIJO DE PEDRO GUZMAN Y ZAMACONA, HIDALGO, Y DE LA DOÑA YNÊS ALVARADO Y NUÑEZ, DE LUARCA EN ASTURIAS, juro para que todo que digo está verdadero como sacramento……[*11]
（父と子と聖霊、三つの位格にして一人なる、最も聖なる三位一体の名において、真なる神よ、そして我らが貴婦人なる聖処女よ、私、アストゥリアスの郷士なるペドロ・グスマン・イ・サマコナと、ドニャ・イネス・アルバラド・イ・ヌーニェス・デ・ルアルカの息子であるパンフィロ・デ・サマコナは、私の話す全てのことが告解として真実なるものであると、ここに誓うものなり……）

私は一息ついて、読み始めた文章が信じがたくも意味することについて、じっくりと思案した。『アストゥリアスのルアルカの郷士、パンフィロ・デ・サマコナ・イ・ヌーニェスによる、クシナイアンの地下世界についての物語、西暦一五四五年』……この部分については全くもって、そのまま鵜呑みにすることは難しかった。

地下世界——インディアンの全ての昔話と、墳丘から戻ってきた者たちの全ての発言に通底する永続的な概念が、またもや現れたのである。わけても、一五四五年という日付——これは一体、何を意味するのだろうか。コロナドとその一行は、一五四〇年にメキシコから北の荒野へと向かったのだが、一五四二年に戻ってきたのではなかったろうか！　私は巻物の開かれた部分の隅々まで目を走らせ、その一回だけでフランシスコ・バスケス・デ・コロナドの名前を見つけ出した。

この文書の書き手は、間違いなくコロナドの部下の一人だったのだ——しかし、彼の隊が引き上げてから三年後に、このような遠隔の地で一体何をしていたのだろうか。もう一度目を走らせると、今現在広げている部分はコロナドの北方遠征の要約に過ぎず、大筋において歴史上知られている記述と異なるものではないことがわかったので、私はさらに先へと読み進める必要があった。

私は巻物を広げ、さらに先へ読み進もうとしたのだが、沈みゆく陽の光がそれを妨げた。私は気がはやるあまり、この不吉な場所に夜が急速に迫ってくるのを恐れることすら忘れていたのである。

しかし、他の者たちは、潜み棲む恐怖のことを忘れてはいなかった。村外れに集まっている群衆の、騒々しい叫び声が遠くから聞こえてきたのである。私の身を案じる声に応えようと、私はその原稿を奇妙な円筒の中に戻し――首に巻きつけた円盤がまだ円筒にくっついていたので、私はそれを引き剝がし、細々とした道具共々、この場から立ち去ろうと荷物の中に突っ込んだ。

　ツルハシとシャベルは翌日の作業のために残しておくことにして、私は手提鞄を持ち上げると、墳丘の険しい斜面を下り始めた。それから、一五分も経つ頃には村に帰り着くと、興味深い発見物について説明し、披露してみせたのだった。

　暗くなってきたので、先ほど立ち去ったばかりの墳丘に目を向けると、夜間に現れるインディアン女の幽霊の青みを帯びた松明がかすかに輝き始めているのが見えた。私は体をぶるっと震わせた。


　遥か昔のスペイン人の物語に目を通すのを後回しにするのは、辛いことではあった。しかし、うまく翻訳するためにも、静かでゆったりした環境が必要だったので、私はやむなくこの作業を夜中まで保留することにした。村人たちには、午前中に見つけたものについてははっきりと説明し、奇怪かつ刺激的な円筒をじっくりと調べる機会を用意すると約束してから、私はクライド・コンプトンと共に彼の家に戻り、できるだけ早く翻訳にとりかかろうと、自室へと上がっていった。

　この家の主と彼の母親は話を聞きたかったのだろうが、私は徹底的に例の文書を読み込んで、簡潔かつ的確に要点を話せるようになるまで、彼らには待ってもらった方が良いだろうと考えた。

　一つきりの電灯の光のもとで手提鞄を開き、再び円筒を取り出してみると、ただちに磁気が発せられて、インディアンの護符がその彫刻の施された表面に引き寄せられた。

　強い輝きを放つ未知の金属の表面では、彫り込まれた意匠が禍々しい輝きを放ち、かくも絶妙な技倆による病的かつ冒瀆(ぼうとく)的な輪郭を調べながら、私は身震いを禁じ得なかった。

念のため、これらの意匠の全てを撮影しておけば良かったと今にして思うのだが——そうしなかった方が良かったとも言える。ひとつ、嬉しく思っていることがある。華麗な渦巻装飾(カルトゥーシュ)の大部分を占めていると共に、草稿において「トゥル」と呼ばれていた、蛸の頭部を備えた蹲(うずくま)る存在が何物であるかについて、その時の私が何も知らなかったことである。

その存在と草稿に記されていた伝説を、あの怪物的な語られざるクトゥルー——地球がまだ若く、形造られつつあった時代に、星々から滲み出してきた恐怖にまつわる、新たに発見された民間伝承と私が関連付けたのは、ごく最近のことである。あの時、その結びつきについて知っていたなら、あの遺物と同じ部屋に寝泊まりすることなど、到底できなかったことだろう。

副次的なモチーフである半ば擬人化された蛇については、イグ、ケツァルコアトル、ククルカンといった概念の原型であろうと、簡単に解釈しておくことにした。

円筒を開ける前に、私はグレイ・イーグルの円盤以外の金属について磁気が影響するかどうかテストしてみたのだが、引力は働かなかった。この未知なる世界のぞっとするような断片に浸透し、同種のもの同士を結びつける力は、ごく普通の磁気ではなかったのである。

ようやく私は原稿を取り出し、翻訳を開始した——読み進めながら大筋の梗概(こうがい)を英語で書き留め、特に曖昧で古風な言葉や構文に出くわすたびに、スペイン語の辞書がないことを残念に思った。

私の現在進行形の探索のただ中にあって、このような形で約四世紀も昔に引き戻されたことについては、筆舌に尽くしがたい不可思議さを感じたものだった——ヘンリー八世［在位は一五〇九年～一五四七年］の時代であった当時、私自身の先祖はといえば、サマセットやデヴォンに定住する自宅にこもりがちな紳士で、彼らの血統の者がヴァージニアや新世界への冒険に乗り出すことなど、考えもしなかった。ましてや、私の今現在の活動場所にして、視界を占める謎めいた墳丘が、今と同じく当時もその新世界に存在していたことなど、知るよしもなかったのである。

　過去に引き戻されたという感覚がより一層強かったのは、スペイン人と私自身の共有する問題が、かくも底知れぬ時代を超えたもの——不浄かつこの世のものとは思えない、永続的な存在にまつわるもの——であり、私たちの間に挟まっている四百年足らずの年月など、無きに等しいものであることを本能的に感じ取ったからである。

　その奇怪で禍々しい円筒をひと目見ただけで、既知の地上に生きる全ての人間と、円筒が象徴する原初の謎との間に、目がくらむような深淵が大きな口を開いていることが理解されるのだ。

　その深淵の前に、パンフィロ・デ・サマコナと私は、肩を並べて立っていた。まるで、アリストテレスと私、ケオプス［古代エジプトのクフ王のギリシャ語形］と私が立っているかのように。

Ⅲ

　ビスケー湾の小さく穏やかな港町、ルアルカでの青年時代のことについて、サマコナはほとんど何も話さなかった。彼は荒っぽい気性の持ち主で、長男ではなく、一五三二年にヌエバ・エスパーニャ（ニュー・スペイン）[12]にやってきた時は、わずか二〇歳の若さだった。明敏で想像力に富んだ彼は、北方に存在するという富に溢れた都市や未知の世界について流布されていた噂話——特に、一五三九年に旅から帰還し、テラスつきの石造家屋が建ち並ぶ壮大な城壁の町、伝説的なシボラにまつわる輝かしい報告を持ち帰った、フランシスコ会の修道士マルコス・デ・ニサ[13]の話に、うっとりと耳を傾けていた。

これらの驚異——そして、野牛(バッファロー)の棲む土地を越えた先に存在すると噂されていた、さらなる驚異を探し出すべく、コロナドが遠征を計画していることを聞きつけるや、若きサマコナは選び抜かれた三百人から成る遠征隊に参加し、他の者たちと共に一五四〇年に北方へと出発した。

歴史は、その探検の顚末(てんまつ)を知っている——シボラというのはズニというプエブロ族のみすぼらしい村に過ぎず、大仰な誇張によって不興を買ったニサがメキシコに送還されたことを。コロナドが初めてグランド・キャニオンを目にしたことや、ペコス川の流域にあるシクイエ[14]で、エル・トゥルコというインディアンから、遥か北東に金、銀、野牛(バッファロー)が溢れているという、豊かな神秘の土地キヴィラが存在し、幅二リーグ［約一〇メートル］の川が流れているという話を聞かされたことを。

冬の間、ペコス川沿いのティゲックス[15]にキャンプを張り、四月になって北方に出発したものの、現地の案内人［エル・トゥルコのこと］の偽証によって誤った道に導かれ、プレーリー・ドッグや塩池、バイソンを狩りながら放浪する部族などが存在する土地に入り込んだことについて、サマコナは簡潔に報告している。コロナドが大部隊を解体し、ごく少人数の精鋭部隊と共に四二日間にわたる最後の行軍に発(た)った時、サマコナはその隊に加わることができた。彼は肥沃な土地や、険しい土手の端から木々を望むことしかできなかった巨大な渓谷、皆がバッファローの肉のみで生き延びたことについて報告している。やがて、探検の最遠隔地に関する言及が現れた——残念ながら、おそらくキヴィラなのだろうと推測できる土地の、草ぶきの家屋から成る村、小川や川、肥沃な黒い土壌、プラム、ナッツ、ブドウ、マルベリー、そしてトウモロコシの栽培や、銅を使うインディアンについての記録が含まれていた。

偽の現地人ガイドであるエル・トゥルコの処刑については手短に触れ、一五四一年の秋に、コロナドが大河の土手に築いた十字架についての言及もあった――その十字架には、こう刻まれていた。

「偉大な将軍、フランシスコ・バスケス・デ・コロナド、かくも遠方に来たれり」

このキヴィラと思しき土地は、北緯四〇度付近に位置していた。ニューヨークの考古学者であるホッジ博士が、カンザス州のバートン郡およびライス郡を流れるアーカンソー川の流域を辿り、その場所を確認したことを、私はごく最近になって知った。スー族によって南の土地――現在のオクラホマ州へと追いやられる以前、そこはウィチタ族の古くからの棲家であり、いくつかの草葺住居の村落が見つかっているほか、工芸品の数々も発掘されている。

インディアンたちが恐ろしげに口にした、富裕な都市や隠された世界についての絶え間ない噂話によって、コロナドはこのあたりを熱心に探索し、自ら先頭に立ってあちこちに動き回った。

彼ら北方の先住民たちは、メキシコのインディアンたちに比べると、噂されている都市や世界について話すことを恐れ、忌避しているようだった。その一方で、メキシコ人が喜んで話したり、敢(あ)えて口にしたことよりも、さらに多くのことを知っているように見えた。

彼らのどっちつかずの態度はスペイン人の指導者を激怒させ、幾度も虚しい調査を繰り返した結果、彼は証言者たちを厳しく扱うようになり始めた。

コロナドよりも我慢強かったサマコナは、特別に興味深い伝承を見出だし、チャージング・バッファロー(突進する野牛)

という名の若者と長い会話をするべく、地元の言語をしっかりと学んだ。この好奇心旺盛な若者は、部族の者たちが敢えて入り込もうとしない、多くの奇妙な場所に出入りしていたのである。

遠征隊が北に向かっていた時に目にした、深く険しい、木々の生い茂る渓谷のどこかの麓に、奇怪な石造りの戸口、門、あるいは洞窟の入り口がいくつか存在することを、サマコナに教えたのが他ならぬチャージング・バッファローである。彼が言うには、これらの開口部は灌木でほとんど覆われていて、永劫の歳月を通して中に入り込んだ者はほとんどいないのだという。

敢えて中に入り込んだ者たちは二度と戻ってこないか――ごくわずかな例ではあるが、発狂したり異様な障害を負わされた状態で戻ってきたのである。もっとも、そうした話は全て伝説であり、最年長者たちの祖父の代に遡っても、奥深くまで足を踏み入れた者は全く知られていないのだ。

バッファロー自身について言えば、おそらく他の誰よりも奥まで行ったのだろうが、噂の黄金に対する彼の好奇心と欲望の双方を抑えつけるに足る何かを、そこで目にしていたのだった。彼が入り込んだ開口部の奥深くでは、長い道が狂ったように上下したり曲がりくねったりしていて、人間が目にしたことのない怪物や恐ろしい存在を描いたぞっとするような彫刻で、びっしりと覆われていた。

測り知れないほど長い間、ぐねぐねと曲がる下りの道を降りていった後、ついに不気味な青い光の輝きが見えて、通路の先に慄然たる地下世界が広がったのである。インディアンは、これ以上のことを口にしようとはしなかった。何かを目にして、慌ただしく引き返したからである。

とはいえ、その世界のどこかに黄金の都市があるはずで、雷鳴の魔法［銃火器のこと］を持つ白人であれば、そこに近づくことができるかもしれないと、彼は付け加えた。

若者が大酋長たるコロナドに自分が知っていることを話さなかったのは、この頃既に、コロナドはインディアンの話に耳を貸さなくなっていたからである。

そして――もしも白人が遠征隊を離れ、彼に先導をさせるなら、サマコナをその場所に案内しようと持ちかけた。ただし、彼は白人と一緒に中には入らない。悪しき場所であるからだ。

そこは、南に五日ほど進んだところで、いくつかの巨大な墳丘が聳える地域に近かった。これらの墳丘は、その地下にある邪悪な世界と関係があり――おそらくは遥かな昔から、そこに通じる通路を塞(ふさ)いでいるのだろう。というのも、かつて地下の古ぶるしきものども(オールド・ワンズ)は地上に植民地を築き、大洋の下に沈んでしまった陸地をも含む、世界中の人間と交易していたのである。これらの陸地が沈んだ時、古ぶるしきものども(オールド・ワンズ)は自ら地底に閉じこもり、地上の人間とのやり取りを拒絶したのである。

水没した土地からの難民たちが彼らに伝えたところによれば、地球外の神々[*16]が人間に敵対したので、邪悪なる神々とぐるになった魔物(デーモン)を除いて、地上において生き延びた者は誰もいないということだった。そういうわけで、彼ら古ぶるしきものども(オールド・ワンズ)は地上の人間を締め出し、彼らが棲む場所からやってきた者を、恐ろしい目に遭(あ)わせたのである。かつては、各地の開口部に歩哨が立てられていたものだが、長い歳月が流れた今、必要とされなくなったという。

隠れ棲む古ぶるしきものども(オールド・ワンズ)について話をする者はごくわずかになり、時折、彼らの存在を思い出させる幽霊のようなものが現れなかったならば、彼らにまつわる伝承はおそらく、忘れ去られていたことだろう。悠久の太古から存在してきたこの生物は、不思議なことに霊的な境界線に近づいているので、幽霊じみたものとしてしばしば出現し、鮮烈な記憶を残しているのだという。

　したがって、巨大な墳丘が点在する地域においては、開口部が閉ざされる前に何日もの間繰り広げられた夜の戦いが霊的に再現され、しばしば騒がしくなるのである。

　古ぶるしきもの(オールド・ワンズ)どもは半ば幽霊じみた存在で、実際の話、彼らはもはや老いることも生殖することもなく肉体と霊の間の状態で永遠に揺らめくと言われている。しかし、彼らには呼吸が必要だったので、変成は完全なものではなかった。平原にある墳丘の開口部と異なり、深い谷の開口部が塞がれていなかったのは、地下世界に空気が必要だったからなのである。これらの開口部は、おそらく地球上に自然に存在した裂け目が基(もと)になっているのだろうと、チャージング・バッファローは付け加えた。

　古ぶるしきもの(オールド・ワンズ)どもは、地球(せかい)がまだ生まれて間もない頃に星々から飛来し、地表が生存に適していなかったので、黄金の都市を建設しようと地の底に入りこんだのだと囁かれている。彼らは全ての人間の先祖であり、今はまだ特定できずにいる星――あるいは、星々を越えた場所――からやってきたのだ。秘め隠された彼らの都市は、今もなお金と銀がふんだんに存在しているのだが、きわめて強力な魔法によって護(まも)られているのでない限り、構わずにおくのがよいのである。

　彼らは人間の血がわずかに流れているぞっとするような獣を飼っていて、これに騎乗したり、他の用途のために使役した。かの者たちがほのめかすところによれば、その獣(シング)たちは肉食で、主人たちと同様、人間の肉を好むのだという。そのため、古ぶるしきもの(オールド・ワンズ)ども自身は繁殖しなかったのだが、ある種の奴隷階級の半人間(ハーフ・ヒューマン)を所有していて、人間や動物を養わせていた。これらの半人間は非常に奇妙なやり方で集められ、蘇生された死体から成る第二の奴隷階級によって補充されていた。

古ぶるしきものども(オールド・ワンズ)は、ほぼ無限に稼働し続け、思考の流れで指示を受けていかなる作業にも従事する自動人形(オートマトン)を、死体から作り上げる方法を心得ていた。チャージング・バッファローによれば、彼らは皆、思考によって話をするのだという。永劫の時をかけた発見や研究を通して、宗教的な礼拝や感情の表現を除いて、言葉は粗雑で不必要なものと見なされたのである。

彼らは大いなる蛇の父なるイグと、彼らを星々から連れてきた蛸の頭を有する存在、トゥルを崇拝し、チャージング・バッファローが話そうとはしなかった奇怪なやり方で人間の生贄を捧げ、これらの悍(おぞ)ましい怪物たちの食欲を満たしていた。

サマコナはインディアンの物語に魅せられ、峡谷にあるという秘密の戸口へ案内しようという彼の申し出を、ただちに受け入れることにした。遠征隊での経験から、未知の土地にまつわる先住民の神話に幻滅のようなものを覚えていたので、伝説で語られる秘め隠された人々の奇怪な風習については、彼は信じていなかった。しかし、気味の悪い彫刻の施された通路を越えた先に、富と冒険を十分に満喫することができる素晴らしい世界(フィールド)が広がっていると感じたのである。

最初のうち、彼はチャージング・バッファローを説得して、コロナドに話をさせようとした——そのことで、この不機嫌な指導者の猜疑心を刺激した場合には、必ず盾となることを申し出たのである——のだが、結局、単独の冒険行の方が良いだろうと判断した。支援がないのであれば、見つけたものを共有する必要もなく、伝説的な富の偉大なる発見者にして所有者になれるかもしれないのだ。

成功すれば、彼はコロナドその人よりも偉大な人間になることはもちろん、大総督ドン・アントニオ・デ・メンドーサを含むヌエバ・エスパーニャのあらゆる者たちを凌(しの)ぐことだってできるだろう。

一五四一年一〇月七日、あと一時間で真夜中［午前零時のこと］になろうという頃、サマコナは草葺家屋の村に近いスペイン人のキャンプをこっそりと抜け出し、南への長い旅に出るべく、チャージング・バッファローと合流した。彼はできるだけ軽装で旅を続け、重い兜や胸当ては身に着けなかった。この旅について、草稿中ではごくわずかに記述されるのみだった。ともあれ、サマコナは一〇月一三日に大きな峡谷へ到着したことを記録している。

木々が生い茂る斜面を降りていくのに、さほど時間はかからなかった。深く薄暗い谷底で、インディアンは灌木に隠された石の扉を再び探し出すのに苦労したが、ついには発見されたのだった。戸口とはいうものの、きわめて小さな開口部で、巨大な砂岩で造られた脇柱と楣(まぐさ)があって、ほとんど消えかけている印と、今となっては形を読み取れない彫刻が刻み込まれていた。高さはおよそ七フィート［約二メートル］で、幅は四フィート［約一メートル強］足らず。脇柱にはいくつか穴が開けられていて、かつては蝶番(ちょうつがい)式の扉ないしは門があったようだが、そのような付属物の痕跡は失われて久しかった。

この黒々とした深淵を目にするや、チャージング・バッファローは強い恐怖の感情を露(あら)わにし、慌ただしい様子で装備品の荷物を投げおろすと、かなりの分量の樹脂製の松明(トーチ)や食糧をサマコナに引き渡した。チャージング・バッファローは彼を誠実かつ適切に案内してくれたのだが、そこから先の冒険については同行を拒んだのである。サマコナはこの機会に備えて持参していた小物類を彼に渡し、一ヶ月後にこのあたりに戻ってくることを約束させてから、南のペコス川沿いのプエブロ族の村への道筋を教えた。その村のすぐ北の平原にある、よく目立つ岩を集合場所に指定し、もう一人が到着するまでの間、先に到着した者がキャンプを張って待つという手筈を整えたのだった。

　草稿によれば、インディアンがどの程度長く落ち合うまでに待ってくれるかについて、サマコナは遺憾ながら疑わしく思っていたようだ――彼自身、約束を守れそうになかったからである。

　最後になって、チャージング・バッファローは彼が暗闇に入り込んでいくのを止めようとしたのだが、すぐに無駄であることを悟り、静かに別れを告げたのだった。一本目の松明に灯りを点し、重い荷物を持って開口部に入り込む前に、スペイン人はインディアンのほっそりした姿が慌ただしく、少なからず安堵した様子で生い茂る木々の間を登っていくのに目をやった。

　かくして、世界との最後の繋がりが断ち切られた。しかし、彼はよもや自分が二度と再び人間――その言葉の通常の意味において――に会えないなどと、知るよしもなかったのである。


　サマコナは、その不気味な戸口に入り込んですぐに、不吉な予感を覚えたということはなかった。とはいえ、彼を取り巻く雰囲気は、そもそもの奇怪で不健全なものだった。通路は開口部よりもわずかに高さと幅があり、巨石造りのトンネルが何ヤードにもわたって水平に続き、足元に敷き詰められた岩石はひどくすり減っていて、壁と天井はグロテスクな彫刻が施された花崗岩と砂岩の石塊で出来ていた。サマコナの記述から判断するに、その彫刻は本当に忌まわしく、恐ろしいものだったに違いなく、大半が怪物的な存在であるイグとトゥルにまつわるものだった。

　トンネルの造りは、冒険家が目にしたことのあるいかなるものとも異なっていた。もっとも彼は、外の世界に存在するものの内、最も近いのはメキシコ先住民の建築物だと付け加えてもいたのだが。

ある程度の距離を進むと、トンネルが突然くだり始め、上下左右の全方向に、不規則な自然の岩が現れるようになった。通路は部分的には人工物のようだったが、彫刻については慄然たる浅浮彫を伴う渦巻装飾（カルトゥーシュ）が時折見られるのみとなっていた。

　あまりの傾斜に、足をもつれさせたり滑落したりといった危険に見舞われることもあった急な下り勾配が終わると、通路の方向は全くわからなくなり、形状もどんどん変化した。時には、ほとんど隙間と言って良いほど狭くなったり、天井が低くなったりもして、腰を屈めるだけならまだしも、這って進まなければならない場所すらあった。かと思えば、かなり大きな洞窟ないしは洞窟の連なりのように広がることもあった。トンネルのこのあたりが人間の手になるものでないことは明白だが、時折、不気味な渦巻装飾（カルトゥーシュ）や象形文字が壁に現れたり、横方向の通路が塞がれたりして、これこそまさしく永劫の昔に忘れ去られた、原初の信じがたい生物たちの世界に通じる街道であることを、サマコナに思い出させた。

　パンフィロ・デ・サマコナの記憶が確かであれば、彼は三日間にわたってくだり、あがり、登り、そして回り込み、この古第三紀（こだいさんき）[*17]の夜の如き暗闇を通り抜けて、もっぱら下方へと進んでいった。

　彼は一度ならず、暗闇の中に潜んでいる何らかの存在が、ぱたぱたと足音を立てたり、羽ばたきをして彼の行く手から逃げ去っていく音を耳にした。また、一度きりではあるが、巨大で真っ白な何かをおぼろげに目にしたように思い、震えあがったこともあった。

　空気の質は、概ね（おおむ）我慢できなくもなかったが、強い悪臭が漂っている場所がそこかしこにある一方で、鍾乳石や石筍（せきじゅん）がいくつもある大きな洞窟には、気が滅入るような湿気が充満していた。

　後者の洞窟は、チャージング・バッファローがここまでやって来た時、前進をひどく妨げたということだった。歳月を重ねた石灰岩の堆積物が、原初の深淵の住民たちの道に、新たな柱をいくつも造り上げていたからである。しかし、インディアンがそれらを壊してしまっていたので、サマコナは行く手を阻まれずに済んだのだった。

外界の者がここに来たことがあるという思いは、彼を無意識に元気付けた――インディアンが慎重に説明してくれていたお陰で、彼は驚きや不意打ちを免（まぬが）れていたのである。さらに――このトンネルについての豊富な知識を持っていたチャージング・バッファローは、往復の旅をするために十分な量の松明（トーチ）を用意しておいてくれたので、暗闇の中で窮地に陥る危険もなさそうだった。サマコナは二回キャンプを行い、火を熾（おこ）しもしたのだが、煙は自然換気がうまく処理してくれたようだった。

三日目の終わりと思えた頃――ただし、彼の独断的な時間の推測は、彼がそう思っていたほどに信頼性の高いものではなかったはずである――サマコナは、チャージング・バッファローがトンネルの最終段階だと説明していた、長々と続く下り斜面と、その後に続く驚異的な上り斜面に出くわした。

これよりも早くいくつかの場所で見られたように、ここにも人手を加えて改良した痕跡があった。急勾配の斜面はこれまでにも幾度か、粗く削られた階段がそこかしこに設けられ、緩和されていたのである。松明（トーチ）の光が壁面の怪物的な彫刻をいよいよ露わにする中、樹脂（じゅし）の焔の輝きは、サマコナが下り階段に続く上り階段をあがっていくにつれて、徐々に広がっていくほのかな光と混ざり合い始めたようだった。ようやく上り斜面が終わると、黒々とした玄武岩の石塊（ブロック）を用いた、平坦な人工の通路がまっすぐ前方に伸びていた。今や松明（トーチ）は必要なく、あたりの空気はオーロラのように青みがかった、電気放射に似た輝きに照らし出されていた。インディアンの説明にあった、地底世界の不思議な光だった――そして次の瞬間、サマコナはトンネルの中から荒涼たる岩がちな丘の斜面に現れた。丘の上には、絶えず変動し続けて見通すことのできない、青みがかった輝きに包まれた空が広がっていた。眼下を見れば、青みがかった霧の帳（とばり）に包まれた平原が、見渡す限りどこまでも続いているのだった。

彼はついに未知の世界に到達したのだった。彼の草稿によれば、同国人であるバルボア[*18]が、ダリエンの忘れようもない最高峰から新たに発見された太平洋を見た時と同じくらい意気揚々と誇らしげに、その茫漠たる風景を眺めていたものらしい。

チャージング・バッファローは、馬でもバッファローでもない、夜を駆ける墳丘の幽霊のような気味悪い畜獣の群れという具合に、漠然と忌避的にしか口にしなかった何かを恐怖して、この地点から引き返していた――しかし、サマコナがそのような些細なことで押しとどめられるはずもなかった。

彼は恐怖の代わりに、不思議な昂揚感に満たされていた。他の白人たちがその存在を疑ってみることすらしない、未知なる地下世界にただ一人足を踏み入れたことが何を意味しているのか、十分に思い描けるだけの想像力があったからである。

彼の背後に聳（そび）えたち、足元からも切り立った下り斜面が広がっている大きな丘の土壌は黒っぽい灰色で、岩がちで植物が全く生えていない、おそらく玄武岩（げんぶがん）起源のものだった。その超自然的な色合いに、彼は自分が異星への侵入者にでもなったかのように感じていた。

数千フィート下に広がる遥か遠くの平原には、彼が識別できる特徴が見あたらなかった。渦を巻く青みがかった霧に覆われていたので、なおさらだった。とはいえ、丘や平原、雲といったものよりも、青く輝く空こそが、冒険者の心にこの上ない驚異と神秘の感覚を強く印象づけた。

この地球内部の空を作り出しているのが何なのか、見当もつかなかった。だが、彼は北方の光（オーロラ）のことを知っていて、一、二度ほど見たこともあったので、この地下の光はオーロラに似たものなのだろうと、曖昧に結論づけていた。たしかにそうなのかもしれないが、現代人が支持するだろう見解として、ある種の放射能による現象も候補に含めておきたい。

サマコナの背後には、彼が横断してきたトンネルが、黒々とした口を開けていた。石組みの出入口は、彼が地上で入り込んだ戸口とよく似ていたが、赤い砂岩ではなく灰色がかった黒い玄武岩で造られていた。今なお保存状態が良好な恐ろしい彫刻があって、おそらくは外の戸口にあった、大部分が摩耗していた彫刻と対応しているのだろう。風化が置きていないということは、ここの気候が乾燥した温暖なものであることを意味している。事実、スペイン人はすでに、北方の地下世界の大気の特徴である、気持ちのよい春を思わせる安定した気温に気がついていた。

石の脇柱には、かつて蝶番（ちょうつがい）が取り付けられていたことを示す加工の跡が見られたが、扉や門扉（もんぴ）は跡形も残っていなかった。休息と考え事のために座りこんだサマコナは、トンネルを引き返すのに十分な量の食糧と松明（トーチ）を取り出して、荷物を軽くした。彼はこれらの物品を開口部に隠し、そこらじゅうに散乱していた岩の破片を手早く積み上げて道標（ケルン）を造った。

それから、軽くなった荷物を改めて整理し、彼は遥か遠方の平原を目指して斜面を降り始めた。

一世紀以上にわたって外の生物が侵入したことはなく、白人が誰一人として足を踏み入れたことのないのみならず、伝説を信じるのであれば、肉体を持つ生物が正気を保ったまま帰還したことのない領域に侵入することについて、覚悟は出来ていた。

サマコナは険しい斜面に沿って、いつ終わるとも知れない下り勾配を、きびきびと進んでいった。岩片が緩んだ悪路や、過度に切り立った傾斜が、しばしば彼の進行を妨げた。

霧に包まれた平原までは途方もなく離れているのに違いなく、何時間も歩き続けたのに、一向に近づけたようには思えないのだった。

背後には常に、青く輝く晴朗な空の海の中へと、巨大な丘が聳えたっていた。あたりは静まり返っていて、彼自身の足音や、彼の足元で崩れた石が落下していく音が、驚くほど鮮明に彼の耳を打った。

異様な足跡を最初に目にしたのは、正午だろうと彼が考えた頃合いだった。

彼は、チャージング・バッファローが恐ろしげにほのめかしたことや、速やかな撤退、奇妙にもあたりにわだかまる恐怖について思いを巡らせた。

岩がちな土壌なので足跡は滅多に残らないのだが、ゆるんだ瓦礫（がれき）が峰に蓄積したことで、広範囲にわたって暗灰色の黒土（ローム）が剝き出しになり、かなり平坦になっている場所があった。サマコナが異様な足跡を発見したのはこの場所で、野放しの動物の大群が入り乱れ、うろつき回ったらしかった。

サマコナがそれらの足跡について正確に記述できなかったのは残念なことだが、草稿からは正確な観察というよりもむしろ、おぼろげな恐怖が滲み出ていた。スペイン人をそれほど震え上がらせた獣については、後段でほのめかされていることから推測するほかはない。

彼は足跡について「蹄でもなければ前脚でも足でも――より正確に言えば爪のある足でもなく――、その点についていえば、警戒しなければならないほど大きくもなかった」と説明している。その生物（シング）たちが何故、どれくらい前にやってきていたのか、推測するのは難しかった。

植物は生えていないので、放牧されていたわけではないだろう。むろん、肉食獣なのかもしれず、小さな動物を狩っているうちに、その足跡を自分たちの足跡で踏み消してしまった可能性もある。

この台地から背後の斜面を見上げていた時、サマコナはかつてトンネルから平原へと繋がっていたらしい、大きく曲がりくねった道の痕跡を見出した。かなり昔に、ゆるんだ岩の破片に覆い尽くされていたので、広く全景を見渡さない限り、かつてそこが道だったとはわからないのだった。

ともあれ、冒険者（サマコナ）はかつてそこに道があったと確信していた。たぶん、舗装された街道ではなかったのだろう。道の先にある小さなトンネルが、外世界への主要な経路だったとは到底思えなかったのだ。サマコナはその曲がりくねった進路を選ばず、まっすぐ降りていくことにしたのだが、一、二度ほどそれを横切ったはずだった。サマコナの注意は今、改めてその道に惹（ひ）きつけられた。道を辿って平原に降りていくことができるかどうかを確認しようと、彼は前方に目をこらした。最終的にそれができると考え、彼は次にそれを横切った時、道の表面を調べてみることにした。その道を識別することができたなら、残りの道程（みちのり）を、それに沿って進んでみようと考えたのだろう。

旅を再開したサマコナは、やがて古い時代の道の曲がり角と思しい場所にやってきた。地ならしや、岩だらけの道を舗装する原始的な試みの痕跡が見られたものの、道を辿ることはできなかった。

剣で土の中を探し回っていると、スペイン人は間断なく降り注ぐ青い光の中で、さらなる輝きを放つ何かを掘り出した。それは黒く、光沢のある未知の金属で造られた、両側の面にぞっとするような意匠が描かれたコインもしくはメダルのようなもので、彼はそれを見てぞくぞくとした。

彼にとってみれば、まったくもって当惑させられる異質なものだった。彼の描写からして、その四世紀後にグレイ・イーグルが私に与えた護符と瓜二つのものであることは、疑うべくもなかった。

長い時間をかけて興味深げに調べた後、彼はそれをポケットに入れて、大股で進み始めた。その後、外界の夕方と推測される時刻に、彼はキャンプを張った。


翌日、サマコナは早々に起き出して、霧と不気味な沈黙に包まれた、青く輝く荒涼たる世界を、再びくだり始めた。進んでいくうちに、彼はついに、はるか遠くの平原にあるいくつかのものを、識別することができるようになった——木々や灌木、岩に加えて、右手から流れ出し、彼が想定していた進路の左のあたりで前方へと湾曲する、小さな川が見えたのである。

その川には橋が渡されていて、下っていく道と繋がっているようだった。探索者は注意深く目を凝らして、橋を越えた先の道が平原をまっすぐ伸びているのを辿ることができた。

最終的に、彼は直接に伸びていく帯（みち）に沿って点在する町が見えたように思った。それらの町は皆、左端が川に達しているのだが、川を越えて広がっている町も幾つかあるようだった。道を下りながら眺めた感じでは、そのように川をまたがっているところには、壊れているものであれ現存するものであれ、必ず橋があるようだった。

今現在、彼がいるあたりには、草木がまばらにしか生えていなかった。しかし、眼下に目をやると、生い茂る草木が次第に濃くなっていくようだった。草は固い地面を避（よ）け柔らかい土で育つので、今や道を識別するのは簡単だった。岩の破片もめっきり数を減らしているなど、彼を取り巻く現在の環境は、背後の上方に広がっている、荒涼として近づきがたい不毛の地とは対照的だった。

この日、彼はおぼろげな何かの群が、遠く離れた平原を移動するのを目撃した。不気味な足跡を初めて目にして以来、再び見つけることはなかったのだが、ゆっくりと大儀そうに群れが動くのを目の当たりにして、彼はひどく落ち着かない気分になった。放牧されている動物の群れがあのように動くはずはなかった。足跡を見て以来、彼はそれを残したものに遭遇しないことを願っていたのである。

とはいえ、移動中の群れがいるのは道の近くではなく——伝説的な黄金に対する彼の好奇心と欲望は、並外れたものだった。そもそも、おぼろげな入り乱れた足跡や、恐怖に苛まれる無知なインディアンのほのめかしから、いったいどのような判断が下せるというのだろう。

移動する群れを見ようと目を凝らしている内に、サマコナは他にもいくつかの興味深い事に気がついた。ひとつは、今や疑いようもない町の一部が、靄のような青い光の中で奇妙に輝いていること。いまひとつは、町の他にも、同じように輝いている個別の建物が、道路沿いや平原上のそこかしこに点在していることである。それらの建物は繁茂する植物に囲まれているようで、道路から離れたところにある建物は街道と小道で通じていた。町や建物のどこにも、煙や他の生活の徴候が見られなかった。

この時、サマコナはようやく平原が無限に広がっているわけではなく、そこを半ば覆い隠していた青い霧によって、そう見えていたことを見て取ったのである。遥かに遠くに広く連なっている背の低い丘が境界線となっていて、川や道はその隙間へと伸びているようだった。

これら全て——特に、町にある尖塔のようなものの輝き——は、間断なく青い光に照らされている一日の間、サマコナが二回目にキャンプを張った時には、とても鮮明に見えていた。彼はまた、頭上高くを鳥の群れが滑空しているのにも気づいていたが、どのような種類なのかはよくわからなかった。

翌日の午後——いつものように、外の世界の言葉を使用する——、サマコナは静まり返った平原に到達し、音もなくゆっくりと流れる川にかかる黒い玄武岩の橋を渡った。実に保存状態の良い橋で、奇妙な彫刻が施されていた。水は澄みきっていて、異様きわまる形をした大型の魚が棲んでいた。

今いる道路は舗装されていて、雑草や蔓草にいくらか覆われていた。そして、道の境界線上には時折、不可解なシンボルを帯びた小さな柱が立っていた。

草深い平原が四方に広がり、木々や灌木の茂みがそこかしこにあって、種類のわからない青みがかった色の花がところどころに咲いていた。草が時折揺れ動くのは、蛇がいることを示していた。

数時間のうちに、旅行者は異様な外見の、年を経た常緑樹の林に到達した。その林が、輝く屋根のある単独の建物を取り巻いていることは、遠方から眺めた時にわかっていた。

迫るように生い茂る木々のただ中、彼は道の先が続いている石の門にある、悍ましい彫刻が彫り込まれた石柱を目にした。まもなく彼は、巨大な木々と背の低い独立石の柱が左右に立ち並ぶ、茨に覆われて苔むした格子模様の歩道を、強引に道を切り開いて進んでいった。

ようやく、この静寂に鎖された緑の黄昏の内に、崩れ果ててはいるが口では言い表せないほどの荘厳さを漂わせた、古の建物の正面玄関を彼は目にしたのだった——神殿であることは、疑いようもなかった。この星はもちろん、いかなる健全な星にも存在してはならない情景や生物、物体や儀式を描いた、吐き気を催させる大量の浅浮彫が、その建物を覆っていた。

こうしたことをほのめかすにあたって、サマコナは驚愕と信心深さによる躊躇いを初めて示し、それによって草稿の残りの部分の情報価値は損なわれていた。ルネサンス期のスペインにおけるカトリックの熱情が、彼の考え方や感覚に浸透しきっていたことは、残念でならない。

その施設の扉は大きく開かれていて、窓のない屋内は完全な暗闇に満たされていた。

サマコナは火打ち石と鉄を取り出して樹脂製の松明(トーチ)に灯(あか)りをともし、蔓草のカーテンを脇に押しやると、不吉な戸口を大胆に踏み越えた。


しばらくの間、彼は自分が目にしたものによって、呆然となっていた。

彼から驚きの叫び声を出す力すらも奪ったのは、悠久の歳月の間にあらゆるものを覆い尽くした埃(ほこり)や蜘蛛(くも)の巣、翼をぱたぱたと羽ばたかせる生き物、悲鳴をあげたくなるような壁上の忌まわしい彫刻、異様な形をした数多くの水盆や火鉢、頂点が窪みになっているピラミッド状の祭壇といったものでもなければ、象形文字が彫り込まれた台座の上から底意地の悪い目で睨(ね)めつけながら、陰鬱に屈(かが)み込んでいる、奇妙な黒い金属で造られた、怪物的で蛸の頭を有する異形の彫像でもなかった。

これらの物品の気味悪さではなく——単純な事実だった。埃や蜘蛛の巣、翼のある生き物と、偶像の巨大なエメラルドの両眼を除いて、目に見える全てのものが、明らかに純金製だったからである。

無尽蔵の鉱脈を擁(よう)する地底世界では、黄金は最もありふれた建築用の金属であるということを、サマコナが知った後になって書かれた草稿にさえも、黄金の都市にまつわるあらゆるインディアンの伝説群の真なる源泉を、唐突に発見してしまった旅行者の、熱狂的な興奮が反映されていた。

しばらくの間、細かく観察するだけの気力が失せてしまっていたが、胴衣(ダブレット)のポケットの中にある何かが妙に引っ張られる感触があって、彼はようやく我に返った。感触の源を確かめると、放棄されていた道で見つけた奇妙な金属の円盤が、巨大な蛸の頭とエメラルドの目を備えた台座上の偶像に強く引き寄せられていることがわかった。その偶像もまた、未知なる風変わりな金属で造られていたのである。

後でわかったことだが、この奇妙な磁性を持つ物質――人間の住まう外世界と同様、この内部世界においても異質なもの――は、青い光に照らされる深淵の、貴金属の一種なのだった。それが何なのか、自然界のどこで産出するのかを知る者はいない。この惑星に存在するものは全て、大いなるトゥル、蛸の頭部を有する神が住民たちをこの地に初めて導いた時に、彼らと共に星々からもたらされたのである。

確かに、その物質を見つけ出せる唯一の源泉は、数多ある巨石造り（キュクローピアン）の偶像を含む、既存の人工物のストックのみだった。年代を特定することも分析することもできず、その磁力でさえも同種の物質にしか働かないのだった。それは秘め隠された人々の至高の儀式的な金属であり、磁気特性が不都合を生じない慣習的なやり方で、用途を管理されていた。鉄、金、銀、胴や亜鉛といった非金属との合金には微弱な磁性があって、秘め隠された人々の歴史上のある時期に、唯一の通貨規格とされたこともあった。

奇妙な偶像とその磁力についてのサマコナの思考は、波のように押し寄せてきた恐怖によって妨げられた。この静寂に満ちた世界において初めて、はっきりと自分の方に近づいてくる騒がしい音が聞こえてきたのである。間違えようもなかった。大型の動物が群れをなして突進してくる、雷鳴のような音である。インディアンの怯え、足跡、遠方で動いていた群れのことを思い出し、スペイン人は恐ろしい予感に身を震わせた。今現在の状況や、巨大な生物の群れが木々を押し倒して押し寄せてくる理由を分析したわけではなく、自分の身を守ろうという素朴な衝動に反応しただけのことである。

突進してくる群れは、目につかない場所にいる犠牲者を見つけ出そうとわざわざ立ち止まったりするはずもない。また、そこが外の地上世界であったなら、かくも頑丈で木々に囲まれた建物の中にいるからには、サマコナとてほとんど――あるいはまったく危険を感じなかったことだろう。

しかし、ある種の本能が、彼の魂の奥底に、深く特異な恐怖を育んだのだった。そして、彼は安全を得られる手段を求めて、狂ったようにあたりを見回した。

広々として、黄金の貼り付けられた屋内には避難場所などあるはずもなく、彼は長いこと使われていなかった扉を閉めなければならないと感じた。扉は古代の蝶番にかけられていて、内側の壁に折り返されていた。外部から戸口に土や蔓草、苔が外側から入り込んでいたので、彼は巨大な黄金の門戸を剣で掘り起こさなければならなかったのだが、迫りくる騒音の恐怖に叱咤されて、きわめて迅速にこの作業をやり終えた。重い扉を引っ張り始めた頃には、蹄の音はなおも大きく威嚇的なものになっていて、彼の恐怖はしばし、尋常でない高さに到達し、長年開け放たれていた金属製の扉を動かせる望みは断たれたかに思えた。まさにその時、彼の若々しい力に答え、引いたり押したりする熱のこもった努力の結果として、扉がきしみ音を立てた。目に見えているわけではない群れの立てる足音が轟き渡る中、彼はついに成功し、重々しい黄金の扉は閉じられたのだった。

サマコナは暗闇の中に取り残され、三本脚の水盆の柱の間に押し込んであった松明（トーチ）だけが唯一の灯りになっていた。怯えきった男は、閂（かんぬき）が今でも使えたことについて、守護聖人に感謝した。

ただ音だけが、事の経緯を逃亡者に伝えるのだった。轟音がごく間近まで迫ってきたとき、足音の主はやがてばらばらに離れていった。常緑樹の木立が群れの速度をゆるめて、分散させたのかも知れなかった。しかし、足音はなおも接近していて、獣たちが木々の間を進み、悍ましい彫刻の施された神殿の外壁を巡っていることは確かだった。

彼らの足音が妙に緩慢なものになったことについて、サマコナは強く警戒心をかきたてられる、厭わしい何かを感じ取った。分厚い石の壁と重い黄金の扉越しでさえ聞き取ることができた、引きずるような足音が、彼はどうにも気に入らなかったのである。

一度、あたかも重たい何かがぶつかりでもしたかのように、古代の蝶番に掛けられた扉が激しく揺れ動くこともあったが、幸いにもそれは持ちこたえてくれた。

やがて、無限にも思える時間が経過した頃、足音が遠のくのが聞こえたので、未知の訪問者たちが離れていることがわかった。群れはそれほど多くはなさそうだったので、半時間も待たずして安全に外を窺うこともできただろうが、サマコナは安全策を取ることにした。

彼は荷物を解いて、あらゆる来訪者に備えて巨大な扉にしっかりと閂をかけ、神殿の床に敷き詰められた黄金のタイルの上にキャンプを設置した。そして、青い光に照らされた外の空間では体験したことのない健やかな眠りの中へと、いつしか落ち込んでいったのである。

怪物的な象形文字が刻まれた台座の上で、暗闇の中に蹲り、魚のような海緑色の両眼で睨めつけてくる、地獄めいた蛸頭の大いなるトゥルの、未知の金属で形造られた巨像については、彼はもはや気にもとめなかった。

トンネルを出て以来、初めての暗闇に包まれて、サマコナは深く、長い眠りについた。

疲れ切っていたものの、空が絶えず輝いていたので目が冴えてしまい、以前の二回のキャンプで眠れなかった分を、十二分に補う睡眠をとったに違いなかった。何しろ、離れた場所で他の生き物が歩き回っていたにもかかわらず、彼は夢のない健やかな眠りについていたのだから。

ぐっすりと眠り込めたのは良いことだった。何故なら、彼の意識が次に覚醒した時、数多くの奇妙な出来事に見舞われることになるのだから。

Ⅳ

サマコナをようやく目覚めさせたのは、扉を激しく叩く音だった。その音は彼の夢の中にまで届き、何が起きているのかがわかるや否や、まだ残っていた眠気をまとめて霧散させた。

間違いようもなかった——状況を鑑(かんが)みるに、人間に違いない何者かが何かしらの思惑や意志に基づき、金属製の何かを使って、断固たる勢いで叩き続けているのである。目を覚ました男がぎこちなく立ち上がると、彼を呼び出そうとしている音に鋭い声が加わった——その声は耳障りなものではなく、草稿では「オクシ、オクシ、ジアスキャン、イカ、レレクス」[*19]という文面で表現されている。

やってきた者たちは魔物(デーモン)ではなく人間のようだったので、サマコナは公然と彼らに直面することにした。彼らが自分のことを敵と見なす理由はないと判断したのである。それで、彼は黄金の扉の閂のところまで手探りで移動して、外の者たちに叩かれ続けている扉を開放したのだった。

巨大な門戸が内側に押し開かれ、サマコナは見目よい身なりをした二〇名ほどの一団と対面した。

彼らはインディアンのように見えたが、上品な外衣(ローブ)や装飾品や剣は、外界の部族の間ではついぞ見かけないものだった。また、顔立ちについても、多くの点でインディアンと微妙に異なっていた。

むやみに敵対してくる様子はなかった。彼らはいかなる形であれサマコナを脅（おびや）かそうとはせず、しげしげと観察の目を向けてくるのみだった。まるで、その視線によってある種のコミュニケーションが成立すると考えているかのように。何しろ、ドアが開く前の呼びかけの後は誰も話していないにもかかわらず、彼らが低い丘陵地帯にある大都市から動物に乗ってやってきたことや、動物たちが彼の存在を報告したことによって呼び出されたことが、ゆっくりと時間をかけて理解されてきたのである。

　彼らはサマコナがどのような人間で、どこから来たのかは知らなかったが、おぼろげに記憶され、奇妙な夢で時折訪れることがある外の世界と関わりのある者に他ならぬことを知っていた。

　こういったことの全てを、二、三人の指導者格の者たちの眼差しの中から、いかにして読み取ることができたのか、彼には説明できなかったのだが、その理由は間もなく判明することになる。

　実のところ、彼はチャージング・バッファローから学び取ったウィチタ族の方言で、訪問者たちに対応しようと試みた。その後、アステカ語、スペイン語、ラテン語の言葉で次々と話しかけ——これに加えて、片言（かたこと）のギリシャ語、ガリシア語、ポルトガル語、そしてアストゥリアスの農民が用いるバブレ語など、思い出せる限りの言葉を試してみた。

　しかし、ありとあらゆる種類の言語——彼が知っている言語の全て——をもってしても、一切の反応を引き出すことができなかった。サマコナが途方に暮れていると、全くもって奇妙ではあったものの、実に魅力的な言葉——その発音は、後にスペイン語で書き記すことが非常に困難だった——で、訪問者たちの一人が話し始めたのだった。この言語を理解できずにいると、話しかけてきた者はまず自分の目を、続いて自分の額、そして再びの自分の目を指差してみせた。どうやら、自分が伝えようとしていることを受け取るためには、自分のことをじっと見つめなければならないということのようだった。

サマコナがこれに従うと、ある情報が速やかに彼の中に流れ込んできた。この者たちは、今日では思考の放射によって会話しているのだということを、サマコナは学び取った。かつて会話に使われていた言葉は、今は筆記用の言葉として生き残っているのだが、伝統的な用途であるとか、強い感情が自然と迸（ほとばし）り出る時などに、口にされることもあるようだ。

彼は、彼らの目に注意を集中するだけで彼らを理解することができたし、彼が言おうとしていることをイメージとして思い浮かべ、視線に乗せることで、答えを返すこともできた。

思考で話しかけてきた者がいったんそれを中断し、明らかに返答待ちの状態になった時、サマコナは指示されたやり方に従ってみようと最善を尽くしたが、うまくやれたとは到底思えなかった。

それで、彼は頷いてみせると、自分のこととここまでの旅について、身振りで描写しようとした。

彼は外の世界を示そうと上方を指差してから、目を閉じた状態でモグラが掘り進んでいるような動作をしてみせた。彼は再び目を開き、大きな斜面を下ってきたことを示そうと下方を指差した。

話し言葉をジェスチャーと組み合わせてもみた——たとえば、自身と訪問者たちを順番に指差して「人間（オンブレ）」と言ってみせてから、自分だけを指差し、パンフィロ・デ・サマコナという個人的な名前を、細心の注意を払いながら発音してみせたのである。

一風変わった会話が終わる頃には、かなりのデータが双方に伝わっていた。

サマコナは、自分の思考をいかに投射するかを学び始め、同様にこの地域の古い言葉のいくつかを知った。訪問者たちの方はそれにも増して、スペイン語の基本的な語彙を数多く知るに至った。

彼ら固有の古い言語は、スペイン人がこれまでに聞いたことのある言語と全く異なっていたのだが、後になって、アステカ語ときわめて遠い関係があるのではないかと考えるようになった。この言語の大きく転訛した段階のものがアステカ語であるか、さもなくばごくわずかではあるがこの言語からの借入語が浸透しているのではないか、といったようなことを。

その地下世界には、古い時代からの名前があることをサマコナは知った。草稿には「Xinaián（クシナイアン）」と記録されているが、筆者の補足的説明や発音記号からして、アングロサクソン人の耳にはおそらくクナ＝ヤン（K'n-yan）[20]という音韻的配置で最もよく聴こえるものだろう。

最初のやりとりが、ごく基本的な内容にとどまっていることは別段驚くべきことではなく、そうした基本的な情報こそが非常に重要なのである。サマコナは、クナ＝ヤンの人々が永劫とも言える古代に属する存在で、肉体的な条件が地球のものと酷似したはるか遠くの天体から来たことを知った。もちろん、そういった話は全て、今となっては伝説だった。どの程度の真実が含まれているのか。そして、彼らの宗教的な慣習のどの程度が、彼らをこの星に連れてきたと古くから考えられ、今なお審美的な理由から敬意を払い続けている蛸の頭をしたトゥルに由来しているのか、誰にもわからないのである。

ともあれ、彼らは外の世界を知っていた。実際、地表が居住に適するようになった時、真っ先にそこに棲みついた最初の種族でもあるということだ。氷河期に挟まれた時期、地上のいくつかの地域で優れた文明を築き上げ、中でも特別なのがカダス山[21]の近くに栄えた南極の文明であったという。

永劫の過去、外の世界の大部分が海に沈んでしまい、ごくわずかな人数の難民が生き残ってクナ＝ヤンにそのニュースを伝えたのである。人間と同様、人間の神々にも敵意を抱く宇宙の悪魔[*22]の暴威によって引き起こされたに違いなく——そのことは、半ば宇宙的な都市であるレレクスにある、海中の洞窟に囚われて、夢を見続けているという大いなるトゥルを含む神々自身が海に沈んでしまった、原初の大沈降にまつわる噂を裏付けているのである。

　宇宙の悪魔に隷属した者たちであれ、人間が外の地上で長く生きることができなかったので、様々な議論を経て、そこに残っている全ての存在が邪悪と結びついているに違いないと結論された。その結果、太陽や星々の光に照らされた土地との交流は断絶されたのだった。

　クナ＝ヤンに通じる秘密の地下道ないしはそのようなものとして記憶されている場所は鎖されているか、さもなくば慎重に警備されていて、侵入者は皆、危険なスパイや敵として扱われた。

　しかし、それはずっと昔の話であえる。歳月が重なるにつれて、クナ＝ヤンにやってくる訪問者は数を減らし、ついには鎖されていない地下道に歩哨が置かれることもなくなった。

　歪んだ記憶や神話、きわめて特異な夢の類を除き、大多数の人々は外の世界が存在することを忘れ果ててしまった。とはいえ、学識ある者たちは、主だった事実を決して忘れなかった。

　記録が残っている最後の訪問者——数世紀も以前のこと——は、もはや悪魔の密偵としては扱われなかった。遠い昔の伝説に対する信仰は、既に喪われていたのである。クナ＝ヤンにおける科学的な好奇心は強く、彼らは伝説的な外世界について熱心に質問された。

　地表にまつわる神話や記憶、夢、そして歴史的な断片に魅了された学者たちの中には、外部探検の誘惑に駆られる者が現れることもあった。しかし、敢えて実行しようとする者はいなかった。

そうした訪問者には、外世界へと帰還せず、クナ＝ヤンの存在を報せないことのみが要求された。結局のところ、外の土地についてはは確信が持てなかったのである。彼らが金と銀を欲しがっている以上、きわめて厄介な侵入者となる可能性もあるのだから。

足止めの命令に従った者たちは、幸福に暮らしていた。残念なことに短命だったが、外の世界について知っている限りのことを伝えたのである――とはいえ、十分な量とは言えなかった。彼らの説明はあまりにも断片的で、互いに矛盾するものだったので、何を信じて何を疑えば良いのかもほとんどわからなかったのだ。もっと多くの人間がやってくることを望む者もいたくらいである。

命令に逆らって逃げようとした者たちには――非常に残念な結果が待っていた。

サマコナ自身は、手厚い歓待を受けた。彼は、記録に残っているこの世界へと降りてきた者たちの誰よりも優れた人物で、外の世界についてもよく知っていたのである。サマコナは彼らに多くのことを伝えることができた――それで、サマコナが永住してくれることを望んだのである。

最初のやり取りを通して、サマコナがクナ＝ヤンについて学んだ多くの事柄は、時に呼吸も忘れさせるほどの驚きを彼に与えたのだった。例えば、彼らは過去数千年の間に、老齢と死の現象を克服していたのである。暴力や意志による場合を除いて、人間はもはや衰弱したり死んだりすることはなくなっていた。組織を調整することによって、誰であれ望みのままに、生理学的な若さや不死を得ることができるというのである。敢えて年齢を重ねることを選ぶ者もいたが、停滞と変わり映えのなさが支配する世界において、感覚という娯楽を得ることだけが、その唯一の理由なのだった。その気になれば、再び若さを取り戻すことも容易（たやす）いのである。

実験目的を除いて、出産はなくなった。霊長種族（マスター＝レース）によって、自然環境と敵対的な生物が共に統制下に置かれているので、多くの人口が不要となったからである。とはいうものの、多くの者たちがしばらく生きてから死ぬことを選んだのだった。新たな娯楽を発明するための賢明な努力にもかかわらず、人間の敏感な魂にとって、意識への刺激があまりにも単調なものとなるからである――とりわけ、長い時間と飽食（ほうしょく）によって、原始的な自己保存の本能と感情が鈍らされている者たちに、その傾向が顕著だった。

サマコナの前にいるグループの面々は皆、五〇〇歳から一五〇〇歳の高齢者たちだった。地上からの訪問者に会ったことのある者もいたが、長い時間が経っていたので記憶がおぼろげになっていた。

ちなみに、こうした訪問者たちはしばしば、地底の種族の長寿を再現しようとしたものだが、数百万年から二百万年に及ぶ断絶で進化に差が生じたため、わずかな年数しか寿命を伸ばせなかった。

こうした進化の差異は、別の特性――不死性の驚異すらも遥かに凌ぐ奇妙なものにおいて、より顕著だった。これは、クナ＝ヤンの人々が、技術的に訓練された意志の真の力によって、生きている生物の肉体が関わる場合ですらも、物質と抽象的なエネルギーのバランスを調整できる能力である。

別の言葉で言い換えれば、適切な訓練を積んだクナ＝ヤンの人間は、自分自身の肉体を非物質化（デマテリアライズ）、再物質化（リマテリアライズ）させることが可能であり――さらなる努力と微妙な技法を用いることで、他のいかなる物であれ同じことができるのだ。固体の物質を個別の外部粒子に還元し、粒子を損傷させることなく再び再構成させるというわけである。

サマコナが、訪問者のノックに応じなかったなら、彼はきわめて不可解な現象として、その成果を目の当たりにしたことだろう。二〇人の者たちが黄金の扉を物理的に透過せず、外部からの呼び出しをやめなかったのは、その手順が極度の疲労を伴う煩わしいものであったからに過ぎないのだ。

この技術は、永遠の生命の技術よりも遥かに古く、知性ある人間であれば誰であれ、完璧とまではいかないが、ある程度までは教えることができる。その技についての噂は、永劫の昔に外の世界にも伝わっていて、秘密の伝承や幽霊の伝説として語り継がれていた。

クナ＝ヤンの人間は、外の世界から迷い込んだ者たちによってもたらされた、原始的で不完全な霊の物語を、娯楽として享受した。実生活において、この原理には特定の工業的用途がありはしたが、特別な需要があるわけでもないので、普段は殆ど用いられなかった。

今現在の用途はもっぱらに睡眠に関するもので、多くの夢の愛好家たちが興奮を得る目的で、幻想的な放浪の鮮度を高めるために、その助けを借りていた。この技術を用いることで、ある夢見人たちは、奇妙にもぼんやりと霞んだ丘陵地や渓谷、そして明るさの変化する場所など、その内いくつかは忘れ去られた外世界と思しい場所を、半ば物質化した状態で訪れることすらあるということだ。

彼らは獣に乗ってそこへ赴き、平和の時代にあって、祖先たちのかつての栄光の戦いを繰り広げるのである。このような時、彼らは交戦的な先祖が残した非物質的な力と、実際に融合しているのだと考える哲学者も、幾人か存在しているようだった。

クナ＝ヤンの人々は皆、山脈の彼方にあるツァスという大都市で暮らしていた。以前は、いくつかの種族が地下世界全体に棲んでいた。地下世界は測り知れない深淵にまで伸びていて、青く輝く領域以外に、ヨスと呼ばれる赤く輝く領域を含んでいた。そこは、人類以前に遡る太古の時代の非人類の遺物を、考古学者たちが発見した場所である。

しかし、長い歳月を経てツァス人が他の種族を征服、隷属させて、赤く輝く領域に棲む角の生えた四足歩行動物と交配した。その種族の半人間的な性向は実に独特なもので、人為的に作られた要素を含みながらも、遺物を残した特異な実体の退化した子孫なのかもしれなかった。

永劫の時が流れ、機械の発明によって生の営みが実に簡便化したことで、ツァスに人口が集中した結果、クナ＝ヤンの他の地域は相対的に無人となった。

一つの場所に居住する方が快適であり、増えすぎた人口を調整する上でも都合が良かった。古い時代の機械装置の多くは今も使用されていたが、娯楽を与えてくれないことがわかった他の装置や、数を減じたとはいえ、精神力によって下等な半人間（セミ＝ヒューマン）の労働階級を支配可能であり、他の種族と競争する必要のない支配種族に不要となった装置は廃棄された。

この広範な奴隷階級は、数多の要素を備えていて、古い時代に征服された敵や、外世界から迷い込んできた者たち、生体電流の奇異なる効果で蘇生された死体、ツァスの支配種族の生まれつき劣った者から造り出されていた。支配の形態そのものは、選択的な交配と社会の進化によって、きわめて高度なものとなった――あらゆる人間に平等の機会を与える理想主義的産業民主主義の段階を過ぎて、生まれつき高い知性を持つ者に権力を与え、労働者階級の頭脳と体力を蕩尽（とうじん）する体制に移っていたのである。

基本的な欲求と避けがたい願望を充足させるという目的を除いて、産業は基本的に無駄なものと見なされ、きわめて単純なものとなった。

身体的な快適さは、標準化され、容易にパターンが維持される都市の機会化によって保証され、その他の基本的な必需品は、科学的な農業と畜産によって供給されていた。人々が長い旅行に出ることはもはやなく、かつてクナ＝ヤンの陸上や水中、空中を走っていた金や銀、鋼鉄で造られた輸送機械を維持する代わりに、角の生えた半人間を使役する原始的な段階に戻っていた。

サマコナは、そのようなものがかつて夢の外側に存在していたことをほとんど信じることができなかったが、博物館で現物を見られるという話であった。のみならず、ドゥ＝フナ[*23]の谷へと丸一日かけて旅をすれば他の巨大な魔法の装置の遺跡を目にすることもできるという。

今現在彼らがいる、平原の都市と神殿は、遥かな古代に遡ることができるもので、ツァスの人間が覇権を握っていた時代の宗教的な古代の神殿に他ならなかった。

政府については、ツァスは一種の共産主義もしくは半無政府主義の状態にあって、法律よりもむしろ習慣によって日々の秩序を決定するのだ。このような統治は、長年の経験と種族の無気力な倦怠によって、欲望や必要性といったものが、肉体にとって必須のものと新たな刺激を引き起こすものに限定されたことで可能となった。永劫の歳月の中、いや増していく虚しさによっても損なわれていない包容力によって、あらゆる価値観や原則といったものの幻影のすべてが廃止され、慣習に近い事物以外のものが求められ、期待されることはなくなっていたのである。

快楽追求の相互侵入によって、コミュニティの集団生活が機能不全に陥らないこと——これが、望まれた全てだった。家族構成は失われて久しく、公私の場における性差別は消えていた。

日常生活は、儀礼的なパターンによって構成されていた。ゲーム、酩酊（めいてい）、奴隷の拷問、白昼夢（はくちゅうむ）、食事と感情の祝宴、宗教の修練、風変わりな実験、芸術や哲学の議論といったものが、主な時間の過ごし方である。私有財産——土地や奴隷、動物、ツァスの公共事業における分担所有、磁力のあるトゥル金属(メタル)のインゴット、かつて普遍的に用いられていた通貨——は、非常に複雑な基準で分配され、すべての自由人に一定の金額が均等に分配されていた。貧困は未知のものであり、ややこしい検査と選別のシステムによって課される行政上の義務に基づいて、労務が課されていた。

以前から知っていたあらゆる社会からかけ離れているので、サマコナはこうした事情を記述するのに苦労したらしく、草稿中のこのあたりの文章に見られる異常な混乱が、それを裏付けている。

ツァスにおいて、芸術と知性はきわめて高度な段階に達していたようだが、今では無関心と退廃に塗(まみ)れていた。機械による統治が、美学の正常な成長をいったん崩壊させ、健全な表現にとっては致命的な、気の抜けた幾何学的な伝統をもたらしたのである。この伝統は間もなく廃れたものの、あらゆる絵画や装飾の試みに影響を及ぼしたので、従来の伝統に基づく宗教的デザインを除いて、後世の作品からは深みやセンスといったものがすっかり抜け落ちてしまった。そのため、初期の作品の懐古的な複製こそが、一般的な娯楽に供する上では遥かに好ましいということになった。

文学作品は全て、非常に個性的で分析的なものなので、サマコナには全く理解できなかった。

科学は深遠にして正確であり、天文学を除くあらゆる分野を内包していた。とはいえ、最近はそれも衰退しつつあった。細部や派生物の、頭がどうにかなってしまいそうな無限の広がりについて人々が思い出し、精神に負担を与えることは無益とされた。最も深遠なる洞察を放棄し、哲学を伝統的な形に限定することが、より賢明だと考えられたのである。もちろん、工業的な技術については、経験則によって継続可能ではあるのだが。

　歴史については、徐々に顧(かえり)みられなくなってきていたが、過去の正確かつぎっしりと情報の詰まった年代記が、図書館に所蔵されていた。今なお興味深いテーマであり、サマコナによってもたらされた外世界の新鮮な知識は、大いに歓迎されるはずだった。とはいえ、現代の一般的な傾向は、考えることよりもむしろ感じることであり、古い事実を保存したり、宇宙的な謎の最先端を押しやることよりも、新たな気晴らしの創造の方がより高い評価を受けたのである。

　ツァスにおいて、宗教は最も重大な関心事ではあったが、超自然的な事物を実際に信じている者は殆どいなかった。望まれるのは、神秘的な空気によって醸成される耽美主義と感情の高揚と、色鮮やかな祖先の信仰に伴う感覚に訴える儀礼の数々である。

　全ての人間を星々の世界からもたらした蛸の頭を有する神として太古に象徴化された、全宇宙的な調和の霊であるところの大いなるトゥルの神殿は、クナ＝ヤン全土で最も豪華な構造物だった。あらゆる蛇の父として象徴化される生命の起源、謎めいたイグの聖堂もまた、贅沢で驚異的なものだった。

　やがてサマコナは、この宗教に伴う饗宴(きょうえん)や生贄について多くのことを知るに至ったが、彼の草稿に詳しく記述していないのは、その敬虔(けいけん)な信仰心故のことだろう。彼自身は、自分の信仰心を曲解することで誤って参加したものを除いて、いかなる儀式にも参列しなかった。そして、スペイン人が広く普及することを願っている、十字架の信仰へと人々を改宗させる機会を決して逃さなかったのである。

　今日のツァスで顕著な宗教は、稀少かつ神聖なるトゥル金属に対して復活した、正真正銘の崇拝である——黒色で光沢があり、磁力を帯びたその金属は自然界からは全く産出しないのだが、偶像や神官の装身具の形で人間と常に共にあった。かなり古い時代から、混ぜ物のないトゥル金属は敬意を払われる対象で、あらゆる神聖な文書や祈禱書は、純粋なトゥル金属で造られた円筒に保管されたのである。

科学と知性が軽視され、批判的な分析の精神が鈍らされている今、原始時代に遡る畏怖にまみれた迷妄という名の織物を、人々はこの金属の周りに織りなし始めていたのである。

人間の情緒生活において、時間と速度が主だった崇拝対象と見なされた時代に発生した暦の調整こそが、宗教の今ひとつの機能である。雰囲気や利便性に応じて規定される、交互にやってくる覚醒と睡眠の長さは、蛇神たる大いなるイグが尾を打ち鳴らすことで時を告げられ、延長や短縮されることもあれば、入れ替えられることもあった。それは、地上の昼夜と大まかに対応していたが、サマコナの感覚では、実際には地上の二倍の長さがあるに違いなかった。一年の長さは、イグの脱皮する皮の長さによって毎年のように測定され、外界の約一年半に相当していた。この草稿をしたためた時点で、サマコナはこの暦に精通していることを自負していたので、自信たっぷりに一五四五年という日付を記載していた。しかし、この点に関する彼の保証を裏付けるものは何ら示されなかった。

ツァスの一行の代弁者がこうした情報を与えるにつれて、サマコナは嫌悪と警戒の念が募りゆくのを感じていた。伝えられた事柄だけではなく、奇妙な精神感応による伝達方法や、外の世界に戻ることが不可能であるらしいことにも嫌気がさして、この魔術と異常性、そして頽廃の領域に降りてきたりしなければよかったと、後悔の念を抱いたのである。

ともあれ、当面の方針として友好的な態度で黙従する他はないことがわかったので、彼はあらゆる訪問者たちの計画に協力し、彼らが望む情報の全てを提供することにした。彼らの方はといえば、サマコナが途切れ途切れに伝える外世界の情報に魅了されていた。

それは、永劫の太古にアトランティスやレムリア[*24]の難民たちが戻ってきて以来、彼らが初めて手に入れた信頼に足る地上世界の情報だった。それ以降にやってきた外世界からの使者は皆、狭い地域に居住する集団の一員で、広い世界についての知識を持ち合わせていなかったのである――マヤ族、トルテカ族、アステカ族であればまだマシな方で、大部分は平原の無知な部族民だったのだ。

サマコナは、彼らが初めて目にしたヨーロッパ人で、教養の高い聡明（そうめい）な青年であるという事実が、情報源としての価値をさらに重大なものとしていた。訪問者たちの一団は、彼が苦心して伝えたあらゆることに、息詰まるほどの関心を示した。サマコナの来訪は、退屈していたツァス人たちの、衰えつつあった地理や歴史への関心を再燃させるに違いなかった。

ただ一点、ツァスの人々を不安にさせていたのは、好奇心と冒険心に富んだよそ者たちが、クナ＝ヤンへの通路が存在する地上世界の特定の場所に入り込み始めているという事実だった。

サマコナは、フロリダやヌエバ・エスパーニャ（ニュー・スペイン）が創設されたことを伝え、世界の大部分――スペイン、ポルトガル、フランス、そしてイギリス――において、冒険への強い興味が沸き立っていることを明らかにした。遅かれ早かれ、メキシコとフロリダは一つの強大な植民地帝国に呑み込まれる――そうなれば、深淵の金や銀にまつわる噂が外部の者たちの知るところとなるのは、時間の問題だろう。

チャージング・バッファローは、サマコナが地底へと旅立ったことを知っていた。約束の場所にサマコナが現れなかった場合、彼の口からコロナドにそのことが伝えられたり、さもなくば何らかの形で大総督に報告書が渡るようなことが起きるのではないだろうか。

クナ＝ヤンの秘密保持と安全性に対する警戒が、訪問者たちの顔に現れた。そして、サマコナは彼らの心から、ツァス人が記憶している限りの、外世界に通じている未だ鎖されていない全ての通路に、改めて歩哨が置かれるに違いないという事実を読み取ったのである。

V

サマコナと訪問者たちとの長い会話は、神殿の扉のすぐ外側で、緑青色の黄昏の光の中で行われた。何人かは、半ば消えかけた歩道の近くに生えている雑草や苔の上に横たわっていたが、スペイン人やツァス人の一行の代弁者たちは、神殿への小道に立ち並ぶ背の低い独立石の柱に座っていた。地上で言うところのほぼ丸一日がこの会談に費やされたに違いなく、サマコナが幾度か空腹を覚え、たっぷりと食糧の入った荷物から取り出して口にする一方、ツァス人の一行の方では、数名の者たちが乗ってきた動物を放置したままの道の方へ、食糧をとりに戻った。

やがて、一行の指導者が話を締めくくって、都市に向かう時間が来たことを示したのだった。

隊列には余分の獣が数頭いて、彼はその中の一頭に騎乗するよう求められた。伝説によれば不安を抱かせるようなものを栄養源にしており、ひと目見ただけでチャージング・バッファローを恐怖に陥らせ、逃走させたという不気味な混血の実体にまたがるというのは、旅行者にとっては決してありがたいことではなかった。さらに、彼を大いに当惑させることがもう一つあった——前日にうろついていた群れがツァスの人々に彼の存在を報告し、この遠征が行われるに至ったという、この生物の明らかに並外れた知性のことである。とはいえ、サマコナは臆病者ではなかったので、獣たちが待機している道へと向かって、雑草の生い茂る小道を大胆に進んでいったのである。とはいえ、蔓草の絡みつく大きな門柱を通り抜け、古代の道にやって来た時、目にしたものに対して恐怖の叫びをこらえることはできなかった。好奇心旺盛なウィチタ族が恐慌状態になって逃げ出したことも無理からぬことと思えたし、彼自身、正気を保つために束の間、目を閉じなければならなかったのである。

不幸なことに、敬虔なる気後れから、詳細の記述を控えた方が良いと思ったのか、この名状しがたいものの姿は、草稿中ではっきりと説明されていなかった。実際の話、サマコナはこれらの四肢を不格好に動かす巨大な白い生物について、背中に黒い柔毛が生え、額の中心に未発達の角が生えていて、鼻が平たく唇が膨れ上がった顔には、人間ないしは類人猿と血縁であることがはっきりと窺える、その慄然たる病的な姿をわずかにほのめかしたのみだった。草稿の後の部分には、クナ＝ヤンや外の世界において、彼が生きている内に目にした最も恐ろしい実体が、この生物だったとも書かれている。

そして、最悪な恐怖の具体的な性質は、容易に認識したり、書き記したりできる類（たぐい）の特徴ではなかった。主たる問題は、それらが完全に自然の産物ではなかったという事実なのである。

一行はサマコナの恐怖を見て取ると、大急ぎで彼を安心させようとした。彼らの説明によれば、その獣あるいはグヤア＝ヨスン[*25]は、確かに奇妙な生物ではあるが、全くもって無害なのだという。彼らが食べている肉は、支配階級の知的な人々の物ではなく、人間性の大部分を失った、クナ＝ヤンの主要な食肉となっている、特別な奴隷階級の物に過ぎない。グヤア＝ヨスン——あるいはその主要な祖先の要素——は当初、クナ＝ヤンの青く輝く世界の下に横たわる、ヨスの赤く輝く無人の世界にある巨石造り（キュクロービアン）の廃墟（はいきょ）において、野生化している状態で見出だされた。

　部分的に人間であることは明確なようだったが、科学者たちは彼らが事実、かつて奇妙な廃墟を支配していた、今は喪われた生物の子孫なのかどうか、結論を出すことはできなかった。そうした推測の根拠は、ヨスの消え去った住民が四足歩行していたという、よく知られている事実である。

　この事は、ヨス最大の都市の下にあるズィンの洞窟で見つかった、ごくわずかな文書と彫刻によって明らかになっていた。とはいえ、これらの文書からは、ヨスの種族が生命を合成する技術を有し、その歴史において産業や輸送の用途で効率的に設計された種族をいくつか創造し、かつまた破壊したりしたことも判明したのである――長期的な退廃の過程で、娯楽や新しい刺激のために、あらゆる形状の現実離れした生物が造り出されたことは言うまでもない。ヨスの種族は明らかに爬虫類（はちゅうるい）起源で、今現在のグヤア＝ヨスンがクナ＝ヤンの哺乳類の奴隷階級と交配される以前は、きわめて爬虫類に近い生物であったと、ツァスの生理学者の殆どが合意に達している。

　未知世界の半分を征服したルネサンス期のスペイン人の勇猛果敢な情熱を示して、パンフィロ・デ・サマコナ・イ・ヌーニェスはツァスの病的な獣の一頭に実際に騎乗し、これまでの情報交換でもとりわけ積極的だった隊列の指導者――グル＝フタア＝インの横につけた。

　不快極まる成り行きだったが、ともあれ非常に座りやすく、グヤア＝ヨスンの不格好な歩き方は、意外なことに滑らかで均整が取れたものだった。鞍（くら）は必要ではなく、その動物は指示も必要としなかった。行列はきびきびした足取りで前進し、サマコナが好奇心を唆られ、グル＝フタア＝インが快くそれを見せて解説することのできた、特定の放棄された都市や神殿でのみ立ち止まった。

これらの街の中で最大のものであるブルガアは、見事な黄金造りの驚異であり、サマコナは貪欲な興味をもって、奇妙ではあるが華麗な建築物を調査した。建物は高く、細い傾向があって、屋根には多数の小尖塔を備えていた。通りは狭く曲がりくねっていて、時には絵画のような美しい坂道だったが、グル＝フタア＝インによれば後代の都市は遥かに広々としたデザインなのだとか。

これら平原の古い都市には全て、壁が破壊された痕跡があった——現在は解散されているツァスの軍隊によって幾度も征服された時代の名残である。蔓草がからみついた横道に沿って一マイルほど迂回することになったのだが、その経路沿いに存在するあるものを、グル＝フタア＝インの提案で見せられた。それは、彫刻などが全く施されていない黒い玄武岩の石塊(ブロック)で造られた、ずんぐりした簡素な神殿で、縞(しま)瑪瑙(めのう)で造られた空の台座があるのみだった。瞠目(どうもく)すべきはそれにまつわる物語で、謎めいたヨスさえも昨日のものと思えるほど、伝説的な旧世界に結びついたものだったのである。

それは、ズィンの洞窟に描かれた神殿めいたものを模倣した建物で、赤く輝く世界で見出だされ、ヨスの文書においてツァトーグァ*26と呼ばれる、きわめて恐ろしい黒々とした蟇(ひきがえる)の偶像を収めるためのものである。広く崇拝された強力な神であり、クナ＝ヤンの人々に受け入れられると、後にこの地域で支配的なものとなった都市［ツァスのことを指す］が、その名前を冠したのである。

ヨスの伝説によれば、その神は赤く輝く世界よりもさらに下にある謎めいた地下世界——光がまったく存在しない、特異な感覚を備えた生物が棲む暗黒の領域で——から到来したもので、ヨスの四足歩行する爬虫類が生まれる以前に、強壮なる神々と偉大な文明が栄えていたのだという。

数多くのツァトーグァの彫像がヨスに存在しているのだが、その全てが暗黒の地底世界に由来すると言われていて、ヨスの考古学者たちは永劫の太古に死滅した種族を表したものと考えていた。ヨスの文書においては、その暗黒の領域はンカイ[*27]と呼ばれ、考古学者たちによって徹底的に探索され、特異な石の溝や穴が尽きせぬ興味を掻き立てていた。

赤く輝く世界を発見したクナ＝ヤンの者たちは、その奇妙な文書を解読すると、ツァトーグァ信仰を引き継いで、恐ろしい蟇の彫像を全て、青く輝く地に持ち込んだ――そして、今しがたサマコナが目にしたもののような、ヨスで切り出された玄武岩の聖堂に、それらを収めたのである。

その教派は、古代に遡るイグとトゥルの教派に肩を並べるまでに発展し、種族の一部の者たちが外の世界にまで持ち出して、北極付近のロマールの地にあるオラトエの聖堂に、最も小さな彫像が据えられたのだった。この外世界の教派は、大氷床と毛むくじゃらのノフケー族にロマールが滅ぼされた後も生き残ったと噂されていたが、クナ＝ヤンではあまり多くのことが知られていなかった。

青く輝く世界では、ツァスという地名が未だ残っているにもかかわらず、ツァトーグァの教派は不意に終焉を迎えていた。赤く輝くヨスの世界の下にあるンカイの暗黒の領域が、部分的に探索されたことが、その原因である。ヨスの文書によれば、ンカイに生き残っている生物はいなかったが、ヨスの時代から人間が地上に出現するまでの永劫の歳月の間に、ヨスの終焉と関わりがある何かが起こったに違いなかった。おそらく、ヨスの考古学者たちの考えには反していたが、無明の世界よりもさらに下層の閉じられていた空間が、地震によって開いてしまったのだろう。あるいは、いかなる脊椎動物も想像だにしなかった、エネルギーと電子の恐ろしい並列が起きたのかもしれなかった。

ともあれ、クナ＝ヤンの者たちは、大型の原子力探照灯を携えてンカイの暗黒の深淵へと降りていき、生きているものを見出した――石造りの通路に沿ってじわじわと動き回り、縞瑪瑙や玄武岩のツァトーグァの彫像を崇拝している生き物を。

しかし、彼らはツァトーグァ自身に似た蟇ではなかった。より悍ましいもの――ねばねばした黒い粘液状の無定形の塊で、様々な目的に応じて一時的な形を取るのだった。

クナ＝ヤンの探索者たちは細かい観察のために留まろうともせず、生還した者たちは、赤く輝くヨスから地下の恐怖の深淵に通じる通路を封印した。しかる後に、クナ＝ヤンの地にあったツァトーグァの彫像は全て、分解光線によってエーテルに分解され、教派は永遠に廃止されたのである。

永劫の歳月が流れ、素朴な恐怖が克服されて科学的好奇心に取って代わられた頃、ツァトーグァとンカイの古い伝説が思い出されて、しかるべき武器と装備に身を固めた探検隊がヨスに下り、暗黒の深淵に通じる封印された門戸、そしてより深くに横たわっているのかもしれない何かを見つけ出そうと試みた。しかし、その門戸は見つからず、続くあらゆる時代においても同様だった。

今となっては、そのような深淵が存在したことを疑う者もいるが、今なおわずかに存在するヨスの文書を解読できる学者たちは、ンカイへの恐るべき遠征の一つについて記載されている中期クナ＝ヤンの記録に疑問の余地があったとしても、その実在を示す十分な証拠があると信じていた。

後の時代の一部の教派は、ンカイの存在を忘れさせようと、口にするだけでも厳罰を科した。しかし、サマコナがクナ＝ヤンにやって来た頃には、真剣に受け止められなくなりつつあった。

隊列が古い幹線道路に戻り、低い山脈に近づくと、サマコナはすぐ左手を流れている川を認めた。

ややあって、地形が上り勾配になっていくにつれて、川は渓谷に流れ込み、丘陵地帯を抜けていった。道の方はといえば、崖となっている川岸すれすれの高所を通り、渓谷に沿って先に伸びていた。

小雨が降り出したのは、この頃のことだった。サマコナは、雨粒や霧雨に気付く都度(つど)、きらめく青い空を見上げたのだが、不思議な輝きはまったく減衰していなかった。

グル＝フタア＝インが言うには、このような水蒸気の結露と降下は珍しいことではなく、頭上の円蓋の輝きを曇らせることは決してないということである。実際、クナ＝ヤンの低地には常に霧のようなものがかかっていて、全く存在していない本物の雲の代わりになっているのだった。

山道が緩やかな上り勾配になったので、サマコナは背後を振り返り、反対側から眺めた時のように、古ぶるしい無人の平原の全景を見渡すことができた。彼は、その不思議な美しさを心ゆくまで鑑賞したのだが、それを後にすることを何となく残念に思ったらしい。というのも、グル＝フタア＝インから、獣をもっと早く進めるよう促されたことを、書き留めていたからである。

再び前方に目を向けると、今少しで山道を上り詰めようとしていることに気がついた。雑草の生い茂る道が急上昇し、青い光に照らされた虚空を背景に終わっていた。

その光景は、たしかに印象的なものだった――右方では切り立った緑なす山が壁となり、左方では川の流れる深い峡谷と、その向こうにある別の緑なす山が壁となっていた。そして、前方には渦を巻く青い輝きの海が広がっていて、上り勾配の道がその中に溶け込んでいたのである。

やがて、道を上り詰めると、ツァスの世界の素晴らしい光景が眼前に広がった。

サマコナは、人々の住まう地表の雄大な広がりに、息を呑みこんだ。そこは、これまでに目にしたこともなければ夢に見たこともなかった、群衆が定住し、活動している大都市だったのである。

丘の下り斜面には、小さな農場や神殿がまばらに建っているのみだったが、その彼方にはチェスボードのように木々が植えられている雄大な平原が広がっていて、川から掘り伸ばされた細い運河によって灌漑され、金や玄武岩の石塊(ブロック)が敷き詰められた、広々として幾何学的に正確な道路が通されていた。黄金の支柱に取り付けられた太い銀のケーブルが、背の低い建物の広がりや、そこかしこに密集している建物を結び、部分的に廃墟と化したケーブルなしの柱の列もところどころに見えていた。

畑で何かが動いているということは、耕作が行われていることを意味するのだろう。サマコナはいくつかの畑で、人間が嫌悪感を煽る半人間の四足獣の助けを借りて耕作しているのを目にした。

しかし、とりわけ印象的だったのは、平原の彼方、遥か遠くに聳(そび)え立ち、きらめく青い光の中で花のようにおぼろげに輝いている、尖塔や小尖塔が群れをなす目眩(めくるめ)く光景だった。

最初、サマコナは祖国スペインの絵画の如(ごと)く見映えの良い丘陵の都市のように、家や神殿が山を覆っているのだと思ったのだが、改めて目を向けるとそうではないことがわかった。

平原の都市なのだが、天にも届こうかという塔で形造られていたので、その輪郭はさながら山のようだった。都市の上には奇妙な灰色がかった靄(もや)があり、それを通して青い光が輝いていて、夥(おびただ)しい数の光塔(ミナレット)の輝きと相俟(あいま)って倍増されていた。グル＝フタア＝インに目を向けたサマコナは、これこそが途方もなく巨大な全能の都市、ツァスであることを知ったのである。

平原に向かって道が下り勾配になると、サマコナはある種の不安と邪悪な感じを覚えた。騎乗している獣はもとより、このような獣を使役する世界が気に入らなかったし、遠く離れたツァスの都市を覆っている雰囲気も好ましいとは思えなかったのだ。

隊列が農場のそばを幾度か通り過ぎ始めた時、スペイン人は畑で働いている人影に気づき、その動き方や大きさ、その大半に見られた身体の欠損が気に入らなかった。加えて、これらの人影のいくつかが囲いの中に入れられて、鬱蒼とした青草を食んでいる様子も気に入らなかった。

これらの生物は奴隷階級に属する者たちで、彼らの行動は農場の主人によって制御され、日中になすべき全ての作業の指示を、朝のうちに催眠術のようなイメージを通して与えられるのだと、グル＝フタア＝インが簡単に説明した。彼らは半ば意識を持った機械であって、作業効率は完璧に近かった。囲いの中にいたのは、単なる家畜に分類されている下位の者たちなのだった。

平原に達すると、サマコナはより広い農場を目にして、人間の行うべき仕事の大部分が、嫌悪感を催させる角のあるグヤア＝ヨスンに代行されていることを知った。また、より人間に似た形をしたものが畝に沿って働いていることにも気づき、その動きが他のものたちよりも機械的であることに、気がかりな恐怖と不快感を覚えた。グル＝フタア＝インの説明によれば、これらは人々がイム＝ブヒと呼ぶもので――既に死んでいるのだが、産業目的のため、原子力と思考力によって機械的に蘇生されたのだという。奴隷階級は、ツァスの自由民の不死性が分け与えられてはいないので、時間が経つにつれて、イム＝ブヒの数は非常に多くなった。彼らは犬のように忠実だが、生きている奴隷とは異なり、思考による命令に容易く従うわけではなかった。

サマコナがとりわけ忌まわしく思ったのは、欠損が特に重大な者だった。幾人かはすっかり頭が欠けていて、他の者たちにしても特異で、気まぐれに行ったのではないかと思えてくる欠損、歪曲、移植、そして接合が、様々な箇所に施されていた。スペイン人は、この有様（ありさま）について筋の通った説明をすることができなかったが、これらの者たちは巨大な円形闘技場（アリーナ）において人々の娯楽を満たすために供された奴隷であることを、グル＝フタア＝インは明らかにした。ツァス人たちは、鋭敏な感覚の玄人（くろうと）であり、倦（う）み疲れた感性のために、新奇な刺激を絶え間なく供給する必要があったのである。サマコナは決して潔癖な性質（たち）ではなかったが、見聞（みき）きしたことに感銘を受けはしなかった。

さらに近づいて行くと、広大な大都市（メトロポリス）の途方もない規模と人知を越えた高さは、空恐ろしいものとなった。グル＝フタア＝インによれば、巨大な塔の上部は現在では使われておらず、メンテナンスの手間を省くために多くの塔が撤去されたということである。かつての都市部周辺の平原は、より新しい小さな住居で覆われていて、多くの場合、古代の塔よりも住居として好まれていた。金や材の集合体から、単調な活動の音が平原の外にまで響き渡っていた。その一方で、人間の隊列や荷車の流れが、金や石で舗装された大通りをひっきりなしに出入りしていた。

グル＝フタア＝インは、特定の興味深いものをサマコナに見せる目的で、幾度か足を止めた。中でも特記すべきは、結構な間隔を空けて道路沿いに並んでいるイグ、トゥル、ナグ、イェブ[*28]、そして《名付けられざりしもの（ノット・トゥ・ビー・ネームド・ワン）[*29]》といった神々の、クナ＝ヤンの慣習に従って木々に囲まれている神殿だった。これらの神殿は、山向こうの無人の平原にあったものとは異なり、現在も盛んに利用されていて、獣に騎乗した礼拝者たちの大規模な列が、絶え間なく行き来していた。グル＝フタア＝インは、サマコナをそれぞれの神殿へ連れていき、スペイン人はそこで行われている不思議な儀式を、魅力と嫌悪を共に感じながら見学した。特にうんざりさせられたのは、ナグとイェブの儀式だった——例の草稿に記述するにあたり、彼が描写を差し控えていたことは、疑いようのない事実である。

ツァトーグァのずんぐりした黒い神殿にも出くわしたが、それは万物の母であり、《名付けられざりしもの》の妻であるシュブ＝ニグラスの神殿に変えられていた。この神格は、洗練されたアスタルテ[*30]のようなもので、敬虔なカトリック教徒にしてみれば、彼女への礼拝はきわめて不愉快だった。特に気に入らなかったのは、参列者たちの発する激情に駆られた音声だった——日常的な目的のために言葉を使わなくなった種族の発するそれは、耳障りな音にしか聞こえなかったのである。

ツァスの密集した町外れの近く、恐ろしい塔の影のただ中で、グル＝フタア＝インは大群衆が前に並んでいる巨大な円形の建物を指差した。彼の指が指し示す建物は、数多ある円形闘技場（アリーナ）のひとつで、倦んだ人々のために奇怪な競技や見世物が提供される場所だった。グル＝フタア＝インは足を止めて、湾曲した広大な正面口の中にサマコナを案内しようとしたのだが、スペイン人は畑で目にした体の欠損した人影を思い出して、強く異議を唱えた。これは、彼らの歓待における最初の嗜好（しこう）の衝突で、彼らのゲストが妙に偏狭（へんきょう）な道徳基準に従っていることをツァスの人々に悟らせた。

ツァス自体は、奇妙な古代の通りが網目のように張り巡らされていて、嫌悪感と疎外感が増大しているにもかかわらず、サマコナは神秘と宇宙的驚異のほのめかしに魅了されていた。目も眩むほどの巨大で威圧的な塔、華やかな街路に溢れ返った人波や、戸口や窓に施された風変わりな彫刻、手摺（てす）りのある広場や横並びの巨大なテラス、谷間のような通りを低い天井のように押さえつける灰色の靄といった全てが組み合わさり、未だかつて味わったことのない冒険心を掻き立てられていたのである。

彼はただちに、庭園と噴水のある公園の背後にある、黄金と赤銅で造られた宮殿で開催された行政官の評議会に連れて行かれた。そして、目の眩むようなアラベスク模様のフレスコ画で飾られた丸天井のホールでしばしの間、突っ込んだ内容ではあるが友好的な質問を受けることになったのである。外の地上世界に関する歴史的な情報について、彼は多くのことを期待されているのだが、その見返りとしてクナ＝ヤンの全ての謎が明かされるということだった。

ただ一点、重大な問題があった。かつて彼のものであった太陽と星々、スペインのある世界への帰還は罷（まか）りならぬという、厳しい決定が下されたのである。

訪問者のために毎日の予定が定められ、数種類の活動の中で、時間が適切に配分された。様々な場所での学者たちとの会談や、多くの分野に分かれたツァスの学問の講習などがあった。

研究にあてる自由時間も認められ、書き言葉を習得するや否や、聖俗を問わずクナ＝ヤンのあらゆる図書館が彼のために開放された。

参加するべき――彼が強く拒絶しない限り――儀式や見世物もあって、日常生活における目標や基点を形成する、啓発された娯楽の追求や、感情面の刺激のために使える多くの時間が残されていた。

町外れにある一軒家もしくは都市部にある集合住宅の部屋が彼に割り当てられて、後期クナ＝ヤンにおいて家族単位に取って代わった、行き過ぎたくらいに芸術的に美を高められた数多くの高貴な女性を含む、愛情によって結びついている大きなグループの一つに参入することとなった。

移動や使い走りのために、数本の角を生やしたグヤア＝ヨスンが提供され、身体の欠損がなく、生きている十人の奴隷たちが彼の身の回りの世話を行い、公道の泥棒や嗜虐趣味者（サディスト）、宗教的な熱狂者（オルギアスト）から彼を守るのだった。使用法を学ばなければならない機械装置も数多くあったが、主だったものについてはグル＝フタア＝インがすぐに教示してくれることだろう。

町外れの別荘よりも都市部の集合住宅を優先的に選ぶと、サマコナは多大なる丁重さと儀礼をもって、行政官たちから解放された。そして、いくつかの豪華絢爛（けんらん）な通りを抜けて、七〇～八〇階層はあろうという、洞窟のある崖に似た奇妙な建造物へと案内された。

彼の到着に備えた準備が既に始まっていて、第一階層にある広々とした丸天井の部屋では、奴隷たちが掛け布（カーテン）や家具を忙しげに整えていた。蒔絵（まきえ）と象嵌（ぞうがん）が施された円筒形のスツールがあり、ベルベットや絹を張ったソファーやクッションもあった。数え切れない段のあるチークや黒檀の整理棚には、彼がすぐにも読む必要のあるいくつかの文書――都市部の集合住宅のどの部屋にも備わっている、標準的な古典――が収められた、金属製の円筒が置かれていた。

大量の皮紙が積み上げられた机と、常用されている緑色の顔料の入った壺がどの部屋にもあった――様々な種類の筆や、その他の奇妙な文房具セットも同様である。

凝った造りの黄金の三脚テーブルには、機械式の筆記装置が置かれていて、天井に設置されたエネルギー球からの鮮やかな青い光が、部屋全体を照らしていた。

窓もいくつかあったが、薄暗い第一階層では光が差し込むようなことはなかった。

複数の部屋に洗練された風呂が備わっていて、厨房（ちゅうぼう）はさながら技術的な創意工夫の迷路のようだった。サマコナによれば、消耗品はツァスの地下に網目のように張り巡らされた地下通路を通して持ち込まれた。この地下通路は、かつては奇妙な機械的な輸送に用いられていたものらしい。地下には獣たちのための厩舎（きゅうしゃ）もあって、サマコナは街路に出る一番の近道を教えてもらえることになっていた。

　集合住宅の部屋の確認が終わる前に、恒久的に仕える奴隷たちが到着し、屋内に招き入れられた。すぐ後に、彼が将来的に加わることになる愛情グループに属する、六人の自由民と高貴な女性たちがやって来た。彼らは数日の間、サマコナの話し相手となって、可能な限り彼の教育と慰安に貢献することになっていたのだ。彼らが立ち去ると、別の一団が彼らに代わって現れ、そのような具合でおよそ五〇人の者たちがローテーションでやって来たのである。

Ⅵ

　かくして、パンフィロ・デ・サマコナ・イ・ヌーニェスは、クナ＝ヤンの青く輝く地下世界にある不吉なツァスでの四年にわたる生活を余儀なくされた。

　彼が学び、目にして、行（おこな）ったことの全てが、草稿にはっきりと示されているわけではない。母国語であるスペインの言葉で記録をつけ始めた時、敬虔な抑制が彼をとらえて、全てを記すことを良しとさせなかったのである。彼は、目にした事物の大部分を一貫して嫌悪し続け、多くのことを見たり、したり、食べたりすることを断固たる態度で忌避していた。避け得なかったことについては、彼はロザリオの数珠玉（ビーズ）を頻繁に数えることで贖罪（しょくざい）を行った。

　彼は、ハリエニシダの繁茂したニスの平原にある中期の荒廃した機械化都市を含む、クナ＝ヤンの世界全体を探索し、巨石造り（キュクローピアン）の廃墟を目にしようと、ヨスの赤く輝く世界へと一度降りていきもした。彼は呼吸をすることも忘れさせるような工芸品や機械装置の驚異を目撃し、人間の変容、非物質化、再物質化、蘇生を目の当たりにしては、繰り返し十字を切ったものだった。

驚きを受け止める能力すらも、毎日のようにもたらされる新たな驚異によって鈍らされた。

しかし、長く滞在すればするほど、この地を去りたい気持ちがいや増していった。クナ＝ヤンでの感情の刺激を基本とする内面的な生活は、彼の許容範囲を越えていたのである。

歴史的な知識を深めるにつれて、彼の理解もまた深まったのだが、理解したことによって高められたのは嫌悪感ばかりだった。サマコナは、ツァスの人々が堕落した危険な種族——彼ら自身がそう思っている以上に危険であった——で、単調な戦争や新奇さの探究へと向けられた募りゆく熱狂が、彼らを急速に崩壊と全き恐怖の断崖へと導いていると感じていた。

見たところ、サマコナがやってきたことそのものが、彼らの不安を加速したようでもあった。外的侵略の恐怖をもたらしたのみならず、彼が説明した多様な外世界へと遠征し、経験したいという望みを、少なからぬ者たちの心に掻き立てたのである。

時間が経過するにつれて、彼は娯楽としての非物質化に依存する人間が増加傾向にあることに気づいた。その結果、ツァスの集合住宅や円形劇場は、変容や年齢調整、擬死体験、投影が横行する、魔女の狂宴（サバト）さながらの様相を呈していた。彼の見たところ、募りゆく倦怠（けんたい）と焦燥によって、残酷さや陰険さ、反抗的態度が急速に高まっていたのである。宇宙的な異常さ、無知や迷信、肉体から逃れて電子が分散する半ば霊的な状態に変わりたいという欲求といったものが、いや増していたのだった。

しかし、立ち去ろうとする彼の努力は無駄に終わった。何度試みようとも説得は役に立たなかったが、上流階級の者たちは倦怠しきっていたので、当初、ここを去りたいというゲストのあからさまな希望に腹を立てたりはしなかった。

彼が一五四三年だろうと想定した年のうちに、サマコナはクナ＝ヤンに入り込むトンネルを抜けて実際に脱出しようとしたのだが、無人の平原を通り抜ける辛い旅の後、暗い通路で軍の部隊に遭遇し、その先に進まぬよう制止されてしまったのである。

希望を維持し、故郷のイメージを念頭に置く手段として、彼が自らの冒険にまつわる草稿の下書きを、愛しくも懐かしいスペインの言葉と馴染み深いラテン文字（ローマン・アルファベット）に喜びを覚えながら、作成し始めたのはこの時期のことだった。

彼はどうにかして草稿を外世界にもたらそうと考え、同朋への説得力を持たせるために、神聖な文書の保管目的で用いられている、トゥル金属の円筒（シリンダー）にそれを収めることにした。あの異質な磁力を有する物質であれば、彼が伝えねばならなかった信じがたい物語の裏付けとなるだろうから。

しかし、このような計画を立てたところで、地上世界との接触は望み薄だった。既知の門戸の全てが衛兵や軍に警備されていて、へたに立ち向かわない方が良いことはよくわかっていた。

逃亡の試みは、問題の解決には繋がらなかった。今となっては、彼が代表している外世界への敵意が増大しているように思われたからである。

後続の者が彼と同じような幸運に恵まれる可能性は低いので、サマコナは他のヨーロッパ人がやって来ることのないよう願っていた。彼自身は、大切な情報源として特権的な地位を享受していたが、他の者がさほどの必要性を認められなかった場合、大いに異なる扱いを受けるかもしれないのだ。

彼にしたところで、ツァスの賢者たちがこれ以上の新鮮な事実を引き出せないと考えた時、その身にいかなることが起きるかわかったものではなかった。自衛のため、彼は地上の知識にまつわる講演の内容を抑え気味にして、彼の膨大な知識にはまだまだ蓄えがあるという印象を与えようと努めた。ツァスにおけるサマコナの地位を危うくしているもうひとつの事柄は、赤く輝くヨスの底に広がっている、窮極の深淵たるンカイに対する永続的な好奇心だった。クナ＝ヤンの支配的な宗派の教義は、その存在をいよいよ強く否定する傾向にあったのである。

ヨスの探索において、彼は封印された入り口を虚しく探し回った。後日、肉眼では発見できなかった深淵に意識のみを送り出せることを期待して、非物質化や投影の技を試みさえもした。この技法に熟達するまでにはいかなかったが、サマコナはンカイへの実際の投影によって得られた要素がいくらか含まれていると思しい、怪物的で凶々しい一連の夢を見ることに成功した。彼がそれらの夢について話した時、イグやトゥルを崇拝する指導者たちが大きなショックを受けて狼狽したので、友人たちからは声高に話すよりも隠しておく方が良いと助言された。

時間が経つと、そうした夢を見る頻度が急上昇し、内容も狂おしさを増していた。主だった記録では触れずにおいた夢もあったが、彼はツァスの特定の学者たちのために、特別な記録を用意した。

不幸なことに——慈悲深い幸運に恵まれたのかもしれないが——サマコナは、あまりにも多くのことについて口を閉ざし、あまりにも多くの話題や解説を副次的な草稿のために保留していた。主だった文書にしても、ツァスの日常生活の視覚的側面をまざまざと思い描くためには、クナ＝ヤンの風俗や習慣、思考、言語、そして歴史についての多くの部分が推測に委ねられた。人々の行動要因についても、よく理解できないところがある。昔日のように軍隊を組織すれば、征服されることなどまずないだろう原子力と非物質化の力を有しているにもかかわらず、奇妙なまでに受け身で、臆病なまでに争いを好まず、外世界に対して殆ど萎縮せんばかりの恐怖を抱いているのである。

　クナ＝ヤンの衰退は明らかに極まっていて——中期の機械化によって標準化され、時間割を定められたうんざりするほど規則的な生活に、無関心とヒステリーの混合物が反発しているのだった。グロテスクで厭わしい慣習や、考え方、感じ方すらも、そこから発していたのである。

　サマコナは歴史の研究を通して、往古のクナ＝ヤンが古典期とルネサンス期の外世界と非常によく似た思想を有し、国民の品性や芸術が、ヨーロッパ人であれば尊厳、優しさ、そして気高さと考えるもので満ちあふれていたという、その証拠を見出したのだった。

　こうしたことをより多く学ぶほどに、サマコナは自身の将来に不安を募らせた。道徳と知性の崩壊が広範囲に深く根を張って、不吉なほど加速しているという認識を得たからである。サマコナの滞在中ですら、崩壊の徴候が増加していた。合理主義はいよいよもって、磁性を有するトゥル金属へのやみくもな崇拝を中心とする、狂信的で熱に浮かされた迷信に変質した。寛容は着実に薄らいで、とりわけ学者たちが彼から非常に多くのことを学んでいた、外世界への憎悪が高まりつつあった。

　彼は時折、人々が長年にわたる無感動と意気消沈を失い、自暴自棄になった鼠のようになって上方の未知世界を目指し、今なお記憶されている比類なき科学の力によって、眼前のものを一掃してしまうのではないかと、恐怖のような感情を抱くことがあった。しかし、現在のところ、彼らは他のやり方で、倦怠と空虚感を抑えていた。悍ましい感情のはけ口を増やし、気晴らしにおける狂おしいグロテスク性や、異常性を上乗せしたのである。

ツァスの円形闘技場（アリーナ）は呪わしい、想像を絶する場所となっているに違いない――サマコナは、一度たりともそれらの近くには行かなかった。そして、次の世紀どころか十年後においてすら、彼らがいかなる存在に成り果てているものか、敢えて考えないことにしていた。

そのような日々の中、敬虔（けいけん）なるスペイン人は十字を切る回数が増え、ロザリオの数珠玉（ビーズ）をより頻繁に数えるようになっていた。


計算の上での一五四五年、サマコナはクナ＝ヤンから離れるための、最後の試みと受け取れる一連の行動を開始した。新たなチャンスは、思いがけないところからやってきた――彼と同じ愛情グループに属する一人の女性が、ツァスが一夫一妻制だった時代の遺伝的な記憶か何かによって、彼に対する奇妙に個人的な執心（しゅうしん）を抱くようになったのである。

この女性――ほどほどに美しく、少なくとも平均的な知性を備えた、トゥラ＝ユーブという名の女性――に、サマコナはきわめて並外れた影響力を及ぼすようになった。そしてついに、彼女を同行させるという約束のもと、逃亡の手助けをするよう仕向けたのである。

事を進める内に、このチャンスこそが大きな成功要因であることが判明した。というのも、トゥラ＝ユーブは少なくとも一つの外世界に通じている通路を口承で受け継いできた、原初の門衛貴族（ゲート・ロード）の家柄だったのである。通路は地上世界の平原にある墳丘に通じていて、かつての大封鎖の時点で多くの者たちに忘れられていたので、封印されてもいなければ、護られてもいなかったのだ。

彼女の説明によれば、原初の門衛貴族というのは、守衛でも歩哨でもなく、地上と断絶する以前に遡る、半ば封建的な貴族制が布かれていた時代の、儀式的かつ経済的な領主であったに過ぎない。

大封鎖が起きた時、彼女の家の地位はかなり低くなっていたので、彼らの司る門は完全に見過ごされていた。それで、彼らはその後も世襲の秘密として、その存在を極秘裏に語り伝えてきたのである――彼らにとっては、富と影響力が喪われたことについて、苛立つ思いと相殺することのできる、誇りと未だ余力を残しているという思いの源だったのだ。

サマコナは今や、自分の身に何かが起きた場合に備えて、草稿を仕上げる作業に熱中した。

外世界への旅には、ちょっとした装飾品に用いられる小型の純金インゴットをいくつか、五頭の獣に積んでいくことにした――それだけでも、元の世界では無限の力を与えてくれるのに十分な量があると、計算した上のことである。ツァスで四年間暮らすうちに、グヤア＝ヨスンの怪物的な姿には、ある程度慣れていた。それで、この生物を使うことについて尻込みはしなかったが、外世界に辿り着いたらすぐに、彼らを殺して埋葬し、黄金を隠すつもりだった。並大抵のインディアンならば誰でも、このような怪物をひと目見ただけで発狂することだろうから。その後、財宝をメキシコへと運ぶための、しかるべき遠征を用意すれば良いのである。

トゥラ＝ユーブは魅力の乏しい女性というわけでは決してなかったので、サマコナは彼女と財宝を分け合うつもりだった。しかし、ツァスの生活様式との繋がりを維持したくはなかったので、彼は平原のインディアンの中で彼女が暮らしていけるよう手配するつもりだった。

妻にする女性としてはもちろん、スペイン人の女性を選ぶつもりだった――最悪の場合でも、外世界の生まれであり、まっとうな人柄で、これまでの行状が賞賛されているインディアンの姫君を。

ともあれ、さしあたってはトゥラ＝ユーブに案内人として役立って貰う必要があった。

草稿については、神聖なトゥル金属の書筒(ブック＝シリンダー)に収め、身につけた状態で運んでいくつもりだった。

遠征自体については、後になって書かれたサマコナの草稿の補遺に記されているが、その筆致からはストレス性の神経過敏症の徴候(ちょうこう)が窺(うかが)われる。出発の際には細心の注意を払い、休息にあてられる時間帯を選択して、可能な限り都市の地下を通っているわずかな光に照らされた通路に沿って進んでいった。サマコナとトゥラ＝ユーブは奴隷に身をやつし、食糧の入ったナップサックを背負った姿で、荷物を載せた五頭の獣を徒歩で牽(ひ)いていたので、ただの労働者に簡単になりすますことができた。

彼らはできるだけ長く地下道を進んだ――今や廃墟と化しているルタアの郊外への機械的な輸送に使われていた、人が滅多に通らない長々と続く枝道である。

ルタアの廃墟で地上に出ると、その後はグルー＝ヤンの低い丘陵地帯を目指して、青く輝くニスの荒涼たる平原を、できるだけ早く通り過ぎていった。下生えが絡み合う丘陵地のただ中で、トゥラ＝ユーブは長いこと使われていない、半ば伝説的な忘れられたトンネルの入り口を見出した。彼女はかつて、一度だけそれを目にしたことがあった――永劫の昔、父親が彼女をここに連れてきて、一族の誇りであるこの遺跡をトゥラ＝ユーブに見せたのである。

荷物を積んだグヤア＝ヨスンに、道を遮る蔓草や茨の只中を突っ切らせるのは困難だった。そして、グヤア＝ヨスンの一頭が反抗し、それがやがて悲惨な結果を招くこととなった――忌むべき背負い籠(かご)に黄金その他の全ての荷物を載せたまま、足取りも軽くツァスへと引き返してしまったのである。

青く輝く懐中灯(トーチ)の光で、アトランティスの水没以前の時代から一人として足を踏み入れたことのない、じめじめとした狭苦しいトンネルの中を、上、下、前、再び上という具合に進んでいく、悪夢のような旅が続いた。道中のある場所が、地層がずれたことによって完全に塞がってしまっていた時は、そこを通過するべくトゥラ＝ユーブは自身とサマコナ、荷物を載せた獣たちに対して、恐ろしい非物質化の技を使用せざるをえなかった。サマコナにとっては、恐ろしい体験だった。他の者が非物質化するところを何度も目にしたことがあり、夢の中に投影できる程度に自らも実践してはいたのだが、これまでに自分を完全に非物質化されたことはなかったのである。ともあれ、トゥラ＝ユーブはクナ＝ヤンの技に熟達していたので、いとも容易く完全に、二重の変容を達成してみせたのである。

その後、彼らは曲がり角の度(たび)に怪物的な彫刻が底意地の悪い目を向けてくる、恐ろしい鍾乳洞を抜けていくという、悍ましい前進を再開した——サマコナはおよそ三日間と見なしていたが、おそらくはもう少し短かった期間を、彼らはキャンプと前進を交互に繰り返した。

やがて彼らは、天然ないしはわずかに穿たれた岩壁が、恐ろしい浮き彫りのある完全に人工的な石積みの壁に取って代わる、きわめて狭い場所にやって来た。壁に挟まれたこの空間は、およそ一マイル［約一・六キロメートル］ほど急勾配で上り続けた後、一対の大きな窪みが両側にある場所で終わり、そこには硝石で覆われたイグとトゥルの怪物的な彫像が蹲(うずくま)り、人類世界の幼年期にあたる時代から、通路を挟んで互いに睨(にら)み合っていたのである。

その先で、通路は壮大な円形の部屋に行き着いた。壁一面が恐ろしい彫刻に覆われていて、反対側の端には上り階段へと続くアーチ状の通路が見えていた。

トゥラ＝ユーブは、ここが地上世界にきわめて近いことを家族から聞いていたが、どれほど近いかはわからなかった。彼らはここで、地下世界での最後の休息を取るべく、キャンプを張ることにした。

サマコナとトゥラ＝ユーブが、金属が立てる音と獣の足音に目を覚ましたのは、数時間後のことであったに違いない。イグとトゥルの彫像の間の狭い通路から青い輝きが広がっていたので、ただちに真相が明らかになった。ツァスで警報が発せられたのである——後に明らかになったことだが、茨の生い茂るトンネルの入り口で反抗したグヤア＝ヨスンの帰還によって、追跡者の一隊が逃亡者たちを逮捕するべく、速やかに差し向けられたのである。

抵抗は明らかに無駄であり、しようとも思わなかった。捜索隊の一二人の獣騎兵（ビースト＝ライダーズ）たちは努めて礼儀正しく振る舞い、双方共に言葉や思考のメッセージを交わさないまま、帰途についたのだった。

不穏かつ陰鬱な旅であり、塞がれている箇所での非物質化と再物質化の試練は、往時でのプロセスを緩和した希望と期待が欠けていたこともあり、輪をかけて辛いものとなった。

サマコナは、これまで知られていなかった外世界への入り口に今後、歩哨を配置する上で、この塞がれた所を放射線の集中照射で速やかに開通させるかどうか、彼の捕縛者たちが議論するのを耳にした。外世界の人間が通路に入り込むのは許されないが、正当な処遇を受けられずに逃亡する者には内世界の広大さを知らしめ、おそらくはより大きな力へと引き戻されるからである。

サマコナがやって来て以来、他の通路についても同様に、最も外側の戸口に至るまで歩哨が配置されているに違いなかった。歩哨は全ての奴隷や生ける死人たるイム＝ブヒ、名誉を剝奪（はくだつ）された自由民の中から徴用（ちょうよう）された。

スペイン人が既に伝えていたように、幾千人ものヨーロッパ人がアメリカの平原にはびこっている以上、全ての通路は潜在的な危険の源たりえるということである。より古く、より活発であった時期に多数の通路で実行されたように、ツァスの技術者たちが最終的な戸口隠蔽の準備を整え、エネルギーを割くことのできる日がやってくるまで、厳しい警備体制が敷かれるに違いない。

サマコナとトゥラ＝ユーブは、庭園と噴水のある公園の背後にある黄金と赤銅の宮殿で、最高裁判所の三人のグンアグン*31を前に審理を受けた。

スペイン人は、重要な外世界の情報をまだ提供できるに違いないという理由で自由を与えられた。集合住宅と愛情グループに復帰し、これまでのように生活し、これまでと同じように最新のスケジュールに従って、学者たちの代表団との面談を続けるよう指示されたのである。

クナ＝ヤンに大人しく残留している限り、制限を課されるようなことはない――しかし、改めて逃亡を試みた時には、このような寛大さが繰り返されはしないと強調された。

サマコナは、グンアグンの長の最後の言葉に、皮肉がこめられているように感じていた――反逆した者も含め、全てのグヤア＝ヨスンが返却されるという保証が与えられたのである。

トゥラ＝ユーブの運命は、それほど幸福なものではなかった。

彼女をそのままにしておく理由はなく、古代のツァスの血統に連なっていたこともあり、彼女の行動はサマコナ以上の大きな反逆と見なされたのである。彼女に対しては、円形闘技場（アリーナ）の奇怪な気晴らしに供するとの命令が下された。その後、身体のどこかしらを切断されるか、半ば非物質化した形態にされて、イム＝ブヒあるいは蘇生された死体奴隷の務めを与えられて、彼女がその存在を漏らした通路を警備する歩哨として配置されることとなった。

　サマコナは間もなく、哀れなトゥラ＝ユーブが頭部を失った不完全な状態で円形闘技場から現れ、通路の出口だと判明している墳丘の頂(いただき)で、最外縁の番人として配置されたことを聞き知ったのだが、予期していたほどの後悔の念には苛(さいな)まれなかった。

　彼の記録によれば、彼女はやって来た全ての者に懐中灯(トーチ)で警告を与えるという自動的な義務を課された、夜の歩哨になったということである。接近する者が彼女の警告を意に介さなかった場合、丸天井のある円形の部屋に待機している一二人の死人奴隷イム＝ブヒと、六人の生きてはいるが部分的に非物質化されている自由民からなる、小規模の守備隊に報せを送るのだ。サマコナの説明によれば、彼女は日中の歩哨――政府に対する別の罪を犯し、他の懲罰を受けるよりも、この役職を選んだ生きている自由民と、組になって働いていた。サマコナはもちろん、門戸の歩哨たちの責任者の大部分が、そうした信用を失った自由民であることを、かなり以前から知っていた。

　間接的に聞き知ったことではあるが、改めて逃亡を試みた時に彼に与えられる懲罰(ちょうばつ)が、門戸の歩哨への徴用であることが今や明らかになっていた――しかし、それは死にながら生きている奴隷イム＝ブヒに変えられた上でのことで、トゥラ＝ユーブが受けたと聞かされているものよりも、さらに滑稽な処置を円形闘技場で施されるはずだった。彼――もしくは彼の一部――が、他者の目につきやすい、通路のどこかしらの内部を警備するために蘇生され、その切断された姿が反逆に対する懲罰の永久的な象徴として有効に活用されることが、ほのめかされたのである。

しかし、彼は今でも情報提供を続けていたので、そのような運命に陥るとは思えなかった。クナ＝ヤンに大人しく留まっている限り、彼は引き続き自由と特権、尊敬を享受することだろう。

しかし結局のところ、パンフィロ・デ・サマコナは、運命が不吉にほのめかした悲劇に見舞われることとなった。実際、彼はそのような目に遭うなどとは思ってもみなかった。とはいえ、彼の筆致が神経質なものとなっていた草稿の終わり近くの部分からは、そうした可能性に直面する心の準備ができていたことが、はっきりと示されている。

クナ＝ヤンから逃亡する最終的な希望をもたらしたのは、彼が熟練するに至った、非物質化の技術である。何年もかけて研究し、自らが非物質化された二度の経験からさらに多くを学んだことで、今や彼はその技術を、単独で効果的に使用できるようになったと感じていたのである。

草稿には、この技術に関する幾度化の瞠目すべき実験のことが記録され——彼の住む集合住宅において、ささやかな成功を収めたのである——、間もなく五体満足な状態で霊的な形態になり、完全な不可視性を達成するのみならず、彼が望む限りその状態を保てるようになるという、サマコナの期待を文章の端々から読み取ることができた。

彼がこの段階に達しさえすれば、外世界への道が開かれるはずだった。もちろん、黄金を持ち出すことはできないが、脱出できるというだけでも十分だったのである。しかし、さらなる労力が必要であろうとも、非物質化した状態で、トゥル金属の円筒に収めた草稿を持っていく必要があった。

この記録と証拠を送り届けるためにも、万難を排して外世界に辿り着かねばならないのである。

彼は今、辿るべき道を知っていた。原子が分散した状態でそこを通り抜けることができれば、いかなる者であれ力であれ、彼を看破し、押しとどめることができるとは思えなかった。

ただひとつ問題があるとすれば、霊的な状態を維持し続けることができなかった場合である。絶えずつきまとう危険であり、彼はそのことを実験を通して学んでいた。

しかし、だ。冒険の人生においては、何かが常に死やそれ以上に悪いことをもたらすとは限らないのではなかったか？　サマコナは古き良きスペインの紳士だった。未知なるものに直面し、新世界の文明の半分を切り取った血統に属する者なのだ。最後の決意を固めてから、サマコナは多くの夜を、聖パンフィラス[*32]や他の守護聖人たちに祈りを捧げ、ロザリオの数珠玉(じゅずだま)を数えたのだった。

草稿の末尾に書き入れられたのは――終盤の頃になると、徐々に日記形式になっていたのだが――、ただ一つの文章だった。

〝Es mâs tarde de lo que pensaba–tengo que marcharme（思ったよりも遅い時間だ。私は行かねばならない）〟

以後は、沈黙あるのみ――草稿自体の存在という証拠と、その伝える内容から推測する他はない。

Ⅶ

半ば呆然とした状態で、巻物を読みながらメモを取っていた私だが、ふと顔を上げてみると、朝の太陽が空高くに昇っていた。電球はまだ点(とも)っていたが、現実の世界——現代の外世界——に属するものは、混乱する私の脳にはかけ離れた存在に思えた。

ビンガーのクライド・コンプトンの邸宅の自分の部屋にいることを理解してはいたが——それにしても、何という途方もない眺望に出くわしてしまったのだろう。でっちあげ？　それとも狂気の記録？　でっちあげなのだとしたら、一六世紀のもの？　それとも現代のものなのか？

草稿の古めかしさは、未熟とは言い難い私の目にも、驚くほど本物らしく映った。奇妙な金属の円筒(シリンダー)が提示する問題については、敢えて考えないことにした。

それにしても、墳丘における不可解な現象の全て——昼と夜の幽霊たちの一見無意味で逆説的な行動や、狂気や失踪といった怪事件について、何という法外な、しかし正確な説明であることか！

信じがたいものを受け入れることができるなら、それは呪わしいほどもっともらしく——そして、忌まわしいほどに首尾一貫した説明だった。これは、墳丘のあらゆる伝承を知り尽くしている何者かが考案した、驚くべき虚構に違いない。恐怖と腐敗に満ちた地下世界の記述には、社会的な風刺のほのめかしすらもあった。確かにこれは、学識のある冷笑家の手になる巧妙な偽造なのだ——かつて、悪戯(いたずら)者がいったん埋めた後に、忘れ去られた暗黒時代に属するヨーロッパの植民地の聖遺物として発見したふりをした、ニューメキシコの鉛の十字架[*33]の類なのだろう。

朝食に向かいながら、私はコンプトンと彼の母親や、既に集まり始めていた物好きな訪問者たちに、何をどう伝えれば良いものか、皆目わからなかった。

呆然としてはいたが、私は書き留めたメモからいくつかの要点を取り上げて、以前に墳丘を探索した者が残した巧妙かつ独創的な偽作であるという、釈然としないながらも私が信じている考え――即ち、草稿の内容を説明されたなら、誰もが同意するだろう考えを伝えることで、私はゴルディアスの結び目を断ち切った［アレクサンドロス三世の故事に基づく、難題を一気に解決することの喩え］のである。

興味深いことに、朝食の時間にやってきた者たち――それと、後から話を聞かされたビンガーの他の者たちも同様だったが――は、誰かの悪戯であるという考えが、すとんと腑に落ちたようだった。

私たちはこの時、墳丘にまつわる既知の最新事例が、草稿の内容に負けず劣らず奇怪な謎を提示していて、今なお解決からは程遠いことをすっかり忘れていたのである。

私が墳丘に同行してくれるボランティアを募った頃には、恐怖と疑念がぶりかえしていた。私は大規模な発掘隊を組織したかった――しかし、ビンガーの人々にとって、あの不快な場所に行くという考えは、前日にも増して魅力的なものとは思えなかったのである。

私自身、墳丘に目を向けて、昼間の歩哨だとわかった動く染みをちらりと目にしただけでも、恐怖が高まってくるのである。懐疑主義にもかかわらず、あの草稿の病的な異常さが私に影響を及ぼし、墳丘と結びついているあらゆる事物について、新たに怪物的な意味を与えてしまう有様なのだった。

どうしても、あの動く染みを双眼鏡で眺めることができなかった。その代わり、私は悪夢の中で発揮されるような去勢を張って出発したのである——夢の中にいることがわかっている時、あらゆることに早くけりをつけようと、やけになってさらなる濃厚な恐怖の中に飛び込んでいくように。

ツルハシとシャベルはそこに置きっぱなしだったので、私は小物類を入れた手提鞄だけを持参した。緑色の文字で書かれたスペイン語の文章の中に、確認する価値があるものが見つかるかもしれないと漠然と考えて、私は奇怪な円筒（シリンダー）と巻物を、手提鞄の中に入れておいた。

巧妙な偽作であるにせよ、かつての探索者が墳丘について発見した、現実の特性に立脚しているかもしれないのである——事実、その磁性を有する金属は、忌々しいほどに特異なものだった！

グレイ・イーグルの謎めいた護符は、今もなお革紐で私の首にかかっていた。

墳丘に向かって歩を進めている時、私は注視していなかったのだが、辿り着いた時には誰の姿も見えなかった。前日と同じく丘を登りながら、万が一、草稿の一部なりとも半ば真実であった場合に、間近に潜んでいるのかもしれない存在のことを考えると、私の心は千々（ちぢ）に乱れた。

その通りであったなら、スペイン人サマコナと仮定されるその人物は、かろうじて外世界に辿り着きながらも、何らかの災難——おそらく、自発的なものではない再物質化だろう——に見舞われたに違いない。そのようなことを、私は考えずにはいられなかった。その場合、当然の結果として、彼はその時に任務でそこに居合わせた歩哨の誰か——信用を失った自由民か、さもなくば全くもって皮肉な事に、サマコナの最初の逃亡の試みを手助けしてくれたトゥラ＝ユーブその人によって——に捕らえられたはずである。そして、もみ合っている最中に草稿の入った円筒（シリンダー）を墳丘の頂（いただき）に落としてしまい、そのまま見過ごされて、およそ四世紀をかけて徐々に埋もれていったのだろう。

私は頂上へと登りつめながら、そのような法外なことを考えるべきではないと、心の中で言い添えていた。しかし、たとえそうであったにせよ、あの物語に何かしらの真実が含まれるのだとすれば、それはサマコナが引きずりこまれた悍(おぞ)ましい運命であったに違いない……円形闘技場……切断……死にながら生きる奴隷として、じめじめと湿って硝石のこびりついたトンネルのどこかで任務を……内部世界の歩哨として自動的に動き続ける、体のどこかを失った死体の残存物……。

偽らざる衝撃が、私の脳裡からこの病的な推測を払い除(の)けた。楕円形の頂を一望すると、ツルハシとシャベルが盗まれたことがすぐにわかったからだ。

実に腹立たしい、困惑させられる展開である。ビンガーの者たちの誰かが墳丘を訪れたとは思えないことを考慮すると、いよいよもって不可解な出来事だった。

あの不承不承の様子は見せかけのもので、つい一〇分前に厳粛な面持ちで私を見守っていた悪戯者たちは、私が味わうことになる当惑を想像して嘲笑っていたというのだろうか？

双眼鏡を取り出して、村はずれに群がっている人々を確認してみた。否――喜劇のクライマックスを期待している様子には見えなかった。それでも、伝説や草稿、円筒(シリンダー)といったあらゆる事の根底に、村人や居留地の住民(インディアン)が全員関わっている大掛かりな冗談が潜んでいるのではないだろうか？

私は、遠方から歩哨の姿を目にしていながら、不可解なことに消えてしまったことについて考えた。老グレイ・イーグルの振る舞いや、コンプトンとその御母堂の発言や表情、そしてビンガーの人々の大部分が見せた紛れもない恐怖についても考えた。

総じて言えば、村全体の冗談という線はありえない。恐怖と問題は確かに現実のものだった。ビンガーには明らかに一人ないしは二人の悪戯者がいて、墳丘にこっそりと忍んで行き、私が残してきた道具を持ち去ったのだろう。

墳丘上の他のものについては、私がそこを離れた時のままで――鉈（マチェット）で切り払った灌木、北側の端にある、鉢のような形をした小さな窪み、トレンチナイフで磁気を有する円筒（シリンダー）を掘り起こした穴を確認できた。ビンガーに別のツルハシとショベルを取りに戻るのは、誰かもわからない悪戯者たちにしてやられたことを認めるようなものなので、私は手提鞄の鉈（マチェット）とトレンチナイフで精一杯、予定の行動をこなすことにした。それで、これらのものを取り出して、私の見たところ、かつて墳丘の開口部だったのではないかと思しい、鉢のような窪みの掘削作業に取り掛かった。

作業が進むにつれて、前日にも感じた突風が、再び私の方へ吹き付けてきたように感じた――根の絡み合った赤い土を深く掘り起こして、その下の異質な黒いロームに達する頃には、不可視で形のない手が、私の手首を摑（つか）んで作業を妨げているような感覚がより強くなってきたのである。

首にかけていた護符が、微風（そよかぜ）を受けて奇妙な動きを見せていた――埋まっていた円筒（シリンダー）に引き寄せられた時のように、特定の方向に動いているというわけでもなく、あやふやで落ち着きのない、何とも説明しようのない挙動だった。

ややあって、何の前触れもなしに、根の絡み合った足元の黒い土が音を立てながら沈み始め、遥か下方から土砂が崩落しているような音がかすかに聞こえてきた。私を妨げる風もしくは力、さもなくば手は、今や沈下が発生しているまさにその位置から作用しているようだった。陥没に巻き込まれないよう穴から飛び退（の）こうとした時には、私を押しやることで助けてくれたようにも感じられた。

陥没口の縁のところに屈みこみ、型に入れでもしたような絡み合った根の塊（かたまり）を鉈（マチェット）で叩き切ろうとした時、私は再び彼らに妨害されている感じがしたのだが、作業を止めさせるほどに強い力ではなかった。根を切断すればするほど、下方からの崩れる音がいよいよ大きくなった。ついには、穴は中心に向かって自ら深さを増し始め、下にある大きな空洞の中へと土が滑り落ちていくのが見えた。

土を支えていた根がなくなると、ちょうど良い大きさの開口部が現れた。鉈（マチェット）でもう少し切り払うと、目的は達成されて陥没口が開き、俄（にわか）に吹き上がった奇妙な寒さと異質な空気が最後の障壁となった。

朝の陽射しの下で、少なくとも三フィート［約〇・九メートル］平方の巨大な穴がぽっかりと口を開き、頭を覗かせた石の階段を、崩落で緩んだ土が今なお滑り落ちていた。

私の探索も、いよいよ大詰めだった！　達成の喜びによって当座の恐怖は蹴散らされ、私はトレンチナイフと鉈（マチェット）を手提鞄に収めて、代わりに強力な懐中電灯を取り出すと、ついに見出した伝説的な地下世界に、意気揚々と無謀にも単身乗り込んでいく準備を整えた。

崩れた土に塞がれているのと、下方から強く吹き付ける冷たい風に押しやられたので、最初の何段かを降りるだけでも大変な労苦を強いられた。首にかけられた護符が奇妙に揺れ動き、私は頭上で輝く太陽の光が乗算的に届かなくなっていくのを残念に思った。

懐中電灯の灯りが、玄武岩の石塊（ブロック）で造られた壁を照らし出していた。じめっとして水の痕（あと）が残っている壁で、塩の結晶に覆われていた。硝石が堆積している壁面の下地には、ところどころに彫刻か何かの痕跡があるようだった。私は手提鞄をしっかりと握りしめた。上着の右ポケットの中にある、保安官に渡された回転式拳銃（リボルバー）の心強い重みが有難く思えた。

ある程度の時間が経つと、階段になっている通路は左右に折れ曲がり始め、障害物もなくなった。

壁に施されている彫刻は今やはっきりと見えていて、そのグロテスクな表象の数々が、私の見つけた円筒（シリンダー）の怪物的な浮き彫りに酷似していることを知った時には、身震いしたものだった。

悪意を孕（はら）んだ風と力が、相変わらず私に向かって吹きつけてきた。一、二の曲がり角で、私は懐中電灯の灯りの中に、双眼鏡で目にした墳丘上の歩哨とは異なる、うっすらと透き通った人影を垣間見たように思った。視覚的混沌とも言うべき段階に達した時、私は自分を落ち着かせるためしばらく足を止めた。ひどく骨の折れる仕事に取り掛かったばかりとはいえ、私の経歴における最も重要な考古学的偉業であることを思えば、神経を高ぶらせている場合ではなかったのである。

しかし、その場所に立ち止まるべきではなかった。その行為によって、ひどく心騒がされるものに注意が惹きつけられてしまったのである。それは、私の足下に続いている階段の、壁際に横たわっている小さな物体に過ぎなかった。しかし、その物体こそが私の理性を厳しい試練に晒し、強い警戒心を呼び起こす連鎖的な憶測をもたらしたのである。

上方の開口部が、いかなる物質的な形態に対しても鎖（とざ）されていたことは、灌木の根の成長や流れ落ちた土の堆積からも明らかだった。しかし、私の眼前にある物体は、それほど古い時代のものであるはずがなかった。何しろそれは、私が今現在携えているものとよく似た懐中電灯だったのである——ねじ曲がり、墓場のような湿気によって黴（かび）だらけになっているが、見間違えようもなかった。

私は何段か降りてそれを拾い上げ、粗い布地の上着でひどい汚れを拭き取った。拭き終わるまでもなく、ニッケルのバンドのひとつに名前と住所が刻印されているのがわかった。

それは、このように読めた。「マサチューセッツ州ケンブリッジ、トローブリッジ・ストリート一七番地、ジャス・C・ウィリアムズ」――即ち、一九一五年六月二八日に失踪した、向こう見ずな二人の大学講師、その片割れの持ち物だと分かったのである。

たった一三年前。私は今しがた、何世紀にも渡って堆積した土を崩したばかりだというのに！

いかなる経緯で、こんなものがそこにあったのか？　別の入り口が――それとも、非物質化と再物質化などという正気とも思えぬ考えに、何かしらの真実が含まれているとでもいうのだろうか？

永遠に続くかの如き階段を、曲がりくねりながらなおも進むにつれて、疑惑と恐怖が募っていった。果たして、どこまで続いているのだろうか。

彫刻はいよいよ鮮明になった。手提鞄の草稿に描写されているクナ＝ヤンの歴史と、多くの点が間違いなく対応している絵物語風の性質を帯び始めた時には、危うく恐慌状態に陥りかけた。

この時初めて、このまま下り続けて良いものかどうか、私は真剣に疑い始めた。正気を保った状態で帰還できなくなるような何かに遭遇せぬ内に、大気の下へ引き返した方が賢明ではないだろうか。

しかし、躊躇はそれほど長引かなかった。

ヴァージニア生まれの男として、既知のものであれ未知のものであれ、危険を前に退くことを良しとしない、戦士や紳士冒険家であった祖先の血が騒ぐのを感じたのである。

私の下る速度は遅くなるどころか速さを増し、私の意志を挫く恐ろしい浅浮彫や模様には、敢えて目を向けなかった。だしぬけに、アーチ型の開口部が行く先に現れて、どこまでも続くかに思われた長い階段がようやく終わったことに気がついた。

しかし、その出来事によって、私は段違いの恐怖が増大していくのを感じていた。私の眼前にあるのは、あまりにも馴染み深い輪郭をした、広大な丸天井の窖（あなぐら）――サマコナの草稿に記述されていた、彫刻の施された部屋にあらゆる点で一致する、巨大な円形の部屋だったのである。

確かにその場所だった。間違えようはずもない。

疑いの余地が残っていたとしても、巨大な部屋の向こう側に見えるものが、それを払い除（の）けた。

そこには第二のアーチ状の開口部があり、長く狭い通路がそこから伸びていた。そして、入り口付近の大きな二つの窪みには、ぞっとするほど馴染み深い、忌まわしくも巨大な彫像が鎮座していた。

暗闇の中で、穢（けが）れたイグと悍ましいトゥルが永遠に蹲（うずくま）り、人類世界の幼年期にあたる時代から、通路を挟んで互いに睨（にら）み合っていたのである。

この時点から後のことについては、私は自分が言うこと――見たと思ったことについて、信じていただこうとは思わない。正気を保った人間の経験や客観的な現実の一部だとするには、自然に反すること夥しく、あまりにも悍（おぞ）ましく信じがたいものだったのである。

私の懐中電灯は前方に強力な光を投射してはいたものの、巨大な石造り（キュクローピアン）の窖（あなぐら）全体を照らし出すことはできなかったので、私は今、巨大な壁を少しずつでも探索しようと懐中電灯を動かし始めた。すると、何とも恐ろしいことに、その空間は決して無人ではなく、最近、この場所に少なからぬ人間が滞在していたことを物語る、奇妙な家具や道具、積み重なった荷物が散乱しているのが見えた――往古の硝石の残留物はなく、奇妙な形の物体や、現代の日用品、日々の消耗品などである。

しかし、私の懐中電灯が個々の物品やそれらが集まっているところに向けられると、すぐに輪郭がぼんやりと不鮮明になってしまうので、結局のところそれらの事物が物質と霊のいずれの領域に属しているのか、私には見当もつかなかった。

そうしている間にも、私へと吹きつけてくる逆風は更に勢いを増して暴風となり、目に見えない手が悪意をもって私を引っ張り、身につけている奇妙な磁性を有する護符を奪おうとした。

途方もなく奇怪な思いつきが、私の心に次々と浮かんできた。

この場所に駐留している守備隊について、あの草稿には何と書かれていたか――一二人の死人奴隷イム＝ブヒと、六人の生きてはいるが部分的に非物質化されている自由民――それは、一五四五年のことだった――三八〇年前のことである……では、それ以降はどうなったのか？

サマコナは変化を予測していた……潜行する崩壊……進行する脱物質化……弱体化に次ぐ弱体化……グレイ・イーグルの護符――彼らの神聖視するトゥル金属――が彼らを追い詰めていて、以前にやって来た者たちにしたことを私にも実行しようと、彼らは力を失いながらもそれを引き裂こうとしているのだろうか？……私が、サマコナの草稿を完全に信じている上で、こうした推測を構築していることに思い至り、衝撃を覚えた――そんな莫迦な――自分を落ち着かせなければ――。

しかし、何とも呪わしいことに、私がそうしようとする度に新たな光景が目に入り、私はいよいよ落ち着きを無くしていった。私の意志の力によって半ば視覚で捉えることができていた物品が徐々におぼろげになっていく中、私の視線と懐中電灯の灯りは、きわめて異様な性質の二つのものに向けられた。

その二つは明らかに現実の、正気の世界に属するものだったのだが、これまでに目にした何にも増して、ぐらついていた私の理性を奪った――何故なら、私はそれらが何なのか理解(わか)っていたし、自然の成り行きでそんなところにあるはずがないことも理解っていたのだから。

あの地獄めいた窖(あなぐら)の冒瀆的な彫刻の施された壁に、左右に並んで綺麗に立てかけられていたのは、行方不明になっていた私自身のツルハシとシャベルだったのである。天国の神よ――ビンガーからやって来た大胆な悪戯者たちの仕業なのだと、自分に言い聞かせていたというのに！

それが、とどめの一撃となった。草稿の呪わしい催眠効果に捕らわれたのか、押したり摑み取ろうとしたりを繰り返す半透明の存在を、私は実際に目撃した――未だわずかな人間らしさをとどめている、病み崩れた古第三紀[*34]の怪物(シング)ども――完全な形態をしたものもいれば、病的に倒錯した不完全な形態のものもいた……これら全てと、悍ましい他の実体――類人猿のような顔で角を生やした、冒瀆的な四足獣たち……その内部世界の硝石地獄は、これまでのところ物音一つしなかった……。

やがて、音が聞こえてきた――羽ばたく音、足を踏み鳴らす音。ツルハシやシャベルと同じく、物質的な実体を有することをはっきりと物語っている、鈍い音が接近している――それは、私を取り囲んでいる影のような存在とは全く異なっているが、健全な地上で知られているいかなる生命からも、かけ離れたものなのだ。私の疲弊した脳は、やって来るものたちに対して心構えをさせようと仕向けてくるのだが、しかるべきイメージを思い浮かべることができなかった。

私は幾度も繰り返し、自分に言い聞かせた。

「そいつらは深淵のものだが、非物質化されてはいない」

足音はいよいよ明瞭なものとなり、その歩調の機械的な調子から、私は暗闇の中を接近してくるのが死せる者たちなのだと気がついた。そして――ああ、神様、私は懐中電灯の強い光に照らし出されたそいつらを見た。蛇の如きイグと蛸の如きトゥルの、悪夢めいた偶像に挟まれた狭い通路を、歩哨のように行進してくるやつらを、見てしまったのだ……。

私が目にしたものをほのめかすためには、まずは心を落ち着かせなければならない。懐中電灯と手提鞄を取り落とし、手ぶらの状態で完全な暗闇の中を逃亡し、太陽の光やビンガーから聞こえてくるかすかな叫び声や銃声で我に返るまでの間、ありがたいことに無我夢中の状態が継続して、呪われた墳丘の頂（いただき）でようやく喘（あえ）ぎながら横になった経緯について、説明するためにもである。

いかなる導きがあって、再び地上に戻ることができたのかは今もってわからない。

わかっていることといえば、姿を消してから三時間後、私がふらつきながら姿を現し、がくんとよろけたかと思うと、銃弾に撃たれたような恰好で地面に崩れ落ちたのを、ビンガーから見守っていた者たちが目撃したということだけである。

飛び出して私を助けようとする者こそいなかったが、私がひどい状態にあることは明白だったので、皆で大声を張り上げ、回転式拳銃（リボルバー）を連射して、私を起こそうと出来る限りを尽くしたのである。

結局のところ、それが功を奏した。意識を取り戻した時、私は今なおぽっかりと口を開けている黒々とした開口部から逃れようとするあまり、あやうく墳丘の斜面を転がり落ちるところだった。

懐中電灯と道具、そして草稿を収めた手提鞄は全て地下にあったが、私はもちろん、誰であれそれらを取りに行こうとする者など現れるはずもなかった。よろめく足で平原を横切り、村に辿り着いた時、私は自分が目にしたものについて敢えて何も語らなかった。ただ、彫刻や彫像、蛇といったもの、そして神経が揺さぶられたことについて、漠然と口にするのみに止めたのである。

それに、町まであと半分というあたりによろめきながら差しかかった頃、幽霊の歩哨が再び現れたと誰かが口にした時、再び気を失ってしまったのである。


私はその日の夕方にビンガーを立ち去った。以来、二度とその村を訪れてはいないのだが、今なお幽霊が墳丘に現れ続けていると聞いている。しかし、あの恐ろしい八月の午後に、ビンガーの人々には敢えて何も告げなかったことを、私はようやく、ここでほのめかしておこうと決意したのである。

とはいえ、何から書き始めたものか——私がこの期に及んで気が進まない様子なのを奇妙に感じられたなら、そのような恐怖をただ単に想像することと、実際に目の当たりにすることは、全く別のものであることを思い起こしていただきたい。私は、この目で見たのである。

私がこの物語の最初の方で取り上げた、ヒートンという名の陽気な若者の事件を覚えておいでだろうか。一八九一年のある日、墳丘に出かけていき、痴愚者と化して夜の村に帰り着き、八年もの間、恐ろしげなうわ言を漏らし続け、癲癇性の発作で亡くなった人物のことである。

彼は、こんな言葉を口走った。「あの白人——ああ、神よ、あいつらは彼に何をしたんだ……！」

その通り。私は哀れなヒートンが目撃したのと同じものを目にしたのである——それは、草稿を読んだ後のことだったので、事の経緯について彼よりもよく知っていた。私はそれが意味することを全て理解していたので——事態はなおいっそう悪かったのである。

あの地下には今でも、腐り果てながら待ち構えている連中が潜んでいるに違いなかった。

前述の通り、それは機械的な歩調で狭い通路から私の方へとやってきて、恐るべきイグとトゥルの偶像（エイドラ）に挟まれた開口部に、歩哨のように立っていた。ごく当たり前で、必然的なことではあった——何しろ、そいつは歩哨だったのだから。懲罰によって歩哨とされ、完全に死に絶えていた——頭部、腕、下肢だけでなく、人間に通常、備わっているはずの他のパーツも欠けていた。

そう——それはかつて、人間だったものの成れの果てだった。のみならず、白人でもあった。

私の想像通り、あの草稿に書かれたことが真実であるならば、この生物は完全に命を失った後、外部制御の自動的な衝動を植え付けられ、円形闘技場の気晴らしのために供されたのである。

わずかに毛の生えたそいつの白い胸元には、幾つかの言葉が刻まれるか焼きつけられるかしていた——立ち止まって確認したりはできないが、ぎこちない筆致の下手なスペイン語だと気づきはした。

慣用句（イディオム）や記述用途のラテン文字を使い慣れていない異質な書き手による、皮肉の意図を込めた言葉選びをほのめかす、不器用なスペイン語だった。

その文章は、こう読めたのである。

〝Secuestrado a la voluntad de Xinaián en el cuerpo decapitado de Tlayúb（クシナイアンの命（めい）によりて、トゥラ＝ユーブの頭部無き肉体の裡（うち）に囚（とら）われたり）〟

訳注

1　プエブロ族　Pueblo

新大陸南西部の先住部族。スペイン語で「村、集落」を意味し、石や泥の集合住宅に住んでいたことに由来する。

2　イグ　Yig

本作と同じくズィーリア・ビショップのための代作「イグの呪い」（一九二八年執筆）が初出の、ウィチタ族などの先住民族に崇められる半人半蛇の神。一九二九年一二月三日付けのクラーク・アシュトン・スミス宛書簡によれば、初期設定では地下世界の名前だった。ＨＰＬは「永劫より出でて」（一九三三年執筆）でも「墳丘」同様、イグとシュブ＝ニグラスが人類に友好的な神々としてムー大陸で信仰されたと設定し、ヘンリー・カットナー「侵入者」（一九三九年発表）もこれに倣った。ロバート・ブロックの「星から訪れたもの」（一九三五年発表）によれば、『妖蛆の秘密』には、父なるイグ、暗きハン、バイアティスの三神が「予言の神」として載っている。クトゥルー神話を体系化したリン・カーターは、「陳列室の恐怖」でイグをウボ＝サスラの子とした。

3　キヴィラ　Quivira

一二世紀にムーア人の侵略を受けたスペイン、メリダの七人の司教が、聖遺物を隠したと噂された七都市の一つ。一六世紀の探検家が、黄金の七都市として探し求めた。

4　コロナド　Coronado

一六世紀スペインのコンキスタドール、フランシスコ・バスケス・デ・コロナド・イ・ルヤン。デ・ニサ（訳注13）の見聞録に基づき、黄金都市を求めて一五四〇年〜四二年に新大陸の南西部を探検するも、失敗した。

5　ビンガー　Binger

オクラホマ州カドー郡にある実在の町。解説も参照。

6　ウィチタ族　Wichita

新大陸南部で最も人数の多かった先住部族で、部族名はウィチタ語の「人間」。コロナドの遠征隊と交流があった。一七一九年頃には大部分がオクラホマ州に移住した。

7 トゥル Tulu
クナ＝ヤンの《古ぶるしきものども》が全宇宙的な調和の霊として崇拝したクトゥルーの呼称。アトランティス、レムリア両大陸のあった時代にその名で呼ばれた。

8 カドー族 Caddos
オクラホマ州のあたりの先住部族。一八七〇年代にカドー国家連合を形成し、ビンガーを首都としている。

9 ルアルカ LUARCA
スペイン北部、大西洋に面するアストゥリアス州の漁村。なお、スチュアート・ゴードンによる映画『DAGON』の舞台である漁村インボッカ（インスマスのスペイン語形）は、西隣のガリシア州に存在する。

10 パンフィロ・デ・サマコナ・イ・ヌーニェス
PÁNFILO DE ZAMACONA Y NUÑEZ
スペイン人コンキスタドールであるパンフィロ・デ・ナルバエスと、彼の探検隊の一員だった探検家アルバル・ヌーニェス・カベサ・デ・バカが由来だろう。後者は一五三〇年代に先住民の奴隷とされたことがあり、財宝を溜め込んだ町への言及がある見聞録〝La Relación（報告）〟を四二年に出版しており、直接のモデルと思しい。

11 En el nombre〜
原文のスペイン語に誤り。意味が通るよう「muestra」を「nuestra」、「deco」を「digo」に修正した。

12 ヌエバ・エスパーニャ New Spain
原文ではニュー・スペイン New Spain。一五二一年、メキシコ中央部のアステカ帝国の征服を完了したスペイン帝国が、新大陸に最初に設立した副王領である。

13 マルコス・デ・ニサ Marcos de Niza
フランス生まれのフランシスコ会修道士。一五三一年に新大陸で布教を開始、三七年にヌエバ・エスパーニャ総督アントニオ・デ・メンドーサの要請でデ・バカ（訳注10）の見聞録に基づく探検に赴き、遠方から見えた町をシボラと考えて〝Descubrimiento de las siete ciudades（七都市の発見）〟と題する見聞録を著した。

14 シクイェ Cicuyé

ニューメキシコ州サンタフェの北東にある、かつてプエブロ族が暮らしていた町。現在のペコス国立歴史公園。

15 ティゲックス Tiguex
かつてニューメキシコ州アルバカーキの近郊にあった土地。一五四〇年から四一年にかけての冬、コロナドの遠征隊の拠点が置かれた場所で、「ティゲックス戦争」と呼ばれる戦いの結果、周辺のプエブロ族の町が壊滅した。

16 地球外の神々 the gods of outer earth
地上の神々とも解せるが、後述の「宇宙の悪魔 space-devils」と同一存在らしいので、地球外とした。

17 古第三紀の palaeogean
地質年代の区分の一つ。新生代の最初の紀で、六千六百万〜二千三百三万年前までの時代を指す。HPLはこの語を「悠久の太古の」くらいの意味で使っている。

18 バルボア Balboa
一六世紀スペインの探検家、バスコ・ヌーニェス・デ・バルボア。一五一三年九月二五日、パナマ地峡を横断して未知の海（太平洋）を発見し、「南の海」と名付けた。

19 レレクス Relex
「クトゥルーの呼び声」に言及されるルルイェのこと。

20 クナ＝ヤン K'n-yan
英語圏での発音は「クナィヤン」に近い。「永劫より出でて」ではクナア、「挫傷」ではクナンというムー大陸の国家、都市が言及され、何かしらの関係が窺える。

21 カダス山 mountain Kadath
カダスは、一九二一年執筆の「蕃神」が初出の語で、地球人の見る夢の世界である幻夢境の極北の土地の呼称だが、ここでは本作の直後に執筆された「狂気の山脈にて」の舞台である南極の山とされている。

22 宇宙の悪魔 space-devils
訳注16も参照。HPLは本作において、クトゥルーらの神々が眠りについた原因を宇宙からの別の神々の侵略としたが、この設定はオーガスト・W・ダーレスのいわゆ

る旧神設定の初出である「潜伏するもの」よりも早い。

23　ドゥ＝フナ　Do-Hna
一九二八年執筆の「ダンウィッチの怪異」に、ドゥホゥ＝フナの式文 Dho-Hna formulaというワードがある。

24　アトランティスやレムリア　Atlantis and Lemuria
「クトゥルーの呼び声」の訳注2、10も参照。アトランティスは、古代ギリシャの哲学者プラトンが『ティマイオス』『クリティアス』で言及した、ゼウスの怒りで水没した王国である。一八八二年、合衆国の政治家イグネイシャス・L・ドネリーが『アトランティス―大洪水前の世界』を刊行したことで大西洋に沈んだ超古代文明として有名になり、その数年前に設立された神智学協会が霊的進化論に導入。神智学者ウィリアム・スコット＝エリオットが一八九六年に刊行した『アトランティスの物語 The Story of Atlantis』が、一九二五年に合巻『アトランティスと失われたレムリアの物語』として再刊され、太平洋の水没大陸であるレムリア共々、HPLをはじめ当時の怪奇・幻想作家に影響を与えた。

25　グヤア＝ヨスン　gyaa-yothn
「挫傷」の訳注5を参照。

26　ツァトーグァ　Tsathoggua
クラーク・アシュトン・スミスが一九二九年に執筆した「サタムプラ・ゼイロスの物語」が初出の神性。「サタムプラ～」の発表は〈ウィアード・テールズ〉一九三一年一一月号だが、ツァトーグァそのものは同誌八月号掲載のHPL「闇に囁くもの」の方に先に登場するという、読者にとっては少々ややこしい現れ方をした。HPLはスミスの設定をあまり重視せず、自分の関わった作品や書簡中で好き勝手に設定を拵えたのみならず、他の作家宛ての書簡でツァトーグァを出すよう奨励した。

27　ンカイ　N'kai
英語圏での発音は「アンカイ」と「エンカイ」の中間。HPLは本作の直後に執筆した「闇に囁くもの」でも、無明のンカイとツァトーグァに言及している。

28　ナグ、イェブ　Nug, Yeb
アドルフォ・デ・カストロのための改作「最後のテスト」

（一九二七年執筆）が初出。J・F・モートン宛の一九三三年四月二七日付書簡の系図によれば、ナグとイェブはヨグ＝ソトースとシュブ＝ニグラスの子供で、ナグはクトゥルーの、イェブはツァトーグァの親とされる。

29　《名付けられざりしもの》（ノット・トゥ・ビー・ネームド・ワン）　Not-to-Be-Named One

オーガスト・W・ダーレスの「ハスターの帰還」（一九三九年）で、アンブローズ・ビアースとロバート・W・チェンバース作品由来の神性ハスターの異名とされた。

30　アスタルテ　Astarte

カナンで崇拝された女神で、旧約聖書の歴史書中に度々言及される。キリスト教世界では悪魔とされ、ミルトンの『失楽園』にも、三日月形の角を頭に戴いた女神の姿をした、性別を変えられる堕天使として登場する。アスタルテの前身は、『ギルガメシュ叙事詩』とその原型であるシュメル語の物語にて、英雄に懸想（けそう）し、嫉妬の念から災害を引き起こす傲慢な愛の女神として登場するメソポタミア神話の豊穣の女神イシュタルとされる。『金枝篇』を著したジェイムズ・フレイザーは、イシュタルやアスタルテなどの女神を母権性社会が起源の地母神と捉えたが、HPLはシュブ＝ニグラスもそうだと設定した。

31　グンアグン　gn'agn

詳細不明。裁判官のような存在と思しい。

32　聖パンフィラス　St. Pamphilus

聖書正典を確定する仕事に従事した三～四世紀のギリシャ教父、カイサリアのパンフィラス。ローマ皇帝ディオクレティアヌスによる迫害で、三〇九年に殉教した。語り手のファーストネームは、彼から採られたのだろう。

33　ニューメキシコの鉛の十字架　the leaden crosses in New Mexico

一九二四年に、アリゾナ州南東部のツーソンでチャールズ・E・マニエとその家族が発見した、十字架や剣、儀式用具など三一点の聖遺物群。七百～九百年頃のローマ帝国の植民地の名残と考えられたが、後に悪戯目的で埋められたらしい新しい贋作（がんさく）だと判明した。

34　病み崩れた　leprous

原文では「ハンセン氏病のような leprous」。

インスマスを覆う影

The Shadow over Innsmouth

1931

I

一九二七年から二八年にかけての冬、連邦政府の役人たちが、マサチューセッツ州の古びた港町インスマス[*1]のとある事情にまつわる、奇妙な探索を秘密裏に行いました。

そのことが世間に公表されたのは、二月に入ってから、一連の大規模な手入れと逮捕が行われた時のことでした。続いて、放棄された海辺の地域(ウォーターフロント)にあった、半ば倒壊した状態で虫に喰われるままになっていた、おそらく空き家になっていた家々が——適切な予防措置がとられた上で——計画的に焼き払われ、ダイナマイトで爆破されました。

詮索(せんさく)好きというわけでもない人々は、この事件をよくある密造酒の大がかりな取り締まりの一環だろうと見なしました。ですが、より敏感なニュース愛好者(フォロワー)たちは、逮捕者の桁外れの人数や投入された尋常でない動員数、それと囚人たちの処分が非公開とされたことについて、不信感を抱いたものでした。

裁判はおろか、はっきりと告訴が行われたという発表もなく、その後、逮捕者たちの姿が、この国の通常の刑務所で見かけられることもありませんでした。

病気や強制収容所について、後には各地の陸海軍の刑務所への分散収容についての漠然とした声明が出されはしましたが、はっきりしたことは何も公表されませんでした。インスマスについては、住民の大部分がいなくなったままで、ゆるやかな復興の兆しがようやく見られ始めたところです。

少なからぬリベラルな団体が抗議を行いましたが、長時間にわたる極秘の会議を経て、代表者たちがある種の収容所や刑務所に出向きました。その結果どうなったのかというと、これらの団体はびっくりするほど従順になり、それきり口をつぐんだのでした。新聞記者たちの扱いは厄介でしたが、最終的には彼らも政府に従ったようです。

唯一、とある新聞——乱暴な編集方針が原因で、いつも話半分の扱いを受けているタブロイド紙——のみが、深海潜航用の潜水艦が悪魔の暗礁（デビル・リーフ）[*2]の目と鼻の先にある海淵（かいえん）の底に向けて、魚雷を発射したという記事を掲載しました。

その記事は、たむろしていた船員たちから偶然、取材されたものでした。だけど、黒々とした暗礁が横たわっている場所はインスマスの港からたっぷり一マイル半は離れていましたので、事実とは到底思えませんでした。地元や近くの町の住民たちは、身内同士ではあれこれと噂話をしたものですが、よそ者相手には口をつぐみました。

滅びに瀕（ひん）し、半ば見捨てられたインスマスについて彼らが取りざたするようになって、すでに一世紀近くが経っていました。ですが、何年も前から囁（ささや）かれたりほのめかされたりしてきた話の方が、最新の話よりもよほど法外でおぞましいものでした。これまでに起きた多くの出来事が、彼らに秘密主義という教訓を与えていたので、黙っているよう圧力をかけるまでもなかったのです。

実際の話、彼らが知っていることなど何ひとつありはしないのでした。

というのも、荒れ果てた無人の塩沼地（ソルト・マーシュ）が内陸側に広がっていて、インスマスから近隣の住民たちを遠ざけてきたからです。

ですが、事ここに至って、僕[*3]はこの事件の緘口令（かんこうれい）を破るつもりです。

はっきり言って、事の成り行きは全くひどいものでした。インスマスを急襲した凄まじい手入れで発見されたことを、ほのめかしただけでも吐き気を催(もよお)すことでしょう。

その発見にしても、幾通りにも解釈できるものです。僕にしたところで、全てを聞かされたわけではないでしょうし、諸々の理由でこれ以上深入りしたくないのです。

というのも、他の人々に比べると僕とこの事件の関わりは密接なもので、今なお僕を過激な行動に駆り立てようとする強いイメージに、心を奪われているのですから。

一九二七年七月一六日、早朝のインスマスから死に物狂いで逃げ出し、怯えきって政府に連絡して調査と対処を訴え、ここまでに話した一連の出来事全体を引き起こしたのは、他ならぬこの僕なのです。

事件がまだ生々しく、状況が動いている間は、沈黙を守るつもりでした。

今となっては、関心や好奇心が寄せられることもない古い話ですし、奇妙なことではありますが、声を潜(ひそ)めて話しておきたいのです。死と冒瀆(ぼうとく)的な奇形がはびこる、忌まわしい噂の流れる邪悪な影に覆われた港で過ごした、あの恐ろしい数時間のことを。

告白するだけのことでも、僕自身の心身についての自信回復を助け、伝染性の悪夢めいた幻覚に屈した最初の人間が僕ではないのだと、勇気づけてくれるのです。僕が踏み出さなくてはいけない恐ろしい一歩について、心を決める上でも役立つことでしょう。

僕がインスマスのことを初めて聞き知ったのは、最初にして――これまでのところ――最後に、そこを目にすることになった日の前日でした。

僕は成人したことを祝ってニューイングランド地方を旅行中――観光、古美術鑑賞、系図調査――で、古びたニューベリーポート[*4]から母方の家系の出身地であるアーカム[*5]に、直接向かうつもりでいました。自動車を持っていなかったので、いつも一番安いルートを探りながら、列車や路面電車(トロリー)、乗合バス(モーターコーチ)で旅を続けていました。

ニューベリーポートでは汽車でアーカムに行けると聞いたのですが、インスマスについて耳にしたのはただの一回だけ、駅の切符売り場で運賃が高いと抗議していた時でした。恰幅(かっぷく)が良く、抜け目なさそうな顔つきの駅員は、倹約につとめる僕に同情してくれて、他の情報提供者たちが誰も教えてくれなかった提案をしてきたのです。

「おんぼろバスに乗ってくのもアリといえばまあ、アリなんだけどな」

彼は、いくらかためらいがちに言いました。

「だけど、この辺じゃ評判が悪くてね。何しろ――あんたも聞いたことがあるかも知れないが――インスマスを通るんだよ。みんな、それが気に入らんのさ。運転してるのもインスマスのやつで――ジョー・サージェントって男なんだが――、ここだろうがアーカムだろうが、利用してる客は誰もいないと思うよ。よくもまあ、それでやってけるもんだ。べらぼうに安いはずなんだが、二人か三人くらいしか乗ってるのを見たことがないね――当然、みんなインスマスに住んでる連中だけどな。最近になって運行時間が変わったりしてるんでもなきゃ、ハモンズ・ドラッグストアの前にある広場から、午前一〇時と午後七時に発車(で)てるはずだ。見るからにガタガタ揺れそうなやつだよ――乗ったことはないけどな」

影に覆われたインスマスについて聞いたのは、これが初めてでした。

普通の地図に載っていないか、最近のガイドブックに取り上げられていない町の話を聞いたわけですから、当然興味を惹(ひ)かれました。そして、駅員の妙にもってまわった言い方からも、強い好奇心のような感情をかきたてられました。近くの町の住人たちからこうも嫌われている町が、普通の町であるはずもなく、観光客の注目を集める価値があるに違いない、そんな風に思ったんです。

　アーカムの手前にあるなら、そこで降りてみるのもいいじゃないか——それで、僕はその町について話を聞かせて欲しいと駅員に頼みました。彼はしばらく考え込んでから話し始めてくれたのですが、話している内容について少しばかり優越感を抱いているようでした。

「インスマスかい？　そうだな、マヌセット川の河口[*6]から下ったとこの、何というか妙な町だよ。昔はほとんど市と言ってもいいところだったんだが——一八一二年の戦争［この年に始まる米英戦争のこと］の前の話だがね——、ここ百年ほどの間にすっかり機能しなくなっちまったよ。今じゃ鉄道もなくなって——ボストン＆メイン鉄道はそもそも通らなかったし、ローリーから伸びてた支線も数年前に廃止されちまったしな」

「誰かが住んでる家よりも空き家の方が多くてな、釣りやロブスター漁[*7]を除けばろくな商売もできやしないよ。あそこの連中はみんな、ここ(ニューベリーポート)やアーカム、さもなきゃイプスウィッチ[*8]で商(あきな)いをしてるのさ。昔は工場がたくさんあったんだが、今となっちゃギリギリまで時間を切りつめて操業してる金の精錬所が一箇所残っているだけだな」

「とはいっても、その精錬所も昔は大したもんだったから、オーナーのマーシュ[*9]って爺さんはクロイソス［富豪で知られた六世紀リュディア（アナトリア半島）の王］よりもすげえ金持ちに違いない。まあもっとも、変わった爺さん(オールド・ダック)で、頑固に家の中に閉じこもりっぱなしさ。何でも、年をとってから皮膚病だか体の変形だかを起こして、それで人目をはばかるようになったって話さね。この事業に手をつけたオーベッド・マーシュ船長の孫にあたるんだよ。母親はどこかの外国人——連中は、南太平洋の島から来たと言ってたな——らしい。だから、あの人が五〇年前にイプスウィッチの娘っ子と結婚した時には、大騒ぎになったもんだ。インスマスの人間のこととなるといつだって騒ぎが起きるものだし、この町や周りの町の住民は、ほんの少しでも自分たちにインスマスの血が流れてることを、いつだって隠そうとしてるのさ。だが、マーシュの子供ちや孫たちは、見たところよその人間と特に変わっては見えないな。ここに来た時に、誰が誰なのか指差して教えてもらったんだよ——だけど、そういえば、年長の子供たちは最近、ここらへんでは見かけなくなったな。年寄りに至っては見たことすらない」

「どうして皆がそんなにもインスマスを嫌うのかって？　なあ、お若いの、ここらの人間の言うことをあまり信用し過ぎるもんじゃないよ。口を開かせるのは面倒だが、いったん話し始めたら止まりゃしないんだからね。連中がインスマスのことを——大抵はこそこそと声をひそめてだがな——あれこれ話し始めて百年は経ってるわけだが、要するに怖いってのが一番大きいんだと思うね。あんたが笑っちまいたくなるような話もあるよ——老マーシュ船長が悪魔と取引して、地獄から小鬼(インプ)どもをインスマスに連れてきただの、埠頭(ふとう)の近くのどこそこで悪魔崇拝やら恐ろしい人身御供(ひとみごくう)やらが行われるのを、一八四五年だかそこらの年に住民が目撃しただの、そんな話がね。だけどな、俺はバーモント州[*10]のパントンの出身だからな、その類(たぐい)の話はてんで信じてないんだよ」

「とはいうものの、年寄り連中の誰かが、海岸の沖にある黒々とした暗礁について話しているのを聞いたら、耳を傾けるべきだろうね——悪魔の暗礁、連中はそう呼んでるんだ」

「あそこは大抵海面から上に顔を出してて、沈むことは決してないんだが、だからって島とは呼べやしないな。話ってのは、夥しい数の悪魔の群れが暗礁の上にいるのが何度か目撃されてるってことで——あたりを這いまわったり、てっぺん近くにある洞窟か何かを出たり入ったりしてるっていうんだよ。ごつごつして不格好な暗礁で、たっぷりと一マイル以上は岸から離れてる。長い航海から帰って来た船乗りたちは、あそこを避けるためだけに大きく迂回したもんだった」

「インスマスの出身じゃない船乗りに限るんだがね。老マーシュ船長について連中が言ってた陰口に、潮の流れが落ち着いてる夜、よくあそこに上陸してるらしいってのがあったな。実際、そんなこともあったんだろうさ。こう言っちゃ何だが、あそこの岩場は面白い構造をしていたし、彼が海賊が隠した略奪品[*11]を探してて、見つけただなんて可能性もあったしな。だけど、彼がそこで悪魔と取引してるって噂も流れてた。諸々考え合わせると、あの暗礁の悪評の原因になったのは実際、船長だったたってわけだ」

「それもこれも、インスマスの人間の半分以上が逝っちまった、一八四六年のとんでもない流行り病の前の話なんだがね。どうしてあんなことになったかはついぞわからずじまいだったが、たぶん、中国かどこかから船で持ちこんじまった外国の病気だったんだろうよ。えらくひどいもんだったことは確かで——暴動は起きるわ、あの町以外ではついぞ起きたことのない、ありとあらゆる禍々しい行為が繰り広げられて——、あそこはすっかりひどい場所になっちまった。昔の様子を取り戻すことは二度となかったよ——今、あそこに住んでる人間が、三〇〇人か四〇〇人以上ってことはないだろうさ」

「しかしだ、住民たちの感情の裏にあるのは、要は人種偏見なんだろうさ——だからって、そいつらを責めるつもりはないがね。俺だってインスマスの連中が嫌いだし、あの町に行きたいとは思わないからな。あんたの話し方からして西部の人間なんだろうが——知っての通り、ニューイングランド地方の船はアジアやアフリカ、南太平洋諸島、それ以外のあちこちの妙な港と行き来していて、時には風変わりな連中を連れて帰ることもあったわけだ」

「セイラム[*12]の男が中国人の嫁を連れ帰っただの、ケープコッド[*13]のあたりにはフィジー諸島出身の連中が今でも暮らしているだの、そういった話を聞いたこともあるだろう」

「まあ、インスマスの住民たちの背後にも、そういう連中がいるに違いない。何しろ沼地や小川やなんかで外部の土地と遮断されているようなところだから、どんな連中が出入りしたかなんてわかったもんじゃない。だがね、老マーシュ船長が二〇代だか三〇代だかで、全部で三隻の船を抱えてた頃に、妙な人種の人間を何人か連れ帰ったことは確かだ。今現在、インスマスに住んでる連中には確かに妙なところがある——どうもうまく説明できないが、あんたもぞっとするだろうよ。サージェントのバスに乗るんだったら、あいつを見れば何となくわかるはずさ。あいつらの中には妙に頭が細長く、平べったい鼻と、まばたきひとつしない膨らんだ、睨（にら）みつけてるみたいな目をした連中がいる。肌にしてからが普通じゃない。ざらざらと荒れたかさぶたみたいになっていて、首の両脇はしなびているか、しわだらけだ。かなり若いのに、禿（は）げあがっちまってるってのもあるな。年寄り連中はもっと酷い——実際の話、あんな姿をした爺さん（オールド・チャップ）を見たことは、俺はこれまでに一度だってないはずだよ。鏡を覗きこんだだけで死んじまうんじゃないかね！　動物だって連中を嫌ってる——自動車が使われるようになる前は、馬がらみの面倒事がいやってほどあったさ」

「この町（ニューベリーポート）やアーカム、イプスウィッチの界隈（かいわい）じゃ、連中と関わりたがる人間なんていないよ。あいつらはあいつらで、町にやって来たり、誰かがあいつらの土地で釣りでもしようとした時には、よそよそしい態度をとりやがるからな。妙な話なんだが、ヨソに魚がさっぱり見当たらない時にも、インスマス港の沖ではいつだってうようよしているのさ――まあ、あんたがあそこで釣りをしようもんなら、連中に追っ払われるのが関の山だがね！　あいつらも、昔は鉄道でやって来たもんだったが――支線が廃止された後は、ロウリーまで歩いてそこから列車に乗ってきた――、今じゃあのバスを利用してるんだ」

「ああ、インスマスにはホテルが一軒――ギルマン・ハウス[*14]ってとこだ――あるんだが、それほど高くはないはずだね。まあ、お勧めはしないよ。この町に泊って、明日の朝、一〇時のバスに乗っていくといい。そうすりゃあ、あそこで夜八時のアーカム行きのバスに乗れるからな。二、三年前、ギルマンのとこに泊まった工場検査員がいたんだが、あの場所について色々といやなことをほのめかしてたよ。何やら妙な連中があそこにはいるらしくて、そいつは他の部屋から声を聞いたっていうんだ――ほとんど空き室だったはずなのにな。ブルっちまったって話だよ。外国語だったらしいんだが、時々聞こえてくる声の調子がどうも不愉快なもんだったそうだ。不自然な響きで――水がはねてるみたいだったって、奴(やっこ)さん言ってたな――、服を着たまま横になったんだそうだ。そのまま寝ないで待ってたら、朝一番にぴたりと止まった。一晩中、おしゃべりが続いてたってことだな」

「その男――名前はケーシーだ――は、インスマスの人間たちが自分を見張って、警戒しているみたいだったって話をたっぷりとしてくれたよ。マーシュ精錬所(マーシュ・リファイニング・カンパニー)は妙な場所にあって、何でもマヌセット川の下流側の滝の上にある、古い工場の中にあるんだとさ。奴(やっこ)さんの話は、俺が聞いてたことの集大成みたいなもんだったよ。帳簿はひどいもんで、取引やら何やらをはっきり書きとめた会計書類もなし。

マーシュの連中が精錬する金をどこで手に入れるかは、ずっと昔からある種の謎に包まれてきた。その方面の買い物をしてるようには見えないんだが、何年か前に大量の金のインゴットを船で出荷したんだよ」

「外国産の、妙な宝飾品（ジュエリー）の話も聞いたな。船員たちや精錬所で働いてる奴らが時々、こっそりと売りに出したり、マーシュ家の女たちの誰かが身につけてるのを一、二度ばかり見たって話さ。たぶん、老オーベッド船長が異教徒の港での取引で手に入れたんだろうって、みんな言ってるな。海に出た連中が原住民との交易によく使うような、ガラス玉や小さな装身具やらをいつも大量に買いこんでたからな。他の連中は、悪魔の暗礁で昔の海賊の貯蔵庫を発見したんだろうと思ってたし、今もそんなことを言ってるがね。だけど、面白い話があるんだ。老船長が死んでから六〇年も経ってて、南北戦争（シビル・ウォー）からこの方、でかい船が出港することもすっかりなくなってる。だのに、マーシュんとこの連中は相変わらず、原住民との交易品を買い続けてるのさ——大部分は見た目だけ綺麗なガラスやゴムの製品だそうだ。ひょっとすると、インスマスの連中自身が、そういうものが好きなのかもしれん——連中が南太平洋の人食い人種やギニアの野蛮人ばりに堕落しちまってるかどうかは、神さんだけが御存知ってやつだ」

「四六年の疫病で、あの町のマシな血筋はみんないなくなっちまったよ。残った連中の血筋は疑わしいもんだし、マーシュやなんかの金持ちの一族も似たようなもんだろう。連中の言い分じゃ町中に人が住んでるってことなんだが、あんたにも話した通り、町全体でせいぜい四〇〇人ってところだな。南部で言う〈白人の屑（ホワイト・トラッシュ）〉ってやつで、無法な上に陰険で、こそこそと色んなことをやってるらしいね。魚やロブスターを大量にとって、トラックでよそに運び出してるのさ。他のところにはさっぱりいないのに、魚がいつもたっぷりと集まってるとは、何ともおかしな話じゃないかね。

　誰もこの連中の記録をたどることはできないし、州立学校の職員や国勢調査員もひどい目に遭ってるよ。あちこち嗅ぎまわる人間は、インスマスじゃあ歓迎されないのさ。ここだけの話、あそこで姿を消した商人や政府の役人は何人もいるって聞いたことがある。それに、気が狂ってダンバース[15]［精神病院のこと。訳注参照］に収容されたって奴の噂もあるくらいさ。よっぽど恐ろしい目に遭わされたに違いない」

「そんなわけで、もし俺があんただったら、夜にはあそこに近寄らないね。これまであそこに行ったことはないし、これからも行くつもりはない。だけど、昼間に歩き回る分には、痛い目に遭ったりはしないだろうよ――このへんの人間なら、それもやめとけって助言するだろうけどな。ただの観光で、古い建物を見たいってだけのことなら、インスマスはあんたの目的にぴったりの場所のはずさ」


　それで僕は、ニューベリーポート公共図書館[16]で夜のひとときを過ごし、インスマスの情報を検索してみることにしました。商店や軽食堂（ランチルーム）、自動車修理工場（ガレージ）や消防署で、地元の人間にも話を聞いてみましたが、あの切符売りが言っていた以上に話を聞きだすのは難しいようで、そもそもが本能的に黙り込んでしまう彼らの口を割らせるのは時間の無駄だとわかりました。インスマスに強い興味を抱くことそれ自体がおかしいという、曖昧な疑いを抱いているようでもありました。

　僕が宿泊したキリスト教青年会（YMCA）の施設では、職員があのような陰鬱で退廃的な町に行くものではないと諭してきましたし、図書館の人たちも同じ態度でした。教育を受けた人間の目から見ると、インスマスは明らかに、市民の劣悪化が誇張されたケースでしかないように思えるのですが。

図書館の書棚で見つけたエセックス郡の歴史の本にも、ほとんど記述が見当たりませんでした。一六四三年に町が創設されたことを除けば、独立戦争以前には造船業で盛んで、一九世紀初頭には海運業で大いに発展し、その後はマヌセット川を動力源として利用する軽工業の中心地になったというような話が、書かれているだけでした。

一八四六年の伝染病と暴動については断片的に触れられていましたが、まるで彼らがこの郡にまつわる悪評の原因であるかのような書き方でした。衰退についての記述はごくわずかでしたが、後の時代の記録が意味するところは明らかでしょう。南北戦争の後は、マーシュ精錬所がこの町の唯一の企業で、常に好調の漁業を除けば、金のインゴットの取引だけが唯一の主要産業となりました。

日用品の価格が安くなり、大企業が互いに競い合うようになると、漁業による収益は徐々に先細りになっていきましたが、インスマス港のあたりから魚影が消えることはありませんでした。外国人が住みつくことは滅多になく、慎重に隠蔽（いんぺい）されてはいましたが、かつて大人数で定住しようとしたポーランド人やポルトガル人が、異様に過激な方法で追い散らされたような形跡がありました。

特に興味深かったのは、ぼんやりとインスマスに結び付けられている、不思議な宝飾品（ジュエリー）についての言及でした。明らかに、この界隈の住民全体にかなりの感銘を与えたらしく、アーカムのミスカトニック大学[*17]の博物館や、ニューベリーポート歴史協会[*18]の展示室に陳列されている標本について解説されていました。これらの宝飾品についての断片的な記述はそっけなく単調なものでしたが、僕はその文章の背後に、消しようのない不思議さが潜んでいるのを感じました。

妙に僕の心を惹きつけるところがあって、頭の中から追い出すことができそうになかったので、僕は遅い時間にもかかわらず、今からでも手配できるなら、地元にある標本——大きくて、妙に均整の取れていない、明らかに頭飾り(ティアラ)[*19]と思しいもの——を見に行こうと決心しました。

図書館の司書が、近くに住んでいる協会の学芸員、アンナ・ティルトン女史宛ての紹介状を書いてくれました。そして、手短な事情説明の後、時間がそこまで遅くはなかったこともあって、老嬢は実に親切なことに僕を閉館した建物の中に案内してくれたのです。


協会のコレクションは注目に値するものでしたが、照明に照らされている部屋の隅の陳列棚で輝いている、奇妙な展示物以外の物に目を向ける気分ではありませんでした。

美しいものに対して敏感に過ぎる感性を持ち合わせずとも、紫色のベルベットのクッションの上に置かれていた、奇妙でこの世ならない、幻想性豊かな不思議な輝きを見て、僕は文字通りの意味で息を詰まらせてしまいました。自分が目にしたものについて説明するのは今でも難しいのですが、記事に書かれていた通り、確かにそれは一種の頭飾り(ティアラ)でした。正面が高くなっていて、周縁部は非常に長い上に妙なでこぼこがあって、ほとんど奇形じみた楕円形の頭部のために設計されでもしたかのようでした。主な材料は黄金のようでしたが、不気味に明るい光沢は、黄金と同じくらい美しく、識別することのできそうにない、いくつかの金属との奇妙な合金であることをほのめかしました。

保存状態はほぼ完璧(かんぺき)でした。そして、打ち出し(チェイス)と型どり鋳造(モールド)のどちらであれ、信じられないほど高い技量と雅量によって表面に高浮彫(たかうきぼり)にされた、印象的で不可解な図案(デザイン)——シンプルな幾何学模様もあれば、明らかに海に関係のあるもの——を吟味するだけでも、何時間だって過ごせるでしょう。

長く眺めるほどに、僕はこの頭飾り（ティアラ）に魅了されました。ただ、この魅力には分析することもできない、奇妙に心騒がされる要素がありました。

僕を不安にさせたのは、この芸術の奇妙に異世界的な特質に違いないと、最初は考えました。僕がこれまでに見たことのある他の芸術作品は全て、既知の種族や国の文脈に属するものか、さもなくば既知の文脈を全て意識的に無視した現代美術の作品でした。

この頭飾り（ティアラ）は、そのどちらでもないのです。

明らかに、この上ない成熟と完璧の域で確立された技術によるものですが、その技術はといえば——東洋や西洋、古代や近代のいずれにせよ——僕がこれまでに見聞きしてきた、いかなる模範的な作品からも、かけ離れていました。まるで、別の惑星で造られたものであるかのように。

しかしながら、僕を不安にさせる第二の、たぶん第一のものと同じくらい強い要因は、奇妙なデザインが絵画的かつ数学的に暗示していることの中にこそあるのだと、僕はすぐにも認識することになりました。あらゆる模様が、時間と空間の彼方へと広がる秘密と、想像を絶する恐怖をほのめかしました。海中の様子を描いただけの単調な浮彫に至っては、悪意すら感じられたのです。

浮彫の中には、忌まわしいほどグロテスクで凶々しい、物語に出てくるような怪物たち——半ば魚類（さかな）、半ば両生類（かえる）のような——がいて、奇妙な想念にとりつかれると言いますか、造り物の記憶めいた不安感をぬぐい去れないのでした。それはまったくもって、原初的で恐ろしいほど古い時代の先祖から記憶を引き継いできた深層の細胞や組織から、何らかのイメージを呼び起こされでもしたかのようでした。

これらの冒瀆的な半魚半蛙（はんぎょはんあ）の姿形の全体に、極限まで窮められた未知なる非人間的な邪悪さがみなぎっているように思えることもありました。

ティルトン女史が話してくれた簡素で散文的な来歴は、頭飾り(ティアラ)の外見と奇妙な対照をなしていました。一八七三年に、直後の喧嘩(けんか)騒ぎで殺害されたインスマスの酔っ払いが、ステート・ストリートの質屋に莫迦(ばか)げた安値で質入れしたというのです。協会は質屋からそれを直接購入して、ただちにその価値に見合った展示を行いました。

貼り紙(ラベル)には、おそらく東インドかインドシナ半島起源のものだろうとありましたが、あくまでも暫定的な鑑定だとも書かれていました。ティルトン女史は、その起源とニューイングランド地方に存在していることについて、およそ考えうる全ての仮説の比較検討を通して、老オーベッド・マーシュ船長が発見したという異国の海賊の財宝に含まれていたものだと信じているようでした。

その存在を知るや否や、マーシュ家の者たちがすぐに高値で買い取りたいと強く申し入れ、売却するつもりはないという協会の決定にもかかわらず、今日まで執拗(しつよう)に繰り返しているという事実によって、この見解はむしろ強められることになりました。

親切な女性(ティルトン女史)は僕を建物の外に案内しながら、この土地の教養ある人々の多くが、マーシュ家の財産は海賊の財宝なのだと考えていることを説明してくれました。影に覆われたインスマス——行ったことはないそうですが——に対する彼女の態度には、文化程度が極端に低いコミュニティへの嫌悪が感じられました。彼女はまた、あの町で特異な秘儀教団(カルト)が勢力を増し、正教会系[20]の教会を全て飲みこんでしまったことも、悪魔崇拝が行われている噂を部分的に裏付けているのだと断言しました。

彼女によれば、それは〈ダゴン秘儀教団(エソテリック・オーダー・オブ・ダゴン)[21]〉と呼ばれています。一世紀前、インスマスの漁業がすっかり廃れてしまったように思われた時期に東方からもたらされた、疑いようもなく野蛮で異教的な宗派なのだそうです。その後、ただちに豊漁が続くようになったというのですから、素朴な人々の間で強く根付くことになったのだとしても、無理からぬことでした。まもなく、フリーメイソンリー[*22]にとってかわる形であの町で最も影響力の強い勢力となり、ニュー・チャーチ・グリーンにある旧フリーメイソン会館（メソニック・ホール）に本部を置きました。

こうしたことの全てが、敬虔（けいけん）なティルトン女史が、堕落と荒廃に沈む古びた町を忌み嫌う理由なのです。だけど僕にしてみれば、そういったことはむしろ、瑞々（みずみず）しい動機（インセンティブ）に他なりませんでした。建築物や歴史への期待感に、いまや人類学方面の強い熱意が加わったのです。そのため、〈Y〉の狭い部屋に泊まっていた僕は、夜がふけても寝付けない有様でした。

Ⅱ

翌朝の一〇時少し前、僕は古びたマーケット・スクエアのハモンド（ハモンズ）のドラッグストアの前に立って、小さな旅行鞄を手にインスマス行きのバスを待っていました。

到着時刻が近づくと、ぶらついていた人たちの多くが通りの他の場所や、広場の向こうにあるアイディール・ランチ（素敵な食事）という軽食堂に移動するのに気がつきました。あの切符売りは、インスマスとその住人たちに対する地元民の嫌悪感を、誇張して話したわけではなかったのです。

数分もすると、ひどくおんぼろでくすんだ灰色の乗合バス（モーターコーチ）が、ステート・ストリートをガタガタと降りてきて、向きを変えると、僕がいる歩道の縁石のところで停車しました。

直観的に、このバスだとわかりました。フロントガラスの読みにくい標示──《アーカム─インスマス─ニューブポート》──が、その推測を裏付けてくれました。

乗客は三人だけ──浅黒くてだらしない格好のむっつりした二人組と、やや若いやぶ睨みの男──でした。車が停まると、彼らはぎこちなく降車して、ステート・ストリートを黙りこくったまま、こそこそした様子で歩きはじめました。運転手もバスから降りたので、僕は彼が買い物をしにドラッグストアに入っていくのを見ていました。この人物こそ、切符売りが言っていたジョー・サージェントに違いないと思ったのですが、細かいところが目に入る前に、抑えることも理由を説明することもできない嫌悪感が、僕の中で波のように広がっていきました。こんな男が所有していて、運転するバスに地元の人々が乗りたがらず、彼とその親類が住んでいるかもしれない町をそう何度も行きたがらないのも当然だという考えが、急に湧きあがってきたのです。

運転手が店の外に出てきたので、僕はさらに注意深く彼を眺めて、邪悪な印象を受けた理由をつきとめようとしました。痩せぎすで、猫背ではあるものの身長が六フィート〔約一八三センチメートル〕を下回るということはなく、着古した青い平服を身に付け、擦(す)り切れた灰色のゴルフキャップを被っていました。

年齢はたぶん三五歳くらいでしょうが、首の両側に奇妙な深い皺(しわ)があるので、生気のない無表情な顔をじっくりと眺めてみないかぎりは、実際よりも老けてみえました。頭は細く、膨れあがっていてじっとりと潤(うる)んだ青い目は、まばたきひとつしないようでした。鼻は平べったく、額と顎(あご)がひっこんでいて、耳はひどく小ぶりでした。長くて厚ぼったい唇とざらざらした鼠(ねずみ)色の頬には、不揃いの斑点のように、黄色いちぢれ毛がまばらに生えているのを除くと、髭が全く生えていませんでした。顔のあちこちが妙にでこぼこしているのは、皮膚病か何かで皮がむけているのかもしれません。両手は大きく、血管がくっきりと浮き上がっていて、きわめて普通ではない灰色がかった青みを帯びていました。指は手の残りの部分の大きさに比べると異常に短く、巨大な掌の中にぴったりと丸まってしまいがちなようです。バスの方に歩き始めたので、僕は奇妙によろけるような足取りを観察すると、彼の足が並はずれて大きいことがわかりました。見れば見るほど、こんな足にぴったりフィットする靴がどこで売っているのかと、不思議に思えました。僕の嫌悪感を募らせたのは、この男のどこか脂ぎったところでした。明らかに、漁港の周辺で働いたりぶらぶらしたりするようで、独特の匂いが体にこびりついていました。どこの国の人間の血が流れているかは、推測することさえできません。彼の奇妙な特徴は、アジア人やポリネシア人、レヴァント人［トルコやシリア、レバノンなど地中海沿岸の国々］、あるいは黒人のものにも見えませんでした。ですが、人々が彼に外国の血が流れていると考えた理由はよくわかりました。もっとも僕に言わせれば、それは外国の血筋というよりも生物学的な退化によるものなのですが。

残念なことに、僕の他には誰もバスに乗ってきませんでした。どういうわけか、この運転手とバスの中で二人きりになるのが、気に入らなかったのです。だけど、発車時刻が近づいてきたので、僕はどうにか居心地の悪さを抑え込み、運転手に一ドル札を渡して一言、「インスマス」と口にしたのです。彼はたっぷり一秒間ほど僕を不思議そうに見つめてから、無言で四〇セントの釣銭を寄越しました。バスでの移動中に海岸を眺めたいと思ったので、僕は運転手と同じ側の、後ろの席に座りました。

ようやく、おんぼろの車がガクンと揺れて、ステート・ストリートに建ち並ぶ古いレンガ造りのビルを、排気管から吐き出す蒸気の雲の中に置き去りにして、ガタガタと音を立てながら騒々しく走りだしました。歩道の人々を見ると、彼らはバスを見るのを妙に避けている——さもなくば、少なくとも他人からバスを見ていると思われるのを避けようとしているようでした。

その後、左折してハイ・ストリートに入ると、バスはよりなめらかに走るようになりました。初期の共和党時代［「一八〇〇年の革命」とも呼ばれる、民主共和党政権成立後の時代］の堂々たる古い住宅や、より古い植民地時代の農家の並び、ロワー・グリーンやパーカー・リバー［川の名前ではなく地域名］を通過して、最後には開けた沿岸地域の長く単調な直線道路に出ました。

暖かく晴れわたった日でしたが、僕たちが進むにつれて、砂地やスゲの草むら、発育不良の低木ばかりが続く風景は、いよいよ荒涼としていきました。窓の外を眺めると、青い海やプラム島［州の北東部にあるバリアー島（海岸線と並行に伸びる細長い島）］の砂浜が見えました。そして僕たちは今、ローリーとイプスウィッチに向かう主要幹線道路からそれて、海岸すれすれの狭い道路を走っていました。見える範囲に家屋は一軒もなく、道路の状態からして、このあたりを通る車は殆どないのでしょう。小さくて、風雨に傷(いた)んだ電柱には、二本の電線しか通っていませんでした。時々、伐採したままの木で造られた橋を渡りました。そうした橋は、内陸部に深く入り込み、この地域を周囲から孤立させている干潟(ひがた)にかかっているのでした。

風に舞いあげられた砂塵(さじん)の中に時折、枯れた切り株や崩れ果てた構造壁が見えて、僕は昨晩読んだ歴史書の一冊で引きあいにされていた、古い伝承のことを思い起こしました。

かつてはこのあたりも肥沃で、多くの人々が定住する土地だったというのです。その本によれば、こうした変化は一八四六年にインスマスで伝染病が流行したのと同時に起きたので、単純素朴な人々は目に見えない悪の力と暗い結びつきがあると考えたようです。

　実のところ、海岸に近い森林を無分別に伐採したことが原因でした。土地を最高の状態に保っていた土壌を伐採が奪い、風に吹き上げられる砂のために道を開いてしまったのです。

　プラム島がようやく視界から消えると、大西洋の広大な海原が左に見えてきました。

　僕たちが走っている狭い道は急勾配の坂になり、轍（わだち）のついた道が空と接している寂しげな坂の頂（いただき）が見えると、僕は奇妙な不安を覚えました。まるで、バスがこのまま坂を上り続け、正気の地球をすっかり置き去りにして、高層大気と謎めいた空の未知なる秘密（アルカナ）に溶け込んでしまうかのような――。

　海の匂いが不吉な予感を孕（はら）み、黙りこくった運転手の曲げられ、こわばった背中や幅の狭い頭が、いよいよ厭（いと）わしく感じられるようになりました。改めて見ると、彼の後頭部は顔と同じくほとんど無毛で、鼠色のざらざらした皮膚に、まばらに黄色い毛が残っているだけなのでした。

　やがて、バスが坂を上りつめると、その向こうには谷が広がっていました。

　キングスポート[*23]で頂点をきわめ、ケープアン[*24]の方に向きを変える長い岸壁の北側で、マヌセット川が海に流れ込んでいました。遥か遠くの霧のような地平線に目を向けるとまさしく、岸壁の先端部の目眩（めくるめ）く輪郭が見えました。その頂（いただき）には、数多の伝説が口にされる奇妙な古屋（こおく）があるのですが、その瞬間、僕の関心は眼下の光景に惹きつけられていました。

　そう、僕は知ったのです。胡乱（うろん）な噂に覆われたインスマスを今、目にしているのだと。

かなりの広さがある、建物が密集した構造の町でしたが、人の住んでいる気配が感じられませんでした。もつれあった煙突からは一筋の煙ものぼっておらず、水平線を背にして厳（いか）めしくそそり立つ三本の高い尖塔からは、ペンキがはげ落ちていました。そのうちの一本は頂点が崩れていて、それともう一本の時計の文字盤があったはずの場所には、黒い穴がぽっかりと口を開けているのでした。

傾（かし）いだ駒形切妻屋根（ギャンブレル）や尖った破風（はふ）のある建物が、広範囲で密集する様子からは、虫に食い荒されて腐敗していることが不快なまでにありありと見てとれました。今は下り勾配になった坂を降りていくにつれて、多くの屋根がすっかり陥没しているのが見えました。隅棟（すみむね）のある屋根や丸天井（クーポラ）、手すりのあるテラス（ウィドウズ・ウォーク）を備えたジョージアン様式の角ばった大きな建物もいくつかありました。こうした建物の殆どが海から離れた位置にあって、一、二軒はそこそこ綺麗に見えました。

そこから内陸部に目を移すと、廃線となった鉄道の線路——錆（さ）びついて、雑草が生い茂り、今や電線もなくなった電柱が傾（かし）いでいます——や、ローリーとイプスウィッチに続いている半ば埋もれた古い馬車道が見えました。腐敗が特にひどいのは海沿い（ウォーターフロント）の地域でしたが、そのただ中にあって保存状態がかなり良い、小さな工場らしいレンガ造りの白い鐘楼（しょうろう）が見えました。

かなり以前に砂で塞（ふさ）がれた港は、古い時代に築かれた石の防波堤に囲まれていて、眺めるうちに何人かの漁師が座っている小さな姿や、防波堤の先に昔の灯台のようなものを見分けられるようになりました。防波堤の内側の砂州には、いくつかの老朽化した小屋が建ち、平底の軽船（ドーリー）が繋（つな）がれ、ロブスター用の罠籠（わなかご）が散乱していました。川が鐘楼のある建物の先で流れ落ち、南に向きを変えて防波堤の終端で海に流れ込むところだけは、水底が深くなっているようでした。

海岸のそこかしこに、朽ちかけた埠頭の残骸（ざんがい）が突き出していて、一番南に遠く離れたあたりが、特にぼろぼろになっているようでした。遠くの海に目を向けると、満潮にもかかわらず長く、黒い筋が海面に見えたのですが、奇妙な敵意めいたものを感じました。

これこそが、話に聞いた悪魔の暗礁（デビル・リーフ）に違いありません。眺めているうちに、厳然たる反発に加え、誘い寄せられるかのようなほのかに好奇心をくすぐる感覚が、僕の心に生じてくるのでした。奇妙なことに、この新たな感覚こそが、第一印象以上に僕の心をかき乱したのです。

路上に誰も姿も見かけませんでしたが、バスはさまざまな荒廃段階にある、いくつかの無人の農場を通り過ぎていきました。やがて、壊れた窓にぼろきれが詰め込まれ、散らかった庭に貝殻や死んだ魚が放置されている、住人のいる家々が僕の視界に入りました。

物憂げな顔をした人々が、痩せた菜園で働いていたり、魚臭い下の浜辺で貝を掘っているのを一、二度ばかり見かけ、雑草の生い茂る戸口の周りで、不潔で猿のような顔つきをした子供たちが遊んでいるのも目にしました。どういうわけか、彼らは陰鬱な建物よりもなお僕の不安をかきたてるのでした。なぜなら、ほぼすべての人々の顔つきや動作に、僕がはっきりと説明したり理解したりすることのできない、本能的な嫌悪感を抱かせる何かしらの異様さがあったのです。

一瞬、ここの住人たちに典型的な体つきが、ある種の恐怖や憂鬱な状況下で――たぶん、本を読んだ時に――僕が見た何枚かの写真を思い出させる気がしたのですが、この回想めいたものはすぐに終わってしまいました。

バスが低い土地にさしかかると、不自然な静けさの中で、間断なく流れる滝の音が聞こえ始めました。

傾いて、ペンキのはげた家屋がより密集して道路の両側に建ち並び、これまでに通ってきた場所よりもいくらか町らしく見えました。

前方の眺望はすっかり町中の風景になって、かつて玉石敷きの車道やレンガ敷きの歩道があった形跡が、そこかしこに見受けられました。全ての家屋が明らかに無人で、今にも倒壊しそうな煙突や地下貯蔵室の壁がそこかしこの空間にあって、かつてその場所にあった建物が崩壊したことを教えてくれました。そして、そのあたり一帯が、およそ想像しうる限り、最もひどい魚臭さに覆われているのでした。

間もなく、交差点や道路の合流点（ジャンクション）が見えてきました。左側は不潔で朽ち果てた海岸の土地に続いている未舗装の道で、反対の右側はありし日の雄大さを偲ばせる風景を望める道でした。

これまでのところ、町の住民を目にしませんでしたが［少し前の記述と矛盾するが、そのまま訳出する］、今はまばらに住んでいる人の気配を感じました――そこかしこにカーテンのかかった窓があり、縁石のところには何度もぶつけた痕のある自動車が時折、停車していたのです。車道や歩道がだんだんと判別できるようになりました。大部分の家屋は非常に古く――一九世紀初頭に建てられた木材とレンガ造りのものでしたが、明らかに人が住めるよう手入れをされていました。アマチュアの好古家（こうずか）として、過去のものが手を加えられることなく、豊かに生き残っている環境に身を置いたことの強い反動で、僕はもう少しで、鼻を突く嫌悪感や脅迫感のことを忘れてしまうところでした。とはいえ、目的地に到着した時、実に不愉快きわまる強い印象を受けたこともまた確かなのです。

バスはある種の開けた中央広場、そこから放射状に通りが伸びている場所にやってきました。教会が両側に建っていて、中心には円形の草地の薄汚れた名残がありました。そして僕は、右側前方の合流点（ジャンクション）

にある、大きな支柱式のホールを見ていました。

　かつて建物を白く染め上げていた塗料は、今では灰色にくすんだり、はがれたりしていて、ペディメント［ギリシャ・ローマ風の建築物に特有の、屋根の三角形の部分］に書かれた黒と金の文字も色褪せていて、苦労の末、ようやく〈ダゴン秘儀教団〉(エソテリック・オーダー・オブ・ダゴン)という文字を読み取ることができました。ということはつまり、この建物が今や堕落した教団(カルト)のものになったという、かつてのフリーメイソン会館(メソニック・ホール)なのでしょう。

　この碑文を何とか解読しようとしていた僕の注意は、通りの向こうから聴こえてきた、耳触りな鐘の音によって散らされてしまいました。座っている側の窓から急いで外を窺うと、大部分の家よりも後の時代に建てられたに違いない、がっしりした塔のある石造りの教会から聴こえるようでした。不格好なゴシック様式の建物で、不釣り合いな高さの、鎧戸(よろいど)の閉まった半地下の部分がありました。

　一見したところ、時計の針がなくなっていましたが、騒々しい鐘の音から、一一時の時報を打っているのだとわかりました。

　突然、この上なく強烈で、わけのわからない恐怖の奔流が、その正体をちゃんと理解する前に僕を捉え、時刻について考えていたことなどすっかり消し飛んでしまいました。

　その教会の地下室のドアが開いていて、内部の闇が黒い長方形となって顕(あらわ)れていたのですが、僕が目をやったまさにその時、その黒い長方形を何かが横切ったか、横切ったように見えるかしたのです。僕の脳裡(のうり)には、瞬時に悪夢のような考えが灼きついたのですが、何とも腹立たしいことに、いくら分析してみてもその光景の中に悪夢めいた性質を全く見出すことができませんでした。

　それは——町の密集地域に入って以来、運転手を除くと僕が最初に目にした——生きている何かでした。僕がもう少し落ち着いていれば、恐怖など感じなかったことでしょう。

　少し後で気づいたのですが、それは明らかに牧師でした。〈ダゴン秘儀教団〉が地元の教会の儀式を根本的に変えてしまった時に導入されたに違いない、ある種の特異な祭服を纏（まと）っていたのです。

　おそらく、僕の潜在意識を真っ先に捕らえて、奇妙な恐怖を感じさせたのは、彼が被っていた背の高い頭飾り（ティアラ）でした。それは昨晩、ティルトン女史が見せてくれたのと、瓜二つのものでした。これが僕の想像力を引き出し、はっきりしない顔やローブを纏ってよろよろと歩く姿から、名状しがたい邪悪な印象を受けることになったのでしょう。僕はすぐに、邪悪な記憶じみたものの身震いさせる感触に浸る必要など何もないのだと、自分に言い聞かせました。地元の謎めいた教団（カルト）が、ある種の奇妙な事情で――おそらくは発見された宝物として――地域でよく知られているユニークな冠を、正式な着用物として採用したのは、ごく自然なことなのだ、と。

　やがて、厭（いや）らしい容貌の若者が歩道上にいるのを、ちらほら見かけるようになりました――一人きりの者もいれば、黙りこくったまま二、三人で固まっている者たちもいます。

　ガタガタと音を立てながらバスが走っていると、崩れかけた家屋の下層階に時折、薄汚れた看板を掲げた小さな店があって、トラックが一、二台停まっているのが見えました。

　滝の音がますますはっきりしたものになり、まもなく進行方向にかなり深い峡谷が見えてきました。幅広く、鉄の手すりのついた高架橋（こうかきょう）が渡されていて、向こう岸の大きな広場に続いていました。騒々しい音を立てながらバスが橋を渡っていく間、僕は両側の窓から外を覗きこんで、草深い絶壁の端や少し落ち込んだところに、工場の建物がいくつかあるのを目にしました。はるか下を流れる川の水量は非常に多く、右側の上流に二つ、左側の下流にも少なくとも一つ、勢いの強い滝が見えました。

この頃になると、滝の轟音は耳を聾(ろう)せんばかりの大きさになっていました。

それから僕たちは、川向こうの半円形の大きな広場に入り込み、右側にある高い、丸天井のある建物の前に進みました。黄色の塗料が半ば剝(は)げ落ちた建物で、半ば読み取れない文字でギルマン・ハウスと書かれた看板がありました。


嬉しい気分でバスから降りると、僕はすぐにみすぼらしいホテルのロビーに入り、旅行鞄を預けることにしました。そこにいたのはたった一人――僕が〈インスマス面(ルック)〉と呼ぶようになっていた外見的特徴がない、普通の老人――でしたが、気になることをあれこれ尋ねるのはやめておきました。このホテルで起きたという、奇妙な出来事のことを覚えていたのです。その代わり、僕はすでにバスが出ていた広場を散策して、周囲の景色を細かく値踏みするように、じっくりと眺めました。

玉石敷きの広場の一方には川がまっすぐ流れ、もう一方には一八〇〇年頃に建てられたらしい斜め屋根のレンガ造りの建物が半円を描いて建ち並び、そこから複数の通りが南東、南、南西へと放射状に伸びていました。街灯――すべて消費電力の少ない白熱電球でした――は気が滅入るような少なさで、今宵の月が明るいことを知ってはいましたが、暗くなる前に出発することにしてよかったと思いました。

建物の状態は良好で、十数軒の店舗が営業中でした。そのうち一軒はファースト・ナショナル・チェーンの食料品店[*25]でした。他には、みすぼらしいレストラン、ドラッグストアや魚の卸売業者の事務所などがあって、広場の東端の川が流れているあたりに、この町唯一の企業――マーシュ精錬所の事務所がありました。一〇人ほどの人間が見えて、四、五台の自動車やトラックがばらばらに停まっているようでした。そこがインスマスの中心地であることは、言われるまでもなくわかりました。

東側には、ちらちらと見える港の青い海を背に、かつては美しかったのだろうジョージアン様式の尖塔が三本、腐朽(ふきゅう)するその残骸を晒(さら)していました。また、川向うの岸辺に目を向けると、マーシュ精錬所と思しい建物の上に白い鐘楼が聳(そび)えているのが見えました。

どうした風の吹き回しか、僕はチェーンの食料雑貨店にいた、インスマスの人間ではなさそうな店員を相手に、ひとまず質問をしてみることにしました。店をたった一人で取り仕切っていた一七歳ほどの店員(ボーイ)は、嬉しいことに快活で愛想もよく、物惜しみせず話を聞かせてくれました。彼は心底話し相手に飢えていたようで、魚臭さがたちこめる町中や、こそこそした住人たちのことを好いていないことが窺えました。よそから来た人間との会話は、彼にとっては良い具合の気晴らしになったのです。

彼はアーカムからの通いで、イプスウィッチ出身の家庭に下宿していて、非番のたびに帰省しているということでした。家族はインスマスで働くことを嫌がりましたが、チェーンによって配属が決まり、彼としても仕事を辞めたくなかったのです。彼の話では、インスマスには公立図書館も商工会議所もないということでしたが、たぶん道に迷うことはないでしょう。

僕がやってきたのはフェデラル・ストリートでした。西側には、古い高級住宅が建ち並ぶ通り——ブロード・ストリート、ワシントン・ストリート、ラファイエット・ストリートとアダムス・ストリート。東側には、岸に向かってスラム街が広がっていました。

メイン・ストリート沿いのスラム街のただ中には、古いジョージアン様式の教会がいくつか見つかるということでしたが、それらはみな、放棄されて久しいようでした。

その界隈——とりわけ川の北側の住民は陰湿かつ敵対的なので、あまり目立たない方が良さそうでした。よその土地の人間が何人も、姿を消しているということです。

店員(ボーイ)が手痛い教訓から学んだことですが、いくつかの特定の場所は、立入禁止も同然の領域なのでした。たとえば、マーシュ精錬所や今でも使用されているいくつかの教会、それからニュー・チャーチ・グリーンにあるダゴン教団の支柱式のホールの周囲です。

それらの教会は非常におかしなもので——よその土地の尊敬すべき宗派からは激しく拒絶され、奇妙きわまる儀式や聖職者の礼服を採用していることは明白でした。その信条は異端的かつ神秘的なもので、地上において——まがりなりにも——肉体の不死へと至る、ある種の素晴らしい変容のほのめかしが含まれるというのです。青年は世話になっている牧師——アーカムのアズベリー・メソジスト監督教会[*26]のウォレス博士から、インスマスではどの教会にも参加しないよう強く言い渡されていました。

インスマスの住人について言えば——青年もどのように考えれば良いものかわからないようでした。彼らは巣穴に住む動物のように、こそこそと人目を避けて滅多に姿を現さず、漫然と釣りをする以外にどうやって過ごしているものか、見当もつかないのでした。

おそらく——密造酒の消費量から察するに——、彼らは日中の大半の時間を、酔い潰れたまま横になって過ごしているようでした。彼らはある種の同志的結合と申し合わせでもって、陰湿に団結しているようでした——そして、あたかもことは異なる好ましい存在領域にアクセスできるかのように、この世を軽蔑(けいべつ)しているように思われました。

彼らの外見——とりわけ常に開きっぱなしで瞬きひとつしない目——には、確かに愕然とさせられました。彼らの声にも、胸のむかつきを覚えました。

夜の教会から聞こえる詠唱の声は厭わしい限りで、特にひどいのは彼らの主要な祝祭だか復活祭の時でした。四月三〇日と一〇月三一日の年二回に、回数が減りはしましたが。

彼らは水泳を非常に好み、川と港の両方でよく泳いでいました。悪魔の暗礁への競泳は日常茶飯事で、このあたりで見かける者は皆、その過酷なスポーツに参加する体力を備えているようでした。この話題にさしかかった時、そういえば人前に姿を現すのはもっぱら若者ばかりで、年長の者ほど穢らしい外見をしているようだと、青年は思い出しました。

例外もあるようで、ホテルの年老いたフロント係のように、異様なところが全くない容貌の者もいるにはいるようでした。大半の老人たちはどうなってしまったのか。〈インスマス面〉というものは、あるいは年をとるにつれて進行する、潜行性の奇怪な病気の症状なのではないかと、疑問が募りました。

もちろん、成熟後の個体において、かくも甚大かつ根本的な解剖学的変化——頭蓋骨の形状のような、基本的な骨格要素の変化——が発生するのは、ごくまれな不幸に限ってのことです。しかし、このような側面でさえも、この病気全体の目に見える特徴と同様、決して当惑させられるものでもなければ、前代未聞というわけでもないのでした。

こうした事柄について、青年は暗黙のうちに結論を出すのを避けました。どれほど長くインスマスに住んでいようと、地元の人間のことを深く知ることはできないのです。

町中で見かける最悪の外見の者よりもさらに酷い状態になっている者たちは、いくつかの場所に閉じ込められているのだろうと青年は確信していました。異様きわまりない音が、しばしば聞こえることがあるのです。川の北側にある、海沿いの今にも倒壊しそうなあばら家は、噂によれば隠されたトンネルで互いに繋がっているというので、そうした場所が実のところ、町中で見かけられない奇形の人間たちの巣穴になっているのでしょう。こうした者たちには——いかなるものであれ——異国人の血が流れているにせよ、それが何なのかはわかりませんでした。政府の役人などが外の世界から町にやってくる時は、特に厭わしい外見の者たちが、どこかに隠されてしまうこともありました。

僕の情報提供者は、地元民からこの町の話を聞こうとしても無駄だと言いました。話を聞けそうな唯一の人間は、非常に高齢ですが普通の見かけをした男性だということでした。町の北のはずれにある救貧院に住んでいて、消防署の周囲を歩き回ったり、のんびりとくつろいだりしているのだそうです。

ザドック・アレンというこの老人は九六歳。いささか頭がおかしくなっている、町では有名な酔いどれでした。いつも何かに怯えるように背後を窺っている、妙にこそこそした人物で、素面(しらふ)の時であればいかに説きつけられようとも、よそ者と話をするようなことは決してありませんでした。

しかし、好物の酒(どく)を差し出されると自分を抑えることができず、ひとたび酔っ払ってしまえば、噂に名高い驚くべき思い出話を、きれぎれに聞かせてくれるというのです。

とはいうものの、結局のところ老人から有益な情報を得られようはずもないのです。

彼の話は全て、およそ正気とは思えない、ありえざる驚異や恐怖を言葉足らずにほのめかすばかりで、彼自身の調子の狂った空想以外に出所(ソース)などありはしないのですから。

これまでに、彼の言うことを鵜呑(うの)みにした者はいませんでしたが、だからといって地元民は彼が見知らぬよそ者と酒を飲んだり、話をしたりするのを嫌っていました。彼にあれこれ尋ねているのを見られでもしたら、無事ではいられないかもしれません。よく知られている野放図な噂話や妄言はたぶん、彼から聞き出したものなのです。

時折、よその土地の人間が、怪物めいた何かを見たなどと報告することもありましたが、ザドックの話を耳にして、奇形の住民を目にしていれば、そうした誤認が生じたとしても別段、おかしなことではないでしょう。よそ者が夜遅くに外出するようなことはなく、そんなことをしないのが賢明だという雰囲気が町全体に漂っているようです。忌まわしさを覚えるほどに、街路が暗いということもありました。

事業について言えば——実際、薄気味悪いほど魚が豊富に穫れるのですが、その長所を地元民が活用することも徐々になくなっていました。価格の下落と競争の激化も、それに拍車をかけていたのです。

もちろん、この町の実際の事業は、僕たちがいる店からつい数軒先、広場に面したところに商業事務所を構えている精錬所なのでした。マーシュ老人が姿を見せたことはありませんが、時には窓を閉め、カーテンをおろした車で職場に出向くこともあるそうです。

マーシュがどんな外見に成り果てているかについては、およそありとあらゆる噂が飛び交っていました。かつては大柄な洒落者だったということで、エドワード七世時代の豪華なフロックコートを、ある種の体の変形に合わせた奇妙な形に仕立て直し、今でも身に着けているという話もありました。

以前は、彼の息子たちが広場の事務所を切り回していたのですが、近頃はめっきり姿を見せず、より若い世代が業務を引き継いでいました。息子たちやその姉妹たち、とりわけ年長の者たちは異様な姿に成り果て、健康状態もよろしくないと言われています。

マーシュの娘の一人は忌まわしくも爬虫類じみた外見の女性で、例の奇妙な頭飾り（ティアラ）と同じ文化系統に属しているに違いない気味の悪い宝飾品（ジュエリー）で、じゃらじゃらとその身を飾り立てていました。僕の情報提供者はその姿を幾度も見たことがあって、海賊であれ魔物（デーモン）であれ、いずれにせよ秘密の財宝に由来するという噂を耳にしていました。

聖職者――もしくは司祭、あるいは何であれ現在の呼び名――もまた、頭飾りとしてこの種の装飾品（オーナメント）を身に着けていましたが、彼らの姿は滅多に見かけませんでした。インスマスの周辺では、その他にも色々な手合いが存在するのだと噂されていましたが、青年が目にしたことはありませんでした。

マーシュ家の者たちは、この町の名士の血統である他の三家――ウェイト家[*27]、ギルマン家、エリオット家――の者たちと同様、全員が全員、隠棲（いんせい）していました。彼らはワシントン・ストリート沿いに建ち並ぶ大きな家々に住んでいて、公の場に出られない異形の姿に成り果てて、死亡届けが登録された者たちが、その中の数軒に匿（かくま）われているともっぱらの評判でした。

青年は、通りの標識の大部分がなくなってしまっていることを警告した上で、大まかなものではありましたが、町中の目につく場所がひと目でわかるスケッチをわざわざ描いてくれました。ざっと眺めただけでも大いに役立ったので、僕は心から感謝の言葉を告げ、それをポケットにおさめたのでした。

唯一見かけたレストランの薄汚れた様子が気に入らなかったので、後で昼食にするべくチーズ・クラッカーと生姜入りウェハース[*28]を山ほど買い込みました。

僕自身の計画は、幾つかの大きな通りを歩き回り、地元民ではない人間に遭遇できたら話しかけ、八時発のアーカム行きのバスを捕まえるというものでした。見た感じ、この町は地域社会における退廃の深刻かつ典型的な一例でしたが、僕は社会学者というわけでもないので、念入りな観察はもっぱら建築の分野に限ることにしました。かくして、僕はインスマスの狭く陰影の色濃い通りを、計画的ではありますが半ばおっかなびっくりといった様子で歩き始めたのです。

橋を渡り、水音の轟く下流の滝へと回り込む際、マーシュ精錬所の近くを通り過ぎたのですが、工場が稼働しているような音は奇妙にも聞こえてきませんでした。この建物は橋と、さまざまな通りが合流する広場の近くにある、川に面する切り立った崖の上に建っていました。その広場は、独立戦争後に現在の中央広場（タウン・スクエア）に取って代わられる以前、できて間もない頃のこの町の中心街（シヴィック・センター）だったようでした。

メイン・ストリートの橋で峡谷を改めて渡ると、どことなくぞっとさせられる荒廃した地域に突き当たりました。倒壊しかけた家屋の駒形切妻屋根（ギャンブレル）の密集が、ギザギザの幻想的な空の稜線（スカイライン）を描き、頂部の崩れた古い教会の尖塔が陰惨な感じでその上に突き出していました。メイン・ストリート沿いのいくつかの家には人が住んでいるようでしたが、大部分の家々に固く板が打ち付けられていました。

舗装されていない脇道に沿って歩いていると、人気のない荒（あば）ら屋の窓が黒々とした口を開けているのが見え、その多くは土台の一部が沈み込んで、危険かつ信じがたい角度に傾いているのでした。それらの窓にじろじろと見つめられているような錯覚にとらわれたので、僕は勇気をかき集めて、海沿い（ウォーターフロント）の地域に続く東へと向かうことにしました。

もちろん、荒廃した家の恐ろしさというものは、そうした家屋が集まって荒廃した町を形作っていくにつれて、等差級数的というよりも等比数列的に膨（ふく）らむものなのです。

魚の目のごときどんよりした空虚と死に包まれた道が果てしなく続く光景を目にして、無限に続いているかのような黒々とした陰鬱な区画が、蜘蛛の巣や追憶、征服者としての蛆虫の跳梁[*29]する場所になっていることを考えると、強い達観ですら雲散霧消させることのできない、恐怖と嫌悪のような感情をどうしても抱いてしまうのでした。

フィッシュ・ストリートは、メイン・ストリートと同様に荒廃していましたが、良好な状態のレンガ造りや石造りの倉庫が数多く残っているという点で異なっていました。ウォーター・ストリートはといえば、かつて埠頭があったところに海に面する大きな切れ目が存在することを除けば、殆ど同じでした。遠くの防波堤に漁師たちが散見されることを除いて、生き物は全く見かけませんでした。港を洗う波の音とマヌセット川の滝が轟く音を除けば、何も聞こえませんでした。

この町への苛立ちが次第に高まってきたので、僕はウォーター・ストリートのぐらつく橋を歩いて引き返しながら、ちらちらと背後を振り返りました。

スケッチによれば、フィッシュ・ストリートの橋は廃墟になっているようでした。

川の北側には、みすぼらしくはありますが人が住んでいる気配があって――ウォーター・ストリートには操業中の魚の缶詰工場があり、煙を吐き出している煙突や継ぎはぎの屋根がそこかしこにあって、どこからともなく音が聞こえてくることもあり、陰鬱な通りと舗装されていない小路には人影がまばらに見えました。ですが、南側の荒廃した地域よりも、はるかに重苦しい感じが漂っていました。

ひとつには、このあたりの住民たちが、町の中心近くで見かけた人々よりも、さらにおぞましく異様な姿をしていたことがありました。そのことで、僕は全くもって現実離れしたことを幾度も思い起こしかけたのですが、それが何なのかついにわかりませんでした。

インスマス住民の異形な種族的特質が、内陸部よりもこのあたりで強く出ているのは間違いありませんでした——実際、〈インスマス面〉が血筋とは無縁の病気だった場合に限る話ですが、この地域は症状の進んだ人間を固く匿う場所なのかもしれません。

　ひとつ気になることがあって、それは僕が耳にした、ごくかすかな音の伝わり方についてのことです。通常であれば、明らかに人が住んでいる家々から聞こえてしかるべきなのですが、実際には特に厳重に板が打ち付けられた建物からの音こそが、しばしば一番はっきりと聞こえるのでした。きしみ音、早足で歩き回るような音、しゃがれ声のような耳障りな騒音がするものですから、食料品店の店員（ボーイ）がほのめかした隠しトンネルのことを、不快にも思い出させられました。

　こうした住民はどのような声をしているのか、無意識に考え込んでしまうこともありました。これまでのところ、町中で誰かの話し声が耳に入ることはありませんでしたが、僕はそんなものを聞くことにならないよう、どういうわけか強く願ったものでした。

　メイン・ストリートとチャーチ・ストリートに一箇所ずつ建っている、素晴らしくはあるものの荒廃した古い教会をじっくりと眺めるために足を止めたのを除いて、僕は海岸地区の穢（きたな）らしいスラム街から足早に立ち去りました。

　道筋から言って、次なる目的地はニュー・チャーチ・グリーンでしたが、どのような形であれ、あの奇妙な冠を被った司祭だか牧師だかの、理由はわからないのだがぞっとさせられる姿を垣間見た教会の近くを改めて通るのは、耐え難いことでした。それに、食料品店の青年も町中の教会について——ダゴン教団のホールと同様に——、よそ者には勧められない場所だと言っていたではありませんか。

したがって、僕はメイン・ストリートをマーティン・ストリートに向かって北上し、内陸側に曲がると、グリーンの北側にあるフェデラル・ストリートを無事に横切り、衰微（すいび）した上流階級が住んでいる北側のブロード・ストリートやラファイエット・ストリート、アダムス・ストリートに入り込みました。これらの昔ながらの堂々とした道は、舗装が傷んで整備もされていませんでしたが、楡（にれ）の並木が影を落とす威厳をすっかりなくしてしまったわけではありませんでした。

邸宅という邸宅が僕の目を奪いました。大半は、敷地の只中で腐朽するに任され、板を打ち付けられていましたが、各通りに一、二軒は人が住んでいる屋敷もあるようでした。

ワシントン・ストリートには、しっかりと修繕された邸宅が四、五軒並んでいて、よく手入れされた芝生や花壇がありました。これらの中で最も豪華な邸宅——広いテラスつきのパルテール［様々な大きさの花壇を備えた庭園］が、裏のラファイエット・ストリートにまで伸びていました——こそが、病に苦しむ精錬所のオーナー、マーシュ老人の家なのでしょう。これらの通りのすべてで、生き物の姿を全く見かけませんでしたので、僕はインスマスに猫や犬が全くいないことを不思議に思いました。

僕を困惑させ、当惑させたことがもうひとつありました。特に保存状態の良いいくつかの邸宅すらも、三階や屋根裏部屋の窓の多くをしっかりと閉ざしていることでした。

異質なものと死に支配される、この沈黙の町においては、人目を忍ぶ秘密主義がごくあたりまえのことのようでした。狡猾（こうかつ）で、決して閉じられることのない凝視する目で、四方八方の物陰から見張られているという思いを拭（ぬぐ）い去ることができなかったのです。

左手の鐘楼から三回、ひび割れた鐘の音が聞こえ、僕はぞくりと体を震わせました。あの光景を垣間見た、ずんぐりした教会のことを思い出したのです。

ワシントン・ストリート沿いに川の方へ歩いていると、かつての商工地区が新たに現れました。前方にある工場の廃墟や、その他のものを眺めながら、僕は古い鉄道駅とその向こうにある屋根の付いた鉄道橋を辿って、右手の峡谷の方に向かっていきました。前方にあるぐらつく橋には警告の標識が掲げられていましたが、敢えて危険を冒して南側の川岸に渡ると、そこには再び生活の気配がありました。こそこそと、よろめくように歩き回る生き物たちが僕の方をこっそりと窺う一方で、よりまともな顔をした連中が僕を冷ややかに、しかし好奇心もあらわにじろじろと睨めつけました。

いよいよもってインスマスが耐え難くなってきたので、あの不吉なバスの発車時刻までたっぷりと時間があるにせよ、僕をアーカムに乗せていってくれる車があるのではないかという希望を抱きながら、僕はペイン・ストリートを広場の方向に曲がりました。

左手に荒れ果てた消防署が見えたのは、まさにその時のことでした。

消防署の前のベンチには、ありふれた襤褸を纏い、赤ら顔でぼさぼさの顎髭を生やし、目の潤んだ老人が座っていて、だらしない格好ではありますが異様な姿ではない二人組の消防士と話をしていました。

むろん、この老人こそがザドック・アレン――古い時代のインスマスと、その陰影にまつわる悍ましくも信じがたい話をしてくれるという、半ば気の触れた九〇代の酔いどれに他ならなかったのです。

Ⅲ

僕が予定を変更する気になったのは、魔が差したといいますか——仄暗い秘密の根源から、嘲り混じりの誘導を受けたのかもしれません。

かなり早いうちに、僕は建築物の観察のみにとどめることにして、この死と腐敗に覆われつつある街からさっさと出ていこうと、広場の方へと足早に向かっていました。しかし、老ザドック・アレンの姿を目にしたことで心の中に新たな考えが生まれ、足取りを微妙に緩めさせたのです。

この老人に期待できることと言えば、気違いじみて支離滅裂とした、信じがたい昔語りくらいだとは諒解していましたし、彼と話しているところを地元住民に見られないよう警告されてもいました。

とはいえ、長年にわたり街の腐敗を具に眺めてきたこの生き証人が、港に船が溢れ、多数の工場が稼働していた黎明の時代を記憶しているのだという思いに、僕は抵抗できなかったのです。

結局のところ、最も奇怪で気違いじみているように思える神話にしたところで、多くの場合、事実を下敷きにした単なる象徴や寓話に過ぎないわけで——そして、老ザドックは、九〇年にもわたってインスマスやその周辺で起きたあらゆる出来事を目にしてきたに違いないのです。

好奇心が、思慮分別や慎重さを越えて、めらめらと燃え上がりました。若さ故の自惚れというやつで、生ウィスキーの力で引き出した混乱と誇張に満ちた繰り言の奔流の中から、真実の歴史の核心を選り分けることが、僕にならできるはず——そんな風に考えたのでした。

その場で彼に言葉をかけても、消防士たちの目に止まり、咎(とが)められるのはわかりきっていました。そうする代わりに、僕は食料雑貨店の店員からたっぷりあると聞いた場所で、密造酒を何本か確保しておこうと思い直しました。しかる後に、老ザドックがいつものようにうろつき始めたあたりで、全くの偶然を装って消防署の近くを通りかかることにしたのです。青年の話では、彼は非常に落ち着きがなく、稀(まれ)に消防署のあたりに座っていても、せいぜい一、二時間かそこらだという話でした。

エリオット・ストリートの広場からわずかに離れた薄汚れた雑貨屋の裏手で、決して安くはありませんでしたが、ウィスキーの一クォート壜［約一リットル］が簡単に手に入りました。接客をした汚らしい顔つきの青年は、一見してわかる〈インスマス面〉でしたが、たいそう腰が低かったのはたぶん、町に時折やってくる飲ん兵衛(べえ)のよそ者——トラックの運転手や黄金の仲買人やなんか——の相手をするのに慣れているのでしょう。

再び広場にやってくると、何とも運の良いことに——ギルマン・ハウスの角を曲がり、ペイン・ストリートの方から足を引きずるようにしてやって来た人物こそ、背が高く痩せこけた、ぼろぼろの服を纏(まと)った老ザドック・アレンその人だとわかりました。

予定していた通り、僕は買ったばかりの壜(びん)を振りかざして彼の注意を引きました。それから、思いつく限りで最も人気のないあたりに移動しようとウェイト・ストリートに入ると、彼の方も物欲しげな様子をして、足を引きずりながらついてくるのがわかりました。

食料雑貨店の店員(ボーイ)が用意してくれた地図を参考に、僕は先ほども訪れた、南の海沿い(ウォーターフロント)の地域の寂れ果てた区域を目指していました。そのあたりで目にしたのは遠くの防波堤にいる漁師だったので、もう何

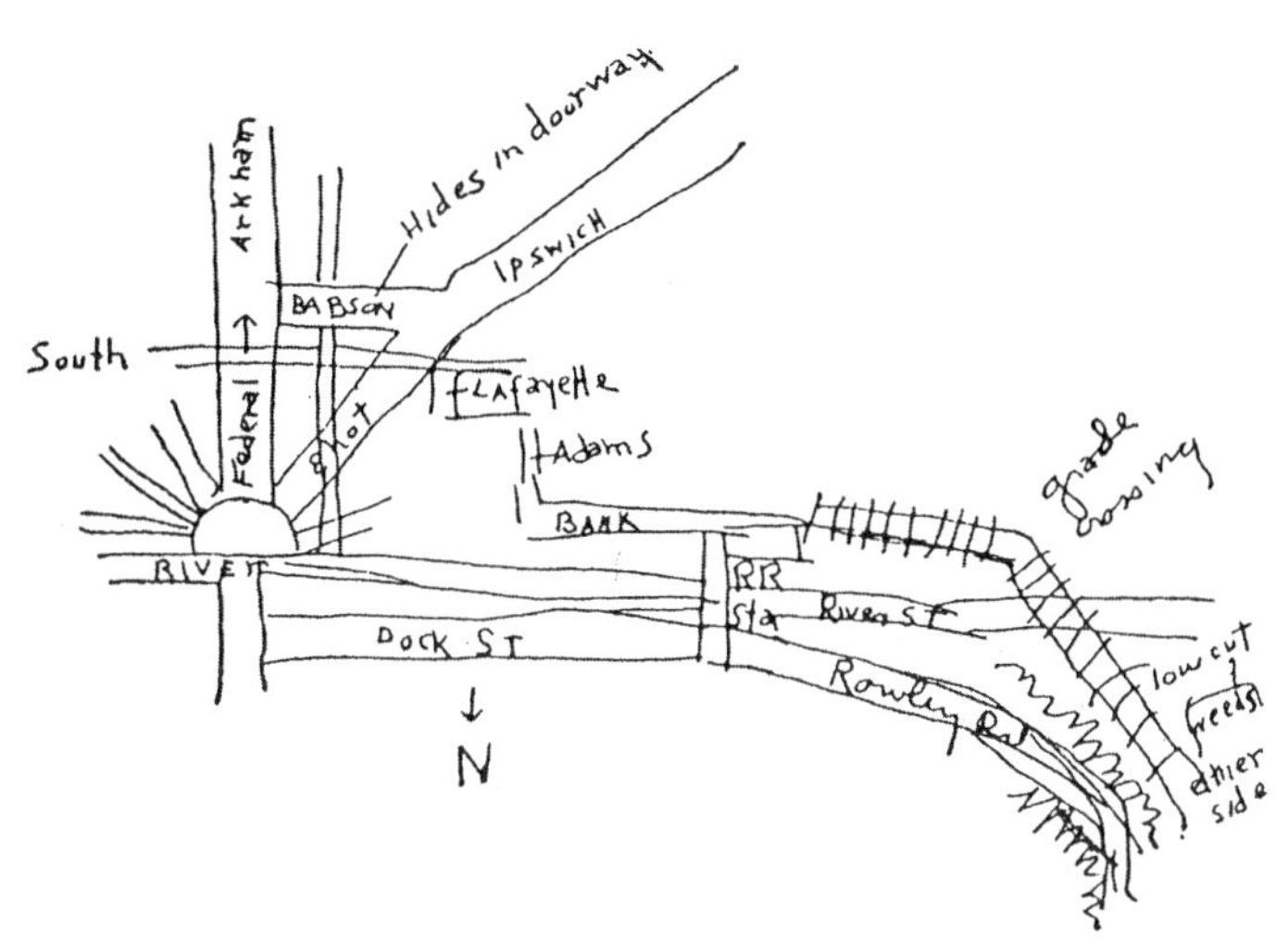

※H・P・ラヴクラフトによる、インスマスの地図
（「「インスマスを覆う影」のための覚書」より）

区画か南に行けば彼らの目も届かなくなるので、そうすれば打ち捨てられた埠頭で二人掛けのベンチに腰を下ろし、老ザドックからいくらでも話を聞けるはずでした。

メイン・ストリートに辿り着く前に、「よお、旦那！」という声が背後から聞こえてきたので、僕は老人が追いつくのを待って、一クォート壜からたっぷりと呑ませてやりました。

僕たちは南に曲がってウォーター・ストリートに入り込んだあたりの、廃墟やひどく傾いた廃屋がそこらじゅうにある界隈に入り込みました。そして、老人に探りを入れ始めたのですが、期待していたほどすぐには、口が滑らかになってくれないようでした。

ややあって、崩れたレンガの壁に挟まれた、雑草の生い茂る海に面した空き地があって、その向こう側に土と石で造られた草ぼうぼうの埠頭が突き出ているのが見えました。苔むした水際の石積みは椅子代わりにできなくもないし、北側の荒廃した倉庫に遮(さえぎ)られて、どこからも人に見られる心配のない立地でもありました。長い時間、秘密の話をするのにはうってつけの場所だと考え、僕は連れを小道に誘い出すと、苔の生えた石積みの中から座れそうなものを選びました。

あたりには死と荒廃の悍(おぞ)ましい雰囲気がたちこめ、魚の臭いは耐え難いほどでしたが、僕は今更思いとどまるものかと、固く心を決めました。

八時のアーカム行きバス(コーチ)に乗るなら、四時間は話す余裕がありました。それで、僕は年季の入った飲ん兵衛にもっと酒を勧め、その間に自分もささやかな昼食をとりました。酔ったザドックが饒舌(じょうぜつ)を通り越して潰れてしまっては元も子もないので、度が過ぎるほど与えないよう気をつけました。

一時間も経つと、人目を気にして口数の少ない彼の態度が軟化の兆しを見せたものの、残念なことに、影に取り憑(つ)かれたインスマスの過去についての質問はまだ、はぐらかされてしまうのでした。

ごく最近の話題について早口で喋り立てるその話しぶりからは、新聞各紙を読み比べ、田舎者にありがちな格言を多用して思索にふける性向が窺われました。

二時間が経過しようとしていた頃、僕は一クォートのウィスキーでは目的を達するのに不足しているのではないかと考え、老ザドックをその場に残して、もっと多く仕入れに行った方が良いのではないかと思案していました。まさにその時、待ちに待った機会がやって来ました。

僕の質問とは関係なく、喘(あえ)ぎ声混じりの年寄りの繰り言の内容が急に変化したので、僕は前のめりになって耳をそばだてました。僕は魚臭い海を背にしていたのですが、彼はそちらの方を向いていました。そして、彼の落ち着きなく彷徨(さまよ)っていた視線が何かの拍子に、潮が引いた遠くの海面で、魅惑的と言っても良い姿をはっきりと波間に現していた、悪魔の暗礁にとまったのです。

その光景に不快感をかきたてられたのか、彼は弱々しい声で悪態をつき始め、最後に秘密めかした囁きを漏らし、訳知り顔の流し目を寄越しました。そして、僕の方に体を乗り出すと上着の襟(えり)を摑み、腹を立てているような声で、聞き間違えようのない事をあれこれほのめかし始めたのです。


「何(なん)もかもあそこから始まったのよ——悪意が凝り固まったみてえな呪われた場所、海が深くなるところのことじゃ。ありゃあ、地獄の門よ——急に、突然深くなるんじゃ。フネの測深線(そくしんせん)も底に届かないほどにの。オーベッド船長の仕業じゃよ。あの爺(じじ)いが——あいつは南洋の島で、自分じゃ手に負えねえシロモノを見つけちまったのよ」

「あのころはもう、何もかもがひどいもんじゃった。交易は尻すぼみ、工場(こうば)にも仕事がねえ——新しくできたやつにもそうさ——まともな男衆はどいつもこいつも一八一二年の戦争で私掠船(しりゃくせん)に乗って殺されちまうか、《エリゼー》って横帆船(ブリッグ)と《レンジャー》って帆船(スヌー)と一緒に沈んじまった——どっちもギルマン家が出したフネだったよ。オーベッド・マーシュは三隻のフネを持っててな——《コロンベー》って縦帆船(ブリガンティン)、《ヘテー》って横帆船(ブリッグ)、それに《スマトレー(スマトラ)・クイーン》って帆船(バーク)だ。あいつだけが東インジェー(インド)と太平洋の交易を続けてた。エスドラス・マーティンの《マレー・プライド》って横帆船(バーケンティン)も、二八年ぐらいまでは出てたけどな」

「オーベッド船長みてえな奴は、後にも先にもいねえよ——魔王(サタン)の手先め！　ヒ、ヒ！　あいつがヘンな場所のことを喋ってたのも、キリスト様を拝んでマジメにツツマシく重荷を背負ってるような奴らはバカだと言ってたのも、ようく覚えとるよ。もっとましな神様にしないとダメだとか何とか言っとったな。インジェーの島［東南アジアのこと］で祀ってるような神様にしないと、みてえなことをよ――生贄を捧げたら、ちゃんと魚が大漁になるようにしてくれる神様なんだと。祈りに本当に応えてくれる神様なんだと」

「マット・エリオットはあいつの一等航海士だったけどよ、あれもまあよく喋る男だったさ。ヘンな宗教をやたら勧めるのには反対してたけどな。オタハイト島［タヒチ島の旧名］の東のほうにある島のことを話しとった。石の遺跡がやたらにあるんだと。誰も何も知らねえぐらい、大昔に作られたものなんだと。ポナペ島[*30]やカロリン諸島にあるやつに似ててよ、ただ、イースター島のあのでかい像みたいな顔が彫られてるんだと。その近くに小さな火山島があるとも言っとったな。あそこにも遺跡がある。だけど、彫刻が違う――あそこの遺跡はみんな、いちど海に沈んじまったことがあるみたいに磨り減っているんだと。んで、気味悪い怪物の絵が刻んであるんだと」

「それでよ、旦那。マットは言うのさ。あの辺の島ではみんな、獲りきれないほど魚を獲ってるんだと。そんで、金みてえな金属で作った腕輪やら頭飾りやらを身につけてるんだと。そういうのに全部、火山島の遺跡に彫ってあるのとそっくりな怪物の絵が入ってる――魚みてえな蟇だか蟇みてえな魚だか、とにかくまるで人間みてえに、いろんな姿勢のやつが描かれてる。どっから手に入れたのかは聞いても教えてくれねえ。隣の島で何も獲れねえときにも、その島でだけ魚がどっさり獲れる。何でなのかは近くの島でも知らねえんだ。マットも不思議に思っとった。オーベッド船長もだ。そんで、オーベッドは気がついた。そこではよ、次の年に来ると島の若いのがごそっといなくなってるんだよ。いなくなると二度と戻ってこねえ。それに、島にはあんまり年寄りがいねえ。しかも、オーベッドは思ったんだな。島にヘンな顔の奴がたまにいる。カナケー［カナカ人、東海岸訛］だとしても、そこまでヘンじゃねえだろって奴が」

「あの異教徒どもの秘密を探り当てたのはオーベッドだった。どうやったかは知らねえが、奴らが身につけてる金(きん)みてえなのを交易で手に入れるところから始めたんだ。そんで、出どころがどこなのかとか、もっとねえのかとか聞いた。それで、ようやく聞き出したってわけさ。年とった酋長(しゅうちょう)から——ワラケアとかいう名前だっけな。そんな奴の言うこと、オーベッドの他にゃ信じる奴ぁいなかった。だけども、あの船長はよ、人を本みたいに読んじまうんだ。ヒ、ヒ！　今、俺がこんな話をしてもよ。誰(だ)ぁれも信じちゃくれねえよ。あんたもそうだろ、兄ちゃん——んん、でもあんた、よく見ると鋭い眼してんな。オーベッドの眼もそんなんだったなあ」

　老人の囁き声は徐々に小さくなりました。彼の話が酔っ払いの妄想(ファンタジー)に過ぎないことは分かっていましたが、彼の話しぶりの中にある恐ろしくも誠実なもののしさに、僕は身震いしました。

「それでねえ、旦那。オーベッドは知ったのよ。この地上には、ほとんどの人は聞いたことがないようなもんがある——いんや、たとえ聞いたとしても絶対、信じようとしねえ。そんなもんがよ。この島のカナケーたちはな。どんどん生贄に捧げてたのよ。島の若い男と娘たちを。海の中にいる神様みたいなもんにな。そんで、そのお返しにいろんなものを手に入れてた。島の奴らは、あのヘンな遺跡がある小島に、その神様だかなんだかに会いに行く。蟇(ひきがえる)みてえな魚みてえな気味悪い怪物の絵が、神様たちの姿らしいのよ。もしかすると人魚の伝説とかそういうのも、そいつらが元になってるのかもしれねえ。そいつらは海の底に町やらなんやらを作ってるのさ。そこからせり上がってきたのがこの小島なんだとよ。島が海の上に飛び出してきたとき、島にあった石の建物ん中に、そいつらの生き残りがいたらしいぜ。

それで、カナケーたちは知ったんだ。海の底に、そんな奴らがいるってことをな。最初は怖がってたさ。だけど怖さが薄くなったらすぐ、身振り手振りで話しかけたんだ。そんで、あっというまに、話をうまくまとめちまった」

「そいつらは人間の生贄を喜んだ。ずっと昔には人間を捧げられていたこともあったのよ。だけど、その後は上の世界との繋がりをなくしちまってたんだな。生贄になった人間がどうなったかは俺が言えることじゃねえ。オーベッドも、そこまで知りたいとは思ってなかったんじゃねえかな。だがよ、島の異教徒どもはそれでよかった。生活が苦しくて、とにかく必死だったんだな。島の若者を決めた数だけ選んで、一年に二回、海の奴らに捧げた――四月のみそかとハロウィーンにな――なるたけ定期的になるように。それからあれやこれや、島で作ったようなものも捧げた。お返しとして海の奴らが約束したのは、とにかくたくさんの魚――そいつらは海の隅という隅から魚を追い出してきた――それに時々、金みてえなものもくれたのよ」

「それでねえ。島の奴らは火山島の小島でそいつらと会ってた、と言っただろ――生贄やらなんやらを積んだカヌーでそこまで行って、もらえたときには例の、金みたいなものでできた飾りを持って帰ってきた。はじめのころ、海の奴らが本島まで着いて来ることはなかった。だけどしばらくすると、来たがるようになったのよ。どうも、やたら人と交わりたがってたみてえだな。大事な日には一緒に祭をしたがった――四月のみそかとハロウィーンとな。よお、わかるか。奴らは水の中でも水から出ても生きていけるんだよ――なんつったか、そう、両棲類ってやつだ。島のカナケーは奴らに、こんなことが知れたら他の島の住人はお前たちを追い出そうとするに違いない、と告げた。だけど奴らは気にしねえと言うんだな。その気になったら人間なんて逆にみんな追い出しちまうことができるって――消えちまった《古きものども（オールド・ワンズ）》が使ってた、ある種のしるし（サイン）*31を持ってる人間を除いてな。《古きものども》ってのがなんなのか、よくわからねえけどな。でも、そこまでする気はなかったんだろうな。島の外から誰かが来ると、奴らは姿を隠したのよ」

「この蟇（ひきがえる）面（ヅラ）の魚どもと子供を作るってことになると、島のカナケーたちは尻ごみした。だけどしまいに、新しい一面を学ぶことになったんだ。どうやら人間ってのは、奴らみたいな水に棲（す）む獣とどっかで繋がってる――この世の生きてるもんはみんな、一度は水の中にいたことがある。だから戻るには、ほんのちょっと変わればいいだけなんだ。奴らは島のカナケーたちに言った。血の混じった子が生まれたら、生まれた子供ははじめのうちは人間に見える。だけど大きくなると、だんだん奴らに似た姿になっていく。ついには水に入って、海の底で奴らの群れの本体に仲間入りするんだと。それでな、兄ちゃん。ここが大事なとこだ――魚みたいな姿に変わって水に入った後はな、奴らは死なねえんだ。ぶっ叩かれて殺されたりしない限り、絶対に死なねえんだよ」

「だからねえ、旦那。オーベッドがその島の住人のことを知るようになったときには、どうやらもう、そいつらの中には水の底の怪物（シング）どもの魚の血がたっぷり流れてたのさ。年をとって見た目が変わり始めた奴らは、村を離れて海に入る用意ができるまで人の目から隠された。血が強い奴もいたし、そうじゃなくて水に入れるほど姿が変わらねえ奴もいた。だけどほとんどは、奴らが言ったとおりになったんだよ。生まれたときから奴らみたいな姿をしてたもんは、若いうちに変化した。そうじゃなくて人間に近い見た目で生まれてきたもんは、七十を過ぎても島に残ってることもあった。ただだいたいのもんは、そんなに年寄りになる前に何度か海の底に行くんだけどな。お試し、ってやつだ。水に入った奴も、人に会いに戻ってくることがよくあった。だから、百年だとか二百年だとか前に陸を捨てた、ひいひいひいひい曾祖父（ひい）さんと会って喋る、なんてこともあったわけさ」

「誰も彼も、死ぬってことを忘れちまった——もちろん死ぬことだってあるさね。他の島とカヌーに乗って戦争したり、水の底の海神への生贄にされたり、水に入れるようになる前に蛇に嚙（か）まれたり、流行り病にかかったり、急な病気になったりなんだりしたら死んじまうんだがな——とにかく、みんな死ぬことを忘れて、体が変わるのを心待ちにするようになったのさ。ちょっと経って変わった体に慣れちまえば、ちっとも悪いことはねえんだしな。手放さなきゃならねえもんと比べても、手に入るもんのほうがデカい。そう思ったんだろうよ——そして、オーベッドもおんなじことを思ったんだろ。ワラケアに聞いた話を考えたときにさ。だけどな、ワラケア本人は、魚の血の入ってない、数少ない人間だったのよ——島の王族の血筋でよ、先祖代々、他の島の王族たちと結婚してきたんだ」

「ワラケアは、オーベッドに見せたのよ。儀式だの唱える言葉だの、海の奴らに関わるものを、色々とな。それから村の住人にも何人か会わせた。人間の姿から、だいぶ変わってきてるような奴らにな。ただ、なんでかはわからねえが、水の中に棲んでる、奴らそのものは絶対に見せなかった。最後にワラケアはオーベッドに、鉛（なまり）だかなんかでできた、よくわからねえ妙なもんを渡したのさ。そいつを使えば、水の中のどっからでも魚の奴らを呼び出すことができるって言ってな。もし近くに巣があればの話だけどよ。特別なお祈りをしながら、それを水に落とせばいい、とかそんなことらしい。奴らは世界中のどこにでも散らばってるから、そのへんを探せば巣はみつかるし、呼びたければどこへでも呼べる。ワラケアによればな」

「マットはこれが気に入らなくてよ。オーベッドに島に近づかないようにしてほしかったのさ。だが、あの船長は儲けを出すことに熱心だったからな。それに、例の金みてえなやつはすごく安く買うことができたから、それ専門に取引するのが得だって気づいたんだろ。何年かそのまま続けて、オーベッドはその金みてえなのを十分に貯め込んだ。ウェイトが持ってた、ふっるい毛織物工場を使って精錬所をはじめるぐらいにな。持ってきたままで売るようなことはしなかったんだよ。そんなことをしたらいろいろ聞かれまくるからな。船員たちもさ、ときどきひとつ手に入れては売っ払ったりしてた。秘密は漏らさねえ、って誓わされてたのにさ。それからオーベッドは家の女たちにそれを身につけさせてたな。あんまりヘンに見えないやつを選んでよ」

「そんでなあ、三八年ごろだったかね――そんとき俺は七歳だったよ――オーベッドが島に戻ると、彼がいない間に島はスッカラカンになってたのさ。他の島の住人が何が起きてんのか気づいてよ、自分たちで手をくだしたんだろ。それで、持ってたに違いねえんだよ。他の島の奴らはさ。海の奴らが怖いって言ってた、大昔の魔法のしるしってのを。あのへんのカナケーたちがどんなものを手に入れてるか、わかったもんじゃねえなあ。なにせ海の底から、遺跡を乗っけた島が浮かんでくることがあるんだからな。大洪水よりももっと昔のやつがなあ。天罰ってなもんだ――ひとつ残さずぶっつぶされてた。本島にあったもんも、火山島のほうにあったもんもな。遺跡の中にあった、倒すにはでかすぎるようなやつだけが残ってた。そんで、ところどころに小さい石ころが散らばってた――お守りかなんかみたいでな――石になんか描いてあるんだ。最近だと鉤十字だとか呼ぶ模様があるだろ。あれに似たやつがな。そいつが古きものども(オールド・ワンズ)のしるし(サイン)ってやつなのかもしれねえな。住んでた奴らはどこにもいねえ。金(きん)みたいなやつもどこにも残ってねえ。近くの島のカナケーに聞いても、誰も何も言わねえ。それどころか、その島に人なんか住んでなかった、みたいな顔しやがるんだ」

「これはオーベッドには痛かった。他んとことでの普通の交易は全然うまくいってなかったからな。インスマスぜんぶにも痛かった。あの時代、フネの持ち主が儲かったら、船乗りの取り分もそれだけ多くなるもんだったからな。だいたいの町の奴らは、ヒツジみたいにおとなしくあきらめて、貧乏暮らしでがまんしてたよ。だけど、かなり苦しかった。何しろ、魚も上がらなくなってきてたし、工場(こうば)にもまともな仕事はなかったんだからさ」

「そんときだよ。オーベッドが町のもんたちの悪口を言いはじめたのはな。何もやる気がねえし、役にも立たねえキリスト様の天国とやらに祈り続けてる。そんなことを、奴は言ったのさ。俺は本当に必要なものをもたらしてくれる神様に祈りを捧げてた人たちを知ってるって。それなりの数の人間が仲間になってくれさえしたら、とある力の助けを借りられるかもしれないって。その力で魚は大漁になるし、金(きん)だってどっさり手に入るって。スマトレー・クイーンに乗ってあの島を見たことがある船乗りたちは、もちろん気がついた。奴がなんのことを言ってるのか。話を知ってるから、あの海の奴らと近づきになるなんて、と思ってた。だけど何も知らねえ奴らは、オーベッドの言うことに動かされちまった。それで奴に聞くようになったんだよ。その役に立つ神様ってのを信心するにはどうしたらいいんだ、って。俺らのために、なんかしてくれるのか、って」

ここまで話したところで老人は口ごもり、口の中で何やらもごもごと呟(つぶや)くばかりで、むっつりと不機嫌そうに黙り込んでしまいました。神経質そうに肩越しに背後を振り返った後は、遠くの黒々とした暗礁を魅せられたように見つめていました。

　話しかけても返事がないので、彼に壜の中身を全部飲ませることにしました。とても正気とも思えない法螺(ほら)話ではありましたが、僕は強く興味を掻き立てられました。インスマスの異様な有様に根ざしているある種の素朴な寓話(アレゴリー)と、念入りに拵(こしら)えられた独創的で想像力豊かな異国的な伝説が、その話に含まれているように思えたのです。

　この物語に現実のモチーフが存在しているなどということは、一瞬たりとも信じていませんでした。とはいえ、ニューベリーポートで目にした凶々しい頭飾り(ティアラ)と、明らかに同種のものであるらしい奇怪な宝飾品への言及が理由なのかもしれませんが、それでもやはり、この話には混じりけなしの恐怖をほのめかす何かがありました。

　たぶんですが、装身具は結局のところどこかの奇妙な島が出処で、この途方もない物語についても、この年寄りの飲んだくれというよりも、大昔にオーベッド自身が吹聴(ふいちょう)した法螺話なのでしょう。

　ザドックに壜を渡すと、彼はそれを最後の一滴まで飲み干しました。これほどウィスキーを飲んでも、ザドックを酔い潰すには至らないようで、彼の甲高く、喘ぎ声混じりの声にはさほどの痕跡も見られませんでした。それから、彼は壜の口を舐(な)めてポケットに滑り込ませると、しきりに頷きながら、自分自身に言い聞かせるように小声で囁き始めたのです。

　彼がはっきりと口にするいかなる言葉も聞き逃すまいと、間近に屈み込んだのですが、僕は変色した伸び放題の頬髭(ほおひげ)の背後に、冷笑が浮かぶのを見たような気がしました。

なるほど――彼は確かに言葉を口にしていて、僕はその大部分を把握することができたのです。

「マットもかわいそうに――マットはいつも反対してた――仲間を増やそうとして、そんで牧師たちとも長いこと話してた――ムダに終わったがな――会衆派の牧師は町から追い出されちまったよ。メソジストんとこの奴も辞めちまった――不屈のバブコックはバプテスト教会にいたが、消えちまって二度と戻ってこなかった――神(ジェホベー)の怒りがありますように――俺はほんの小僧っ子だったがよ、見るものは見たし聞くものは聞いたんだよ――ダゴンとアシュトレト――ベリアルとベルゼバブ――金の子牛にカナンの偶像[32]にペリシテ人――バビロンの悪徳――数えたり(メネ)、数えたり(メネ)、量りたり(テケル)、分かたれたり(ウパルシン)[33]――」

彼は再び話すのをやめました。潤んだ青い眼の様子からして、僕は今にも意識が混濁してしまうのではないかと恐れました。それで、軽く肩を揺さぶってみたのですが、彼は驚くほど敏感な様子で僕の方に向き直り、聞き取りにくい言葉を更にまくし立てたのでした。

「信じられねえってか？　ヒ、ヒ、ヒ――じゃあよ、教えてくれねえか、兄ちゃん。どうしてオーベッド船長はよ、二十人ぐらいも引き連れてよ、悪魔の暗礁に真夜中に漕ぎ出して行ってよ、祈りの言葉なんぞ唱えてたんだよ。風向きによっては町中で聞こえるぐらい、大声出してよお。なんでか教えてくれよ。それからよ、オーベッドはなんでいつも、リーフのあっちがわで、なんか重てえもんを水に投げ込んでたんだよ。あの、底がガケみたいにガツンと落ちて、計れないぐらい深くなってるとこでよお。ワラケアにもらった、ヘンな形のよくわかんねえ鉛のカタマリは、何に使ったんだよ。なあ、あんちゃん？　それからよ、四月のみそかと、そんでその次のハロウィーンに奴らが運んでたのはなんだったんだよ。なんで新しい教会の牧師はよ――昔は船乗りだった奴らがよ――ヘンな長い服着て、オーベッドが持ってきたあの金みてえなやつをジャラジャラつけてんだよ。なあ？」

潤んだ青い眼は、今や残忍で気違いじみたものになっていました。変色した白い髭は、静電気を帯びたように逆だっていました。僕が気後れしていることに気付いたのでしょう。老ザドックは、意地悪くも甲高い声で笑い始めました。

「ヒ、ヒ、ヒ、ヒ！　分かってきたか、え？　あの頃の俺とよ。入れ替わってみてえか。夜に海を見張ってた俺とよ。家の上の円屋根に登ってよ。ちっちぇえ水差しにもでかい把手、ちっちぇえガキにもでかい耳ってやつでよ、オーベッド船長のことでも、暗礁に詣でてる奴らのことでも、ウワサはひとつも聞き逃さなかったさ。ヒ、ヒ、ヒ！　聞きたくねえか？　俺が親父の望遠鏡を持ってよ、円屋根に登った夜のことをよ。リーフになんかの影がうじゃうじゃいてよ、月が昇るとすぐに水に飛び込んでったのはその夜だよ。オーベッドと他の奴らはボートに乗ってたんだけどよ。リーフの上にいた影は、むこう側の深くなってるほうに飛び込んでいってよ。二度と浮き上がってこなかった……ちびのガキが屋根の上で一人っきりでよ。人間じゃねえもんの影を見たんだよ。あんたがあんときの俺だったら、どうだよ……ん？……ヒ、ヒ、ヒ……」

老人がいよいよ興奮状態になったので、僕は言い知れぬ不安に身震いしました。僕の肩を掴んだふしくれだった鉤爪様の指も震えていましたが、必ずしも哄笑からくる震えではないようでした。

「ある晩、リーフのむこうでよ、オーベッドのボートからなんか重そうなもんが落とされるのを見てよ、そんで次の日に、若いもんが行方知れずになっちまったって知ったらどうなるよ。ん？　ヒラム・ギルマンの皮でも髪の毛でも、その後に見つけた奴がいるか？　誰か見つけたかっつってんだよ。ニック・ピアースは？　ルーリー・ウェイトは？　アドニラム・サウスウィックは？　ヘンリー・ギャリソンは？　え？　ヒ、ヒ、ヒ、ヒ……人間じゃねえ影がよ、手振りで話してるんだよ……ちゃあんと手があるのさ、奴らにはよ……」

「それでねえ、旦那。オーベッドのうだつがまた上がるようになってきたのもその頃だ。奴の三人の娘がさ、金（きん）みたいなもんで飾り立てるようになった。前には見たこともなかったようなやつでな。それで、精錬所のエントツからも煙があがるようになった。他の奴らもウハウハだったよ——魚がよ、港の中に、獲ってくれってばかりになだれ込んでくるんだよ。ニューベリーポートやアーカムやボストンに、信じられねえぐらいでっかい荷物を出すようになった。オーベッドが汽車の支線を通させたのはこの時さ。キングスポートの漁師に魚が獲れるって話を聞きつけた奴らがいて、スループに乗ってやってきたけどな、みんな沈んじまった。二度と見かけることはなかったよ。ちょうどそん時だ。この町の奴らが〈ダゴン秘儀教団（エソテリック・オーダー・オブ・ダゴン）〉を作ったのはよ。そんで、そのためにカルヴァリー分団[*34]のフリーメーソン会館（メソニック・ホール）を買い取ったのよ……ヒ、ヒ、ヒ！　マット・エリオットはメイソンでな、売るのに反対してたよ。だがよ、ちょうどその頃にいなくなっちまったんだなあ」

「覚えといてくれよ。オーベッドが何も、あのカナケーの島であったことをそっくりそのまま持ってこようとしたとかって、そんなことを言いたいわけじゃねえんだ。人と交わらせたりよ。大きくなったら水に入って魚になって、永遠に死ななくなるような子供らを育てたりよ。そういうことを考えてたんじゃねえんだと思うのよ。はじめのうちは。奴はあの金（きん）みたいなやつが欲しかった。そのためにはどんだけでも払うつもりだった。そんで、他の奴らも満足してたと思うのよ。しばらくのあいだはな……」

「四六年になってからよ、町じゃあいろいろ調べたり、考えたりするようになった。とにかく行方知れずになる奴が多すぎる――日曜の礼拝じゃ、とんでもねえ説法ばかりする――リーフのことで、ヘンなウワサがありすぎる。俺もちょっとは噛んでたかもな。モウリー町長に、屋根の上から見たことを教えたのよ。ある晩のことさ、町の一団が、オーベッドの仲間たちを暗礁まで追っかけてった。それでよ。ボートの間で撃ち合ってるのが聞こえてきたんだ。次の日にはオーベッドと、他に三二人の奴らが牢屋につながれてた。みんな、何が起きてんのか、そいつらをどんな罪に問えるのか、そんなことだけ考えてた。ああ、誰かが先のことも考えてりゃあな……何週間か経ってよ、あすこの海になんにも投げ込まれない日が、そんなにも続いたらよ……」

ザドックが恐怖と疲労の徴候(しるし)を見せていたので、僕はしばらくの間そっとしておきつつも、心配でちらりと腕時計を見ずにはいられませんでした。今しも潮が満ち始めていたのですが、波の音が老人を奮い立たせたようでした。高潮になったことで、魚臭さが多少おさまってくれたのも、ありがたいことでした。僕は改めて、彼の囁きを聞き取ろうと神経を研ぎ澄ませました。

「あのおっそろしい夜のことよ……俺はな、見ちまったのさ……円屋根に登ってて……奴らがゾロゾロと……すげえ数だった……暗礁は奴らでいっぱいで、そっから港へ、マヌセットの河口へ泳いで来やがって……インスマスの町中があの夜、どうなっちまったかってのはよ……奴らはうちのドアもガチャガチャやってた。だけど親父は開けなかった。何があっても……そんで、マスケットを持って、台所の窓から出てった。モウリー町長を探して、何ができるか聞いてくるってよ……死んだ奴や死にかけの奴が積み重なってた……銃の音と悲鳴……オールド・スクエアやタウン・スクエア、ニュー・チャーチ・グリーンからの叫び声……牢屋は開けられて……声明……反逆罪……よそから人がやって来て、町の半分がいなくなっちまったって気づかれたときには、流行り病だってことにした……オーベッドとあの奴らの仲間になるか、そうじゃなきゃおとなしく黙ってる、そういう奴らしか、もう残ってなかった……親父は帰ってこなかったよ……」

老人は大きく息を喘がせ、ひどい汗をかいていました。僕の肩を摑む手にも力がこもりました。

「次の日の朝には、何もかもさっぱりキレイになってた――だがよ、痕は残ってた……オーベッドが音頭を取ってよ。これからは変わる、とか言っとったな……礼拝のときに、他からも来るもんがある。それから、選ばれた家では客をもてなすんだ……奴らは交わりたがってたんだよ。カナケーたちとやったみたいにな。オーベッドには、それを止めようって気もなかった。やり過ぎちまったんだよ、オーベッドはよ……そのことになると頭がおかしくなっちまったみてえだった。奴は言うんだよ。海の奴らは魚と宝を持ってきてくれる。だから、欲しがるもんをなんでも渡さなきゃならねえとな……」

「何も変わらなかったさ、傍目にはな。ただ、俺らがよそ者と喋らなくなっただけだ。自分たちにとって何がいいことなのか、わかってた奴らはな。みんな、ダゴンの盟約をさせられた。そのうちに、二つめや三つめの盟約をする奴もいたな。たくさん力を貸したやつには、見返りもたくさんあった――金だとか、そういうのさ――隠れようとしたってムダだった。奴らは何百万って海の底にいるんだからな。奴らもふだんは別に、地上に上がって人間を皆殺しにしようとは思ってねえ。だけどもし、正体がバレて、そうしないといけなくなったら、まあ、いろんなことができるってわけだ。俺らは誰も、あの大昔のお守りを持ってないしな。南洋の島の住人が持ってたような、奴らを追い払うのに使えるやつをよ。

あのカナケーたちは、よそ者に秘密を明かしてくれねえからな」

「生贄や下らねえあれやこれやを十分にやって、好きなときに好きなように町に寄生させてやれば、他のときはほっといてくれた。よそ者が来たら、話を外に広められるかもしれなかったけど、それでも手は出さなかった――いろいろ聞き出そうとし始めたら別だけどな。みんな、信心深い仲間になって――〈ダゴン教団(オーダー・オブ・ダゴン)〉のよ――子供たちは死をむかえることはねえ、母なるヒュドラと父なるダゴンのもとに帰るのよ。もともとそこから来たんだしな――いあ！　いあ！　くとぅるぅ　ふたぐん！　ふんぐるいむぐるぅなふ　くとぅるぅ　るるいぇ　うがふなぐる　ふたぐん――」

老ザドックが、にわかにわけのわからないことを早口で喚(わめ)き出したので、僕は息を呑みました。何と気の毒な老人なのでしょう――彼を取り巻く腐敗や疎外感、病気への嫌悪に加えて、深酒(ふかざけ)に伴う幻覚が、この想像力旺盛な脳をこしらえたのです！　彼は唸(うな)るような声を出し、皺深い頬(ほお)を涙が流れ落ち、髭を濡らしていました。

「なあおい(ゴッド)、信じられるかよ？　俺が一五の頃から見てきたものをよ――数えたり(メネ)、数えたり(メネ)、量りたり(テケル)、分かたれたり(ウパルシン)！――行方知れずになる奴、自殺する奴――アーカムやイプスウィッチやそのへんに行って、町で何が起きてるか話そうとした奴はみんな、頭がおかしいと言われただけだった。あんたも今、俺のことをそう思ってるだろ――だけどよお、いいか、俺は見たんだ――俺はとっくに奴らに殺されてるはずなんだよ。いろいろ知ってるからな。ただ俺は、一つめと二つめのダゴンの盟約をオーベッド本人から受けた。だから守られてた。奴らが審問(しんもん)を開いて、俺がわざと、知ってて秘密を漏らしたって証明できない限りは、大丈夫だった……だけど三つめの盟約はせんかった

――あれをすんなら、死んだほうがマシだってな――」

「南北戦争が始まるころには、もっとひでえことになってたさ。四六年より後に生まれた子供が大きくなりはじめてよ――みんなじゃねえけどな。俺はビビってた――あのムチャクチャな夜の後はよ、なんも聞いて回らなかった。そんで、一度だって――奴ら――に出くわすことはなかったよ。それからは。まじりっけなしの純血のやつには、ってことだがよ。俺は戦争に行った。それでよ、そうするだけの勇気かアタマがあったらよ、二度とここになんか帰ってこなかった。どこか遠くに住み着いてたよ。だけどさ。手紙をよこすんだよ。そんなに景気も悪くねえってよ。たぶんそれはさ、六三年からこっち、政府軍が徴集した兵隊が町にいたからなんだよな。戦争が終わったら、またひどくなっちまった。みんな、苦しくなりだした――工場も店も閉まっちまって――売りもんの出荷も止まって、港はあがったり――汽車も来なくなっちまった――だけど奴ら……奴らはよ、いなくならねえんだ。あの魔王の巣みてえな暗礁からよ、川を泳いで上ってきて、また帰っていくんだ――それでよ。板ァ打ち付けて閉じられた屋根裏部屋の窓がよ、増えるばっかりなんだ。それでよ。中から物音が聞こえるんだ。誰も住んでるはずがねえ家から。そんなのが増えてくばっかりなのさ……」

「よその町じゃ、あることねえこと言ってるんだろうよ――あんたもそういう話をいろいろ聞いた。そうだろ。そうじゃなきゃ、こんなこと俺に聞こうとしねえもんな――あっちこっちで見たり聞きかじったりした話とか、あのヘンな金飾りのこととかよ。今もどっからか誰かが持ってきててよ、時々、溶かしきれてねえやつも混ざってるからよ――だけど、誰も確かなことは知らねえんだ。何も本当のことだと思っちゃいねえんだよ。誰一人としてよ。あの金みてえなもんは海賊のお宝だとか言ってるんだろ。

インスマスの人間にはよその国の血が混じってるとか、生まれつきなんか足りねえんだとか、そんなこと考えてるんだろ。それによ、ここの人間もよそ者を見たら追い払うからよ。できるだけよ。それか追い払わねえにしても、あんまりうろちょろするなって言うからよ。特に夜にはな。家畜はよ。怪物を見ると怯んじまうんだよ――馬のほうがラバよりひでえな――だけどクルマを使うようになってからは、それは悩みの種じゃなくなったみてえだな」

「四六年になってよ、オーベッドは後妻を迎えた。町じゃ誰も見たことがねえ女だったよ――オーベッドは乗り気じゃなかったなんて言う奴もいたけどな。だがよ、自分で呼び寄せた奴らに迫られて、しかたなくしたんだってよ――そんで子供が三人できた――二人は小さいうちに、どっかにいっちまった。だけど娘はよ。他の誰にも似てなくてよ、ヨーロッパに留学させてた。そんでオーベッドはよ、何も知らねえアーカムの男をだまくらかして、ついにその娘と結婚させちまった。だけど今じゃ、インスマスのもんと付き合いてえよその町のもんはいやしねえ。今、精錬所をやってるバーナバス・マーシュはオーベッドの孫でな、最初の妻との子供の子供だけどよ――父親はオネシフォラスってよ、その長男なんだがよ、母親はあいつらの一党でな、外にも出たことがねえって話だな」

「バーナバスはちょうど体が変わりはじめたところでよ。眼はもう閉じられねえし、ヘンなかたちになっちまった。まだ服を着てるって言う話だけどな、もうそろそろ水の中に行っちまうんじゃねえかな。試すくらいはしたかもな――時々な、奴らは何度か海に入ってみるんだよ。二度と陸に戻ってこねえって決める前にな。大勢の前に出てきたことは、もうここ十年ぐらいねえよ。嫁さんはどうしてるんだろうな。かわいそうに――イプスウィッチから嫁に来たんだよ。五〇年ぐらい前によ。そのせいでバーナバスは、イプスウィッチで吊るし上げられるところだったんだけどな。オーベッドは七八年に死んじまった。奴の子供たちも、もういねえ——最初の妻との子供たちは死んだ。その他の子供は……どうなったんだろうな……」

上げ潮の立てる音が今や耳を聾せんばかりになり、その音に合わせて、老人の様子も物悲しい感傷から何か恐ろしいことを気にする風に、少しずつ変化していくようでした。話す内容の途方もない不条理さにもかかわらず、幾度も話を中断しては肩越しに暗礁の方をちらちらと窺う様子によって、彼の抱いている漠然とした不安を分かち合うまでになっていました。そしてザドックは今、甲高い声を大きく張り上げて、勇気を奮い起こそうとしているのです。

「よお、あんた。なんか言いなよ。どうだよ。こんな町に住みてえかよ。何んもかも、みんな腐ってく、みんな死んでく、閉じ込められた怪物があっちでもこっちでも這いずり回って、呻いて、吠えて、暗い地下室や屋根裏ん中で飛び跳ねてる、そんな町によ。あん？　教会とオーダー・オブ・ダゴンの集会所から聞こえてくる叫び声をよ、聞きてえか？　正体を知ってんのに、毎晩毎晩、聞かされるんだよ。あの、くそみてえな暗礁からよ。毎年毎年、四月のみそかと諸聖人の日にどんなもんが出てくるか、知りてえか？　なあ？　狂った爺いだと思ってんだろ、俺のことをよ。ええ？　なあ、旦那。しかもなあ、もっと悪いことがあんのさ」

今やザドックは金切り声をあげ、その気違いじみた熱狂が僕を耐え難いほどにかき乱しました。

「くそっ、そんな眼で、俺をじろじろと見るんじゃねえ——オーベッド・マーシュは地獄に落ちた。二度と帰ってこねえんだ！　ヒ、ヒ……地獄だよ。地獄っつってんだろ！　俺を捕まえることはできねえ

――俺は何もしてねえ、誰にも言ってねえ、何もバラしてねえよ――」

「おお、あんただったか、兄ちゃん？　ねえ。今まで誰にも言わなかったことだがよ、これから話してやるよ。そこに座ってよ、静かに聞いてろよ。なあ、あんちゃん――俺がずっと、誰にも喋らねえでいたのはよ……俺はあの夜の後、話を聞いて回るのをやめたって言っただろ――だけどよ、そんなことしなくても、いろんなことを知っちまったんだよ！」

「本当に怖いのは何なのか、知りてえか？　こういうことだよ――本当に恐ろしいのは、あの魚悪魔どもが今までにやったことじゃねえぞ。そうじゃなくて、奴らがこれからやろうとしてることだよ。奴らはよ。連れてきてんだ。海の底の棲家からよ。この町に――もう何年か続いてる。最近はサボってるみてえだけどな。川の北側のよ、ウォーター・ストリートとメイン・ストリートの間の家はよ、もういっぱいだ――奴らと、奴らが連れてきたもんでな――そんでよ、準備ができたらよ……いいか、準備ができたらよ……ショゴス[*35]って、聞いたことあるか……？」

「なあ、聞いてんのか？　俺はな、そいつが何なのか知ってんだよ――見ちまったからな。あの夜に……ああ――アアーーー――ア！　エイアアーーーー……」

　老人の叫び声がぞっとするような唐突さで、人間離れした恐怖に染まり、僕は危うく卒倒するところでした。背後の悪臭漂う海に向けられた彼の眼は、頭部から飛び出すかと思える有様で、その顔はギリシャ悲劇にこそ相応しい恐ろしい仮面と成り果てていました。

　骨ばった爪を僕の肩に食い込ませ、いったい何を見たのか確かめようと僕が背後を振り向いた時にも、彼は身動ぎひとつしませんでした。もっとも、僕には何も見えず、せいぜいが遠くの沖合に砕波が描く白い帯の手前で、上げ潮の海に幾つかの波紋が生じているくらいのものでした。

　しかし、ザドックに揺さぶられたので改めて向き直ってみると、老人の恐怖にこわばっていた顔は、今やまぶたがピクピクと引き攣(つ)り、顎がカクカクと戦慄(わなな)く有様に成り果てていました。やがて、恐怖に震える囁きではありましたが——彼の声が再び聞こえてきました。

「逃げろ！　逃げるんだ！　奴らに見られちまった——逃げろ、死にたくねえだろ！　待つな——奴らに知られた——走れ——すぐに——出ろ、この町から——」

　かつての埠頭(ふとう)のゆるい石積みの反対側に、新たに大きな波が押し寄せたかと思うと、狂った老人の囁きは血も凍るような人間離れした悲鳴へと変化しました。

「エ——アアーーーー！……アアアアアア！　……」

　僕の混乱が収まる前に、老ザドックは肩を摑む手を緩め、陸(おか)の側にある通りに猛然と走り込みました。そして、廃墟と化した倉庫の壁を北に回りこみ、よろめきながら去っていったのです。

　海を振り返ってみましたが、目につくものは何もありませんでした。ウォーター・ストリートまで戻り着き、通りの北側を眺めてみたものの、ザドック・アレンの姿は影も形も見えませんでした。

Ⅳ

　このぞっとするような挿話(そうわ)——気違いじみた哀れっぽさを感じさせると共に、グロテスクなまでに恐ろしい挿話によって、僕がどんな気分になったかは、言葉で言い表しようがありません。

食料雑貨店の店員から聞いていたことで、それなりに心構えができていたつもりだったのですが、現実は僕を当惑と動揺の坩堝に叩き込みました。物語そのものは子供だましのシロモノでしたが、老ザドックの正気とは思えない真剣さと怯えは、この街に対してずっと抱いていた嫌悪感や、形をとらない影のような病的な荒廃と相俟って、僕を不安にさせました。

時間が経てば、聞かされた話を吟味して、歴史に根差した寓話の核心を抽出することもできるでしょう。ですが、その時の僕はただ、頭の中からそれを締め出したいと願っていました。

予定していた時間を、危険なほどに過ぎてしまいました――僕の腕時計は七時一五分を差し、アーカム行きのバスは八時にタウン・スクエアから出ることになっているのです。僕は出来る限り余計なことから離れた、実際的なことだけを考えるようにしながら、穴の空いた屋根や傾いた家屋の並ぶ無人の通りを足早に通り抜け、旅行鞄を預けたホテルに向かって、そのままバスを待つつもりでした。

午後遅くの金色の光が、古びた屋根や老朽化した煙突に神秘的な美しさと安らいだ空気を与えていましたが、僕はついつい幾度も背後を振り返ってしまうのでした。悪臭が漂い、恐怖の影に覆われたインスマスから抜け出すことができればどんなにか嬉しいだろうと思い、あの不気味な顔つきをしたサージエントが運転するバス以外の、誰かしらの車を捕まえることができればと願いもしました。

とはいえ、閑静な曲がり角のひとつひとつに、一見の価値がある細部を備えた建築物があったので、それほど速度をあげませんでした。計算では、半時間もあれば十分に見て回れそうだったのです。

食料雑貨店の店員から貰った地図にあたって、まだ行ったことのない道筋を確認し、ステート・ストリートの代わりにマーシュ・ストリートを通ってタウン・スクエアに向かうことにしました。

フォール・ストリートの角のあたりで、何事かをひそひそと囁いている集団がそこかしこにいるのが目につき始めました。そして、最終的にタウン・スクエアに到着した時、町中をぶらついていた者たちのほぼ全員が、ギルマン・ハウスの扉の前に集まっているのが見えました。

ロビーで預けていた旅行鞄を請求している間にも、まばたきひとつしない、膨れ上がって潤んだ複数の眼に、妙な視線を向けられているようでした。これらの不愉快な生き物が一人たりとも自分と同じバス（コーチ）に乗り込まないことを、僕は願ってやみませんでした。

三人の客を乗せたバスが、ガタガタ音を立てながらやや早めに到着しました。時刻は八時少し前でした。そして、歩道にたむろしていたひどい顔つきの連中が、小声で何事かを運転手に話しかけていたのですが、何を言っているのかは聞き取れませんでした。

サージェントは郵便の袋と新聞の束を路上に投げ出して、ホテルに入っていきました。その一方で、乗客たち——朝方にニューベリーポートに到着するのを見かけたのと同じ連中——がよろめくような足取りで歩道に向かい、うろついていた中の一人としわがれた小さな声で言葉を交わしていました。

誓って言いますが、その言語は決して英語ではありませんでした。

無人のバス（コーチ）に乗り込み、来る時に座ったのと同じ席に腰を下ろそうとしたところで、サージェントが再び姿を現し、独特の嫌悪感をかき立てるしわがれ声で、もごもご話し始めました。

どうやら、不運に見舞われたようでした。ニューベリーポートから普段よりも早くやって来れたにもかかわらず、エンジンに問題があって、このままではバスがアーカムに辿り着けないというのです。

夜のうちに修理を済ませることはできそうになく、アーカムだろうが他の場所だろうが、インスマスからどこかしらに行くことのできる交通手段もありませんでした。サージェントは申し訳ないが、ギルマン・ハウスに泊まっていただかねばならないと、僕に伝えました。たぶん、フロント係が宿泊料を安くしてくれることでしょうが、その他のことはどうにもならないとのことでした。

この突然の妨害と、腐朽が進んで街灯も半ば壊れている町が、急速に夜の暗闇に呑み込まれていくことへの激しい恐怖で、僕はほとんど呆然としてしまいました。それで、バスを出ると改めてホテルのロビーに向かい、陰鬱で奇妙な顔立ちをした夜番のフロント係から、上から二番目の階にある428号室――大部屋ですが、水が全く使えない――なら、一ドルで泊まれると告げられたのでした。

このホテルのことについてニューベリーポートで聞かされていたにもかかわらず、僕は宿帳に署名して一ドルを支払い、フロント係に旅行鞄を渡すと、むっつりした表情の案内者に続いてきしむ階段を三回上がり、人気(ひとけ)の全くない埃っぽい廊下を通り抜けました。

僕の部屋はホテル後方の陰気な一室で、二つの窓と、飾り気のない安物の家具がありました。窓からは、背の低いレンガ造りの建物に囲まれた薄汚れた中庭を見下ろせるか、さもなくば西側に老朽化した屋根が連なり、その向こうに湿地帯が広がっているのを見渡すことができました。廊下の突き当りにはバスルームがありました――年代物の大理石の手洗い鉢(ばち)、錫製のバスタブ、薄暗い電灯、配管設備を取り巻くカビ臭い羽目板といった具合の、うんざりするような年季の入った遺物でしたが。

まだ太陽が出ていたので、僕は広場に降りていき、何かしら夕食を確保できないかとあたりを見回したのですが、あたりをぶらついている不愉快な連中から、奇妙な視線を向けられていることに気づきました。食料雑貨店はしまっていたので、以前は避けた食堂(レストラン)に入る以外の選択肢がありませんでした。店内にいたのは、まばたきもせずじっと見つめてくる頭の細い猫背の男と、信じ難いほど太く不格好な手の、鼻がのっぺりした田舎娘だけでした。カウンターで食事を供するタイプの店で、食材の殆どが缶詰やパックから取り出されることに、僕は安堵しました。

ボウル一杯の野菜スープとクラッカーで十分にお腹が膨れたので、僕はすぐにギルマン・ハウスの陰気な部屋に引き返すことにしました。その途中で、不愉快な顔つきのフロント係の机の横にある不安定なスタンドから、夕刊と小さな染みだらけの雑誌を手に入れておきました。

夕暮れが深まってきたので、安っぽい鉄製のベッドの上にある弱々しい電球を点(とも)して、僕は努(つと)めて読書に没頭しようとしました。僕がまだ出られずにいた、この古ぶるしくも病的な影に覆われた町の異常性について考え込んだりせず、健康的なものに心を向けた方が良いだろうと考えたのです。老いた酔っ払いから正気とも思えない話を聞かされたせいで、心地よい夢を見られるとはとても思えませんでした。それに、狂おしく潤んだ老ザドックの眼を、できる限り思い浮かべないようにする必要もありました。

加えて、工場検査員がニューベリーポートの切符売りに話していた、ギルマン・ハウスとその夜の宿泊客の声についても、くよくよ考えたりしてはなりませんでした。もちろん、暗い教会の戸口にいた、頭飾り(ティアラ)を被った奴の顔――僕の正気な心に説明のつかない恐怖を与えた顔についても同様です。

部屋がひどいカビ臭さに包まれてさえいなければ、心騒がされるあれこれを考えずに済ませるのはもっと楽だったはずです。現実にはそうではなく、命にも関わりそうなカビ臭さが町を覆う魚臭さと悍ましくも混ざり合い、死や腐敗について思いを向けずにはいられなくしてしまうのでした。

僕の心を騒がせることが、もう一つありました。部屋のドアに掛け金がなかったのです。明らかな痕跡があるので、以前はそこにあったのでしょうが、最近になって取り外された形跡がありました。このおんぼろの建物にある他の多くの物品と同様、故障してしまったのでしょう。緊張しながらあたりを探し回ると、痕跡からしてドアに取り付けられていたものと同サイズだと思しい、洋服簞笥の掛け金が見つかりました。緊張を少しでも和らげようと、僕はキーリングに繫いでいた携帯用三徳ツールのねじ回しを使って、掛け金を付け替える作業に没頭しました。

掛け金が完璧にフィットし、眠る時にしっかりと鍵をかけられることがわかって、僕は幾分か安心することができました。その必要があると本気で懸念していたわけではないのですが、この種の環境では、安全保障の象徴はどんなものでも歓迎したい気分でした。両隣の部屋に続いている側面ドアにはちゃんと掛け金がついていたので、こちらにもしっかりと鍵をかけておきました。

僕は服を脱がず、眠くなるまで読書を続けてから、上着とカラー、靴だけを脱いで寝るつもりでした。ポケットサイズの懐中電灯を旅行鞄から取り出すと、後で眼が覚めた時に、暗闇の中で腕時計を確認できるように、ズボンのポケットに入れておきました。しかし、睡魔が訪れることもなく、脳裡に浮かぶ様々なことを細かく考えるのをやめた時、僕は無意識のうちに、何かの物音——恐れていることは確かなのですが、はっきりと示すことはできない物音——が聞こえてきやしないかどうか、不安に思いながら聞き耳を立てていたことに気づきました。

検査員の物語は、僕が思っていたよりも強く、僕の想像力に影響を及ぼしていたに違いありません。読書を再開しようとしても、ほとんど読み進めることができませんでした。

階段や廊下から足音が聞こえたような気がしたのは、暫しの時間が流れた頃のことで、てっきり他の部屋が埋まり始めたのかと思いました。ですが、声は全く聞こえず、きしむような音からはどこかこそこそとした印象を受けました。僕はどうにもこれが気に入らず、眠るべきなのかどうか思い悩みました。この町には奇妙な住人たちがいて、過去に失踪者が出ていることは間違いないのです。

ここは、金目当てで旅行者を殺害する旅館だったのでしょうか。僕は大金を持ち歩いているようには見えないはずなので、とてもそうは思えません。あるいは、この町の住民たちは、好奇心旺盛な訪問者たちを心底嫌っているということなのでしょうか。頻繁に地図を確かめながらあからさまに観光をしていたことが、好意的ではない注意を引いてしまったのでしょうか。

不規則なきしみ音を幾度か耳にした程度のことで、こんな推測をしてしまうとは、僕はよほど緊張していたのに違いありません——それでも、武装していなかったことを後悔しました。

やがて、眠気を伴わない疲れを感じたので、新たに取り付けた廊下側のドアの掛け金をかけ、灯りを消し、固くでこぼこしたベッドで横になりました——上着とカラー、靴を全部身につけたままで。

暗闇の中では夜のかすかな音が大きく聴こえるようで、僕の脳裡をよぎる不穏な思いも倍増しました。灯りを消してしまったことを後悔しましたが、疲れ切っていたので、もう一度灯りをつけるために起き上がる気にはなれませんでした。

長く、物憂げな時間が流れた頃、階段と廊下のきしむ音に続いて、僕が不安を感じていたことの全てが悪意をもって実現するかのような、控えめで、忌まわしくも聞き間違えようのない音が聴こえてきました。疑う余地もなく、廊下側のドアが——用心深く、こそこそと、ためらいがちに——鍵で開けられようとしたのです。先だってから漠然とした恐怖を感じていましたので、現実に危険が迫っている徴候(しるし)に気付いた時も、僕はそれほど動揺しませんでした。明確な理由はなくとも、本能的に警戒していたのです——どのようなものであるにせよ、新たな現実の危機の只中で、そのことが僕の強みになりました。それはそれとして、漠然とした予感がただちに現実の脅威に変化したことは深刻な衝撃であり、まさしく殴りつけるような力で僕を打ちのめしました。

ちょっとした間違いかもしれないなどという憶測は、思い浮かびもしませんでした。良からぬ目的以外には考えられず、僕は侵入者の次の動きを待ち構えながら、死人のように息を潜めました。

ややあって、用心深くノブを動かす音がおさまり、北側の部屋がマスターキーで開けられる音が聴こえました。続いて、僕の部屋に通じるドアに鍵がかかっているかどうか、控えめに試されました。もちろん、掛け金は持ちこたえ、盗っ人が部屋を出て行く床のきしみが聴こえました。しばらくすると、新たに控えめな音が聴こえて、南側の部屋に何者かが入ってきたことがわかりました。掛け金のかけられたドアがまたもや試され、再び外に出ていくきしみ音が聴こえました。

今回、そのきしみ音は廊下を通り抜けて階段を降りていったので、盗っ人は僕の部屋の全てのドアに鍵がかけられていることを知り、多かれ少なかれ、当面のところは計画を断念したようでした。

即座に行動計画に移れる準備を整えていたということは、僕は無意識の内に何らかの危険性を懸念し、何時間もかけて脱出経路を考えていたに違いありません。姿なき侵入者に脅威を感じたので、顔を合わせるとか立ち向かうとかいったことは頭から度外視し、ただちに逃げ出すことだけを考えました。

なすべきことはただ一つ。正面階段とロビー以外の経路をとって、可能な限り速やかに、生きたままそのホテルから脱出することでした。

音を立てないように立ち上がり、懐中電灯のスイッチをオンにすると、僕は旅行鞄を持たないで身軽に脱出するべく、いくつかの品物を選んでポケットに入れようと、ベッドの上の電球をつけようとしました。しかし、何も起こりませんでした。電気が断たれていたのです。悪意ある陰謀が、かなりの規模で動き出しているのは明らかでした――それがどんなものなのかは、さっぱりわかりませんが。

役に立たないスイッチに手を置いて考え込むうちに、階下からくぐもったきしみ音が響き、辛うじて会話だとわかる声を聞いたように思いました。次の瞬間、低い方の話し声について、それを声と言って良いのか確信が持てなくなりました。かすれた吼え声と音節のあやふやなしゃがれ声をはっきりと耳にしたのですが、それは人間の話し声と似ても似つかなかったのです。僕はその時、工場検査員がこの腐り果てた有害な建物において夜中に耳にしたものについて、否応なく思い起こさせられました。

懐中電灯の灯りを頼りにポケットをいっぱいにすると、僕は帽子を被り、つま先立ちで窓に近づいて、下に降りられるかどうか確かめました。州の安全規制に反して、ホテルのこちら側には火災時の非常階段がなく、三階分の建物が丸石敷の中庭に落ち込んでいるのを窓から見下ろせるのみでした。しかし、左右を見てみると、それぞれ古風なレンガ造りのオフィスビルがホテルに隣接していて、僕がいる四階の高さからちょうど飛び降りられる距離に、それらの建物の傾斜する屋根がありました。

どちらの建物を選ぶにせよ、僕の部屋からドアを二つ隔てた部屋――北側か南側か――に行かなければならず、僕はただちに移動するチャンスを掴む算段を始めました。確実に足音を聞かれてしまうはずですし、目当ての部屋の鍵をこじ開けて中に入れるかというとそれも難しいので、危険を冒して廊下に出るのは得策ではありませんでした。どうしてもその必要があるのなら、それほど頑丈ではない隣室への扉を通るべきでしょう。開けるのに手こずった場合は、自分の肩を衝角として利用し、鍵と掛け金を乱暴に破壊すれば良いのです。この旅館と備品類の今にも壊れそうな様子からして、十分に可能だと考えましたが、物音を立てずにやってのけることは不可能だとも気づきました。

敵意を持つ連中が合流し、向かって右側の部屋のドアをマスターキーで開ける前に、物凄いスピードで窓に辿り着かなければなりません。僕は、衣装箪笥を――なるたけ音を立てないように少しずつ――押し付けて、今いる部屋の廊下側の扉を強化しました。チャンスは限りなく小さいと感じていたので、あらゆる災難に対する覚悟をしっかりと決めておきました。別の建物の屋根に辿り着けたとしても問題が解決したわけではなく、地上に降りて、町から脱出するという難関が待っているのです。

ありがたいことが一つありました。それは、隣接する建物がいずれも人っ子一人見当たらない廃墟も同然の状態で、どの通りに面した側にも黒々とした天窓が数多く開いていることでした。

食料雑貨店の店員にもらった地図で、町から出る最善のルートは南方向だとあたりをつけて、僕は手始めに、南側の部屋に通じているドアに目を向けました。見た感じ、そのドアは僕がいる部屋の内側に開くように設計されていて――掛け金をはずしてみると、反対側にも掛け金がかかっていることがわかりました――、力づくでどうにかできるものではありませんでした。したがって、そちらの扉は候補から外すことにして、後になってそちらの部屋から襲撃があっても食い止められるようにしておこうと、慎重にベッドを動かしてドアに押し当てました。

北側のドアは僕に対して外開きになっていて、こちらの扉——試したところ反対側から鍵ないしは掛け金がかかっているのが判明しました——を逃走経路にするしかなさそうでした。ペイン・ストリートに面した建物の屋根に辿り着き、地面に降りることができれば、中庭と、隣もしくは反対側の建物を走り抜けて、ワシントン・ストリートかベイツ・ストリートに出られるはず——さもなくば、ペイン・ストリートに出てから角を南に曲がり、ワシントン・ストリートに出ることになってしまうのです。いずれにしても、何とかワシントン・ストリートに入り、タウン・スクエア界隈から速やかに離れるつもりでした。消防署には夜通し人の出入りがありそうなので、ペイン・ストリートは避けたいところです。

こうしたことを考えながら、僕は腐朽した屋根が、満月を幾晩か過ぎた月の光に今しも照らし出され、雑然と広がっている様子を眼下に眺めました。右手には、渓谷を流れる川が景観に黒々と裂け目を入れ、廃工場や廃駅が、さながらフジツボのように両岸にへばりついていました。その向こう側では、錆びついた線路とロウリーへと伸びる街道が、雑木林の生い茂る、小高く隆起して乾燥した小島の点在する平坦な湿地帯を通り抜けて行くのでした。左手には、糸のような小川が流れる田園地帯が近くにあって、イプスウィッチへと続く細い道が月明かりで白っぽく輝いていました。ホテルの今いる側からは、僕がこれから向かうことにした、アーカムへと続く南向きの道は見えませんでした。

いつ北側のドアをぶち破ろうか、どうやれば音を聞かれないように加減できるのか、といったことをぐずぐずと考えていると、階下からおぼろげに聴こえていた音の代わりに、階段の方から重々しいきしみ音が新たに聴こえてきました。僕の部屋のドアの明かり採り窓を通してちらちらと明滅する灯りがゆらめき、廊下側の扉板がどっしりした重みに耐えかねて、ぎいぎいと音を立て始めました。誰かしらの声と思われるくぐもった音が接近し、ついにドアの外側が強くノックされました。

しばらくの間、僕は呼吸を止めて待機しました。永遠とも思える時間が過ぎる中、あたりに立ち込めていた吐き気を催させる魚臭さが、急激かつ恐ろしいほど強烈になりました。その後も、ノックは繰返され——途切れることなく、いよいよ執拗になっていきました。行動を起こす時が来たのです。

僕はただちに北側の扉の掛け金をはずして、体ごとぶつかろうと身構えました。大きくなってきたノックの音が、体当たりの音を覆い隠してくれることに期待しました。ついに企てを実行に移した時、僕は衝撃や痛みにも構わず、左肩で薄い羽目板に幾度もぶつかりました。扉は予想以上に頑強でしたが、僕は諦めませんでした。その間にも扉の外の騒ぎは大きくなるばかりでした。

ようやく隣室に通じる扉は開きましたが、このような音が、外の人間にも聞こえないはずはありませんでした。扉をノックする音が暴力的な打撃に変化する一方で、両隣の部屋にある廊下側のドアの鍵を開けようとする音が不気味に響きました。こじ開けたばかりのドアに飛び込み、鍵が開きる前に北側の部屋にある廊下側のドアに掛け金をかけることに成功しましたが、その最中にも、三番目の部屋——窓から下の建物の屋根に飛び移ろうとしていた——がマスターキーで開けられようとしていました。

その瞬間、僕は絶対的な絶望を感じました。何しろ、窓からの脱出が望めない部屋に閉じ込められてしまったのです。異常なほどの恐怖が、波のように押し寄せました。そして、つい先ほどこちらの部屋から僕の部屋のドアを開けようとした侵入者の足跡が、懐中電灯の光で埃の中にちらりと見えたのですが、恐ろしくも説明しようのない特異なものでした。あまりの絶望に呆然としたまま、僕は機械にでもなったかのように隣室に通じるドアへ近づき、無意識に隣の部屋に向かおうとしました――このドアの掛け金が第二の部屋と同様、幸運にもかけられていなかったなら――外から鍵を開けられる前に、廊下側のドアに掛け金をかけてしまおうとしたのです。

純粋な幸運が、僕に猶予（ゆうよ）を与えてくれました――僕の眼前にある隣室へのドアには鍵がかかっていなかったのみならず、実のところ少し開いてすらいたのです。僕はただちに隣の部屋に飛び込むと、見る間に押し開けられようとしていた廊下側のドアを右膝と肩で押し込みました。僕の抵抗はドアを開けようとしていた奴の不意をついたようで、押し込んだ途端にドアが閉まったので、他のドアと同じように状態の良い掛け金をかけることができました。

こうして時間的な猶予を得た時、他の二つの扉を激しく叩いていた音が聞こえなくなり、今度はベッドを押し付けてあった続き部屋のドアからめちゃくちゃな音が聴こえてきました。明らかに、襲撃者たちの大部分が南側の部屋に入り込んで、側面からドアを破ろうと集まっていたのです。しかし、全く同時に北側の隣室でマスターキーを使う音が響き、いよいよ危険が近づいていることがわかりました。

北側の部屋に通じているドアは開け放たれていましたが、廊下側のドアで既に鍵を開けられようとしているドアを食い止めることを考える余裕はありませんでした。僕に出来ることと言えば、開いているものと反対側の続き部屋へのドアを閉じ、掛け金をかけることくらいでした――一方には寝台を、もう一方には衣装箪笥を押し込んで、廊下側のドアの前には洗面台を移動させました。

窓から出て、ペイン・ストリートに面した建物の屋根に飛び降りるまでの間、このような即席の障害が僕を護ってくれることを、信じなければならないようでした。しかし、この切羽詰まった瞬間においてさえ、僕を捕らえた恐怖の最たる部分は、今現在直面している防御力の弱さではありませんでした。追跡者たちは全員が全員、奇妙な間隔で悍ましい喘ぎ声や唸り声、押し殺したような吼え声をあげているにもかかわらず、くぐもってなどいない明瞭な音声を全く発しなかったのです。

家具を動かして窓に駆け寄ると、僕がいる北側の部屋に向かってくる恐ろしい足音が耳に届き、南側の部屋に押し入ろうとする企てが中断されたことにも気づきました。敵対者たちの殆どが、僕がいる部屋に直接開くに違いないとわかっている、華奢な続きドアに集中しているのは明らかでした。

外を見れば、眼下の建物の屋根にある棟木を月が照らし出し、飛び移る先の屋根が急な斜面になっているので、飛び移るのは極めて危険だとわかりました。

状況に鑑みて、僕は二つある窓の南側のものを脱出経路に選び、屋根の斜面の中ほどに飛び降りて、一番近い天窓に向かうことにしました。ひとたび老朽化したレンガ造りの建物のいずれかに入り込んだなら、追撃のことを考慮する必要もあるでしょうが、下に降りた後、陰になっている中庭の開いている戸口を出たり入ったりしてかわしていけば、最終的にはワシントン・ストリートに辿り着き、南に向かって町を脱出できることでしょう。

北側の部屋に通じる扉では今やガチャガチャと凄まじい音が鳴り響き、脆い板に割れ目が入り始めていました。包囲者たちは明らかに何か重いものを持ってきて、破城槌として使っていたのです。しかし、寝台はまだしっかりと持ちこたえているので、わずかではありますが脱出のチャンスはありました。

窓を開ける時、真鍮のリングでポールから吊り下げられた、分厚いビロード地のカーテンが脇に寄せられていて、外側には鎧戸の収納が突き出していることに気づきました。危険なジャンプを避ける手段だと見込んで、僕はカーテンを引っ張ってポールごと強引に剝ぎ取ると、二つのリングを鎧戸の収納に素早く引っかけて、カーテンを外に投げ下ろしました。

　厚ぼったいカーテンは隣接する建物の屋根まで完全に届き、僕はリングと収納が僕の体重に十分耐えられると見て取りました。それで、僕は窓によじ登ると、即席の縄梯子(なわばしご)を降りて、ぞっとするような恐怖のはびこるギルマン・ハウスを永遠に後にしたのでした。


　僕は急峻(きゅうしゅん)な屋根のぐらぐらする石板(スレート)上に無事に降りて、足を滑らせるようなこともなく、黒々とした天窓に辿り着けました。僕が後にした窓を見上げると、そこはまだ暗闇に包まれていましたが、崩れた煙突の立ち並ぶ北側の遥か向こう、〈ダゴン教団(オーダー・オブ・ダゴン)〉の会堂(ホール)やバプテスト教会、そして思い出しただけでも身震いのする会衆派教会の中に、燃えあがる焔(ほのお)のような不吉な光が見えました。

　眼下の中庭には誰もいないらしく、警報が広く伝わる前に逃げ出せることを願いました。天窓の中に向けて懐中電灯の火を点滅させたところ、下に降りられる梯子は見えませんでした。とはいえ、下までの距離はわずかでしたので、僕は天窓の縁に手でぶら下がってから、砕けた箱や樽(たる)が散らかった埃まみれの床に落ちました。ぞっとするような場所でしたが、そんな印象を気にしないようにして、懐中電灯の光で見つかった階段に急いで向かいました——慌ただしく腕時計を見ると、時刻は午前二時でした。

　階段のきしむ音は大きすぎるほどでもなく、僕は物置のような二階を通り過ぎて、一階に降りました。すっかり荒廃しきっていて、反響(エコー)だけが僕の足音に応(こた)えました。ようやく一階のホールに辿り着くと、荒廃したペイン・ストリートへの出入口だと思しい長方形のかすかな輝きが一方の端に見えました。

僕は出入口の反対側に向かうと裏口も開いているのが見えたので、僕はそこから飛び出して、草の生い茂る玉石敷きの中庭へと五段ある石段を降りていきました。月の光はここまで届いていませんでしたが、懐中電灯を使うまでもなく進路を見定めることができました。ギルマン・ハウス側のいくつかの窓がかすかに光っていて、その向こうから混乱した音が聞こえたように思いました。

足音を立てないようワシントン・ストリートの方に歩いていると、いくつかの戸口が開いているのが見えたので、逃走経路として一番近くのものを選びました。内部の廊下は暗く、反対側に到達したものの、通りに面したドアは固く閉じられていました。改めて別の建物に入り込んで、中庭の方へ手探りに戻ってきたのですが、戸口の近くで僕は足を止めました。ギルマン・ハウスの開け放たれているドアから、いかがわしい姿の者たちが大勢、吐き出されてきたのです——闇の中でランタンが揺れ動き、身の毛のよだつようなしゃがれた低い叫び声のやり取りは、断じて英語ではありませんでした。

連中の動きには確信めいたものがなく、僕がどこに行ったのか分からないらしいことに気付いてほっとしました。ですが、戸口を通して見える連中の何もかもが、僕を恐怖で震え上がらせました。

彼らの目鼻立ちこそ見分けられませんでしたが、前屈みになってよろよろと歩く様子は、忌まわしいほどに不愉快でした。最悪なことに、奇妙な外衣（ローブ）をまとった一人の人物が紛（まぎ）れもなく、あのすっかり見慣れてしまった意匠の、背の高い頭飾り（ティアラ）を被っていたのです。

その連中が中庭にちらばっていくにつれて、僕は募る恐怖を感じていました。この建物の通り側から出られなかったとしたら、どうなってしまうのでしょうか。

魚臭い悪臭への嫌悪感はありましたが、どうにか気絶することなしに耐えられそうでした。

改めて手探りで通りに向かい、廊下のドアを開けて空き部屋に入ると、手近な所に鎧戸が閉ざされているものの、窓枠のない窓がありました。懐中電灯の光で不器用にいじりまわし、鎧戸を開けられることがわかったので、僕はすぐさま窓から外に出て、開いた窓を注意深く元通りに閉じておきました。

ようやく僕は、ワシントン・ストリートに辿り着きました。目下のところ、周囲には生き物の姿も灯りもなく、ただ月だけが輝いていました。しかし、どこか遠くの方から、しわがれた声や足音、足音のようには聴こえないパタパタいう妙な具合の音が聴こえてきました。

もはや、一刻の猶予もありませんでした。指針ははっきりしていましたし、ありがたいことに、僻地特有の月明かりのある夜の慣習で、全ての街灯がオフにされていました。幾つかの音は南から聴こえましたが、僕はその方向に逃げるという計画を変えるつもりがありませんでした。追跡者と思しい者や集団に遭遇した場合、身を隠すことのできる門戸がいくらでもあることを知っていたのです。

僕は早足で、しかし物音を立てないように、廃屋の近くを歩きました。苦労して窓に潜り込んだ際、帽子をなくして髪もぼさぼさになっていましたが、それほど目立ってはいませんでした。通りすがりの通行人と出くわすことがあっても、見咎められることなくすれ違える見込みが十分にありました。

ベイツ・ストリートでは、足を引きずって目の前を横切る二人組をやり過ごそうと、大きく開いた出入口から玄関ホールに入り込みました。すぐに通りに戻ると、エリオット・ストリートとワシントン・ストリートを斜めに交差する、サウス・ストリートの広場になっている交差点に近づいていきました。

ここには来たことがありませんでしたが、食料雑貨店の店員がくれた地図によれば月光に満遍（まんべん）なく照らされる場所であるらしく、危険に思えました。とはいえ、他の道を選んだところで、不幸にも誰かに見つかる可能性がありますし、無駄に時間を取られてしまうので、迂回することはできませんでした。なすべきことはただひとつ。インスマスの住民特有の歩き方を出来る限り模倣し、そこに誰もいないこと――少なくとも、追跡者がいないこと――を信じて、大胆かつ公然とそこを横切ることでした。

追跡がどのくらい完全に組織されているのか――そして、その目的は何なのか――、僕は見当もつきませんでした。町はいつになく活気があるようでしたが、今のところはまだ、僕がギルマン・ハウスから逃げ出したことが街中に広がっているわけではないと判断しました。

もちろん、ホテルから出てきた連中が追いかけてくるはずですので、すぐにもワシントン・ストリートから南の通りのいずれかに移動しなければなりません。先程出てきた古い建物の埃まみれの床に、僕が通りに出た方法を証明してしまう、足跡が残っているに違いないのですから。

広場は、僕の予想していた通り強い月光に照らされていて、その中心には鉄の柵で囲まれた公園のような緑地の名残がありました。幸い誰もいませんでしたが、タウン・スクエアの方角では怪しげなざわめきや叫び声が数を増していました。サウス・ストリートはとても広い道路で、短めの下り坂が海辺(ウォーターフロント)の地域に直接繋がっていて、かなりの広範囲にわたって海を眺めることができました。僕は明るい月光のもとを横切りながら、誰も遠くから見ていないことを祈りました。

僕の前進は誰にも邪魔されることはなく、誰かに見つかったことを暗に示す新たな物音も聴こえませんでした。あたりの様子を窺うと、僕は束の間歩くペースを落として、通りの突き当りで煌々(こうこう)たる月明かりに照らされている、目の覚めるように美しい海を眺めました。

防波堤の遥か向こうには、おぼろげで黒々とした悪魔の暗礁がありました。それを垣間見た時、この三四時間以内に耳にした、あらゆる悍ましい伝説——この岩がちな岩礁を、底知れぬ恐怖と想像も及ばぬ怪異への真なる門戸だと描写する伝説のことを、思い起こさずにはいられませんでした。

まさにその時、何の前触れもなく、遠くの暗礁で光が断続的に明滅するのが見えました。はっきりとして見間違えようのないその光は、僕の心の中に、あらゆる合理性を超越した盲目的な恐怖を目覚めさせることになったのです。僕の筋肉は、その場から逃げ出したいという突然のパニックによって緊張しました。持ちこたえることができたのは、無意識の警戒心と、半ば催眠術にかかったように魅せられてしまったからに過ぎませんでした。さらに事態を悪化させることが起きました。僕の背後、北東の方角に聳（そび）え立つギルマン・ハウスの円塔（キューポラ）からも、間隔こそ異なるものの、応答信号以外の何物でもない、似たような一連の明滅する光が発せられたのです。

筋肉を落ち着けて、自分がいかに目立つところにいるかを再認識すると、僕は改めて気合を入れて、よろめきながら歩くふりを再開しました。しかし、開けたサウス・ストリートから海が見えている間中、僕は地獄めいた不気味な暗礁にずっと目を向けていました。事の成り行きの全体が何を意味するかについて、僕は見当もつきませんでした。悪魔の暗礁にまつわる奇怪な儀式に関係しているか、さもなくば誰かが船を出して、あの凶々（まがまが）しい岩場に上陸しているぐらいのことしか思いつきませんでした。

荒廃した緑地を左に曲がった今も、幽霊じみた夏の月明かりの中、名状しがたい謎の点滅を続ける説明のつかない信号（ビーコン）が焔のように瞬（またた）いているのを、僕は海の方に目を向けてじっと眺めていました。

最も恐ろしい印象が僕の中に生じたのは、まさにこの時でした——その印象は辛うじて残っていた僕の自制心を跡形もなく吹き飛ばし、悪夢めいた無人の通りに沿って、黒々と口を開けた戸口や、魚のように凝視してくる窓の前を通り抜けて、僕は狂ったように南へと走り出しました。目を凝らしたことによって、暗礁と海岸に挟まれた月光に照らし出された海が、無人からは程遠い状態であることがわかってしまったのです。海上狭しとひしめいている、町に向かって泳ぐ生き物の群れを、かなり離れた距離からちらりと目にしただけなのに、上下に揺れ動く頭ともがく腕が、およそ言葉で表現することもできず、意識的に系統立てることもできない、異質で常軌を逸したものだとわかってしまったのです。

　狂ったように走り出した僕ですが、一ブロックも進まないうちに立ち止まりました。左の方から、組織的な追跡の叫び声や喚き声が聴こえてきたのです。足音やしわがれ声が含まれていて、フェデラル・ストリートの南からは、オンボロの自動車が走る喘ぐような音も聴こえました。

　僕の計画は、ただちに根底から変更されました――南に向かう幹線道路が僕の前方で封鎖されているからには、インスマスからの別の出口を見つける必要があったのです。僕はいったん足を止めた後、開きっぱなしの戸口から廃屋に入り込み、追跡者たちが並行する通りを降りてくる前に、月光に照らし出された空間を離れることができたのがいかに僥倖だったか、改めて思い返しました。

　次に思い返したことは、あまり幸先の良いものではありませんでした。追跡者が別の通りを下っていったところを見ると、僕を直接追いかけているわけではないことは明白でした。僕を探しているわけではなく、脱出を阻止するというざっくりとした計画に従って動いているらしいのです。このことはしかし、インスマスから外部に伸びる全ての道で、同様の巡回が行われていることを意味しました。僕がどの道で逃げ出そうとしているのか、住民たちには知る由もなかったからです。

だとすれば、僕はあらゆる道から遠く離れた土地を横切って逃亡しなければなりませんが、周囲を湿地帯や無数の小川に取り巻かれている土地柄で、いったいどうすれば良いのでしょうか。全くの絶望と、あたりに立ち込める魚臭さが俄に強くなったことで、僕は一瞬目眩を覚えました。

やがて僕は、ロウリーに続いている廃棄された鉄道のことを思い出しました。砂利が敷かれ、雑草の生い茂る線路が、渓谷の端にある崩れかけた駅から今もなお、北西に伸びているのです。茨のはびこる荒涼とした有様は、およそ通り抜けられるものとは思えず、逃亡者が最も選びそうにない道でしたので、町の住民たちの想定から外れている可能性がわずかにありました。

ホテルの窓からよく見えたので、僕はその線路がどんな風に敷かれているのか知っていました。駅から出てしばらくの間は、ロウリー街道から厄介なまでによく見えるのですが、下生えの中を目立たないように這い進むこともできるはずでした。いずれにせよ、僕が助かる唯一のチャンスであることは間違いなく、試さないという手はありませんでした。

人気ない避難場所の玄関ホールの中に引きこもったまま、僕は改めて懐中電灯の助けで、食料雑貨店の店員から貰った地図を確認しました。当面の問題は、古い廃線に近づく方法でした。地図を見る限り、バブスン・ストリートに向かってから、西に曲がってラファイエット・ストリートに入り――僕が横断したのと同じくらいの規模の広場を、横切る必要はないものの、周囲をぐるりと巡るように進むことになります――、その後は北や西に曲がりながらラファイエット・ストリート、ベイツ・ストリート、アダムス・ストリート、バンク・ストリート――渓谷に面する通りです――をジグザグに進み、僕が窓から目にした、廃棄され老朽化した駅に向かうというのが、最も安全なコースでした。バブスン・ストリートに向かうことにした理由は、先程の広場を再び横断したり、サウス・ストリートのような幅広の通りに沿って西に向かいたくはなかったからです。

移動を再開し、できるだけ目立たないようにバブスン・ストリートをぐるりと取り巻く端に入り込もうと、僕は通りの右手を横切っていきました。フェデラル・ストリートではまだ騒がしい音が続いていましたが、背後をちらりと窺ってみると、僕が脱出した建物の近くに光が見えたような気がしました。

ワシントン・ストリートから一刻も早く離れようと、僕は誰の目にも触れないよう幸運を祈りながら、物音を立てないように小走りで駆け出しました。バブスン・ストリートに入る曲がり角で、窓際のカーテンの状態からして今でも人が住んでいるらしい家が一軒あって、僕の警戒心を呼び覚ましましたが、中には灯りひとつ点いておらず、何事もなく通り過ぎました。

バブスン・ストリートでは、フェデラル・ストリートと交差している関係で、追跡者たちに見られてしまう危険性があったので、僕はたわみのある不揃いな建物にできるだけ身を寄せながら進みました。

背後の騒音が束の間大きくなることがあって、二回ほど戸口の中に身を隠しました。前方には、月明かりに照らされた無人の広場が広がっていましたが、それを横切る必要はありませんでした。

二回目の休止中に、僕はおぼろげな音が新たな場所から聴こえてくるのに気づきました。隠れている場所から慎重に覗き込んでみると、一台の自動車が広場を横切って、バブスン・ストリートとラファイエット・ストリートが交差するエリオット・ストリート沿いに走っていくのが見えました。

そうして見ている間にも——束の間弱くなっていた魚臭さが俄に強烈なものとなり——、不格好で前屈みの一団が、飛び跳ねたりよろめいたりしながら、車と同じ方に向かっていくのが見えました。エリオット・ストリートから伸びているイプスウィッチ行きの幹線道路を防衛する集団に違いありません。
たっぷりした外衣(ローブ)を纏った者が二体いて、そのうち一体は月明かりの中で白っぽく輝く先の尖った宝冠(ダイアデム)を身につけていたのですが、そいつの実に奇怪な歩き方に僕は寒気を覚えました——まるで、生き物が蛙跳びをしているように見えたのです。

この一団の末尾が見えなくなった時、僕は前進を再開しました。角を曲がってラファイエット・ストリートに入り、連中に遅れをとったはぐれ者がまだその通りでもたついていたので、大急ぎでエリオット・ストリートを横切りました。かなり距離のあるタウン・スクエアの方から、しわがれた声やしゃべるような音を幾度か耳にしましたが、何事もなく通り過ぎることができました。

最も危ぶんでいたのは、幅広で月明かりに照らし出される——海の景色を一望できる——サウス・ストリートを再び横切ることで、この試練のために神経を研ぎ澄まさねばなりませんでした。簡単に見つかってしまうかもしれませんし、エリオット・ストリートをうろつく奴がいれば、二箇所ある岬(みさき)のいずれからも、僕を見落とすようなことはまずないのです。僕は土壇場(どたんば)で早足の歩調をゆるめて、前の時と同じように、インスマスの平均的な住民特有のよろよろした足取りで交差点を横切りました。

海の景色が再び開けた時——今回は右の方向に——、僕は全くそちらを見ないと、半ば決意していました。しかし、どうにも我慢することができませんでした。僕は慎重に足を引きずるような足取りを模倣して、前方の陰に隠れているあたりを目指しながら、横目で海の方を窺いました。

半ば予想していたことではありますが、船は見えませんでした。その代わりに、僕の目を最初に惹きつけたのは、放棄された埠頭に近づいてくる一艘の小さな手漕ぎボートで、防水シートで覆われたかさばる物体を積んでいました。漕ぎ手たちは距離が遠いのでぼんやりとしか見えないものの、殊(こと)のほか不愉快な容貌でした。泳いでいる者たちも何人かまだ見えていました。その一方で、遠くの暗礁には、以前目にした明滅する信号(ビーコン)とは異なる、はっきりと特定できない奇妙な色をした、かすかではありますが消えることのない輝きが点(とも)っているのが見えました。

前方と右にある傾(かし)いだ屋根の上には、ギルマン・ハウスの高い円塔(キューポラ)がぼんやりと見えていましたが、完全な暗闇に包まれていました。慈悲深い風によって一瞬、吹き払われていた魚臭さが、頭のおかしくなるような強烈さで再びあたりにたちこめました。

通りを横切り始めて間もなく、北の方からワシントン・ストリートを進んでくる一団の騒々しい物音が聴こえてきました。僕が海を一瞥して最初の不安を感じることになった、広大な広場に彼らがやってきた時、僕とそいつらの間の距離はわずか一ブロックしかありませんでした——連中の獣じみた異形の顔や、人間以下の犬じみた前屈みの歩き方に、ぞっとさせられました。

一人が、長い腕をしばしば地面に触れさせ、明らかに猿のように動いている一方で、別の者——外衣(ローブ)と頭飾り(ティアラ)を身に着けている——は、ほとんど飛び跳ねるように前に進んでいました。この一団は、僕がギルマン・ハウスの中庭で目にした——つまり、僕をぴったりと追跡してきている——連中に違いありませんでした。何人かが僕のいる方に目を向けたので、僕の体は恐怖に強張(こわば)りましたが、どうにか足を引きずるような歩き方を装い続けることができました。今日(こんにち)に至るまで、彼らが僕を見たのかどうかはわかっていません。見たのだとしたら、僕の戦略は彼らを欺(あざむ)いたに違いありません。というのも、彼らは進路を変えることなく、月に照らされる広場をそのまま横切り続けたのです——その間にも、どこの訛(なま)りなのか僕には判別できない、忌々しくも喉(のど)にかかった、しわがれ声やわけのわからない話し声が聴こえていました。

今一度陰になっているところに入ると、僕は先程までのような小走りで、夜闇の中を虚ろに覗き込んでいるかのような、傾斜した廃屋をいくつも通り過ぎていきました。西側の歩道を目指して通りを横切ると、僕は最も手近な角を曲がってベイツ・ストリートに入り、南側の建物のすぐ近くを移動しました。

誰かが住んでいる様子の二軒の家を通過し、その内一軒の上階にはかすかな灯(あか)りがともっていましたが、何事も起きませんでした。アダムス・ストリートに入り込んだ時はそれなりに安堵(あんど)したのですが、目の前の黒々とした戸口から唐突に一人の男が出てきた時には愕然とさせられました。

しかし、彼はぐでんぐでんに酔っ払っていたので脅威になることはなく、僕はバンク・ストリートの倉庫街にある陰鬱な廃墟へと、無事に辿り着けました。

渓谷に寄り添う、荒れ果てた通りには全く人気がなく、滝の轟音が僕の足音を飲み込んでくれました。荒廃した駅までの道程は、小走りでも長い時間がかかりました。僕を取り囲んでいるレンガ造りの倉庫の大きな壁は、どういうわけか民家の前部の佇(たたず)まいよりもよほど恐ろしげに見えました。

ついに、古い時代のアーケード付きの駅――あるいは、その残骸――が目に入ると、僕は線路がそこから伸びている駅の端へとまっすぐに向かいました。線路のレールは錆びついていましたが、概(おおむ)ね傷ひとつなく、半分以上の枕木が朽ち果てることもなく残っていました。歩くのであれ走るのであれ、このような状態の線路上を移動するのはきわめて困難でしたが、僕は全力を尽くし、そこそこの速度で進み続けました。ある程度の距離を進む間、線路は渓谷の縁に沿って続いていましたが、やがて目も眩むような高さで峡谷に渡された、屋根つきの長い橋に辿り着きました。僕の次なる行動は、この橋の状態にかかっていました。人間が渡ることができそうならば、僕はそこを渡ります。できそうにないならば、さらなる危険を冒して町を彷徨い、最も近くにある無傷の幹線道路の橋を渡らなければなりません。

広大な家屋にも似た長く古い橋は、月光を浴びてぼんやりと輝き、少なくとも最初の数フィートの範囲では、枕木も安全な状態だと見て取れました。屋根付きの橋に入り込むと、懐中電灯を点けましたが、周囲を飛び交い始めた雲の如き蝙蝠の群れによって、危うく倒れてしまうところでした。中ほどまで進んだところで、枕木が欠けた危険な隙間があり、僕は一瞬立ちすくんでしまったのですが、幸いにも決死の覚悟で挑んだ跳躍が成功し、危険を回避することができました。

背筋の凍るようなトンネルを出て、再び月の光を目にした時は、喜びを感じたものでした。古い線路はリヴァー・ストリートと平面交差した後、いったん鄙びた度合いを増していく地域へと入り込み、インスマスの悪臭も次第に薄れていきました。

このあたりでは、密生する雑草や茨が進行を妨げ、僕の服は無惨に破れてしまいました。とはいえ、危険が迫った時に身を隠せる場所にいることを、嬉しく思わぬでもありませんでした。僕の進路の大部分が、ローリー行きの道路から丸見えになっていることを、重々承知していたからです。

やがて湿地帯に差し掛かり、雑草がやや少なめの低い土手へと単線軌道が伸びました。その後、小高い島のような場所に差し掛かった線路は、灌木や茨の密生する浅い切り通しを抜けていきました。ホテルの窓からの眺めでは、このあたりはローリー行きの街道に不快なほど接近していたので、ところどころに身を隠せる場所があるのは、嬉しい限りでした。切り通しが終わるあたりで街道は線路と交差し、より安全な距離へと遠ざかっていくのですが、それまでの間は細心の注意を払う必要があります。この時点でまだ、鉄道路線が巡回対象とされていないことについても、感謝しなければなりません。

　切り通しに入る直前、僕は背後をちらりと窺いましたが、追跡者の姿は見えませんでした。腐朽しつつあるインスマスの古ぶるしい尖塔や屋根は、魔法のような黄色い月光を浴びて、輝き出さんばかりに美しく天上に属するもののようで、影に覆われる以前はどのように見えたのだろうかと、僕は古い時代に思いを馳(は)せました。続いて町から内陸部に視線を移した時、穏やかならぬ何かが僕の注意を引き、一瞬、身動きを止めさせました。

　僕が目にしたもの――あるいは目にしたと思ったもの――は、遥か南の方で起きているらしい、心騒がされる波のうねりのような動きでした。僕はその様子について、夥しい数の群衆が町から吐き出されて、イプスウィッチへと続く街道をまっすぐに進んでいるのだろうと判断しました。遠く離れているので、細かい部分までは見えませんでしたが、その群れの動きは全く気に入りませんでした。過剰なまでに波打って、今や西に沈みつつある月の光の中で、あまりにもギラギラと輝いていたのです。

　音のようなものも聴こえていましたが、生憎(あいにく)と風が逆向きに吹いていたので、よく聞き取れませんでした――先程、耳にしたばかりの、一団がぶつぶつと漏らしていた声よりもさらに悪い、キイキイとこすりつけるような、唸るような獣じみた声でした。

　ありとあらゆる不愉快な考えが、僕の心の裡(うち)をよぎりました。海辺(ウォーターフロント)の地域に近い、非常に古い巣穴に匿(かくま)われているという、とてつもない異形に成り果てた〈インスマス種〉のことを考えました。また、僕自身が目にしている、名状しがたい水泳者たちのことも考えました。今現在遠くに見えている集団と、おそらく他の道路を固めているのだろう集団を数に入れると、僕を追跡しているものたちの数は、インスマスのように人口が減少している町にしては、奇妙なほど多過ぎるように思われました。

僕が今現在目にしている密集した者たちは、一体どこからやって来たのでしょうか。あの古ぶるしく、奥の知れない猥雑な地域に、戸籍に載っていないのみならず、存在すら知られていない、歪(ゆが)み果てた奴らが溢れかえっているのでしょうか。それとも、実のところこちらに気取られないうちに、未知のよそ者どもを大量に乗せた船がやってきて、あの地獄めいた暗礁に上陸でもしたというのでしょうか。

奴らは何者なのでしょうか。何故、奴らはそんなところにいるのでしょうか。

彼らがあれほどの人数の隊列でイプスウィッチ行きの道路を捜索しているのだとすれば、他の道路の巡回も同じように増強されてしまうのではないでしょうか。

茨の生い茂る切り通しに入り、ゆっくりしたペースでどうにか前進していくと、あの忌々しい魚臭い悪臭がまたもや強く立ち込めてきました。風が突然東向きに代わったので、海と町の方から吹き付けてきたのでしょうか。これまで静かだった方向から、ぞっとさせられる喉にかかったざわめきが聴こえ始めていたので、そうに違いないと判断しました。他の音も聴こえてきました——大量の、巨大な何かが飛び跳ねているような、バタバタいう音で、どういうわけか最も忌まわしい類(たぐい)のイメージを想起させました。これらの音は、遠く離れたイプスウィッチ行きの道路で、不愉快なうねりを見せている列にまつわる、莫迦(ばか)げた考えをもたらしました。

そうする内に、悪臭と音の双方が次第に強くなってきたので、僕は身震いして立ち止まり、切り通しに身を隠せることに感謝しました。ロウリー街道が西側に大きく逸れていく前に、古い廃線に最も近づくのがこの場所なのだと、僕は思い出したのです。何かが、その道に沿って接近していたので、僕はそいつらが通り過ぎ、遠くに消えてしまうまで、体を低く伏せなければなりませんでした。

ありがたいことに、この生き物どもは追跡に犬を使っていませんでしたが——そこかしこに悪臭が漂う環境なので、そうすることができないのかもしれません。砂地の切り通しに生い茂る灌木の中に伏せていれば、探し回っている連中が百ヤードも離れていない前方を横切っていくことが分かっていても、そこそこの安心感を抱いていました。僕の方からは連中が見えますが、悪意に満ちた奇跡でも起きない限り、連中の方は僕を見ることができないのです。

突然、奴らが通り過ぎていくのを見るのが恐ろしくなってきました。奴らがこれから押し寄せるのだろう、月光に照らし出された空間を眺めている内に、その場所が取り返しのつかないほどに穢れてしまうのだという、奇妙な考えがいくつも浮かんできたのです。彼らはおそらく、あらゆる〈インスマス種〉の中でも——記憶にとどめることすら厭わしい——最悪の部類なのでしょうから。

悪臭が圧倒的なものとなり、人間の発したものとは到底思えないしゃがれ声や唸り声、吼え声といった獣じみた騒擾が膨れ上がりました。これが、本当に追跡者たちの声なのだというのでしょうか。実のところ、彼らは犬を使っているのではないでしょうか。これまでのところ、僕はインスマスであの下等な動物を目にしたことがなかったのですが。

あの飛び跳ねるような、バタバタいう音は怪物じみていて——そのような音を立てるような退化した生き物になど、目を向けられるはずもありませんでした。音が西の方に遠ざかっていくまで、僕は目を固く閉じておくつもりです。今や、大群がすぐ近くまでやってきて——あたりの空気は奴らのしゃがれた唸り声に汚染され、異形のリズムを保つ歩調によって、大地が揺れ動かんばかりでした。

息が詰まりそうになりながら、僕はありったけの意志を動員して、まぶたをしっかり下ろしました。

続いて起こった事が、悍ましい現実だったのか、それとも悪夢めいた幻覚に過ぎなかったのか、僕は今でも口に出せずにいます。僕の狂おしい訴えの後に政府がとった行動は、それが忌まわしい真実であったことを追認するようではありますが、あの古さびて何かに取り憑かれたような、影に覆われた町の、催眠術めいた魔力のもとで、繰り返し幻覚を視たということもあるのではないでしょうか。

このような場所には奇妙な特性があるものですし、荒れ果てた悪臭に苦しめられる通りや、腐敗した屋根と崩れかけた尖塔の群れの只中にあって、狂気に満ちた伝説という遺産が、複数の人間の想像力に働きかけた可能性もあるのではないでしょうか。実際問題として、インスマスを覆う影の奥底に、狂気を伝染させる病原菌が潜んでいる可能性もあるのではないでしょうか。老ザドック・アレンが物語るような話を聞いた後に、誰が現実に確信を持てるというのでしょうか。

政府の者たちは、ついに哀れなザドックを見つけることができず、彼がどうなってしまったのかについては、推測すらできずにいます。狂気と現実の境はどこから始まるのでしょうか。何しろ、最後に僕が味わった恐怖でさえ、全くの妄想の産物である可能性すらあるのですから。

しかしあの夜、嘲笑うような黄色い月の光の下、僕が目にしたと思うことについて、話しておかねばなりますまい——荒涼とした線路の切り通しで野生の茨の只中に伏せながら、目と鼻の先を通るロウリー街道を波のようにうねり、飛び跳ねながら下っていったものを見てしまったのですから。

もちろん、目を閉じたままでいるという僕の決意は失敗に終わりました。その失敗は、運命によってあらかじめ定められていたのです——しゃがれ声や唸り声をあげる生物の大群が、百ヤードも離れていない場所を、飛び跳ねているかのような未知の悍ましい音を立てながら進んでいる最中に、一体誰が目を閉じたまま伏せていられるものでしょうか。

　最悪の状況を想定して覚悟を決めたと考えていましたし、実際、既に目にしたものを考慮して、心の準備を整えていたつもりでした。僕を追跡している他の連中は、呪わしい異形の姿をしているのだから——異常の要素が強まったものや、正常な部分が全く存在しない姿に直面することも当然、覚悟ができていると思っていました。しゃがれ声のざわめきがまっすぐ前方から聴こえてくるまで、僕は目を開きませんでした。その後、切り通しの両側が平坦になって、道路が線路と交差するあたりで、連中の長い列がはっきりと見えることがわかっていました——それで僕は、睨めつけてくる黄色い月の光がいかに恐ろしいものを暴き出そうと、もはや試し見をせずにはいられなくなったのです。

　それは、終焉でした。

　たとえこの地上に僕の人生が遺されていようとも、わずかに残っている精神の安らぎの全てと、自然と人間の精神が完全なものであるという確信に、終焉を突きつけるものでした。

　たとえ、老ザドックの狂った物語を文字通りに信じ込み、憶測をたくましくしていたとしても——実際に目にした——あるいは目にしたと思った悪魔的かつ冒瀆的な現実は、僕の想像を越えていました。

　それが何であったかについて、僕が努めてほのめかしにとどめようとしているのは、ありのままに書き留めることの恐怖を先延ばしにするためなのです。

この星が、現実にあのようなものを生み出したなどということがありうるのでしょうか。これまでに、熱に浮かされた幻覚やおぼろげな伝説の中でしか知られていなかったものを、物質的な肉体を持つ存在として、人間の目が実際に見てしまうというようなことが起こりうるのでしょうか。

だけど僕は、そいつらが果てしない流れとなって——パタパタ、ピョンピョン、ゲロゲロ、ペチャペチャ——虚ろな月光に照らし出される道を、現実離れした悪夢の如き異形で罰当たりな舞曲(サラバンド)を踊り狂いながら、人間じみたものとは程遠い有様で押し寄せてくるのを、この目で見てしまったのです。

奴らの中には、名状しがたい白みがかった金色の金属で造られた背の高い頭飾り(ティアラ)を被った者たちもいれば……奇怪な外衣(ローブ)を纏う者たちもいて……先導している者は、悪魔めいた瘤(こぶ)のある黒い上着と縞模様のズボンを着用し、頭部に対応する形の崩れた何かに男物のフェルト帽を乗せていました……。

僕が思うに、そいつらの大部分の体色は灰色がかった緑色で、腹は白色でした。体の大部分は光沢があってつるつると滑りやすく、背筋(せすじ)のあたりは鱗状になっていました。体型はといえば、どことなく類人猿らしいところもある一方、頭部は魚類さながらで、奇怪なまでに膨れ上がった目は決して閉じられませんでした。首の両側には脈打つ鰓(えら)があって、長い四肢には水かきがありました。

そいつらは時には二本足、時には四本足という具合に、不規則な格好で飛び跳ねました。僕は奴らが四本を越える数の肢(あし)を持っていなかったことを、ありがたく思ったものでした。

喉にかかる、唸るような太い声は、明らかに意思疎通のために用いられていて、目を見開いて何かを凝視しているような顔立ちに欠落している、あらゆる表情の陰影を与えました。

とはいえ、あらゆる意味で怪物じみた存在であるにもかかわらず、奴らは僕にとって決して馴染みのないものではありませんでした。僕は、奴らの正体を知りすぎていました――だからこそ、ニューベリーポートで目にした凶々(まがまが)しい頭飾り(ティアラ)の記憶が、今もなお鮮烈に残っているのかもしれません。奴らこそは、名状しがたい意匠(デザイン)に含まれる冒瀆的な半魚半蛙(はんぎょはんあ)――恐るべきことに生きている――であり、僕が奴らを目にした時、あの黒々とした教会の半地下にいた、頭飾り(ティアラ)を被った瘤のある司祭に恐ろしくも想起させられた記憶が、併せて思い出されたのでした。

一体どれほどの数なのか、推測することもままならず、無限に押し寄せてくるようにも思われました――実際、僕が一瞬で垣間見たものは、ごく一部を切り取ったものでしかないのです。

次の瞬間、慈悲深い失神によって、あらゆるものが覆い隠されました。

それは、僕が生まれて初めて経験した失神でした。

V

茨の生い茂る線路の切り通しで意識を失っていた僕は、昼間の優しい雨を受けて目を覚ましました。ふらつく足取りで前方の道路に向かってみたものの、雨でぬかるみはじめた泥の中には足跡ひとつ見つかりませんでした。魚臭い悪臭もすっかり消えていました。

インスマスの荒廃した屋根と、倒壊しかけた尖塔が、南東の方角でぼうっと灰色に浮かび上がっていましたが、周囲の荒涼たる塩沼地(ソルト・マーシュ)には、生き物の姿も見えませんでした。

腕時計はまだ動いていて、時刻は正午を過ぎたところでした。

僕の体験が現実のことなのかどうか、自分でも判然としないのですが、何かしら悍ましいことが背後に潜んでいると感じました。凶々しい影に覆われたインスマスから離れなくては——そのためにも、僕は疲労困憊で痙攣を起こしている足でどれほど歩けるものかどうか、試してみることにしました。消耗、空腹、恐怖、困惑の四重苦にもかかわらず、しばらくすると歩けることがわかったので、僕はロウリーへと続くぬかるんだ道をゆっくりと進み始めました。夕方になる前に村に辿り着き、食事を摂って身なりを整えると、僕は夜汽車でアーカムに向かいました。

翌日にはアーカムで政府の役人たちと長いこと熱心に話し合い、その後、ボストンでも同じことを繰り返しました。これらの会合のもたらした主な結果については、広く公に知られている通りです——できることなら、僕が正気を保つためにも、それ以上のことを話したくはありませんでした。

おそらく、僕に迫りつつあるのは狂気なのでしょう——あるいは、より大きな恐怖——さもなくば、より大きな驚異——が、手を伸ばしているのかもしれません。

お察しの通り、僕はかねて計画していた残る旅程の大部分を断念し——僕が非常に重視していた景観や建築、好古趣味などから、目を背けました。ミスカトニック大学の博物館にあるという、あの不思議な宝飾品についても、敢えて見に行こうとはしませんでした。

とはいうものの、アーカム滞在の機会を活用して、長いこと入手したいと願っていた、家系にまつわる記録をいくつか蒐集することができました。実のところ、粗雑かつ拙速に編纂された資料ではありましたが、後日、それらを照合し、分類する時間が取れそうな時には大いに役立ちそうでした。アーカムの歴史協会の学芸員——E・ラファム・ピーバディ氏——は実に礼儀正しく協力してくれたのですが、僕が一八六七年にアーカムに生まれ、一七歳でオハイオ州のジェイムズ・ウィリアムスンと結婚したイライザ・オーンの孫であることを伝えると、彼は異常なほどの興味を示したのでした。

僕の母方の伯父も、大昔にアーカムにやってきて、僕と同じような探求を行ったということですが、僕の祖母の一族は、地元民の好奇心をくすぐる話題の種だったようです。ピーバディ氏曰（いわ）く、彼女の父親にあたるベンジャミン・オーンが南北戦争（シビル・ウォー）の直後に結婚する時、少なからぬ議論が持ち上がったということでした。というのも、奇妙なことに花嫁の家系が判然としなかったのです。

その花嫁は、ニューハンプシャー州のマーシュ家の孤児――エセックス郡のマーシュ家の親類――ということでしたが、フランスで教育を受けて、家族のことは殆ど何も知らなかったのです。

彼女の後見人は、彼女とそのフランス人の女性家庭教師が生活できるよう、ボストンの銀行に資金を預けていました。しかし、その後見人はアーカムの人々が名前を聞いたこともない人物で、いつしか行方もわからなくなっていましたので、裁判所の命令により、女性家庭教師がその役割を担いました。

そのフランス人――随分と前に亡くなりました――は、非常に口数の少ない女性でしたが、口にこそしないものの、さぞかし多くのことを知っていたのだろうと言い立てる者たちもいました。

しかし、最も困惑させられたのは、若い女性の戸籍上の両親――イーノック・マーシュとリディア（・ミサーヴ）・マーシュ――が、ニューハンプシャー州で確認されているどのマーシュ家の者なのか、誰にもわからなかったことでした。少なからぬ人々が、たぶん彼女はマーシュ家の傑出（けっしゅつ）した誰かの私生児なのだとほのめかしました――彼女は紛れもなく、真のマーシュ家の目を持っていたからです。

僕の祖母――彼女のただ一人の子供――が生まれた時、若くして彼女が死んだ後、困惑させられたことの大半は処理されました。マーシュという名前には不快な印象を抱いていましたので、僕はその名前が自分の家系に出て来るというニュースを歓迎しませんでしたし、僕自身が真のマーシュ家の目を持っているというピーバディ氏の示唆についても、嬉しいとは思えませんでした。ともあれ、いずれその価値を証明できるだろう資料を提供してもらえたことには感謝していました。僕は数多くの記録が残っているオーン家にまつわる大量のメモと、参考文献のリストを作成しておきました。

僕はボストンからまっすぐトリードの自宅に戻り、その後、マウミーで一ヶ月を過ごして、苦しい体験から立ち直りました。九月にはオーバリン大学［オハイオ州の同名の町にある大学］の最終学年の講義が始まり、翌年の六月までは研究その他の健全な活動に熱中しました――過ぎ去った恐怖が思い出されるのは、僕の嘆願と証拠によって開始された軍事行動に関連して、政府の役人が時折、公務で訪ねてくる時に限られました。

七月の中頃――インスマスでの経験からちょうど一年後――僕はクリーブランドにある亡き母の実家に一週間滞在し、新しく入手した家系にまつわる資料を、様々なメモや家伝、その家にあった先祖伝来の資料と突き合わせて、一貫した系図が作れないものか確かめてみました。

ウィリアムスン家の雰囲気はどうにも落ち着かないもので、僕はその作業を楽しむことができませんでした。どこか病的な緊張感が漂っていて、母は自分の父親がトリードにやってくるといつも歓迎したものでしたが、僕が子供の頃、祖父母のもとを訪ねさせようとは決してしませんでした。

アーカム生まれの祖母は変わり者だったようで、僕を震え上がらせたこともあったらしく、彼女が失踪した時にも悲しいとは思えませんでした。この時、僕は八歳でしたが、長男であるダグラス伯父が自殺した後、悲しみの余りどこかに姿を消してしまったのだと聞かされました。

彼ははるばるニューイングランド地方に旅をした後、拳銃自殺を遂げたのでした——アーカム歴史協会において、彼のことが思い起こされたのは、間違いなくこの旅行の折のことなのでしょう。

この伯父は祖母によく似ていたので、僕は最後まで彼のことを好きになれませんでした。彼ら二人の、瞬き一つしないでじっと見つめる表情に込められた何かが、漠然とした、説明のつかない不安感を僕の中に呼び覚ますのでした。

僕の母とウォルター叔父には、そういうところはありませんでした。彼らは父親似でしたが、可哀想な従弟のローレンス——ウォルターの息子——は、病気によってカントン［マサチューセッツ州の町］の療養所に永久に隔離される以前には、祖母と瓜二つと言って良いほどでした。もう四年も彼に会っていませんでしたが、叔父が一度ほのめかしたところによれば、精神的にも肉体的にも非常にひどい状態なのだそうです。二年前にローレンスの母が亡くなったのも、この心痛が主たる原因なのでしょう。

現在、クリーブランドの家で暮らしているのは、僕の祖父と妻を亡くした息子のウォルターで、古い時代の記憶が家屋の上に厚く垂れ込めていました。僕は今でもそこが嫌いなので、できるだけ早く研究を進めようと努めました。ウィリアムスン家の記録や伝承については、祖父がたっぷりと供給してくれましたが、オーン家の資料についてはウォルター叔父頼りでした。彼は、メモや手紙、新聞の切り抜き、遺品、写真、細密画などが入っているファイルを全て、僕の自由裁量に任せてくれました。

僕が自分の先祖についてある種の恐怖を感じ始めたのは、オーン家側の手紙や写真を調べていた時のことでした。前述のように、僕の祖母とダグラス伯父は、いつだって僕を不安にさせました。彼らがいなくなって何年も経った今でも、彼らの顔が映っている写真を見ているだけで、確かな嫌悪感と疎外感がこみあげてくるのです。

　最初のうちは、その変化を理解することができませんでしたが、わずかな疑いを抱くことすらも断固として拒絶しているにもかかわらず、身の毛もよだつ比較めいたものが、僕の無意識の中で徐々に形をとってきました。これら二つの顔の典型的な表情が、以前にはその気配も見せなかった何か——公然と考えてしまえば、純然たるパニックに陥ってしまいそうな何か——を、ほのめかしていたのです。

　しかし、最悪のショックが訪れたのは、ダウンタウンの貸金庫室で、叔父がオーン家に伝わる宝飾品(ジュエリー)を見せてくれた時でした。いくつかの品物は繊細で霊感に満ちたものでしたが、取り出すことを叔父に躊躇(ちゅうちょ)させる、謎めいた曾祖母に由来する不思議な古い品物を収めた箱がひとつありました。叔父の言うには、それらはきわめてグロテスクで、ほとんど厭わしくすらある意匠の品々で、彼の知る限りでは決して公の場で着用されたことがなく、祖母はそれらをただ眺めて楽しんでいたということでした。

　不幸にまつわる漠然とした伝説が周囲にまとわりついていて、曾祖母の後見人だったフランス人の女性家庭教師は、ヨーロッパであれば着用しても問題ありませんが、ニューイングランド地方では決して身につけるべきではないと話していたのだそうです。

　叔父は、気が進まない様子でゆっくりと梱包(こんぽう)を解きながら、その意匠(いしょう)の異様さと顕著な悍(おぞ)ましさにショックを受けることがないよう、僕に忠告しました。これらを目にした芸術家たちや考古学者たちは、比類のない異国情緒豊かな仕上がりだと口々に表明したものの、正確な材質を鑑定することも、特定の美術伝統に割り当てることもできなかったというのです。

　そこにあったのは、二つの腕輪と一つの頭飾り(ティアラ)、もう一つは胸飾りの一種でした。胸飾りには、およそ耐え難いほどに誇張された、ある種の像が高浮彫（たかうきぼり）にされていました。

　こうした説明を聞きながら、僕は自分の感情を厳しく抑え込んだつもりでしたが、募りゆく恐怖が表情に現れてしまったのでしょう。叔父は心配そうな顔つきになって、梱包を解く手を止めて、僕の顔をじっと見つめました。僕が続けてくれるよう促すと、彼は気乗りのしない様子で作業を再開しました。最初の品物——頭飾り（ティアラ）——が見え始めた時、彼は何かしらの感情の発露（はつろ）を予想していたのでしょうが、実際にあんなことが起きるとは予想だにしなかったことでしょう。

　僕自身、あんなことになるとは思っても見ませんでした。頭飾り（ティアラ）はどんなものであるかについて、いやというほど前もって予告されたも同然だと考えていたのです。

　一年前にあの茨の生い茂る線路の切り通しでそうなったのと全く同じように、無言で失神したのです。


　その日からの僕の人生は、鬱々と考え込み、不安に苛まれる悪夢めいたものと成り果ててしまい、どこまでが悍（おぞ）ましい現実で、どこまでが狂気の沙汰なのかも分からない有様でした。

　僕の祖母は未知のマーシュ家の出身で、夫はアーカムに住んでいたということでした——老ザドックは、オーベッド・マーシュが怪物じみた母親に産ませた娘を、アーカムの男と結婚させたと話していたのではなかったでしょうか。あの年老いた酔いどれは、僕の眼がオーベッド船長のそれと似ていると呟いていたのではなかったでしょうか。アーカムでも、僕が真なるマーシュ家の眼を持っていると学芸員が言っていました。オーベッド・マーシュは僕の曾々祖父ということになるのでしょうか。ならば、僕の曾々祖母はいったい誰——あるいは、何なのか。

しかし、こんなことはみんな狂気の沙汰以外の何物でもありません。あれらの白みがかった金の装飾品(オーナメント)は、それが誰であったにせよ、僕の曾祖母の父親がインスマスの船員から容易(たやす)く買い取れたのかもしれません。そして、僕の祖母と自殺した伯父のじっと凝視するような顔立ちは、僕の想像力に暗鬱な色合いを投げかけることになった、インスマスを覆う影によって補強された、純然たる空想に過ぎないのかもしれません。

だけど、それならば何故、僕の伯父はニューイングランド地方における祖先の探求の後に、自殺してしまったというのでしょうか?

二年以上にもわたり、僕はこうした考えに抵抗し続け、ある程度は成功しました。僕の父が保険会社に職場を確保してくれたので、僕は毎日の決まりきった仕事にできるだけ深く没頭しました。

しかし、一九三〇年から三一年にかけての冬、夢を見始めたのです。

最初、その夢はごく稀に、知らず知らずの内に見ていたことに気づくという程度のものでしたが、何週間も経つ頃には頻度と鮮烈さが増していきました。僕の眼前には広大な水の空間が広がり、僕はグロテスクな魚の群れを仲間にして、水没した巨大な柱廊式玄関や、海藻に覆われた巨石作り(キュクローピアン)の壁が造り出す迷路を彷徨(さまよ)っているようでした。

やがて、他のものも現れるようになり、目を覚ます都度(つど)、名状しがたい恐怖に満たされるのでした。

とはいえ、夢の中にいる間は、僕は全くと言って良いほど恐怖を感じていませんでした——僕は、彼らの一員であり、彼らの非人間的な装束を身に着けて、水性の道に足を踏み入れて、彼らの凶々(まがまが)しい海底神殿で、ぞっとするような祈りを捧げるのです。

覚えている以上に多くのことがありました。毎朝、覚えていたことだけでも、それを書き留めておいたなら、僕は確実に狂人ないしは天才の刻印を捺（お）されることになったことでしょう。

何か恐ろしい影響が、僕を健全な人生という正気の世界から引き離し、名状しがたくも暗澹たる異界めいた深淵へと引き込もうとするのをひしひしと感じ、その過程が僕に重くのしかかりました。

僕の健康と外観は着実に悪化の一途を辿（たど）り、ついには職を辞し、一人の病人として何をするでもなく、他人と交わらない隠棲生活を余儀なくされました。

何かしら妙な神経障害に陥っているようで、時折、目を閉じられなくなることがありました。

警戒心を募らせながら、鏡で自分の顔をしげしげと眺めるようになったのも、この頃のことでした。

緩やかに進行する病気によって損なわれていく自分を見るのは楽しいものではなく、僕の場合は何か名状しがたい、困惑させられる事情がその背後に潜んでいるように思われました。僕の父も、そのことに気付いているようでした。彼は僕のことを奇妙な眼つきで、恐ろしいものででもあるかのように眺め始めたのです。僕の中で、一体何が起きているというのでしょうか。あるいは僕は、祖母やダグラス伯父に似てきているのではないでしょうか。


ある夜のこと、僕は恐ろしい夢を見ました。海の底で祖母に会ったのです。

彼女は数多くのテラスを備え、奇怪な白化珊瑚（サンゴ）やグロテスクな交互対枝の花が咲き乱れる華やかな庭園のある、燐光（りんこう）を放つ宮殿に棲んでいました。そして、僕を暖かく歓迎してくれたのですが、そのやり方はどこかしら嘲弄的なものでした。

彼女は――水の中で暮らしていけるよう変化した者たちと同じく――すっかり姿が変化していて、死んではいなかったのだと僕に話してくれました。彼女はそうする代わりに、死んだ息子が知り得た場所に赴(おもむ)いて――彼もまたそうする運命(さだめ)であったのに、硝煙を吐き出す拳銃で一蹴(いっしゅう)してしまった――、驚異の世界に飛び込んでいったのです。

そこは、僕の世界でもありました――もはや逃れることはできません。僕は決して死ぬことがなくなり、人間が地上を歩くようになる以前から生きていた者たちと、共に暮らすようになるのです。

僕は彼女の祖母にも会いました。プトトヤ＝ライは、八万年もの長きにわたってイハ＝ンスレイに棲んでいて、オーベッド・マーシュの死後、そこに戻ったのでした。

地上の人間たちが深海に死を撃ち込んできた時にも、イハ＝ンスレイは破壊されませんでした。損害を受けはしましたが、破壊には至らなかったのです。

忘れ去られた〈古きものども(オールド・ワンズ)〉の古第三紀の魔法に抑え込まれることはあっても、〈深きものども(ディープ・ワンズ)〉は決して殺害されることはないのです。

現在(いま)のところは、彼らは休息についているのですが、記憶をとどめている限り、いつの日にか大いなるクトゥルーが渇望する貢物(こうもつ)を捧げるべく、再び地上にあがってくるのです。

次の機会には、インスマスよりも巨大な都市になることでしょう。彼らは勢力の拡大を目論(もくろ)んでいて、自分たちを支援するものを育てていました。しかし、彼らは今一度、時節を待たなければなりません。

地上の人間たちによる死をもたらしたことについて、僕は償いをしなければならないのですが、大して重い罰にはならないことでしょう。

初めてショゴスを目にしたのは夢の中のことで、その光景を見た時、僕は狂乱の叫びをあげて目を覚ましました。その日の朝、僕が紛れもない〈インスマス面〉を得たことを、鏡に告げられたのです。

今のところ、ダグラス伯父のように拳銃自殺はしていません。自動式拳銃（オートマチック）を買ってきて、引き金を引きかけたことはあるのですが、ある種の夢が僕を思いとどまらせたのです。

恐怖による極度な緊張は弱まっていて、僕は未知なる海の深みを恐れるのではなく、妙に惹きつけられるのを感じていました。眠っている間に、不思議なことを聞いたりやったりして、目を覚ました時にも恐怖ではなく昂揚を感じたのです。

大多数の者たちが待ち受けているような、完全な変化を待つまでもありません。そんなことをしていれば、父は可哀想な従弟が押し込まれている療養所（サナトリウム）に、僕を閉じ込めることでしょう。

途方もなく広大な、未曾有（みぞう）の栄華が水面下で待ち受けているからには、僕はすぐにも探求せねばなりません。いあ＝るるいぇ！　くとぅるぅ　ふたぐん！　いあ！　いあ！

そう、自分を撃ったりはしません——自分自身を撃つことなどできようものか！

僕はカントンの精神病院から従弟を脱走させることを計画している。それから僕たちは連れ立って、驚異の影に覆われたインスマスに行くことにしよう。

僕たちは海に入ってあの陰鬱な暗礁に泳いでいき、そこから黒々とした深淵に飛び込んで、円柱の林立する巨石造り（キュクローピアン）のイハ＝ンスレイへと赴くのだ。

そして、〈深きものども（ディープ・ワンズ）〉の巣窟で、僕たちは未来永劫、驚異と栄光に包まれて暮らすのである。[*36]

補遺・「インスマスを覆う影」未定稿

僕がニューイングランド地方の観光旅行を中断し、神経過敏症を患(わずら)ってクリーブランドに戻ったのは、一九二七年夏のことでした。旅行の仔細について、僕は口を閉ざしてきました。最近の新聞の切り抜きを目にして、以前からの神経の緊張が和らいだのでなければ、話をする気にはなりませんでした。

切り抜きには、広範囲の火事が、寂れたインスマスの海岸沿い(ウォーターフロント)の地域に建つ無人の古屋(こおく)の大部分と、海から離れた内陸部にあるいくつかの建物を一掃したとありました。その一方で、周囲数マイルに轟いたという爆発が同時に起きて、海岸から一マイル半ばかり離れた、海底が急に測り知れない深淵へと落ち込んでいるあたりに存在する巨大な暗礁の、かなり深いところまでを破壊したということです。

ある事情で、僕はこれらの出来事に深い満足感を覚えました。前者［火事のこと］すらも、僕にとっては災害ではなく、祝福と思われたのです。古びたレンガ造りの宝飾品工場と、列柱のあるダゴン教団のホールが、他のあれこれ共々、燃え尽きてしまったことは特に嬉しいことでした。放火の噂もありますが、老イヴァニツキ神父[*37]がその気になってくれさえすれば、詳しい話を聞けると思います。ともあれ、僕が知っていることを話せば、先程の僕の意見について、異なる観点を与えてくれることでしょう。

僕がインスマスのことを初めて聞き知ったのは、最初にして最後に、そこを目にすることになった日の前日でした。その街は、最近の地図には載っていないようでした。僕はニューベリーポートからアーカムに直接向かい、そこからグロスターに行く予定でした——交通手段を見つけることができれば、の話でしたが。自動車を持っていなかったので、僕はいつも一番安いルートを探りながら、乗合バス(モーターコーチ)や列車、路面電車(トロリー)で旅を続けていました。

ニューベリーポートでは汽車でアーカムに行けると聞いたのですが、インスマスについて耳にしたのはただの一回だけ、駅の切符売り場で運賃が高いと抗議していた時でした。訛(なまり)からして地元の人間ではないらしい駅員は、倹約につとめる僕に同情してくれて、他の情報提供者たちが誰も教えてくれなかった提案をしてきたのです。

「おんぼろバスに乗ってくのもアリといえばまあ、アリなんだけどな」

彼は、いくらかためらいがちに言いました。

「だけど、この辺じゃ評判が悪くてね。何しろ――あんたも聞いたことがあるかも知れないが――インスマスを通るんだよ。みんな、それが気に入らんのさ。運転してるのもインスマスのやつで――ジョー・サージェントって男なんだが――、ここだろうがアーカムだろうが、利用してる客は誰もいないと思うよ。よくもまあ、それでやってけるもんだ。べらぼうに安いはずなんだが、二人か三人くらいしか乗ってるのを見たことがないね――当然、みんなインスマスに住んでる連中だけどな。最近になって運行時間が変わったりしてるんでもなきゃ、ハモンズ・ドラッグストアの前にある広場から、午前一〇時と午後七時に発車(で)てるはずだ。見るからにガタガタ揺れそうなやつだよ――乗ったことはないけどな」

インスマスについて聞いたのは、これが初めてでした。ガイドブックに取り上げられていない町の話を聞いたわけですから、当然興味を惹かれました。そして、駅員の妙にもってまわった言い方からも、強い好奇心のような感情をかきたてられました。近くの町の住人たちからこうも嫌われている町が、普

[illegible]の町であるはずもなく、観光客[illegible]目を集める価値があるに違い[illegible]風に思ったんです。[illegible]カムの手前にあるなら、[illegible]で降りてみるのもいいじゃないか——それで[illegible]はその町について話を聞[illegible]欲しいと駅員[illegible]みました。彼はしばらく考え込んでから話し始めてく[illegible]たのですが、話している内容[illegible]はかり優越感を抱いているようでした。

「インスマスかい？　そうだな、マヌセット川の河口から下ったところにある、何とい[illegible]か妙な町だよ。昔はほとんど市と言ってもいいところだったんだが——一八一二年の戦争の前の話だ[illegible]ね——、ここ百年ほどの間にすっかり機能しなくなっちまったよ。今じゃ鉄道もなくなって——ボ[illegible]ン&メイン鉄道はそもそも通らなかったし、ロウリーから伸びてた支線も数年前に廃止されちま[illegible]しな」

「誰かが住んでる家よりも空き家の方が多くてな、ろくな商売もできやし[illegible]あそこの連中はみんな、ここ（ニューベリーポート）やアーカム、さもなきゃイプスウィッ[illegible]商（あきな）い[illegible]さ。昔は大した工場がいくつかあったんだが、今となっちゃ宝飾品の精製所が一箇所残[illegible]ているだけだな」

「こいつがまた実に大した事業でね、行商人の間でも有名なんだよ。どうやっても分析できない秘密の合金で、特別変わった宝飾品を造るもんでね。行商人たちはプラチナだの銀だの金だのと噂してるんだが——ともあれ連中は信じがたい安値でそんな品物を売りさばいて、儲けを独占してるってわけさ」

「オーナーのマーシュって爺さんはクロイソスよりもすげえ金持ちに違いない。まあもっとも、変わった爺さん（オールド・ダック）で、街からは滅多に外に出ない。この事業に手をつけたオーベッド・マーシュ船長の孫にあたるんだよ。母親はどこかの外国人——連中は、南太平洋の島から来たと言ってたな——らしい。だから、あの人が五〇年前にイプスウィッチの娘っ子と結婚した時には、大騒ぎになったもんだ。インスマスの人間のこととなるといつだって騒ぎが起きるのさ。だが、マーシュの子供たちや孫たちは、見たところよその人間と特に変わっては見えないな。ここに来た時に、誰が誰なのか指差して教えてもらったんだよ。年寄りは見たことがないんだがね」

「どうして皆がそんなにもインスマスを嫌うのかって？　なあ、あんた、ここらの人間の言うことをあまり信用し過ぎるもんじゃないよ。口を開かせるのは面倒だが、いったん話し始めたら止まりゃしないんだからね。連中がインスマスのことを——大抵はこそこそと声をひそめてだがな——あれこれ話し始めて百年は経ってるわけだが、要するに怖いってのが一番大きいんだと思うね。あんたが笑っちまいたくなるような話もあるよ——老マーシュ船長が悪魔と取引して、地獄から小鬼(インプ)どもをインスマスに連れてきただの、埠頭の近くのどこそこで悪魔崇拝やら恐ろしい人身御供やらが行われるのを、一八五〇年だかそこらの年に住民が目撃しただの、そんな話がね。だけどな、俺はバーモント州のパントンの出身だからな、その類の話はてんで信じてないんだよ」

「住民たちの感情の裏にあるのは、要は人種偏見なんだろうさ——だからって、そいつらを責めるつもりはないがね。俺だってインスマスの連中が嫌いだし、あの町に行きたいとは思わないからな。あんたの話し方からして西部の人間なんだろうが——知っての通り、ニューイングランドの船はアジアやアフリカ、南太平洋諸島、それ以外のあちこちの妙な港と行き来していて、時には風変わりな連中を連れて帰ることもあったわけだ」

「セイラムの男が中国人の嫁を連れ帰っただの、ケープコッドのあたりにはフィジー諸島出身の連中が今でも暮らしているだの、そういった話を聞いたこともあるだろう」

「まあ、インスマスの住民たちの背後にも、そういう連中がいるに違いない。何しろ沼地や小川やなんかで外部の土地と遮断されているようなとこだから、どんな連中が出入りしたかなんてわかったもんじゃない。だがね、老マーシュ船長が全部で三隻の船を抱えてた一八三〇年代と一八四〇年代に、妙な人種の人間を何人か連れ帰ったことは確かだ。今現在、インスマスに住んでる連中には確かに妙なところがある――どうもうまく説明できないが、ぞっとさせられる何かがね。あのバスに乗るんだったら、ジョー・サージェントを見れば何となくわかるはずさ。あいつらの中には平べったい鼻やでっかい口、引っ込んでいてほとんどないも同然の顎、妙に荒れた灰色の肌をした連中がいる。首の両脇はしなびているか、しわだらけだ。かなり若いのに、禿げあがっちまってるってのもあるな」

「この町(ニューベリーポート)やアーカムの界隈じゃ、連中と関わりたがる人間なんていないよ。あいつらはあいつらで、町にやってきた時にはよそよそしい態度をとりやがるからな。昔は鉄道でやって来て、徒歩や列車でロウリーなりイプスウィッチなりに向かったもんだったが、今じゃあのバスを利用してるのさ」

「ああ、インスマスにはホテルが一軒――ギルマン・ハウスってとこだ――あるんだが、それほど高くはないはずだね。まあ、お勧めはしないよ。この町に泊まって、明日の朝、一〇時のバスに乗っていくといい。そうすりゃあ、あそこで夜八時のアーカム行きのバスに乗れるからな。二、三年前、ギルマンに泊まった工場検査員がいたんだが、あの場所について色々といやなことをほのめかしてたよ。何やら妙な連中がそこにはいるらしくて、他の部屋から声が聞こえてくるもんで、そいつはブルっちまったって話だよ。外国語だったらしいんだが、時々聞こえてくる声の調子がどうも不愉快なもんだったそうだ。不自然な響きで――水がはねてるみたいだったって、奴(やっこ)さん言ってたな――、一睡もできなかったそうだ。朝早くに服を着て立ち去ったんだが、一晩中、おしゃべりが続いたらしいよ」

「その男――名前はケーシーだ――は、老マーシュの工場についてたっぷりと話をしてくれたんだが、その内容は野放図な噂話とぴったり一致するものだったのさ。帳簿はひどいもんで、機械はといえばまるで長いこと動いていないみたいに、おんぼろで廃棄されたも同然だったということだ。今でもマヌセット川の川下にある滝の水力を利用していたようだがね。従業員はわずかで、あまり働いていなかったそうだ。彼の話を聞いて、マーシュの売り物は、実は工場で造ったもんじゃないという地元の噂を思い出したもんさ。みんな、口々にこう言ってるんだよ。実際のところ、工場を稼働させられるほどの原材料を仕入れていないのだからして、どこか他のところ――それがどこかは、神のみぞ知るってとこだが――から、あの妙ちきりんな装飾品を手に入れているに違いないってな」

「まあ、俺は信じちゃいないがね。マーシュの連中はもう百年近くにわたって、こういった異国風の指輪や腕輪（アームレット）、頭飾り（ティアラ）を売ってきたんだ。連中がどこか別の場所から買いつけてきたなら、みんなとっくに知ってるだろうさ」

「それに、どこかから仕入れているにしても、インスマス界隈には入港する船もなければ、町にやってくるトラックもないときてる。外部から買ってるものといえば、妙な種類のガラスやゴムの小物ばかり――昔、野蛮人との取引で、あいつらが買ってたものを思い出すかもな。とはいえ、検査員の全員が全員、工場で妙なことを見聞きしてるってのは嘘偽りのない事実でね。二〇年前だったか、検査員の一人がインスマスで失踪したって話もある――知り合いのジョージ・コールも、あそこで一晩過ごして頭がおかしくなっちまった。ダンバース精神病院に二人がかりで引きずられていって、今もあそこにいるんだ。何かの音について話してるとか、「鱗まみれの水魔（ウォーター＝デビル）」について喚き散らしてるって聞いてるよ」

「この話で思い出したんだが、もうひとつ古い話があるんだよ——海岸の沖にある黒々とした暗礁についてのな。悪魔の暗礁、連中はそう呼んでるんだ。あそこは大抵海面から上に顔を出してるんだが、だからって島とは呼べやしないな。話ってのは、夥しい数の悪魔の群れが暗礁の上にいるのが何度か目撃されてるってことで——あたりを這いまわったり、てっぺん近くにある洞窟か何かを出たり入ったりしてるっていうんだよ」

「ごつごつして不格好な暗礁で、たっぷりと一マイル以上は岸から離れてる。船乗りたちは、あそこを避けるためだけに大きく迂回したもんだった。老マーシュ船長について連中が言ってた陰口のひとつは、潮が引いて岩礁が乾いている時、しばしばあそこに上陸にしてるらしいって話だったな。おおかた岩場の構造に興味があったんだろうが、彼がそこで悪魔と取引してるって噂も流れてた」

「それもこれも、インスマスの人間の半分以上が逝（い）っちまった、一八四六年のとんでもない流行（はや）り病の前の話なんだがね。どうしてあんなことになったかはわからずじまいだったが、たぶん、中国かどこかから船で持ちこんだ外国の病気だったんだろうよ。あの疫病で、あの町のマシな血筋はいなくなっちまったよ。今住んでるのは素性の怪しい連中ばかりで——五百人か六百人以上ってことはないだろうさ」

「マーシュやなんかの金持ちの一族も似たようなもんだろう。連中は南部で言う〈白人の屑（ホワイト・トラッシュ）〉ってやつで、無法な上に陰険で、こそこそと色んなことをやってるらしいね。大部分はロブスター漁師で——トラックでよそに運び出してるのさ。誰もこの連中の記録をたどることはできないし、州立学校の職員や国勢調査員もひどい目に遭ってるよ」

「そんなわけで、俺があんただったら、夜にはあそこに近寄らないね。これまであそこに行ったことはないし、これからも行くつもりはない。だけど、昼間に歩き回る分には、痛い目に遭ったりはしないだろうよ——このへんの人間なら、それもやめとけって助言するだろうけどな。観光に限れば、インスマスはあんたの目的にぴったりの場所のはずさ」

それで僕は、ニューベリーポート公共図書館で夜を過ごし、インスマスの情報を検索してみることにしました。商店や軽食堂（ランチルーム）や消防署で、地元の人間にも話を聞いてみましたが、あの切符売りが言っていた以上の話を聞きだすのは難しいようで、そもそもが本能的に黙り込んでしまう彼の口を割らせるのは時間の無駄だとわかりました。キリスト教青年会（Y・M・C・A）の施設では、職員があのような陰鬱で退廃的な町に行くものではないと諭してきましたし、図書館の人たちも同じ態度でした。インスマスについては、市民の劣悪化が誇張されたケースでしかないように思えるのですが。

書棚で見つけたエセックス郡の歴史の本にも、ほとんど記述が見当たりませんでした。一六四三年に町が創設されたことを除けば、独立戦争以前には造船業で盛んで、一九世紀初頭には海運業で大いに発展し、その後はマヌセット川を動力源として利用する軽工業の中心地になったというような話が、書かれているだけでした。衰退についての記述はわずかでしたが、後の時代の記録が意味するところは明らかでしょう。南北戦争の後は、ロウアー・フォールズにあるマーシュ精錬所がこの町の代表的な企業で、そこの製品の取引だけが唯一の主要産業となりました。

外国人はわずかに住んでいる程度でした。大部分がポーランド人とポルトガル人で、町の南端に住み着いていました。地域財政は非常に悪く、マーシュの工場がなければ破産していたところでした。マーシュ精錬所の小冊子やカタログ、広告カレンダーといったものが図書館のビジネス書コーナーに並んでいるのを見ると、唯一の企業であることが実感されました。この会社が販売していた宝石や装身具は、最高級とも言える芸術性と、最も極端な独創性を共に備えていました。それらの網点（ハーフトーン）写真のいくつかは大いに僕の興味をかきたてました。その意匠の不可思議さと美しさは、僕の眼には深遠なる異国的な天才――あまりにも目も引く奇怪さ故に、そのインスピレーションの源泉は何なのか疑問を抱かざるを得ない、一個の天才による仕事と映ったのです。

この宝石が洗練された趣味人のお気に入りであり、いくつかの近代工芸を扱う美術館に見本が展示されているという小冊子の自慢も、容易（たやす）く受け入れられました。

ひときわ目立つものの多くは――腕輪や頭飾り（ティアラ）、精巧なペンダントといったもので――リングやその他の小物類も数多くありました。浮き彫りや彫刻が中心の意匠――いくらかは伝統的なもので、部分的には風変わりな海洋モチーフの――は、僕が知るあらゆる民族、あらゆる時代のものとも全く異なっていました。この異界めいた特徴は、貴金属の玄妙な配合によって強調されているようで、その効果のほどは、いくつかの色見本で示されていました。これらの写真に映し出されているものの何かに、強烈に――ほとんど不釣り合いなまでに――魅了され、僕はインスマスの店であれ美術館であれ、どこにでも出かけていって、できるだけ多くの現物を見てやろうと決心しました。とはいえ、魅力とは反対に、嫌悪感めいた印象もありました。たぶんそれは、あの切符売りから聞かされていた、このビジネスの創業者についての、悪意に満ちた何とも莫迦（ばか）げた古い伝説が原因なのでしょう。

*

マーシュの小売店のドアが開いていたので、僕はわくわくしながら中に歩いて入りました。

みすぼらしく薄暗い店内でしたが、がっしりした、かなりの技量で造り込まれたショーケースが大量に並んでいました。若い男が僕を出迎えようとやって来ましたが、彼の顔を見た時、心騒がせる戦慄が、僕の中を駆け抜けました。醜かったわけではありませんが、彼の顔立ちと声色には、微妙に風変わりで尋常でない何かが感じられたのです。僕は唐突に湧き上がった強い嫌悪感を押し殺すことができませんでしたが、探究心の強い研究者か何かに見せかけたいという何とも説明のつかない反発も感じました。

気がつくと、僕はクリーブランドの商会に属する宝石バイヤーだと彼に自己紹介し、これから見るはずのものについて、単なる職業的な興味しか抱いていないのだと、自分に言い聞かせたのでした。

しかし、この方針を維持することは困難でした。

店員は灯りを更にいくつもつけて、ショーケースからショーケースへと僕を案内してくれたのですが、輝く驚異を目の当たりにして、僕は歩くのもおぼつかなくなり、言葉も支離滅裂になりました。

およそ美に対して強い感受性を持つ者であれば、これらの豪華な展示物の不思議で、異質な美しさに、文字通りの意味で呼吸を止めずにはいられませんでした。すっかり魅了されて眺めている内に、色見本ですら、それらの真価を十分に示すことができていないことを見て取りました。

今でも、僕が目にしたものを殆ど説明できずにいます――そうした作品を所有しているか、店頭や美術館でそれらを見たことがある者であれば、欠けている情報を補うこともできるのでしょうが。

あまりに多くの精巧な見本を一度に目にしてしまったことで、小さからぬ畏れと動揺が僕の中に生まれました。というのも、これらひとつひとつのグロテスクさと精緻さは、地球上の誰かの手によって造られたものとは思えなかったのです——それも、石を投げれば届くような近場にある工場で造られたなどとは、到底信じられませんでした。

秩序だった図案と網目模様の全てが、遠く離れた宇宙や想像を絶する深淵をほのめかし、時折見られる水生の生き物をモチーフとした絵画的な要素が、全体を覆う非現実性に付加されました。伝説でしか知られていない怪物の幾つかは、悩ましくも暗澹たる記憶めいた不安感で僕を満たすのでした。

*

……インスマスに潜む穢れと冒瀆。彼もまた僕と同じように、腐敗の帳の外側にいて、常にそれに脅かされている、正常な存在なのでした。しかし、彼はその事物から今更離れることができないほど近くにいるので、僕が打ちひしがれつつあるのと同じ経緯で、すっかり打ちひしがれてしまっていたのです。

彼を引き留めようとした消防士の手を振り払い、老人は立ち上がると、知り合いであるかのように僕を迎えてくれました。食料雑貨店の若者から、ザドックの親爺さんが酒の大部分をどこで入手したのか聞いていたので、僕は無言のまま彼の先に立って、そちらの方向へ歩き始めました——スクエアを通り抜け、ぐるりと回るような恰好でエリオット・ストリートへ。彼の歩みは、年齢と飲酒癖の割には驚くほどしゃんとしていて、かつてはよほど頑強な健康体だったに違いないと驚きを覚えました。

インスマスから出ようとしていた僕の焦りは、その頃にはすっかり和らいでいて、その代わり、ぶつぶつと呟き続けている、法外な作り話の混沌たる百貨店とも言うべき長老に、奇妙な好奇心が湧いてくるのを感じていたのです。

みすぼらしい雑貨店の裏手でウィスキーの一クォート壜を手に入れたので、僕はザドックの親爺さんを先導してサウス・ストリートを進み、海沿いの地域の寂れ果てた区域にやってきました。さらに南に離れたところに行けば、遠くの防波堤にいる漁師からも僕たちの姿が見えなくなるはずなので、そこでなら邪魔されず話ができるとわかっていたのです。

何らかの理由で、彼はこの計画が気に入らないようで——悪魔の暗礁がある方向にちらちらと神経質な視線を向けていました——しかし、ウィスキーの誘惑には勝てないようでした。

腐朽した岸壁の端に座ってから、僕は壜から一口呑ませてやって、それが効くのを待ちました。当然、呑ませる分量については慎重に目配りしました。老人の冗舌を引き出したいのであって、酔い潰れられてしまっても困るからです。彼がほろ酔い気分になってきたのを見計らってから、僕はインスマスに関する幾つかの発言や質問を持ちかけました。そして、老人の低まった声で、恐ろしげでありながら誠実さを感じさせるもったいぶった口調で告げられた話の内容に、心底驚かされました。

放埒な噂から窺えるような狂人とは思えませんでしたし、彼の途方もない作り話は信じ難いものではありましたが、僕は身震いを禁じえませんでした。迷信深いイヴァニツキ神父が、お人好しにも信じ込んでしまったのは、驚くようなことではなかったのです。

訳注

1　インスマス　Innsmouth
地名としての初出は一九二〇年執筆の「セレファイス」だが、こちらは英国のコーンウォール半島の漁村だった。

2　悪魔の暗礁(デビル・リーフ)　Devil Reef
ニューベリーポート（訳注4）の東、メリマック川の河口にはブラック・ロックという、釣りの名所として知られる入江があって、悪魔の暗礁のモチーフはここではないかと言われている。

3　僕　I
HPLの「「インスマスを覆う影」のための覚書」によれば、語り手の名はロバート・オルムステッドである。オーガスト・W・ダーレスは、この覚書の存在を知らずに連作「永劫の探求」を執筆したようで、この作品中で言及される「インスマスを覆う影」の主人公の姓を、祖母の夫の家名であるウィリアムスンとしている。

4　ニューベリーポート　Newburyport
マサチューセッツ州北部の港町。ボストンのノース・ステーションからコミューターレール（鉄道）に乗って海外沿いに北上すると、終点がこの町になる。現在はリゾート地として賑わうが、HPLが初めて訪れた一九二三年当時はインスマスのように寂れていたようだ。南のグロスターと共に、インスマスのモチーフとなっている。

5　アーカム　Arkham
セイラムがモチーフの、マサチューセッツ州の地方都市。初出は一九二〇年末執筆の「家の中の絵」で、当初はニューイングランドのどこかで、近くにミスカトニック渓谷があるとだけ説明された。「ハーバート・ウェスト 死体蘇生者」でミスカトニック大学が生まれ、「異世界からの色」において魔女伝説が残る古い町で、西側の荒れ果てた丘陵地帯には先住民族以前の時代に遡る古い石造りの祭壇があるという、現在のイメージになった。

6　マヌセット川の河口　the mouth of the Manuxet.
「-mouth」という地名は河口の町に特有のもので、インスマスは「In the mouth」の語呂遊びにもなっている。マヌセット川のモチーフはニューベリーポートのメリマック川とされるが、ケープコッド近くのバザーズ湾にかつて流れ込んでいたマノメット川 Manomet River との綴りの類似が研究者から指摘されている。

7 釣りやロブスター漁 fishing and lobstering
土地が痩せ、冬が厳しいマサチューセッツ湾植民地では長らく造船業と漁業が中心的な産業であり、ニューイングランド地方では干しタラとマッシュポテトを卵で練りあわせてフライにしたコッド・フィッシュ・ケイクや、先住民から食材として教えられたロブスター料理、二枚貝(クラム)を用いたクリームスープ——ニューイングランド・クラムチャウダーが地元料理として親しまれている。但し、HPLは魚介類が全く食べられなかった。

8 イプスウィッチ Ipswitch
北のニューベリーポート、南のグロスターに挟まれた地方都市。インスマスはこの町の北側にあると思われる。

9 マーシュ Marsh
実在の姓だが、沼地を意味する英単語でもある。マーシュ姓の有名人として、一九世紀の合衆国において無数の恐竜化石を発掘したオスニエル・チャールズ・マーシュがいる。彼のパトロンであった叔父のジョージ・ピーバディはマサチューセッツ州の著名な銀行家、篤志家で、セイラムのピーバディ・エセックス博物館、ジョンズ・ホプキンス大学ジョージ・ピーバディ図書館など、彼の寄付や遺贈で建てられた学術施設は数多い。

10 バーモント州 Vermont
ニューイングランド地方の州の一つ。HPLが一九三〇年に執筆した「闇に囁くもの」の舞台。

11 海賊が隠した略奪品 pirate loot
ニューイングランドの沿岸地域には海賊にまつわる民間伝承が多く、黒髭などの隠した財宝の噂が各地にある。

12 セイラム Salem
ボストンの北にある港町。一六二六年に最初の集落が建設され、港湾都市として発展した地方都市。TVドラマ『奥様は魔女』の影響で、二一世紀現在は一六九二年の魔女裁判をテーマとする観光地になっている。

13　ケープコッド　Cape Cod

一九二七年にＨＰＬが友人たちとケープコッドを訪れた際、フランク・ベルナップ・ロングがこのあたりには南太平洋のフィジーからの移民が多いと指摘したことを彼は興味深く記録している。なお、事実関係は未確認。

14　ギルマン　Gilman

インスマスの名家のひとつ。ギルマン自体はニューイングランドに実際に存在する姓だが、「鰓男（えらおとこ） Gill Man」に引っ掛けているようだ。なお、一九五四年の映画『大アマゾンの半魚人』で知られるようになったモンスター、半魚人の英語名は「Gill-man」である。

15　ダンバース　Danvers

セイラムに隣接したセイラム村の現在の地名。ここでは、一八七四年に開業されたダンバース州立精神病院のことを指す（一九八五年に閉鎖）。旧セイラム村は、二百名を越える住民が魔女の嫌疑を受けて逮捕され、獄死した者を加えると死者の数が二五人にも上った、一六九二年の魔女裁判の舞台である。ＨＰＬ作品においては、嫌疑を受けそうになった多くの住民とその家族がアーカムやダンウィッチ、プロヴィデンスに移り住んだ。

16　ニューベリーポート公共図書館　Public Library

実在の施設。ガイド役を務めてくれているニューベリーポート歴史協会のアンナ・ティルトンは、一九〇六年の時点で公共図書館の司書長を務めていたヘレン・Ｅ・ティルトンの名前にちなんで設定されたものらしい。

17　ミスカトニック大学　Miskatonic University

一九二一年執筆の「ハーバート・ウェスト 死体蘇生者」に、おそらくハーバード大学医学大学院がモチーフであるミスカトニック大学医学校 Miskatonic University Medical School として初登場し、一九二七年執筆の「宇宙からの色」で総合大学として改めて登場したアーカムの大学。前述のようにアーカムはセイラムがモチーフの地方都市だが、ＨＰＬ自らスケッチしたアーカムの地図におけるミスカトニック大学の長方形のキャンパスは、彼の故郷であるプロヴィデンスのブラウン大学（「クトゥルーの呼び声」訳注5）そのものである。

18　ニューベリーポート歴史協会　Historical Society

ニューベリーポートの実在の団体。歴史協会とは、その土地の記録や歴史、遺物などを収集・記録・保存する欧米社会に特有の組織で、マサチューセッツ州では一七九一年にマサチューセッツ州歴史協会が設立されて以来、大抵の町に歴史協会の本部を兼ねたハウスミュージアムが存在する。二〇一七年現在、ニューベリーポート歴史協会の事務所は現在、ハイストリート九八番地にあるクッシング・ハウス・ミュージアム（フランクリン・ピアース大統領の時代にマサチューセッツ州検事総長を務めた政治家ケイレブ・クッシングの邸宅）に置かれているが、ラヴクラフトの訪問時にはハイストリート一六四番地のペティンゲル＝フォーラー・ハウスにあった。

19　頭飾り（ティアラ） Tiara

「三重冠」と訳されることもあるが、これはローマ・カトリックの教皇の地位を象徴する特殊な冠であり、作中の描写からしても一重構造と思われる。

20　正教会 orthodox churches

ここでは、ロシア正教会の流れを汲むキリスト教宗派の教会。アメリカ正教会は、ギリシャ正教会のコンスタンティノポリ総主教庁からは公認されていない。

21　〈ダゴン秘儀教団〉（エソテリック・オーダー・オブ・ダゴン） Esoteric Order of Dagon

「Esoteric Order」は宗教団体というよりもむしろフリーメイソンリーのような秘儀結社に近い言葉なので、従来訳の「秘密教団」ではなく秘儀教団とした。

22　フリーメイソンリー Freemasonry

記録に残るものとしては一六世紀のスコットランドに遡る石工の同業者組合。フリーメイソンリーが組織名で、フリーメイソンはその一員である。一七世紀以降、社交団体の色合いが強まり、英国人が同様のフリーメイソンリーのロッジを設立し始めた。一七一七年に大ロッジがロンドンに設立され、ロッジを相互承認する形での広域結社となった。一七三三年にはボストン・ロッジがアメリカ初の公認ロッジとなり、ニューイングランド地方の各地にロッジが設立される。ニューベリーポートや、HPLの住むプロヴィデンスにもメソニック会館がある。

23　キングスポート Kingsport

初出は一九二三年執筆の「祝祭」で、一八世紀には英国王の港の名に恥じぬ西インド貿易の拠点として繁栄した。マサチューセッツ州マーブルヘッドなどの沿岸の港町がモチーフで、アーカムと同じく、セイラム魔女裁判の折に魔術師や魔女、邪教宗派信者たちが逃れてきた。

24 ケープアン Cape Ann

マサチューセッツ州の半島で、グロスターなどの港町がある。一九二六年執筆の「霧の高みの奇妙な家」の舞台である、キングスポートの北の岩山のモチーフ。

25 ファースト・ナショナル・チェーン First National chain

一八五三年創業の実在するチェーン店。後にFinastに改名し、一九九九年に廃業した（ブランドのみ数年残留）。

26 アズベリー・メソジスト監督教会 Asbury M. E. Church

プロテスタントの流れを汲むキリスト教派。メソジスト運動はイングランド国教会のジョン・ウェスレーが始めたものだが、新大陸のメソジストは独立戦争によって英国と断絶したため、ウェスレーに監督を任されたフランシス・アズベリーらによって新たな教会が設立された。

27 ウェイト Waite

一九三三年執筆の「戸口の異形」に登場するウェイト親娘は、インスマスのウェイト家の出身である。

28 チーズ・クラッカーと生姜入りウェハース cheese crackers and ginger wafers

HPL自身が旅行時に好んだ食事の組み合わせ。彼の普段からの偏食っぷりを窺わせる。

29 征服者としての蛆虫 conqueror worm

エドガー・アラン・ポオの詩のタイトル。

30 ポナペ島 Ponape

西太平洋のカロリン諸島に位置する、ミクロネシア連邦の島で、現在はポンペイ島。本作及び「クトゥルーの呼び声」においてクトゥルー崇拝や〈深きものども〉と結びついた場所として言及され、オーガスト・W・ダーレスの「永劫の探求」ではルルイェの近傍とされた。

31 《古きものども(オールド・ワンズ)》が使ってたしるし(サイン) Old Ones' signs
〈深きものども〉を追い払う力があるという、鉤十字(スワスチカ)に似た印。HPLは本作執筆直前に、〈旧き印(エルダー・サイン)〉が登場するオーガスト・W・ダーレスとマーク・スコラーの共作「湖底の恐怖」「モスケンの大渦巻き」を読んでいた。

32 ダゴン、アシュトレト、ベリアル、ベルゼバブ、金の子牛、カナンの偶像 Dagon,Ashtoreth,Belial,Beëlzebub,Golden Caff,the idols of Canaan
全て旧約・新約聖書に登場する異教徒の神とその偶像。

33 メネ、メネ、テケル、ウパルシン Mene, mene, tekel, upharsin
旧約聖書「ダニエル書」において、新バビロニアの王ベルシャザルが饗宴を開いている最中、空中に出現した人間の指が描いた文字で、意味は「数えたり、数えたり、量りたり、分かたれたり」。王国の終焉を予言する言葉。

34 カルヴァリー分団 Calvary Commandery
フリーメイソンリーの支部の名前。カルヴァリーというのは、ナザレのイエスが磔刑(たっけい)になったゴルゴダの英語訳。HPLの住むプロヴィデンスではカルヴァリー分団が活動していたので、そこから採ったのだろう。

35 ショゴス shoggoth
本作の執筆年でもある一九三一年の頭に執筆した「狂気の山脈にて」に登場する、南極の樽型異星人が奴隷として創造した不定形生物。樽型異星人はクトゥルーと敵対していたはずなので、ショゴスが反旗を翻した際、敵方の〈深きものども〉と結託した者がいたのかもしれない。一九三三年執筆の「戸口に現れたもの」においても、インスマスの人間とショゴスの協力関係が匂わされている。

36 未来永劫～暮らすのである dwell ~ for ever
この末尾のくだりは、旧約聖書の「詩篇」第二三篇のパロディだと言われている。

37 イヴァニツキ神父 Father Iwanicki
最終的に削られてしまったキャラクターだが、本作の後に執筆された「魔女の家の夢」に改めて登場。アーカムにある聖スタニスラウス教会の司祭で、ジョー・マズレヴィッチに魔除けの十字架像を与えている。

永劫より出でて

Out of the Aeons

（ヘイゼル・ヒールドのための代作）

1933

（マサチューセッツ州ボストンのキャボット考古学博物館[*1]の館長（キュレーター）、リチャード・H・ジョンスン博士の遺品中に、夫人により発見されたもの）

I

ボストンの人間なら誰でも——あるいは他の土地に住んでいるにせよ、新聞を注意深く読む人間であれば——、キャボット博物館の怪事件を忘れるようなことはないだろう。あの悪魔的なミイラにまつわる新聞の報道、そのミイラとおぼろげに結び付けられてきた太古からの恐ろしい風聞、一九三二年を通じて病的な盛り上がりを見せた世間の関心やカルトの活動、同年一二月一日に二人の侵入者を見舞った恐ろしい運命といったものが全て結び付き、伝承として世代を超えて伝わってきた太古の謎の一つを作り出し、身の毛もよだつような一連の憶測の基点となったのだ。

誰もが気づいているように、きわめて重大かつ言いようのないおぞましさについては、最高潮に達した恐怖の公的発表から割愛されていた。

二つの死体のうち、一方の状態について真っ先に確認されたいくつかの不穏な徴候は、あまりにも性急に却下され、無視されることになった——その報道価値から考えて、通常であれば続報が紙面を飾るはずのミイラの特異な変化についても同様だった。

人々はまた、ミイラが陳列ケースに二度と戻されなかったことも、訝（いぶか）しく感じた。今日の剝製（はくせい）技術の技量に鑑（かんが）みて、ミイラが崩れ果てているので展示することができないという弁解は、あからさまに不自然なものと思われた。

博物館の館長として、私は公表の差し控えられた全ての事実を明らかにする立場にいるが、生きている間はそれをしないつもりである。この世界や宇宙には、大多数の者が知らずにいた方が良いことがあるのだ。私は、あの恐ろしい事件の際に、我々全員——博物館のスタッフや医者、報道記者、警察官——が賛同した意見に背くつもりはない。

とはいえ、科学と歴史の双方においてこれほど圧倒的な重要性を有する問題が、全面的に記録されないままでいてはならないとも思う——その故をもって、真摯なる研究者の利益に供するべく、したためることにしたのがこの文書である。私の死後に調査されるはずの様々な書類の中にこの文書を入れて、その運命については我が遺言執行者の裁量に委ねることとしよう。

過去数週間、ある種の脅迫や異常な出来事に見舞われたことから、私は自分の命が——他の博物館職員たちと同様に——アジア人やポリネシア人、雑多な神秘主義者たちからなる、広域で活動している秘密教団の敵意によって、危険に晒されていることを確信するに至った。したがって、遺言執行者は遠からず、職務に就くことになるかもしれない。

〔遺言執行者による注記：ジョンスン博士は突然かつ謎めいた心不全を起こして、一九三三年四月二二日に亡くなった。博物館の剝製師であるウェントワース・ムーアは、前月の中頃に失踪した。同年二月一八日、事件における解剖を監督したウィリアム・マイノット博士が背中を刺され、翌日に死亡した。〕

思うに、実際に恐怖が始まったのは一八九〇年——私が館長に就任するはるか以前——、博物館がオリエント海運社[*2]からあの慄然（りつぜん）たる不可解なミイラを購入した時なのだろう。

太平洋の海底から急に隆起した小さな陸地の、起源すらも定かならぬ、途方もなく古い墓所で発見されたということそれ自体に、ぞっとするような不穏さが漂っていた。

ニュージーランドのウェリントンを出港し、チリのバルパライソに向かっていた貨物船《エリダヌス》のチャールズ・ウェザービー船長は、一八七八年五月一一日、いかなる海図にも記載されておらず、明らかに火山起源のものと思しい新島を発見した。

切頭円錐の形状の陸地が、ふてぶてしくも海から突き出されていたのである。

ウェザビー船長以下の上陸隊は、登っているごつごつした斜面に、長いこと海中にあった証拠を見出した一方で、地震か何かによって最近、破壊された痕跡を頂上に見つけた。散らばる瓦礫（がれき）の中には明らかに人の手が加わった巨石があって、じっくり調べるまでもなく、特定の太平洋の島々で発見され、考古学史上の永遠の謎とされる、あの先史時代の巨大な石積み（キュクローピアン）の石工技術の影響が明らかに見受けられた。

最後に、船員たちは巨大な石造りの墓所——はるかに大きな建造物の一部で、本来は地下深くにあったと判断される——に入り込んだのだが、その片隅には恐ろしく醜（みにく）いミイラが蹲（うずくま）っていたのだった。壁に彫り込まれたある種の彫刻によって、束の間、一過性のパニックに見舞われた後、船員たちはミイラを船に移動させるよう指示を受けたものの、それに触れるのは恐ろしくも厭（いと）わしく思われた。

体の近くには、かつては衣服の中に押し込まれていたのだろう、未知の金属で造られた円筒（シリンダー）があって、同じく未知の性質がある薄く、青白色（せいはくしょく）の膜状の物質の巻物が収められ、灰色がかった特定できない顔料で特異な文字が記されていた。

広大な石造りの床の中心には、はね上げ戸らしきものがあったのだが、その場に居合わせた者たちはこれを動かせるような装置を持ち合わせていなかった。

当時、新設されたばかりのキャボット博物館は、その発見についてのわずかな報告を見るや、ただちにミイラと円筒を入手するべく手配した。ピックマン館長[*3]が自腹を切ってバルパライソに出張し、遺物が発見された墓所を調査するべくスクーナー船を調達したのだが、この目論見は失敗に終わった。

島があったと記録された位置には、海原がどこまでも広がっているばかりだった。島を急激に隆起させたのと同じ地殻変動の力が、言い知れぬ永劫の歳月にわたってそれが抱きかかえていた、深海の闇の中に再び沈下させたのだと、捜索者たちは悟ったのである。

あの不動のはね上げ戸の秘密が、解かれることはついになかった。しかし、ミイラと円筒は残った——そして、一八七九年一一月の早い時期に、博物館のミイラ展示ホールにおいて展示されたのである。

キャボット考古学博物館は、芸術(アート)には分類されない古代文明や未知の文明の遺物に特化した、小さくてあまり知られていない施設だが、科学者たちの間では高い評価を受けていた。ボストンの高級住宅街であるビーコン・ヒル[*4]の中心部——マウント・ヴァーノン・ストリート沿いで、ジョイ・ストリートの近く——にあって、後部に翼が増築された、かつてのプライベート・マンションの建物内にあった。最近の恐ろしい事件が望ましくない悪評をもたらすまでは、謹厳(きんげん)な隣人たちの自慢の種だったのである。

ミイラ展示ホールは、旧マンション部分（ブルフィンチ[*5]の設計で、一八一九年に建てられた）の二階の西側にあって、この種の遺物としてはアメリカで最大のコレクションを収蔵していると、歴史学者や人類学者から正当な評価を受けていた。

　ここでは、最初期のサッカラの標本から八世紀コプト人の最終期の試みに至るまで、エジプトにおける防腐死体の典型的な見本を見出すことができるだろう。他の文化圏のミイラとしては、アリューシャン列島で最近発見された先史時代のインディアンの標本や、廃墟を埋め尽くす灰の痛ましい窪（くぼ）みに石膏（せっこう）を流し込んで成形された、苦悶（くもん）するポンペイ市民の人形（ひとがた）、地球上のあらゆる地域の鉱山その他の洞窟で見つかった、自然にミイラ化したもの——最期の悲劇的な死の苦しみによって引き起こされた、グロテスクな姿勢での恐るべき埋葬（まいそう）に、驚かされることもあった——などなど、要するに、この種のコレクションに期待されている、あらゆる種類のミイラが含まれているのである。

　もちろん、一八七九年の時点では今ほどに充実していなかったのだが、それでもなお驚嘆すべきものだった。しかし、束の間だけ海から産み落とされた島の、原初の巨石造（キュクローピアン）りの墓所から運び出された、あの慄然たる遺物以上に、常に魅力の最たるものであり、ほとんど窺（うかが）い知れない謎に包まれた収蔵物はなかったのである。

　ミイラは、未知の種族の中背の男で、独特のうずくまる姿勢をとっていた。鉤爪（かぎづめ）のような両手で半ば覆われた顔は、顎（あご）が前方に突き出している一方、皺（しわ）の寄った顔立ちには、おぞましいほどの恐怖の表情が浮かんでいて、冷静に直視できる人間はほとんどいなかった。目は閉じられ、明らかに膨れ上がって突き出ている眼球を、目蓋（まぶた）がしっかりと抑え込んでいた。

　わずかに残っていた髪と髭（ひげ）は、くすんだ無彩色（ニュートラルグレイ）めいた色だった。

　ミイラの肌は半分革のようでもあり、半分石のようでもあって、どのように防腐処理を施されたのか確かめようとした専門家たちに、不可解な謎を残した。歳月と腐敗によって、ところどころが侵食されてもいた。未知の意匠をほのめかす、特異な生地のぼろ布が、今なおミイラにへばりついていた。

それをこの上なく恐ろしくも厭わしく思わせているのが何なのか、はっきりと口に出来る者はいなかった。ひとつには、底知れない暗黒の途方もない深淵のふちから覗き込んでいるかのような、悠久の古ぶるしさと完全なる異質の、何とも言えない漠然とした感覚があった——とはいうものの、そうした感覚の大半は、皺が寄せられ、顎を突き出した、半ば隠された顔に浮かぶ、狂おしい恐怖の表情に由来するものだった。かくの如き、果てしなくも非人間的な、宇宙的な恐怖心の顕（あらわ）れは、謎と虚しい憶測の不穏な暗雲の只中にある人間に、その感情を伝えずにはいられなかったのだ。

キャボット博物館を足繁く訪れる、数少ない目の肥えた者たちの間で、この忘れられた太古世界の遺物はたちまち悪名高いものとなった。しかし、この施設が人に知られにくい場所にあったことと、宣伝を行わない方針によって、「カーディフの巨人」[*6]のように世間を騒がせることにはならなかった。前世紀において、低俗で派手な宣伝手法は、現在ほどには学術界に入り込んでいなかったのである。

当然、様々な分野の碩学（せきがく）たちが、この恐ろしいミイラを分類しようと最善を尽くしたものの、ついに成果をあげることはできなかった。イースター島の像や、ポナペのナン＝マトールの巨石建造物をその痕跡だと仮想する、太古の太平洋文明についての学説がいくつも、研究者の間で腹蔵なくやり取りされた。メラネシアやポリネシアの無数の島として残存した可能性のある、かつて存在したという大陸について、多様でありつつ時に相矛盾する仮説が、学術誌に掲載された。

仮説上の失われた文化——あるいは大陸——に帰せられた年代の多様性は、当惑させられると同時に興味深いものではあった。しかし、タヒチおよび他の島々の特定の神話には、いくつかの驚くほど似通った言い回しが見出された。

その一方、不思議な円筒と未知の象形文字が書かれた不可解な巻物は、博物館の図書室に注意深く保管され、他のものと同様、注目を集めることとなった。ミイラとの関連性については、疑問の余地がなかった。そのため、巻物の謎を解明することで、皺を寄せた恐怖の表情についての謎も同様に解明されるのだろうと、皆が了解していたのである。

円筒は長さおよそ四インチ、直径およそ八分の七インチの、化学分析を受け付けず、あらゆる試薬に対して見たところ不浸透性の、虹色に輝く奇妙な金属からできていた。同じ物質で造られた蓋（ふた）がしっかりはめ込まれ、明らかに装飾的で、おそらくは象徴的な性質があるのだろう像がいくつか彫り込まれていた——様式化された意匠（デザイン）は、奇妙なまでに異質かつ異常なもので、あやふやではあるが、幾何学的に矛盾した表現方式（システム）に従っているように思われた。

中に収められた巻物も、容器に負けず劣らず謎めいていた——薄く、青白色の、分析不能な膜状の物質を綺麗に巻いたもので、円筒と同じ金属の細い棒に巻きつけられていて、広げると二フィートほどの長さになった。大きく肉太の象形文字が、巻物の中心に細い線のように書き連ねられている。分析不能の灰色の顔料で、ペンで書かれるか筆で描かれるかしているのだが、言語学者や古文書学者たちが知るいかなる文字にも似ていなかった。この分野における現役の専門家たち全員に写真版が送付されたにもかかわらず、解読はかなわなかった。

珍しくも神秘学や魔術にまつわる文献に通暁（つうぎょう）した数名の学者が、忘れられたヒュペルボレイオス*7から伝わるという『エイボンの書』[*8]であるとか、人類誕生以前に遡る(さかのぼる)と主張されている『ナコト断章』[*9]であるとか、狂えるアラブ人、アブドゥル・アルハズレッドの奇怪なる禁断の『ネクロノミコン』といったような、二、三のきわめて古い時代の曖昧かつ難解な文献との間に、いくつかの象形文字とある種の原始的な記号における類似点を見つけたのは確かなことである。とはいえ、これらの類似点にはいずれも疑問の余地があったし、神秘学の研究が世間では低い評価を受けていることもあって、神秘学の専門家の間に象形文字の写しを回覧しようという努力は行われなかった。

早い段階で回覧が行われていたなら、その後の事件の成り行きは大きく異なっていたかもしれない。実際、フォン・ユンツトの慄然たる『無名祭祀書』[*10]の読者が一人でも象形文字を目にしていたなら、間違いなく重要な繋(つな)がりを立証してみせたことだろう。

とはいえ、この時期、かの途方もない冒瀆(ぼうとく)の読者は非常に少なかったのだ。原本となるデュッセルドルフ版（一八三九年）と、その翻訳であるブライドウェル版（一八四五年）が発禁とされて以来、ゴールデン・ゴブリン・プレスによって一九〇九年に削除版が復刻されるまでの間、信じがたいほどに少ない版本が出回っているのみだったのである。

実際の話、最近になって煽情的なジャーナリズムが激しくニュースを発信し、恐怖のクライマックスを引き起こすまで、神秘主義者であれ、太古の秘儀伝承の研究者であれ、あの奇妙な巻物に注目していた者は皆無だったのである。

II

かくして、恐ろしいミイラが博物館に設置されてから、何事もなく半世紀が経過した。身の毛のよだつ遺物は、教養あるボストン市民の間ではよく知られるようになっていたが、それ以上のものではなかった。円筒と巻き物の存在に至っては――一〇年にわたる無為な研究を経て――事実上、忘れ去られていた。キャボット博物館は穏便かつ保守的だったので、報道記者や特集記事ライターが大衆をくすぐるネタを求めて、その何事もない構内に入り込もうなどと考えたこともなかった。

世間の耳目を集めるようになり始めたのは、一九三一年の春、いくらか人目を惹く性質のもの――フランスのアヴェロワーニュはフォウスフラーム城[*11]の、ほとんど消失しかけていた悪名高い廃墟の地下墓所で発見された、奇妙な遺物と不可解にも保存状態の良好な遺体――を購入し、博物館が新聞のコラム欄で目立って取り上げられた時からであった。

その「押し売り（ハッスル）」という方針を忠実に守り、《ボストン・ピラー》紙[*12]はこの出来事を報道するのみならず、施設自体について大げさな解説を水増しするべく、日曜版の特集記事ライターを送り込んだ。この若者――名前はスチュアート・レナルズ[*13]――が、例の無名のミイラについて、名目上の主要任務である最近の購入物を遥かにしのぐ、大ネタになりうるものだと気がついた。神智学の知識を半端にかじっていたのみならず、チャーチワード大佐やルイス・スペンスといったようなライターたちの、失われた大陸や原初の忘れられた文明にまつわる憶測を愛読していたこともあり、レナルズは未知のミイラのような太古の遺物には特に目がなかったのである。

知的なものばかりではない質問を浴びせ続け、珍しい角度から写真を撮影しようとケースに収められた遺物を動かしてくれるようひっきりなしに要求することで、この報道記者は博物館にとっての厄介者となった。地階の図書室でも、彼は奇妙な金属製の円筒と、その膜状物質の巻物を際限なく眺め続け、あらゆる角度から撮影し、気味の悪い象形文字の文章を余すところなく写真に収めたのだった。

彼はまた、原初の文化や海に沈んだ大陸をテーマとする本を全て見せて欲しいと要請し――三時間もの間、座り込んでメモを取り続け、ようやく引き上げたのも、ワイドナー図書館[*14]に所蔵されている忌むべき禁断の『ネクロノミコン』を（許可が得られたなら）をひと目見るべく、ケンブリッジに急行するためでしかなかった。

四月五日、《ピラー》紙の日曜版に、ミイラや円筒、象形文字の巻物の写真がふんだんに使用され、同紙が数多(あまた)の精神的に未熟な顧客のために好んで用いる、殊(こと)のほか間が抜けた幼稚(ようち)な文体で書き綴(つづ)られた記事が掲載された。それは、不正確と誇張、煽情主義に満ち溢れた、まさしく愚鈍で飽きっぽい大衆の興味を掻き立てる類(たぐい)のもので――結果として、かつては静穏そのものだった博物館は、その堂々たる廊下をこれまで訪れることもなかった、しゃべりまくりながらぼんやりと展示物を眺める群衆で溢れかえり始めたのである。

幼稚な記事であったにもかかわらず――掲載された写真が自ずと多くのことを物語っていたので――、学者や知識人といった人々も訪れた。分別のある人間も少なからず、偶然に《ピラー》紙を目にとめるようなことがあるのだろう。一一月に現れた、きわめて風変わりな人物のことをよく覚えている――浅黒く、ターバンを巻いた、ふさふさの髭を生やした人物で、不自然な声で苦しげに話し、顔には奇妙なまでに表情がなく、ぎこちない両手を滑稽な白いミトンで覆っていた。彼はごみごみしたウェスト・エンドの住所を伝え、自身は「スワーミー・チャンドラプトゥラ」[*15]〔「スワーミー」はヒンドゥー教の教育者の尊称〕と名乗った。

この人物は、信じがたいほど神秘学の知識の造詣が深く、巻物に書かれた象形文字と、自身が膨大な直感的知識を有していると主張した、忘れ去られた旧き世界における特定の印や象徴と、巻物の象形文字が似通っていることに、心の奥底からの厳粛な感動を覚えたようだった。

六月には、ミイラと巻物の名声はボストンのはるか外側にまで広がっていて、世界中の神秘学者や秘儀の研究者からの問い合わせや写真提供の要望が、博物館に寄せられていた。

我々館員にしてみれば、この事は少しも喜ばしいことではなかった。私たちは科学的な機関であって、幻想的な夢想家に対する思いやりなど持ち合わせていないのである。とはいうものの、私たちは全ての問い合わせに対して、礼儀正しく回答した。

こうした教理問答のひとつの成果が、《オカルト・レビュー》誌に掲載された学識豊かな記事で、ニューオーリンズの著名な神秘家であるエティエンヌ＝ローラン・ド・マリニー[*15]の手になるものだった。その記事において、虹色の円筒と膜状物質の巻物に見られるいくつかの象形文字と、『黒の書』ないしは『無名祭祀書』という地獄めいた発禁書に再録されている、恐ろしい意味を持つ特定の表意文字（原初の独立石や、世間から隠れた秘教の学徒や崇拝者の持つ秘儀書から写し取られたもの）の双方に見られる、奇妙な幾何学的意匠が完全に一致することが主張されたのである。

ド・マリニーは、恐るべき著作がデュッセルドルフで刊行された翌年、一八四〇年におけるフォン・

ユンットの恐ろしい死に様について思い起こし、彼の血も凍るような、それでいていくらか疑わしく思われている情報源について言及した。

フォン・ユンットが、彼が再録した奇怪な表意文字の大半を結びつけている物語群との非常に緊密な関連性について、彼は特に強調していた。これらの物語には円筒と巻物が明確に言及されていて、博物館の遺物との関連性についての驚くべき示唆を含むものだったが、誰もそのことを否定できなかった。

しかし、息を呑むような途方もないこと――信じがたい時の流れや、忘れ去られた旧(ふる)き世界の幻想的な異様さにまつわるもの――だったので、それらを信じるというよりもはるかに容易(たやす)く、感嘆の念を抱いてしまうのだった。

記事の丸写しが新聞によって広く拡散されていたので、大衆もまたその物語群に感嘆した。あらゆる新聞に掲載された図解付きの記事には、『黒の書』にある伝説群を伝えるものもあれば、そのように称するものもあった。ミイラの恐怖について詳しく説明したり、円筒の意匠(デザイン)と巻物の象形文字をフォン・ユンットが再録した図像と比較したりして、奔放で煽情的きわまりない、不合理な論証や推測にふけったのである。博物館の来場者は三倍になり、この件で博物館に届いた郵便物の夥しい数が――大半が無意味かつ余計なものだったが――、関心が世間に広まっていることを証明してくれた。

明らかに、ミイラとその起源は――想像力豊かな人々にとっては――、一九三一年から一九三二年にかけての主要な話題であった不景気[*16]に匹敵する関心事だったのである。

私自身はといえば、主にこの熱狂的流行の影響で、フォン・ユンットの途方もない著作のゴールデン・ゴブリン・プレス版を読むことにした――ざっと眺めただけでも目眩(めまい)と吐き気に襲われたので、甚(はなは)だ悪名高い無削除版でなかったことに感謝するより他はなかった。

Ⅲ

『黒の書』に顕(あらわ)れ、謎めいた巻物と円筒に示されたものと酷似する意匠(デザイン)や象徴(シンボル)と結び付けられた古い時代の密やかな物語は、事実、誰かを魅了し、少なからず畏敬の念を覚えずにはいられない性質のものだった。

それらの物語は、信じがたい時の深淵を飛び越え——我々の知る全ての文明、種族、そして土地の背後で——、霧に包まれる伝説的な黎明(れいめい)の時代に消え去った国、そして消え去った大陸にまつわるものだった……伝説がムー[*17]と呼んでいるもので、原初のナアカル語で記された古ぶるしい粘土板(タブレット)によれば、ヨーロッパには交雑種のみが棲息し、失われたヒュペルボレイオスでは黒き無定形のツァトーグァへの名状しがたい崇拝が行われていた、二〇万年前に栄えたというのである。

最初の人間が、先住者たち——星々から未知の実体が群れをなして押し寄せ、忘却の彼方にある生まれて間もない世界において、悠久の歳月を生き延びたのである——が残した途方もなく巨大な遺跡が発見された非常に古い土地にある、クナアと呼ばれる王国ないしは地方についての言及があった。

クナアこそは聖地である。その中心部に、ヤディス＝ゴー山の荒涼たる玄武岩(げんぶがん)の絶壁が急峻(きゅうしゅん)となって空高く聳(そび)え、頂には人類の出現よりも遥かに古い時代、暗き惑星ユゴスの異形の落とし子(エイリアン・スポーン)[*18]どもによって建造された、巨石造り(キュクローピアン)の巨大な要塞(ようさい)があることに由来するものだ。彼らは、地球上の生命が誕生する以前に、地球を植民地化していたのである。

　ユゴスの落とし子どもは、悠久の昔に死滅して久しかったが、決して死ぬことのない、怪物的で危険きわまる生物を後に残していた――彼らの悪魔的な神ないしは守護魔神、ヤディス＝ゴー山の要塞の地下墓所に降ろされてそこに籠(こも)ったまま、その姿を永遠に見られたことのないガタノソア[*19]である。ヤディス＝ゴー山に登頂した人間はおらず、空を背にして幾何学的に異常な輪郭を描き出す遠景として以外に、その冒瀆的な要塞を目にした者はいなかった。ガタノソアが今なおそこにいて、巨岩で造られた壁の地下にある、存在すら知られていない深淵の底で、のたうちまわったり潜り込んだりしているというのが、衆目の一致するところだった。

　かつて、ユゴスの落とし子(スポーン)どもが支配する原初の世界でのたうったように、隠された深淵から這い出してきたり、人間の世界で恐ろしくものたうつことにならないよう、ガタノソアに生贄を捧げなければならないと信じる者も常に存在していた。生贄を捧げなければ、ガタノソアが陽光の下によじ登って、ヤディス＝ゴー山の玄武岩の断崖を重々しい足取りで降りていき、遭遇する者すべてに破滅をもたらすのだと、人々は口々に言うのだった。というのも、ガタノソアであれ、ガタノソアの姿を完璧(かんぺき)に表した偶像であれ――たとえ小さなものであっても、生きとし生ける者がその姿を目にすれば必ず、死それ自体よりも恐ろしい変化に苦しむことになったからである。

　ユゴスの落とし子(スポーン)どもにまつわる全ての伝説が等しく伝えているように、その神ないしは彫像を見た者は、著しく慄然たる類の麻痺(まひ)と石化に見舞われるのだ。犠牲者の表皮は石と革に変化するのだが、内部にある脳は永遠に生き続けるのである――幾星霜(いくせいそう)を経て凝固したまま囚えられ、偶然の奇怪と時間の経過が、石化した外皮を崩壊させ、さらけ出された状態の脳が死に至るまでの間、なす術のない不動の状態で、だらだらと終わりなく続く時の流れを狂おしくも意識し続けるのである。

もちろん、大抵の脳は、永劫とも思える遅滞（ちたい）から解放される遥か以前に、発狂してしまう。ガタノソアを目にした人間はいないが、ユゴスの落とし子（スポーン）どもにとってそうであったのと同様、危険は今なお大きいものだった。

そのようなわけで、クナアにはガタノソアを崇拝する教団（カルト）があり、毎年一二人の若い戦士と一二人の若い乙女を生贄に捧げていたのである。これらの生贄は、山の麓（ふもと）の近くにある大理石造りの神殿において、燃え盛る祭壇上に供された。ヤディス＝ゴー山の玄武岩の断崖を登ったり、人類以前の巨石造り（キュクロ－ピアン）の要塞に近づいたりする者はいなかったからである。

ガタノソアの司祭の権力は、強大なものだった。未知の巣穴からガタノソアが出現し、石化の力がクナアとムーの全土を危機に陥れるかどうかは、彼らにかかっていたのである。

かの地における暗黒神の司祭は百人いて、大祭司イマシュ＝モがその頂点に立っていた。大祭司は、ナスの祝祭ではタボン王の前を歩き、王がドーリの聖廟（せいびょう）の床に膝をついていた時にも、自らは誇らしげに立っていた。

司祭たちは皆、大理石造りの邸宅、黄金の櫃（ひつ）、二百人の奴隷たち、百人の愛妾（あいしょう）を所有するのみならず、王直属の司祭たちを除いて全てのクナア人の生殺与奪を握る市民法や権力からも免（まぬが）れていた。

このような防備にもかかわらず、人類に恐怖と石化をもたらすべく、ガタノソアが深みからずるずると這い上がり、その悪意を剝（む）き出しにして山を降りてくるのではないかという恐怖が、この地の人々の間には蔓延していたのだった。時代が降ると、司祭たちは神の恐ろしい姿を推測したり想像したりすることすらも禁止したものである。

人類が初めて、ガタノソアとその名状しがたい脅威に対し、敢えて挑戦してみせたのは、赤い月の年（フォン・ユンツトの推定では紀元前一七三二四八年）のことだった。この大胆な異端者はトヨグという者で、シュブ＝ニグラスの大祭司にして、千の仔山羊を引き連れた山羊を祀る銅造りの神殿の守護者であった。トヨグは長い時間をかけて様々な神の力について思いを巡らし、当時とそれ以前の世界の生命に触れる不思議な夢や啓示を受け取っていた。彼は最終的に、人間に友好的な神々が、敵対的な神々に対抗することができると確信した。そしてシュブ＝ニグラス、ナグとイェブ、蛇神イグもまた、ガタノソアの暴虐と専横と戦う人間に味方してくれることを信じるに至ったのである。

母なる女神の霊感を受けて、トヨグは彼の教団が用いるナアカル語の神官文字で奇妙な式文をしたため、これを所有する者は暗黒神の石化力から免れるのだと信じた。この護符があれば、豪胆な人間ならば――全人類における最初の者として――恐ろしい玄武岩の断崖を登り、ガタノソアが巣食うと言われる巨石造りの要塞の地下に入り込むことも可能かもしれないと考えた。

かの神と直面し、シュブ＝ニグラスとその息子たちの力をもって相手を屈服させて、たれこめる脅威から人類を救い出すこともできるだろうと、トヨグは信じた。

彼の尽力によって人類が解放されたなら、彼が得られる栄誉には限りというものがないことだろう。ガタノソアの司祭たちが浴している全ての栄誉が彼のものとなり、王や神の地位ですら、手の届きそうな場所にくるかもしれない。

そのようなわけで、トヨグは防護の式文をプタゴン皮紙（フォン・ユンツトによれば、絶滅したヤキス蜥蜴(とかげ)の内皮）の巻物に記し、ラグ金属――旧きもの(エルダー・ワンズ)どもによってユゴスからもたらされた、地球の鉱山では見つからない金属――で造られた彫刻入りの円筒に収めた。法衣(ローブ)の内側に携えたこの魔除けがあれば、ガタノソアの脅威に対抗できることだろう――かの怪物的な実体が出現し、猛威を振りまき始めようとも、暗黒神によって石化された犠牲者をも回復できるはずだった。

かくして、彼は忌避された人跡未踏の山を登って、異質な角度を持つ巨石造り(キュクロピアン)の要塞に侵入し、慄然たる悪魔的な実体とその隠れ家で相対しようと目論(もくろ)んだのである。続いて起きることについては推測できなかったが、人類の救世主になるという希望が、彼の意志に力を与えたのだった。

しかしながら、彼は飽食したガタノソアの司祭たちの嫉妬や利己心のことを考慮していなかった。彼の計画を耳にするや否や――魔神が退けられた場合に、威信や特権が喪(うしな)われることを恐れて――、彼らはいわゆる冒瀆に対して半狂乱の騒ぎを起こした。ガタノソアに勝てる人間などおらず、探し出そうとする試み自体が人類への地獄めいた猛襲を誘発し、いかなる呪文や聖職者の業(わざ)をもってしても、それを回避できないと喚(わめ)き立てたのである。

このように喚くことで、彼らはトヨグが民衆の支持を喪うことを願った。

しかし、人々はガタノソアからの解放を熱望し、トヨグの技能と熱意を強く信頼していたので、あらゆる抗議が無に帰することとなった。平素は司祭たちの傀儡(かいらい)となっている王すらも、トヨグの大胆な巡礼を禁じることを拒んだのである。

ガタノソアの司祭たちが、公然にできないことを密かに行ったのは、その時のことだった。

ある夜、大祭司たるイマシュ＝モはトヨグの部屋に忍び込み、眠っている彼から金属製の円筒を奪い取った。そして、霊験あらたかな巻物を物音ひとつ立てず抜き取ると、よく似てはいるものの、いかなる神にも魔物（デーモン）にも効力のないほどに全く異なる、別の巻物をそこに入れた。

円筒は眠っている男の外套（がいとう）の中に戻り、イマシュ＝モは満悦（まんえつ）した。トヨグが円筒の中身を再確認する可能性がほとんどないことを知っていたのである。

本物の巻物に守られていると考えながら、異端者は勇躍禁断の山を登って、邪悪な存在の居所に入り込む──そして、ガタノソアがいかなる魔法にも妨げられることなく、始末をつけてくれるはずだ。

もはや、ガタノソアの司祭たちが公然たる反抗に警告する必要もない。トヨグを行かせて、破滅させてやればよいのである。司祭たちは秘密裏に盗み出した巻物──本物の、強い魔力を秘めたもの──を密かに保管し、魔神の意思に背く必要が生じるかもしれないおぼろげな将来に使用するべく、大祭司から大祭司へと代々伝えることにした。そうして、退避場所として作らせた新しい円筒に収めた本物の巻物と共に、イマシュ＝モは大いなる安らぎに包まれて朝までぐっすりと眠ったのである。

トヨグが、民の祈りや詠唱に包まれ、タボン王の祝福を頭上に受けて、トゥラス樹の杖（つえ）を右手に恐ろしい山へと登り始めたのは、空の焰（ほのお）の日（フォン・ユンツトが漠然と示した名称）の夜明けだった。

衣服の中には、彼が本物の魔除けだと思っている円筒を携えていた──彼は結局、欺瞞（ぎまん）に気づかなかったのである。イマシュ＝モや他のガタノソアの司祭たちが、彼の無事と成功を願い、唱える祈りの中に込められた皮肉に気づくこともなかった。

人々はその日の午前中いっぱい、これまで人間の足を遠ざけてきた、忌まれた玄武岩の斜面をよじ登るトヨグの姿が次第に小さくなっていくのを、立ち尽くしたままで見守った。危険な岩棚が山の背後に回り込むあたりで彼の姿が消えてからも、大勢の者たちがずっと目を凝らしていたのである。

その夜、ごくわずかな人数の敏感な夢想家は、憎しみを集める山頂が揺れ動くかすかな音を聞いたように思った。もっとも、大半の者たちはそうした発言をする人間を嘲笑したものだったが。

翌日、おびただしい数の群衆が山を見ながら祈りを捧げ、トヨグはいつ戻ってくるのかと訝った。

その翌日も、さらにその翌日も。数週間もの間、彼らは期待を胸に待ち続け、やがて嘆き悲しんだ。

人類を恐怖から救ってくれるはずのトヨグの姿を再び目にしたものは、誰もいなかった。

その後、人々はトヨグの僭越（せんえつ）な行為に戦慄して、彼の不敬に対して下された罰については敢えて考えないことにした。そして、ガタノソアの司祭たちは、神の意思に憤慨したり、生贄を捧げる権利に異議を申し立てる者たちを冷笑してみせたのである。

後年、イマシュ＝モの陰謀は露見したのだが、それが知られてもなお、ガタノソアには触れない方が良いという世論を変えるには至らなかった。敢えて反抗する者は二度と再び現れなかった。

歳月が流れ、王が王を、大祭司が大祭司を継承し、いくつもの国家が隆盛しては滅び去り、いくつもの陸地が海に浮上し、海中へと沈んでいった。そして、幾千年もの歳月を重ね、クナアは衰退へと落ち込んでいった——ついには、暴風と雷鳴、とてつもない激震と山より高い津波が押し寄せたおぞましい日に、ムーの全ての陸地が永遠に海中へと没したのである。

しかし、永劫の歳月が流れても、古代の秘密は細い川となって流れ続けていた。そして、海魔の怒（いかり）を生き延び、土気色の顔をした亡命者たちが、遠く離れた土地で相集（あいつど）った。そして、消え失せた神々や魔物たちに捧げられた祭壇の煙を、異邦の見知らぬ空が飲み込んだのである。

聖なる山の頂と恐るべきガタノソアの巨石造り（キュクローピアン）の要塞が、いずこの海底に沈んだのかを知る者はいなかった。しかし、それが海洋の深みから泡立ちながら浮上し、人類に恐怖と石化を振りまくのを防ぐべく、その名をおぼろげに口にして、名状しがたい生贄を捧げる者たちが未だ存在していた。

四散した司祭たちを中心に、仄暗い秘密の教団（カルト）の雛形（ひながた）が生まれ――秘密とされた理由は、新たな土地の人々が他の神々や悪魔を崇拝し、より旧く異質な神々を邪悪なものとしか考えなかったからである――、その教団内ではおぞましいことが数多く行われ、奇妙な物品が数多く尊崇（そんすう）されたのである。

ある宗派に連なる司祭たちが、イマシュ＝モが眠っているトヨグから盗み出した、ガタノソアに対抗しうる真の魔除けを今なお隠匿（いんとく）しているという話も、密やかに囁（ささや）かれていた。しかし、謎めいた音節を読んだり理解したりできる者、そして失われたクナアとヤディス＝ゴー山の恐ろしい山頂、悪魔神が横たわる巨石造り（キュクローピアン）の要塞が、世界のどこにあるのか推測できる者は残存していなかった。

教団は、かつてムー大陸があった太平洋地域で主に栄えていたが、悲運のアトランティスや忌み嫌われるレン高原にも、ガタノソアの隠され、嫌悪される教団にまつわる噂があった。フォン・ユンツトは、伝説的なクナ＝ヤンの地下王国にそれが存在したことをほのめかし、エジプトやカルデア、ペルシャ、中国、アフリカの忘れ去られたセム族の諸帝国、そして新世界のメキシコとペルーにおける、はっきりした証拠を提示してみせた。

ヨーロッパにおける魔女術（ウィッチクラフト）の勢力とも密接に結びついており、これを禁じるローマ教皇たちの大勅（だいちょく）

書が無為に費やされたことについて、彼は強い示唆以上の言及をしている。

ただし、西欧諸国はその発展について決して好意的ではなかった。おぞましい儀式と名状しがたい生贄を垣間見たことで引き起こされた公衆の義憤が、大部分の支部を徹底的に叩き潰したのである。

最終的に教団は狩り出され、より一層、人目を忍ぶ地下組織となった――しかし、その中核はついに根絶されなかった。教団は主に極東と太平洋諸島でどうにかこうにか生き残り、その教義はポリネシアのアレオイ人の秘儀伝承に統合された。

フォン・ユンツトは、教団と実際に接触したという、微妙かつ不穏なほのめかしを行っている。その記述を読んだ時、私は彼の死にまつわる噂を思い起こして、身震いしたものだった。

彼は、悪魔神――人類（ついに戻らなかった、大胆に過ぎたトヨグを除いて）がついぞ目にしたことのない怪物――の姿にまつわるある種の考えの起源を説き、かの恐怖がいかなる姿なのか想像することを禁じるという古代ムーに広まっていた禁忌と、こうした憶測の習慣を比較していた。

このテーマについて、畏怖を覚えつつも魅了された信者が囁いた話――ついに最期を迎える前に（それが最期であったとして）、今は海に沈んでいる恐ろしい山嶺の、人類以前の慄然たる巨大建造物内でトヨグが直面したかもしれないものの正確な性質について、病的な好奇心と共に重々しく囁かれる話――には、独特の恐ろしさがあった。この話題に関するドイツ人学者の間接的かつ暗示的な書き方は、私の心を妙にかき乱した。ガタノソアに対抗する呪文が書かれている、盗まれた巻物の行方と、巻物の最終的な用途についてのフォン・ユンツトの推測も、同様に心を騒がせるものだった。

後世、怪物的な神が出現するかもしれないという考えや、人間が唐突に、言い知れぬ永劫の歳月を通して身動きのままならぬ無力な状態で意識を保つよう運命づけられた、生ける脳を各々に内包する異常な彫像と化しているというイメージに、私は身震いを抑えることができなかった。すべての事物は純粋な神話なのだと確信していたにもかかわらず、である。

　デュッセルドルフの老碩学は、述べている以上のことをほのめかす悪意に満ちた方法に長けていて、それこそが彼の憎むべき著書をして、数多の国々でかくも冒瀆的で、危険で、穢（けが）れたものとして発売が禁じられてきた理由なのだと、私には理解できた。

　強い嫌悪感を覚えたが、それでもなおその書物は不浄な魅力を放っていて、私は読み終えるまでそれを置くことができなかった。ムーに由来する意匠（デザイン）と表意文字の複写は、奇妙な円筒の模様と巻物に書かれた文字に驚くほど似通っていて、詳細をきわめる解説全体において、おぞましいミイラに関わるあれこれとの類似点が、曖昧かつじれったい調子でほのめかされていた。円筒と巻物――太平洋という背景――ミイラが発見された巨石造り（キュクロ－ピアン）の地下墓所が、かつて後代な建物の下にあったという老ウェザビー船長が固執する考え……どういうわけか私は、揚げ戸めいた巨大なものが開かれる前に、火山活動で隆起した島が沈んだことを漠然と嬉しく思ったのだった。

Ⅳ

　私が『黒の書』を読んだことは、一九三二年の春に私を否応なく巻き込むことになる新聞記事や、より身近な出来事に対する、厄介ながらもうってつけの予習となった。

東洋その他の地域において、奇怪かつ異様な宗教の教団（カルト）に対する治安活動がいよいよ頻繁に報道されはじめ、私の注意を引いたのがいつであったか、正確には覚えていない。ともあれ、五月ないしは六月までには、普段は大人しくしていてほとんど話題にのぼることのない、奇妙で人目を避ける秘教的な組織が、世界中で唐突かつ異常なまでの活発な活動を見せ始めたことが、私にも実感できた。

様々な秘教参入者たちの典礼や演説に含まれる、特定の意味ありげな音節や厳然たる類似性が――新聞によってセンセーショナルに書き立てられ――、衆目に触れるようなことがなければ、私もこれらの報道を、フォン・ユンツトのほのめかしや、博物館のミイラと円筒に関する大衆の熱狂と結びつけるようなことはしなかったことだろう。

実際、あらゆる教団の崇拝の焦点であるらしく、明確に敬意と恐怖の特異な混合物とみなされる一つの名前が――様々な形に転訛（てんか）して――頻繁に繰り返されることに、不安な思いを禁じ得なかった。

引用されたいくつかのものは、グタンタ、タノタア、タン＝タ、ガタン、クタン＝タアである――これらの変形名と、フォン・ユンツトがガタノソアと表現した怪物的な名前との間に、おぞましくも暗示的な繋がりがあることは、今や夥しい数になっている情報交換相手のオカルティストたちに教えられるまでもなく、一目瞭然（りょうぜん）だった。

他にも、不穏なことがあった。報道は、《本物の巻物》についての曖昧かつ恐ろしい言及を、幾度も繰り返し引用していた――記事によれば、恐るべき結果を左右するものであるらしく、誰なのか何なのかはわからないが、《ナゴブ》なる存在の管理下にあるという。

同様に、トグ、ティオク、ヨグ、ゾブ、あるいはヨブという具合に発音される名前が執拗（しつよう）に繰り返されていて、次第に興奮が高まりつつあった私の意識は、『黒の書』から得られたトヨグという不運なる異端者の名前を、不本意にも結びつけてしまうのだった。この名前は通常、「彼以外の者にあらず」「彼はその面貌(かお)を見たり」「全てを知るも、見ることも感じることもできず」「永劫の時を越えて、記憶をもたらさん」「真の巻物によって解放されん」「ナゴブは真の巻物を持ちたり」「彼がその所在を教えよう」といった、謎めいた言葉と共に述べられていた。

おそろしく奇妙な空気が漂っていることは疑う余地もなかった。

私の情報交換相手であるオカルティストたちが、センセーショナルな日曜版の記事と同様、新たに沸き起こった異常な騒ぎを、一方ではムーの伝説と、また一方では恐ろしいミイラにまつわる最近の報道熱と結びつけ始めたのも、無理からぬことに思われた。

新聞報道の第一波で広まった記事は、ミイラ、円筒、そして巻物を、『黒の書』に言及されている物語とあくまでも結びつけるものだった。そして、これら全てにまつわる気違いじみた空想的な推測が、今日我々が生きている複雑な世界に夥しく存在する、数百にも及ぶ異国の狂信者たちのここそこと隠れたグループの潜在的な熱狂をかきたててしまったのだろう。

そしてまた、各紙は火に油を注ぐことをやめなかった——宗教的な騒擾にまつわる記事は、初期の一連のものに比べてもよりいっそう放埒なものになっていたのである。

夏が近づく頃、係員たちは——第一の報道熱が収まった後になって——第二の熱狂によって再び博物館に引き寄せられた訪問者の群れの中に、興味深くも新たな要素を見いだした。見慣れない異国風の外見の者たち——長髪で特徴のない顔をした浅黒い肌のアジア人や、ヨーロッパの衣服を着慣れていないらしい髭面で褐色の肌をした者——がますます頻繁に現れるようになったのだ。

彼らは例外なくミイラの展示ホールの場所を尋ね、やがて魅せられたような恍惚とした表情で、悍ましい太平洋由来の展示物を眺めている姿が見いだされたものである。

この異様な外国人客の殺到に、密やかではあるが不吉な裏があることを警備員たち全員が感じ取っているようで、私自身も心穏やかではなかった。こうした外国人たちの間で、宗教的な騒擾が広がっていて——そうした騒擾が、恐ろしいミイラと円筒の巻物と非常に密接している神話と結びついていることを、考えないわけにはいかなかったのだ。

時に、ミイラを展示から外す衝動に駆られることもあった——異邦人たちがそれを前にして奇妙な礼拝を行っているのを幾度か見かけたり、訪問客がややまばらな時、詠唱ないしは式文のように聞こえる歌うような呟きを耳にしたという報告を、一人の係員から受けた時は特にそうだった。

警備員の一人などは、ぽつんと孤立したガラスのケース内の石化した恐怖にまつわる、奇妙な神経性の幻覚にとらわれた。骨ばった鉤爪の狂気じみた屈曲と、固くこわばった顔の恐怖に引きつった表情に、漠然とした、微妙な、限りなくわずかな変化が日々起こっているのだと言い立てたのである。

彼は、恐ろしくも膨らんだミイラの両眼がにわかに見開かれようとしているという、忌まわしい考えを頭から追い出すことができなかった。

ケースのガラスを切り、ミイラを盗み出そうという試みがあったのは九月の頭、詮索好きな群衆は数を減らし、ミイラのホールが空になることもあった頃のことだった。犯人は浅黒い肌のポリネシア人で、警備員によって密かに見張られていて、損壊が実際に行われる前に取り押さえられた。

　調査の結果、この男はとあるアンダーグラウンドのカルトで活動する悪名高いハワイ人で、異常かつ非人道的な儀式や生贄にまつわる数多くの前科を持っていることが判明した。彼の部屋からは大いに不可解で、不穏な内容の書類が見つかっていて、博物館の巻物やフォン・ユンツトの『黒の書』にあるものとよく似ている象形文字で埋め尽くされている多数の紙が含まれていた。しかし、これらのものについて、彼の口を割らせることはできなかった。

　この事件から一週間も経たないうちに、ミイラを盗み出そうとする別の企てがあって——今回は、ケースの錠を破ろうとしていた——、第二の逮捕者が出た。犯人はシンハラ族〔スリランカの主要民族〕の者で、ハワイ人と同様、忌まわしいカルトでの長期間にわたる不愉快な活動歴があって、警察への証言を拒む点でも似通っていた。ある警備員がこの男を何度か見たことがあって、ミイラに向かって「トヨグ」という言葉の聞き間違えようのない繰り返しを含む特異な詠唱を行っているのを聞いたことがあったことで、この事件はより一層興味深いものとなった。

　この事件を受けて、私はミイラのホールの警備員の数を倍に増やして、今や悪名高いものとなった展示物から、一瞬たりとも目を離さないよう命令したのだった。

　ご想像通りに、各報道機関はこれら二つの事件を大きく取り上げ、原初の途方もないムーにまつわる話題を蒸し返し、悍ましいミイラが勇敢なる異端者トヨグ以外の何者でもないことを大胆にも主張した。彼は、侵入した人類以前の城砦（じょうさい）の中で目にした何物かによって石化させられ、一七万五千年にわたる我々の惑星の激動の歴史を通して、無傷のまま保存されていたというのである。

奇妙な狂信者たちがムーに由来する教団(カルト)を代表していること、彼らがミイラを崇拝していること――あるいは、呪文や祈りでそれを目覚めさせようとしていること――が、最も煽情的なやり方で強調され、繰り返された。記者たちは、ガタノソアによって石化させられた犠牲者の脳が意識を保ち続け、全く変質していないという古い伝説の主張を都合よく利用した――そのポイントこそが、最も放埒(ほうらつ)で到底ありえそうにない憶測の基礎となったのだ。

〈真の巻物〉についての言及も注目を集めていた――トヨグから盗まれたガタノソアに対抗しうる魔法がどこかに現存し、教団のメンバーたちが自分自身の目的のためにそれをトヨグその人に直接渡そうとしているというのが、もっぱらの噂である。

このような話が喧伝(けんでん)された結果、ぽかんと口を開けた訪問客の第三波が博物館に押し寄せはじめ、奇怪かつ不穏な事件全体の核心である、地獄めいたミイラをまじまじと見つめたのだった。

ミイラがほんのわずかながら変化しているという話が最初に広まりだしたのは、こうした観客たちの間のことで――その大部分は、幾度も繰り返し通ってきた者たちだった。思うに、博物館の人員はミイラの奇妙な形を見慣れてしまったあまり、微細(びさい)な部分に細心の注意を払わなかったのだろう――数ヶ月前、神経質な警備員が不穏な意見を口にしていたにもかかわらず。

いずれにせよ、訪問客たちの興奮した囁きがついに、明らかに進行している微妙な変化へと警備員たちの注意を向けさせたのだった。ほぼ同時に、報道陣もその事態を把握し――ご想像の通り、騒々しい結果がもたらされることとなったのである。

当然ながら、私はこの件について細心の注意を払って観察し、一〇月の中頃までに、ミイラの崩壊が明らかに進行しているのだと判断した。空気中の化学的ないしは物理的な影響を受けて、半ば石、半ば革の繊維組織が徐々に弛緩（しかん）したことで、四肢の角度や恐怖に歪む顔の表情に、はっきりと識別できる様々な変化が引き起こされたらしいのである。

半世紀もの間、完全に保存されてきたことを思えば、実に困惑させられる成り行きではあったが、私は博物館の剥製師であるムーア博士に、そのぞっとするような遺物を幾度も入念に調べてもらった。彼の報告によれば、全体的に弛緩と軟化が見られるということだった。彼はまた、収斂剤（アストリンゼン）［皮膚を引き締める化粧水］を二、三回噴霧してはみたものの、急激な崩壊や腐敗の加速が起こりかねないので、敢えて思い切った処置を取ることまではしなかった。

こうした出来事全体が、ぽかんと口を開けていた群衆に与えた効果は、奇妙なものだった。これまでは、報道各社によって新たな煽情的な報せが飛び出す度に、まじまじと見つめながら、ひそひそと囁き交わす訪問客の新たな波が押し寄せたものだった。しかし今――各紙がミイラの変化についての戯言（たわごと）を絶え間なく垂れ流しているにもかかわらず――、大衆は病的な好奇心すらも上回る、はっきりした恐怖を感じるようになったようだ。

人々は、博物館の上に不気味なオーラが浮かんでいると感じたようで、来訪者の数は最高潮（ピーク）に達した後、普段よりも少ない数にまではっきりと減少した。このことで、その場所に押し寄せ続けている異様な外国人客の流れが殊更（ことさら）目立つようになり、その数も決して減らないようだった。

一一月一八日、インディオの血を引くペルー人が、ミイラの前で異様な興奮（ヒステリー）ないしは癲癇性（てんかんせい）の発作を起こし、その後も病院のベッドの上で「眼が開きかけた！——トヨグの両眼が開きかけて、俺を見ようとしたんだ！」と叫び続けた。この頃になると、私は展示物を取り除く気になっていたのだが、きわめて保守的な理事たちの会議において、自ら取り下げざるを得なかった。

とはいえ、博物館が厳格かつ閑静な近隣において、不名誉な評価を受けつつあったことは理解していた。この事件の後、私はぞっとするような太平洋の遺物（レリック）の前では、誰であれ数分以上立ち止まってはいけないという指示を出したのだった。

警備員の一人が、ミイラの両眼がわずかに開いていることに気づいたのは、一一月二四日、閉館時間である五時を過ぎてからのことだった。ごくわずかな現象——それぞれの眼の角膜が、細い三日月形に見えるというだけのこと——ではあったが、それでもやはりひどく興味深い出来事だった。

大急ぎで呼び出されたムーア博士は、わずかに露出した眼球を拡大鏡で調べようとしたのだが、ミイラの扱いによるものか、革のような目蓋は再びしっかりと閉ざされてしまった。眼を開かせるための控えめな努力はうまくいかず、剝製師も敢えて徹底的な措置を講じなかった。

事の次第を彼から電話で報された時、一見した限りでは単純な出来事の背後にある、折り合いをつけるのが難しいことに対して、私は恐怖心が高まりつつあるのを感じていた。

私はしばしの間、時間と空間の測り知れない深みからの不吉で形のない暗影が、博物館の上をどんよりと威圧的に垂れ込めているという、世間一般の印象を分かち合ったのである。

二日後の夜、陰気なフィリピン人が閉館時間になって博物館内に身を隠そうとした。逮捕され、警察署へ連れていた彼は、名前を言うことすらも拒否し、不審者として拘留された。

その一方で、ミイラの厳格な監視体制は、ミイラに執着する奇妙な外国人の群れの気勢を削いだようだった。少なくとも、「移動しながら」という命令が実施された後、異国からの訪問客の数は、はっきりと減少したのである。


恐ろしいクライマックスが訪れたのは、一二月一日木曜日の真夜中のことだった。

午前一時頃、恐怖と苦悶に満ちた瀕死の恐ろしい悲鳴が博物館から聞こえ、近隣の住民たちから電話による半狂乱の通報がいくつもあって、警察官の部隊と私自身を含む数名の博物館員が、ただちに現場へと同着したのだった。

幾人かの警官が建物を取り囲んでいる間、他の者は館員たちを伴って、慎重に中に入った。

中央廊下では夜間警備員の絞殺された死体が発見され――彼の首の周りには、東インドの麻の拘束縄がまだ巻き付いていた――、あらゆる予防措置にもかかわらず、後ろ暗い悪意を抱いた侵入者ないしは侵入者たちがその場所に入り込んだことが判明した。しかしながら、今は墓場のような沈黙があたり一帯を包み込み、私たちはトラブルの核心が潜(ひそ)むに違いない、決定的な翼［建物の翼のこと］へと階段を上がっていくことを恐ろしくすら感じていた。

廊下の中央制御盤で建物中に灯りを点(つ)けてから、私たちはいくぶんか気持ちを落ち着けた。

そしてついに、私たちはカーブする階段を忍び足で上がっていき、アーチが高く聳えたつ廊下を通り抜けて、ミイラのホールへと向かったのである。

V

この時点から後の出来事について、この悍ましい事件にまつわる報道は検閲（けんえつ）を受けている——さらなる展開によって暗示される地球の置かれた状況は、周知したところで何ひとつ良いことは起きないということで、私たちの全員が合意に達したからだ。

既に述べたように、私たちは階段を上がる前、建物全体の灯りをつけていた。

そして今、ぎらぎらと輝くケースとその身の毛のよだつ中身を照らしつける光のもとで、物言わぬ恐怖そのものが広がっているのを目にしたのだが、その不可解な細目（さいもく）は、我々の理解をはるかに越えた出来事が起きたことを如実に物語っていた。

二人の侵入者がいたのだが——後になって、閉館前に館内に隠れていたに違いないということで、私たちの意見は一致した——、警備員の殺人のかどで処刑されることは決してないだろう。彼らはすでに、報いを受けていたのだから。

一人はビルマ人で、もう一人はフィジー人——両者とも、恐ろしくも排他的なカルト活動によって、警察に知られる人物だった。彼らは死んでいた。そして、彼らを調べれば調べるほど、まったくもって奇怪であり、名状しがたい死に方をしているという考えが強まってくるのだった。

最年長の警察官でさえいまだかつて見たことのない、完全に狂い果てた、非人間的な恐怖の表情が、両者の顔に浮かんでいた。しかし、二つの死体の状態には、重大かつ明白な違いがあった。

ビルマ人は無名のミイラを収めたケースの近くに倒れていて、その場所ではガラスが四角い形で綺麗に切断されていた。右手には青みがかった膜状の巻物があって、灰色の象形文字に覆われているのがすぐに見てとれた――下の階の図書室にある、奇妙な円筒に収められた巻物とほとんど瓜二つの複製と言って良いものだったが、後で調査した結果、微妙に異なっていることがわかった。死体には暴力の痕跡がなく、ねじれた顔に浮かぶ絶望的な苦悶の表情から見るに、私たちはその男が純然たる恐怖によって命を落としたのだと結論するほかはなかった。

しかし、私たちに最も深刻なショックを与えたのは、すぐ隣に倒れていたフィジー人［フィジーはメラネシアの島］だった。最初に彼に触って調べてみたのは警察官の一人だったが、その時にあがった恐怖の叫び声はその夜、恐怖に見舞われた近隣の住民たちを、さらに震え上がらせたのである。

恐怖にねじれた顔と骨ばった両手――片手にはまだ、懐中電灯（エレクトリック・トーチ）を握っていた――は、かつての黒色から致命的な灰色に変じていることから、私たちは悍ましくも厄介な事が起きていることに気づいてしかるべきだった。しかし、その警察官のためらいがちな接触から明らかになった事態について、私たちの誰一人として受け入れる準備ができていなかったのだ。

今でも私は、発作的に湧き上がる恐怖と嫌悪を抜きに、それを思い起こすことができないでいる。

簡潔に言えば――不運なる侵入者、数時間前までは未知の邪悪に傅（かしず）いていた屈強のメラネシア人は、今やすっかり硬直し、破られたガラスケース内で蹲（うずくま）っている永劫の太古の冒瀆者とあらゆる点で同一の、石のようでもあり革のようでもある状態に石化した、灰色の像に成り果てていたのである。

しかし、それすらも最悪のことではなかったのだ。他のすべての恐怖を凌（しの）ぎ、床の死体に目を向ける前に私たちの注意を惹いて真に愕然とさせたのは、恐るべきミイラの状態だったのである。

もはや、その変化は曖昧かつ微妙どころのものではなかった。今や、ミイラの姿勢は激変していたのである。奇妙にも硬さが失われて姿勢がだらりとくずれ、骨ばった爪も下に降ろされて、恐怖に狂い果てた革の如き顔をもはや、部分的にすら覆っていなかった。そして——何たることか（ゴッド・ヘルプ・アス）！——地獄めいて膨らんだ両眼が大きく見開かれて、恐怖ないしはもっと悪いものによって死を迎えた二人の侵入者を、まっすぐ睨（ね）めつけているようだった。

身の毛のよだつ、死んだ魚のごとき凝視には、おぞましくも抗（こう）しがたい魅力があって、侵入者たちの死体を調べている間もずっと、私たちに取り憑（つ）いて離れなかった。その凝視が私たちの神経にもたらした効果は忌々しくも奇妙なもので、私たちはどういうわけか怪しげなこわばりに捉えられ、単純な動作ひとつについても妨げられているように感じていた——そのこわばりは、調査のために象形文字の記された巻物を回覧した時、実に不思議なことに綺麗さっぱり消えてしまったのであるが。

私は、恐ろしくも膨れ上がったミイラの両眼に自分の視線が引き寄せられるのを、幾度も感じていた。どんよりと暗く、驚くほど保存状態の良い瞳孔のどんよりした表面に何か特異なものを見つけたような気がしたのは、遺体を検分した後の調査中のことだった。

見れば見るほど魅了されていった私は、どうにか階下のオフィスに出向くと——手足の妙なこわばりにもかかわらず——、複数のレンズを組み合わせて使う強力な拡大鏡を持ち帰った。私がこれで魚のような瞳孔を至近距離から綿密に調査し始めると、期待顔をした他の者たちが周囲に集まってきた。

死や昏睡の際、眼の網膜上に情景や物体が写真のように焼き付けられるという理論について、私はこれまでずっと疑(うたが)わしく思ってきた。しかし、レンズを通して見るや否や、この永劫の時がもたらした名も無き落とし子の、どんよりして膨れ上がった眼の中に、室内の反射ではない何かしらのイメージが存在することがわかった。幾星霜を経た網膜の表面に、間違いなくかすかに輪郭を描く光景があって、その両眼が生きていた時――測り知れない悠久の歳月を遡った時代において、最後に見たものであることは、疑いようもなかったのである。

そのイメージは着実に薄れていくようだったので、私は別のレンズを所定の位置に移動させようと、拡大鏡を不器用にいじりまわした。どれほど小さなものであったにせよ、恐怖のあまり死を迎えた侵入者たちが直面した時には――彼らの訪問にかかわる、邪悪な呪文や行為か何かに反応して――、そのイメージは精密で、くっきりしたものだったに違いないのである。

予備のレンズを用いることで、先ほどは見えなかった多くの細部を観察することができた。そして、周囲で畏怖の念に打たれている者たちは、見たものを伝える私の言葉の洪水に聞き入っていた。

何しろ、この場所、一九三二年のボストンにいる一人の人間が、全く異質な未知の世界――永劫の昔に、存在のみならず記憶すら消滅してしまった世界に属するものを眼にしていたのである。

広大な部屋――巨岩造り(キュクローピアン)の石室――があって、私は片隅から見ているようだった。壁には悍ましい彫刻が施されていて、この不完全なイメージでさえ、その純然たる冒瀆と獣性は吐き気を催(もよお)させるものだった。これらを彫刻した者が人間とは信じがたく、見る者に忌まわしい眼を向けるかのような恐ろしい輪郭が刻み込まれた時、彫刻者が人間を見たことがあるとも思えなかった。

石室の中心には巨大な石の揚げ戸があって、下方にいる何物かが出てこられるよう、上方に押し上げられていた。その何物かをはっきりと視認できていたはずで――恐怖に打ちのめされた侵入者たちの前で最初に両眼が見開かれた時にはそうだったに違いないのだが――レンズを通して見えたのは、単に怪物じみているというだけのにじみでしかなかった。

予備のレンズを組み合わせて倍率を調整した時、私はたまたま右目だけを調べていた。一瞬後、私は調査をここで終えられることを切実に望んでいた。しかし、実際に私がやったことといえば、発見と啓示への熱意に駆られるままに、その強力なレンズをミイラの左目に移動することだった。網膜上のイメージが、こちらではまだ薄れていないことを期待したのである。

興奮に手が震え、よくわからない何かの影響による不自然なこわばりもあって、拡大鏡の焦点を合わせるのに手間取りはしたが、やがて私はこちらのイメージが、もう一方の眼のものほど薄れていないことに気づいた。ぞっとするようなあの一瞬に私が眼にしたのは、失われた世界に属する、遥かな太古の巨石造り（キュクローピアン）の窖（あなぐら）から、異様に大きな揚げ戸を通って湧き出してくる、半ばはっきりとした形をとりつつあった、耐え難い何かだった――私は言葉にならない叫び声をあげて気を失ってしまったのだが、そのことを恥ずかしいとは思わない。

私が回復した時、怪物じみたミイラの両眼には、いかなるイメージも存在していなかった。ただし、拡大鏡を使って調べたのはキーフ巡査部長だった。私は二度と再び、あの異常きわまる存在を直視したくなかったのである。そして、私が見たものをより早く見なかったことについて、宇宙の諸力に感謝したのだった。［イメージが薄れる前に、ということ］

悍ましい一瞬の啓示の内に眼にしたことについて話をするには、私自身のありったけの決意と、他の者たちからの多くの懇願が必要だった。

実際の話、あの悪魔的な遺物が決して視界に入ることのない、階下のオフィスに皆で移動するまで、私は一言も口にすることができなかったのである。何故なら、ミイラとそのどんよりして膨れ上がった両眼について、私は実に恐ろしく、あられもない考えを抱くようになっていたからだ——ミイラがある種の地獄めいた意識を保っていて、眼前で起きていることを全て眼にしているのみならず、時の深淵から恐るべきメッセージを伝えようと無駄な努力を重ねているという考えである。

その考えは、狂気と同義である——しかし、私はあれこれ考えた末に、自分が半ば目にしたものについて話すのが賢明だと判断した。結局のところ、長時間かかる話だというわけでもなかったのだ。

私が垣間見た、巨石造り（キュクローピアン）の窖（あなぐら）にある揚げ戸から波打ちながらにじみ出してきたものは信じがたいほどに巨大な怪物だったので、ただ視（み）るだけで殺す力がそいつに備わっていることを疑うことはできなかった。今となっても、私が意のままに使用できるいかなる言葉をもってしても、そいつをほのめかすことすらできない。

強いて言うなら、巨大で——触手があって——鼻が長く——蛸（タコ）のような眼があり——半ば無定形で——可塑（かそ）性があり——鱗に覆われている部分もあれば、皺に覆われている部分もあり——ううっ！

だが、私がどうにか述べることのできた言葉をもってしても、黒々とした混沌と果てしない夜の禁断の落とし子の、忌まわしくも不浄、非人間的、銀河外の恐怖、そして憎悪と言いようのない邪悪さについて、その片鱗すらも表現することはできなかった。

こうした言葉を書き連ねているだけでも、脳裡（のうり）で連想されたイメージに、私は吐き気を催して倒れ込んでしまいそうになる。オフィスで自分が見たことについて周囲の者たちに話していた時も、回復したばかりの意識を保つために不断の努力が必要だったものだ。

彼らは、身動ぎひとつせず私の話を聞いていた。実に一五分の間、囁き以上の声があがることもなく、『黒の書』の恐るべき伝承やカルトの騒擾にまつわる最近の新聞記事、そして博物館における凄惨な出来事の数々と、半信半疑のうちに結び付けられてきた事柄への畏怖の念があるばかりだった。

ガタノソア……その完全な像は、最も小さなものですらも石化を引き起こしうるのだ――トヨグ――偽物の巻物――二度と戻ってこなかった――真なる巻物は石化したものを完全に、ないしは部分的に復元する――それは現存するのだろうか？――地獄めいたカルト――立ち聞きされた言葉――「彼以外の者にあらず」――「彼はその面貌を見たり」――「全てを知るも、見ることも感じることもできず」――「永劫の時を越えて、記憶をもたらさん」――「真の巻物によって解放されん」――「ナゴブは真の巻物を持ちたり」――「彼がその所在を教えよう」

夜明けの癒やしの薄明かりが、私たちに分別を取り戻させた。その分別によって、私は自分が垣間見たことを、非公開の話題――説明はもちろん、再び考えてもならないこと――としたのである。

私たちは報道機関に対して部分的な報告しか行わず、事後に各新聞社と協力して、他の部分の報道に制限をかけた。たとえば、石化したフィジー人の脳やいくつかの臓器が新鮮なままで石化を免れ、皮膚の石化によって密封されていることが検視の際に判明したのだが――この異常について、医師たちは今なお慎重に、当惑しながら議論を重ねている――、私たちは騒ぎになることを望まなかった。

ガタノソアの石化・革化した犠牲者の脳が無傷で、今なお意識を保っていることについて、イエロー・ジャーナリズムがどんなことを書き立ててきたか、私たちはよく覚えていた。彼らがこの顚末をどのように扱うかは、よくわかっていたのである。

実のところ、彼らは象形文字の巻物を携えていた男――ケースに穴を開けてミイラにそれを突きつけたに違いない人物――が石化せず、巻物を持たない男が石化したことを指摘した。彼らは、ある種の実験――石化・革化したフィジー人の死体とミイラの両方に巻物を使用するというもの――を行う要求をしてもきたのだが、私たちはそうした迷信深い意見を助長することを断固として拒絶した。

もちろん、ミイラは非公開となり、その役目に相応しい医学的権威の前で真に化学的な検査を待つべく、博物館の研究室に移された。過去の出来事に鑑みて、私たちはミイラを厳重に監視した。それでもなお、一二月五日の午前二時二五分に、博物館侵入の企てがあった。盗難警報がただちに作動して計画を頓挫させたものの、残念ながら犯罪者もしくは犯罪者たちは逃亡した。

一般大衆にそれ以上のことが知られなかったことについて、私は深く感謝している。これ以上、何も口にしないで済むことを、私は心から願っている。

もちろん、いずれは漏洩があるだろうし、私の身に何か起きた場合、私の遺言執行者がこの文書を読んで何をするのかはわからない。少なくとも、全てが明かされる時には、大衆の記憶も鮮烈なものではなくなっているはずだ。付け加えるなら、ついに露見したところで、信じる者は誰もいないことだろう。それこそが、大衆というものの興味深いところである。煽情的な新聞がヒントを出せば、彼らはどんなことであれ鵜呑みにしてしまうのだが、途方もなく異常な暴露が実際に行われても、彼らはそれを虚偽と見なして笑い飛ばしてしまうのだ。

まあ、普段から正気でいるためには、たぶんそれで良いのだろう。


さて、先ほど述べた通り、恐るべきミイラの化学的な検査が計画されていた。

いくつかの事件の悍ましい集大成とも言うべき出来事の、ちょうど一週間後にあたる一二月八日に行われ、高名なウィリアム・マイノット博士と、博物館の剝製師を務めるウェントワース・ムーア博士が共同で実施した。マイノット博士は前の週にも奇妙に石化したフィジー人の検視に立ち会っていた。

以下の人々もまた、この場所に居合わせていた。博物館の理事であるローレンス・キャボットとダドリー・サルトンストール、博物館員であるメイスン博士、ウェルズ博士とカーヴァー博士、報道機関を代表する二名、そして私自身である。

その週の間、悍ましい標本の状態に変化が生じたようには見えなかったが、組織繊維がいくらか緩和したことにより、どんよりと見開かれた両眼が時折、かすかに位置を変えるようだった。

スタッフたちは皆、その遺物を見るのを怖がっていたが――沈黙のうちに、意識のある視線を向けられているという考えに耐えられなくなったのである――、かくいうこの私自身、かなりの努力をして、どうにかこの検査に立ち会うことができたのだった。

マイノット博士は午後一時過ぎに到着すると、数分後にはミイラの調査にとりかかった。彼の手元でかなりの崩壊が起きた。この事態を考慮して――一〇月一日以来、標本が段階的に弛緩してきていることとについては彼に話してあった——、彼はこの物体がさらに損なわれる前に、徹底的な解剖を行うことを決定した。研究室(ラボ)には適切な器具が揃っていたので、彼はただちに解剖を開始し、灰色にミイラ化した組織の奇妙かつ強靱な性質に、大きな驚きの声をあげた。

だが、最初の深い切開を行った時、博士の感嘆の声はさらに大きなものとなった。切開した部分からどろりとした深紅の、紛れもなく液状の物質が、ゆっくりとしたたり落ちたのである——この地獄めいたミイラの生きていた時代と現代の間に、無量の歳月が横たわっているにもかかわらず。

数度の巧みな切開の後、石化することもなく驚くほど保存状態の良い様々な器官が露わなものとなった——実際、石化した外皮の損傷が変形や壊死を引き起こした箇所を除くと、傷一つない完全な状態だったのである。この状態は、恐怖によって死んだフィジー諸島の住民とそっくり同じだったので、さしもの高名な医師も困惑の喘(あえ)ぎを漏らしたものだった。

忌まわしくも飛び出した両眼の完全性は不気味なほどで、我々が石化と呼んでいるこの状態についての正確な判断を下すことは、非常に困難だった。

午前三時三〇分に脳頭蓋(のうずがい)が切開され——その十分後、唖然(あぜん)とした私たちのグループは、この文書のように防護措置のとられたものだけが除外される、秘密の宣誓を行ったのである。

二人の記者でさえも、沈黙を守ることを喜んで確約してくれた。

切開によって現れたのは、脈を打ち続けている生きた脳だったのである。

訳注

1　キャボット Cabot
キャボット家は、「ボストンのブラーミン（バラモンの英語読み）」と呼ばれるボストン最古の名家の一つ。

2　オリエント海運社 Orient Shipping Company
英国のペニンシュラ・アンド・オリエンタル スチーム・ナビゲーション・カンパニー（P＆O）の呼称。

3　ピックマン館長 Curator Pickman
ピックマン家はセイラムの名家で、一九世紀の商人、上院議員だったダドリー・リーヴィット・ピックマンはセイラムのピーバディ・エセックス博物館の支援者でもあった。息子ウィリアム・ダドリー・ピックマンも、同博物館とボストン美術館に貢献した。ウィリアムの会社の快速帆船（クリッパー）《ウィッチクラフト》号は、美しい船として有名だった。HPLの『「ネクロノミコン」の歴史』によれば、一六世紀イタリアで印刷されたギリシャ語版『ネクロノミコン』がピックマン家にあったが、一六九二年の魔女裁判ないしは「ピックマンのモデル」の事件で喪われたとされる。「狂気の山脈にて」「超時間の影」で、ミスカトニック大学の探検を支援するナサニエル・ダービイ・ピックマン財団も、この一族に関わるのだろう。

4　ビーコン・ヒル Beacon Hill
マサチューセッツ州の州都、ボストン中心部の高級住宅地。建築家チャールズ・ブルフィンチの手になるイタリア様式の美しい建物が建ち並ぶ。HPLの「ピックマンのモデル」にもビーコン・ヒルを描いた絵が……。

5　ブルフィンチ Bulfinch
一八～一九世紀に活躍した、ボストン生まれの建築家。欧州で英国の新古典主義様式とイタリア様式に傾倒し、合衆国議会議事堂（建設のみ）などワシントンDCやボストンの重要な建設物の設計・建設に携わった。

6　カーディフの巨人 Cardiff Giant
一八六九年、ジョージ・ハルがニューヨーク州カーディフに自ら埋めた石膏像を、巨人の化石と喧伝した事件。

7　ヒュペルボレイオス　Hyperboreios
英語読みは「ハイパーボリア」。古典ギリシャ語で「北風の彼方」を意味し、クラーク・アシュトン・スミスはアトランティス大陸の人々が移り住んだ北方大陸とした。

8　『エイボンの書』　Book of Eibon
初出はクラーク・アシュトン・スミス「ウボ＝サスラ」。彼の小説のみならず、ＨＰＬとの手紙のやり取りを通して設定が肉付けされていった書物である。ヒュペルボレイオス大陸の魔術師エイボンが、現地の言語で著したとされ（リン・カーター設定ではエイボンの弟子サイロンが編纂）、ギリシャ語版、フランス語版などが存在する。なお、ＨＰＬ「銀の鍵の門を抜けて」の設定では、ヒュペルボレイオス大陸の言語はツァス＝ヨ語である。

9　『ナコト断章』　Pnakotic fragments
ＨＰＬ「北極星」が初出の、更新世以前の書物『ナコト写本』Pnakotic Manuscripts か。「蕃神」「未知なるカダスを夢に求めて」「狂気の山脈にて」の記述によれば、完全な『ナコト写本』は幻夢境に一冊あるきりで、覚醒の世界には断片のみ残存する。リン・カーター「陳列室の恐怖」によれば、著者は〈イスの偉大なる種族〉。

10　『無名祭祀書』　Nameless Cults
初出はロバート・Ｅ・ハワード「夜の末裔」で、彼の「黒の碑」「屋根の上に」によれば、一八三九年、ドイツのデュッセルドルフで小部数の初版本が刊行され、装丁と内容から『黒の書』と呼ばれた。著者は、一七九五年生まれのドイツ人神秘学者フォン・ユンツトで、彼が巡った世界各地の隠された遺跡、数多くの秘教結社で学び取った秘儀伝承の数々についての研究書である。ＨＰＬはドイツ語原題“Unaussprechlichen Kulten”をハワードに進呈し、フリードリヒ＝ヴィルヘルム・フォン・ユンツトというフルネームを考案した。

11　フォウスフラーム城　Château Faussesflammes
クラーク・アシュトン・スミスの「物語の結末」の舞台。

12　《ボストン・ピラー》紙　Boston Pillar
架空のタブロイド紙。「pillar-box」と「mail-box」はどちらも郵便ポストを意味する同義語なので、《ボストン・デイリー・メール》紙のパロディだろう。

13　レナルズ　Reynolds
一八三六年四月二日、下院において地球空洞説を実証するための南極探検の必要性について講演し、エドガー・アラン・ポオが「ナンタケット島出身のアーサー・ゴードン・ピムの物語」を執筆するきっかけとなったジェレマイア・N・レナルズから姓を採ったと思しい。

14　ワイドナー図書館　Widener Library
マサチューセッツ州ケンブリッジのハーバード大学にある図書館で、正式名称はワイドナー記念図書館。HPLの「『ネクロノミコン』の歴史」によれば、一七世紀版のラテン語訳『ネクロノミコン』を所蔵している。

15　スワーミー・チャンドラプトゥラ、ド・マリニー
Swami Chandraputra, De Marigny
HPL「銀の鍵の門を越えて」（一九三三年）に登場。ド・マリニーはブライアン・ラムレイ作品によく登場するアンリ・ローラン・ド・マリニーの父親である。

16　不景気　depression
世界恐慌の只中、ハーバート・C・フーヴァー大統領は、英仏に融資した戦債の返済を猶予するフーヴァーモラトリアムを一九三一年六月に発表するも、景気は悪化した。

17　ムー　Mu
自称・英国退役陸軍大佐のジェームズ・チャーチワードが、一九二六年刊行の『失われたムー大陸　人類の母国』とその再刊本などで主張した、約一万二千年前に太平洋に沈んだ古代大陸。そもそもは、フランスの聖職者シャルル＝エティエンヌ・ブラッスールが、マヤの碑文であるトロアノ絵文書から読み取ったという大災害で沈んだ土地の名で、フランスの考古学者オーガスタス・ル・プロンジョンはこれを大西洋のアトランティス大陸だと考えたが、実のところ誤訳だった。

18　ユゴスの落とし子ども（スポーン）　spawn of Yoggoth
HPL「闇に囁くもの」には《ユゴスよりの菌類》という宇宙生物が登場するが、おそらく別の存在である。

19　ガタノソア　Ghatanothoa
リン・カーターは「時代より」において、ガタノソアとイソグサ、ゾス＝オムモグをクトゥルーの子供とした。

挫傷

The Bruise

H・S・ホワイトヘッド、H・P・ラヴクラフト合作

1932

ニューヨークのシティクラブホテルの自室に隣接するバスルームで、パワーズ・メレディスは夕食前のシャワーを浴びていた。

タイル張りの床にうっかり落としてしまった石鹸(せっけん)を拾おうと前かがみになった時、側頭部を大理石(だいりせき)の壁に打ちつけた。傷はひどく痛み、大きな挫傷(ざしょう)ができた――。

その晩、メレディスはグリルで食事を摂(と)った。

食後、誰かに会うでもなく、クラブの図書室へと赴(おもむ)いた。この時間帯は空(す)いていて、静かなのである。

新しい本を手に、丸みのある笠のついた読書灯の傍らに落ち着いた。

革張りの椅子の背もたれにうっかり頭を押し付ける度に、シャワー中の災難のことが不快感とともに思い出された。そんなことが幾度も繰り返され、辟易したメレディスは丸みを帯びた肘掛けのひとつに足をもたれかけさせて、防御的な姿勢をとった。

図書室には、誰も入って来なかった。近くにあるビリヤードルームでは、男性二人が控えめな打音を響かせていたものの、読書に没頭する彼の耳には届かなかった。

唯一、彼が知覚していたのは、外で穏やかに降り続けている雨音だけだった。

高いところの開いた窓から、心休まるさざめき音がわずかに聞こえてくる中、彼は本を読み続けた。

遥か遠い場所で大きな爆発が起きでもしたような鈍い音が聞こえたのは、本の九六ページをめくったまさにその時だった。本に指を挟み込んでページを保持し、警戒しながら耳をそばだてた。すると、何トンあるとも知れぬ脆(もろ)い石積みが落ちるような、ゴロゴロ鳴る轟音が聞こえてきた。

落ちてくる。はっきりと、間違えようもなく。終局的な破滅の遠雷が。

彼は本を取り落とし、ほとんど衝動的に玄関へと向かった。

階下へと急ぐ間、誰とも顔を合わせなかった。戸口に向かう途中に通過したクロークでは、伝票を手にした二人の職員が気楽におしゃべりをしていた。メレディスはそれをちらっと見て、驚きを覚えた。

戸口に駆け寄った彼は、通りに出たところで足を止めた。通りには誰もいない！

今や単なる霧雨となった雨が、街灯に照らされるアスファルト上できらめいていた。

騒ぎはブロードウェーの方に向かっているに違いない！

しかし、そこに着いた彼が目にしたのは、タイムズスクエアを覆う一時の喧騒(けんそう)だけだった。競技場における夜間往来の大渦巻の中で有利な位置を得ようと、無数のタクシーが六番街に沿って、色とりどりの流れの中を縫(ぬ)うように走っていた。曲がり角ではゴム引きのコートを着た警察官が一人きりで、長く器用な腕を機械式の手旗信号機のように振り、のろのろとした往来を巧みに整理していた。

何もかもがごく正常に見えたので、彼の驚きはいよいよ増大した。

では、あの壊滅的な音響は一体、何だったというのだろう？

*

躊躇(ためら)いを覚えた後、彼はホテルの入り口に戻った。額には不機嫌な皺(しわ)が寄せられた。

おずおずと三段の階段をあがり、中に入った彼は、ドアマンの机の前に立ち止まった。

「号外が出たら、持ってきてくれ」と、彼はフロント係に言いおいた。

そして、当惑しながら寝室へと上がっていった。

それから半時ばかりの間、彼は起きたままベッドに横たわり、この奇妙な出来事の色々と辻褄の合わない点について考えをまとめようとしていた。その時だった。遠くからの、かぼそく、混乱した、ざわつく騒音が、前触れ無く突然に意識に割り込んできたのは。

無数の声の深く、柔らかく、執拗かつ透徹した混合が、その音の最も顕著な要素だった。

それは、ある種の音色を特に思い起こさせた――恐怖の音色である。その音は、彼の血を凍らせた。気味が悪かった。かすかな、遠方からの恐怖と絶望の恐ろしい叫びを聞き取るために、彼は我知らず息を殺し、全身に力を込めていた。

眠りについたのがいつ頃だったかは覚えていない。だが、翌朝に目覚めた時、記憶に残る恐怖の影が彼の心にのしかかっていた。入浴し、服を着替えるうちに薄れはしたものの、消え去ってくれなかった。目が覚めた時には、何の音も聞こえなかったのだが。

寝室の扉の外には、号外が置かれていなかった。朝食の席上、彼は驚きの念を強めながら、あの音響を引き起こした災害の記事を求めて、幾つかの新聞を期待と共にやみくもに開いては目を走らせた。徐々に、彼にもわかり始めた。彼は確かに、間違いなく、紛れも無い大災害の徴候を耳にしたのである――にもかかわらず、他の誰もそのことに気づいていないのだ！

床に着くや否や、眠りについた。

翌朝は、日曜日。読書――室はいっぱいだった。彼は、遅めの朝食をとった後、心安らかに残りの部分を読んでしまおうと、読みさしの本を寝室に持参した。読書に没頭し始めてすぐ、彼の注意は逸らされた。微風に吹きつけられたブラインドが内外に揺れ動き、小さな音を立てたのである。

腹立たしく感じた彼は、上にあがってブラインドを調整しようと、読書を中断した。

本から目を逸らし、集中を解いたまさにその時、彼は新たな音を聴いたのだった。

あたかも、離れたところにある防音扉が不意に開け放たれたかのようだった。

耳にしたものに注意を引きつけられた時、彼は再び身を凍らせる冷たい恐怖に捕らわれた。

どうしても、それを押しとどめることができなかった。

かすかな吐き気にむかつきを覚えながら、彼はよろめいた。

この度は、高揚した調子の、戦いの叫喚を聞き分けることが出来たのだ。

抵抗する集団への突撃の衝撃を。振るわれた武器の騒音を。

*

再びブラインドが窓の桟を叩き、彼は身に馴染んだ寝室へと引き戻された。

彼は具合が悪く、体が弱っているのだと感じていた。震えながら起き上がると、部屋の反対側にある洗面所へと歩いて行き、騒々しく水をばらまきながら手と顔を洗った。

不意に、再び何かを聴き取ろうとして、彼は身動きを止めた。硬く握りしめられた手に、タオルを摑みながら。しかし、この時に聴こえたのは、開け放たれた窓から吹いてくる爽やかな風により、ブラインドが立てる軽い音だけだった。

　磁器製の棹(さお)にタオルを掛けて、歩いて椅子に戻った。昼食の時間には早かったのだが、彼はすぐにも人々（ウェイターでもよかった）、つまり「何かを聴いた」のではない人々といっしょにいたかったのだ！

　唯一、早めの昼食をとっていたカバナー老人との会話を引き延ばそうと、メレディスはいつもよりもやや多めの量を食べることになった。そのような時間帯での不慣れな重い食事は、彼に眠気をもたらした。そこで彼は昼食の後、誰もいない読書室の二つの暖炉のうち、ひとつの前にあるダベンポートソファー[*1]［ベッドにもなる大型のソファー］に手足を伸ばし、すぐに気がかりな眠りへと落ちていった。

　三時の少し前、彼は生気のない様子で目を覚ました。炎や人間の戦い、そして雷鳴の如き海の計り知れない怒りの、恐ろしくも獰猛(どうもう)な咆吼(ほうこう)によく似た音がまたもや聴こえ始めたので、意識的に起きたのだった。その音は最初から完全にはっきりしていて、その後、あたかも拡声器のボリュームをよどみなく上げていったかのように、大きさと明瞭さが着実に増していったのである。

　その時、もうひとつのダベンポートソファーで昼寝をしていた老カバナーが、「うむ」とか「ああ」とか呟きながら老いた足に鞭(むち)打って、部屋を横切って重々しく歩いてきた。

「いやはや、いかがされたのかな？」と、彼は質問した。

　老人のしかめ面からは、親切な好意が透けて見えた。

　メレディスはもはや我慢できず、信じ難い物語をどもりながら話したのだった。

「ふむ！　奇妙だ……」

　それが、メレディスから話を聞き終えた老人の言葉だった。

彼は大きな葉巻を取り出し、ゆっくりとそれに火をつけて一服した。

二人並んで腰掛けたまま、彼は何分もの間、沈黙の中で熟考しているようだった。

ようやく、彼は口を開いた。

「きみは、事実動揺しているようだね、若いの。ところで、君は周囲で起きていることを聴きとることはできるのだろうね？　ならば、君の実際の聴力には問題がないようだね。ふむ！　この異様な〈聴きとり〉は、まったく完全に静かな時にだけ始まり、続くということかな。最初は、ここで読書をしていた時。二度目はベッドに入っていた時、三度目は再び読書中、と。今回は――もし、私がいびきをかいていなかったのなら――君は今一度、完全な静寂の中に身を置いていたわけだ。なら、ひとつ試してみようじゃないか。完全に静止したまえ、私も同じようにしよう。何か聴こえるかどうか、確認してみよう」

彼らは、もう一度黙り込んだ。

しばらくの間、メレディスには奇妙な音は何も聴こえなかった。やがて、静寂が深まるにつれ、壊滅的な戦い、殺戮（さつりく）、そして突然の死の混じり合った音が再びやってきた。

彼はカバナーに向かって黙って頷（うなず）いた。老人の黙従的な低い声で、音は急に停止した。

*

カバナーは、耳科医に相談するようメレディスに強く勧めた。老人はまた、奇妙で厄介な事柄について医師が沈黙を守ることを彼に思い出させた。職業倫理というやつだ。

　その日の午後、彼らは山の手へと赴き、高名な専門家であるゲートフィールド医師のもとを訪れた。医師は口を閉ざしたまま、専門家の態度で彼の話に耳を傾けた。それから、様々な種類の繊細な器械を用いて、メレディスの聴力をテストした。

　最後に、彼は意見を口にした。

「私どもは、様々な〈耳鳴り〉に精通しています、メレディスさん。いくつかのケースでは、鼓膜（こまく）に位置が近すぎる動脈の一本が、〈咆吼〉のような雑音をもたらします。他にも、類似するケースがあります。私は、それらの全てを除きました。あなたの身体組織は優れたコンディションにあり、滅多に見られないほど鋭敏です。問題があるのは、聴力ではありません。これは、精神科医の領分です」

「誤解なさらないでください、私が言うのは精神錯乱のようなことではありません。ともあれ、コーリントン医師を推薦します。これは、私のものではなく、彼の専門領域で言うところの〈透聴（クレアオーディエンス）〉、あるいはそれに類似する明白な症例だと思われます。耳における〈透視（クレアボヤンス）〉に相当するものだと説明すれば、あなたにもおわかりいただけるでしょうか。〈透視力（セカンド・サイト）〉はもちろん目に関係がありますが、若干の身体的な背景が存在はするもののそれは精神的なもので、私にはそれらの現象についての知識がありません。できれば、あなたが私の助言に従ってコーリントン医師への……」

「分かりました！」と、メレディスは遮（さえぎ）った。

「どちらにお住まいなんです？　遅きに失するよりも、早いに越したことはありません」

　ゲートフィールド医師のいくぶん冷淡な職業的外面の下に、同情の気配が浮かんだ。

診断を終えた彼は、親切で礼儀正しい紳士になった。

彼は同僚である精神科医に電話をかけてくれた上、メレディスとカバナーが共に驚いたことには、コーリントン医師の元へ同行もしてくれたのである。

精神科医は背が高く、痩せていて、いくぶん優しげな人物のようだった。高い鼻の上には重く、複号式眼鏡［レンズを入れ替えられる検査用の眼鏡］をかけていて、逆立ったぼさぼさの頭髪には砂色の一筋があった。

彼は最初から、このケースに強い関心を示した。メレディスの話と耳科医の報告を聞いた後、彼は一時間以上かけてメレディスを検査した。解剖(かいぼう)されているような感覚はあったが、それでもかなりの安堵(あんど)を得ることができたのである。そうして、メレディスがすぐにも休暇をとり、コーリントン医師の自宅に赴いて、彼の〈観察下〉で数日間、滞在することが決まったのだった。

＊

翌朝、彼は医師の自宅に到着して、本をたくさんと、快適に横になれるダベンポートソファーがある、気持ちの良い二階の部屋を与えられた。精神科医が、起きている大部分の時間を読書して過ごすよう指示したのである。

月曜日と火曜日の間、コーリントン医師が巧みに維持する安堵感の中にあったメレディスは、もはや奇妙な音を聴いて動揺することはなく、もうひとつの――ひどく変化に富んだ――世界と思(おぼ)しい場所から彼のもとに届くあらゆる音に、慎重に聞き耳を立てた！
物音に中断されることなく、長い時間をかけて彼は聴き続け、耳を傾けた。立ちすくませる恐怖に捉えられた、大きな共同体のドラマ——共同体のための戦い——抵抗できない、切迫した、恐ろしい運命に対する戦いを。今回、彼は純粋な表音にもとづき、彼が聞き分けることのできた、いくつかの叫び声やわめき声の音節区分を書き留めた。コーリントン医師の提案である。

その音声は、彼の知らない言語に対応しているようだった。単語やフレーズは、怒り狂う海のとどまることを知らぬ轟音によってぼやけ、損なわれた。彼が受動的で静かな状態で聞いた全ての音において、持続的かつ独自の背景をなしており、それはずっと変わらなかった。

様々な単語やフレーズは、まったくもって理解不能だった。彼とコーリントンは、現代のものであれ古代のものであれ、いかなる言語にも彼の書いた文章を関連づけることができなかった。声に出して読み上げたところで、ちんぷんかんぷんなだけだった。

これらの奇妙な言葉は、コーリントン医師とメレディス自身、そして考古学と比較言語学の三人の教授たちによって、非常に念入りに研究された。その中の一人である考古学者はコーリントンの友人で、他の二人は彼が連れてきた人材である。

古代と時代遅れの言語の専門家である三人は皆、聞いた限りの節回しを説明しようとするメレディスの試みに、最大の礼儀をもって耳を傾けた——大部分が戦いの叫びと——必死に口に出された祈りの断片だとメレディスがみなしたもので——荒々しく、耳障りな遠吠えとして聴こえてきた声も一部存在し——そして、最も大きな興味が集まったのは、それらを実際に口で再現する彼の試みだった。

彼らは細心の注意を払って、メレディスのノートを検分した。
最も若く教条的な言語学者も含めて、三人が出した結論ははっきりと一致した。
これらの音声は全くもって完全に、サンスクリット語、インド・イラン語、そしておそらくはアッカド語や、シュメール人の話した言語ですらなかった。転写された音節は、古代のものであれ現代のものであれ、如何なる既知の言語とも一致しなかったのである。それらは、断じて日本語でもなかった
三人の教授たちは立ち去り、メレディスと精神科医のコーリントン医師は再び、リストを調査した。
メレディスは、このように書いた。

「あい、あい、あい、あい──るるぃ＝え！──いえぇ、にゃ──いえぇ、にゃ──ぞぅ、ぞう＝あん＝ぬぅ！」

連続した音声あるいは文章のようなものを形成している単語集団で、メレディスがより多くの部分を聞き取り、より欠落が少ない状態で書き留められたのは一つだけだった。

「いおーす、いおーす──なとか＝ろー、どぅー、やん、こー、たたっと」

他にも数多くの叫び声や、必死に口にされた、奇妙で人間の言語からは外れた──彼の信じるところの祈りが、ノートに書き留められていた。

メレディスの夢の印象が、まさにこの時から際立って鋭敏なものになったのは、コーリントン医師と三人の専門家によって彼自身の興味が増し、それによって長時間、言葉を覚えようと集中したことが原因なのかもしれない。これらの夢は数夜前、二人が調査に着手してから、絶え間なく続いていた。しかし、単語や音節について精巧な調査を行ったまさにその夜、炎と闘争、混乱、咆吼する海に覆われる見知らぬ街が、驚くべき急峻さで一掃されるという彼を取り巻く環境について、メレディスは本格的に知覚し始めたのである。

*

その夜、彼の夢の印象は全くもって鮮明であり、覚醒状態と何ら変わらない状態で、夢の眠りと覚醒の意識の違いを伝えることができないほどだった！　彼がその夜の睡眠から精神的に引き出したことの全てが、はっきりと、確かに彼の心の中に存在していた。彼には、まるで自分が眠っていなかったように思えたので、普段の夜の眠りから、早朝起き出してきた気がしなかった。まるで、ひとつの確固たる人生から突然、別の人生に移行してしまったようだったのだ。あたかも、彼が劇場の外に歩み出て、全く無関係のタイムズスクエアでの観劇後という人生に入り込んでしまった後ででもあるかのように。

この状況における根本的な局面のひとつは、彼がコーリントン医師の静かな家で費やした日々の間――邪魔の入った期間を斟酌しても――、時が経つにつれて、夢の経験が連続していたというだけのことではなかった。その実現は、彼にとっては驚異的な出来事だった。

ほぼ連続していた夢の経験は、三二年の人生の中ではほんの数日の出来事だった。しかし彼は、恐ろしい終末を予感させる大変動に見舞われた環境と文明の中で、その時間を過ごしたのである。

＊

昨晩の夢の経験から知覚したことをはっきりと述べるならば、夢の中の彼はアトランティス大陸南西の行政地区、ルーデッカ大管区の軍隊の将軍であるボソンという人物だった。

アトランティスの全ての学童がよく知っているように、そこは母なる大陸からの一連の移住によって、一八〇〇〇年前に植民地化されたのである。両大陸の共通言語はナアカル語であり、アメリカの言葉と「イギリス英語」の違いと同様、わずかな違いがあった。

ボソン将軍は、故国のルーデッカから母なる土地へと渡航したことが幾度かあった。最初は中央東地区のグァで、ルーデッカ軍事大学における専修課程を修了したばかりの二二歳の時、ある種のグランドツアー[*2]に出たのである。彼は——他の多くの洗練されたアトランティス人の上級階級がそうしていたように——、母大陸の高度に発展した文明に接する機会を、このようにして得たのだった。

こうした文化的接触は二回目の訪問によって促進され、夢の経験の少し前によりいっそう強化された。三一歳の頃、ボソンは既に将軍の地位にあって、イィシュ、クナン、ブアソンなど東南地方連合の共同首都であるアグラド＝ドーに、大使として派遣されていた。母なる大陸で二番目に重要な地方連合における、最も戦略的な外交ポストの一つである。

彼が大使の地位にあったのはわずか四ヶ月で、説明なしで突然に呼び戻された。しかし、帰り着くや否や、皇帝その人の個人的な要求が理由だったことを彼は知ることになった。

故国におけるボソンの外交官の上司たちは、彼を非難しなかった。そうした皇帝命令は、珍しくもなかったのである。これらの紳士たちは実際、皇帝命令の背景を全く知らなかった。何の説明も与えられなかったが、帝国を非難するいかなる声も聞かれなかった。

ボソン将軍はその理由をよく知っていたが、そのことを秘め隠した。彼が明敏に推察していたように、全くのところただ一つの理由によるものだったのである。

仕事上の要件により、彼はしばしば大陸首都、文明世界の中心都市たるアルーに赴いた。

大都市アルーには、地球上の全ての既知領域から、外交官、芸術家、哲学者、交易商人や船主が集まっていた。硬石造りの大きな倉庫や、数多の波止場に沿って、世界中の商品が積み重ねられた。生地や香料、旅行しない者を楽しませる奇妙な動物といったものが。

どこまでも続く露店と市場が、建材や絹、チューバやシンバル、そしてラットル[*3]やリラ、厳選された木材やトイレ用の肌かき器、不思議な彫刻が施された、手のひら大の小さな石鹸石のブロック、ひげを整えたり、体に塗布したりする無数のオイルに彩られていた。

柔らかになめされ、様々な香りがするレザーのチュニックやサンダル、ベルト、革紐があった。彫刻され、巧みに造られた日常家具が並べられていた——光り輝く、磨かれた銅や錫、鋼鉄の壁かけ鏡、幅やデザインを自由自在に変えられる寝台架、白鳥の羽毛クッション、無地の磨かれた熟練のテーブル、そして金属の渦巻き細工がその面に並ぶよう象嵌されたテーブルがあった。それぞれ対照的な象嵌細工の木製の椅子、スツール、戸棚、足載せ台が、あらゆるデザインの金属ランプと、多くのサイズと形の陶器瓶に入った、ランプ用の植物油があった。食品やワイン、ドライフルーツ、様々な味のついた蜂蜜が、穀物と干し肉、数えきれぬほどの大麦と小麦粉のパンがあった。

兵器職人の大通りには、全世界のあらゆる種類、あらゆるデザインの棍棒（こんぼう）、斧（おの）、剣や短剣（ダガー）があった。板金（プレート）や鎖帷子（くさりかたびら）の鎧（よろい）、すね当てや兜（バシネット）がある。重い板金や兜（ヘルメット）が列なす棚は、ボソンその人が指揮下におく数千人の戦士たち向けに型式化されたものだ。

＊

アルーの狭い路地や風通しの良い大通りには、金持ちの奴隷たちが主人を運ぶ、高価な天蓋（てんがい）や精巧に造られた輿（こし）が見られ、吟味（ぎんみ）された。無数のサイズや形状、デザインをした、敷物（ラグ）があった。遠くレムリアやアトランティス、熱帯のアンティレア、[*4] そして数千人もの老練なる織工たちが織機に取り組んでいる、母なる大陸の山がちな内陸地方からの敷物である。

プレスされた不織布（フェルト）のありきたりの敷物があれば、クワの木が生えている南部地方産の、華麗で色鮮やかな絹の敷物もあった。緬羊（めんよう）の子供の羊毛と、山岳地域に棲（す）む野生羊の長く、絹のような毛で作られた複雑な模様のある薄く柔らかい敷物や、布地もあった。

ここ、世界の文化の中心であるアルーには、多かれ少なかれ、一団の弟子たちを伴った哲学者たちがいて、通りの角では学説を提起し、公共の広場では人類の終末や大いなる善、そして物質的存在の起源について絶え間なく論争していた。四万年にわたる文明の、科学と宗教、工業技術、そして無数の美術作品についての記録の全てを所蔵する、巨大な図書館群が存在した。

高位の神官たちが生命の原理を説(と)いている宗教的な神殿や、四つの原理の秘密を絶え間なく、より深く学んでいる神官の大学があって、これらの秘教的な事柄の、日々の振る舞いや生活への果てしない精励について、人々に教えていた。

この偉大な文明の魅力的な宝庫に、ボソン大使はできるだけ頻繁に入り込んだ。一族の背景、彼自身の人格と資質、そして公的な地位の全てが組み合わさって、彼は皇帝の宮臣たちや、アルーの社会における最も高い層の人々の邸宅で歓迎されるゲストとなった。

多感な若者であった大使就任以前の人生の大部分を、ボソン将軍は軍務のための激しい修練と、ルーデッカの常備軍における数多くの軍事行動の間、野営地や戦場での困難な男の仕事により、迅速に階級を駆け登ることになった厳しい遂行に費やしていた。

そのようなわけで、彼はこうした上流社会の付き合いを大いに楽しんだ。そして、長きにわたる兵役によってその機会を奪われていた、彼の出自や業績に相応しい人生への強く、全く自然な欲求が自分自身の内で速やかに、大きくなっていることに気づいたのだった。

要するに、ルーデッカの大使は彼自身の階級(カースト)の、願わくは洗練され、幅広い文化を有するこの大都市アルー出身の女性との結婚を大いに望んだのである。

彼の大使公邸において、優雅に主人役を務めることのできる女性を。

在職期間が終わった時には、少し遅れてルーデッカ軍を退役し、中年期の生活として想定する評議員に落ち着くであろう彼と共に故国アトランティスのルーデッカへと戻り、彼が心に思い描いている素晴らしい邸宅を、恒久的に華やかなものとする女性をである。

*

彼は実際に恋に落ちたのだが、幸運と不運が共にあった。彼の熱心な求愛に応じた女性は、皇帝の兄弟であるネトヴィス・トルドンの娘、ネトヴィッサ・レッダだったのである。

この情熱的かつ突然の情事の幸運な側面は、アルー社交界中で噂されているところによれば人間的なもので、それは両者がほぼ完全な相似関係にあるというものだった。

彼らは初めて会った時から互いに惹(ひ)かれ合い、夜の内には離れがたい存在になっていた。

数日の間に、その恋は深いものとなった。人間的な見地から見れば、非の打ち所がない縁談だった。

このケースの、全く人為的な一つの点を除き、あらゆる状況は理想的な婚姻(こんいん)を約束するものだった。

この結婚におけるただ一つの難点はしかし、克服し難いものだった。ネトヴィッサ・レッダは皇帝の姪(めい)であり、帝国における最高の社会階層(カースト)に属していたのである。

ネトヴィスの序列と親等は皇位に隣接し、彼女の家族は皇族に加わることになるのだ。

そして、帝国の古くからの慣習の基本原則という事実に対し、ルーデッカの大使にして将軍たるボソンはといえば――非常に高い学識と人格、財産を有する立派な人物であり、アトランティスの植民地化以前のおぼろげな過去に入り込む、一〇〇〇年前にまで家系を遡(さかのぼ)ることができ、帝国において他の何者にも劣らぬ評判を得ているにもかかわらず——ボソン将軍は、平民だったのである。

そのような事情で、帝国の首都たるアルーの宮廷において効力を持つ厳正な仕組みに従えば、彼は絶望的なまでに不適格だった。平たく言えば、結婚は問題外とされたのである。

この厄介な出来事の解決を求められた皇帝は、慈悲の心に基づいて致命傷に苦しんでいる生き物を殺害するかの如き精神で、即決した。皇帝は、この状況下で彼が取りうるただ一つの行動をとった。そして、ボソン将軍は帝国の要求に服従する以外の選択を許されず、取り返しがつかないほど粉々にされた、彼の人生の最高にして最愛の希望を置き去りにして、ルーデッカに船を向けたのである。

アグラド＝ドーのルーデッカ大使、ボソン将軍のその後の行動については、三つの非常にはっきりとした動機があった。

第一の、そして最も顕著な動機は、ネトヴィッサ・レッダへの彼の愛の深さと強さ、そして純粋さである。彼はどんなことをしてでも、彼女が欲しかった。帝国の要求がもたらした突然の、予期せぬ一方的な離別は、ボソンの誇り高い魂をひどく苦しめ、引き裂いた。

地球の二つの大洋を横断し、西半球の南大陸を二分する運河や湖を経由するアグラド＝ドーからルーデッカへの航海は、七週間に及んだ。何をすることもできないこの期間中、ボソンの激しい憤り(いきどお)と深い失望は、長考の末に具体的な形をとったのである。

ボソン将軍は、あらゆる事に対する覚悟を決めた精神状態で、ルーデッカに到着した。後は、行動あるのみである。この精神状態こそが、ボソンを行動に駆り立てた要因の二番目だった。

三番目の動機は、行動を求める彼の意欲が、即座に満たされたことだった。故国への航海の途上で、食屍鬼（グーリッシュ）めいた亜人間の工場奴隷である、ぞっとするような類人猿グヤア＝ファ[*5]が、反乱を開始したのである。ボソンが到着するまでに、この反乱はルーデッカ全体に広がっていた。議会は、将軍たちの中でも最年少で、最も輝かしい彼に効果的な対処を熱望した。到着時の歓迎は、予期されていたような失脚した外交官へのものではなく、国家の救世主に対するものだった。

*

この軍事行動中、ボソンは最も熱烈なルーデッカ人の崇拝者でさえ予想だにしなかった熱意をもって我が身を投げ出し、最大限の努力と、全兵力をもってこれにあたった。

三週間に満たない集中的な軍事行動が終結し、非常に危険な反乱は完全に鎮圧された。

首の筋肉を貫通する巨大な鉤（かぎ）に掛けられたグヤア＝ファの指導者たちが、ルーデッカの首都の防備の中心に開いたアーチ道の両側にある街の外壁に沿って、恐ろしい列をなしていた。ボソン将軍は、自らがルーデッカの英雄であり、彼が賞賛してやまぬ軍の偶像になっていることに気づいた。

堅固なる厳格者。ルーデッカ常備軍の士官たち並びに兵士たちが将軍に向ける態度は、彼の優れた能力がこれまで常に集めてきた敬意に基づくものだった。この最後の輝かしい戦闘によって、彼は今や、殆ど崇拝を受けるような存在になっていたのである。これは、大したことだった。

いずれにせよ、この業績によって彼が昇進したのは、無理からぬことだった。

ルーデッカ評議会は事実、集会での老大元帥タルバの演説を通して、常備軍の最高司令官という地位をもってボソンに報いた。老タルバは、評議会議長の眼前の大きな大理石の平板に、指揮杖と総司令官の紋章を置くという劇的なジェスチャーをもって、注目すべき賞賛を締めくくった。

かくしてボソンは、どのようなことであれ国家に黙認を強いる、徹底した英雄崇拝の手に入れたことに気づいたのだった。彼は同時に、アトランティス大陸全体において、最も大きな地方の常備軍の最高司令部入りを果たした。主に彼自身の統率によって、おそらくは最高の訓練を受け、最も強力な戦闘ユニットを現在有している軍隊の、である。

行動理由と、彼の新たな権威の複合的な影響により、ボソン将軍は決意した。

ルーデッカの首都への凱旋入場から一一日目、四七隻の新たに艤装されたルーデッカの軍艦が、ボソン将軍の指揮のもと、西のアルーへと向けてルーデッカを出航した。

ゴリラのような肉体の筋力と持久力によって選ばれた、グヤア＝フアの予備要員によってオール奴隷を補充し、艦隊の隅々には真新しい革の帆があって、船上にはルーデッカ軍の精鋭を乗せていた。

＊

大都市アルーの沖に戦闘艦隊が到着したのと、母なる大陸の全域に影響を及ぼす、前例のない自然災害の始まりは、ほぼ同時のことだった。首都で大切に保管されていた粘板岩と羊皮紙の、数千年前にまで遡る記録には、類似する記述が存在しなかった。

迫りくる災害の最初の予兆は、空が青色から赤銅色に変化するというものだった。

いかなる徴候もなしに、西の大洋の長く大きなうねりが、短く途切れがちの飛沫に覆われた波へと急変し、水の色も鈍い灰色になった。その波は長いオールを破壊するほど激しく、ルーデッカの大型ガレー船すらも翻弄した。

ボソン配下の艦長たちを狼狽させたのは、四方八方から風が押し寄せることだった！

それは時に、ルーデッカのガレー船の重い革帆を、銅の輪と締め釘から引き剝がしてしまうことすらあった。あたかも鋭いナイフで切り裂かれでもしたかのように、綺麗な直線上に帆が裂けてしまうこともあった。この現象と、精霊のもたらしたこの不吉なもてなしをどうにか解明しようと手早く占いを行い、くじを引き、羊や鶏を屠った占術師の報告にもひるまず、ボソンの不屈の意志は艦隊を命令通りに着岸させたのだった。

彼は直ちに、最も序列の高い副将に儀仗兵を同行させ、皇帝への使者として送り込んだ。

粘板岩の銘板に、ボソンは自らの手で、要求を書き記した。

これは一組の選択肢の形式をとっていた。皇帝は、彼をルーデッカの総司令官と認め、ネトヴィッサ・レッダとの即座の結婚に同意するべし。さもなくば彼、ボソンは直ちにアルーを包囲すべく侵攻し、武力と兵器によって意中の女性を連れ去るであろう。

書状の内容は、最初の選択肢を選ぶよう皇帝に暗に懇願する内容だった。また、ボソンの古代の家系の地位についても簡単に、格式ばった紋章学用語を用いて記述していた。

皇帝は、彼がそのように見なすところの、この挑戦にひどく苛立った。彼の職務と威厳が侮辱されたと感じたのである。そして、ボソンの代表団の全員を磔にした。

かくして、脅迫的な赤銅色の空の下、地響きを立てる小規模の群発地震を伴奏に、アルーの包囲が直ちに始まったのである。

*

生きている人間の記憶している範囲のみならず、記録の示すところでも、文明世界の中心都市であり続けた数千年にわたる歴史の全てを通して、巨大都市アルーに対するいかなる敵対行為も行われたことはなかった。ルーデッカの高名なボソン将軍が彼女(アルー)に進軍してくるなどという恐ろしい出来事が起こるかもしれないなどと、アルーでは誰の心にも浮かびすらしなかったのである。

速やかに侵攻を開始したボソンが、よく訓練された軍団の先頭に立ち、大都市の中心に建つ皇宮の二つの広場の中に到達した時、彼が皇帝に送った代表団メンバーの拷問を受けた身体が、列をなす十字架の上で未だ身悶(もだ)えし続けていた。

抵抗は殆どなかった。この集中的な軍事行動は、二〇分を経ずして勝利の内に終わるはずだった。

皇帝はおそらく全ての宮殿の衛兵や家族と共に捕らえられ、彼女の熱烈な恋人によってレッダ婦人の身柄は確保され、近代的な法律用語で〈神の行為〉[*6]と記述されている出来事を除けば、遠征の全ての目的は達成されたのだ。

武力侵攻と並行していた予震は、ボソンの軍隊がその場所に到達した時、絶頂に達した。恐ろしい大地震が発生したのである。

石畳で舗装された通りには、大きな亀裂がぽっかりと口を開けた。大きな建物が全て、勝ち誇って前進するルーデッカ人たちの上に、荒れ狂いながら崩れ落ちた。

軍勢の指揮官であるボソン将軍は衝撃のあまり呆然とし、聴覚を喪失し、地面に叩きつけられた。彼は長いこと意識を保っていたので、彼に崇拝を捧げた者たちの四分の三が、呑み込まれ、打ち砕かれ、ばらばらに引き裂かれ、見分けのつかない血まみれの肉塊に粉砕されるのを目の当たりにした。

数百トンの砕かれた石材が流れこんできて、彼の目が見えなくなる前に、この大虐殺を速やかに、そして慈悲深く消し去ったのだった。

目を覚ました時、彼はアルーの要塞の地下牢の最奥部にある監獄の中にいた。

＊

朝の一〇時頃、コーリントン医師が静かな様子で、メレディスの寝室に入ってきた。

彼は、観察下においている患者との会話を、遠回しにある話題へと誘導した。

それは、メレディスが書き留めた奇妙な言語についての昨日の会議以来、彼の心の中で最重要事項になっていた。その問題について一晩中考えた末、医師は心を決めたのである。

「七年か八年前に私の注意を引いた、全くもって尋常(じんじょう)ならざる事について、あなたに詳しく話しておいた方が良いだろうと思い至りました。コネチカット州の精神病院のチーフ・インターンだった時に起きた出来事です。開業の前、私はそこで二年間、フロイド・ハヴィランド医師の下で働いていました。我々には、何人かの個人的な患者がいました。私が担当したのはそうした中の一人で、ハヴィランドの評判を聞いて、委任状なしでやってきた中年の紳士でした。この紳士——仮に〈スミス〉と呼びましょう——は、法的な意味でも実際の話としても「正気」でした。彼の抱える問題は、彼の人生と仕事の経歴にとって非常に深刻な障害とはなりましたが、通常の〈妄想〉とは分けるべきものでした。彼は、ほぼ二ヶ月の間、我々と一緒にいました。自発的に施設にやってきた患者であり、資産家でもあったので、彼は個室を持っていました。私が〈妄想〉と呼んだことについての、激しく集中的な精神的のめりこみを除けば、彼はあらゆる点で常人でした。この期間、私はスミス氏が妄想性の障害に苦しんでいるのではないと、確信するようになりました。私は——ハヴィランド医師も同意してくれたのですが——この患者、スミス氏が先祖の記憶の影響に苦しんでいるのだと、彼の問題について診断したのです」

「そのような例は事実上、唯一無二と言って良い珍しいものです。普通の精神科医は生涯、そうしたものに遭遇することなく、その専門分野で働いていくことでしょう。しかし、そうした事例は実際、記録に残されているのです。我々はほぼ全く正常な精神状態で、患者を家に帰らせることができました」

「精神病患者によくあることですが、彼の実際の治療は、我々の診断を克明に明かすことで達成されました。非常に肯定的な言葉の反復によって、彼の心に彼がいかなる場合にも狂っておらず、彼の状態は珍しいものであっても、全く正常領域の範囲外に出るものではないのだという印象を与えたのです」

＊

「それは非常に興味深い事例だったに違いありませんね」と、メレディスは言った。彼の返事には、礼儀正しくありたいという願望以上のものがこめられていなかった。

というのも、彼の心の中は、牢獄の中で荒れ狂うボソン将軍の事でいっぱいだったのである。彼の心は、生き残った兵士たちの運命について苦しみ、案じていた。遠く離れ、薄暗い炎の色を帯びた牢獄は、毒々しい赤みを帯びた輝きを帯びているように彼の目には見えた。彼の心は苦痛に苛まれ、鋭敏な聴覚はなだめがたい海の鳴り止まぬ、恐ろしい咆吼によって鈍らされた。

彼、メレディスは、自分自身でもうまく説明できないような深い理由で、夢の中で何が起きたかについて、コーリントン医師にうまく伝えることはできないと感じていた。

彼の心の根源的かつ本能的な憶測が、たとえそれを話したとしても、おそらくは信じてもらえないだろうと、無意識の内に警告したのである！

コーリントン医師の見たところ、患者の顔はまるで何かの破壊的なストレスに悩まされているように、やつれて、皺が寄っていた。彼があまり好きではない職業的な言い回しで言うところの、ひどく内省的な表情が目の中にあった。医師は、再開する前に少し考え込んだ。彼は、椅子の中で真っ直ぐに体を伸ばし、膝を交差させた。そして、いくらか裁判官のような態度で、指先を組み合わせた。

「率直に言いましょう、メレディスさん。私がスミス氏と呼んでいる男性が、いかなる意味でも正常だったという事実を私は強調しました。なぜなら、彼に起きた事について、あなたに更に話しておかねばならないことがあるからです。〈妄想〉は、ある顕著な事柄について、あなた自身のケースとも関連がありました。私は、あなた自身の精神の完璧な健全性に、わずかなものであっても恐怖を与えたくなかったのです！　端的に言えば、スミス氏は漠然と薄暗いものではありましたが、私が説明したような先祖の記憶の特定の情景を思い出し、いくつかの未知の、明らかに先史時代の言語の語彙（ごい）を再現することができたのです。メレディスさん――」

　医師は向きを変え、興味を引かれた様子の患者の眼を真剣に覗きこんだ。

「スミス氏の言葉には、三つないしは四つ、あなたと一致するものがあったのです！」

「何という（グッド・ゴッド）！」と、メレディスは大声をあげた。

「その言葉は何でしたか、先生？　あなたは、それを書き留めましたか？」

「ええ、ここにあります」と、精神科医は答えた。

　メレディスは椅子から立ち上がり、コーリントンが書類を用意するずっと前に、医者の肩から熱心に体を乗り出した。彼は数葉のフールスキャップ判に、注意深くタイプ打ちされた語句を食い入るように見つめ、コーリントン医師がこれらの荒々しい言葉を発音するのを、体を震わさんばかりの集中力をもって聞いた。それから、彼はシートを手に取ると再び椅子に座り、静かに、声をひそめ、唇を辛うじて動かしてその言葉を発音しながら、書き留められている全てを読み通した。

*

　ついに立ち上がり、震える手で医師に紙束を手渡した時、彼は蒼白で、頭から足までぶるぶると震えていた。コーリントン医師は心配そうに彼を見た。専門家としての心が、警鐘（けいしょう）を鳴らしていた。このような急な形で、以前のケースについて患者に教えるということこの試みが果たして賢明なことだったのかどうか、いくばくかの恐怖を覚えた。

コーリントン医師が受けた印象を言葉に置き換えるならば、彼はいくらか当惑を感じていた。精神と神経、そして「夢と現実の境界(ボーダーランド)」のケースに対処することで、長く慎重な研鑽(けんさん)を積んできたにもかかわらず、その瞬間、この興味深い患者を捉えているのが、既知のいかなる単純もしくは複雑な感情なのか、専門的な判断を示すことができなかったのである。

コーリントン医師がその内容を知ったら、より完全に当惑してしまったことだろう。

というのも、患者であるスミス氏の報告した奇妙なごぼごぼ言う音を読み通したメレディスは、全ての単語や言葉遣いを認識し、不意に一つの文章を見つけたのである。

「我々の最愛のボソンは、いなくなってしまった」

コーリントン医師は、この特殊な面談を延長することは賢明ではないかもしれないと、的確に感じ取った。何であれ彼の心を捉えているものにうまく対処できるよう、しばらくの間、独りきりにさせておけば、メレディスは容易に、正常な落ち着きと平静さを取り戻すだろうと賢明にも結論付けた。そして、静かに立ち上がり、寝室のドアに歩いて行った。

彼は部屋を出る前に一瞬だけ立ち止まり、背後の男性を見やった。

メレディスはどうやら、その場を離れた医師の動作に、気づいてすらいないようだった。

彼の心は、明らかに内側へと向けられていて、周囲を全く気にしていない様子だった。

そして、コーリントン医師は、彼自身のある感情をもって、患者の内省的な眼の中に、目に見えて明らかな抑えきれない涙があったことを書き留めた。彼は、異常をきたした人々との長年の接触を通して、外見上の振る舞いについてはプロフェッショナルとなったが、優しい気質を全く失ったわけではなかったのである。

*

一時間後、在宅看護婦の一人に呼ばれてメレディスの部屋に戻ったコーリントン医師は、彼の患者が慣れ親しんだ都会風の正常を取り戻したことに気づいた。

「私が、あなたに少し来てもらえるようお願いしたんです、先生」

メレディスは話し始めた。

「患者の睡眠を誘発するよう、処方できるものがないかどうかお聞きしたかったんですよ」

そうして、はにかんだ笑みを浮かべた。

「私が知っているのは、モルヒネとアヘンチンキだけなんです！　私は医療については素人ですが、そういう薬は欲しくないですし、あなたも処方したくないでしょうから」

コーリントン医師は再び、裁判官のような態度になった。

彼は速やかに、この予想外の要請について考えた。患者、すなわちスミス氏についての話がメレディスを動揺させたらしいことを、彼は考慮に入れた。

彼は、メレディスが睡眠薬を望んだ理由を質問するのを敢(あ)えて控え、それから頷いた。

「とても簡単な調合薬を使いましょう」と、彼は言った。

「それは非習慣性で、劇薬である抱水（クロラール）をベースにしていますが、患者に処方する時は、芳香族のシロップと混ぜあわせて、タンブラー半分の水で希釈（きしゃく）します。よく効きますよ。あなたにいくらか差し上げますが、どうか、ティースプーン四杯分のシロップが一回分の服用量だと覚えていてください。たぶん、二杯で十分でしょう。決して、いつであっても四杯以上飲んではいけませんし、二四時間の内に一服以上飲んでもいけませんよ」

コーリントン博士は立ち上がり、メレディスのところにやって来た。

そして、彼がシャワー＝バスの大理石の壁に側頭部をぶつけたところを見た。

傷跡はまだ、そこにあった。医師は、彼の指を挫傷の上で軽く動かした。

「しぼみ始めていますね」と、彼は述べた。

それから彼は楽しげに微笑（ほほえ）み、メレディスに向かって頷くと、踵（きびす）を返そうとした。

彼が部屋から出ていきかけた時、メレディスが呼び止めた。

「お聞きしたいことがあるんです」

と、メレディスは言った。

「私は、あなたが〈スミス〉と呼んでいる男性に会わせてくれないものかどうか、あなたにお聞きしたかったんです、先生」

医師は頭を横に振った。

「申し訳ない、スミス氏は二年前に亡くなったのです」

在宅看護婦が小さなトレイを持ってきたのは、一〇分後のことだった。

タンブラーとかき混ぜスプーン、そして赤みがかった色で、爽やかな味のシロップが入っている、新たに用意された八オンスの瓶がその上にあった。

二〇分後、三杯分で妥協したメレディスは、ベッドの上で深い眠りについた。

*

そして、アルーの巨大な要塞の最奥部にある地下牢獄で、いかなる方向にも跳び上がれるよう緊張しながら、ボソン将軍は地下牢の滑らかな石畳の中央で身構えていた。

その間も、引き裂かれ、落下している砦(とりで)自体の何千トンもの石材が立てている、耳をつんざく凄まじい音と、今なお完全に怒り狂っている海の、絶え間なく言語に絶する雷鳴の如き憤怒(ふんぬ)を除き、彼の耳には他のあらゆる音が届かなくなっていた。

毒々しい赤みを帯びた輝きが、際立って強くなりはしなかった。

爆発に次ぐ爆発が、頻繁にボソンの耳に届いた。アルー人たちが、昼夜を通して荒れ狂い、全く制御できない大火の進行を食い止めるために、巨大都市の中心部を吹き飛ばしていたのである。砦自体の区画の恐ろしい破壊や、唸(うな)り続けている海の音に晒(さら)されている牢獄の中で警戒している男には、これらの爆発もか細いものに聞こえていた。

突如、彼が待ち受けていた危機がやってきた。足元の石の床がたわみ、右に垂(た)れ下がったのである。

彼はぐるりと回って反対側に飛び出し、自分自身を押し出すと、頭の上に手と腕を伸ばして、牢獄の壁にぶつかった。彼の心臓は激しく鼓動し、窒息しているかのように息を大きく喘がせ、はずませた。彼の周りの空気が地震によって抜けていき、突然、致命的に収縮したのである。

その後、反対側の堅牢な壁に上から下まで引き裂く割れ目が走り、天井がばらばらに砕けたので、白い粉塵の一層息苦しい雲が突然、部屋に振りかかった。窒息し、息を詰まらせながら、呼吸と生命のために奮闘すべく、ボソン将軍は腕をおろし、雷のような破損の方向へと回り込んだ。そして、脱出路を見つけるというかすかな希望と共に、今、不安定な床を横切り、手探りで進んでいった。

彼はたちこめる塵の灰色の暗闇を通り抜け、二、三秒前には固い石造りの平の床であった、険しい残骸の山の上を苦労して進んだ。彼のいた牢獄の境界である壁が建っていた場所をはるかに通り過ぎ、前方へ、断固として前方へ、自由という漠然とした目標に向けて、彼は漂い、降り積もる石の粉塵の濃厚な雲の中を手探りして進み、大きく開いた穴の不規則な縁に沿って歩き、盛り上がった瓦礫の山を苦労して昇り降りした。

ついに、彼の強靭な肉体は、力を使い果たした。

彼の眼は苦痛で二つの赤い穴となり、口と喉は痛みに焼かれていた。

ボソンは、かつてアルーの砦だった瓦礫の丘を最後に横切って、都市にあるいくつかの公共広場の中でも、最も大きなひとつの隅っこに現れた。

＊

死の罠から歩み出る最初の一歩で、ボソンは突然、ぐにゃぐにゃで柔軟な何かを踏みつけ、立ち止まった。殆ど眼が見えなかったので、彼は厚く盛り上がる埃の下で身をかがめ、手探りをした。

それは、鎖帷子を身につけた男の遺体だった。ボソンは、やれやれという感じの、満足の息を吐き出した。遺体を塵の檻から解放してひっくり返し、短く、重い、片手用の戦斧が取り付けられたところに、銅の鋲が打たれた革のベルトに沿って手を滑らせた。彼は、それを鞘から引っ張りだした。

それから、死者の絹のチュニックから大きな部分を引き剝がすと、眼と口をぬぐって、汗で固まった塵を顔から拭き取った。最後に、彼は死体から重い革の財布を取った。

短い休息をとるべく、柔らかい塵の上で死んでいる軍人の横で、彼は暫く横たわった。

およそ一〇分後に彼は起き上がり、体を伸ばした。三、四回、空中で振り回して重い斧を試し、衣服から埃を落として改めて整え、最後にゆるんだサンダルの紐を締めた。

彼は今、自由の身でアルーの中心部に立っていた。

彼は十分に武装していた。活力の大きな激発が、彼を通して大きくうねった。

それから彼は、ミツバチが家のある方向を見つけだすのと同じくらい確実に、本能で方向を変えた。ルーデッカの軍隊が侵攻するのと同じペースで、皇宮へとまっすぐに、急がず前進を開始した。

彼が拘禁されてから最初の数日間、彼を大いに当惑させた疑問について、彼は得心した。

何故、彼は拘留されたまま独りきりで放置され、砦の普段の習慣に従って、定期的に食物と水が運ばれてきたのか？　もっと簡単に言えば、何故、明らかに皇宮の二つの広場で意識を喪って倒れている時、皇帝の家来によって捕らえられたにもかかわらず、すぐさま磔にされなかったのだろうか？

彼の鋭敏で、訓練を積んだ心は、荒れ狂う海の恐ろしい激動と、崩壊する都市の恐怖に満ちた騒擾に答えを見出した。皇帝は大変動に気を取られ、母なる大陸の長い歴史を通してついぞ知られたことのない、世界の中心都市への武力攻撃の指導者に対する罰を命じるどころではなかったのである。

巨大な外壁を迂回して、ボソンはついに、皇宮の堂々たる正面入り口へとやってきた。

基本的な壁の厚さが八フィートある、この巨大な建造物は堂々とそそり立ち、荘厳で、傷ひとつついていなかった。いささかも躊躇せず、彼は銅と黄金、斑岩で造られた荘厳な正面門へ、大股でまっすぐに向かっていった。

門の前には、胴鎧の下に、皇帝の近衛兵であることを示す淡い青色のチュニックを身につけた、堅苦しい正規軍将校の指揮下にある、十数人の武装した戦士たちが立っていた。

将校の命令で、彼らの一人が侵入者を追い返そうと、階段を駆け下りた。ボソンは、一撃のもとに彼を殺害し、階段をあがり続けた。

将校の叫ぶような命令で、今度は部隊全員が近い順に彼の方へと階段を降りてきた。

ボソンはいったん立ち止まった。彼の頭上にある幅広い階段が、先頭の者まであと二段というところまで待ち受けてから、敏捷に右へ飛んだ。下方への突撃の勢いのまま、先頭の四人の兵士が彼を通りすぎて行ったところで、ボソンは軽快に元の位置に戻り、重い斧を素早く振りぬき、致命的な、不意の打撃を部隊の横腹に見舞ったのだった。

彼らが再び戦意を取り戻す前に、将官と彼の五人の部下は階段の上で死んでいた。戦意を喪失した残りの者たちが互いにより集まっているのを放置して、ボソンは階段の上に飛び上がり、大正門を通り抜けた。そして、稲妻のように斧を左右に振って、戸口に配置されていた二人の兵士を処分したのである。

＊

もはや宮殿内に彼を妨げる者はいなかった。ボソンは、勝手知ったる部屋を通りぬけ、幅広い通路に沿って、アルー皇宮の中心へと疾走した。

三〇秒と経たぬ内に、彼は皇弟、ネトヴィス・トルドンの邸宅の入り口を見つけ、戸口を通り抜けた。夕食の時間だったので、一家は食堂にある蹄鉄(ていてつ)形のテーブルについていた。

彼は戸口で立ち止まると、驚きの眼を向けられながら、ネトヴィス・トルドンに深く頭を下げた。

「私のこの侵入をお赦しくださいますよう願います、ネトヴィス卿(きょう)。このように異様な状況下におきましては、より好ましい時間帯を選ぶわけにはいかなかったがゆえ」

貴族は驚いて見つめるだけで、返事をしなかった。それから、彼の愛する意中の女性、ネトヴィッサ・レッダは、驚きに眼を見張りながら、彼女の父親の食卓から立ち上がった。

この奇妙な侵入が意味することを理解し、彼女の愛らしい顔はアルーの薔薇(ばら)のように色づいた。英雄のような出で立ちの恋人を見る彼女の眼の中には、彼女の魂が表れていた。

「来てください、私のレッダ婦人」

ボソンの短い言葉に、ネトヴィッサ・レッダは鹿のような軽やかさで彼のもとへ走った。

彼は非常に丁寧に彼女の手を取ると、集まっているトルドンの家族たちが驚きから立ち直る前にと、通路に沿って宮殿の入り口へと急いだ。

武装した兵たちの立てる物音が突然聞こえてきたのは、最初の角の手前だった。

彼らは足を止めた。ボソンは斧を右手に移しかえ、レッダ婦人の前に踏み出した。

しかし、彼女は彼の左腕を利き腕で摑むと、「こちらです、急いで」と囁いた。

そして彼女は、広い通路の左側にある、幅が狭い通路の下に、彼を導いた。彼らは急いで横断し、衛兵たちが大回廊に押し寄せて「我が君、ネトヴィス・トルドンの邸宅へ！」という威圧的な声を響かせるのが聞こえてきた時、急な角を曲がって辛うじて切り抜けたのだった。

狭い通路は、台所と流し場の向こうへと彼らを導き、狭い中庭に面する小さなドアのところで終わった。これを素早く横断すると、彼らは宮殿の西側の広場に出てきた。こうなると、彼らの経路を追跡しているかもしれなかった追っ手も、アルーの広い通りに殺到する人々の巨大な群衆の中で見分けることはできなかった。ボソンは、改めて脱出を再開した。より大きな隣接する広場へと道を切り開き、彼がそこで武器を確保した、瓦礫（がれき）の積み上がった人気のない角にたどり着いた。

夕暮れにはまだ早い真夏の午後で、彼の鋭い視力を妨げるものは何もなかった。

ひどく痛む眼から石塵を拭きとった、絹のチュニックの切れ端の品質から、彼が推測していた通りだった。死んでいたのは、帝国軍の将官の一人だったのである。花崗岩(かこうがん)の台盤にレッダ婦人を座らせ、見張っているよう頼むと、ボソンは死体の傍らに素早く跪(ひざまず)いて、せっせと作業した。

*

二分間の集中的な作業を経て、ネトヴィッサ・レッダは、頭から足まで帝国の鷹(たか)軍団に属するエルトンの制服、鎧、装身具を身に纏(まと)った彼女の恋人を確認しようと、肩の上に彼の手を見上げた。

それから彼らは、横に並んで南方へと急ぎ、打ち砕かれた建物で荒涼とした大きな広場を横切って、わずかに残った金持ちの邸宅の一つへと向かった。邸宅の前では、屋敷のお仕着せを着た四人の黒人奴隷が飾り立てた輿を地面へと降ろしていた。

彼らが傍にやってきたのは、不審そうな眼をしたがっしりした市民が、豪華な車両から出てきた時だった。皇帝の姪と、帝国軍の制服を認めた時、彼の恐れは消え去った。

「あなたの輿をお借りしたいのです、ご主人」と、ボソンは言った。

「喜んで」

市民は、お辞儀をして返答した。ボソンは感謝の意を表明し、同行者を輿に乗せた。それから、ひとつかみの銀を四人の奴隷に分け与え、前方の左の棒の近くに立っていた黒人に目的地を伝えた。

それから、彼自身も輿に乗り込むと、一緒に赤い絹のカーテンを引いたのだった。

四つの屈強な肩に担がれて、堅固な輿の柱はぴんと張り詰め、きしむ音を立てた。

それから、輿は所有者がまだ得意げな笑みを浮かべてお辞儀をしている邸宅から離れ、アルー（アルーヴィアン）の常備軍の飛行船を収納し、防備している軍の格納庫へと向かった。

「あなたは、何とよく物を見ているのでしょう。私はあなたに、帝国の人民を委ねます」

ネトヴィッサ・レッダは笑顔で述べた。

アルーの中心都市に対する初めての武力侵攻を招いた、ボソンをルーデッカに送り返した帝国命令の理由について、彼女はよく知っていたのだった。

「目的地がどこなのか、聞いてもよろしくて？」

「北西に安全を求めるというのが、私の考えです」

ボソンは厳（おごそ）かに答えた。

「私は、フィールズの君主、バルが予言した母なる大陸の破壊が、子供の時分に修辞学の伝統的な練習問題として学ぶ古典以上のものだと確信しているのです。これが、我々全てか置かれている状況こそが、その証拠です。まだあります。私がアルーの浜辺にガレー船で上陸した時、配下の四人の占術師（アウグル）たちが、間もなく訪れる大陸の危険を警告したのです。彼らの主張では、四つの偉大な力が結託しているということでした。我々は、その働きを見聞きしませんでしたか？　陸地で猛威を振るう炎。大いに揺れ動く大地。古い記録が偽りでない限り、この星でかつて発生したことのない風。あらゆる経験を凌駕（りょうが）して、荒れ狂う水。如何（いかが）です、我が最愛の人？　地獄の激動の最中です、もっと大きな声で話さないと聞きとれませんか？」

レッダ婦人は、厳かに相槌（あいづち）を打った。

「宮殿の者たちは、耳を鎖（とざ）した者ばかりでしたわ」と、彼女は言った。

「どこに避難すれば良いのでしょう?」

「我々は今夜、〈ア=ワア=イイ〉[*7]の大連峰を目指して、まっすぐに出発します」と、ボソン。

「四つの偉大な力が、戦車を与えてくれれば良いのだが。それと、あなたの指輪をね。愛しい人」

＊

レッダ婦人は理解をこめて再び頷き、右中指から二つの太陽と八芒星（はちぼうせい）の指輪を外した。それは、皇族の一員である彼女が、身に付けることを許されているものだった。

ボソンはそれを受け取り、右手の小指にそれを滑りこませた。

アルー（アルーヴィアン）の補給廠（しょう）の軍格納庫の指揮官がいる兵舎の前で、飾り立てられた輿から出てきた堂々たる鷹軍団のエルトンに、衛兵が敬礼した。エルトンは、格式ばった軍の言い回しで、彼に話しかけた。

「鷹軍団のエルトン・バルコが、避難中の皇族をお連れして到着したと、すぐにカ=カルボ・ネトロに報告せよ。小官は二人乗りの戦車を一台と、一四日分の携帯食糧、医薬を完備する救急箱を要求する。我が職権は、帝国の印形である。見よ!」

皇帝の太陽と星の印に衛兵は敬礼して、効率的な自動人形のように彼の命令を繰り返し、鷹軍団のエルトンに敬礼した。そして指揮官のカ=カルボ・ネトロを呼ぶため、駆け足で出発した。

カ=カルボは、この呼び出しを受けてすぐにやってきた。彼は帝国印に敬礼し、彼が知遇（ちぐう）を得ていなかった将官である鷹軍団のエルトン・バルコからは、軍の慣例通りに堅苦しい敬礼を受けた。カ＝カルボは、エルトンよりも階級が一つ上だったのである。

一〇分以内に、ネトヴィッサ・レッダは徴用された戦車へと儀式ばって運ばれていき、座席についた。エルトン・バルコは、彼女の隣に座を占めた。

記録的な時間で指揮官の命令を遂行し、汗だくになった一〇数人の整備士たちが胸を張り、敬礼の列を作る中、戦車はぎこちなく走り始めた。御者は革の鞭を立て、馬の背中の上で大きな、パチンという音を響かせた。大型の戦車の後部についている予備の馬の指揮者は、背後を駆け足で進む四頭の換え馬に、絶え間なく口笛を吹いた。

北西にある〈ア＝ワァ＝イィ〉の高度は、ボソンの意見では、太古から予言されてきた大陸の水没に対する防衛手段として、いくらか望みがありそうだった。少なくとも、あれらの聳(そび)え立つ山嶺は、最後に沈む場所となるだろう。母なる大陸の科学者の判断では、ガス・ベルト地帯が爆発し、地球上で最も古く、高貴な文明であったこの偉大なる陸地の、海中の支柱が取り去られてしまうはずだった。

正確に夜明けの直後に、労を惜しまぬカ＝カルボ・ネトロの地図と、細心の説明によると目的地への行程の四分の一にあたる、大きなすりきり台地で戦車は休止した。

この土地には、人っ子一人いなかった。軽く地震に見舞われる程度の地域で、火事も起きておらず、彼らは比較的安全だった。

北風の轟音が、ネトヴィッサ・レッダをひどく煩わせた。だが、ボソンは辛うじてそれに気づいた程度だった。彼は、聴覚が失われ始めていることをこの時、確信したのである。

彼らは食べ、眠った。正午になると糧食を再確認し、休む馬を変更してから旅路を再開した。四日間の旅を通して、彼らは順調に北西へと向かった。御者は、戦車を着実に前方へと駆り続けた。四日目、赤銅の球体のような烟る太陽が地平線に届くか届かないかの頃に、彼らが目指す安全な目標であるア＝ワァ＝イィの頂が視界に入った。

＊

彼が午前中に眼を覚ました時、心配そうな顔をしたコーリントン医師が、メレディスのベッドの横に立っていた。彼は、二〇時間も眠り続けていたのである。

しかし、医師の見たところ、長引いた睡眠後の患者の精神状態は全く正常で、目に見えて朗らかだった。それで、コーリントン医師は安心し、睡眠薬の瓶を片付けるという考えを改めた。それは明らかに、メレディスに良い効果を及ぼしたのである。

昼食の直前、ダベンポートソファーにいつもの静けさを誘導する姿勢で体を伸ばしていたメレディスは突然、読書を中断して雑誌を置いた。

起きている間、アルーの大混乱について何も聴こえてこないことに気づいたのだった。

困惑して、彼は体を起こした。ボソンもまたぼんやりと音を聞くようになっていたことを、彼は思い出した。これは奇妙な、ひょっとすると重要な符合なのかも知れない。

右耳の後ろの傷跡に触れてみた。もはやそれは、触ってみたところで何の痛みも感じなかった。彼は、指先をしっかりとその場所に押し付けた。挫傷は今や、触覚で辛うじて確認できる程度だった。

昼食後、耳の専門家であるゲートフィールドが〈透聴〉と呼んだものが明らかに失われたことを、彼はコーリントン博士に報告した。

「あなたの傷は引っこんでいますね」と、医師は意味ありげに言った。

彼は、メレディスの左側頭部の後縁を調べた。

「私が思うに」頷いてから、医師は述べた。

「あなたの第二の〈聴力〉は、頭の怪我から始まりました。それが小さくなるに従って、それらの音を聴くあなたの能力の裏付けとなった聴覚器官への何らかの刺激が減少したのです。あなたは今、そこから若干の途方もない音をたぶん、聴くことができるでしょう。一、二日もすれば、聴こえなくなると思います。そうすればもう、家に帰れますよ！」

＊

その一時間以内に、実際、まさしく〈途方もない音〉が聴こえてきた。まるで、誰かが防音ドアを開いたかのように、それは再びメレディスの静かな読書に割り込んだ。

奇怪な、副次的な幻視が、それに伴った。あたかもそれは、今なおボソン将軍の人格との奇妙な接続を介して、メレディス自身がアルーの被災した都市を見下ろすタラン＝ヤドの高みに立ったかのようだった。

激昂する山津波は、今や敵意に満ちた大地の巨大な鳴動を伴い、広大なアルーの巨大な石積みが無差別に砕け散って、恐怖に戦く彼の眼下へと崩れ、吸い込まれていった。

猛威を奮(ふる)う炎の荒々しい咆吼、アルーの災厄に見舞われた数百万人の人々の絶望と恐慌の不協和音が、これらの地獄のような恐怖に付随した。

最後に、大地の最深部にある水を満たした深淵が、文字通りの意味で大きく口を開けるかのような音が聞こえて、高みにある太陽は、死を促す怪物じみた緑の壁に覆い隠された。

盛り上がった海が、呪われたアルーに襲いかかり、犠牲者を齧(かじ)っていたグヤア＝フアたちは、その忌まわしい晩餐会(ばんさんかい)から注意を逸らされ、金切り声やさえずり、絶望に満ちた悲鳴をあげていたが、それらも永遠にかき消された――しゅうしゅう言う声、吼(ほ)え声、金切り声、泣き声、悲嘆の声、動揺する声――人間の耳には耐え難い耳障りな音、人間が眼にし、体験するであろう災厄を超えた、全き破滅の光景を。

慈悲深い意識の混濁が、メレディスに訪れた。ムー＝アイアドンの海が母なる大陸を永遠に閉じ込め、意識が失われたことで、彼は世界の大災厄から離れて、今ひとたび静かな寝室に現れた。

彼はボソンとして、レッダ婦人の傍らで、高貴なる山嶺の聳え立つ高みにある、安全な目的地である〈ア＝ワァ＝イィ〉の、樹木が生い茂った峡谷に沿って歩いていた。

しかし、島の海岸のあたりは今なお、母なる大陸の土であった泥で茶色く濁り、ねばついた海がのたうち、ごうごうと音を立てていた。

「ここなら安全なようですね、ボソン様」と、ネトヴィッサ・レッダが言った。

「横になって、眠りましょう。疲れきってしまいました」

少しの間、レッダ婦人が横になって眠るのを眺めてから、ボソンは彼女のそばに身を横たえた。そして、疲労困憊(こんぱい)のもたらした、夢を見ない深い眠りへと落ちたのだった。

＊

メレディスは、ダベンポートソファーで眼を覚ました。

部屋は暗く、彼は起き上がって明かりのスイッチを入れ、腕時計を見た。朝の四時だった。

彼は服を脱いでベッドに横になり、夢を見ることもなく三時間後には眼が覚めた。

一つの世界と時代が大変動に終わり、彼はその目撃者だった。

朝になって、コーリントン医師が観察すると、彼の頭部の挫傷は消えていた。

「あなたは家に帰ってもよろしい。もう、何も聴こえてくることはないでしょう」

裁判官のような態度で、医師が言った。

「ところで、メレディスさん。あなたは〈母なる大陸〉の名前を覚えていますか？」

「私達は、それをムーと呼んでいました」

メレディスは言った。しばらく黙っていた後、医師は頷いた。彼は心を決めたのだ。

「私も、そうだと思っていました」と、彼は厳粛に言った。

「何故です？」と、メレディスは尋ねた。

医師は、「スミス氏が、そう呼んでいたのです」と返答した。

訳注

1　ダベンポートソファー　davenport
ベッドにもなる大型のソファーのこと。

2　グランドツアー　grand tour
一八世紀ヨーロッパの裕福な家の子女が、学業を修めた後に行った大掛かりな国外旅行。

3　ラットル　rattle
西アフリカの伝統的な楽器で、マラカスのように打ち振って音を鳴らす。

4　アンティレア　Antillea
中世の欧州で、大西洋の向こうにあると考えられていた島、アンティリア Antillia のこと。ポルトガル王国に仕えたドイツ人探検家マルティン・ベハイムが一四九二年に製作した世界最初の地球儀をはじめ、大航海時代の地図や地理書などに言及され、一五世紀末にはカリブ海でヨーロッパ人の航海者たちに「発見」されたカリブ海の島々が「アンティル」と名付けられている。

5　グヤア＝フア　Gyaa-Hua
アトランティス大陸において、奴隷獣として使役されている人間もどきの生物。この箇所のみ原文では「グヤア＝ハウ Gyaa-Hau」表記だが、おそらく誤り。訳文では「グヤア＝フア」に統一した。「墳丘」に登場するグヤア＝ヨスンによく似ているので、近縁種ないしは遠い先祖と思しい。「挫傷」は「墳丘」が書かれた翌年の作品で、ラヴクラフトが設定をこしらえたか、あるいはホワイトヘッドが「墳丘」から借用したのだろう。リン・カーターは「赤の供物」にグヤア＝フアを登場させた。

6　〈神の行為〉　Act of God
保険契約の条項などにおいて、天災を指す言葉。

7　〈ア＝ワア＝イイ〉　A-Wah-Ii
現在のハワイと思しい。ジェームズ・チャーチワードの『失われたムー大陸』によれば、ハワイ島などの南太平洋の島々は、水没したムー大陸の残存部分とされる。

訳者解説

Translator Commentary

H・P・ラヴクラフト小伝

エンジェル・ストリートにて

H・P・ラヴクラフトは、一八九〇年八月二〇日、米国ロードアイランド州の州都である古邑プロヴィデンスに生を享けた。母親のサラ・スーザン・ラヴクラフトは地元の名家であるフィリップス家の出で、父親のウィンフィールド・スコット・ラヴクラフトは裕福な家柄ではないが、そこそこの収入がある地方巡回の訪問販売員だった。ただし、幼いラヴクラフトの記憶に父の姿はなかった。彼が三歳の頃、ウィンフィールドは精神を患い、プロヴィデンスのバトラー病院に入院したのである。以後、ラヴクラフトとその母は、母方の祖父であるプロヴィデンス有数の名士ウィップル・ヴァン・ビューレン・フィリップスの家である、エンジェル・ストリート四五四番地の厩舎付きの豪邸で暮らすようになった。

　ウィンフィールドは五年後に精神異常者として死亡するが、死亡診断書には、死因について「不全麻痺」と書かれている。その後の研究によると、どうやら梅毒を患っていたようだ。夫の発狂は、やや神経症気味のスーザン夫人に重くのしかかった。家族を失くすことへの恐怖と、経済的破綻の予感に打ちのめされた彼女の怯えは、奇行となって現れた。彼女は息子に女の子の服を着せ、過剰の愛情を向けながらも「おまえのような醜い顔の人間は誰からも愛されないだろう」と言い聞かせ、たまに外出する時にも幼子の手をしっかり摑んでいた。幼少期のラヴクラフトには友達らしい友達がおらず、母親に執拗に吹き込まれた「自分は醜い」という思い込みは、生涯を通して彼のコンプレックスになった。

　とはいえ、使用人が何人もいる豪邸で、甘やかされて育ったラヴクラフトの幼少期は、決して不幸なものではなかった。二歳でアルファベットを覚え、四歳で大人が読むような難しい本を読みこなすようになった彼は、愛書家だった祖父の蔵書に耽溺（たんでき）し、一八世紀の書物や文体に親しんだ。ギリシャ神話の物語や詩、『千夜一夜物語』などに熱中し、「神話」への興味をかき立てられたのもこの頃である。

やがて、彼の興味は書くことにも向けられた。フィリップス家を訪ねてきた親類たちは、早熟な少年に様々な物語を聞かせ、グレコ・ローマン風の詩作を指南してくれた。現存する彼の最も古い小説は一九〇五年に書かれたもので、当時の彼が愛読していたエドガー・アラン・ポオの影響が色濃い暗鬱（あんうつ）な作品が大半だったが、最初に小説を書いたのは五、六歳の頃だったという。

スレーター・アヴェニュー小学校にあがってからは親しい友達もでき、手に負えない悪童（あくどう）として校内で悪名を馳せた。シャーロック・ホームズ物語やダイム・ノベルに熱中し、数篇の探偵小説を書いたのもこの頃である。しかしその後、「詩や随筆に比べて小説は劣る」という理由から彼の小説創作はぱったりと止まり、彼の関心は化学や天文学に向けられた。これについて、ラヴクラフトは「驚異の旅」シリーズで知られるＳＦ小説の草分け、ジュール・ヴェルヌの影響が大きいと証言している。

この幸福な時代はしかし、長続きしなかった。一族の財源であるオワイヒー土地灌漑社が経済的な苦境に陥ったのみならず、社長でもあった祖父が一九〇四年に急逝したのである。母子はフラット（家賃の安い集合住宅）への転居を余儀なくされ、お坊ちゃん育ちのラヴクラフトに衝撃を与えた。

幸い、ホープ・ストリート・ハイスクールでは好成績を収めたのみならず、《サイエンティフィック・アメリカン》誌への太陽系の第九惑星（当時は未発見）についての投稿が掲載され、一六歳の頃にはローカル紙《ポータクシット・ヴァレー・グリーナー》と《プロヴィデンス・イブニング・トリビューン》で天文学のコラムを連載するようになり、「教授」のあだ名で一目を置かれるようになった。

この頃の彼の将来の夢は、地元のブラウン大学で天文学を専攻することだった。

しかし、一九〇八年頃からの心身症の悪化によって高校に通い続けることが困難となり、ラヴクラフトはこの夢を断念せざるを得なくなる。この学問的な挫折も、生涯にわたるコンプレックスとなった。

小説家への道

一九〇八年から一三年にかけて、彼は自宅に引きこもり、人目を避けて暮らしていた。悪友たちもそれぞれ社会に出て、疎遠になっていた。彼は親類との手紙のやり取りや、愛読していた《アーゴシー》《オール・ストーリー》誌の読者投稿欄に詩の形をとった批評を大量に投稿し、他の読者たちとの論争に時間を費やした。こうした投稿活動が、ラヴクラフトに新たな転機をもたらした。投稿を通じて知り合った人間の誘いで、ラヴクラフトはユナイテッド・アマチュア・プレス・アソシエーション（UAPA）という地元のアマチュア文筆家たちの集まりに参加した。時に一九一四年頃、この純粋培養で一匹狼の文筆家は、初めて「同好の士」を得たのである。会合に参加するのみならず、彼は手紙を介して緊密に連絡を取り合い、やがてアマチュア・ジャーナリズムの有力者となっていく。自分を病的に束縛する家族を持つラヴクラフトにとって、心おきなく他人と接する機会が久々に訪れたのである。

アマチュア・ジャーナリズムの世界での彼の八面六臂（ぴ）の活躍は、S・T・ヨシの『H・P・ラヴクラフト大事典』（邦訳はエンターブレイン）に詳しい。アマチュア・ジャーナリズム仲間のW・ポール・クックの勧めで、十代以来の小説作品となる「奥津城」「ダゴン」を執筆したのもこの時期である。

その後、一九一九年にイギリスの高名な幻想作家ロード・ダンセイニの作品に出会い、散文が詩に劣るというコンプレックスから脱却した彼は、いよいよ小説執筆に熱中した。ロード・ダンセイニはれっきとしたダンセイニ男爵領の後継者で、「一八世紀の英国紳士」を理想としていたラヴクラフトの憧れの存在となった。流麗な文体のみならず、ダンセイニがラヴクラフトに与えた影響の最大のものが「創作神話」の手法だろう。『ペガーナの神々』などの作品群を通して、ダンセイニはオリジナルの神々や地名をふんだんに用いた全く新しい神話を創出したのである。ラヴクラフトは、ダンセイニを見出す以前にも「北極星（ポラリス）」というダンセイニ風の作品を書いているので、こうした作品が元々、好みだったのだろう。ともあれ、頭の中でもやもやしていた世界をどのように文章として書き起こせばいいか知ったラヴクラフトは、この時期から一九二〇年にかけて、「セレファイス」「ウルタールの猫」など、幻夢境を舞台とする幻想的な作品を含む、実に一六篇もの短編小説を執筆している。

ラヴクラフトが迎えた次なる転機は、幸福であると共に不幸でもあった。一九二一年五月二四日、奇行が目立つようになっていた母スーザンが亡くなったのである。創作活動を除く私生活のあらゆる面を支配した母の死を彼は嘆き悲しんだが、これは同時に解放の瞬間ともなった。三年後、ラヴクラフトはあれほど愛したプロヴィデンスを去り、母が死んだ年に知り合った七歳年長の美しい未亡人と結婚して、周囲を驚かせたのである。短い間とはいえラヴクラフト夫人となったソニア・H・グリーンはユダヤ系のロシア人移民で、ニューヨークの服飾業界で働くキャリアウーマンだった。ラヴクラフトとは一九二一年、ナショナル・アマチュア・プレス・アソシエーション（NAPA）のボストン大会で知り合い、面長でやせぎすの容貌は気に入らなかったものの、彼の知性と博識、抜きん出た文才に魅力を感じ、親しく手紙をやり取りするようになった。コンプレックスに満ちた年下の友人を何かと気にかける内に、彼女の友情は愛情へと変化した。ラヴクラフトもまた、明るく活発で、文学や歴史へと向けられた彼の興味を共有してくれる彼女に特別な感情を抱くようになった。かくして一九二四年三月、彼はソニアのいるニューヨークへと家出同然で移り住み、セント・ポール教会で結婚式をあげたのである。

最初のうち、ニューヨークはラヴクラフトにとっては魅力的な街だったようだ。ニューヨーク市立図書館など、歴史ある古い建物がラヴクラフトを魅了し、夜になると友人と共に植民地時代の面影を残す家を探し回るようなこともあった。結婚の前年に創刊された怪奇小説専門誌〈ウィアード・テールズ〉に寄稿するようになったものの、ラヴクラフトは余りにも寡作(かさく)で、年収一万ドルを稼ぎ出すソニアが家計を支えていた。とりあえずは幸福な生活も、ニューヨークでの事業が行き詰った彼女がオハイオ州に仕事を見つけるまでだった。友人たちのいるニューヨークを離れがたかったラヴクラフトは妻と別居し、家賃を浮かせるべくブルックリン地区に引っ越さねばならなかった。それによって、それまでは観光客のような気分で暮らしていたラヴクラフトの目に、騒がしい雑踏や地下鉄、彼の価値観では汚らしいスラム街といった、ニューヨークの「都会」的な部分が否応なく入り、彼の嫌悪感をかきたてた。

やがて一九二六年、妻の勧めもあってラヴクラフトは懐かしいプロヴィデンスへと帰還し、母親ほどではないものの過保護な叔母二人と同居するようになる。ラヴクラフトが、ニューヨークで暮らした二年を除き、その人生の大半を過ごしたニューイングランド地方——とりわけ生まれ故郷であるプロヴィデンスをどれほど愛しているか気づかされたのは、まさにこの「帰還」の時なのだろう。

ラヴクラフト夫妻が正式に離婚したのは、一九二九年のことである。

神話遊戯

　ラヴクラフト自身の創作神話の試みは、一九二二年執筆の「猟犬」から始まった。禁断の書物『ネクロノミコン』の著者としてアブドゥル・アルハズレッドの名前を出した最初の作品だが、アルハズレッドの名前自体は、その前年に執筆された「無名都市」で言及されていたのだ。以後、クトゥルー神話の骨子をなす作品世界の重要な構成要素が徐々に彼の作品中に現れ、時間を遡る形で一九一七年執筆の「ダゴン」も取り込まれることになった。これらの断片的な名称が有機的に結び付けられ、「神話」の片鱗をついに見せ始めたのが一九二六年執筆の「クトゥルーの呼び声」で、〈ウィアード・テールズ〉一九二八年二月号で読者の目に触れることとなる。この時点で既に、同誌には「ダゴン」「魔犬」「壁の中の鼠」などの作品が掲載されていて、読者たちの中には彼の作品中に現れる共通のワードに気づく者もちらほら現れ始めていた。「クトゥルーの呼び声」は奇しくも、宇宙から飛来した謎めいた神と、その崇拝者たちの存在が「発見」される物語である。小説というよりも、ドキュメンタリーに近い文章で、断片的に示される情報を寄せ集め、整合させる作業は読者に丸投げされていた。

　たとえば、語り手の亡くなった大おじとして「ブラウン大学のセム系言語の名誉教授ジョージ・ガマル・エンジェル」が登場する。ブラウン大学が実在することは読者にとって周知の事実なので、エンジェル教授は限りなく実在に近い人物として受け止められる。作中で言及されるスコット＝エリオットの『アトランティスと失われたレムリア』、フレイザーの『金枝篇』といった実在の書物の中に、さりげなく『ネクロノミコン』の書名が挙げられてもいる。いかにも本物らしい「新聞記事の切り抜き」などが積み重なり、それを読者が自分で考え、噛み砕きながら整理していくにつれて虚構と現実がシャッフルされ、実在しないはずのクトゥルー教団が、文章の向こう側から浮かび上がってくるのである。

ラヴクラフトはまた、自身の作品のみならず、彼が代作を請け負った他の作家の作品にまで、自分が創造したものだけでなく、友人の作品に登場するワードまでも勝手に挿入し、「神話」を拡張した。

そして、〈ストレンジ・テールズ〉一九三一年九月号に掲載されたクラーク・アシュトン・スミスの「妖術師の帰還」に『ネクロノミコン』の引用を見つけたとき、読者の好奇心は熱狂の域にまで高まった。「神話」はついに、他の作家の作品にまで広がったのである。

何かとんでもなく面白いもの、何かとんでもなく謎めいた秘密がそこにあった。

読者たちの期待はさておき、ラヴクラフトを中心とする作家たちの間に「共通の世界観」についての取り決めは存在しておらず、たとえばクラーク・アシュトン・スミスは、「妖術師の帰還」以後もたびたびラヴクラフトと設定を交換したが、事前に許可をとったり話を合わせたりするようなことは全くなかった。ラヴクラフト自身、設定を整理し始めたのは一九三〇年頃のことである。

ラヴクラフトと交流し、〈ウィアード・テールズ〉誌などに寄稿していた他の作家たちもまた、この「お遊び」に積極的に参加した。後年、『サイコ』などの作品でメジャー作家となったロバート・ブロックとラヴクラフトの作品を介した応酬こそは、彼らの「遊び」の本質を垣間見るのに最も役立つ事例だろう。〈ウィアード・テールズ〉の一九三五年九月号に掲載されたロバート・ブロックの「星から訪れたもの」という作品において、彼はプロヴィデンス在住の古典研究家が星空から飛来した怪物にむごたらしく殺される様を描いたのだが、当然ながらこの人物のモデルはラヴクラフトその人だった。流石(さすが)に気がとがめたのか、ブロックは執筆前にラヴクラフトに殺害許可を求める手紙を送った。これに対するラヴクラフトの返信がまたふるっている。ラヴクラフトは、ブロックが彼を作中で「描写し、殺害し、消滅させ、崩壊させ、美化し、変容させ、あるいは他の方法で扱うこと」を全面的に認める許可証を、公文書の文体と書式に則って作成し、送り返したのである。ラヴクラフトの「返礼」はそこで終わりはしなかった。「星から訪れたもの」で自分の分身が悲惨な死を迎えたことに気をよくしたラヴクラフトは、今度は「星から訪れたもの」の主役であるロバート・ブレイクという怪奇小説家（無論、ブロック自身の投影である）を、「闇の跳梁者」という小説で殺害し返したのである。

Ｈ・Ｐ・ラヴクラフトが一九三七年に亡くなった後、ブロックは、ブレイクの友人がラヴクラフト本人の助力を得て友人の死の真相に迫る「尖塔の影」を一九五〇年に発表し、亡き師への手向けとした。

多くの作家達にとって、この神話遊戯は真剣な創作活動ではなく、肩から力を抜いて楽しむことができる気楽な遊びであり、こうした作品を書くこと自体が互いに送るエールであり、親愛の情の証だった。

そうして生み出された作品群は、これらの作品を追いかける読者にとってもエキサイティングな娯楽となった。それは、たとえば「アーカム」といったような共通のキーワードをヒントに、作品から作品へとたどってゆく、旅のようなものである。愛好者のコミュニティが生まれ、情報収集と研究が行われ、設定の食い違いが検討される。そこから、創造者達の思いもよらぬ「新事実」が発見されたりもする。

この神話に憧れ、熱中する余り自ら作家として「参加」する者もいる。虚実は入れ替わり、作り手と読み手も入れ替わり、その全てが神話を形作り、膨らませてゆく。そんなゲームだった。

ラヴクラフトの死から八〇年が経過しているが、このゲームは現在もなお、ラヴクラフトに会ったこともない無数の作家や読者たちによって、連綿と継続されているのである。

「ダゴン」解説

一九〇八年、一八歳のラヴクラフトは、それまでに書いたエドガー・アラン・ポオ風の小説を全て愚作と断じて破棄してしまった。この時、「洞窟の獣」（一九〇四年）、「錬金術師」（一九〇八年）などを母親がとっておかなければ、怪奇小説家H・P・ラヴクラフトは誕生しなかったかも知れない。

というのも、アマチュア・ジャーナリズム仲間のW・ポール・クックが一九一七年にそれらを読んで感銘を受け、怪奇小説を書くよう熱心に勧めたのだ。かくして執筆されたのが「霊廟」（六月）と「ダゴン」（七月）なのである。「ダゴン」はその後、アマチュア文芸誌〈ヴァグラント〉一九一九年一一月号に発表され、後に創刊して間もない〈ウィアード・テールズ〉一九二三年一〇月号に掲載された。

一九一七年七月といえば第一次世界大戦も大詰めの時期で、つい三ヶ月前には米国がドイツ帝国に宣戦布告している。英国派を自認すると共にドイツ贔屓（びいき）だったラヴクラフトは、自らのアマチュア文芸誌〈保守派〉の一九一五年四月号に「今世紀の犯罪」と題するエッセイを発表し、進化の頂点に立つチュートン人の国である英独が、人種的な自殺に及ぼうとしていると慨嘆（がいたん）した。しかし、当時の彼は米国の参戦を強く主張し、ルシタニア号事件が題材の詩を作り、ドイツを支持したアイルランド系の同国人を攻撃してもいた。参戦の翌月に、ロードアイランド州兵に志願してもいる（母の干渉で不合格）。

本作の導入がドイツ帝国海軍の商戦襲撃なのは、当時の心情を反映しているのだろう。

「ダゴン」は、エドガー・アラン・ポオの「ナンタケット島出身のアーサー・ゴードン・ピムの物語」や、ジュール・ヴェルヌの海洋冒険小説からの影響をはっきりと窺える作品だが、太平洋上に浮上した陸地と、半人半魚の姿をした異形の怪物といった、クトゥルー神話の萌芽とも言える要素が既に現れてもいる。念頭にあったのは、作中でも触れているミルトンの叙事詩『失楽園』であることは間違いないが、もうひとつ重大な影響を受けた作品があった。当時、彼が愛読していた小説雑誌〈キャバリアー〉の一九一三年一月一一日号に掲載された、アーヴィン・S・コッブの怪奇小説「魚頭」である（邦訳は『別冊幻想文学 クトゥルー倶楽部』収録）。テネシー州とケンタッキー州にまたがるリールフット湖という架空の湖を舞台とするこの作品には、湖の主とも言える人食いナマズと人間のあいの子とも言える、近隣の住民からはフィッシュヘッド（魚頭）と呼ばれている怪人物が登場する。

「体こそ人間の体――背の低いがっしりした体軀――だが、顔は限りなく魚に近く、それでいてどこか人間らしさも残している」「どんぐり眼に黄色く濁った瞳。それも、はるか右と左に離れていて、瞬きもせずじっと見据えるところまで魚そっくり」「口はと言えば、これこそ最悪。あの醜怪なナマズの口そのもので、唇がなく、信じられないほど大きく耳まで裂けているのだ」（曾田和子・訳）

旧約聖書や『失楽園』のダゴンが上半身が人間、下半身が魚の姿であることを考えると、「魚頭」こそが本作の直接的な元ネタなのだろう。無論これは、後年の〈深きものども〉の原型でもある。

実のところ、本作の「ダゴン」は海の怪物の喩えでしかない。しかし、一九三一年の「インスマスを覆う影」で万魔殿に改めて取り込まれ、結果的に「クトゥルー神話最初の作品」となったのである。

なお、ラヴクラフトは本作について「きわめておぞましい種類の幻覚を伴う奇妙な偏執狂の分析」（一九一七年八月二七日付ラインハート・クライナー宛書簡）と書いており、ラヴクラフト研究家のS・T・ヨシは、ラストシーンで実際に怪物が語り手のもとを訪れたわけではないと分析している。

「神殿」解説

一九一九年、ロード・ダンセイニの作品と出会ったラヴクラフトは、水を得た魚のように小説作品を次々執筆した。翌一九二〇年は最も多作だった年で、「恐ろしい老人」「ウルタールの猫」「セレファイス」「ナイアルラトホテプ」など、実に一二篇が書かれている。本作の正確な執筆時期は不明だが、「ウルタールの猫」を書いた六月一五日よりも後、「セレファイス」を書いた一一月頭よりも前らしい。

その後、〈ウィアード・テールズ〉一九二五年九月号に掲載されるまで、長らく死蔵されていた。

「神殿」は「ダゴン」に続く第一次世界大戦時ものであると同時に、Uボート――ドイツ帝国海軍の潜水艦の漂流譚でもある。アトランティスらしき廃墟に到達するクライマックスは、本作がジュール・ヴェルヌの『海底二万リュー』と、ポオの詩「海底の都市」の影響下に書かれたことを物語っている。

「私は一二歳の時に科学なかんずく地理（後に天文学に取って代わられましたが）にたいそう興味を持つようになり、ヴェルヌの愛読者となりました。そのころ私は小説を書いており、私の作品の多くには不滅なるヴェルヌの文学的影響が見られました」

彼は、一九一六年一月二〇日付のラインハート・クライナー宛の書簡で、このように書いている。

ヴェルヌ作品の中でも、『海底二万リュー』は『地底旅行』に並んでラヴクラフトが特に気に入っていた作品であり、後年の作品である「狂気の山脈にて」からもその濃厚な影響が窺える。

さて、本作におけるノーチラス号とも言うべきU-29について解説しておこう。史実におけるU-29は一九一三年に進水したU-27型Uボートで、本作の出来事に先立つ一九一五年三月一八日、英国海軍の戦艦《ドレッドノート》の体当たりを受けて沈没している。そこは艦番号を継承した二番艦が存在したと解釈すれば良いが、問題は作中描写だ。ラヴクラフトは『海底二万リュー』の《ノーチラス号》のイメージで潜水艦を描写したようで、舷窓から外を覗いたり、探照灯を点して海底を目視するシーンがあるのだが、Uボートには周囲や海底を眺められるような舷窓がなかったのである（船体上部の中央に塔の如く聳える艦橋に小さな窓があったらしいが、U－27型では未確認）。Uボートが常に潜航しているわけではなく、主に水上航行で移動することを、彼は知らなかったのかもしれない。

また、現実のU－29のテスト深度は五〇メートル。当時の帝国海軍は設計上の限界深度の半分でテストを行ったということなので、深海（広義には水深二百メートルより深い海）の水圧に耐えられるかどうかは疑わしい。このあたりのリアリティに突っ込むのは野暮ではあるが、話の種として紹介した。

なお、ラヴクラフトは一九二七年の秋にアドルフ・デ・カストロのために代作した「最後のテスト」にもアトランティスの魔術師スラマを登場させている。本書収録の「墳丘」でも、クトゥルーやシュブ＝ニグラス、イグなどを崇拝していた古代の大陸としてアトランティスの名前が挙がるので、彼の作品世界においてアトランティス大陸がかつて存在していたことは間違いないようだ。ただし、ラヴクラフト自身はその実在を信じておらず、詩人エリザベス・トルドリッジ宛の一九二八年一一月二〇日付書簡に「人類の歴史の遥か以前、大西洋に大陸が存在したという話は、私にはひどく疑わしく思われます。どこかで人の住む大陸が沈んだにせよ、それは太平洋のことだったでしょう」と書いている。

ちなみに、『クトゥルフ神話ＴＲＰＧ』では、サプリメント『クトゥルフ・ナウ』のシナリオ「海底の都市」が初出の神性グルーン Gloon が、本作に垣間見える月桂冠を戴く青年の正体とされる。

「マーティンズ・ビーチの恐怖」解説

一九二二年の春、ラヴクラフトはナショナル・アマチュア・プレス・アソシエーション（NAPA）のボストン大会で知り合って以来、親しく手紙を交換していたソニア・H・グリーンの勧めで、友人たちに会うためにニューヨークの彼女のアパートに宿泊した（ただし、ソニア自身は隣人宅へ）。

二人はさらに、六月二六日から七月五日にかけてマサチューセッツ州のマグノリアとグロスターに滞在した。「マーティンズ・ビーチの恐怖」は旅行中にソニアが構想し、後にラヴクラフトが全面的に改稿した作品で、現在は彼の作品に数えられている。〈ウィアード・テールズ〉一九二三年一一月号の掲載時は「見えない怪物 The Invisible Monster」というタイトルだったが、一九八九年にアーカムハウスから刊行された新訂版『博物館の恐怖とその他の添削作品集』で、構想時のタイトルに改められた。

マサチューセッツ州北部からメイン州南部にかけての東海岸沿いは、海の怪物が幾度も目撃されてきた土地だった。未知動物学の提唱者であるバーナード・ユーベルマンスは、一七七七年から一八七七年にかけて一一七件もの大海蛇（シー・サーペント）の目撃談を確認したが、その殆どがこのあたりに集中するのだという。

大海蛇にまつわる最初の記録は、一七世紀に遡る。植民地時代の一六三八年、ジョン・ジョスリンという人物がグロスター港にあるケープアンの岩の上で、とぐろを巻いた大海蛇が目撃されたという記録を残している。ケープアンは、ラヴクラフトが「祝祭」「霧の高みの奇妙な家」などの作品の舞台とした架空の港町キングスポートにおける、荒涼とした岬のモデルとなった場所である。

大海蛇の目撃は一八世紀以後も目撃が続き、一七九三年八月三日付の〈セイラム・ギャゼット〉紙には、メイン州のマウント・デザート島から一〇リーグほどの沖で、巨大な大海蛇を目撃したというクラブトリー船長の目撃談が載っている。水上六フィートか八フィートほどの高さに頭をもたげた大海蛇は、首回りの太さがおよそ一バレル。体の色は焦茶色で、少なく見積もっても体長五五から六〇フィートはあったということである。一八一七〜一九年には、グロスター港に再び大海蛇が出現し、数百人の人々によって同時に目撃された。この時、怪物はグロスター港のみならず、少し南のナハント湾にもたびたび出没した。その後、おとなしい性質らしいことがわかったので、早速かけられた報奨金を目当てにナハントでも屈強の捕鯨船員たちが怪物の拿捕に乗り出したが、どういうわけか大海蛇には傷ひとつつけられなかったという。ナハントの年代記によれば、大海蛇の体は七十四門艦のメインマストほどの長さがあり、その頭部は長い毛に覆われていたという。なお、ある英国人がこの怪物に発砲しようとしたところ、災いをもたらすということで先住民に制止されたという逸話もある。

『マサチューセッツ州エセックス郡リンの歴史』という歴史書にも、ナハントの近くにある港町リンの沖合い、エッグ・ロックという小島のあたりで大海蛇が目撃されたという、一八七五年の出来事が紹介されている。大海蛇の体は黒く、直径二四〜三〇インチほどのトカゲのような頭部があった。恐竜の生き残りだと噂され、一一月には近くのスワンプスコットでも似たような個体が目撃されたという。

ラヴクラフトとソニアの二人はグロスターの歴史協会を訪れて、おそらく一八一七年時の事件のことを知り、近くの浜辺を歩きながら催眠能力を持つ海の怪物について語り合ったのだろう。そして、この大海蛇の物語が、かつて太平洋（「ダゴン」）や大西洋（「神殿」）を舞台に描いた海洋恐怖譚を、地元であるニューイングランド地方に引き寄せるきっかけになったように思われる。

「クトゥルーの呼び声」解説

「クトゥルーの呼び声」は、三年間のニューヨーク生活（妻との同居はその内九ヶ月）を終え、故郷プロヴィデンスに戻ってから数ヶ月後、一九二六年八月ないしは九月に執筆された。構想自体はニューヨーク時代のもので、一九二五年八月一二日～一三日付の日記にプロットを書き上げたとの記述がある。ロードアイランド州のプロヴィデンスが舞台で、作中の住所や建物は全て実在のものである。のみならず、エンジェルやウェイランドなどの人名もプロヴィデンスの地名（地元の名士の名前が由来）から採られ、地震も実際の出来事である。物語の発端となるウィルコックスのエンジェル宅訪問は一九二五年三月一日――ラヴクラフトがまだニューヨークに住んでいた時期だった。あるいはラヴクラフトは、この物語によって不在中のプロヴィデンスのカレンダーを埋めようとしたのかも知れない。

本作は、ラヴクラフトがそれまでの作品に播いてきた「神話」の種――「ダゴン」では深海に潜む人類の脅威を、「無名都市」ではアブドゥル・アルハズレッドの二行連句を、「猟犬」では『ネクロノミコン』を――が一斉に芽吹き、結合した作品である。彼がよく創作に取り込んだ明晰夢や、感銘を受けた他作家の作品、そして人類史以前の太古の時代や海洋に沈む大陸、墓場や洞窟への憧れの集大成という意味でも、ラヴクラフト作品の見本とも言うべき「代表作」だった。しかし、〈ウィアード・テールズ〉の編集長だったファーンズワース・ライトは、一九二六年一〇月に送られた本作を採用せず、他誌でも不採用に終わってしまう。しかし、ラヴクラフトに会うべくプロヴィデンスに向かう途上、ライトに会ったドナルド・ウォンドレイ（後にA・W・ダーレスと共にアーカムハウスを立ち上げた人物）の説得で、

〈ウィアード・テールズ〉一九二八年二月号に掲載される運びとなったのである。

なお、ロバート・H・バーロウ宛一九三四年五月一一日付の書簡に付された、本作に登場する彫像を描いたラヴクラフト自身のスケッチによって、クトゥルーはどうやら三対の眼を持つらしいことが判明した。

明らかに「ダゴン」のリメイク作品であり、地震や噴火などで隆起した陸地や、深海の巨大な怪物などのテーマを引き継いでいる。そこに浅浮彫という要素が入り込んだのは、一九二〇年頃に見た、ある夢が関係している――ある男が造りたての浅浮彫を引き取って欲しいと博物館を訪れ、新しいものは不要と老学芸員に断られる。男が「夢は瞑想にふけるスフィンクスや、庭園に取り囲まれたバビロンよりも古いのです」と言い募って作品を見せると、老人は恐ろしげに男の名前を問い詰める。男は名乗るのだが、老人は重ねてこう質問するのだった。「違う――それ以前の名前を聞きたいのだ」

以下に挙げる三つの作品も、「クトゥルーの呼び声」の下敷きになっている。

一つ目は、一九二二年頃に読んだギイ・ド・モーパッサンの「オルラ」である。語り手がオルラと名付けた不可視の怪物がブラジルのサンパウロ地方を脅かし、人々を狂気と衰弱に陥れるという短編で、ラヴクラフトはこの怪物を人類に取って代わろうとする地球外生命体の群れと解釈した。

二つ目は、アーサー・マッケンの「黒い石印」。六十石と呼ばれる石を崇拝するウェールズ地方の矮人族の秘密を追う物語で、新聞記事などの断片的な情報が徐々に結びつく進行は「クトゥルー〜」の先駆けである。きわめつけは、全ての謎の鍵となる、読み方のわからない「IXAXAR」という言葉だ。

三つ目は、エイブラム・メリットの「ムーン・プール」（一九一八年）で、本作以後のHPL作品でよく言及されるポナペ島が舞台の作品だ。月の扉が傾く時、驚異と恐怖の地底世界への入り口が開くという筋も「クトゥルー〜」「永劫より出でて」の巨大な落とし戸を想起させられる。あるいは、この作品で言及される「父祖よりもずっと昔に統治していた強壮なる王」、シャウ＝テ＝ルー Chau-te-leur（これ自体はポナペの伝説的な王の名前）という言葉こそが、クトゥルーの名のモチーフなのかもしれない。なお、メリットは後に、タコの姿の邪神カルク＝ルを『蜃気楼の戦士』に登場させている。

最後に、神智学の影響がある。神智学者W・スコット＝エリオットの『アトランティスと失われたレムリアの物語』がHPLの主な情報源だったが、スコットランドの民俗学者ルイス・スペンスの水没大陸にまつわる著作も読んでいたようだ。ちなみに、本作で言及される「不死の中国人たち」は、神智学協会の創設者H・P・ブラヴァツキーを霊的に指導したというチベットの大師（マハトマ）たちのことである。

「CTHULHU」の読みについては、当時から議論されてきた。前述のウォンドレイは、ラヴクラフトから直接聞いた話として、「K-Lütl-Lütl」が正確な発音とした。しかし、ラヴクラフトはドウェイン・ライメル宛ての一九三四年七月二三日付の書簡でウォンドレイ発言を否定し、以下のように説明する。

「CTHULHUという文字は、エンジェル教授が若き芸術家ウィルコックスから聞いた夢の中の名前を表すために（無論、大雑把で不完全ですが）取り急ぎ工夫したものに過ぎません。実際の発音は――人間の器官で発声しうる限りでは、Khlûl'-hlooのような具合になるでしょう。uの発音は、fullのuの発音とそっくりで、大一音節のhは不明瞭な喉音を表しているのですから、第一位音節の発音はklulとさして変わりません。第二音節はうまく表現できませんね――このlの音を例示できないのです」

ウィリス・コノヴァー宛の一九三六年八月二九日付書簡では、「Cluh-luh」とも書いている。東京創元社版『ラヴクラフト全集』が「クルウルウ」表記にしているのは、これらの書簡が根拠だろう。

しかし、彼が書簡中で説明しているのはあくまでも「本来の神名」であって、エンジェル教授が便宜上使用した「CTHULHU」という当て字の読みではないということは、どうにも見落とされがちだ。

今日、英語圏における標準的な「CTHULHU」の読みは、「クトゥルー」と「クゥルー」の中間あたりである。「CTHULU」の誤字が商業刊行物上で頻出し、スペイン語圏ではもっぱらその表記が使われていることからも、国際的な流れとして、LHUのHが省略される傾向にあることは明白だ。

日本での「クトゥルフ」表記は東京創元社版『ラヴクラフト傑作集（全集）』の「クトゥルフの呼び声」が初出だが、TRPG"Call of Cthulhu"の日本語版発売の際、ゲームデザイナーのサンディ・ピーターセンが吹き込んだテープの発音「kuh-THOOL-hoo」に基づき「クトゥルフ」表記を採用したことで広まったものだ。ただし、現在のケイオシアム社の推奨発音は「kuh-THOO-loo」で、他ならぬピーターセン自身も最近は「クトゥルー」「クトゥルフ」を併用していることが確認されている。

クトゥルー神話は、国籍と無関係に共有・接続できるワールドワイドな作品群であり、日本の作品もどんどん海外に発信していきたい――そのような考えから、本書では「クトゥルー」表記を採用した。

「墳丘（ふんきゅう）」解説

本作は、一九二九年一二月から一九三〇年一月にかけて執筆された、ズィーリア・ブラウン・リード・ビショップのためにラヴクラフトが代作した、オクラホマ州を舞台とする小説の二作目で、一九二八年執筆の「イグの呪い」からは、先住民族の蛇神イグと一部の登場人物を引き継いでいる。

いささか長過ぎると思われたのか、〈ウィアード・テールズ〉は当初、この作品を不採用にした。その後、ビショップ（ラヴクラフトは彼女をリードと呼んだ）のエージェントであったフランク・ベルナップ・ロング（ラヴクラフトの友人で、クトゥルー神話作家でもある）が物語を短く刈り込み、その短縮版をさらにオーガスト・W・ダーレスが改稿して、ようやく〈ウィアード・テールズ〉一九四〇年一一月号に掲載される運びとなった。しかし、本来の無削除版は一九七〇年にアーカムハウスから刊行された『蝋人形館の恐怖とその他の添削作品集』に掲載されるまで、長らくお蔵入りの状態だった。

ビショップのアイディアでは、墳丘にインディアンの夫婦の亡霊が取り憑いているという単純なゴースト・ストーリーだった。舞台となるビンガーは実在の町で、近く――というには少々離れているが、頭部のない女性の幽霊が出ると噂されたゴースト・マウンドと、インディアンの襲撃を受けた入植者の女性が死ぬ前に財宝を隠したという伝説があるデッド・ウーマン・マウンドも現実に存在する。作中の墳丘はこれらの折衷だろうが、ビショップの勘違いなのか、意図したものなのかはわからない。

ともあれ、ビショップの構想を聞いたラヴクラフトは、それをそのまま小説にした場合、「耐えがたいほど単調で無味乾燥なもの」（エリザベス・トルドリッジ宛一九二九年一二月一〇日付書簡）になると考え、アトランティスとレムリアが先史時代に海底に沈んだ時に地上世界と断絶した、頽廃的な地底種族が棲んでいる地底世界への入り口がその墳丘なのだと設定した。この時、彼の念頭にあったのが、少年時代から愛読していたジュール・ヴェルヌの『地底旅行』であることは当時の書簡からも明らかで、物語の途中から絡んでくる一六世紀のスペイン人冒険家のエピソードは、一六世紀の錬金術師アルネ・サクヌッセンムの暗号文書が『地底旅行』の導入となったことへのオマージュなのだろう。

アトランティスやレムリアと結び付けられたことで、必然的にクトゥルーにまつわる神話大系に絡め取られることとなった「墳丘」は、同時にクラーク・アシュトン・スミスの作品世界と接続された作品でもある。スミスが一九二九年末に執筆した「サタムプラ・ゼイロスの物語」が初出のヒュペルボレイオス大陸の邪神、ツァトーグァをしれっと混ぜ込んだのだ。ラヴクラフトは、ツァトーグァについては「墳丘」及びその後に執筆した「闇に囁くもの」などの作品や書簡中で好き勝手に設定を追加したのみならず、他の作家宛の書簡でツァトーグァを登場させるよう奨励した。この引用について、ラヴクラフトはスミス宛の一九二九年一二月一九日付書簡で報告しているが、事後承諾すら求めなかった。

「ツァトーグァには大いに想像を掻き立てられましたので、現在携わっている「添削」(要するに「代作」です)の仕事でツァトーグァを使っています。ツァトーグァがまだ地球上に出現していない頃の、ツァトーグァ崇拝にまつわる事柄を書いているのです」

なお、「墳丘」において、クトゥルーらの神々が眠りについた原因を、宇宙からの別の神々の侵略とする新設定が提示されたことも注目に値する。何しろ、A・W・ダーレスのいわゆる旧神設定の初出である「潜伏するもの」は、本作よりも一年以上後の、一九三一年の夏に書かれたのだから。

「インスマスを覆う影」解説

本作は、一九三一年の一一月から一二月にかけて執筆された。この年の前半、ラヴクラフトは大きな失望を味わっていた。二月から三月にかけて執筆した「狂気の山脈にて」は、ポオやヴェルヌに憧れ、極地探検の記録を漁（あさ）った少年期からの夢である、南極大陸が題材の渾身（こんしん）の作品だったが、「長すぎる」「容易に分載できない」「いかにも作り話という感じがする」という理由で不採用となったのだ。のみならず、彼が心の底より敬愛するロード・ダンセイニの作品集の刊行元である、ニューヨークの大手出版社G・P・パトナムズ・サンズ社で動いていた作品集刊行の話が流れてしまったのである。ラヴクラフトの失意の大きさは、友人たちに書き送った書簡の中からも窺える。一時は筆を折ることすら匂わせていた彼が、新作を書き上げるまでに立ち直った背景には一体、何があったのだろうか。

第一の出来事は、年少の作家から幾つかの作品が送付されてきたことだった。

ウィスコンシン州ソーク・シティに生まれたオーガスト・ウィリアム・ダーレスは、ラヴクラフトよりも一九歳年下の血気盛んな若手作家である。大学卒業後、ミネソタ州での出版社勤務を経て一九三一年の夏に帰郷したダーレスは、高校時代の文学仲間マーク・スコラーと共同で「潜伏するもの」「モスケンの大渦巻き」「湖底の恐怖」などを書き上げた。「潜伏するもの」は当初「エリック・マーシュ」というタイトルだった。双子の邪神ロイガーとツァール、彼らを崇めるチョ＝チョ族などに加え、現在、旧神と呼ばれる邪神の敵対者が最初に登場した作品でもある。彼らは早速〈ウィアード・テールズ〉に原稿を送るも、結果は不採用。余りにもラヴクラフト的だというのが、理由の一つだった。

ラヴクラフトはこれらの作品を絶賛し、編集長の不見識を罵った。ダーレスとのやり取りと同時期に別の作家に宛てた書簡で、ダーレスについて前途有望な作家だと繰り返し太鼓判を押していることは、彼の賛辞がお世辞ではなかったことを意味している。若手の作品に刺激されたラヴクラフトは、再び筆を執る意欲を取り戻したのだ。ラヴクラフトは「エリック・マーシュ」のための新タイトルや設定を提案、チョ＝チョ族を自作品に登場させることを約束した。この約束は後に「時間からの影」「蝋人形館の恐怖」で果たされた。なお、「インスマスを覆う影」には〈深きものども〉を退けるオールド・ワンズのサインなるものが登場するが、これは「潜伏するもの」の旧神の旧き印（エルダー・サイン）（原文ではグレート・オールド・ワンズとエルダー・ゴッズ）、「モスケンの大渦巻き」「湖底の恐怖」の旧き印を採用したものらしい。

第二の出来事は、一九三一年秋のニューベリーポートへの旅行である。ニューベリーポートは、マサチューセッツ州エセックス郡の北東に位置する小さな港町だ。かつては東海岸の造船業の中心地として大いに繁栄した港町だが、二〇世紀に入る頃には産業が退潮し、すっかり寂れてしまっていた。そして、この町の荒涼たる雰囲気を大いに楽しんだラヴクラフトは、新たな作品の着想と、アーカムでもニューベリーポートでもない新たな町の設定を思いついたのである。

訳注でも少し触れたが、作中に登場するニューベリーポート歴史協会の事務所は、ラヴクラフトの訪問時にはハイストリート一六四番地のペティンゲル＝フォーラー・ハウスにあった。また、マヌセット川のモチーフなのであろうメリマック川の河口にはブラック・ロック（黒い岩）と呼ばれる釣りの名所として知られる岩礁があって、「悪魔の暗礁」のモチーフはここだと考えられている。ニューベリーポートのグリーンストリート三一番地にはフリーメイソン会館があるが、この建物は一九二八年に建てられたばかりで、ダゴン秘儀教団に漂う古めかしい雰囲気にはそぐわないかもしれない。

なお、ニューベリーポートの南東にあるグロスターという漁師町も、やはりインスマスのモチーフだと考えられている。この町の在郷軍人会記念会館は、本作でラヴクラフトが描写したフリーメイソン会館の外見を思い起こさせる、朽ちた木造の建物だ。また、ミドルストリート四九番地には、サージェント=マレー=ギルマン=ハフ・ハウスというハウス・ミュージアムが存在する。

ちなみに、地名としての「インスマス」初出は一九二〇年一一月執筆の「セレファイス」で、トレヴァー・タワーズと呼ばれる場所の近くにある英国の海沿いの土地とされていた。なお、トレヴァー・タワーズについては、長編作品「未知なるカダスを夢に求めて」でコーンウォール半島にあることが示されている。英語で「口」を意味する「-mouth」が末尾につく地名は河口の町に多く、コーンウォール半島にはファル川河口のファルマスと、半島の付け根に位置するデヴォン州のプリム川河口の港湾都市プリマスがある。デヴォン州は父方のラヴクラフト家の出身地で、ラヴクラフトの思い入れが深い土地である。また、一六世紀の大航海者フランシス・ドレーク卿の母港はプリマスであり、彼は一五八一年に同市の市長となっている。ラヴクラフトの念頭にあったのは、これらの町なのかもしれない。

なお、「セレファイス」に続いて、一九二九年一二月二七日から翌年一月四日にかけて執筆した三五篇のソネット（一四行詩）からなる連作詩集「ユゴスの茸(くさびら)」、その第八詩「港」と第一九詩「鐘」にも、アーカムから一〇マイルほど離れた鐘楼のある谷間の町として「インスマス」の名が使われている。

この「ニューイングランド地方のインスマス」を完成させたのが、ニューベリーポートだったのだ。

ラヴクラフトの友人たちの尽力により、膨大な書簡のみならず、プロットやアイディアを書きとめた構想メモも保存されている。その中の、「人間の先祖である両棲類種族（科学的方法によって先祖帰りする）」にまつわる一九二四年のメモと、「ニューイングランド沖の荒涼たる島々を侵略の前哨基地とする地球外生物」にまつわる一九二八年のメモが、「インスマスを覆う影」の原型なのだろう。

本作の執筆にあたり、ラヴクラフトがインスパイアされた作品が幾つかある。たとえば、「ダゴン」の解説でも触れた「魚頭」だ。異人種間の混血に常より嫌悪感を抱いていたラヴクラフトは、一九二〇年の「故アーサー・ジャーミンとその家系に関する事実」でもこのテーマを扱った。次に、一九〇四年刊行のロバート・W・チェンバースの"In Search of the Unknown"。ニューヨークの動物園で働く主人公が絶滅種や未知生物を探索するという物語で、ニューヨークから列車と船で北に三日ほど旅したところの（位置的にニューイングランド地方?）ブラック・ハーバーなる入江に巣食う、ハーバー・マスターという半魚人が登場する。なお、この作品はどうやら映画『大アマゾンの半魚人』の元ネタらしい。

他に、インスマスを歩き回る語り手が、異形の住民たちからじっと見張られている感覚、やがて主人公の呪わしい血統が明かされていく下りには、やはりラヴクラフトが絶賛しているアルジャーノン・ブラックウッドの「いにしえの魔術」からの影響が感じられる。数百年前まで悪魔崇拝が行われていた町の住民たちが、人間とも猫ともつかない姿となり、狂宴に身を投じていくという物語で、主人公がそこを訪れたのも偶然ではなく、どうやら先祖の記憶に導かれたらしいことが示唆されるのである。

最後にもう一つ――「インスマスを覆う影」には、いったん書き進めた後に破棄された未定稿が現存する。本編の末尾に併せて訳出したので、決定稿との違いを比べてみて欲しい。

「永劫より出でて」解説

本作は、ヘイゼル・ヒールドのためにラヴクラフトが代作した五本の作品の三番目で、一九三三年八月に執筆され、〈ウィアード・テールズ〉一九三五年四月号に掲載された。ロバート・H・バーロウ宛の一九三五年四月二〇日付の書簡によれば、ヒールドの寄与は「頭脳だけが生きている古いミイラ」というアイディアのみで、例によって限りなく百パーセントに近いラヴクラフト作品なのである。

「ダゴン」「クトゥルーの呼び声」のセルフパロディとも言うべき物語構造の、ラヴクラフトが連綿と書き継いできた〈南太平洋＝クトゥルー〉サイクルの環を閉じる最後の作品だが、後段のシュブ＝ニグラスの神官トゥヨグの物語は、夢幻境を主な舞台とする初期のダンセイニ風作品群や、クラーク・アシュトン・スミスが展開していた古代ヒュペルボレオス大陸の物語を彷彿とさせる。

（撮影：高家あさひ）

なお、本作の主要な舞台であるキャボット博物館だが、ボストンの高級住宅街であるビーコン・ヒルにはモチーフになっていそうな博物館が存在しない。ただし、「アーチが高く聳えたつ廊下」という作中描写はこの地区の建物の特徴と一致するので、特定のモチーフがある可能性は高い。候補としては、ビーコン・ヒルの南西、コモンウェルス・アヴェニュー15番地のウィリアム・ダドリー・ピックマンの邸宅（訳注3参照）が挙げられる。

特筆すべき点として、それまでの作品ではレムリアだった太平洋の水没大陸が、「ムー」（訳注17参照）に変更されたことがある。クトゥルーへの言及こそないが、「墳丘」においてレムリア大陸で崇拝されたというイグとシュブ＝ニグラスの名前があるので、同じ大陸を想定したと考えて良いだろう。

ラヴクラフトがムー大陸を持ち出したのは、彼が一九三〇年代にプロットを提供したH・S・ホワイトヘッドの「挫傷」が最初で、一九三二年の「銀の鍵の門を抜けて」にもムー大陸と関係の深いナアカル語というワードが使われている。時期的に考えると、ラヴクラフトは一九三一年刊行のジェームズ・チャーチワードの『失われたムー大陸』の再刊本を読み、早速それを取り込んだのだろう。

実際、レムリア大陸は神智学の文脈でこそ太平洋の古代大陸とされているが、本来は一九世紀英国の生物学者フィリップ・スレイターが、キツネザルの一種であるレムールがインドネシアやスリランカ、スマトラなどの島々だけでなく、遠く海を隔てたアフリカやマダガスカルにも棲息していることから思いついた、古代インド洋の仮想大陸なのである。それに比べると、「母なる大陸」を意味する言葉であるという「ムー」の方がラヴクラフトにとってしっくりきたであろうことは、想像に難くない。

一九三六年からラヴクラフトと文通を始めたＳＦ作家ヘンリー・カットナーは、〈ウィアード・テールズ〉一九三七年五月号掲載の「セイラムの恐怖」を皮切りにクトゥルー神話作品を手がけるようになった。彼の「侵入者」では、ヴォルヴァドスとイオドという神々が、ムー大陸でクトゥルー、イグなどと共に崇拝されたと設定している。また、クトゥルー神話を体系化したリン・カーターは、ガタノソアの石化能力からゴルゴーン三姉妹を連想、イソグサ、ゾス＝オムモグを加えた三神をクトゥルーの息子と設定し、ムー大陸ものの連作短編（『クトゥルーの子供たち』（エンターブレイン））を執筆した。

「挫傷」解説

ヘンリー・セントクレア・ホワイトヘッドは、H・P・ラヴクラフトとほぼ同時期のアメリカで活動し、〈ウィアード・テールズ〉〈ストレンジ・テールズ〉などの雑誌上に作品を発表していた、ラヴクラフトより八歳年長の作家である。

両者は一九三一年に手紙をやりとりするようになり、ラヴクラフトは同年の五月から六月の三週間にわたり、フロリダ州のホワイトヘッド邸に滞在したことが知られている。ラヴクラフトは、オーガスト・W・ダーレスなどに宛てた手紙の中で、ホワイトヘッドの「罠」(東京創元社『ラヴクラフト全集 別巻上』)という作品の大部分を書いたのが自分だと報告している。

ホワイトヘッドは一九二〇年代を通してヴァージン諸島で働いており、現地でゾンビにまつわる逸話を含む民間伝承を蒐集、これを参考に怪奇小説を執筆した。一九二六年に彼が発表した「ジャンビー」(邦訳は国書刊行会、一九七七年)は、ゾンビをテーマとする最も早い時期の作品のひとつである。

あるいはホワイトヘッドは、ラヴクラフトにもゾンビの伝承について教えていたのかも知れない。一九三五年、ラヴクラフトは「墓を暴く」と題するドゥウェイン・W・ライメルとの合作において、ゾンビの伝説を題材にした。一九二九年に刊行され、欧米社会にブードゥ教とゾンビについて(いささか偏った情報を)を広めたウィリアム・シーブルックの"The Magic Island"も参照したと思われるが、ホワイトヘッドからも何かしらの知識を得たと考えるのが自然だろう。

残念ながら、ホワイトヘッドは一九三二年一一月に急逝したため、両者の交流期間は非常に短いものとなった。彼らの合作である「罠」についてもラヴクラフトの死後、アーカム・ハウスから一九四六年に刊行されたホワイトヘッドの作品集“West India Lights（西インドの光）”においてようやく陽の目を見ることになったのだ。さて、この“West India Lights”に、“Bothon（ボソン）”のタイトルで同じく掲載されていたのが、ホワイトヘッドの生前には未発表であった本作である。

ラヴクラフトは生前、「罠」の他に“The Bruise（挫傷）”というホワイトヘッドの小説の改稿を手伝ったと、書簡中で触れていた。ホワイトヘッドの初期稿は、頭部に挫傷を負った主人公が、奇妙な幻視・幻聴に悩まされるようになったという筋立てはそのままだが、地味過ぎるとして〈ストレンジ・テールズ〉誌からボツにされていた。ラヴクラフトは二万年前の太平洋にあったというムー大陸の滅亡にまつわる祖先の記憶を主人公が再体験しているというプロットを彼に提供したのだが、ホワイトヘッドの死によって、その作品が最終的に完成したかどうかは知らなかった。

本作は、アトランティス大陸やムー大陸といった、失われた古代大陸を題材にした作品だが、折しも二人が親しく交流していた一九三〇年代の初頭、ラヴクラフトが太古の太平洋に存在したという水没大陸に強い関心を抱いていたことについては、既に「墳丘」「永劫より出でて」の解説で触れている。

また、作中に登場するグヤア＝フアという奴隷生物が、前年に彼がズィーリア・ビショップのために代作した「墳丘」に登場するグヤア＝ヨスンを彷彿とさせることも、訳注でも触れた通りである。

ラヴクラフトらが紡いだレムリア＝ムー・サイクルを継承し、〈ゾス神話群〉をこしらえたリン・カーターは、『クトゥルーの子供たち』（エンターブレイン、二〇一四年）収録の「赤の供物」に、「ムー人が奴隷や従者として使役するけだものじみた亜人間」としてグヤア＝フアを登場させている。

年表

年表の記載事項は史実並びにラヴクラフトの主要作品に基づく。本書の収録作については行頭に番号を付す。
1ダゴン　2神殿　3マーティンズ・ビーチの恐怖　4クトゥルーの呼び声
5墳丘　6インスマスを覆う影　7永劫より出でて

四六億年前――地球誕生はこの頃とされている。
一〇数億年前―樽型異星人が南極大陸に到来。
三億五千年前―クトゥルーとその眷属が暗黒の星々より到来。
三億年前――クトゥルーが眠りにつく。
二億五千年前～一億五〇〇〇年前――〈ユゴスよりの菌類〉の到来。
二億二千五百万年前以前――〈偉大なる種族〉がオーストラリア大陸の円錐状生物の肉体に転移。
五千万年前――〈偉大なる種族〉が円錐状生物の肉体を去る。
紀元前一七三一四八年頃?――7赤い月の年。シュブ＝ニグラスの神官トヨグがヤディス＝ゴー山へ向かう。
七三〇年頃――アブドゥル・アルハザード、『アル・アジフ』を執筆。
九五〇年――テオドラス・フィレタス、『アル・アジフ』を『ネクロノミコン』の表題でギリシャ語に翻訳。
一〇五〇年――総主教ミカエルが『ネクロノミコン』の出版を禁止、焚書に処す。
一二二八年――オラウス・ウォルミウス、『ネクロノミコン』をラテン語に翻訳。
一二三二年――教皇グレゴリウス九世によって『ネクロノミコン』のギリシャ語版、ラテン語版が禁書となる。
一二四〇年――ガスパール・デュ・ノール、ギリシャ語版『エイボンの書』をフランス語へと翻訳。
一五世紀――ラテン語版『ネクロノミコン』がおそらくドイツで印刷される。
一六世紀――ギリシャ語版『ネクロノミコン』がイタリアで印刷される。

一六世紀――英国のジョン・ディーが『ネクロノミコン』を英訳する。
一五二一年――スペイン帝国が新大陸にヌエバ・エスパーニャ副王領を設立。
一五三二年――5スペイン人パンフィロ・デ・サマコナ、新大陸に渡る。
一五三七年――修道士マルコス・デ・ニサが黄金都市シボラを垣間見たと考える。
一五四〇年――5スペイン人探検家フランシスコ・バスケス・デ・コロナド・イ・ルヤン、黄金都市の探索に出発。
一五四一年――ルートウィヒ・プリン、獄中で『妖蛆の秘密』を執筆。
5一〇月七日、サマコナ、コロナドの遠征隊から抜け出し、南へと向かう。
一五四二年――スペイン人探検家アルバル・ヌーニェス・カベサ・デ・バカ、見聞録を出版する。
一七世紀――ラテン語版『ネクロノミコン』が、おそらくスペインで印刷される。
一六三八年――グロスター港のケープアンで、とぐろを巻いた怪物が目撃される。
一六九二年――新大陸マサチューセッツ湾植民地のセイラム村（現ダンバース）を起点に、魔女裁判事件が発生。
一六九三年――コットン・マーザーの『不可視の世界の驚異』刊行。セイラムの魔女裁判への言及。
一七九三年――メイン州のマウント・デザート島の沖で巨大な怪物が目撃される。
一八一七～一九年――グロスター港、ナハント湾で怪物が度々目撃される。
一八一九年――7マサチューセッツ州ボストンにてキャボット考古学博物館が設立。
一八三八年――6東インド諸島のとある島の住民が消失。その後、マサチューセッツ州インスマスのオーベッド・マーシュ船長が、悪魔の暗礁において〈深きものども〉と接触する。
一八三九年――フリードリヒ・ヴィルヘルム・フォン・ユンツトの『無名祭祀書』がドイツで刊行される。
一八四〇年――フォン・ユンツトが怪死する。
一八四五年――英語版『無名祭祀書』がロンドンで刊行される。
一八四六年――6インスマスにて伝染病が流行。同じ年にダゴン秘儀教団が設立。

一八六八年――ジェームズ・チャーチワードが、インドの高僧より『ナアカル碑文』を見せられる。
一八七五年――マサチューセッツ州リンの沖合で怪物が目撃される。
一八七八年――7五月一一日、貨物船《エリダヌス》号の乗員が太平洋上に新島を発見。
一八七九年――7《エリダヌス》号の乗員が発見したミイラを、キャボット博物館が購入する。
一八九〇年――ロードアイランド州プロヴィデンスにて、H・P・ラヴクラフト誕生。
一八九一年――5ヒートン青年がオクラホマ州ビンガーの墳丘で一時的に失踪。
一八九二年――5ビンガーにて、ジョン・ウィリス保安官が幽霊の戦闘を目にする。
一九〇八年――4ミズーリ州セントルイスにて開催されたアメリカ考古学協会の年次大会の席上にて、ルイジアナ州ニューオーリンズで押収されたクトゥルーの神像が話題となる。
一九〇九年――削除版『無名祭祀書』がニューヨークのゴールデン・ゴブリン・プレスより刊行。
一九一三年――二月二日、マサチューセッツ州ダンウィッチにウィルバー・ウェイトリーが誕生。
一九一四年――七月二八日、第一次欧州大戦勃発。
一九一五年――1五月、英国船籍の豪華客船《ルシタニア》号をドイツ帝国海軍のU-20が撃沈。「ダゴン」の事件の発生はそれ以前?
一九一六年――5五月一一日、ロートン大尉がビンガーの墳丘で失踪。
一九一七年――2六月一八日、ドイツ帝国海軍のU-29が英国船籍の貨物船《ヴィクトリー》号を撃沈。
2八月一三日、漂流中のU-29、大西洋海底の古代遺跡に到達。
一九二〇年――5九月、クレイ兄弟がビンガーの墳丘で失踪。兄のエド、三ヶ月後に帰還するも自殺。
一九二二年――3五月一七日、漁船《アルマ》号の船員が怪物を殺害。死体をグロスターに曳航する。
3八月八日、グロスターのマーティンズ・ビーチにて、謎めいた怪事件。
一九二五年――ミスカトニック大学図書館のヘンリー・アーミティッジ博士、ダンウィッチのウェイトリー家を訪問。

一九二六年──**4**三月一日、H・A・ウィルコックスがジョージ・ガメル・エンジェル教授を訪問する。

4三月二二日―ニュージーランド船籍の《エマ》号、武装船《アラート》号と交戦。

4三月二三日から四月二日にかけて、太平洋上にルルイェあるいはその一部が浮上する。

4三月二三日―《エマ》号の乗員たち、ルルイェに上陸する。

4四月二日―太平洋上を大嵐が吹き荒れる。

4四月一八日、「謎の漂流船発見さる」という記事が〈シドニー・ブレティン〉紙に掲載。

4春、画家アルドワ＝ボノがパリのサロンにて『夢の風景』を発表。

ジェームズ・チャーチワードの『失われたムー大陸』刊行。

4年末、エンジェル教授が怪死。

一九二七年──**6**七月一六日、ロバート・オルムステッドがインスマスから逃亡。

6年末から翌年にかけて、政府機関がインスマスにて一斉検挙を行う。

一九二八年──八月三日、ミスカトニック大学に侵入を試みたウィルバー・ウェイトリーが死亡。

5八月、ある民族学者がビンガーでのフィールドワークを開始する。

一九三〇年〜三一年──ミスカトニック大学の南極探検隊が遭難。

一九三一年──**7**キャボット博物館、フランスのアヴェロワーニュで発見されたミイラを購入する。

7四月五日、〈ボストン・ピラー〉紙がキャボット博物館のミイラについて報道。

一九三二年──**7**キャボット博物館のミイラを盗もうとする企てが幾度か未遂に終わる。

7一二月八日、ウィリアム・マイノット医学博士らがキャボット博物館のミイラの頭蓋骨を開頭する。

一九三五年──ミスカトニック大学地質学部によるオーストラリア探検。

一九三七年──三月一五日、H・P・ラヴクラフト死去。

索引

この索引は、『クトゥルーの呼び声』収録作品に含まれるキーワードから、物語及びクトゥルー神話世界観に関わるものを中心に抽出したものです。それぞれのキーワードの言及されるページ数ではなく、それが含まれる作品を番号で示しています（番号と作品の対応は以下を参照）。

ダゴン……①　神殿……②　マーティンズ・ビーチの恐怖……③
クトゥルーの呼び声……④　墳丘……⑤　インスマスを覆う影……⑥
永劫より出でて……⑦　挫傷……⑧

なお、人名については「姓、名」の順に記載しています。
例）ジョージ・ガメル・エンジェル　→エンジェル教授、ジョージ・ガメル

クトゥルーの呼び声

2017年11月15日　第1刷発行
2025年5月15日　第11刷発行

定価はカバーに表示してあります

著　者 ——— H・P・ラヴクラフト
訳　者 ——— 森瀬繚

協　力 ——— 高家あさひ・立花圭一

発行者 ——— 太田克史
編集担当 ——— 平林緑萌
編集副担当 ——— 丸茂智晴

発行所 ——— 株式会社星海社
〒112-0013 東京都文京区音羽 1-17-14 音羽 YK ビル 4F
TEL 03(6902)1730　FAX 03(6902)1731
https://www.seikaisha.co.jp

発売元 ——— 株式会社講談社
〒112-8001 東京都文京区音羽2-12-21
販売 03(5395)5817　業務 03(5395)3615

印刷所 ——— TOPPANクロレ株式会社
製本所 ——— 加藤製本株式会社

ISBN978-4-06-510769-0　N.D.C.913 479p 19cm　Printed in Japan